Seadove

Seadove

Seadove

Seadove

海鷗成立四分之一世紀・紀念
探偵事務所
Detective
Office

3

推理文壇的「精確」大師
科學鑑識推理小說之父

傅里曼的
法醫宋戴克

開啟鑑識科學推理的派別
挑戰推理小說的邏輯高度和解謎難度

《CSI犯罪現場》的靈感來源
推理小說史上，擁有獨特的偉大地位！

「奧斯丁・傅里曼是一個驚人的表演者。在他那個類型的作品中，
沒有人是他的敵手！」

——雷蒙・錢德勒

作者/**理查・奧斯丁・傅里曼** 譯者/葉盈如

Richard Austin Freeman Doctor Thorndike

目錄

理查・奧斯丁・傅里曼

前言

理查・奧斯丁・傅里曼（Richard Austin Freeman，1862～1943），英國小說家，偵探推理小說史上的代表作家之一。傅里曼塑造了第一個使用法醫學的偵探約翰・宋戴克，開創了「法醫」破案模式；傅里曼首創「逆向偵探小說」，即讓讀者先知曉罪犯的身分，然後採用倒敘手法，一步步讓罪犯暴露，最終真相大白。

傅里曼是職業醫師，曾經作為軍醫在非洲的英國殖民地工作七年。1891年，他因為患上「黑水熱」而返回倫敦。因為找不到穩定的醫學類工作，他只好到格雷夫森德定居，主要靠寫作謀生，從此走上文學道路。

傅里曼最初的創作是與人合作的。1907年，他發表了自己的第一部長篇小說《上帝的指紋》（或譯《紅拇指印》），主角為宋戴克法醫。從此以後，傅里曼創作了一系列以宋戴克法醫為主角的小說，在雜誌上發表，大獲成功。1912年，他將短篇小說集結，以《歌唱的白骨》為書名出版，創立了「逆向偵探小說」模式。第一次世界大戰期間，傅里曼加入英國皇家醫療隊，此後幾乎每年都有以宋戴克為主角的小說出版，直至1943年去世。

傅里曼是個多產作家。我們選取了他的長篇代表作《上帝的指紋》、短篇集《歌唱的白骨》，並增補了其他幾篇具有代表性的短篇，以饗讀者。

布洛德斯基遇害案

一、犯罪過程

　　世人關於「良知」的很多探討，都沒有任何意義。一方面，人們認為良知讓人產生罪惡感，或是一些激進的日耳曼學者更傾向於說的「極度悔恨」；另一方面，又認為令人愉悅或痛苦的關鍵因素是「隨遇而安的良知」。

　　但是，「隨遇而安的良知」並不能解釋所有問題，儘管它自有它的道理。那些冷酷無情的傢伙，即使面對最令人不安的情境，可能都覺得怡然自得。在同等情境下，內心不那麼冷酷的人則會「極度悔恨」。況且，沒有一點良知的幸運傢伙也是存在的。這種負面的天賦使他們與不安情緒完全隔絕，也遠離了一般人精神上的折磨。

　　希拉斯就是一個典型的例子。他從來都是以笑臉示人，和和氣氣。如果說他是罪犯，沒有人會相信的。第一個站出來反對的便是他那個令人尊敬的女管家。在她的印象中，主人十分平易近人，喜歡唱歌，吃飯時也懂得感恩。

　　然而，希拉斯之所以能過上幸福生活，的確是依靠自身的盜竊技術。這個行業總是伴隨著各種未知的危險。不過，如果計畫足夠周密，倒也不必

過度擔心。而且，希拉斯有超強的判斷力。作為一個獨行者，他成功規避了被同伴或情婦出賣的風險。此外，希拉斯懂得控制自己的欲望，也不肆意揮霍，這一點與大多數犯罪份子存在明顯差別。他絕非貪得無厭之徒，謹慎實施了自己的秘密計畫後，他會將「勞動成果」投資到「每週物產」上。

早年間，希拉斯做過鑽石買賣，後來就很少接觸了。他曾經被懷疑在鑽石交易中使用非法手段，有幾個不識趣的鑽石商還大肆傳播他銷贓的謠言。然而，希拉斯絲毫不在乎外界的評論。他相信那些阿姆斯特丹的客戶也絕不會多問。

這就是希拉斯・席克勒。十月的黃昏，他像一個典型的普通中產階級一樣，在房子後面的花園裡閒逛。為了歐洲大陸的短途旅行，他早早就把行李箱準備好，放在了客廳的沙發上。旅行服也已換好，他背心內衣口袋裡裝著一包從南安普敦透過合法手段買來的鑽石；另外還有一包，更貴重一點，藏在右腳靴子腳跟的窟窿裡。希拉斯在一個半小時後，就要趕去火車站，然後再轉車到目的地。出發前的這段時間無聊透頂，在房子後面逐漸荒蕪的花園裡閒逛成了唯一的消遣方式。他一邊走，一邊考慮這筆生意做成後該如何投資。和往常一樣，女管家已出門去維漢姆買這個星期需要的物品，十一點左右才會回來。他一個人在房屋周圍走來走去，感到有些乏味。

希拉斯正要進屋，聽到花園外的荒涼小路上的腳步聲後便停了下來。那是一條死路，路的盡頭連著一片荒地，周邊並沒有其他住戶。那個人是訪客的可能性很低。幾乎沒人來希拉斯・席克勒這裡做客。這時，石子路上的腳步聲越來越清晰。

希拉斯慢慢走到門口，靠著門朝外面看，滿臉好奇。一個男人正在點菸，火光照亮了他的臉。這位陌生來客在吐完一個煙圈後問道：「請問這是通向巴珊火車站的路嗎？」

席克勒說：「我不清楚，但是再往那邊一點，有一條小路可以通向車站。」

陌生人眉頭緊鎖，說道：「小路！這都是些什麼小路。我從市區來到卡特里，打算經過這條路前往火車站。起初，我在大路上走得好好的，後來

有個蠢貨給我指了條近道，害我在黑暗中迷失了半個小時，最終還是沒找到路。」說完，他又補充道：「而且，我的眼力很差。」

席克勒問：「你是幾點的火車？」

對方回答：「七點五十八分。」

席克勒說：「我們要坐的是同一班車。不過，車站離這裡不到一英里，我一小時後才會動身。進來坐一會兒吧，等會兒跟我一起過去，你就不會走錯路了。」

「你心腸真好。」陌生人說，一面觀察著這間陰暗的房子。「不過，我想……」

希拉斯打開大門，和善地說：「在車站也是等，在這裡也是等，沒什麼差別的。」陌生人猶豫了一下後扔掉香菸，隨希拉斯進去了。

客廳裡只有一團奄奄一息的爐火，除此之外沒有一點光亮。希拉斯先進屋劃著火柴，點亮一盞吊在天花板上的煤油燈。火光越來越大，小小的房間也跟著亮了起來，兩個男子都十分好奇，彼此觀察著對方。

「老天！是布洛德斯基。」席克勒看清這個陌生人後心裡嘀咕著，「顯然他並不清楚我的身分。當然，多年未見，再加上眼力不好，他肯定認不出我。」接著大聲說道：「先生，請坐。需要來一些小點心嗎？」

布洛德斯基接受了對方的建議，當主人去開櫥櫃時，布洛德斯基先把那頂硬裡的灰色毛帽放在角落的椅子上，再將手提袋置於桌子的邊緣，雨傘則放在袋子上面，然後在一把小扶手椅上坐下來。

席克勒拿出一瓶威士忌、幾個珍藏的平底杯——上面帶有星星圖案，還有一個分酒器，然後說道：「要不要來些餅乾？」

「非常感謝。」布洛德斯基說，「要知道，一會兒得坐火車，而且剛才我走了很多冤枉路。」

「是啊，」希拉斯附和道，「空腹上路非常不好。希望你不要介意，我這裡只有燕麥餅乾，實在找不到其他東西了。」

布洛德斯基為了消除主人的擔心，趕忙表示了對燕麥餅乾的喜愛，還故意吃得津津有味。

　　布洛德斯基平常用餐時非常講究，此刻卻稍顯狼狽。這位來客吃東西時不方便講話，所以希拉斯幾乎承包了所有談話內容。即使脾氣再好的人，獨自說這麼多話，也難免有些不自在。席克勒一反常態，有意避開了諸如客人打算去什麼地方或做什麼事等話題。因為他早就知曉了一切，並意識到還是不談論這些事為好。

　　布洛德斯基的鑽石生意做得風生水起，在圈內有些名氣。他買進的多是鑽石原石，當鑽石足夠多後，他就會親自將其帶到阿姆斯特丹加工，這些同行們也都知道。因此，布洛德斯基此行也不例外，他看起來很普通的衣服下面，一定藏著某個價值連城的紙袋。

　　布洛德斯基依舊在桌子邊上默默地吃著餅乾。席克勒與他相對而坐，神經緊繃，講話時有些語無倫次。他盯著這位來客，變得更興奮。席克勒對鑽石再瞭解不過了。他不碰任何銀器之類的金屬製品，偶爾接觸一些黃金，也僅限於金幣。但是，提起寶石，這可是他主要的買賣，處理此類貨品時，只需把它們塞到鞋跟裡隨身帶著就不怕丟了。此刻有個口袋裡裝著一包鑽石的男人坐在對面，與席克勒手上最值錢的貨相比，那包東西的價值不知要高出多少倍。他在努力估算寶石的價值時，思緒發生了停頓，語速也逐漸加快，神情有些游離。席克勒具有讓思緒在兩條平行線線上持續運轉的能力，當他講話時，潛意識裡可以形成另一套語句。

　　「黃昏時分的天氣日漸淒冷。」席克勒說。

　　「確實是這樣。」布洛德斯基回應道。

　　接著，他繼續悠閒地嚼著餅乾。

　　「少說也得值五千英鎊，」希拉斯心裡盤算著，「可能有六七千英鎊，可能有上萬英鎊。」他坐立難安地將話題引向某些有趣的事情上。一種陌生的情緒正從希拉斯的腦袋裡冒出來，他對此頗為緊張。

　　他問道：「你對園藝感興趣嗎？」希拉斯的興趣除了集中在寶石和「每週物產」上之外，還鍾情於一種晚櫻科植物——長得十分像倒掛的金鐘。

　　布洛德斯基微微一笑，輕聲說道：「離我最近的應該是哈頓公園……」他突然停頓了一下，「你知道，我是個倫敦人……」

希拉斯對剛剛突然的停頓並不感到意外。如果一個人身上藏著寶貝，為了安全起見，難免要謹言慎行。

「怪不得，」希拉斯若無其事地回答，「喜歡園藝的倫敦人很少。」隨後他又暗自盤算：就算對方身上的東西只值五千英鎊，倘若將五千英鎊投資到每週物產上，可以買哪些東西呢？他回想起自己之前在房子上投資了兩百五十英鎊，每個禮拜可獲得十先令四便士的租金。照這麼算，五千英鎊能夠買進二十倍的房子，每個禮拜大概能收十鎊，相當於一天一鎊八先令，一年五百二十英鎊，這樣就衣食無憂了。而且自己手裡也有些資產，加在一起的數目相當可觀。有了這筆錢，他就能無憂無慮地過下半生了，哪裡還用做現在的工作？

希拉斯望著對面的來客，內心開始躁動。他不得不趕緊把視線移開。怎麼能有這種想法！對這位他一向尊敬的人下手？這簡直太不可思議了。他回想起韋布里奇警員不幸喪生的事，心中倍感遺憾，可是那終歸是警察自己惹的禍，不是人為能夠控制的。至於愛普森的那個老管家的事，也純粹是個意外，假如他能懂得在那種狂亂狀態下呼救，就不會遭遇不幸的，對此希拉斯感到十分痛苦。但是，搶劫殺人？這種行為與瘋子無異。

當然，假如希拉斯足夠心狠手辣，眼前的這個機會就再合適不過了。一大堆手到擒來的寶貝，空曠的房間，偏僻的位置，再加上夜色已深……但是，如何處理屍體的問題也得認真考慮一下，這一向是最棘手的問題。這時從房子後面那片荒地上駛過的火車引起了他的注意。希拉斯聽著車聲，產生了新的想法。他再次盯上正在喝酒的布洛德斯基，後者絲毫沒有感到可能會發生的危險。

過了很長時間，希拉斯才將視線移開，猛地站起來，回頭望向壁爐上面的鐘，然後走到快要熄滅的爐火前取暖。此時，希拉斯心裡有一個聲音告訴他趕緊出去。儘管他的身體有些熱，但還是打了個小小的寒顫，於是他轉頭望向門口。

「似乎有一股令人不適的風，」希拉斯說著，又打了一個小小的寒顫，「不知道門是否關好了。」希拉斯慢慢地走過客廳，開門望著外面伸手不見

五指的花園。一股難以抑制的欲望迫使他走出去，澆滅心中那些瘋狂的火焰。

「不知道現在出發是否合適？」他一邊說，一邊充滿期許地望向灰暗的天空。

布洛德斯基站了起來，環顧一下四周問道：「你家的鐘準嗎？」

「準。」希拉斯不情願地答道。

布洛德斯基問：「到火車站大約需要多長時間？」

「二十五分鐘到半個小時吧！」希拉斯不自覺地把距離說遠了一點。

「這樣的話，我們至少還有一個小時。在這裡等，可比在車站耗著舒服多了。我覺得應該不用提前動身吧！」

「不用，當然不用。」希拉斯表示贊同。

此刻，他內心又冒出一種遺憾與得意相交織的奇異情緒。希拉斯倚在門邊呆望著外面的夜色。過了很久，他才輕輕關上門，並不由自主地悄悄把門鎖上。

希拉斯坐回原來的位置，為了打破與布洛德斯基無話可說的尷尬，他胡亂說了一些連自己都無法理解的話。他感到雙頰發燙，神經緊繃，腦子裡一團亂麻，耳邊似乎還響著一個尖銳的聲音。他發覺自己盯著眼前這位客人時，內心既新奇又害怕。他努力轉移自己的視線，但都無濟於事。血腥與暴力不斷侵蝕著他的大腦，罪惡的細節逐漸彙集成想像中的謀殺，每個步驟都那麼清晰、分明。

希拉斯有點不舒服，從椅子上站起來，不過眼睛依舊盯著客人。由於內心那種夾雜著恐懼和興奮的衝動越來越強烈，他不能再和這位身懷寶貝的客人相對而坐了。倘若不換個位置，那種衝動定會失控，後果相當嚴重。希拉斯只能靠恐懼將這種念頭往下壓一點，但對鑽石的渴望，使他蠢蠢欲動。畢竟，希拉斯犯罪的天性已深入骨髓，他是一隻貪婪的野獸，而且他從來都是靠偷盜或武力來賺錢謀生的。那些近在眼前的寶貝怎能不讓他心動？那種不願錯失發財良機的感覺逐漸強烈，到了無法抑制的地步。

但希拉斯還是極力遠離這種引誘。他決定先離開一會兒，等到真的控制

不住了再說。

「不好意思，」希拉斯說，「我得到裡面換一雙暖和點的鞋子。天氣陰晴不定，說不定還會降溫，而且我也不想在外面把腳弄濕了，那種感覺真的很不好。」

「沒錯，而且走路時也很不安全。」布洛德斯基表示贊同。

希拉斯走進旁邊亮著燈的廚房，藉著燈光，他看到了那雙結實而乾淨的、適合在鄉間行走的靴子，於是坐下來打算換上。當然，一開始他並沒想換鞋，因為腳上那雙鞋子裝有鑽石。但為了打發時間，他還是改變了主意。他深吸一口氣，又慢慢呼出來，不管怎樣，離開客廳令他不再那麼緊張。他想，那種誘惑可能會因為離客廳遠一點而逐漸消失。布洛德斯基會繼續一個人上路，這樣的話，危險期就過去了，沒了下手的機會，那些寶石……

希拉斯一邊鬆鞋帶，一邊觀察客廳的情況。從他那個角度，可以看到布洛德斯基正背對著廚房門口坐在桌前。布洛德斯基手裡的餅乾已經吃光了，此刻正默默捲著菸。希拉斯的呼吸更加沉重，他脫掉靴子，靜靜地坐著，死死盯著布洛德斯基的背影。之後，希拉斯鬆開另一隻靴子的鞋帶，視線依舊停在渾然不覺的客人身上，接著輕輕地將靴子脫到地上。

布洛德斯基安靜地捲好菸，舔了舔菸紙，裝好菸草袋，拍去腿上的菸草屑，再摸出火柴。突然，希拉斯不自覺地站起來，順著走廊偷偷潛往客廳。他腳上只有一雙襪子，所以走路時不會發出任何聲響。他小心翼翼地前進，不敢大聲呼吸，一直走到客廳門邊才停下來。希拉斯通紅的臉逐漸暗下來，瞪大的眼睛裡閃著光，耳朵也發出嗡嗡的響聲。

布洛德斯基劃著一根短火柴棍，點著菸後，將吹滅的火柴扔進壁爐裡。然後，裝好火柴盒，開始吞雲吐霧。

希拉斯一聲不響地潛入客廳，一步一步地挪到布洛德斯基的座椅背後。他離布洛德斯基相當近，近到不能對著他呼吸，否則會吹亂對方的頭髮。他就這樣紋絲不動地站了半分鐘，像一座代表謀殺的雕塑。當他望著這位渾然不覺的鑽石商人時，眼神中帶著殺氣。他嘴巴張得很大，急促地呼吸，手指像吸血蟲的觸角一樣慢慢蠕動。接著，希拉斯又一聲不響地退到門邊，以迅

雷不及掩耳之勢回到了廚房。

他深吸一口氣，剛剛布洛德斯基差點就一命嗚呼了，殺他簡直易如反掌。說實話，剛剛希拉斯站在布洛德斯基背後時，倘若旁邊有個錘子或石頭之類的武器，那麼……

希拉斯觀察廚房內的情況，最終將目光聚集到一根修理溫室的工人留下的鐵條上。鐵條是從一個方形支柱上弄下來的，長約一英尺，直徑約四分之三英寸，形狀有些怪異。如果一分鐘前，他手裡拿著這個東西就好了。

他拾起鐵條，在手裡掂量了幾下，並試著揮了揮。真是個殺人於無形的傢伙，非常適合做他剛才想到的那個勾當。不行！還是把它放下吧！

但是希拉斯依舊抓著鐵條，走到門邊，並再次盯上背對廚房坐著的布洛德斯基。布洛德斯基一邊吸菸，一邊思考著什麼。

突然，希拉斯改變了主意，他滿臉通紅，脖子上的青筋暴起，露出恐怖的神情。他掏出手錶看了下時間，然後快速而隱密地沿著走廊走進客廳。

獵物就在一步之外，希拉斯停下來，從容地瞄準。鐵條舉得再高，也還是發出了聲音。布洛德斯基察覺後立即轉過身來。這一動干擾了凶手瞄準的角度，鐵條只從受害者的頭部劃出一道輕傷。布洛德斯基顫抖著叫出聲，跳起來死死抓住攻擊者的手臂。

接著兩個人扭打在一起，抱著對方來回搖晃。椅子被撞倒，桌上的杯子掉落到地上，布洛德斯基的眼鏡也被弄爛了。夜色中響起一陣陣可怕的哀嚎，失去理智的希拉斯忌憚路人會聽到響動，於是拼盡全力發動最後一擊。他用身體壓住布洛德斯基，然後撕下桌布一角，趁被害者再次尖叫時，把桌布塞進對方口中。二人一動不動地僵持了足足兩分鐘，看起來就像某個悲劇中的場景。直到被害者沒了任何動靜後，希拉斯才把手鬆開，讓屍體慢慢滑到地板上。

結束了。不管怎樣，人已經死了。希拉斯站起來，一邊氣喘吁吁地擦臉上的汗水，一邊察看時鐘。還有一分鐘就七點整，辦完整件事只花了三分多鐘。按照計畫，火車將會在七點二十分從附近經過。雖然鐵軌就在三百碼遠的地方，但是也要注意時間。此刻，他已經恢復了平靜，唯一讓他擔心的

是，布洛德斯基的叫聲可能被人聽到。如果聲音沒被人發現的話，就真是天衣無縫了。

他彎腰取出死者嘴裡的桌布，接著仔細翻死者的口袋。沒幾下，希拉斯就找到了他夢寐以求的東西。當他的手隔著紙袋觸碰到那一個個小顆粒時，心生一陣狂喜，瞬間就把那些悔意拋到了九霄雲外。

接下來，他照例展開善後工作。桌布上有幾滴較大的血滴，屍體頭部所在的地毯上也留下一片血跡。希拉斯取來一些水，一塊乾布和一把刷子，然後開始處理桌布上的血跡，就連桌布下面可能沾到的部分也認真清理了一遍。此外，地板上的斑點也不放過，為了避免被再次弄髒，他還在死者的頭下面放了一張紙。接著，他整理好桌布，扶正椅子，把破碎的眼鏡放在桌上，並且撿起那根在搏鬥中被踩滅的香菸，將其扔進壁爐裡。希拉斯用簸箕收起地上的玻璃渣。那堆碎渣的來源有兩種——玻璃杯和碎掉的眼鏡片。他把所有玻璃渣集中到一張紙上，精心挑出那些看得出是鏡片的大塊玻璃，把它和一小堆玻璃渣一同放在另一張紙上，再將剩下的玻璃碎片放回簸箕。然後，希拉斯匆忙穿上鞋子，將玻璃渣混進房子後面的垃圾堆裡。

下一步就是處理屍體了。希拉斯急忙從備好的繩索盒裡剪下一段繩子，先將死者的手提袋和雨傘綁好，再把東西放到肩上。然後折好裝有玻璃渣的紙張，和眼鏡一起裝進自己口袋中，最後再扛起屍體。布洛德斯基不到九英石的體重對身材壯碩的希拉斯來說，簡直是小菜一碟。

希拉斯站在後門眺望那片從屋後延伸到鐵路的荒地，由於光線昏暗，最多只能看二十碼遠。他仔細確認過周圍沒有動靜後，迅速帶上柵欄門，小心翼翼地踏上了坑坑窪窪的草地。和預想的完全不一樣，這段路程並不安靜，因為荒蕪的草地下面鋪著一層厚厚的碎石子，這讓他每踏出一步都會發出聲音。除此以外，手提袋和雨傘也不停地擺動，發出令人惱火的噪音。與肩上那具沉重的屍體相比，這些不便對希拉斯造成的妨礙更加嚴重。

房屋距鐵路大概有三百碼遠，平時只需三四分鐘便可走完全程，而這次他足足花了六分鐘，除了負重太多，他還得不時停下來觀察周圍的情況。當他到達三條橫杆的柵欄時，停留了片刻，再次小心確認四周的情況。在這片

荒蕪的土地上，沒有任何東西和聲響，只有遠方火車鳴笛的聲音。聽到這個聲音，他明白自己要快點行動了。

希拉斯毫不費力地將屍體抬過柵欄，然後又背著屍體來到鐵路拐彎的地方。他把屍體正面朝下，讓死者的脖子靠近鐵軌，隨後用刀割斷綁住手提袋和雨傘的繩子，將它們扔到一旁的鐵軌上。他細心地將繩索裝回口袋裡，不過最終還是漏掉了一小段繩子——割繩結時掉到地上的。

此刻，裝著貨物的火車越來越近，蒸汽機的轟鳴聲和叮叮噹噹的撞擊聲彷彿就在耳邊。他迅速掏出壞掉的眼鏡和那包玻璃渣，先把眼鏡丟在死者頭上，再將玻璃渣倒在手上撒在眼鏡四周。

時機把握得非常恰當，費勁地冒著煙的火車已轟隆隆地快速駛近了。希拉斯很想留下來觀看這場將謀殺變成臥軌自殺的意外事件，但是這樣做很容易暴露自己，最好還是離遠一點。於是，希拉斯匆匆地爬回柵欄，疾步穿過草地，火車冒著煙向轉彎處開去。

希拉斯剛走到後門，鐵路上就傳來一陣聲響，他馬上停下腳步。那是一聲相當長的汽笛聲，隨後是嘎吱的剎車聲和哐啷的碰撞聲。火車已經停止運轉，只剩下蒸汽排出時發出的刺耳嘶嘶聲。

火車徹底停了下來。

希拉斯頓時慌了神，呆立片刻後，快速穿過柵欄返回屋內，悄悄地關好門。他瞬間警覺起來。鐵路那邊究竟發生了什麼？顯然，屍體被人發現了，但現在是怎樣的情形呢？他們會找到這間屋子嗎？希拉斯走到廚房，並再次停下來仔細聆聽是否有人靠近，然後走到客廳環顧四周，一切看起來都很正常。不過，那根搏鬥時掉落的鐵條還在原來的位置上。他撿起鐵條在燈下察看一番，上面只黏有一兩根毛髮，並無血跡。他隨意地用桌布擦了擦鐵條，然後經過廚房跑到後院，將鐵條丟到牆外的一片草地裡。他並非擔心鐵條上留有犯罪的證據，只是覺得，作為凶器，這個東西難免有些不祥。

希拉斯看了時間一下，雖然現在還不到七點二十五分，離開車還早，但萬一有人找到這裡，發現他待在房間內就會徒增麻煩，所以他覺得還是盡快動身為好。他的帽子和提包仍放在沙發上，雨傘也跟它們放在一起。他扣上

帽子，拎起提包和雨傘，走向門口，正要轉身熄燈之際，突然發現客廳昏暗的角落裡放著布洛德斯基的灰色毛帽。原來，死者一進屋就隨手將這頂帽子放在那兒了。

希拉斯被嚇出了冷汗，呆立了好一會兒。倘若自己沒發現那頂毛帽，將燈熄滅後就直接離開了，那後果……希拉斯走過去拿起帽子，看了看帽子的內側。沒錯，帽子的內襯上清晰地寫著「奧斯卡·布洛德斯基」這個名字。希拉斯此刻仍然對剛剛可能產生的疏忽而心有餘悸。確實，萬一被搜查隊發現這頂帽子，他離死刑就不遠了。

一想到這裡，希拉斯便不由自主地顫抖起來。不過這點驚嚇並未對他造成太大影響，他依然十分鎮定地跑進廚房，拿來一些乾柴，放到壁爐裡未燒盡的炭火中。然後他把那些墊在布洛德斯基頭下的沾有小塊血跡的紙揉搓在一起，放在柴火下引燃爐火。希拉斯等火燒旺後，便拿著小刀將那頂毛帽一點一點割碎，碎片則被丟進了火裡。

這個小插曲導致希拉斯一直心驚肉跳，雙手抖個不停。那些毛帽的碎片並不好燒著，燃燒之後變成一團冒著黑煙的東西，與普通灰燼有很大的區別。更令他難過的是，這團殘餘物散發出的氣味實在令人無法忍受。希拉斯不敢開門，只好打開廚房的窗戶來驅散強烈的惡臭。與此同時，他邊燒帽子邊仔細聽著外面的情況。任何腳步聲或敲門聲，都可能預示著死神的降臨。

轉眼一瞧，已經七點三十九分了，再不動身就趕不上火車了。希拉斯把割碎的帽簷碎片丟到火中，由於出門後不能開廚房的窗戶，他只得上樓開了另一扇窗。回頭再看壁爐裡的帽簷碎片，早已變成一團冒著氣泡的黑色殘留物，嘶嘶地響著，同時有一股刺鼻的氣味飄出。

七點四十一分了！必須要走了。希拉斯用火鉗認真地將壁爐中的殘渣弄碎，再混進還未熄滅的炭火中。壁爐的外觀看起來很正常，希拉斯有將各種廢物丟進客廳的壁爐裡燒掉的習慣，因此女管家不會發現任何異樣。實際上，在女管家回來之前，這些餘燼差不多都已化成灰了。希拉斯仔細檢查過那頂帽子，上面沒有任何金屬配件，可以完全燒盡。

他再次拎起袋子，環顧了一下整個房間，熄燈後又開門通了一會兒風，

然後出門上鎖，裝好鑰匙，迅速趕去火車站。

　　到達火車站時，時間還很充裕。剪完票的希拉斯慢條斯理地走進月台。火車還沒有要開動的意思，只是站內似乎起了一陣騷動。旅客圍攏在月台的一頭，全都望著鐵軌的某個方向。希拉斯十分好奇，不自覺地走上前去。他看到兩個男人正抬著一副被防水布蓋上的擔架，在黑暗中爬上斜坡，登上月台。旅客們閃出一條通道，瞪大眼睛望著防水布底下那輪廓模糊的軀體。擔架很快被抬進了燈具室，眾人開始注意跟在後面的、手拿一隻手提袋和一把雨傘的行李員。

　　突然間，一位旅客大叫起來。

　　「那把雨傘是他的嗎？」他問道。

　　「是的，先生。」行李員停下腳步回答，接著把雨傘遞給那位旅客。

　　「老天！」旅客突然喊道，並且立即對著身旁一個高大的男人激動地說：「我敢肯定，那把雨傘是布洛德斯基的。你對布洛德斯基還有印象吧？」另一個高個子男人點點頭，接著那位旅客又轉向行李員說：「我見過那把雨傘，它的主人名叫布洛德斯基。他喜歡把自己的名字縫在帽子裡。你們可以察看一下他的帽子內襯，上面肯定有他的名字。」

　　「目前我們還沒找到他的帽子，」行李員說，「不過，站長來了。」

　　等站長來到跟前，行李員向他報告：「長官，這位先生說他見過這把雨傘。」

　　「先生，你見過這把雨傘？」站長說，「你可以到燈具室來一下，看認不認識死者。」

　　「那位死者……他……傷得很重嗎？」他的聲音有些顫抖。

　　「沒錯。」對方答道，「實際上，被六節車廂輾過後，他早已身首異處了。」

　　「太恐怖了！太恐怖了！」這位旅客喘著氣說，「我覺得我還是不要去看了，希望你不要介意。醫師，你也認為沒這必要吧，是不是？」

　　「不，我認為這很有必要。」高個子的男人說，「沒有什麼比盡早確認死者的身分更重要了。」

「我不得不去了。」那位旅客說。

於是，他極不情願地跟著站長進了燈具室。此時火車即將進站的叮噹聲從鐵軌上傳來。希拉斯‧席克勒也湊了過去。沒一會兒，那位旅客便滿臉驚恐地跑了出來，喘著大氣對高個子朋友說：「是他！就是布洛德斯基！可憐的老布洛德斯基，太恐怖了，真是太恐怖了！他本來和我約好在此地會合，然後一同去阿姆斯特丹的。」

「他身上有貨品嗎？」高個子旅客問道，希拉斯在旁邊仔細聽著。

「他絕對帶著寶石，但我不清楚具體是什麼。當然，他的夥計應該非常清楚。醫師，你能否幫我留意一下此事呢？我只是想確認這真的是場意外事故，而不是謀殺。布洛德斯基和我都出生於華沙，我們又是很好的朋友。希望你能重視此事。」

「沒問題，」醫師說，「我一定會查清此事，給你一個交代。」

「真心感謝你，醫師，你真是個好人。啊！火車來了。希望你不要因此事而耽誤了行程。」

「沒什麼，」醫師答道，「我們只要在明天下午前趕到沃明頓就行。我想，在那之前就可以查得一清二楚。」

希拉斯對眼前這位身材高大、相貌堂堂的醫師十分好奇，此人似乎要與自己對弈。他看起來思維敏捷、做事細心，神情堅毅而且氣定神閒，絕對是個值得尊敬的對手。希拉斯踏入車廂時，再次回望了一下這位對手。布洛德斯基那頂毛帽又浮現在他的腦海中，他惴惴不安，只得祈求自己沒有漏掉其他東西。

二、展開偵查

（克里斯多夫‧傑維斯醫師的口述）

宋戴克醫師在法醫學上擁有多年的實務經驗，關於鑽石商人奧斯卡‧布洛德斯基先生的死亡原因，他也曾提出過幾點意見，可是並未有人認識到這些意見的重要價值。如果有合適的機會，我的這位良師益友會對它們進行解釋。同時，考慮到此案極具啟發性，所以我就按照先後順序將整個事件的來龍去脈記錄了下來。

十月的一個黃昏，我和宋戴克待在吸菸車廂裡。火車在駛近小站達盧德姆時逐漸慢下來，外面的月台上有一小群鄉民在候車。突然間，宋戴克大喊：「是博斯科維奇！」與此同時，一名活蹦亂跳的小個子飛快地向我們跑來，猛地跌進了車廂。

「希望我沒打擾了你們這場嚴肅的學術集會。」他一邊熱情地跟我們握手，一邊用力把他的格萊斯頓旅行袋堆到行李架上，「我在外面看到你們的第一眼，就有跑進來跟你們做伴的衝動，這可是一個不容錯過的良機。」

「言重了，」宋戴克說，「如此抬舉，讓我們有些不太適應。不過，你在這裡做什麼？這是哪兒？到盧德姆了嗎？」

「這幾天我和哥哥待在一起，他的房子離這裡大概有一英里。」博斯科維奇解釋道，「此刻，我正準備去巴珊車站換乘通往阿姆斯特丹的火車。你們要去什麼地方？看行李架上的那個神秘箱子，就知道你們正在進行某項驚險的調查工作。有什麼邪惡而複雜的新案件嗎？」

「不是的，」宋戴克說，「我們這次是去沃明頓出差。我要以格里芬壽險公司代表的身分，參加明天在當地的一場審訊，這聽起來就夠無聊的。由於距離太遠，所以只好提前出發。」

「為何要帶魔術箱呢？」博斯科維奇望著放帽子的置物層問。

「出門在外難免遇到緊急情況，」宋戴克說，「我習慣出門時將它帶在身邊，以備不時之需。要知道，手裡有工具，才好辦事。雖然帶起來有些麻煩，但與手頭沒有工具的窘境相比，這點麻煩又算得了什麼呢？」

博斯科維奇的目光依然沒從那個罩著維爾斯登帆布的方形箱子上移開：「我一直十分好奇你箱子裡到底裝著什麼寶貝，從你在切姆斯福德偵辦那件銀行凶殺案時，我就想打開來看看。說實在的，那個案子可不一般，你辦案的方式肯定嚇到警方了吧？」由於博斯科維奇仍舊對那個箱子念念不忘，宋戴克便善心大發，將箱子取下來，打開鎖。實際上，這個「手提實驗室」一直是他引以為傲的東西。儘管這個箱子不大，但裡面的器材卻相當完備，在辦案的初級階段總能為他提供有效幫助。

「棒極了！」博斯科維奇望著開啟的箱子大喊道。箱子裡有各式各樣的小型器具，包括幾排迷你試管、迷你酒精燈、迷你放大鏡。「這簡直就是個洋娃娃的房間，裡面每樣物品都如此小巧。不過，這些迷你器具真的能派上用場嗎？比如那個顯微鏡……」

「不要小看它的中、低倍率，那可是相當精準。」宋戴克說，「它絕不是普通人眼中的玩具，你很難找到比它更好的鏡片。不過說實話，倘若正常尺寸的顯微鏡好攜帶的話，我就不會用袖珍顯微鏡了。其他迷你器材也是出於類似的考慮，在設備匱乏的情況下，這不失為一個好方法。」

博斯科維奇對箱子裡的每個物品都十分好奇，不停地問了很多問題，就這樣過了半個小時，他才停下來。此時，我們發現車速逐漸變慢了。

「哎呀！」他站起來抓住袋子，喊道，「我到站了，你們也在這裡轉車嗎？」

「沒錯。」宋戴克說，「我們從這裡轉車去沃明頓。」

我們走下火車，看到月台上有異動。全部旅客和幾乎所有的車站工作人員都圍攏到車站的一頭，專注地望著鐵軌的暗處。

博斯科維奇問剪票員：「出了什麼事嗎？」

「沒錯，先生。」剪票員回答，「在一英里外，有一個男人被火車軋死在鐵軌上。站長已經帶著擔架去了現場，很快就會把屍體抬回來。看，越來

越近的那盞燈應該就是他們。」

我們站在那裡，看到逐漸靠近的燈光忽明忽暗。偶爾也會有幾束光線從鋥亮的鐵軌上閃動。就在這時，一個從售票處走出來的男人進入了圍觀的隊伍。那個傢伙之所以引起我的注意，是因為他的表情非常怪異，蒼白而圓潤的臉上既顯得興奮，又帶著極端的疲憊。更令人疑惑的是，他明明非常急切地望向黑暗處，卻什麼都不問。

燈光越來越近，很快，兩個男人抬著一副蓋著防水布的擔架，在黑暗中爬上斜坡，登上月台。旅客們閃出一條通道，並好奇地觀察防水布底下那輪廓模糊的軀體。當擔架被抬進燈具室後，眾人開始注意跟在後面的行李員，他手上拿著一隻手提袋和一把雨傘。站長也提著燈跟在後面。

行李員從我們身邊經過時，博斯科維奇突然吃驚地跑過去。

「那把雨傘是他的嗎？」他問道。

「是的，先生。」行李員停下腳步回答，同時把雨傘遞給他察看。

「老天！」博斯科維奇喊道，並且立即轉身對宋戴克說：「我敢肯定，那把雨傘是布洛德斯基的。你對布洛德斯基還有印象吧？」宋戴克點點頭，接著博斯科維奇又轉向行李員說：「我見過那把雨傘，它的主人名叫布洛德斯基。他喜歡把自己的名字縫在帽子裡。你們可以察看一下他的帽子內襯，上面肯定有他的名字。」

「目前我們還沒找到他的帽子，」行李員說，「不過，站長來了。」等站長來到跟前，行李員向他報告：「長官，這位先生說他見過這把雨傘。」

「先生，你見過這把雨傘？」站長說，「你可以到燈具室來一下，看認不認識死者。」

博斯科維奇十分警覺地向後退了一下。

「那位死者……他……傷得很重嗎？」他的聲音有些顫抖。

「沒錯。」站長答道，「實際上，被六節車廂輾過後，他早已身首異處了。」

「太恐怖了！太恐怖了！」博斯科維奇喘著氣說，「我覺得我還是不要去看了，希望你不要介意。醫師，你也認為沒這必要吧，是不是？」

「不，我認為這很有必要。」宋戴克說，「沒有什麼比盡早確認死者的身分更重要了。」

「那我不得不去了。」博斯科維奇說。於是，他極不情願地跟著站長進了燈具室。此時，火車即將進站的叮噹聲從鐵軌上傳來。沒一會兒，博斯科維奇便滿臉驚恐地跑了出來，喘著大氣對宋戴克說：「是他！就是布洛德斯基！可憐的老布洛德斯基，太恐怖了，真是太恐怖了！他本來和我約好在此地會合，然後一同去阿姆斯特丹的。」

「他身上有貨品嗎？」宋戴克問道。這時，之前引起我注意的那個傢伙慢慢靠過來，似乎試圖聽清楚他們的對話。

「他絕對帶著寶石，但我不清楚具體是什麼。當然，他的夥計應該非常清楚。醫師，你能否幫我留意一下此事呢？我只是想確認這真的是場意外事故，而不是謀殺。布洛德斯基和我都出生於華沙，我們又是很好的朋友。希望你能重視此事。」

「我會的，」宋戴克說，「我會查清此事是否存在疑點，然後給你一個交代，這樣行嗎？」

「真心感謝你，」博斯科維奇說「醫師，你真是個好人。啊！火車來了。希望你不要因此事而耽誤了行程。」

「沒什麼，」宋戴克答道，「我們只要在明天下午前趕到沃明頓就行。我想，在那之前就可以查得一清二楚。」

在宋戴克說話時，那個陌生人一直徘徊在我們周圍，並且用好奇的眼神盯著宋戴克，顯然是在偷聽。直到火車停在月台上，他才匆忙離開，進入車廂。

火車一出站，宋戴克就去站長室，將博斯科維奇交付他的任務告訴了站長。

「當然，」宋戴克補充道，「我們最好還是等警方到來之後再動手。警方已經知道此事了吧？」

「沒錯，」站長答道，「我在第一時間就通知了警長，我想他或某位警探很快就會趕來。我現在就去看看他是否到了。」顯然，站長打算跟警長商

議以後再發表聲明。

站長離開以後，我和宋戴克在空曠的月台上閒逛，他有對案件中的疑點進行反覆探究的習慣。

「當碰到此類案件時，」他說，「我們首先要確定這是意外、自殺還是他殺。而得出相應結論要根據以下三種情況：一，案件中的客觀事實；二，驗屍報告；三，案發現場的詳實資料。當下，我們所瞭解的客觀事實包括：死者經營鑽石生意，準備去某地辦事，而且身上帶著價值連城的東西。這些基本資訊所指向的並非自殺，而是他殺。倘若是個意外，那麼案發現場應該有平行路與鐵軌相連，或是存在可能導致意外的圍欄之類的事物。不過一切都要等我們勘察了現場之後才能下定論。」

「我們不妨去找行李員打聽一下。手提袋和雨傘是由他帶過來的。」我提議，「他此刻正和收票員聊得盡興，肯定非常願意我們加入。」

「棒極了，傑維斯！」宋戴克說，「看看他有什麼消息。」

果不其然，當我們向行李員靠近時，發現他正急切地給身邊的人描述剛剛那件慘案。

「先生，是這樣的，」行李員對宋戴克說，「出事的地方有個很大的彎道，當火車司機正要轉彎時，突然發現鐵軌上躺著個東西。藉著燈光，司機才看清原來前方有人。於是緊急制動，拉響警笛，但你應該瞭解，火車是無法立即剎住的。當車完全停下來時，那個不幸的傢伙已經被火車頭和六節車廂輾過去了。」

「司機看清死者當時的姿態了嗎？」宋戴克問。

「看清了，因為當時車燈剛好照在死者身上。死者面朝下，身體挨著鐵軌，脖子也緊貼在上面，看起來像是自己主動那樣做的。」

「附近是否有平交道？」宋戴克問。

「沒有，先生。任何道路都沒有。」行李員強調，「這更像是一場自殺——死者穿越草地，爬過欄杆，主動尋死。」

「你是如何得到這些消息的？」宋戴克又問。

「司機和我的同事將屍體挪開後，就去信號箱發了一個電報。我隨站長

走到現場時，站長告訴了我這些事。」

宋戴克向行李員道完謝後，我們便返回燈具室，路上宋戴克說了一些對這些新消息的看法。

「我們的這位朋友說得很對。」宋戴克說，「這並非一場意外。假如死者有視聽障礙或者腦子有問題，他可能是先爬過欄杆才命喪車輪的。但是，從他橫臥鐵軌的姿勢判斷，其死因有以下兩種可能：他是在死亡後或失去知覺後被人放到鐵軌上的。我們必須要檢查了屍體，才能明白其中的緣由。不過這也得看是否能得到警方的允許。站長和一位警探來了，我們去問一下。」

兩位官方人士並不打算讓我們插手。檢查任務有專門的醫師來完成，相關資料的獲取也有正規管道。不過，在看過宋戴克的名片後，警探的態度發生了轉變，他支支吾吾地遲疑良久，最終還是同意了我們的請求。站長在前面提燈，帶著我們進入了燈具室。

裝著屍體的擔架靠牆放在地上，防水布仍然罩在上面，手提袋和雨傘則擺在一個大盒子裡。除此之外，旁邊還有一副爛鏡框，鏡片已經碎掉。

「眼鏡是在死者身旁發現的嗎？」宋戴克問。

「沒錯，」站長回答，「在死者頭部附近發現的，鏡片的碎渣則散落在碎石間。」

宋戴克在本子上做了些記錄，接著警探掀開蓋屍體的防水布，宋戴克俯身去看攤在擔架上的屍體。死者的頭已經掉下來，四肢扭曲，非常嚇人。就這樣，藉著警探的燈光，宋戴克一直彎腰觀察了一分多鐘。最終，他直起身子，小聲對我說：「現在只剩下一種可能性了。」

警探快速瞥了宋戴克一下，正要開口，又盯上了宋戴克那個放在架子上的旅行箱。這時，宋戴克打開了箱子，從裡面拿出幾把解剖鉗。

「你很清楚，我們沒有權利驗屍。」警探說。

「當然，」宋戴克說，「我只是察看一下死者的口腔。」

接著，他先拿著鉗子翻動死者的舌頭，仔細檢查完舌頭背面後，又認真察看死者的牙齒。

「傑維斯，麻煩你幫我拿一下放大鏡。」宋戴克說。於是我打開折疊放大鏡遞給他。警探提著燈急切地湊上前。宋戴克和往常一樣，先用放大鏡對死者的每一顆牙齒都進行檢查——尤其是門牙。最後，用鉗子從上排門牙中刮下某個極小的東西，然後將其置於放大鏡下觀察。我知道他接下來要用什麼，便從箱子中取出載玻片和解剖針，一併遞給他。他把刮下來的東西放到載玻片上後，用解剖針將其攤成薄片。此時，我已把顯微鏡架好了。

「傑維斯，我需要一滴法倫特試劑和一塊蓋玻片。」宋戴克說。

他接過試劑瓶，將試劑滴在那個東西上後蓋上蓋玻片，然後把整份採樣放到顯微鏡上觀察。

我無意間發現警探在偷笑，但是出於禮貌，他見我看他時，便將笑容收了回去。

「先生，在我看來，」他抱歉地說，「這簡直不可思議了，死者又不是食物中毒而亡，為何要看他吃了什麼晚餐呢？」

宋戴克抬起頭，微笑著說：「先生，這很難說。在處理此類案件時，任何反常的事都不容忽視，每件事都有其存在的價值。」

警探很不服氣，反駁道：「對於一個腦袋搬家的人來說，我實在無法理解檢查他死前吃的食物會有什麼價值。」

「你確定？」宋戴克說，「你真的對一個死者臨死前吃了什麼東西絲毫不感興趣嗎？比如，死者衣服上的食物殘渣……這裡面就沒有一點有價值的資訊嗎？」

「反正我看不出來。」對方依舊十分固執。

宋戴克用鉗子把那些殘渣夾到載玻片上，先拿放大鏡觀察了一會兒，接著又將其置於顯微鏡下檢驗。

「死者臨死前，吃了某種含有燕麥的全麥餅乾。」宋戴克說出他的觀察結論。

「這又有什麼意義？」警探說，「我們只想確定死者的死因——是自殺，是意外，還是他殺。我對他吃了什麼點心這件事，沒有任何興趣。」

「非常抱歉，」宋戴克說，「我覺得查出殺害死者的真凶以及殺人動

機，才是我們要考慮的問題。據我所知，其他問題已經解決了。」

警探目瞪口呆地說道：「先生，你這麼快就有結論了？」

「沒錯，非常明顯，此案是一起凶殺案。」宋戴克說，「而說起作案動機，由於死者從事鑽石買賣，我猜他肯定會隨身攜帶一些寶石。不妨搜一下屍體看看。」

警探非常不屑地說道：「我明白了，這只是你的主觀推測。你之所以覺得死者是被人殺死的，是因為他從事鑽石生意，而且攜帶著貴重的寶石。」警探直起身子，嚴肅地說：「先生，要知道，我們不是在搞什麼小報的有獎問答，而是在辦案。至於搜查屍體，也不用你操心。」

於是，警探轉過身去，翻出了死者口袋中的所有東西，並且將其放到雨傘和手提袋旁的一個盒子裡。

宋戴克在警探搜索遺物時大略察看了一下屍體，並用放大鏡著重檢查了死者的鞋跟。警探非常不客氣地嘲笑道：「先生，死者的腳還沒有小到要用放大鏡觀察的地步吧？」他看了一眼站長後又說，「可是話又說回來，對眼力不好的人來說，這也是沒辦法的事。」

宋戴克笑了笑，態度非常和善。當警探繼續搜查時，宋戴克又對那些放在盒子裡的東西產生了興趣。他仔細檢查了眼鏡、小刀、名片盒和其他小物品，皮夾和筆記本則留給警探親自察看，警探一直在角落裡偷笑。宋戴克藉著燈光查驗老花眼鏡的度數，然後再對菸袋和香菸盒的內部檢查了一番，甚至連菸捲上的浮水印和銀色火柴盒都沒放過。

警探一邊放下從死者身上搜出來的鑰匙，一邊說道：「你打算在菸袋裡找點什麼？」

「菸草。」宋戴克淡定地回答，「不過，想不到裡面竟裝著這種切碎的上等拉塔基亞菸草，我還是第一次見到有人把這種菸捲起來抽。」

「我覺得，這裡沒有一件你不感興趣的事。」警探說話時，望了一眼表情僵硬的站長。

「的確，」宋戴克附和道，「我還發現死者的遺物中並無鑽石。」

「是的，但我們無法確定他此行是否真的隨身攜帶著鑽石。不過，我

們從他身上發現一個鑽石別針、一塊金錶、一個錶鏈和一個皮夾，皮夾裡面裝著……」警探打開皮夾，倒出裡面的東西，說，「十二鎊的金幣……很明顯，這不是一起搶劫案。你現在還認為此案是他殺嗎？」

「我還是原來的看法，」宋戴克說，「而且我要去案發現場看看。」接著宋戴克轉身問站長：「有沒有檢查火車頭？」

「我早就給巴菲爾德站發去了電報，讓他們檢查車頭。」站長回答，「檢查報告已經出來了，我們最好先看完報告，再去案發現場。」

我們來到燈具室門口，站務人員正拿著一份電報等在那裡。站長接過電報，大聲讀出裡面的內容：「我認真檢查了車頭。除了前輪和第二個輪子上沾有小塊血跡外，找不到任何其他痕跡。」站長不解地看了一下宋戴克，宋戴克點點頭，說道：「我得去現場勘查一番，看看報告是否屬實。」

站長十分困惑，急需宋戴克的解釋。但是警探顯然已經有些不耐煩了，於是宋戴克立即整理好箱子，我們備好一盞燈，便向案發現場出發。宋戴克拿著燈，我拎著那個重要的綠箱子。

兩位官員走在前面，我們跟在後面。等與他們離得遠一些後，我說：「我很困惑，你是如何這麼快就判斷出此案不是自殺而是他殺的？」

「根據一個很小但極其關鍵的細節。」宋戴克說，「你是否發現死者左太陽穴上方的一處斜角的傷痕？在火車的撞擊下，很容易產生這種傷口，但他的傷口曾長時間出血，流出的血跡都已凝結甚至乾了。然而死者身首異處，倘若那個傷口是被車頭撞出來的，一定是死者的頭斷掉後才撞到的，因為火車首先撞到的並不是死者的頭部。可是頭斷掉後又怎麼會流血呢？所以，傷口應該是在斷頭之前造成的。」

「不僅頭部傷口流了血，那兩條血跡還形成一個直角。透過觀察血液的凝結狀況，我們可以知道，有一條血跡是從臉部一側慢慢流下，接著滴到衣領上；而另一條血跡則是流到後腦勺。傑維斯，你應該明白，地心引力是無法改變的。倘若血是從臉部向下流到下巴，當時死者肯定是直立的。然而，倘若血是從正臉流到後腦勺，當時死者肯定是仰面躺著。但是，司機看到屍體時，屍體是面朝下的。由此我們只能這樣推論：死者是在站立或坐著時受

的傷。之後，在他還沒徹底嚥氣前，曾經長時間平躺著，所以血才會流到後腦勺。」

我十分懊惱：「我竟然沒注意到這個疑點，簡直太蠢了。」

「等你有了足夠的經驗，也可以透過觀察細節做出迅速的判斷。」宋戴克說，「不過，你有沒有發現死者臉部的異樣？」

「看起來像是窒息而死。」

「沒錯，」宋戴克說，「根據死者臉部的狀況判斷，無疑是悶死的。你應該也發現了，死者的舌頭和嘴唇內部有傷，顯然他的嘴巴曾經被狠狠壓過。臉上的傷痕與有關頭部傷口的推論相當一致。如果死者頭部最先被人攻擊，接著奮起反抗，但最終被打倒，然後窒息而亡，我們就要想辦法從手上的線索中找到相關證據。」

「還有，你在死者的牙縫裡找到了什麼？我還沒來得及用顯微鏡仔細察看。」

「哦，對！」宋戴克說，「這東西不僅證明了我們的推論是正確的，還隱含了其他有價值的資訊。這是一小塊由不同纖維構成的紡織布料，染料的顏色也不一樣。它的主要成分是深紅色的毛料，還有少量的藍色棉布纖維和黃麻纖維。這很可能是一種來自女性衣物上的彩色織品。不過，根據其中的黃麻成分判斷，絕不是什麼好布料，更像是窗簾布或地毯之類的東西。」

「這對破案有幫助嗎？」

「當然，倘若這並非衣服上的布料，就一定是從某種家具上帶下來的，由此我們可以推測它來自某戶人家。」

「也不能完全肯定吧！」我反駁道。

「是的，不過這條佐證的價值不容小覷。」

「佐證了什麼？」

「透過觀察死者鞋底得出的結論。我認真察看過死者的鞋底，並沒有發現任何泥土和碎石的痕跡，按理說，他應該會經過一片滿是泥土和碎石的荒地才能到達案發現場，怎麼可能不沾上這些東西。令人意外的是，我從他的鞋底上發現上等香菸的菸灰、被菸頭燙過的焦痕，以及一些餅乾殘渣。除此

以外，鞋底的釘子上還掛著幾根來自地毯的深色纖維。種種跡象表明，他是在一個鋪著地毯的房間裡喪命，然後才被搬到鐵路上的。」

我沉默良久。雖然我們是老朋友，但我還是對他的判斷十分吃驚。實際上，每次與他一起辦案的感覺都不一樣。他總能把那些看似無關的小事完美地聯繫起來，使其具有特別的意義。這種能力著實令人驚嘆。

「假如你的判斷是對的，」我說，「那麼答案就相當明顯了。死者遇害的那個房間裡肯定留下大量線索。現在我們唯一要做的就是，找到那個房間。」

「對，」宋戴克說，「這是問題的關鍵，而且很不好辦。只要找到那個房間，所有疑點就都解開了。但是如何才能找到它呢？我們不能在沒有任何證據的情況下，就隨意進入別人的房間進行搜查。現在，線索就此中斷。我們很清楚，線索的另一頭就藏在某座房子裡，如果不把線索的兩頭連在一起，案件就無法偵破。要記住，我們最終的目的是，查清誰是殺害奧斯卡·布洛德斯基的真凶。」

「我們的下一步工作是什麼？」我問。

「找出與此案有關的那棟房子。為了實現這個目標，我們需要彙集手頭所有的資料，將每一種可能性都分析一遍。倘若無法透過現有資料查出那棟房子，那麼這項工作就算失敗，我們只得從頭再來。比如，以阿姆斯特丹為突破口，假如死者的確隨身裝著鑽石。對此，我沒有任何懷疑。」

到達案發現場後，我和宋戴克不再說話。站長和警探停下來，在燈光下察看周圍的鐵路。

「說實話，這裡留下的血跡還真不多。」站長說，「我看過許多類似事件，但是現場和車頭上只留下這麼點血跡的情況實在少見。」

宋戴克漫不經心地望了望鐵軌，他並不關心站長的疑問。不過，當燈光照亮鐵軌旁邊的地面時，宋戴克看到了一些混著石灰粉的碎石，而且當警探蹲下來時，可以十分清晰地看到他的鞋底沾上這些石灰和碎石。

「傑維斯，你發現了嗎？」宋戴克小聲說道。

我點了一下頭，警探的鞋底的確沾上了剛剛踩到的石灰和碎石。

「你們是不是還沒找到那頂帽子？」宋戴克一邊向警探提問，一邊彎腰撿起鐵軌旁邊的一段繩子。

「是的，」警探回答，「不過帽子肯定就在附近，先生。」他望著那段繩子，露出狡黠的笑容：「你似乎有新發現。」

「還不確定。」宋戴克說，「一段摻有一縷綠色細線的雙股麻繩的繩頭。不管怎樣，先留著吧，說不定以後會用到。」

於是，宋戴克掏出一個裝有一些小紙袋的錫盒。他將繩子放進紙袋裡，還用鉛筆在袋子外面做了簡單的標註。警探面帶微笑，看著宋戴克做完這一切，然後回到鐵軌上繼續檢查，宋戴克也跟了過去。

「我想，這個傢伙的視力肯定有問題。」警探指著散落在鐵軌上的玻璃渣說，「他之所以走上鐵軌，或許就是因為眼力不好迷了路。」

「也許吧！」宋戴克隨意應和著。他早就發現這些散落在枕木和碎石間的玻璃渣，於是又從剛才那個盒子裡拿出另一個紙袋，對我說：「傑維斯，我需要一把鉗子。方便的話，你不妨也幫我收集一下這些碎渣。」

警探見我們在夾這些玻璃渣，露出驚奇的表情。

「這些鏡片難道不是從死者的眼鏡上掉下來的嗎？」他說，「我看到他鼻樑上有鏡架的壓痕，所以他肯定戴著眼鏡。」

「不過，再核實一遍也沒壞處。」接著，宋戴克小聲對我說，「傑維斯，這或許是最關鍵的線索，請不要漏掉任何一個碎片。」

「我實在無法理解。」我一邊說，一邊拿著燈在碎石間尋找那些細小的玻璃渣。

「不好理解嗎？」宋戴克轉頭說道，「你瞧瞧，有些碎片不大不小，但是散落在枕木上的碎片則不一樣，已經碎成了極小的顆粒；而且它們碎裂的方式與現場狀況也有很大差異。就算這些玻璃渣來自眼鏡片，但鏡片又是如何弄碎的？顯然，單單掉到地上不會產生這樣的結果，被火車輾碎的可能性也可以基本排除。因為被火車輾碎的鏡片勢必會變成更小的粉末，而我們在案發現場的鐵軌上並未發現粉末狀的殘渣。回想起那副眼鏡，的確有很多疑點——鏡框受損的程度比被火車輾過更輕，比掉到地上更嚴重。」

「你有怎樣的看法？」我問。

「根據鏡片的外觀判斷，我認為是被人踩碎的。但是，倘若屍體是從其他地方搬過來，那個人也一定會把眼鏡帶過來，而且在此之前鏡片早就碎掉了。由此我推斷鏡片被踩碎這件事，發生在打鬥過程中，而不是凶手將其帶過來後。所以，我們務必要把每一小塊碎片都撿起來。」

「可是，這麼做有什麼意義呢？」我問了一個很愚蠢的問題。

「因為，假如我們收集了案發現場的所有碎片，再測定鏡片的大小，倘若發現分量差很多，就意味著，我們也許能從其他地方找到殘餘的鏡片。反之，倘若我們收集到的鏡片數量和估算的相差不大，那就說明鏡片的破碎地點就是這裡。」

在我們收集玻璃渣時，站長和警探拿著燈到處找死者的帽子。我們做得相當認真，不放過現場的任何一個殘渣，甚至還借用放大鏡。直到我們撿完後，他們依然拿著燈在附近的鐵軌上晃動。

「在他們回來之前，不妨先看一下我們的發現。」宋戴克望著一閃一閃的燈光說，「現在缺張桌子，不如就拿箱子替代吧！把它平放在欄杆旁的草地上。」

我擺好桌子後，他掏出一張紙，平鋪在上面。雖然夜晚寂靜無風，但他還是在紙上壓了幾塊石頭。然後，他把小紙袋中的東西倒出來，細心地將它們攤開，靜靜地觀察了很久。接著，宋戴克露出極其怪異的表情。他突然開始行動，將大塊的玻璃渣挑到兩張先前擺好的卡片上，然後迅速地把它們拼在一起。望著卡片上的玻璃渣一點一點有了輪廓，我逐漸興奮起來。因為，我已經預感到將會有重大發現。

最後，兩塊只有一兩處小缺口的橢圓形鏡片呈現在卡片上。而剩下了一堆十分細小的玻璃渣，很難拼回去。此時，宋戴克直起腰，輕聲笑道：「結果還真是意外。」

「何出此言？」我說。

「難道你還沒看出來嗎？」宋戴克說，「這些玻璃渣的數量足以讓我們把碎掉的鏡片拼好，但剩下的玻璃渣比鏡片缺口所需的玻璃要多得多。」

看著那一小堆剩餘的玻璃渣，我恍然大悟。那些剩下的碎片著實不少。

「這個發現太厲害了。」我說，「你認為該如何解釋呢？」

「倘若我們使用些技巧，就能從這些碎片中找到答案。」他說。

宋戴克先挪開箱子上的卡片和紙，然後打開箱子，取出顯微鏡，換上放大十倍倍率的鏡片。接著，他把那些細小的玻璃渣置於載玻片上，藉著燈光開始檢查。

「哦！」很快，宋戴克便叫出聲來，「真是越來越有意思了。玻璃碎片說多也多，說少也少。意思就是，裡面有少量玻璃碎片來自於眼鏡，但不足以補上鏡片的缺口。剩下的碎片則與清晰、堅硬的光學玻璃很不一樣，其材質不均勻且十分輕軟。這些有弧度的碎片很可能來自於一個圓柱體，我覺得是酒杯或平底玻璃杯之類的。」宋戴克動了動載玻片，然後繼續說道，「傑維斯，我們真是太幸運了。我從這片玻璃上發現兩條交叉線，非常明顯，那是八角形圖案的一部分。另外這塊碎片上的三條斑紋應該是三股光束的末端。由此我們可以想像出一個玻璃容器的樣子——很可能是帶有星形圖案的平底玻璃杯。這種杯子偶爾也會加一圈裝飾條紋，不過並不多見。你瞧瞧這兩塊碎片。」

我正要湊過去看顯微鏡，站長和警探出現了。見我們坐在草地上圍著一台顯微鏡，警探忍不住笑出來。

笑了很久後，他才停下來抱歉：「兩位先生，真是不好意思。不過，說實話，作為一個老手，在我眼中，這確實有點……你應該明白，顯微鏡的確是個好東西，但在這種案件裡真用不著。」

「也許吧！」宋戴克回答，「對了，那頂帽子找到了嗎？」

「還沒。」警探略顯慚愧地說。

「看來我們也要幫忙找找了。」宋戴克說，「稍微等一下，我們馬上就好。」

他往卡片上倒了幾滴液狀松脂，固定住玻璃碎片，接著將它們和顯微鏡一起收箱。然後表示可以出發了。

「周圍有什麼村莊嗎？」宋戴克問站長。

「科菲爾德是離這裡最近的一個村莊，大概有半英里遠。」

「最近的公路在什麼地方？」

「三百碼外有一條沒修完的路，那條路屬於某家建築公司，但一直沒有施工的跡象。道路穿過了一戶人家，那裡還有一條通往車站的小路。」

「周圍沒有別的住戶嗎？」

「沒有。方圓半英里內，只有那一戶人家，而且這周邊也沒有其他路了。」

「布洛德斯基的屍體是在靠近公路這邊的鐵軌上被發現的，所以我覺得他很可能是從那個方向來的。」

警探表示贊同。於是，我們在站長的帶領下，慢慢走向那棟房子，並且留意著腳下是否有那頂帽子。路上長滿了各種雜草，警探拿著燈，踢開腳下的植物，以便找到帽子的蹤跡。走了大概三百碼，我們來到一道矮牆前，牆內是一座小花園，花園另一頭矗立著一棟小房子。大家都停了下來，而警探不管不顧，大步邁進牆邊的草叢中狠狠地踢著。突然，一陣金屬撞擊的聲音傳來，還夾雜著叫罵聲。很快，我們看到警探抱著一隻腳，一邊說一邊罵地跳了出來。

「究竟是哪個混蛋做的？竟把這個東西扔在草叢裡。」他撫摸著疼痛難忍的腳，大聲說道。

宋戴克撿起那個東西，藉著燈光察看，這才發現是一根直徑不到一英寸、長約一英尺的鐵條。

「我認為它放在草叢中的時間並不長。」宋戴克認真檢查了一會兒，又說，「鐵條上看不到一點鏽跡。」

「那東西放在那裡的時間還不夠長嗎？」警探怒吼著，「究竟是哪個混蛋做的？我真想讓那個混蛋嘗嘗被鐵條敲頭的滋味。」

宋戴克並不在意警探的腳怎麼樣了，依然認真研究著那根鐵條。後來，他把燈放在牆上，掏出放大鏡來進一步觀察。警探對這樣的舉動更加不滿，悶悶不樂地瘸著腿走路，站長緊隨其後。不一會兒，他們便開始敲大門。

「傑維斯，我需要一片載玻片，上面要滴好法倫特試劑。」宋戴克說，

「我從這個鐵條上發現某種纖維。」

我將載玻片備好，連同蓋玻片、一把鉗子和一根針一併拿給宋戴克，並架好了顯微鏡。

「警探弄傷了腳，真是令人同情。」宋戴克擺弄著顯微鏡說道，「不過，他這一腳沒白踢，你看一下鏡片下的取樣就明白了。」

於是我走到顯微鏡前，動了動玻片，看清楚後說道：「這裡面有紅色羊毛、藍色棉質纖維，還含有類似黃麻的成分。」

「是的，」宋戴克說，「這與我們在死者牙縫裡找到的纖維完全一樣，它們很可能來自同一塊布料。凶手大概用窗簾或地毯擦過這根鐵條，導致布洛德斯基被悶死的東西很可能就是那塊布料。我們得先保留這個證據，以後會用到的。不管怎樣，我們一定要進入那棟房子，裡面絕對藏著有價值的線索。」

我們很快把箱子收拾好，趕到了房子的大門口，看到站長和警探正望著那條荒涼的斷頭路發呆。

「裡面的燈還亮著，」警探說，「但是主人不在家。敲了好久都無人應答，我覺得我們還是早點撤吧！帽子很可能就在案發現場附近，或許明早就找到了。」

宋戴克沒有理他，直接穿過花園去輕聲敲門，同時彎腰靠在鑰匙孔的旁邊認真探聽。

「先生，我早說了，裡面沒人。」警探不高興地說。然而，宋戴克依舊聽著屋內的情況，警探氣不過，便轉身離開了。警探走遠後，宋戴克立刻拿著燈檢查門口、小路以及花床等處。沒幾下工夫，他便從花床邊撿起了某個東西。

「傑維斯，我發現一個好東西。」他在向柵欄門走去時，遞給我一根只抽了一小截的香菸。

「從上面能發現什麼？」我問。

「許多事。」他答道，「這根香菸在點燃後沒抽便被扔掉了，這說明事發突然。而且，香菸被扔在了門口，由此可以看出是某人進屋前扔的。這

個人應該與主人不熟，不然就不會避諱把香菸帶進屋。可是，一開始他並無進屋的打算，因為他已經早早點著了菸。前面都是我大致的推斷，現在我要對一些細節進行解釋。這種菸紙是『Zig-Zag』①牌的，上面的浮水印非常清楚，布洛德斯基身上的菸紙也是這個牌子——透過菸紙的抽取方式判斷出來的。我們再來瞧瞧菸捲裡的菸草。」接著，宋戴克掏出一個大頭針，從菸捲沒點燃的那端挑出一點深棕色菸草。

「切碎的拉塔基亞菸草。」我立刻做出判斷。

「非常好。」宋戴克說，「這根香菸的菸紙和菸草都很少見，卻剛好和布洛德斯基攜帶的菸紙和菸草一樣。因此，我們可以斷定，這根香菸是布洛德斯基的。不過，即使是這樣，我們還是缺少一些更確鑿的細節證據。」

「什麼證據？」我說。

「不知道你有沒有發現，布洛德斯基的火柴盒裡裝著一些很少見的圓形木質短火柴棍。既然他是在門口不遠處點的菸，找到那根點菸的火柴應該並不難，我們不妨去他可能經過的那條路上找找。」

我們拿著燈在那條路上仔細尋找。沒走幾步，我就在坑坑窪窪的小路上看到一根火柴，撿起來後發現，那的確是一根圓形木質短火柴棍。

宋戴克反覆看了幾遍那根火柴，然後將它和香菸一同裝進盒子裡。「傑維斯，非常明顯，布洛德斯基就是在這棟房子裡被殺的。既然已經確定了這一點，我們必須想辦法進到裡面，搜尋更多證據。」

於是，我們迅速來到房子後面。警探則一臉不高興地跟站長在一邊談話。

「先生，」警探說，「我想我們該回去了。我實在搞不懂我們來這裡做什麼，但是……喂！先生，你在做什麼！你不能這樣！」

此時，身手敏捷的宋戴克正飛速地翻越那道矮牆。

---

1. Zig-Zag，著名的法國品牌，其包裝方法和菸紙抽取方式與其他品牌有很大差異。——譯注

「你這是私闖民宅，先生，趕緊停下！」警探立刻說。

宋戴克並未理會，徑直跳入牆內，然後轉身說道：「警探，我敢肯定，布洛德斯基曾經來過這裡，實際上，我正打算對此稍做解釋。不過，時間緊急，不能錯失良機。還有，我只是想察看一下垃圾箱，並沒有要破門而入的意思。」

「翻垃圾箱！」警探驚嘆道，「哦，你可真行啊！你打算在裡面找什麼？」

「一個破碎的平底杯或酒杯。杯子的材質較薄，印有八角星圖案。它很可能在垃圾箱裡，不然就在屋內。」

警探遲疑良久，但最終還是被宋戴克堅定的神情征服了。

「我們很快就知道垃圾箱裡有什麼了。」警探說，「可是，我還是理解不了，一個平底杯怎麼會和此案扯上關係。不過不管怎樣，大家動起來吧！」於是，我和站長跟著警探翻過了牆頭。

警探和站長急匆匆地走上小路時，宋戴克在柵欄門邊停留了片刻，不過沒什麼收穫，於是他一邊觀察周圍的情況，一邊走向房子。不一會兒，警探便興奮地叫起來。

「先生，東西就在這兒！」警探十分高興。

我們趕忙湊過去。二人正吃驚地站在一堆垃圾前。藉著燈光，我們發現一堆印有星形圖案的平底玻璃杯碎片。

警探用異常崇敬的語氣說道：「先生，你是怎麼知道這些玻璃碎片在這裡的？你的下一步計畫又是什麼？」

宋戴克拿著鉗子彎腰察看這堆垃圾：「這只是所有證據中的一部分，或許我們還能有新的發現。」他夾起幾塊玻璃碎片，認真檢查了一遍後又將它們放回去。突然，垃圾底下一小片碎玻璃引起了宋戴克的注意，他把它夾起來放在強光下用放大鏡認真檢查。最後說道：「沒錯，這就是我們要找的東西。傑維斯，快把箱子裡的那兩張卡片拿出來。」

我掏出那兩張卡片——上面黏著玻璃鏡片，將它們置於箱子上，同時舉起燈來照明。宋戴克目不轉睛地盯著鏡片，過了一會兒，又瞧了瞧撿到的玻

璃碎片，然後轉身對警探說：「你看到我撿到的那塊玻璃渣了吧？」

「看到了，先生。」警探回答。

「你也清楚我們發現這些鏡片的地點，以及鏡片的主人？」

「是的，先生，鏡片是死者的，是你們在案發現場找到的。」警探說。

「很好，看清楚了。」接著，宋戴克把撿到的那塊碎玻璃放到死者鏡片的空缺處，輕輕一推，二者便完美地融合在一起。站長和警探看得瞠目結舌。

「老天！你是如何知道的？」警探驚呼。

「等會兒再細說，」宋戴克說，「現在我們不妨到屋內看看。但願能在裡面找到一根被踩滅的香菸或雪茄、一些全麥餅乾和一根短火柴棍。最好還有那頂丟失的帽子。」

聽完這些，警探立即跑到後門，但發現後門打不開，他又試了試窗戶，也同樣鎖得嚴嚴實實。最後，宋戴克提議去前門看看。

來到前門，警探說：「這裡也鎖住了，看來不來硬的是不行了，雖然這樣做不太好。」

「那就試試窗戶吧！」宋戴克說。

警探接受了他的建議，走到窗前試著用小刀撥開上面的鉤子，但幾次都失敗了。他回到門邊說：「沒用，我們只得……」警探目瞪口呆地望著已經打開的前門，宋戴克則正收起他的工具。

我們跟著宋戴克進了屋，警探對我說：「你這位朋友開鎖也很在行啊！」不過，他沒想到還會有更令人驚訝的事發生。宋戴克帶著大家進入了一個只有一盞吊燈的客廳，客廳不大，光線相當昏暗。

宋戴克將燈弄亮，然後察看周圍的情況。桌上擺著一個威士忌酒瓶，一個平底玻璃杯和一個餅乾盒。宋戴克指著餅乾盒對警探說：「檢查一下裡面有什麼東西。」

警探掀開盒子看了一眼，站在他身後的站長也瞥見了裡面的東西，二人驚嘆不已。

「先生，你是如何知道這棟房子裡有全麥餅乾的？」站長驚奇地問道。

「知道答案後，你一定會非常失望。」宋戴克說，「現在，我們還是先搜查一下房間吧！」接著，宋戴克又向警探指了指壁爐裡一根被踩扁且未抽完的香菸，還有一根木質短火柴棍，對方驚訝得一句話都說不出來。站長則用極其敬畏的眼神盯著宋戴克。

「你們還帶著死者的東西吧？」宋戴克開口問。

「我把東西裝在口袋裡了，這樣最保險。」警探回答。

宋戴克拾起那根踩扁的香菸，說：「讓我們一起瞧瞧死者的菸袋吧！」

警探打開菸袋。宋戴克熟練地用刀切開香菸，然後問道：「菸袋裡是哪種菸草？」

警探捏起一點菸草看了看，又勉強聞了聞，說：「應該是拉塔基亞菸草。」

宋戴克指著剛切開的香菸問：「你知道這是什麼菸嗎？」

「毋庸置疑，與菸袋裡的一樣。」

宋戴克說：「我們再來瞧瞧死者身上的菸捲。」

於是，警探從一本菸紙樣本中抽出一張菸紙，宋戴克則把那張還未燒完的菸紙放在一旁比對，警探拿著兩張紙在燈光下反覆察看。

「錯不了，兩張紙上都印著『Zig-Zag』的標誌。」他說，「現在可以肯定，那根香菸是死者自己捲的。」

「還有，」宋戴克將燒過的木質短木火柴棍置於桌上，「你有死者的火柴盒嗎？」

警探掏出一個銀色小盒子，從裡面拿了一根火柴棍，與那個燒過的火柴棍進行比對，然後蓋上盒子說道：「事情的來龍去脈已經十分清楚。最後一步就是找到那頂帽子，它是破案的關鍵。」

「恐怕那頂帽子就在這兒。」宋戴克說，「你看到壁爐中木炭旁的那堆餘燼了嗎？」

警探趕忙衝到壁爐前，興致勃勃地撿起餘燼說：「還有溫度，一看就不是煤灰。煤灰上會有一層木頭燃燒後的灰燼，而這些黑色物體與煤灰相去甚遠。它們八成是帽子的燃燒物，但是也不好說，碎掉的鏡子可以拼回去，想

讓餘燼還原成帽子，那絕對是天方夜譚。」

警探撿起一小塊黑色餘燼，望著宋戴克，滿臉的同情。宋戴克接過餘燼，將它們放到紙上。

「說實話，我們的確無法恢復帽子的原狀，但我們可以查清這些餘燼原來是什麼。誰敢說，這一定就是帽子的殘餘物呢？」

宋戴克劃著一根石蠟火柴，讓火光靠近燒焦的餘燼。那堆殘餘物瞬間燃燒起來，在劈啪作響的同時，散發出強烈的濃煙。煙裡混合著樹脂般的刺鼻臭味和燃燒動物皮毛的異味。

「跟清漆類似。」站長說。

「沒錯，是蟲膠清漆。」宋戴克說，「所以我們已經得出了一個確切的結論，接下來的試驗比較麻煩。」

宋戴克從綠箱子中取出各種實驗用品，包括燒瓶、試管、折疊三腳架、酒精、石棉網和安全漏斗。他先認真挑出一小塊餘燼放進燒瓶，並往燒瓶裡灌滿酒精，然後放到石棉網上，再把燒瓶和石棉網都架在三腳架上面。接著點燃三腳架下方的酒精燈，將酒精燒沸騰。

看到燒瓶開始冒泡，宋戴克說：「還有一件小事，我們必須弄清楚。傑維斯，我需要一塊載玻片，上面要滴好法倫特試劑。」

我整理載玻片時，宋戴克用鉗子挑下桌布上的一小撮纖維。他把纖維置於加了試劑的載玻片上，再將玻璃片放在顯微鏡下。

「我敢肯定，我們曾見過這種纖維。」宋戴克一面觀察，一面說道，「沒錯，這就是我們見過的混雜著紅色毛料、藍色棉纖維以及黃麻纖維的東西。趕緊做個記號，以免與其他樣本搞混。」

「你知道死者是怎麼死的嗎？」警探問。

「大概瞭解。」宋戴克說，「我覺得，罪犯先將他引入這個房間，並讓他吃了一些甜點。罪犯當時和布洛德斯基分別坐在那把椅子和這把小扶手椅上。之後，罪犯試圖用那根你在草叢中發現的鐵條襲擊布洛德斯基，但一開始沒有成功，雙方展開激烈的搏鬥，持續一段時間後，凶手最終用桌布將死者悶死。哦，還有一點，你是否記得這段繩子？」宋戴克掏出那段從鐵軌旁

邊撿來的細繩問道。警探點了點頭。宋戴克繼續說：「你轉身就能知曉這段繩子的來源。」

警探趕忙轉過身，立刻就發現壁爐旁的一個繩盒。宋戴克從那個盒子裡拽出一段繩子，與手中的那一小段細繩進行比較。「光憑白麻繩中的那絲綠線，就可以肯定它是從這個盒子裡出來的。」宋戴克說，「罪犯搬運屍體時，騰不開手來拿雨傘和手提袋，於是就用一小段細繩將它們綁在一起。對了，另一個取樣的鑑定結果應該出來了。」

宋戴克把燒瓶從三腳架上拿下來，使勁搖了搖，拿著放大鏡聚精會神地察看裡面的東西。瓶中的酒精變得濃稠，像深褐色的糖漿一樣。宋戴克一邊取出吸管和載玻片，一邊說：「我覺得我們在這裡的初步實驗已基本完畢。」

他用吸管從燒瓶中吸出幾滴酒精溶液，然後將它們滴到載玻片上，蓋好蓋玻片後，放到顯微鏡下認真觀察。我們滿懷期待地在一旁靜靜看著。最終，他抬頭對警探說：「你知道帽子的原材料嗎？」

「不太清楚。」警探回答。

「上等的帽子是用兔子的細軟毛做成的，並且用蟲膠黏合。現在，我敢肯定，壁爐中的那些餘燼裡含有蟲膠。除此之外，藉由放大鏡，我也從餘燼中發現幾根細小的兔毛。所以，我可以負責任地說，這些是一頂質地堅硬的兔毛毛帽的餘燼。而且，那頂帽子十之八九是灰色的，因為這些兔毛並未染過色。」

這時，一陣急促的腳步聲從花園那邊傳來，我們停下來轉身去看，發現一位老婦人衝到了房間內。

她呆立在那裡，一言不發地打量了我們一會兒後，嚴厲地問道：「你們是什麼人？在這裡做什麼？」

警探起身說道：「夫人，我是警察，至於其他事，現在還不方便透露。不過，您又是哪位？」

「我是席克勒先生的管家。」她回答。

「嗯，席克勒先生。那麼，他待會兒會回來嗎？」

「不會。席克勒先生剛出去沒多久，」女管家簡單地答道，「他傍晚去火車站了。」

「是準備去阿姆斯特丹嗎？」宋戴克說。

「我不清楚。不過，這和你有什麼關係？」女管家說。

「我猜他從事鑽石買賣，很多鑽石商人都乘那趟火車。」宋戴克說。

「有這種可能。」老婦人說，「他是做鑽石生意的。」

宋戴克說：「傑維斯，我們得離開了。任務已經結束，接下來我們需要找一家旅店休息。警探，我還有幾句話要單獨告訴你。」

一臉謙卑的警探隨我們來到花園，等待宋戴克的臨別贈言。

「你最好立即讓女管家離開這棟房子，封鎖現場。屋內的任何東西都不能動，包括那些餘燼。還有，垃圾堆也要保持原樣，屋子就更不能打掃了。我或者站長會去警局請求支援，你先守在這裡。」

互相道過晚安後，我們便跟著站長走了，此案也告一段落。希拉斯‧席克勒的船剛靠岸，他就被逮捕了，警方還從他身上搜出一包鑽石，經查驗，那正是布洛德斯基的東西。但是席克勒並未被送上法庭，因為在回英格蘭途中，他在船正要靠岸時，突然擺脫警衛跑掉了。三天後，他的屍體在安福特一處荒無人煙的海灘上被人發現。

宋戴克放下報紙，對我說：「此案十分奇特且非常典型，過程充滿了戲劇性，但結局又在意料之中。傑維斯，但願你能從中拓展自己的見聞，並提高推理能力。」

「我還是喜歡聽你讚美法醫學。」我打趣道。

宋戴克笑著反駁：「你如此缺乏上進心，著實令人遺憾。不過，從此案中我們可以得出以下幾個要點：一，行事要果斷，不論何時，都不能有半點遲疑和拖延。延誤了時機，線索很可能會永遠消失。二，不要小看任何一個平淡無奇的細微線索，要事無巨細。三，在辦案過程中，經過專門訓練的科學家的作用十分關鍵。最後……」宋戴克總結道，「我們現在明白了，出門在外，那個寶貴的綠箱子必不可少。」

預謀行凶

一、殺死布拉特

如果一位顧客花錢從酒商那裡訂購了上等酒，收到的卻是次級品，這個酒商的名聲就會徹底敗壞，而且也免不了承擔法律責任。在道德層面上，我們完全可以將酒商的這種做法與鐵路公司收了頭等車廂的票價卻讓乘客受到不該有的打擾的行為劃上等號。不過，就像赫伯特・史賓塞[①]說的：不要奢望企業家的良知會高於個人。

盧夫斯・彭伯里先生當時就是這樣想的。那時，火車正從梅德斯通西站緩緩離開，警衛卻把一個看起來該坐三等車廂的粗野壯漢帶到了盧夫斯・彭伯里先生所在的那節車廂。他花更多的錢，就是為了圖個清靜，不希望和那些閒雜人等坐在一起。可是這個壯漢的到來，使一切都化為泡影，他為此特別憤怒。

---

1. 赫伯特・史賓塞（1820～1903），英國社會學家。他為人所共知的就是「社會達爾文主義之父」，所提出的一套學說把進化理論適者生存應用在社會學上，尤其是教育及階級鬥爭。——譯注

不過，倘若此事與鐵路公司的乘客契約相悖，這個陌生人接下來的舉動與公然侮辱就沒有任何差別——火車剛啟動，他就非常沒有禮貌地盯住彭伯里。雙眼直勾勾的，就像玻里尼西亞的神像。

這是一種非常令人不適的侵犯。彭伯里焦躁不安地坐在椅子上，情緒逐漸變差。他掏出一兩封信件反覆研讀，接著又整理名片，甚至試圖用雨傘擋住對方的視線。最後，他實在忍受不了，瞪大眼睛怒視著那個陌生人，以此來表達自己的不滿。

「先生，你的臉已經深深印在我的腦海中，大概以後再見面時，我一眼就能認出你。」彭伯里說。

「即使在茫茫人海裡，我也能認出你。」

對方的回答令彭伯里一時語塞。

「你知道嗎？我十分擅長記憶人的長相，可以說是過目不忘。」陌生人繼續說出令人吃驚的話。

「有這種能力，絕對是一件很棒的事。」彭伯里說。

「對我來說非常有價值，」陌生人說，「至少之前我在波特蘭監獄工作時就非常有價值。我敢肯定，你對我還有印象，我叫布拉特。你服刑期間，我在監獄做助理。波特蘭簡直糟透了，所以我天天盼著被派到城裡出差。你應該還記得吧，拘留所一開始並不在布里克斯頓，而是在霍洛威。」

一想到這些，布拉特稍微停頓了一下。此時的彭伯里已經臉色發白、氣喘吁吁，他故作鎮定地說道：「你大概認錯人了吧！」

「不，我是不會認錯人的。」布拉特說，「你肯定是法蘭西斯·多布斯。你在十二年前的一個夜晚，從波特蘭監獄裡逃了出來。第二天人們在比爾港找到了你的衣服，卻找不到任何其他蹤跡，大家還以為你不在人世了。不過，警方還是保留了你的照片和指紋，你不妨去那裡跟他們見一面。」

「我憑什麼要去？」彭伯里有點心虛。

「哦！也對，你憑什麼要去呢？當你變得富有時，只要花點錢，一切就都擺平了。」

彭伯里默默地看著窗外。過了一分鐘，他突然轉頭問布拉特：「你打算

要多少？」

「對你這樣的有錢人來說，每年付個幾百英鎊應該不算什麼吧！」對方淡定地回答。

彭伯里思考了片刻：「為什麼你認為我很有錢？」

布拉特冷冷地說道：「彭伯里先生，我對你的情況一清二楚。這半年來，我一直在離你不到半英里的地方住著。」

「太陰險了！」

「是的。從監獄退休之後，歐格爾曼將軍讓我到他貝斯福德的住所當管家兼警衛。我到那裡的第二天就發現你，不過並沒有和你相認，因為我打算先查清了你的身家，再找你開口。於是經過一番打探我才瞭解到，幾百英鎊對你來說是小意思。」

沉默了一會兒後，這位退休的獄卒繼續說：

「我說自己總能記住人們的長相，就是從這兒來的。說起傑克‧艾里斯，即便你在他眼前晃動過幾年時間，那個傢伙都不會有任何察覺。」此刻，布拉特對自己的得意忘形有些後悔。

「傑克‧艾里斯是誰？」彭伯里質問道。

「他是貝斯福德警察局的一個臨時工，平時做一些兼職，負責收集村中的情報，偶爾也承擔辦公室的一些雜務。他在波特蘭民事警衛廳當差時，你還在監獄裡。他因為一次意外而丟掉了左手食指，所以當局讓他提前退休了。他本身是貝斯福德人，找到這份工作也很正常。不過，他是不會認出你的，這一點你放心。」

「只要你不告訴他。」彭伯里說。

布拉特笑道：「既然大家互惠互利，你就不必擔心我會出賣你。再說，我和艾里斯關係很差。他一個已婚男人，竟然跑到我這邊來找將軍的女僕。我當下就把他趕跑了，他也一直因此事對我懷恨在心。」

「我懂了。」彭伯里若有所思地回答。停頓片刻後，他又問：「歐格爾曼將軍又是誰？我好像在哪兒聽過。」

「看來你對這號人物還是有所瞭解。之前我在西南部的達特莫爾監獄

工作時，他是典獄長。我敢打賭，你要是進了他掌管的監獄，絕對插翅難飛。」

「此話怎講？」

「這位將軍在達特莫爾養了一群警犬，他可是個警犬專家。所以，當地的囚犯都很識相，沒人敢動越獄的心思。」

「他現在還養著那批警犬，是不是？」彭伯里問。

「是的，而且還經常訓練牠們。為了能試試這些警犬的能耐，他總是盼著周圍發生些案子，可是從未如願。大概罪犯們早就聽說了這些警犬的厲害，因此都學乖了。總之，我們還是來談談那幾百英鎊的協議吧，你有什麼意見，按季支付怎麼樣？」

「我需要考慮之後才能做決定。」彭伯里說。

「非常好，」布拉特說，「明晚我會返回貝斯福德，你有一天的考慮時間，需不需要我明晚到府上瞧瞧？」

「不需要，」彭伯里說，「我不希望別人知道你我之間的瓜葛，所以我們最好找一個隱蔽的地方解決這件事。凡事都要小心，別在乎多花點時間。」

「說得對，」布拉特附和道，「好，就由我來安排吧！通往將軍家的那條林蔭道上沒有幾戶人家，白天也難見人影。火車大概六點三十分到達貝斯福德，從車站走回去大約要十五分鐘，我們六點四十五分在那條路上見面好了，你覺得怎麼樣？」

「沒問題，」彭伯里說，「還有，你敢肯定那些警犬不會在周圍活動嗎？」

「老天，絕對不會。」布拉特大笑，「那些警犬都被關在屋後的狗窩裡，將軍可不敢讓他的愛犬到處跑，讓那些壞人有機會下毒。下一站就是斯旺利，我得去抽根菸了，你認真考慮一下吧！再見，明晚六點四十五分林蔭道上見。還有，提醒一下，彭伯里先生，你也可以先帶五十鎊的頭期款來，小額鈔票和金幣都行。」

「好吧！」彭伯里冷冷地說。他的臉頰微微泛紅，眼神極其凶惡。布拉

特大概也察覺到了，因此當他走出車廂時，突然回頭威脅道：

「還有一點，彭伯里先生，千萬不要耍什麼花樣！我是個精明的老手，想唬我簡直是做白日夢。先這樣。」說完，布拉特便不見了，留下彭伯里在那裡沉思。

假如現在有個會傳心術的人把彭伯里此刻的想法傳達給布拉特的話，布拉特絕對會被嚇到。因為像彭伯里這樣經驗豐富的罪犯，總能進行高超的偽裝，實際上，布拉特徹底被這位以前的階下囚給矇騙了。

盧夫斯‧彭伯里的真名叫多布斯，他性格堅毅而且聰明過人，在做了一段時間的亡命之徒後，發現這樣很划不來，便放棄了這門營生，然後從波特蘭的比爾港乘船到美國的某個港口，開始兢兢業業的做合法生意。他花了十年的時間成就了一番事業，並帶著一大筆錢返回英格蘭，在貝斯福德小鎮附近買了一棟房子。靠著原先累積下的財富，他安度了兩年平靜的時光。由於社區較為封閉，他不用應付各種複雜的鄰里關係。倘若沒有布拉特的出現，他原本可以在這裡安穩地過完下半生。可是天不遂人願，布拉特的到來改變了這一切，他的安全感徹底消失了。

敲詐勒索者最令人無法接受的一點就是，他所做出的承諾永遠都不可信，你和他之間所做約定的效力也只是暫時的。他會反覆兜售一件已經賣掉的東西，你的自由會被他貼上價碼，但腳鐐的鑰匙從來都不會給你。總之，勒索者極其討厭和難纏。

盧夫斯‧彭伯里就是這樣想的。即便布拉特向彭伯里講條件時，彭伯里也沒有任何多餘的想法，他根本就不在意對方所說的「認真考慮一下」，因為從他得知布拉特的身分開始，他就已經做好了打算。彭伯里在布拉特冒出來之前，日子過得輕鬆自在，可是現在，只要布拉特活著，彭伯里便永遠都睡不了安穩覺。所以為了使自己的生活恢復平靜，布拉特這個勒索者必須死。

這個推斷沒有任何問題。

因此，當布拉特離開後，火車上的彭伯里一心只想著怎樣將布拉特殺死，至於按季付錢的事，他想都沒想。

盧夫斯・彭伯里生性並不凶惡，但在處理一些棘手問題時，他會變得異常冷血和專注，拋卻所有的雜念。倘若一隻黃蜂在他的茶几上搗亂，他一定會殺死這隻黃蜂。當然，考慮到黃蜂有自衛能力，他絕不會直接上手，而是想方設法地避免被黃蜂傷到。

布拉特也一樣，為了錢對彭伯里進行敲詐。非常好，既然對方願意冒這麼大的險，彭伯里也就無須瞻前顧後，只要確保自己身分不被洩露就可以了。

火車在查令十字車站停下來，彭伯里下了車，望著布拉特走出車站後，便動身前往河濱大道上的白金漢街，那裡有一家幽靜的私人旅店。剛一進門，旅店女老闆就叫他的名字，並且把鑰匙遞給他，顯然，旅店方面早就知道他要來。

「彭伯里先生，你打算留在城中嗎？」女老闆問。

「不，」彭伯里說，「明天一早我就要走，不過不久就會回來。對了，你們店裡應該有套百科全書吧，能否借我看一下？」

「百科全書放在起居室裡，」女老闆說，「你知道起居室怎麼走吧？」

彭伯里表示知道。起居室位於旅店二樓，鄰近一條充滿往日氣息的老街。書架上擺放著各種類型的小說，以及許多本厚重的百科全書。

一個鄉紳查詢「獵犬」這樣的詞條，在外人眼中並不是什麼稀罕事。但人們會非常疑惑，他為何從「獵犬」向下繼續追查關於「血液」的條目，之後又查詢到「香水」方面。倘若他們瞭解到彭伯里是為了殺人而查這些東西，一定會倍感吃驚。

彭伯里放好雨傘和手提袋後，走出了旅店，看起來信心滿滿。他最先來到位於河濱大道上的一家雨傘店，逛了一圈後，買了一支藤製長棍。這件事本身並沒有什麼好奇怪的，不過這根藤杖特別粗，而彭伯里的身材矮小，所以店員提出異議，但彭伯里表示自己就喜歡粗藤杖。

「先生，當然你有選擇的自由。不過……」

「我就喜歡粗藤杖。」彭伯里強調，「請把棍子截短一些，以適應我的身高。還有，末端的金屬套圈不要釘死，回家後我會自己處理。」

他購買的下一件物品與他的目的十分契合，不過那個東西著實嚇人——一把巨大的挪威刀。但是他並不滿足，又到另一家店裡買了一把和剛才那把一模一樣的刀。人們無法理解他為何要買兩把一樣的刀？又為何在不同的店裡買？

盧夫斯‧彭伯里在接下來的三十分鐘內買個不停。他的戰利品包括一個廉價手提袋、一個裝畫筆用的黑色盒子、一把三角銼刀、一把鋼鉗和一些彈性膠。光這些還不夠，他又來到一家小巷中的老藥店，購買了一包吸水棉花和一些除臭殺菌用的結晶鹽。藥劑師在打包這些東西時，很像一個巫師，彭伯里則在一邊冷眼看著。

「你們這裡賣麝香嗎？」他淡漠地問。

藥劑師當時正在加熱封蠟條，聽到他的提問後停下來答道：「先生，純麝香太貴了，我們這裡不賣。不過有麝香香精出售。」

「香精的氣味比不過純麝香吧？」

「是的，」藥劑師露出神秘的微笑，「雖說沒有純麝香香，但是氣味也相當濃。作為一種動物性香水，它的味道強烈而持久。我敢打賭，倘若您將一小勺麝香香精灑在聖保羅大教堂的中央，整個教堂的味道半年內都不會散乾淨。」

「太不可思議了吧！」彭伯里說，「不過，它的香味對任何人來說都足夠了。那就給我來一點麝香香精吧！你可得注意，不要讓香精灑出來，這不是給我自己用的。讓自己聞起來像隻麝貓，絕對不是個好主意。」

「你當然不會願意，先生。」藥劑師附和道。接著，他拿出一個小的空玻璃瓶、一支玻璃漏斗以及一個標有「麝香香精」的玻璃瓶，三兩下就把香精灌到那個小玻璃瓶裡。

藥劑師弄好之後說道：「好了，先生，一滴都沒灑。再蓋上一個橡皮塞，就萬無一失了。」

然而，彭伯里似乎對麝香深惡痛絕。當藥劑師回裡屋去換零錢時，彭伯里打開袋子裡那個裝畫筆的盒子，然後用鉗子將櫃檯上的瓶子輕輕夾到盒子裡，蓋好後再把包括盒子、鉗子以及櫃檯上另外兩包東西在內的所有東西都

放回袋子裡。那個巫師一樣的藥劑師很快就換好了零錢，他回來時剛剛的兩先令六便士已全變成了四便士的硬幣，彭伯里接過零錢便走出藥店，來到河濱大道上。突然，他有了新主意，沉思片刻後，便大步地走向北邊，準備買點更奇怪的物品。

這次，彭伯里來到一家位於七鐘面購物區附近的動物商店，這家店的動物種類繁多，從水蝸牛到安哥拉貓，只要客人能想到的，都能在這裡買到。彭伯里瞧了瞧櫥窗裡的天竺鼠，接著走進了這家奇異的商店。

「有沒有天竺鼠的屍體？」他問道。

「沒有，」老闆說，「店裡只賣活物。」他露出陰險的笑容，接著又說：「不過，你知道，動物死亡是避免不了的事。」

彭伯里不高興地望著商店老闆：「隨便找一隻小型哺乳動物就行。」

「籠子裡有隻今早剛死的大老鼠，你要的話就拿去吧！」老闆說。

「可以，聽起來不錯。」彭伯里說。

於是，老闆將老鼠的屍體打包好，彭伯里象徵性地付了幾便士後，提著東西回到旅店。

吃過午飯後，彭伯里開始處理這次進城的原定業務，只花一下午就把所有事都搞定了。晚上十點，他在一家飯店飽餐一頓後，才回到住處。他夾著包，拿了鑰匙後，便回房休息了。但是，他剛鎖好門，正準備換衣服時，做了一件令人費解的事。他拉出新藤杖上的金屬拉環，用銼刀將藤杖底端慢慢掏空。之後，再把一個棉花球塞進金屬套圈中；往藤杖底端抹好彈性膠，並且把金屬套圈套回藤杖上，然後用瓦斯燈給彈性膠加熱，使其更加牢固。

弄好藤杖後，他開始處理那把挪威刀。他先用銼刀把木製刀盒和刀柄上的黃漆磨乾淨，接著割開老鼠包裹上的繩子，取出老鼠屍體，將其放到一張紙上。然後他砍下老鼠頭，提起老鼠的尾巴，讓牠的血滴在刀子上，再將血均勻塗滿刀柄和刀刃。

接下來，他放下刀子，打開窗戶。伴隨著陣陣有節奏的貓叫，從黑暗中跑來一隻貓。彭伯里把老鼠的屍體和頭向貓丟過去，然後關好窗戶。最後，他將包裹裡的紙塞進壁爐，洗過手後，就去睡覺了。

然而，彭伯里第二天早上的行動依舊讓人摸不著頭腦。他很早就吃完早飯，把自己鎖在屋內。然後，將新藤杖倒著綁在梳妝檯的桌腳上。接著，他取出裝香精的瓶子，聞了聞，確定沒有外洩以後，打開塞子，將大約半勺的麝香香精倒在金屬套圈中間的棉花球上，並且看著香精被徹底吸收。然後，他又用同樣的方式處理了那把挪威刀。做完這一切後，彭伯里打開窗戶，望著窗外的小院。院中有幾株即將枯萎的月桂樹，老鼠的屍體已經被叼走了，他將手上的玻璃瓶和橡膠塞都丟進了樹叢。

接下來，為了防止漏氣，他掏出凡士林，極為細緻地把畫筆盒子的接縫處以及盒蓋內側塗抹了一遍。擦乾淨手後，彭伯里用鉗子將刀子夾到盒子裡，然後迅速蓋好蓋子。接著，為了除去鉗子上的氣味，他把鉗子剛剛與刀子接觸的部分放在瓦斯燈上加熱，之後又將鉗子包好，連同盒子一起裝入袋中。最後，他解開綁住藤杖的繩子，一手抓住藤杖的中間，十分小心地避免碰到上面的金屬套圈，然後帶上兩個袋子，走出了房間。

早上的一等車廂裡沒有幾個乘客，找一節無人的車廂也不費力。彭伯里一直站在月台上，直到警衛吹響哨子才登上火車。一進入車廂，他便將車門關好，把藤杖放在椅子上，並讓金屬套圈的那頭對著另一側車窗，就這樣來到了貝斯福德車站。

彭伯里先把衣物袋寄存起來，然後手持藤杖的中間，走出了車站。火車站往東半英里處便是貝斯福德市區，彭伯里家在車站西邊一英里處的路邊，歐格爾曼將軍的住所位於兩者之間。對他來說，歐格爾曼將軍的住處是再熟悉不過的了，那裡原本是一座位於草地邊緣的農莊，有一條約三百碼長的林蔭道與外界相通。道路兩旁長滿了參天大樹，路盡頭的兩扇鐵門也只是擺設，因為整個宅院是開放式的，從周圍的草地可以自由出入。實際上，草地裡還有一條比較隱蔽的小路與林蔭道的中間相連。

彭伯里經小路前往林蔭道，他走走停停，隨時注意著周圍的情況。

他站著仔細聽了一會兒，除了樹葉的響動，沒有任何其他聲音。非常明顯，這裡只有他一個人，而且既然布拉特不在，歐格爾曼將軍在這裡的可能性也不大。

這時，彭伯里開始仔細察看路兩邊的樹林。他是從一棵榆樹和一棵橡樹之間走進林蔭道的。橡樹大概七英尺高，有三根與普通樹幹相當的主要枝幹，其中最粗的那根遮住了一半道路，呈現出一個巨大的弧形。彭伯里圍著這根樹幹繞了一圈，最終放下了手提袋和藤杖，爬到了樹頂上。他剛要爬上三根枝幹的分叉處時，鐵門響了，隨後有腳步聲傳過來。彭伯里以最快的速度從上面滑下來，把東西收好，躲在樹幹後面。

他將身體緊緊貼在樹幹上，小心翼翼地觀察周圍的情況，生怕被人發現。不一會兒，有人影靠近。彭伯里不停移動身體來隱藏自己。等人走遠了，彭伯里才出來察看。原來是個郵差，彭伯里很慶幸沒被他看到，因為郵差認識他。

彭伯里從橡樹底下走開，回頭看了看，感覺這棵樹並不合適。接著，他在榆樹後面發現一棵鐵木。這棵古老鐵木的樹梢已經被截去，茂密的樹枝像喇叭一樣向外伸展，頂部寬大，長相十分怪異。

彭伯里馬上認定這就是自己要找的那棵樹。不過，他等郵差返回並走遠後，才從那棵橡樹後面跳出來，走向那棵鐵木。

那棵樹不足六英尺，彭伯里沒費多大力氣就爬了上去。他將藤杖靠在樹幹上，金屬套圈那一頭朝下，再掏出盒子，從裡面拿出刀子，然後把刀子藏在樹頂上。當他準備收起盒子時，突然上前聞了聞，那令他不適的香水味使他趕緊蓋上蓋子，將盒子扔到樹頂中央的凹陷處。接著，彭伯里把袋子收好，拿著藤杖原路返回了。

彭伯里走路的方式讓人琢磨不透。他的步伐很慢，一路上拖著藤杖在地面上蹭，沒走幾步便停下來，使勁把金屬套圈往地上壓。看到這種情景的人，難免會覺得他精神出了問題。

他以這樣的方式穿過了這片草地後，又穿過了另一片草地，然後才通過一條窄巷回到大街上。窄巷正好與警察局相對，這個警局與周圍屋舍的區別不大，只能透過外面的燈光、敞開的大門和貼在外頭的公告才能將它辨認出來。彭伯里手持那根藤杖，徑直穿過馬路，停在了警局前面。他將藤杖靠在一旁的台階上，看了看那些公告。敞開的大門裡面，有個警察正在伏案工

作。彭伯里發現這個背對著自己的人的左手缺了食指，因此斷定此人正是當初在波特蘭民事警衛廳當差的傑克・艾里斯。

彭伯里不用看傑克・艾里斯的正面，也能輕易將他認出來。彭伯里總是在固定的時間和他在貝斯福德和臨近索普村的路上相遇。艾里斯每天三到四點間會前往索普村，七點到七點十五左右返回，很明顯，這是例行公事。

彭伯里看了看時間，正好是三點十五分。他離開警局，緩緩地向著索普村的方向走去，其間一直抓著藤杖的中間。

他眉頭緊鎖，思考了很長時間，突然愁容消散，大步地向前走去。很快，他穿過一道樹籬，踏上一片與馬路平行的草地，同時掏出一個豬皮錢包。彭伯里小心翼翼地取出錢包裡的錢，只留下幾先令硬幣，然後將藤杖上的金屬套圈拔下來，裝進空錢包裡。

他依舊抓著藤杖中間緩步前進，並且把錢包套在藤杖的一頭。

最後，他來到一處連續轉彎的地方，那裡的坡度很陡，可以回頭看見不遠處的路面情況。他躲在樹籬後面，透過縫隙可以看見路上稀少的行人，而行人卻看不到他。

十五分鐘後，彭伯里開始焦慮不安。難道他搞錯了？艾里斯並不是每天都會去索普村？如果是這種情況，事情就難辦了。但就在這時，一個矯健的身影出現了。彭伯里心中的石頭瞬間落地，因為他十分肯定，對方正是艾里斯。

然而，一名工人也正從反方向走來。彭伯里原本打算挪動一下位置，不過他估計工人會先經過自己，於是就沒有動。最終，工人經過了彭伯里藏身的樹籬縫隙處，艾里斯在馬路轉彎處消失了。等工人過去之後，彭伯里立即將藤杖從樹籬的縫隙間伸出去，把錢包甩到地上，再推到小路中間。做完這些後，他在樹籬的遮擋下悄悄地靠近走來的艾里斯，然後坐下來等待。艾里斯的腳步聲越來越清晰，當他從彭伯里身邊經過時，彭伯里撥開樹枝，小心翼翼地望著艾里斯的背影。艾里斯會注意到那個小錢包嗎？彭伯里也不確定。

腳步聲戛然而止。彭伯里看到艾里斯彎腰撿起那個錢包，先是察看了裡

面的東西，再將它收起來，彭伯里這才放了心。當艾里斯走遠後，彭伯里起身活動一下筋骨後，便迅速離去。

彭伯里走過樹籬縫隙附近時，發現一堆乾草，一個新想法又從他的腦海中冒了出來。他快速掃視了周圍的情況，跑到縫隙的另一邊，借助木棍將藤杖完全塞進草堆裡。此時的手提袋裡已沒有任何東西，其他那些買來的物品都裝在衣物袋裡。衣物袋寄放在火車站，得抽時間去取。他打開手提袋，聞了聞之後發現並無異味，但還是決定將其扔掉。

彭伯里從樹籬走出來時，正好看到一輛載滿布袋的貨車經過。車速很慢，而且車輛的尾板是放下來的。彭伯里沒幾步便追上貨車，趁沒人注意，將手提袋輕放到貨車的尾板上。接著，他去火車站取衣物袋。

回到家的彭伯里徑直走進寢室，並且把管家叫來，讓他準備一頓大餐。接著，他脫得一絲不掛，並且將所有衣物都裝進夏季衣箱。為了防蟲，箱子裡面噴了許多化學樟腦油。然後，他掏出除臭結晶鹽，將其倒入浴缸中，再放滿水。不一會兒，浴缸裡的水就變成了粉紅色溶液。彭伯里跳進浴缸，把包括頭髮在內的所有身體部位都浸在液體中。接著，他清空浴缸，用清水沖洗全身，洗淨擦乾後，回臥室換了一身乾淨衣服。最後，他享用了一頓大餐，然後在沙發上閉目養神，等待赴約。

六點三十分，在火車站附近一盞不甚明亮的路燈下，彭伯里伺機而動。火車進站後，人群湧出車站，他看到一個人離開人群，往索普村的方向走去。此人便是布拉特，藉著昏暗的燈光，彭伯里看到他正踏著堅實有力的腳步趕去約定地點，他腳上的靴子一直咯咯作響。

彭伯里跟在布拉特後面，盡量不被對方發現，他透過腳步聲來判斷與目標的距離。當布拉特越過小路入口的台階處，朝著鐵門走去時，彭伯里迅速跳過台階，穿過黑暗的草地。

一踏上伸手不見五指的林蔭道，彭伯里就去找那棵鐵木。找到後，他將手伸到樹頂，確定鋼鉗還在。接著，彭伯里轉身緩步走在林蔭道上。此時，他左胸內層的口袋裡放著兩把相同的刀中的一把，他一邊走一邊摸著刀柄。

不一會兒，鐵門響了，林蔭道的另一頭有腳步聲傳來。彭伯里放慢腳

步，對著一個黑影問道：「是布拉特嗎？」

布拉特興奮地答道：「是我。」當彭伯里走近，這位退休的獄卒問道：「老頭，東西帶來了嗎？」

對於這種無禮的語氣，彭伯里並不在意，反倒有些開心。他回答：「帶是帶了，但我們還沒達成確定的共識。」

「你聽好了，」布拉特說，「將軍馬上就會帶著朋友從賓菲爾德回來，我可沒工夫跟你閒聊，趕緊把錢交出來，我們日後再談。」

「沒問題，」彭伯里說，「但是，你得知道……」彭伯里突然停下來，呆立在原地。二人離那棵鐵木相當近，彭伯里抬頭看著黑漆漆的樹葉。

「怎麼了？」布拉特問道，「你在看什麼？」接著，布拉特也停下來，與彭伯里望向同一個地方。

這時，彭伯里立即抽刀刺向布拉特寬闊的肩膀，後者的左肩胛骨下方瞬間被刺中。

發出一聲慘叫之後，布拉特轉身揪住襲擊者。布拉特曾經是個出色的摔跤手，力量相當強，假如彭伯里沒有武器，早就被布拉特擊敗了。很快，布拉特掐住彭伯里的咽喉。但是，彭伯里依然沒有放手，二人扭打在一起。過了很久，在彭伯里雨點般的刀刺下，布拉特的哀嚎聲逐漸減弱。接著，二人重摔到地上，彭伯里壓在布拉特上面，打鬥已經結束了。伴隨著幾聲微弱的呻吟，布拉特徹底沒了力氣，鬆開了雙手。彭伯里把他推開，起身喘起氣來，並不由自主地顫抖著。

然而，情況緊急，剛剛的纏鬥所產生的聲音太大，很可能會被人聽到。彭伯里趕忙去鐵木下取鋼鉗，另一把刀就夾在鋼鉗的一端。他用鋼鉗將之前藏好的那把刀扔在屍體附近，然後把鋼鉗放回鐵木樹頂的凹陷處。

這時，林蔭道的一頭傳來一個女子的尖叫。

「是你嗎？布拉特先生？」女子大喊。

彭伯里原本想去屍體旁邊取回另一把一模一樣的刀，可是這叫聲使他退了回來。但眼下也顧不了那麼多了，他又走到屍體附近。屍體躺在地上，刀子插在死者背部，被壓在下面。彭伯里只得抬起屍體，使勁地將刀子往外

拔。此時，女子的聲音越來越近了。

最後，他終於拔出了刀子，並且將其收好。彭伯里把屍體放回原位後，已累得氣喘吁吁。

「布拉特先生，是你嗎？」

對方的聲音彷彿就在耳邊，彭伯里被嚇壞了。他轉身一瞧，樹林間正閃著燈光。接著，鐵門發出巨大的聲響，碎石路上傳來了馬蹄聲。

彭伯里大吃一驚，他並未想到會有馬。這樣的話，他就無法通過草地返回索普村了，一旦被追上，後果不堪設想。因為他渾身沾滿血，口袋裡還裝著那把刀。

遲疑片刻後，他很快想起那棵橡樹，於是趕忙跑過去爬上樹頂，並且盡量避免使樹幹沾到血跡。橡樹的主要枝幹伸展開來，約有三英尺長。彭伯里用外套包住自己，趴在上面。枝葉將他擋得嚴嚴實實，很難被人察覺。

彭伯里剛藏好，樹林間閃爍的燈光便來到跟前———一個女子提著馬廄的燈走過來了。與此同時，從相反的方向又射來一道更亮的燈光，原來是一個騎馬的男子和一位騎自行車的男子。

兩人以最快的速度趕過來，騎馬的男子一見到這個女人便高聲問道：「帕頓夫人，怎麼了？」就在這時，自行車的燈光剛好照到仰臥在地上的屍體。三人頓時發出驚叫，男子立即下馬跑向屍體。

他彎腰一瞧，大叫道：「怎麼會這樣，這是布拉特。」騎自行車的男子也湊過去，車燈正好照在一灘血跡上。

「漢福德，他被殺了。」騎馬的男子對騎自行車的男子說道。

漢福德拿著燈仔細察看屍體，並在附近照來照去。

「歐格爾曼，你身後是什麼？」他突然問道，「那不是一把刀嗎？」漢福德正要上前去碰，歐格爾曼立即伸手攔住他。

「不要碰！」歐格爾曼大喊，「先讓警犬聞一聞。警犬很快就會逮到凶手，不管他是誰。上帝！漢福德，這傢伙死定了！」歐格爾曼興奮地望著那把刀，接著轉身告訴他的朋友，「漢福德，警局就在附近，只有五分鐘的路程，你趕緊去一趟，叫警察過來。我先在周圍的草地上看看。倘若你回來時

我還沒抓到凶手，我們就派警犬出馬。」

「好。」漢福德說完便騎車消失在黑暗裡。

「帕頓夫人，」歐格爾曼說，「不要讓任何人碰刀子，一定要把它看好。我這就去草地裡搜查。」

「先生，布拉特先生死了嗎？」帕頓夫人哭道。

「哎！」將軍說，「我怎麼把這個忘了？你最好確認一下。不過要記住，千萬不要讓任何人碰那把刀，否則警犬會分辨不清上面的氣味。」

他急匆匆地跳上馬，穿過草地朝索普村的方向奔去。彭伯里聽到馬蹄聲越來越遠，開始暗自慶幸，因為將軍所走的路線與自己計畫的逃跑路線相同。倘若他剛剛逃走，沒幾步就會被追上。

將軍離開後，帕頓夫人拿著燈驚慌失措地靠近屍體。她剛看清死者的臉，便有一陣腳步聲從林蔭道上傳來。帕頓夫人立刻起身聆聽，發現是熟悉的聲音後，她不停顫抖的身體才稍微放鬆了一點。

「帕頓夫人，怎麼了？」一位拿著燈的女僕問道，身邊還陪著一個年輕男子。

「老天！那是誰？」男子驚叫。

「布拉特先生，他被人殺害了。」帕頓夫人說。

女僕忍不住叫出聲來。接著，兩個僕人小心翼翼地靠近屍體，滿臉的驚恐。

「不要碰那把刀，」當男子試圖拾起刀子時，帕頓夫人趕忙說，「等會兒將軍會讓警犬去聞。」

「將軍也到了？」男子說。

此時，草地上的馬蹄聲更加清晰，似乎給了男子答案。

歐格爾曼看到僕人們圍著屍體，便停下來問：「帕頓夫人，他還有呼吸嗎？」

「已經沒了，先生。」她答道。

「嗯！應該把醫生叫來。不過，貝利，你不用管這些，你只需備好警犬，在林蔭道那一頭等我的命令。」

於是，他再次騎馬離開，男僕貝利也匆匆走了，留下兩個女子在原地看著屍體。她們小聲交談著什麼。

此時，彭伯里全身不能動，十分不自在。由於兩個女子就在樹下面，他不敢發出一點聲音，連呼吸都很小心。樹底下有一片燈光從貝斯福德方向沿著馬路迅速向這邊移動。不一會兒，樹幹遮住了燈光，片刻之後，車輪聲呼呼作響，樹幹也被照亮了——另一批人馬帶著燈來到了現場。一行人有漢福德、警探以及一位警官，他們每人騎了一輛自行車。當他們走過去時，林蔭路上響起了陣陣馬蹄聲，將軍也騎馬趕了回來。

「艾里斯和你們一起來了嗎？」將軍停下來問。

「沒有，先生。」對方答道，「我們出發時，他還在索普村，今晚他確實有些遲。」

「你叫醫生了嗎？」

警探將自行車停在橡樹旁，說道：「我已經通知了希爾斯醫生，先生。」

彭伯里極力向下趴著，甚至能聞到提燈的氣味。警探繼續問：「布拉特死了嗎？」

「應該是死了。」歐格爾曼回答，「不過，還是等醫生來了再下定論吧！凶器就在這裡，我們還沒碰它。現在該警犬出場了。」

「很好！就這樣做。」警探說，「罪犯跑不遠的。」歐格爾曼又騎馬離開，警探則心滿意足地搓弄雙手。

不一會兒，幾聲低沉的犬吠從黑暗中傳來，與之相伴的是碎石子路上的腳步聲。很快，燈光下出現了三隻獵犬，牠們面相猙獰、身材精瘦、四肢靈活，後面跟著兩個身體不停搖晃的男子。

「喂，警探，」將軍說，「你牽一隻，另外兩隻由我來牽。」

警探上前抓住一隻警犬的皮帶，將軍把警犬帶到那把刀子旁邊。彭伯里以一個旁觀者的身分，偷偷看著那隻獵犬。警犬彎下身子，滿是狐疑地聞著那把刀，然後抬起頭，面露陰鬱。

警犬在原地呆立了很久，接著，轉身貼在地上來回聞著。突然間，牠抬

起頭開始狂叫，然後又將口鼻垂下來，穿過榆樹和橡樹之間的縫隙，將軍也一起跟了過去。

警探也讓另一隻警犬聞了聞刀子，不一會兒，這隻警犬也試圖衝向將軍那個方向。

「牠們肯定不會出錯。」貝利得意地對警探說，同時把第三隻獵犬也帶過來，「你瞧……」

狗鍊上的拉力實在太大，他不得不停下來。之後，貝利也跟著其他人一起跑，漢福德先生在後面跟著。

此時，警官謹慎地撿起刀子，用手帕包好後裝到自己的口袋裡。然後，他也追隨獵犬而去。

彭伯里露出冷笑，他對自己的計畫相當滿意，即使中間出現了一些小麻煩。假如此刻那兩個驚慌失措的女僕也離開了，他就有機會從樹上下來。他聽到狗叫聲逐漸遠去。醫生還沒到，他忍不住咒罵起來。生死大事，醫生竟然如此不放在心上！真是太不稱職了！

突然間，不遠處響起了一陣自行車的鈴聲，同時還有一道光線沿著林蔭道向這邊靠近。很快，一個矮個子老頭便騎車到達現場。他跳下車，將自行車交給帕頓夫人後，走到屍體旁邊，彎腰檢查死者的眼睛，然後起身說道：「帕頓夫人，這個可憐的傢伙已經嚥氣了，這實在太恐怖了。我們還是將他抬進屋吧！我來抬肩膀，你們兩個各自抬一隻腳。」

彭伯里望著他們把屍體抬過林蔭道，腳步聲越來越遠，不一會兒又傳來宅門關閉的聲音。彭伯里繼續豎著耳朵探聽周圍的情況，遠處的草地上，偶爾傳來幾聲低沉的狗叫，除了這些，周圍沒有任何其他動靜。幾分鐘後，醫生回來取走他的自行車。這時，再看周圍，就剩下他一個人。彭伯里起身的一剎那，感到渾身酸痛。他雙手抓住濕漉漉的樹幹，迅速爬下來，再仔細察看周圍的情況，沒有任何燈光，於是他穿過林蔭道，偷偷地踏上臨近索普村的草地。

夜色很深，草地上空無一物。他在一片黑暗中大步地向前走，並不時停下來觀察四周的情況。除了遠處幾聲模糊的狗叫，周圍一片死寂。他印象中

自己的住所附近有一道上面架著木橋的深溝，此刻他正朝著那個方向前進。為了掩蓋自己的罪行，他停在水溝前彎腰清洗雙手。就在那時，胸前口袋裡的刀子掉進了水裡。他摸索了好一會兒，才把刀子撿回來，然後將它埋入挖好的深坑裡。最後，他又用水藻處理了一遍雙手，跨過木橋，走回家中。

彭伯里走到房子的後門處，看到管家正在廚房裡，這讓他非常滿意。於是，他淡定地打開房門，迅速回到樓上的臥室，在浴缸裡把渾身上下都清理了一遍，再處理掉髒水，隨後不忘把換下來的髒衣服塞進皮箱。

處理好一切後，晚餐的鈴聲響了。他興高采烈地坐在餐桌旁，對管家說道：「我明天還要去倫敦處理一些沒辦完的事。」

「你明天會回來嗎？」管家問。

「看情況吧，還不確定。」彭伯里說。

彭伯里向來謹言慎行。他沒多說，管家也沒繼續問。

二、強勁對手

（克里斯多夫‧傑維斯醫師的口述）

一天中最美好的時刻，大概是吃完早飯後的半小時。那時天還沒完全亮，空氣中殘留著夜晚的氣味，街道上的空氣清冷，河面上的船隻冒著霧氣，而屋內的爐火燒得正旺，煙囪中飄著縷縷青煙。

我像貓一樣悠閒地在爐火邊溫暖濕滑的雙腳，同時陷入了無限的遐想。不一會兒，宋戴克十分不屑地哼了一聲。我回頭一看，他正在剪報，而他剪下來的盡是一些無關緊要的內容。他拿起其中一張說道：「報上又有一則關於警犬的報導，看來一樁嚴刑逼供的慘劇離我們不遠了。」

「這樣美好的清晨被打擾，難道不是一樁慘劇嗎？」我撫摸著小腿說，「什麼案件？」

宋戴克還未開口，一陣敲門聲便打破了這片刻的寧靜。他前去開門，迎進來一位穿著制服的警員。我起身背對爐火，打算在談話時也能保持身體溫暖。

「您就是宋戴克醫師吧？」見宋戴克點頭承認，對方繼續說，「先生，我是貝斯福德警局的警探，名叫福克斯。我想你應該看過早報了吧？」

宋戴克拿起那張剪報，坐到壁爐旁，問警探：「你吃過早飯了嗎？」

「吃過了。」福克斯警探說，「為了今天早點來見你，我連夜進城，暫住在一家旅店。你也看到報紙上的消息了，逮捕自己人確實有些尷尬，但我們不得不這樣做。」

「是的。」宋戴克回應道。

「不管對警方，還是對公眾，此事的影響都是負面的。可是為了警方和被告的清白，我們只能這樣做。我們相信他是無辜的，所以警長很想聽一下您的意見。他還提到，或許您還可以幫被告洗脫罪名。」

「先講一下重點吧！」宋戴克取出筆記本，靠在椅子上說，「請將事情的來龍去脈都告訴我，不要有任何疏漏。」

「好的，」警探清了清喉嚨說道，「先說被害人吧！他叫布拉特，曾經在監獄任職，現已退休，在歐格爾曼將軍家當管家。歐格爾曼曾經做過典獄長，關於他那群警犬，你應該也有所耳聞。布拉特於昨天傍晚從倫敦上了火車，到達貝斯福德時是六點三十分。車站警衛、售票員和行李員都見過他。行李員表示，布拉特在六點三十七分離開了車站。歐克爾曼將軍的住所位於火車站半英里遠處。六點五十分時，有人在通往將軍住宅的林蔭道上發現死者的屍體，目擊者包括將軍、僕人帕頓夫人以及一個叫漢福德的男人。死者血流一地，而且旁邊放著一把挪威刀，顯然是被人用刀刺死的。在發現屍體之前，帕頓夫人隱約聽到有呼救聲從林蔭道上傳來，往常布拉特先生都會在這個時候回來，所以她提著燈前去察看。在路上，他碰到了將軍和漢福德先生，三個人同時看到了屍體。漢福德先生立刻騎車去通知警方，同時也有

人去叫醫生。很快，我便和另一位警官陪漢福德先生返回了現場。七點十二分，在草地和林蔭道兩旁搜索一番的將軍也趕了回來，他沒有任何發現。接著將軍讓警犬仔細聞了聞刀子上的氣味。在警犬的帶領下，我們一路穿過草地和圍欄，沿著小巷來到鎮上。最終，牠們紛紛衝進警察局，直奔文員艾里斯的桌邊。警犬試圖攻擊他，被我們拉住了。正在辦公的艾里斯被嚇壞了，臉色慘白。」

「當時警察局裡還有其他人嗎？」宋戴克問。

「還有兩名巡警和一個郵差。警犬對他們並不感興趣，唯獨盯著艾里斯不放。」

「你如何處理呢？」

「我們沒有別的辦法，只能先將艾里斯抓起來，因為將軍就在旁邊。」

「將軍和這個案子有什麼關係？」宋戴克問。

「不管怎樣，我們都得把艾里斯抓起來。將軍是本地的治安官，同時也曾執掌過達特莫爾監獄，正是他的警犬認定了艾里斯。」

「是否存在對被告不利的事？」

「的確有對他不利的事。艾里斯和布拉特曾經在波特蘭民事警衛廳一同工作過，二人雖然是老同事，但關係很差，後來艾里斯因為一次事故而退休。他們最近因將軍家的女傭而吵得厲害。布拉特認為已婚的艾里斯不該和那個女子走得太近，於是警告他不要靠近將軍的住所。從那之後，二人就沒理過對方。」

「艾里斯人品如何？」

「他為人正直，沉默寡言，誠實穩重而且非常善良。與卑鄙狡詐的布拉特相比，我們更喜歡這個不會傷害任何人的艾里斯。」

「你應該已經檢查過艾里斯身上的物品了？」

「沒錯，在他身上我們並未發現什麼可疑的東西，除了他擁有兩個錢包。他說其中一個豬皮錢包是昨晚剛撿的，而且撿錢包的地點就在通往索普村的那條小路上，錢包的主人也並非布拉特。」

宋戴克記錄了一下後又問：「你們是否從艾里斯的衣服上發現血跡或汙

漬？」

「沒有，他的衣服相當乾淨。」

「有從他身上發現刀傷、抓傷或瘀青嗎？」

「沒有。」警探回答。

「你們逮捕艾里斯的具體時間是？」

「七點三十分。」

「關於他之前的行蹤，你們是否調查清楚了？他是否在案發現場周圍出現過？」

「是的，他曾經去過索普村，而且返回時路過了林蔭道上的鐵門。當然，他比平時回來的稍微晚一些。」

「你們驗過屍體了吧？」

「驗過了。希爾斯醫師所做的驗屍報告就在我這裡。死者身上的傷集中在左背部，都是相當深的刀傷，總共有七處。屍體周圍布滿了血跡，希爾斯醫師認為布拉特是因為失血過多而死亡。」

「傷口和現場的那把刀是否吻合？」

「吻合，這一點我已經向醫師確認過了。雖然他無法確定那把刀就是凶器，不過事實已經非常明顯，那把沾滿血的刀就在屍體旁邊。」

「你們是如何處理那把刀的？」宋戴克問。

「與我同行的一位警官把刀子包在手帕裡，然後裝袋，後來由我原封不動地鎖進公文箱。」

「是否有人站出來說那把刀就是艾里斯的？」

「還沒有，先生。」

「案發現場有明顯的打鬥痕跡或什麼人的腳印嗎？」宋戴克問。

警探有些不好意思，笑著說道：「先生，我並未仔細察看過現場。不過，將軍已經騎著馬在四處搜尋了一遍，他的警犬也參與其中。我、園丁、警員以及漢福德先生也來回跑了不止一趟。我覺得沒必要再繼續搜查了吧，先生。」

「你說得沒錯，」宋戴克說，「倘若請我為被告辯護，我自然不會拒

絕。我認為此案疑點頗多，不能就這樣簡單地認定艾里斯是凶手。」

「我怎麼沒發現？」警探驚訝地說道。

「那不過是我個人的觀點。我覺得我們還是一起去現場勘查一番吧，這是目前最有效的方法。」

警探興奮地點點頭。於是，我們回實驗室做出發前的準備工作，警探則在一旁看著報紙等候。

「傑維斯，你也一起來吧？」宋戴克說。

「可以啊，說不定我還能幫上忙。」我答道。

「當然，多一個人幫忙思考總是沒壞處的。」他說，「而且，我對我們的判斷充滿信心，只有它與當前的情況相符。再過二十分鐘，查令十字站會有一趟火車，到時候不要忘記帶上我們的實驗箱和相機。」

上了火車，宋戴克坐在角落裡望著窗外沉思，偶爾也會掏出自己的筆記翻看。顯然，他對此案頗為上心，為了避免打擾他的思緒，我一直在旁邊沉默不語。就這樣持續了半小時後，他放下筆記，開始抽菸。急躁的警探早已不耐煩了，終於開口問道：「先生，你覺得艾里斯還有救嗎？」

「目前的證據雖然對被告不利，可是非常缺乏說服力。我們也可以找出一些有利於被告的證據。」宋戴克回答。

警探倒吸了一口氣說：「可是那把刀該如何解釋呢？」

宋戴克說：「目前還沒確定那把刀的來源以及刀的主人。刀子上雖然沾滿了血，可是你不知道那是誰的血。我們可以做出這樣的假設：那把刀是凶器，而刀上的血就是布拉特的血。我們都知道鮮血會散發出濃烈的氣味，倘若上面的血是布拉特的，警犬聞過之後首先會去找布拉特的屍體，可是實際上警犬壓根就沒理會屍體。由此我們可以判斷出，刀上的血不是布拉特的。」

警探摘下帽子，搔著後腦勺說：「這個推論真是棒極了！我們所有人都沒想到這一點。」

宋戴克繼續說道：「我們還可以假設那把刀是布拉特用來防身的，可是挪威刀並不適合防身，它有嚴格的使用技巧，而且刀刃很難打開。然而，

從布拉特身上的傷口位置來看，七處刀傷全都集中在左背上，這說明當時他和罪犯扭打在一起，並且互相抱住了對方。此外，我們還發現，罪犯是個左撇子。退一步講，就算那把刀是布拉特的，而刀上的血是罪犯的，罪犯肯定受了傷。可是我們並未從艾里斯身上發現傷口，又怎能斷定他是罪犯呢？因此，那把刀什麼都說明不了。」

警探吐了一口氣說：「我徹底被搞糊塗了。可是，先生，你又如何解釋警犬的行為呢？從警犬的反應來看，那把刀就是艾里斯的。」

「警犬從來都沒有陳述過任何事實，一切都是你們根據牠們的行動做出的推論，而這些推論很讓人懷疑，拿來當證據就更沒說服力了，所以根本就不用多解釋。」

「你在質疑警犬的能力。」警探說。

「我從不覺得牠們在偵查犯罪方面能產生什麼作用。」宋戴克說，「警犬無法開口表達，也不會陳述任何觀點，更無法出庭作證。說實話……」宋戴克繼續說道，「用警犬來偵查犯罪，本身就是一件十分荒謬的事。在美國，人們會用這些動物去搜尋逃跑的奴隸。然而，奴隸是身分明確的個體，你要做的只是找到他的行蹤，偵查犯罪時所面臨的局面就完全不一樣。調查人員並不清楚他們所要找的人的身分，而警犬在尋找非特定人士方面無法產生任何作用。或許牠們有發現某些特性的能力，可是由於不會表達，牠們很難把自己所瞭解的事告訴人類。倘若罪犯的身分是不確定的，警犬就無法進行指認。在罪犯身分確定的情況下，也用不著警犬出場。」

「再看眼前這個案子，」宋戴克停頓了一下後說，「我們用警犬來查案，可是我們和牠們之間並不存在溝通的媒介。警犬的嗅覺比人類發達很多，牠們靠這種能力來思考，可是牠們無法將自身的想法傳達給人類。警犬可以發現刀子上的某種特殊氣味，同時順著這種氣味找到了艾里斯。然而，我們還不能對這種行為進行定義。警犬到底發現什麼，也不得而知。我們只能得出這樣的結論：那把刀上的氣味與艾里斯身上的氣味存在某種關聯，可是將這種關聯當作證據，為時尚早，因為我們並未找到真正的原因。那些其他的所謂證據，不過是你和將軍臆想出來的。所以，當下還沒有對艾里斯不

利的證據。」

「案件發生時，艾里斯肯定在附近。」警探說。

「有可能，」宋戴克回答，「可是不只他一個人，還有很多人也曾經出現在現場附近。再說，如果他是凶手，肯定要清洗身體並換掉身上的衣服，但他有這個時間嗎？」

「確實是。」警探附和著，態度有些含糊。

「要知道，凶手肯定要把渾身上下都清洗一遍，他襲擊布拉特時也一定費了很大力氣。我們透過傷口的位置判斷出，布拉特當時進行激烈的反抗，與凶手扭打在一起。凶手一手抓住布拉特的背，一手拿刀拼命刺他，所以凶手的手上絕對會沾滿血跡。但我們並未從艾里斯身上發現任何血跡，而且他好像也沒有清洗的時間。」

「這個案子真夠神奇的。」警探說，「不過我還是想知道警犬為何有那樣的反應。」

宋戴克聳聳肩，非常不耐煩地說道：「這群警犬可真夠難纏的。不得不說，那把刀才是整個案子的關鍵。刀的主人是誰？它與艾里斯有怎樣的聯繫？」宋戴克轉向我說，「傑維斯，你負責思考這個問題，說不定能得出一個非常離奇的答案。」

宋戴克在走出貝斯福德車站時，記錄了一下手錶上的時間，並開口說道：「請帶我們走布拉特曾經走過的那條路吧！」

「不知道他當時走的是馬路還是小道，不過兩條路的長度相當。」警探說。

離開貝斯福德車站，我們一路向西，沿著馬路朝索普村出發。沒多久，就來到一處台階前——那是小道的入口。

「這條小道的中間與林蔭道相交。不過，我想我們還是走馬路吧！」警探說。

繼續走了四分之一英里後，我們遇到了兩扇生鏽的鐵門，其中一扇門沒有關閉。門內是一條寬闊的林蔭道，路兩側長滿了樹木。走在路中間，可以透過樹幹的間隙看到道路兩側的開闊草地。此時正值年末，樹葉已經變黃且

相當濃密，整條路的景色非常美麗。

走到離鐵門大概一百五十碼的地方，警探停下來對我們說：「我們就是在這裡發現屍體。」

「剛好九分鐘。看來布拉特到達這裡時大約是六點四十六分，而在九分鐘後，也就是六點五十五分，他的屍體被人發現。因此，發現屍體時，凶手應該還在附近。」

「的確，死者看起來沒死多久。」警探說，「先生，你不是要看屍體嗎？」

「沒錯！當然，我也想看一下那把刀。」

「刀被我鎖在辦公室裡，得派人去拿。」

接著，警探叫信差回警局取刀，然後帶我們去車房察看屍體。宋戴克快速檢查了死者的刀傷和衣服上的破損處後，並未發現什麼異樣。與先前的描述十分類似，凶器的刀背相當厚，而且是單面刀鋒。檢查完傷口周圍的汙漬，可以判斷出凶器的刀尖形狀與挪威刀完全一樣，凶手就是用這樣一把刀殘忍地將死者刺死。

警探見宋戴克檢查完了，便開口問道：「有什麼有價值的線索嗎？」

「只有親眼看到了那把刀後，我才能做出判斷。」宋戴克回答，「但是在此之前，我們不妨去案發現場看一下。這隻靴子應該是布拉特的吧？」

桌上已經擺好了一雙繫有鞋帶的靴子，看起來十分結實。宋戴克仔細瞧了瞧鞋底。

「沒錯，那是布拉特的靴子。」福克斯回答，「這種布萊奇牌的靴子非常有特色，鞋底很容易辨認。倘若嫌犯穿的是這種靴子，就可以透過特殊的鞋印找到他。」

「不管怎樣，我們先把靴子帶過去。」宋戴克說。

警探接過靴子，與我們一起返回了林蔭道。

在兩棵樹之間的碎石路上，有一大灘深色血跡，一眼便可以看出那是案發現場。那兩棵樹分別是榆樹和鐵木。鐵木被人修剪過，且有些年頭。榆樹另一邊是一棵經過修剪的橡樹，約有七英尺高，底部長了一塊樹瘤，它的三

條主要枝幹中的一條幾乎延伸到了林蔭道的中間。在榆樹和橡樹之間的地面上，除了散布著一些馬蹄印之外，還有許多人和獵犬的腳印。

「在哪裡找到的這把刀？」宋戴克問。

警探指著位於鐵木正對面的一個地方——差不多接近馬路中央，宋戴克將一塊大石頭放在警探所指的點，做了個標記。接著，宋戴克一邊思索著，一邊對案發現場周圍的道路和樹木勘察了一番。最終，他停留在那棵榆樹和橡樹之間，低頭望著那片被踩爛的土地，冷淡地說道：「鞋印還真不少。」

「的確，但這些腳印又是誰的？」警探說。

「關鍵就在這裡。」宋戴克說，「我們先來比對一下布拉特的鞋印吧！」

「誰都知道布拉特當時就在現場。我不理解你這樣做的意義是什麼。」警探說。

宋戴克一臉驚愕地看著他。福克斯警探的這番話實在愚蠢，雖然我也見過類似的場面，但還是對此感到震驚。

「這棵榆樹和橡樹之間的地面要比旁邊亂很多，發現死者的那群人應該從這裡經過過。」宋戴克說道，接著，他又繞著榆樹轉了一會兒，其間一直盯著地面。「還有，我在草皮邊緣的軟泥地上發現一些尖頭靴子的鞋印，從鞋印的大小可以判斷出，鞋子的主人身材十分矮小。我們還可以知道，那個人並不是發現死者的那群人之中的一員。再看布拉特的鞋印，除了在碎石子路上出現過之外，其他地方都找不到他的任何蹤跡。」

宋戴克慢慢向著鐵木走去，眼睛一直注視著地面。突然，他停下來彎腰盯住地上的一個點。我和福克斯趕忙上前，他起身指給我們說：「這是布拉特的鞋印。雖然有些模糊不清，但我敢肯定這就是他的鞋印。警探，你要明白，鞋印在某些時候會很有用的。透過與其他鞋印進行比對，我們就可以推測出時間的先後順序。不信你看，這個鞋印與那個鞋印明顯不一樣。」

宋戴克向警探指出了兩處死者的鞋印，那些鞋印相當模糊。

「你是說，我們可以透過這些鞋印判斷出死者生前與人進行過一場搏鬥？」福克斯問道。

「不僅僅是這樣，」宋戴克說，「這邊有一個布拉特的鞋印是踩在小尖頭鞋印上的；另一個布拉特的鞋印，則被尖頭鞋印蓋住了，已經變得相當模糊。非常明顯，在布拉特還沒來之前，第一個尖頭鞋印就印上去了，而在布拉特踩過之後，第二個尖頭鞋印才印上去的。因此我們可以大膽推測，穿尖頭鞋的那個人和布拉特同時在案發現場。」

「穿尖頭鞋的那個人一定就是凶手。」福克斯大喊。

「這種可能性很大，」宋戴克回答，「但我們先來確定一下他作完案之後去了什麼地方。你們過來看一下，凶手當時就站在這棵樹附近。」宋戴克指著那棵鐵木說，「根據地上的足跡可以看出，接下來他走向了榆樹。你們看，他的足跡如此規律，沒有任何打鬥的跡象，而且都是從鐵木那邊過來的。由此我們可以推斷出，這些足跡應該是凶手在行凶之後留下的。還有一點，這些鞋印集中在樹木背後，也就是林蔭道外緣。關於這一點，你們有什麼看法？」

警探非常困惑，不停地搖頭。我說：「我覺得當凶手逃離現場時，林蔭道上應該有人。」

「非常正確，」宋戴克說，「布拉特剛到這裡沒十分鐘就被殺害了，可是凶手作案也需要時間。當時，女管家隱約聽到了呼救聲，所以拿著燈前來察看，與此同時，將軍和漢福德先生也抵達了現場。因此我們可以猜測，凶手為了不被人發現，就神不知鬼不覺地從樹後面跑了。不管怎樣，找到凶手的鞋印前往何處是我們首先要做的工作，他當時先經過那棵榆樹，再來到另一棵樹下，然後……啊！快看這裡！真是奇怪。」宋戴克走到那棵大橡樹後面，望著橡樹根部的軟泥說道：「這裡有一雙鞋印，看起來比其他鞋印要深很多，而且從鞋尖對著橡樹的朝向來判斷，它們並不屬於那整串的鞋印。你們怎麼看？」

我們還沒開口，他便盯著橡樹的樹幹來回檢查，最終將目光聚集在一個樹瘤上。樹瘤離地三英尺，上方的樹皮有一道痕跡，似乎被什麼東西刮過。除此以外，樹瘤上面有一段剛被折斷的枯枝，我們也在地面上發現掉落的斷枝。宋戴克指出這些痕跡後，便踩著樹瘤猛地跳上了樹，然後探著身子察看

橡樹頂部主要枝幹的分叉處。

「哈！案情更加明朗了。」他大叫。

宋戴克踩著另一個樹瘤爬到樹頂，快速掃視一遍後，叫我們也上去。我踩著樹上的一個凸起，抬頭望著對面的樹頂邊緣，一個手印突然出現在我的視線中。手印是褐色的，還閃著亮光。我和警探先後爬上樹頂，與宋戴克站在三根主要枝幹的分叉處中間。我們一同望向那根延伸到林蔭道中央的枝幹，枝幹上長著青苔，上面的一雙張開的紅褐色手印相當醒目。

宋戴克靠在枝幹上說：「看來凶手的身材矮小，也只有這樣的人才能將手扶在那麼低的位置。要是我的話，肯定辦不到。我們還可以看到，他的兩根食指印都十分完整，這又怎麼會是艾里斯的手印呢？」

「先生，我們很難同意你的觀點。」福克斯說，「這些手印不可能是凶手留下的。因為，當時警犬就在現場搜尋，留下手印的人正在樹上。倘若他是凶手的話，警犬早就察覺異樣來了。所以說，那個人不可能凶手。」

宋戴克說：「正好相反，這個留下血手印的人為我們提供了另一個事實——警犬並沒有發現凶手的蹤跡。回過頭來看，在此案中有人被殺，凶手必定雙手沾滿鮮血，而就在離現場幾英尺的樹上有一個滿手是血的人潛伏著，我們又從鞋印判斷出他躲在上面的時間與死者遇害的時間十分接近。這一切還不夠明顯嗎？」

「先生，你忽略了警犬和那把刀。」警探強調。

「你怎麼還忘不了那些警犬！」宋戴克喊道，「不過，現在有一位警官來了，但願他帶著那把能幫我們解開謎團的刀。」

我們下了樹，站在那個警官對面。他手裡提著一個公文箱，露出驚訝的表情，在行過禮後將箱子交到警探手中。警探立即開箱，從裡面取出一個用手帕包住的東西，然後說道：「看，那把刀就在這裡，原封未動。外面的手帕是這位警官的。」

宋戴克從手帕裡拿出一把巨大的挪威刀，仔細看過之後又遞給我。在我檢查刀身時，宋戴克仔細檢查著手帕，後來他轉頭問那位警官：「你撿起這把刀的具體時間是？」

「我記得大概是在七點十五分，當時警犬剛展開搜尋行動。我撿刀時相當小心，握著刀環將它包進手帕。」

「七點十五分距離案發還不到三十分鐘。」宋戴克說，「這就奇怪了。你看這塊手帕，上面沒有一點血跡，說明那把刀是在上面的血跡乾了之後才被撿起來的。可是秋天的傍晚空氣非常潮濕，東西很難乾透。再看刀子的外觀，可以肯定它被丟到地上時，刀上的血跡已經乾了。還有，警官，我想問一句，你手帕上灑的香水是什麼牌子的？」

「什麼香水？」警官又驚又怒地吼道，「先生，我怎麼會在手帕上灑香水？我這輩子都不會做這種事。」

宋戴克將手帕遞給那位警官，後者滿是疑惑地聞了聞。

「確實有香水的味道。」警官承認，「但我敢肯定，手帕上的味道是從刀子上傳過來的。」

我也這樣認為，於是用鼻子去聞刀柄，立刻就有一股濃郁的麝香味衝進我的鼻腔。

警探也聞了聞刀子和手帕，然後說道：「現在最令人疑惑的是，這香味究竟是誰傳給誰的？是刀子傳給的手帕，還是手帕傳給的刀子？」

「警官說得很清楚，」宋戴克回答，「他處理那把刀子時，手帕上並沒有香味。我認為這個香味中大有文章。警探，我們可以再回顧一下案情。不得不承認，有許多明顯的線索將嫌疑引到了艾里斯身上。可是你也知道，他身上沒有任何與人搏鬥的痕跡或血跡。除了我在火車上指出的那些不合理的地方外，這把刀也疑點重重。刀子是在上面的血乾了之後才被丟棄的，而且還被人抹上了麝香。在我看來，這起凶殺案是經過精心策劃的。將軍有警犬這件事，凶手肯定是知道的，他也剛好利用了這一點來掩蓋犯罪事實。他先在刀上塗滿血，再抹上能散發出濃烈香氣的麝香。接下來，他很可能會用某個也被塗上麝香的物品在地面上滑動，為的是留下蹤跡。這雖然只是假設，但並不是毫無根據。」

「倘若凶手接觸過那把刀，他身上也會留下香氣。」警探非常不屑地說道。

「你說得很對。所以,這個傢伙相當精明,他絕不會徒手去碰那把刀。刀子應該事先已經準備好,他只需用一個棍子之類的工具,將刀子放在某個可以搆到的地方就行了。」

「先生,或許這棵樹上就藏有那把刀子。」警官指著那棵橡樹說。

「絕對不會,」宋戴克說,「他怎麼可能將刀子放在自己藏身的橡樹上呢?這樣的話,就不會輕易把警犬引到艾里斯那裡去了。那把刀最有可能藏在離凶器發現地點最近的地方。」他走到之前標記的那塊石頭旁邊,看了看四周的情況,然後說道:「我發現離凶器最近的就是這棵鐵木,它的頂端相當平整,而且還特別好爬上去,即使身材矮小的人也能辦到,所以在這裡藏東西再合適不過了。我們來檢查一下,看這棵樹上有沒有留下什麼痕跡。警官,我們沒帶梯子,或許你可以幫我一把。」

警官欣然同意。他走到樹旁,彎下腰,兩手扶膝,擺出一個跳馬背的姿勢。宋戴克抓著一根粗壯的樹枝,一下子跳到警官背上,然後低頭觀察樹頂的情況。隨後,他撥開樹枝,爬進了樹頂中央的凹陷處。

過了一會兒,宋戴克拿著兩件十分奇特的物品再次出現在我們視線中。那是一把鋼鉗和一個畫筆盒子,盒子表面塗著黑色亮漆。我接過鋼鉗,他則非常小心地拿著畫筆盒子和鐵絲把手從樹上跳了下來。

「這可不是一般的東西。」他說,「鋼鉗的作用是夾取刀子。再看這個盒子,完全就是為裝凶器而設計的。如此一來,刀子上的香氣就不會沾到凶手的衣服或袋子上。凶手計畫的周密程度,著實令人驚嘆。」

「倘若真如你所說,那麼這個盒子裡應該會有麝香的味道。」警探說。

「沒錯,」宋戴克說,「不過,我們得先把一件相當重要的事做完之後,才能打開盒子。傑維斯,我需要顯像用的維托根粉。」

我從實驗箱中取出一個裝有黃色碘粉的小罐子,然後將其遞給宋戴克。他抓著盒子的鐵絲把手,輕輕地敲了幾下迷你罐子的口部,很快整個盒蓋上便均勻地灑滿了淺黃色的粉末。當他把多餘的粉末吹去之後,兩名警員興奮地喘了一口氣。不一會兒,黑色盒蓋上呈現出幾個可以輕易辨認出來的清晰指紋。

「這些指紋應該是右手上的，」宋戴克說，「我們再來瞧瞧左手上的指紋。」

經過同樣的步驟，整個盒子表面出現了許多黃色的橢圓形印跡。此時宋戴克說：「傑維斯，我們來看看盒子內部的情況。你開盒時不要忘記戴手套。」

為了防止裡面的空氣外洩，蓋口的邊緣塗上了凡士林。蓋子很好打開，開蓋的一瞬間，盒子裡傳出了沉悶的響聲，隨後，我們便聞到了一股淡淡的麝香味。

宋戴克在我闔上蓋子時說：「我們最好回警局進行下一步工作，在那裡也方便我們將指紋拍攝下來。」

「這片草地上有一條通往警局的路，」福克斯說，「警犬也曾經走過這條路。」

於是，我們踏上了那條路，朝著警局走去。宋戴克一路上小心翼翼，生怕碰壞了盒子，一直緊緊握住它的把手。

「就算艾里斯和布拉特的關係很差，」警探一邊走一邊說，「我還是無法理解他與此案有何關聯。二人的交集並不多啊！」

「我覺得其中的緣由應該是這樣，」宋戴克說，「他們曾經是同事，都在波特蘭監獄工作過，我想凶手可能被布拉特或艾里斯認出來了，並遭到勒索，進而起了殺心。這時，指紋就成了破案的關鍵。倘若此人有案底，我們就可以從蘇格蘭場的指紋檔案中查到他，否則我們找到的指紋就失去了價值。」

「是的，先生。」警探說，「你要找艾里斯談談嗎？」

「我對你說的那個小錢包很感興趣。」宋戴克說，「我想它會對破案有很大幫助。」

一到警局，警探就從保險箱中取出一個包裹，他在打開包裹時說道：「這些東西都是艾里斯的。這就是那個小錢包。」

宋戴克接過他遞過來的豬皮錢包，打開聞了聞裡面的味道，然後將錢包交給我。非常明顯，錢包散發著麝香味，而它背面小內袋裡的氣味則更加強

烈。

「按照常理，包裹內的其他物品也會沾上錢包的氣味，」宋戴克聞過每一件東西後說道，「可是我並未從別的物品上聞到錢包的氣味。難道是我的鼻子出了問題？為何唯獨那個錢包的氣味如此突出？能不能把艾里斯帶過來？」

警探從抽屜裡拿了一把牢房的鑰匙，很快，嫌犯就被帶到我們面前。犯人的身材十分結實，可神情卻非常失落。

「打起精神來，艾里斯。」警探說，「這位是宋戴克醫師，他是來幫忙的，現在有幾個問題要你回答。」

艾里斯可憐兮兮地望著宋戴克，並高聲說道：「先生，請相信我，我跟此案一點關係都沒有。」

「我一直都覺得你是無辜的。」宋戴克說，「但是，請你告訴我，那個小錢包是從哪兒來的？」

「是我從去索普村的路上撿的，當時它就在路中間。」

「之前是否有人經過？你在路上看到什麼人了嗎？」

「有。在看到那個錢包之前——大概有一分鐘，我碰到了一個工人，他可能沒發現那個錢包，可是我不知道為什麼。」

「或許當時錢包還不在路中間。」宋戴克說，「附近有樹籬嗎？」

「在一處低矮的土坡上就有樹籬，先生。」

「嗯，我還想知道，這周圍是否有你和布拉特之前在波特蘭工作時認識的人？或者是你們倆看守過的犯人？」

「沒有，先生。我可以很負責任的告訴你，我不知道這周圍有什麼往日的犯人。不過說起布拉特，他在記憶人的相貌方面很有天賦，至於他是否瞭解這些，我就不知道了。」

宋戴克沉思片刻後繼續問道：「你在波特蘭時，是否有從監獄逃出來的人？」

「我印象中，只有一個叫多布斯的傢伙趁著大霧跳海跑了。這個人八成被淹死了，過了不久，便有人在比爾港發現他的衣服，不過並未看到他的屍

體。此人從此人間蒸發。」

「艾里斯，感謝你的配合。我需要採集一下你的指紋，你不介意吧？」

「一點都不介意，先生。」艾里斯急忙回答。

於是，宋戴克讓艾里斯在印盒中壓了一組指紋，然後將它與畫筆盒子上的指紋進行比對，最終的結果顯示，兩者完全不同。就這樣，艾里斯高興地返回了牢房。

當晚，我們拿到盒子上那些奇特指紋的底片後，便準備離開這裡。在車站候車時，宋戴克向警探交代了幾句：「當你看到凶手時，他早就清洗了雙手。你們要對周邊所有水域的邊緣進行徹底的搜查，而搜查的線索就是林蔭道上出現過的那種尖頭鞋印。找到鞋印後，就認真檢查水底，殺人的那把刀很可能就藏在水底的泥土裡。」

蘇格蘭場的專家在收到我們的指紋照片後，很快就確認指紋的主人——逃犯法蘭西斯・多布斯。他的檔案中，分別有一張他的正面照和一張側面照，關於他的描述也十分詳細。貝斯福德警方在收到這些檔案資料後，沒多久就查出這些資料與一個叫盧夫斯・彭伯里的傢伙完全相符。此人搬到這裡差不多有兩年了，深居簡出，頗為神秘。但是當警方來到彭伯里家中時，並未發現他的蹤影，找了其他很多地方也一無所獲。人們只知道，案發第二天，他便轉移了全部財產，隱匿到茫茫人海裡。

一段時間之後，宋戴克再跟我談這個案子時說：「我不覺得他逃跑是一件錯事。非常明顯，這是一起勒索未遂反被殺的案件。被勒索者似乎沒有別的選擇，他只能這樣做，殺人也的確是無奈之舉。而艾里斯肯定會被無罪釋放，這也在多布斯的計畫之中。但是巡迴法庭可能會接手此案，不過那時候多布斯早就逃之夭夭了。他是個有頭腦、有膽識的傢伙，還有，最關鍵的一點是，他將人們對警犬的迷信擊得粉碎。」

血腥之海

一、戈德勒之死

在許多人眼中，嬰兒和較低等的動物具有某種心智成熟的人不具備的神秘力量。他們在做判斷的時候，往往因為迷信這種力量而將經驗拋之腦後。

在這裡，我們先不去探討是否所有人都迷信這種力量，但不得不說，大多數人對這種事的興趣還是非常強烈的，這一點在某種階層的女士中表現得相當明顯。湯瑪斯・索利夫人就是其中的代表，她將這種信念奉為圭臬。

我們總能聽到她這樣說：「太不可思議了！這些孩子和不會說話的動物們就是知道一些事。可是這又該如何解釋呢？他們一眼就能看穿事實，誰也別想騙他們。人類在他們面前，根本就藏不住任何思緒。這真是妙不可言！我覺得這就是人們常說的本能。」

索利夫人在一番高談闊論之後，把整個前臂都沒到滿是泡沫的洗衣盆裡，同時盯著門前的房客，眼睛裡流露出讚賞之情。房客的一個膝蓋上蹲著一隻可愛的虎斑貓，另一個膝蓋上則托著個嬰兒，嬰兒十八個月大，長得胖嘟嘟的。

詹姆斯・布朗是個身材矮小的老海員，他為人狡猾，總喜歡說漂亮話。大概所有水手都喜歡孩子和動物，他當然也不例外。和許多水手一樣，他也

懂得一些逗小孩子和動物開心的技巧。當他坐到椅子上，往掉光牙齒的嘴裡塞上一根空菸斗時，那些小孩就會一邊流著口水，一邊對著他傻笑，而玩絨球的貓也會跑到他身旁，邊伸展爪子邊高興地叫個不停。

索利夫人停頓片刻後說道：「布朗先生，你們三個男人在燈塔上工作肯定十分孤獨吧！周圍也沒其他人，想聊聊天都很困難。更無法想像的是，沒有一個女人幫忙打理，你們那裡得亂成什麼樣！不過話說回來，等白晝變長了，你的工作就會變得輕鬆些，到時候太陽晚上九點才會落山，那麼多時間該如何消磨呢？」

「我要做的事可真不少，」布朗先生說，「燈具要清理，玻璃要擦，鐵欄杆也要上漆。我差點兒忘了，」他看了一下鐘錶，然後說道，「已經八點了，該動身了，漲潮時間是十點三十分。」

索利夫人聽完這些，立即將洗好的衣服拿出來擰乾，然後將雙手在圍裙上蹭了蹭，擦乾之後才從布朗手上接過哭鬧的嬰兒。

「布朗先生，等你回來的時候，就會發現你的房間早已煥然一新。我和湯姆都希望你能早點回來。」她說。

「索利夫人，真是太感謝您了。我也很高興回來見您。」布朗一邊將貓輕輕放到地上，一邊答道。接著，他又和房東太太親切的握了手，然後吻了吻嬰兒，再撫摸了一下貓的下巴，最後扛起行李箱，大步地走出家門。

布朗首先穿越了一片沼地，隨後向著遠處的燈塔走去。燈塔聳立在雷克維海邊，彷彿一艘漂浮在海面上的船。他的腳踏在堅韌的草皮上，腦子裡全是湯瑪斯·索利迷茫的神情和臨別前的言語。當走到堤壩的閘門邊上時，他停下腳步，回頭去看肯特郡迷人的景色。最先映入眼簾的是聖尼古拉教堂的塔尖，塔尖是灰色的，在樹叢裡若隱若現；在夏日微風的吹拂下，位於薩爾河畔的那座磨坊緩緩轉動著；感觸最深的還是那個他曾經安享過一段寧靜光陰的農舍，在他坎坷的人生當中，這種溫馨的回憶是少有的。此時，陰森的燈塔近在眼前，再美好的時光也得先放在一邊了。他嘆了一口氣，然後穿過堤壩的閘門，朝著雷克維海灘走去。

一個海岸警衛隊的下士正在粉刷得雪白的房子外面整理旗杆上的繩索，

理查·奧斯丁·傅里曼

看到布朗來了，他愉快地招了招手。

「你來啦，」他說，「換了新衣服就是不一樣，整個人都精神了許多。可是現在有些麻煩不得不解決。今早我們必須趕到惠斯塔布，時間太緊，沒有多餘的人手，也找不出多餘的船來。」

「你的意思是，我得游過去？」布朗說。

海岸警衛笑著說道：「兄弟，我怎麼忍心糟蹋了你這身新衣服呢？你當然不用游過去。老維特利今天要去明斯特看女兒，所以他的船就閒了出來，正好借給我們用。可是我們人手不夠，你只能自己去。除此以外，你要確保維特利的船不會受損，關於這一點，我已經向他做過保證。」

「你覺得會怎樣？」布朗有豐富的駕船經驗，對自己的技術充滿信心，「你認為我搞不定這條破船？你知道我什麼時候就開始在海裡摸爬滾打了嗎？十歲！」

「的確，可是到時候誰把船開回來呢？」海岸警衛說。

「與我換班的那個傢伙估計也不想游回來，找他開船就好了。」

遠處有一艘駁船駛過，海岸警衛用望遠鏡看著它說道：「我覺得可以。但他們無法將勤務船送回來，確實有些遺憾。不過，假如你保證將船送回來，那就再好不過了。時間差不多了，該出發了。」

警衛緩緩地回到屋中。不一會兒，他和兩位同事一同出來，四個人便沿著海岸走到高水位線的地方，維特利的船就停在那裡。

他的船名叫「艾米麗」，由橡木打造而成，船板很厚，船身堅實而寬敞，這樣一艘裝有主桅和後桅的小型帆船，載四個人毫無問題。海岸警衛在聽到船身划過水底時發出的隆隆聲後，打算取下船上的幾袋壓艙石。然後，事情還算順利，艾米麗號被成功拖到岸邊。布朗將主桅插好後，從下士那裡得知了目的地的具體方位。

「你一定要趁漲潮時出發，朝東北方走，此時正在刮西北風，可以直接將你送到燈塔那裡。趕緊行動吧，一旦潮水退去，你就走不了。」

布朗在聽這些提醒時，眼睛盯著不斷上升的水位。等船帆升起，海風將帆吹鼓，船也慢慢上浮。布朗用槳使勁一推，船順勢滑過沙灘進入海中。他

放好舵之後，又淡定地坐下來繫緊主帆的繩索。

「船帆已經升好，他上路了。這次任務一定會圓滿完成，」海岸警衛和往常一樣自顧自地大聲說道，「不過也有可能發生事故，希望老維特利的船不要出什麼事。」

他站在原地望著平靜的海面，船隻越來越遠，隨後他和同事一起返回了崗哨。

在戈德勒沙地西南邊的警戒線內，有一座細長的燈塔。燈塔聳立在長長的螺旋柱上，彷彿一隻紅色長腿海鳥。此刻潮水漸漲，很快就到了滿潮時的一半，淺灘已經被海水淹沒，燈塔在平靜的水面上略顯突兀。

燈塔上僅有的兩名工作人員都在瞭望台上。其中一人躺在兩把椅子中間，另一個人則用架在欄杆上的望遠鏡觀察雷克維燈塔的雙塔尖，以及遠處陸地上所形成的一道模糊的灰線。

「哈利，哪裡有什麼船？我什麼都看不到。」他說。

他的同伴在一旁嘀咕著：「很快就要退潮了，這一天又什麼都沒幹。」

「他們可以將你送到比爾琴頓搭火車。」第一個男人說。

「坐船就夠讓人難受的了，還要搭火車！湯姆，還是沒有向我們開來的船隻嗎？」受傷的男人說道。

湯姆用手遮住刺眼的陽光朝東邊望去，然後說道：「從北邊來了一艘雙桅的運煤船，它是逆著潮水行駛的。」他又用望遠鏡確認了一下不斷靠近的船隻，繼續說，「船頭的兩塊桅帆看起來很新。」

另一個男人興奮地起身問道：「那艘船的斜桁帆是什麼顏色？」

「目前還看不清。」片刻之後，湯姆回答，「哈利，我看到了，是深褐色的。這樣說來，它一定是『烏托邦號』了，在我印象中，只有烏托邦號有深褐色的斜桁帆，且是雙桅橫帆船。」

「湯姆，你看！」另一個男人喊道，「倘若這艘船是烏托邦號，它肯定會來我們這裡，到時候我就有船坐了。我覺得默克特船長是不會拒絕我的請求的。」

「巴雷特，按照規定，你需要等換班之後才能走吧！」湯姆有些疑惑，

「你不能擅自離開工作崗位。」

「我才不管什麼規定！」巴雷特大叫，「保住我的腿才是最重要的。我可不想落下終身殘疾。話說回來，我在這裡又能幫上什麼忙呢？過不了多久，那個新人布朗就到了。你就向那艘船發個信號吧，湯姆。」

「出了什麼事可不要怪我。」湯姆說，「說實話，我要是你的話，早就去看醫生了，而不是急著跑回家。」

他不疾不徐地從櫃子中取出兩支信號旗，然後將它們裝到旗杆的繩索上。當雙桅船進入視線後，他拉緊繩索，將彩旗升到旗杆頂端。兩面飄揚的旗幟正是求助的信號。

雙桅船立即做出了回應，他們的主旗杆上打出了一面沾著煤灰的信號旗。隨後，船隻改變了航向，掉頭順著潮水駛近燈塔。過了一會兒，雙桅船放下一隻載有幾個男人的小船，他們奮力划槳，很快就來到燈塔下面。這時，船上的一個男人高聲喊道：「喂，守燈塔的！有什麼事？」

「哈利・巴雷特的腿摔斷了，默克特船長可否將他帶去惠斯塔布呢？」

小船返回雙桅船進行協商，幾分鐘後，又回到燈塔下面。

「船長同意載他過去，不過得抓緊時間，漲潮的機會可不容錯過。」

哈利心中的石頭總算落地了，他輕鬆地說道：「太好了。可是我又該如何爬下去呢，傑佛瑞斯？」

「我覺得還是用滑車吧！」傑佛瑞斯回答，「你可以坐在繩圈裡，我再找一根繩索將你的身體固定住。」

「這個方法不錯，湯姆，」巴雷特說，「可是當你放我下去時，能不能輕點？上帝保佑！」

他們的動作相當迅速，在小船靠近燈塔之前，所有準備工作就都做好了。一分鐘後，這位斷腿的男人便從滑車上被一點一點地降下來，就像一隻巨大的蜘蛛，與此同時，他的嘴裡一直抱怨著滑車移動過程中所擦出的聲音。接著，用同樣的方式，他的背包和箱子也被運了下來。裝上行李，小船便駛離燈塔，划向雙桅船。斷腿的男人和他的行李被帶上船後，雙桅船沿著航線，經過肯特郡淺灘向南駛去。

　　湯姆‧傑佛瑞斯站在燈塔的瞭望台上，望著那艘雙桅船漸行漸遠。船員們的聲音和身影也逐漸消失在遠方。此刻，同伴走了，他感到莫名的孤獨。最後一艘返航的船早已駛過了王子海峽，海面上呈現出一片荒涼的景象。遠處的浮標變成一個個小黑點，與閃亮的海面對比鮮明，又細又長的信號浮標豎立在淺灘上，這一切將大海襯托得更加空曠。陣陣清風帶來了席弗林沙地的鐘聲，鐘聲奇特，蘊含著憂傷之情。他擦亮望遠鏡，整理好所有燈，替操作霧號的小馬達上了油，當天的工作也就基本做完了。當然，還剩下一些零碎的小事，在燈塔裡的每一天都不會有太大差別。不過，此刻傑佛瑞斯心事重重，很難把精神集中在工作上。今天要來一個新同事，他的生活中會突然多出一個陌生人。他要與這個人朝夕相處一整月，而且是在這個與世隔絕的地方。他還不知道這個人的脾性如何，有怎樣的習慣和愛好，他們彼此能不能相處得融洽還很難說。這個叫布朗的男人是誰？他的相貌如何？他之前從事什麼工作？這些問題在傑佛瑞斯的腦海中揮之不去，使得他無法安心工作。

　　很快，他發現地平線方向有一個小黑點，於是拿起望遠鏡仔細觀察，確認那是一艘船。令他非常失望的是，那只是一艘由一個男人駕駛的漁船，並不是海防巡邏艇。他放下望遠鏡，長嘆一聲後便拿起了菸斗，靠著欄杆迷茫地望著遠方那條若隱若現的灰線。

　　他本來是一個好動的傢伙，還是在這裡孤寂地熬了三年。在三年的記憶中，他找不到一件有意思的事。這裡的日子漫長而無聊，他能記起的就是狂風、夏日、寒霧，還有汽船的長鳴和霧號的警報聲。

　　是什麼原因讓他來到這個被上帝遺忘的角落？外面的世界那麼美麗，他又為何留下來？念及於此，一幅畫面就會呈現在他的腦海裡。那是一張色彩豔麗的圖片，沒有平靜的海面和遠方的陸地，只有一片藍海上的晴空，晴空下是緩緩流動的潮水，一艘白色的三桅帆船位於正中間。

　　船帆很鬆，船桁在金屬環的拉扯下不停擺動。船輪無人看管，隨著船舵的移動而來回旋轉。

　　這艘船上是有人的，甲板上躺著十幾個爛醉如泥的男人，幾乎都進入了

夢鄉，他們之中並沒有船上的長官。

　　接下來是船艙內部的情景。根據航海圖、羅盤和航海計時器可以大致判斷出，這裡是船長室。裡面有四個男人，其中兩個已經死了，躺在地上。另外兩個之中，有一個正跪在屍體旁用死者的衣服擦拭手中的刀子，他身材矮小，長相十分奸詐，第四個男人就是他自己。

　　這兩個凶手趁著船員沉醉不醒，划著一艘小船逃往一處沙洲。海浪相當大，如陽光下的水柱一般，這艘小船很快就傾覆了。後來，他們遇到了一艘無頂船，二人聲稱遭遇了海難。最終，他們被帶到了美國的一個港口。

　　他之所以會在這裡，就是因為那件事。他殺了人，阿莫斯・陶德那個混蛋還把他供了出來，導致他差點被抓。從此他隱姓埋名，說起來現在已經沒人認識他，而且他同船的夥伴也都不在人世了，所以這樣沒有盡頭的躲藏其實不是為了逃避審判，而是為了避開當年的共犯。出於對陶德的恐懼，他把名字都改了。他本名叫傑佛瑞・羅克，現在叫湯姆・傑佛瑞斯。自從來到戈德勒，他已然變成一個終身的囚犯。或許陶德早就死了，但湯姆又怎能知道呢？他似乎將永遠身陷其中。

　　他再次起身用望遠鏡看了那艘船一眼，此刻船正靠近燈塔。也許那個男人是來送信的。總之，就是無法發現海防巡邏艇的影子。

　　他走進廚房，開始準備晚餐。雖然只打算做一頓簡單的晚餐，但廚房裡的食材實在少得可憐，只剩昨天沒吃完的冷肉，還有幾片餅乾，馬鈴薯就不要想了，早就吃光了。東西不多，對他來說也足夠。此時，孤寂、煩躁以及不安的情緒交織在他的心頭，燈塔下面水流拍打石柱的聲音使他更加慌亂。

　　再次回到瞭望台，他看到潮水已經退去，小船大概在一英里外。在望遠鏡中可以看到，那個男人頭上有一頂倫敦港務局的棒球帽。顯然，他就是傑佛瑞斯日後的同事布朗。可最令人無法理解的是，該如何處理那艘船呢？有人把它開回去嗎？

　　風逐漸停了。他看到船上的男子降下船帆，急促地划過越來越洶湧的潮水。此時，海面上有一道霧氣正從東方慢慢升起，並不斷地往這邊逼近，很快就遮住了東戈德勒的信號燈。他趕忙跑到室內，打開壓縮空氣的小馬達以

便發動霧號，接著，他仔細檢查了機器的運行狀況。霧號發出了警報聲，甲板也跟著震動，他再次返回瞭望台。

整座燈塔都被霧氣包圍了，那艘船也不知去了哪裡。他緊盯著周圍的情況，四周瀰漫的水汽像一層隔板，將外面的聲音和視線全擋住了，霧號沉悶的警報聲斷斷續續，除了水流擊柱的聲音，以及席弗林沙地傳來的悠遠而悽愴的鐘聲外，聽不到任何其他響動。

最終，一陣低沉的搖槳聲傳來。他在灰色水域的邊緣看到了小船正穿過霧氣，不斷向這邊靠近。船身像幽靈一樣發白，船上的人奮力搖著槳。霧號低沉的聲音向那個男人指明了燈塔的方向，於是他很快就划了過來。

傑佛瑞斯順著鐵梯來到下面的瞭望台，然後走到台階口，興高采烈地望著這位越來越近的陌生人。自從巴雷特走後，他一個人寂寞得要死，現在終於有個伴了。可是這個即將與他生活在一起的陌生人究竟怎樣？這的確是最關鍵的問題。

小船在湍急的潮水中快速逆行，與燈塔的距離越來越近。然而，對方的臉依舊模糊不清。終於，船準確地靠在了碰墊上，那個人拋下一隻槳，抓住梯子上的一段橫木，傑佛瑞斯則往船上丟了一圈繩索，可是他仍然沒看清對方的樣子。

傑佛瑞斯把身子探出梯子，急切地看著，那個人綁緊繩子，解開船帆，然後放倒桅杆。忙完後，他將地上的小箱子扛到肩上，開始爬台階。他拾階而上，因為背著箱子，一直低著頭，速度非常慢。對方的頭頂越來越近了，傑佛瑞斯的好奇心也越來越重。終於他爬了上來，傑佛瑞斯彎腰去扶他。陌生人抬頭的一剎那，傑佛瑞斯嚇了一跳，他猛退幾步，臉色發白。

「老天啊！」他倒吸一口涼氣，「竟是阿莫斯・陶德！」

伴隨著霧號野獸般的怒吼，這位新人走上瞭望台。傑佛瑞斯突然轉身，一言不發地登上台階。陶德跟在後面，也沉默不語。鐵梯上只能聽到兩人沉悶的腳步聲。他們一前一後走進了客廳，傑佛瑞斯轉身示意他的同伴放下箱子。

「兄弟，你的話太少了吧！」陶德看著房間頗為驚訝地說道，「你難道

不打聲招呼嗎？我還想跟你做朋友！我是新來的，名叫吉米・布朗，你的名字是？」

傑佛瑞斯突然將他拉到窗邊，厲聲說道：「看清楚了，阿莫斯・陶德，你現在知道我是誰了吧？」

陶德聽到這個聲音後，大吃一驚，他抬頭一看，面色驟變：「怎麼可能？怎麼可能是傑夫・羅克！」

另一個男人發出尖銳的笑聲，同時傾著身子低聲說道：「我的仇人，你找到我了！」

「傑夫，這是什麼話，」陶德大喊，「我怎麼會是敵人？見到你真是太開心了。不過你的鬍子刮掉了，頭髮也長出來了，我還是第一次見你這個樣子。傑夫，我知道自己原先對不起你，可是一切都過去了，往事就不要再提了吧！」

陶德一邊用手帕擦著臉，一邊驚恐地望著他的夥伴。

「坐在那兒！」羅克指著一把破舊不堪的扶手椅說，「老實交代，你是不是把那筆錢揮霍光了？否則你怎麼會出現在這裡？」

「那筆錢全都被搶走了。」陶德說，「傑夫，老『海上花號』上的那次行動，真的很令人遺憾！不過事情都過去這麼久了，還是盡早忘了吧！當時的夥伴，就我們倆活了下來。只要我們守住秘密，一切都會平安無事。我覺得對他們最好的結果就是，將此事沉入海底，誰都不要再提及。」

羅克憤怒地說道：「對！最好的結果當然是把知道太多內情的同伴丟到海底或者勒死！」

他在小房間內邁著大步快速來回走動，每當他從陶德身旁經過時，陶德就緊張地往後縮身子。

「不要坐在那裡看著我，」羅克說，「你就不知道幹點別的嗎？比如抽根菸。」

陶德緊張地掏出菸斗，接著從菸袋——一個鼴鼠皮做的小袋子中取出菸草填滿菸斗，然後將菸斗放進嘴裡。他又伸手到口袋裡去找火柴，馬上拿出一根紅頭火柴，看來那些火柴是散放的。他往牆上一擦，紅色的火柴頭便燃

起了藍色的火焰。他點燃菸斗猛吸一口，兩眼仍緊盯著他的同伴。羅克則停下腳步，用刀子從菸草磚上切下一些菸草。他雙眉緊鎖，呆立在原地，望著陶德沉思。

「菸斗堵住了，」陶德一邊使勁吸著菸嘴一邊說，「傑夫，你能不能幫我找一段鐵絲之類的東西？」

「這裡沒有。」羅克說，「等會兒我去儲藏室看看，那裡應該會有。你先用這支吧，一時半刻，你的菸斗也清理不完。我還有一支菸斗放在那邊的架子上。」

羅克把自己裝好菸草的那支菸斗遞給陶德——水手的敵意漸消，變得熱情起來。陶德接過菸斗，小聲地表示感謝，眼睛依舊盯著羅克手裡的那把折疊刀。刀是打開的，著實令人擔心。椅子旁邊的牆上掛著一個菸斗架，架子的做工相當粗糙，羅克從上面的幾支菸斗裡拿下其中一支。當他拿菸斗時，身體非常自然地貼近了陶德的椅子，後者被嚇得臉色發白。

羅克再次將切下來的菸草裝進菸斗，一旁的陶德開口問道：「傑夫，我們還能和以前一樣做朋友嗎？」

羅克充滿敵意地厲聲說道：「你叫我和一個曾想方設法害死我的人做朋友？」停頓片刻後，他繼續說，「關於這件事，我不得不謹慎考慮考慮。到檢查發動機的時間，我得走了。」

這位新手看著羅克離開了，於是呆坐在那裡，握著兩支菸斗陷入沉思。他非常隨意地叼起那支新菸斗，再滅掉那支堵住的菸斗，將其放到架子上，然後掏出火柴，點著菸。吞雲吐霧了一兩分鐘後，他離開椅子，小心翼翼地走到房間的另一邊，一來察看羅克的具體位置，二來瞭解一下這裡的環境。他停在門邊，一邊望著外面的濃霧，一邊豎著耳朵探聽周圍的響動。很快，他又偷偷潛入瞭望台，然後走到台階那裡。這時，突然傳來羅克的聲音，他被嚇了一跳。

「陶德！你在這裡做什麼？」羅克問。

「我只是想去下面把船固定住。」對方回答。

「我會看好那艘船的，你不必擔心。」

「好吧，傑夫。」陶德一邊說，一邊走向台階，「我很想知道，另一個同事在哪兒？就是和我交班的那位。」

「這裡只有我們兩個人，」羅克回答，「你說的那個人已經搭運煤船走了。」

陶德突然神情焦慮，面色慘白。

「那麼，這裡就沒有其他人了？」他吸了一口氣，試圖掩蓋心中的恐懼，隨後又說：「可是誰把那艘船送回去呢？」

「等會兒我們再想辦法，」羅克回答，「你先把行李放到裡面吧！」

羅克一邊說，一邊走向瞭望台，一路上眉頭緊鎖。陶德小心地瞄了他一下後，便轉身拼命朝著台階方向逃跑。

「給我回來！」羅克跳起來，沿著瞭望台大喊。

然而，此時陶德早已順著鐵梯跑下去，當羅克來到梯口時，已經差不多到鐵梯的平台了。不過在混亂中，陶德被絆了一下，差點摔倒，當他扶住欄杆使身體恢復平衡時，羅克已經近在咫尺了。於是陶德飛速跑向鐵梯的出口，他剛抓緊欄杆，羅克就拽住了他的衣領。陶德把手伸進衣服，並且立即轉身反擊，二人互相咒罵。接著，一把刀子飛落到燈塔下面的船艙裡。

「你這個殺人狂。」羅克淡定地說道，語氣中帶著幾分陰鬱。他的手受傷了，不停往外冒著血，但依然緊扼陶德的咽喉。「你一點沒變，還是那麼擅長用刀。看樣子，你是準備去告發我吧？」

「不，不，我沒有要出賣你的意思！」陶德幾乎要窒息了，「上帝啊！快救救我！傑夫，求你放過我吧！那只是個意外，我並不想害你，我只是……」

陶德突然轉過身來，伸手去打羅克的臉。但是，羅克並未被擊中，而且還接住了他的另一拳，並使勁朝著對方推去。這一推使得陶德失去了重心，踉蹌著後退到鐵梯的平台邊緣，他張大嘴巴，瘋了似的在空中揮舞著手臂。伴隨著一聲尖叫，他掉落到燈塔下面，撞在一根椿柱上，彈入水中。

儘管頭部和椿柱發生了猛烈的撞擊，但陶德還有知覺。他將頭伸出水面，一邊拼命的掙扎，一邊發出慘烈的呼救。羅克的呼吸變得更急促，他咬

緊牙關望著陶德，並未施以援手。很快，陶德的頭部逐漸被潮水吞沒，周圍的波浪越來越小，求救的聲音也逐漸消失在平靜的水面上。最終，霧氣掩蓋住那個黑點，落水男子最後的掙扎和尖叫都無濟於事。在燈塔的霧號聲中，他的頭徹底消失在水裡。整個海面陷入一片死寂，只能聽到遠處模糊的鐘聲。

羅克呆立在原地，陷入了深深的思考。過了好長時間，遠方傳來一艘汽船的笛聲，他這才清醒過來。潮水在不斷上漲，船隻越來越近，霧氣並不能遮擋太久，可是那艘小船依然停在下面。不能讓人知道這艘船來過這裡，也不能讓人發現它綁在燈塔下面，一定要馬上將它處理掉。只有讓這艘船消失，才能把陶德來過燈塔的痕跡徹底清除。

羅克急匆匆地衝下鐵梯，跳上小船。他觀察了一下，船底的壓艙石非常重，船吃水很深，所以處理起來並不難，只要把船裝滿，它就會沉下去，像一塊落入水中的石頭一樣。

羅克弄來一堆鵝卵石，足足有幾大袋，然後掀開船的底板，拔開塞子，海水立刻湧入船底。羅克全神貫注地盯著，估計幾分鐘後船身就會灌滿水，接著把船的底板裝回去。隨後，為了防止船桅和船帆漂走，他用帆腳索將它們綁在搖槳座的地板上。最後，他解開繩索，回到鐵梯上。

羅克為了看清小船漂走的情況，登上了上層的瞭望台，在他的注視下，船隻被潮水一點一點地帶走了。這時，他猛然想起陶德的箱子還在樓下的房間內，於是他匆忙衝下去，把房間內的箱子帶到下面一層的瞭望台上。他謹慎地環顧四周，過了一會兒，確定沒有船隻來往後，才隔著欄杆把箱子扔到海裡。只聽到「撲通」一聲，他一直看著箱子徹底漂遠沉下去後才放下心來。隨後，他爬上鐵梯，返回了瞭望台。

霧氣逐漸消散了。小船雖然已漂到了遠方，但仍在視線範圍內。沉船的速度比預想的要慢得多，羅克十分焦慮，不停用望遠鏡觀察船隻的情況。倘若被人發現，那就麻煩了。而且，船底被拔掉的塞子勢必會引起人們的懷疑。

羅克越來越緊張。霧氣在不斷消散，在望遠鏡中，船隻已慢慢浸入水

裡，可船舷還露在外面。

很快，一陣汽船的笛聲從附近傳來。羅克慌張地觀察了一下四周，並未看到船的影子，接著他又急匆匆地拿起望遠鏡觀察那艘逐漸下沉的小船。就在這時，他發現在一陣搖晃中，船舷和整個甲板終於被水吞沒了，他心中的石頭總算落了下來。

短短幾秒鐘，那艘船就從海面上徹底消失了。羅克在放下望遠鏡的同時，深吸了一口氣。小船在神不知鬼不覺的情況下沉入了海底，他終於安全了，也可以說是自由了。那個隨時威脅他性命的魔鬼已經被消滅，他終於可以去盡情擁抱這個美麗而廣闊的世界。

霧在幾分鐘後便消散了。燦爛的陽光灑在那艘紅色煙囪的汽船上，藍天和陸地也再度出現在視野中。

羅克愉快地吹著口哨走回燈塔，將馬達關閉。接下來，他又把當時丟給陶德的繩索捲起收好，然後發出求救信號。最後，再次回到燈塔中，獨自安靜地享用食物。

二、歌唱的白骨

（克里斯多夫・傑維斯醫師的口述）

人力是科學性工作中非常重要的一個要素。在恆久的藝術面前，科學家很難靠著有限的生命來親自完成這類任務。要知道，化學分析中經常涉及到的器材操作和實驗室的清理都很費時間，我們不能讓一個化學家把寶貴的精力浪費在這些雜事上。化驗一具骸骨需要做一定的準備工作，比如將骨頭泡軟、漂白、集中、重組，而這些工作一定要找一個閒人來做，其他的科學

活動也不例外。所以，一個能提供技術與支援的工人對每位優秀的科學家來說，都是必不可少的。

宋戴克的實驗室裡就有這樣一位助手。他名叫波頓，聰明能幹，而且相當勤奮。不得不提的是，波頓還擅長發明各種東西，我們之所以能碰到下面這個奇異的案件，正是因為他的一項發明。

波頓原本是一個鐘錶行業的從業者，不過他對光學儀器非常感興趣，並成為這方面的專家。在某個案件中，他曾為我們設計出一個可以改良瓦斯燈浮標的三稜鏡，宋戴克看過後便立即將這個發明介紹給一位在倫敦港務局分會工作的朋友。

七月的一個下午，天朗氣清，宋戴克、波頓和我為了此事，從內寺港出發，前往聖殿碼頭。到達碼頭後，我們看到平底船旁邊停著一艘小艇，小艇上面有一個紅面白髮的男人。他從駕駛座站起來，用深沉而響亮的聲音喊道：「真是個令人愉悅的上午啊！醫師，你難道不覺得該去下游逛一逛嗎？哈哈，波頓！你又來搶我們這些船員的生意了。」

在引擎的轟鳴聲中，小艇離開了碼頭，河面上充滿了歡快的笑聲。

葛蘭帕斯船長曾經是宋戴克的委託人，現在在倫敦港務局協會任職。和許多宋戴克的客戶一樣，他最終與宋戴克成為很好的朋友。他對我們每個人都十分熱情，包括這位優秀的助手。

「實在太有趣了，」船長笑著說道，「這是怎麼了———一群航海專家竟然要向一堆律師和醫師請教航海方面的問題。是行業太不景氣，還是魔鬼作亂？波頓，你說呢？」

「先生，雖然在民事方面我們沒什麼貢獻，可是我們在刑事方面還是很在行的。」波頓緊鎖著眉頭，露出怪異的微笑。

「你們這個神秘組織還在忙著各種研究工作吧！對了，醫師，說起神秘案件，我這裡剛好有一個。這件事非常奇怪，一直都無法解決。我看你們的工作性質倒是適合處理這樣的案件。既然大家都在這兒，不妨仔細分析分析。」

「非常好，那就說出來讓大家聽一下吧！」宋戴克說道。

「好的，我們一起來思考這個問題！」船長說完點了根菸，抽了幾口後，便開始講述事件的來龍去脈。「我就大致說一下這個神秘案件的經過吧！我們的一位燈塔工作人員人間蒸發了，沒有留下一點線索。不知道他是逃走了，還是被殺害了，也有可能是淹死了。但是，我們發現許多奇怪的地方，接下來我按順序講給你們聽。上週末，一艘駁船停在拉姆斯蓋特，船員帶來了一封信。信是從燈塔發出的。燈塔上只有兩名工作人員，其中一個叫巴雷特的人摔斷了腿，他們請那艘船給當局送信，要求派船前去接傷患。不巧的是，當地的勤務船『華頓號』正在港內檢修，一時半刻無法出港。情況緊急，拉姆斯蓋特的官員讓一艘郵輪給燈塔捎去一封信，信上說週末早上就會有船將摔斷腿的那個男人接回去。與此同時，當地官員也寫了一封信給一個名叫詹姆斯‧布朗的新僱員。布朗租的房子就在雷克維附近，他也剛好閒著。信中讓布朗星期六早上搭海岸警衛的船去跟傷者換班。官員也寫信要求雷克維的海岸警衛將布朗載去燈塔，然後將巴雷特從燈塔接回來。可最終他們還是把事情弄亂了。由於港口的船隻和人手不夠，海岸警衛就借了一艘漁船，讓布朗一個人去燈塔。更搞笑的是，他還打算讓斷腿的巴雷特自己駕船回來。

但是，巴雷特在同一時間也向一艘開往惠斯塔布的運煤船發了求救信號，於是他就搭那艘船回家了。他走後，燈塔上只剩下另一個工作人員湯姆‧傑佛瑞斯。這個男人獨自等待布朗的到來。

可是左等右等，都沒有發現布朗的影子。傑佛瑞斯表示自己曾經看到一個人獨自駕駛帆船向燈塔靠近，但隨後飄來一團霧氣將船遮住了。等到霧氣散去，船和人卻消失得無影無蹤。

「說不定在霧中，船被什麼東西給撞沉了。」宋戴克說。

「有這種可能，」船長附和道，「不過，目前他們還未收到相關的事故報告。海岸警衛說當時船速極快，很可能是遭遇了風暴而翻船，可是那天的天氣晴朗，海面非常平靜，並沒有風暴的跡象。」

「當他駕船離港時，身體狀況如何？」宋戴克問。

「沒什麼問題，」船長回答，「海岸警衛提供了一份相當詳盡的報告。

說實話，那份報告絲毫沒有重點，光記錄了一些愚蠢的細節。報告是這樣寫的……」船長拿著一份官方文件念道：「『那個失蹤的男人最後被看到時，正坐在船尾，對著船輪的上風方向。他已經把船帆繫好，那時他一邊用手拿著菸草盒和菸斗，一邊用手肘掌舵。他從菸草盒中取出菸草塞進菸斗裡。』你們聽仔細了，『他用手拿著菸草盒』，可不是用腳喇！還有，他是從菸草盒裡取的菸草，而不是從煤桶或奶瓶裡！」

船長收起報告，一臉淡漠地抽著菸。

「你也不能這麼說，海岸警衛只是做了他們該做的。」宋戴克覺得船長的反應太過激烈，於是說道，「證人就是要將自己看到的全部事實都陳述出來，那些經過加工挑選的個人判斷是不可取的。」

「可是，先生，」葛蘭帕斯船長說，「我實在搞不懂，那個可憐的傢伙從哪裡取出菸草這件事，到底跟案情有多大的關係？」

「這很難說，」宋戴克回答，「說不定這就是一個非常關鍵的物證。一個證據單獨來看或許並不那麼重要，可是一旦與其他證據關聯起來，它的重要性便不容小覷。」

船長喃喃道：「也許吧！」接著，他不再說話，獨自在一旁抽菸。當我們到達布萊克威爾時，他猛地站起身。

「有艘拖網船停在我們的碼頭上，」船長說，「它要做什麼？」他快速瞟過那艘小汽船後說道：「他們似乎在往岸上搬什麼東西。波頓，望遠鏡……哦！大事不好，他們抬了一具屍體。可是他們為何將屍體放到我的碼頭上？醫生，他們應該是得知你要來，才這麼做的。」

船長在船靠近碼頭後，敏捷地跳上岸，然後向著圍攏在屍體邊上的人群走去，他開口問道：「什麼情況？這些人為何將屍體帶到這裡來？」

拖網船的主人過來解釋道：「先生，這位死者是你們的員工。我們在離信號浮標很近的南辛格斯沙地的海邊發現屍體，當時正值退潮，我們派一艘小船將屍體運回船上。為了確認男子的身分，我察看了他的口袋，找到了這封信。」

那是一個官方的信封，收件處寫著：「索利先生，謝潑德，雷克維，肯

特郡。務必交與詹姆斯・布朗先生。」

「哦！這個男人就是我們剛剛所說的那個失蹤者，醫師。」葛蘭帕斯船長大聲說，「簡直太奇妙了。不過，面對這樣一具屍體，我們該怎麼辦呢？」

「首先要寫信告訴驗屍官，」接著，宋戴克轉頭對拖網船的主人說道，「你檢查了死者身上所有的口袋嗎？」

「沒有，先生。」對方答道，「我剛打開他的第一個口袋，就找到了這封信，所以我就停止了檢查。有什麼問題您儘管問，先生。」

「留下你的姓名和和住址就行了，到時候驗屍官會聯繫你。」宋戴克說。

船主在留下個人資料時，一再強調不希望驗屍官對他過分糾纏。之後，他回到船上，趕往倫敦橋附近的魚市。

葛蘭帕斯船長說：「波頓正忙著展示他的新發明，您有沒有興趣來檢查一下這位不幸的死者？」

「想要檢查屍體，必須經過驗屍官的同意，我想我也只能大略地看一下，」宋戴克回答，「如果你願意的話，我和傑維斯很樂意幫忙。做一下初步檢查又不是什麼大事。」

「很高興你這麼爽快。」船長說，「希望你們能找出這個不幸的傢伙的死因。」

隨後，屍體被抬到一個棚子下面。此時，波頓帶著他的寶貝模型和船長一起走了，我們便進入棚子開始工作。

死者上了年紀，身材矮小，衣著整齊，衣服的風格與海員接近。看起來，死亡時間應該是在兩三天前。除此以外，他的屍體並沒有被海洋生物撕咬過的跡象，這與諸多從海中撈出的屍體的情況很不一樣。再看他的骨頭，絲毫沒有破碎的跡象。關於皮外傷，除了後腦勺上有一道不規則的傷口以外，在屍體上就找不到其他明顯傷口了。

「整體來看，」宋戴克一邊做記錄，一邊說，「這個人是被淹死的。當然，一切要等驗屍報告出來後才能下定論。」

「頭皮上的傷口就無關緊要嘍？」我問。

「我不認為那個傷口直接導致了他的死亡。我們可以看到，傷口只是皮外傷，並未傷到骨頭，死者受傷時還沒死，他的頭好像受到了重擊。雖然是這樣，但換個角度看，這個傷口就很有探究的價值。」

「從哪個角度？」我問。

宋戴克掏出一把鑷子說道：「假設此人從海岸駕船前往燈塔，但最終未能到達目的地。他究竟去了哪裡？」宋戴克一邊說，一邊彎下腰用鑷子撥開死者傷口周圍的頭髮，然後繼續說道：「傑維斯，你發現那些白色物質了嗎？就在頭髮間的傷口裡。我覺得這東西很值得我們探究一番。」

我拿出放大鏡，開始仔細察看宋戴克指出的那些像粉末一樣的碎屑。

「應該是某些海洋生物的軟管和碎殼。」我說。

「是的，」宋戴克回答，「非常明顯，那些碎殼來自於一種藤壺，這種藤壺一般生長在海邊的岩石之間，再看那些碎軟管，顯然是龍介蟲身上的。在案件偵查的過程中，這些東西會產生相當大的作用。可以看出，死者是受到了外物的擊打才產生了這樣的傷口，而打傷他的那個東西表面一定覆蓋著藤壺和龍介蟲。所以我們推測，那個東西會定期下水。它會是什麼呢？死者的頭部又為什麼會撞到這個東西呢？」

「或許他是被船上的桅杆撞到了海裡。」我說。

「船的桅杆上不會出現那麼多龍介蟲。」宋戴克說，「那個東西上面同時有藤壺和龍介蟲，因此我覺得應該是某種靜止待在水中的東西，可能是信號浮標。可是我們很難想像，一個人的頭為何會撞上信號浮標？還有，倘若那個東西就是浮標，表面扁平的浮標又怎麼會造成這樣的傷口呢？哦，差點忘了！我們不妨來檢查一下他的口袋中還有什麼，雖然我並不認為這是一起搶劫殺人案。」

「對，」我附和道，「你看，他的口袋裡還有塊相當貴重的銀錶。」我拿著那塊錶繼續說：「十二點十三分，這是指針停留的位置。」

「這可能是非常關鍵的一點。」宋戴克做了下記錄，然後說：「接下來我們依次檢查每個口袋，每檢查完一個就把東西放回去。」

我們首先打開船主翻過的那個口袋——死者緊身上衣的左後方口袋，我們從中發現兩封倫敦港務局的信，信上蓋著官方的印章。我們並未把信打開，很快就將它們裝了回去。接著，我們打開右邊的口袋，裡面只有菸斗、菸草袋及火柴棍等相當普通的東西。

「這些東西放得很隨意，火柴棍和菸斗都是散放著的。」我說。

宋戴克對此表示贊同。

「的確。尤其是那些火柴棍，很容易引燃的！火柴棍的頂部，在紅磷外面還有一層硫磺，只要輕輕一擦，火柴就會著起來，想滅都很困難。水手們之所以選這種火柴，是因為海上的天氣多變，有時候想要把菸點著，就得靠這種易燃的火柴。」

他一邊說，一邊認真察看菸斗，對它的火嘴看了又看，彷彿在思考什麼。突然，他轉頭去看死者的臉部，接著用鑷子掀開死者的嘴唇，開始檢查口腔內的情況。

「我們來瞧瞧他抽的是什麼菸草。」他說。

我從已經浸濕的菸草袋中倒出一些菸絲，菸絲的顏色很深。

「似乎是一些廉價的粗菸絲。」

「沒錯，的確是粗菸絲。」他回答，「接下來我們倆檢查一下這支抽了一半的菸斗，看看裡面是什麼菸草。」

宋戴克掏出小刀，撥弄著菸斗裡的菸草。那是一些切得非常粗糙的黑色碎片，顯然不是粗菸絲。

「這是從一塊硬菸草上切下來的。」我說。

宋戴克表示贊同，同時將菸草放回菸斗裡。

我們在檢查其他口袋時，沒發現什麼重要的物品，只找到了一把小刀。宋戴克對那把刀進行極為細緻的檢查。死者口袋中的錢不多不少，沒有人會因為這點錢就痛下殺手。

宋戴克指著一條窄皮帶說：「上面是否有一把帶鞘的刀？」

「刀大概是被甩掉了，現在只有刀鞘。」我說。

「這太不正常了。」宋戴克說，「按理說，水手的刀一般是不會甩掉

的，他們在桅杆頂作業時，會一手抓繩，一手抽刀。刀子的整面刀鋒連同部分刀把都裝在刀鞘裡，固定得十分牢靠。這裡還有一點非常值得關注，那就是死者還隨身攜帶了一把小刀，我們都知道，那把小刀已經足夠他日常使用。因此，皮帶上的那把鞘刀就會有其他用途，比如說作為武器自衛。不過，我們還是先等驗屍報告吧，在此之前，還不宜下定論……船長來了。」

葛蘭帕斯船長走進棚子，低頭望著死者，眼神中滿是同情。

「醫師，你們是否發現與他失蹤有關的任何線索？」船長問道。

宋戴克回答：「此案中有幾個非常特別的地方。不過說實話，你覺得最沒用的那個點，卻是最重要的一點。我說的就是海岸警衛的那份報告。」

「怎麼會！」船長大喊。

「確實如此，」宋戴克說，「海岸警衛交上來的報告上說，他最後一次看到死者時，對方正從菸草袋裡取出菸草放進菸斗裡。經過檢查，我們發現他的菸草袋裡的菸和菸斗裡塞的菸並不相同——一個是粗菸絲，一個是從硬菸塊上切下來的菸草。」

「你們沒從其他的口袋裡找到菸塊嗎？」

「沒有任何發現。當然，也存在這樣的可能性，他將自己僅有的一小塊菸全部塞進了菸斗裡。但是你也瞭解，在切這種含水量高的黑色菸塊時，很容易弄髒刀子，可是他的小刀卻十分乾淨。還有，死者的鞘刀沒了。我們無法想像他會用一把鞘刀去切菸塊，更何況他是有一把小刀的。」

「你說得很對，」船長說，「可是，你敢肯定他只有這支菸斗嗎？」

「從搜身的結果來看，他確實只有一支菸斗，」宋戴克回答，「而且那支菸斗並不是他本人的。」

「不是他的！」船長大叫，「你怎麼知道的？」

「我檢查過那支菸斗的橡皮嘴，由此得出了這樣的結論。」宋戴克說，「菸嘴上有相當深的牙印，整個菸嘴差不多被咬爛了。只有一個牙齒非常好的人，才能將菸斗咬成那副模樣。但是再看看死者，他的牙早就掉光了。」

船長沉思片刻後說道：「我不明白這能說明什麼？」

「你還不懂嗎？」宋戴克說，「這真的是十分關鍵的一點。死者生前最

後一次被人看到時，正在往菸斗裡裝某種特殊的菸草。當人們再看到他時，他已經命喪黃泉。最令人不解的是，他菸斗中的菸葉與菸草袋中菸葉的完全不一樣。我們不禁要問，菸斗中的菸草來自何處？由此可以做出他死前與某人見過面的推論。」

「的確很有道理。」船長說。

「還有，」宋戴克繼續說，「即使鞘刀丟失這件事看起來並不重要，但我還是要做一下記錄。另一個奇特的發現就是，死者後腦勺有一個劇烈撞擊造成的傷口，而且撞擊物的表面覆蓋著藤壺和龍介蟲之類的生物。你也知道，河口那裡並沒有碼頭或其他什麼平台，相當開闊。死者究竟被什麼東西撞到了呢？」

「那一點很好解釋。屍體已經在海浪中漂了三天……」船長說。

「問題是傷口的形成時間是在死者還沒淹死之前。」宋戴克打斷他。

「原來如此！」船長驚呼，「那我只能這樣解釋：死者在迷霧中撞上了信號浮標，他的船傾覆了，頭也被撞傷。可是不得不承認，這種說法的確十分牽強。」

他緊鎖著眉頭，望著自己的腳尖沉思了一會兒，然後抬頭看著宋戴克，開口道：

「照你這麼說，我們的確應該好好查一下這件事。我今天要搭勤務船去燈塔問一些情況，你和傑維斯醫生是否願意跟我一同前往？當然，這不是私人邀請，我們是去辦公事。出發時間是上午十一點，下午三點前差不多就能到達燈塔，回城的時間由你們來定，你們想今天回來就今天回來，怎麼樣？」

「非常樂意！」我高興地答道。

夏日清晨的風景著實迷人，巴格斯比的陰暗都掩蓋不住它的美麗。望著河上的風光，整個人的心情都是愉悅的。

「非常好，我和傑維斯都不想錯過這次的海上旅行，我們就當是出去散散心吧！」宋戴克說。

「這次是去辦公事，你們得明白！」船長強調。

「在我眼中，這就是一次單純的遊玩活動，一種與你們這些上流人士出海同遊的消遣娛樂。」宋戴克說。

「我沒別的意思。」船長小聲說道，「不過，倘若你們有同行的打算，現在就可以派人去取行李，明天晚上，我們再將你們送回去。」

「這種事就不要麻煩波頓了，」宋戴克說，「我們還是自己回去拿東西吧，從布萊克威爾搭火車也很方便。我想確認一下，出發時間是十一點吧？」

「十一點左右，」葛蘭帕斯船長說，「但願不會給你們造成麻煩。」

倫敦的交通極其發達，火車有如加了輪子的義大利平底船貢多拉，在一片噪音中，很快就讓我們在城裡城外跑了一個來回。我和宋戴克到達三聖港碼頭時還不到十一點，我們帶來了旅行箱以及他的綠色小箱子。

從鮑爾港駛來的勤務船此時正停靠在碼頭上，船上的起重機頂部掛著一個浮筒，遠遠望去，那個浮筒一直晃個不停。葛蘭帕斯船長精神滿滿地站在舷梯旁，向我們露出燦爛的微笑。不一會兒，浮筒被收起來，起重機拉起船桅，伴隨著螺旋收緊索的旋轉，鬆散的護桅索也栓好了，之後船隻便鳴笛駛離碼頭，逆流而上。

過了差不多四個小時，「倫敦之河」的全景圖一點一點在我們面前展開，景色逐漸變得開闊。伍利奇的煙囪和煙味，以及那些髒亂的工廠都消失了，薄霧裡的空氣沁人心脾，眼前的沼澤地上散布著一些牛群，遠處的高地與河谷相接。在林木茂密的河邊，停著一艘古老的訓練船，那可是相當珍貴的一艘船，它方格圖案的船身代表著昔日的榮光。高大的三層船艙好似一座象牙塔，船帆是那樣的挺拔，與當今那些掛著海軍旗幟、顏色骯髒、茶壺一般的船比起來，不知要高出多少等級。再想想那個訓練船員的年代，哪一個水手沒一點看家本領？哪裡像現在，水手們只不過是一個在海上工作的技術工人。我們的勤務船劈波斬浪，在各種船隻間穿梭，它們有大型平底船、平底貨船、多桅縱帆船以及雙桅橫帆船。當然，我們還遇到了又矮又胖的黑人水手、立著藍色煙囪的中國貨船、從波羅的海來的三桅帆船，還有掛著旋轉風車的巨型輪船。沿著河流，我們路過了艾斯、普爾弗利特、格林西茲等小

理查‧奧斯丁‧傅里曼

村莊和城鎮，從我們身邊迅速閃過的有北弗利特的煙囪、格拉夫森特的屋頂、無數的停泊地和依稀可見的舊炮台。出了霍普低地，一望無際的海洋出現了，看起來就像是一大匹藍色的綢緞。

十二點三十分左右，潮水退去，船速逐漸加快，遠方陸地從我們身邊飛快閃過，清新的空氣撲面而來。

在這安寧的夏日裡，海洋是靜的，天空也是靜的。可愛的雲朵一動不動，帆也放了下來，船在潮水間安然漂浮。此時，在太陽的照耀下，標杆上那個裝在寫著「席弗林沙地」的罩子裡的條文鐘形大浮筒，正睡得香甜。我們的船一經過，浮筒慵懶地動了動，發出沉悶的響聲，不過很快就又睡去了。

過了浮筒，遠處那座螺旋狀的燈塔便映入眼簾。燈塔紅色的外表雖然略顯沉悶，但在午後陽光的映襯下，卻顯得異常鮮明。再近一些，我們便看到「戈德勒」三個白色漆字，還有燈室外面的瞭望台裡的兩個拿望遠鏡的男人——他們是在看我們。

勤務船的船長問葛蘭帕斯船長：「你們準備在燈塔停留多長時間？會很久嗎？我們還要去東北沙地更換浮筒。」

「你就先把我們放在燈塔那裡吧，等你們忙完了再來接我們。」船長回答，「具體要待多久，我也不確定。」

接著，勤務船靠近燈塔，放下小船。在幾個人的幫助下，我們成功登上了小船。

「看來你們這身海灘服要被搞髒了。」船長也穿著新衣服，他繼續說，「不過，等會兒清理這些汙漬也不會很麻煩。」

眼前的這個燈塔特別像一個骷髏。現在潮水向下退了一些，堅硬的樁柱裸露出來，大概有十五英尺高，而且上面覆蓋著一層海草、藤壺以及管狀生物。台階上也是差不多的情形。不過，在跟船長爬上濕滑的鐵梯時，我們動作相當俐落，這大大出乎了船長的意料。宋戴克將他的綠色小箱子緊緊抓在手裡，不敢有絲毫的鬆懈。

爬過鐵梯，我們來到一個平台上，船長說：「我們是前來調查詹姆斯‧

布朗失蹤一事的，你們誰是傑佛瑞斯？」

「我就是，先生。」一個身材高大的男人回答。他眉毛濃密，下額方正，手上潦草地裹著繃帶。

「你的手怎麼回事？」船長問。

「削馬鈴薯時不小心弄傷了，不過並不嚴重。」對方回答。

船長說：「傑佛瑞斯，我們已經找到了布朗的屍體，現在需要你提供一些資訊，以便審訊時使用。到時候警方會傳訊你，希望你將全部事實都陳述出來，不要有任何隱瞞。」

我們都到客廳坐好。船長掏出一個巨大的筆記本，宋戴克則暗中觀察著屋內的情況，這個房間非常怪異，很像一個船艙。

傑佛瑞斯差不多又把我們已知的資訊重複了一遍。他先看到一個人駕船向燈塔靠近，之後消失在迷霧裡。他啟動霧號發出信號，並密切觀察周圍的情況，可是不知為何，那艘船徹底沒了蹤影。他表示就知道這些。他覺得那個男人肯定是迷失了方向，最終被湍急的潮水吞沒了。

「你最後一次看到那艘船的時間是？」宋戴克問。

「十一點三十分左右。」傑佛瑞斯回答。

「你是否看清了那個男人的長相？」船長問。

「先生，他當時背對著我划船，我什麼都沒看清。」

「他是否攜帶了背包或行李箱？」宋戴克問。

「我看到他帶著一個箱子。」傑佛瑞斯說。

「箱子長什麼樣？」宋戴克問。

「一個附有索環的綠色小箱子。」

「箱子被捆起來了嗎？」

「外面綁著一條固定箱蓋的繩子。」

「箱子放在什麼位置？」

「船尾的帆腳索上。」

「你最後一次看到船時，與它相距多遠？」

「大概有半英里吧！」

「半英里！」船長大吼，「天啊！半英里外，你都可以看清箱子的模樣？」

那個男人滿臉通紅，又氣又惱地看著宋戴克說：「先生，我有望遠鏡啊！」

「我明白了，」葛蘭帕斯船長說，「這就解釋得通了。具體什麼時候出庭，我們會提前通知你。把史密斯叫來，我有事找他。」

問話結束了。我和宋戴克把椅子挪到面朝大海的窗戶邊。此時，宋戴克並不關心東邊海面上過往的船隻，他的注意力集中在旁邊的菸斗架上。他剛剛進門時，就注意到那排擺著五支菸斗的架子。與我談話的過程中，宋戴克不時瞄一下這個菸斗架，眼神中帶著興奮與懷疑。

宋戴克在船長問完話後，對史密斯說：「你們好像都很喜歡抽菸？」

「是的，先生，這算是一種嗜好吧！」史密斯答道：「要知道，我們只能靠菸草來緩解長期漂泊在海上的孤獨，而且還不用花幾個錢。」

「為什麼這樣說？」宋戴克表示疑惑。

「因為我們抽的菸草都是那些外國船隻給我們的，尤其是荷蘭人的船經過時，他們總能提供一些菸塊。由於不在岸上，我們也不用交稅。」

「這麼說，你們很少去店裡買菸草了？你們不會去買一些切好的菸絲嗎？」

「不，先生，菸草店對我們來說可是個陌生的地方。就算我們去那裡買東西，也不會買切好的菸絲。要知道，在這樣的環境下，菸絲是不好存放的。吃硬餅乾，抽硬菸草，是這裡的生活標準配備。」

「你們也夠時髦的，還搞了一個菸斗架！」

「是的！閒來無事，我就做了一個這樣的架子。」史密斯說，「這樣看起來整潔多了，我在船上待習慣了，不喜歡亂放東西。」

架子末端的一個菸斗已經長了綠色霉斑，宋戴克指著它說道：「似乎某人忘記了他的菸斗。」

「的確，那是我的朋友帕森斯一個月前留下的。天氣潮濕，菸斗很容易發霉。」

宋戴克問：「假如把菸斗放在那裡不動，大概多長時間就會發霉？」

史密斯回答：「要看天氣。在溫暖潮濕的天氣中，差不多一週就會發霉。你看巴雷特這支沒帶走的菸斗，現在已經可以看到明顯的霉點了，而且我們還能發現，在他離開之前，應該有一兩天都沒使用過它。」

「其他菸斗都是你的嗎？」

「不，先生。這邊這支是我的，最邊上那支是傑佛瑞斯的，中間那支我不知道是誰的，或許也是他的吧！」

這時，船長慢慢走過來說：「醫師，你的眼睛已經離不開菸斗了！你好像對此頗有研究。」

宋戴克見史密斯走了，便開口說道：「研究『人』是研究人類的第一步工作，這裡的『人』包括那些能夠傳達個人特性的物品。比如，菸斗就是一種極具個人特性的物品。我們可以看到，架子上的那排菸斗形態各異，他們呈現出來的模樣與菸斗主人的特徵存在一致性。架子末端的那支菸斗是傑佛瑞斯的，你仔細看一下菸嘴部分，差不多被咬爛了，火嘴內外和菸斗柄也都滿是傷痕。根據這支菸斗呈現出來的狀況，我們可以推斷出，它的主人對其並不愛惜。他總是一邊抽菸，一邊使勁咬菸嘴，刮火嘴和清菸灰時也下手相當重。這支菸斗的主人和菸斗完全能對應上——他身材健壯，下額方正，舉止粗暴。」

「的確，傑佛瑞斯看起來就十分粗魯。」船長表示贊同。

宋戴克繼續說：「傑佛瑞斯旁邊的這支菸斗是史密斯的，史密斯有一個習慣，那就是將菸草塞得非常滿，最終導致了火嘴的邊緣被燒。另外，這支菸斗總是反覆點著又熄滅，所以它的主人一定話很多。可是我最感興趣的，還是中間那支菸斗。」

「那是傑佛瑞斯的，史密斯不是說過了嗎？」我說。

「雖然他這樣說，」宋戴克回答，「但我想他肯定是弄錯了。我比對過這支菸斗和傑佛瑞斯的菸斗，二者明顯不一樣。它是一支舊菸斗，但菸嘴上沒有任何咬痕，架子上的其他菸斗都有咬痕。而且，它的火嘴邊緣保護得非常好，看不到一點損傷。還有一個細節就是，這支菸斗上的銀色鑲圈是漆黑

色的，與傑佛瑞斯菸斗上明亮的鑲圈反差極大。」

「我並未注意到這一點，」船長說，「可是這支菸斗的銀鑲圈這麼黑的原因又是什麼呢？」

宋戴克取下那支菸斗，認真觀察了一番後說道：「因為那是硫化銀，而且我敢肯定，這些硫化物是菸斗主人口袋中某個東西上的。」

「我懂了，」葛蘭帕斯船長一邊打著哈欠，一邊望向遠方的勤務船，「我們的話題一直沒離開過菸斗，你從中得到了什麼啟發嗎？」

宋戴克認真觀察著菸嘴說道：「當然，我認為應該先把菸斗清乾淨，再裝菸草，這就是我獲得的啟發。」

宋戴克指著菸嘴被堵住的部分，那個洞口塞著一些細絨毛。

「這個啟發真是太厲害了。」船長哈欠連連地說道，「不好意思，那艘勤務船好像正在駛過戈德勒，我得去看一下。」

船長拿著望遠鏡，前往外面的瞭望台。

船長走後，宋戴克便用刀子將菸斗火嘴裡的菸草弄出來。

當他把菸草倒在手上時，我驚呼道：「天啊，是粗菸絲！」

「沒錯，你沒想到嗎？」他又把菸草重新裝回了菸斗。

「你怎麼會知道裡面有什麼東西？」我坦白說，「我剛剛一直在考慮關於那個銀色鑲圈的問題。」

「是的，這一點很有意思。」宋戴克說，「不過，我對那些堵住菸斗的東西很感興趣，我們還是先來瞧瞧這個吧！」

他從綠色箱子裡拿出一根解剖針，快速從菸嘴的洞裡挑出一些細絨毛，然後將它們置於載玻片上，並滴上甘油，最後把蓋玻片蓋好。我則在旁邊準備顯微鏡。

「我覺得最好把菸斗放回原處。」宋戴克一邊把樣本放到顯微鏡下，一邊對我說。

我把菸斗放到架子上，然後轉身觀看宋戴克的檢查工作。不一會兒，他起身叫我：「傑維斯，你來看一下顯微鏡下的這個東西，我想聽聽你的意見。」

我湊過去觀察顯微鏡下的樣本，為了看清細絨毛的成分，我還動了動載玻片。最終的結果顯示，其中多半是棉纖維和少許的毛纖維，但這些都不重要，其中最值得關注的是幾根相當細的「之」字形毛髮。我們可以看到，這些毛髮末端還伸出一截像槳葉一樣的扁平構造。

　　「絕對是某種小型動物的毛，」我說，「不可能是老鼠或某種齧齒類動物。我覺得這些毛應該來自於某種小型食蟲類動物。哦！我想到了，錯不了！這是鼴鼠的毛！」

　　我站起身。這個發現太關鍵了，一想到這些，我就不自覺地望向我的夥伴，等待他的回應。

　　「沒錯，」他說，「這些絨毛進一步證明了我的推斷。」

　　「你覺得這支菸斗就是死者的嗎？」我說。

　　「種種證據顯示，我們的推斷是沒錯的。」他回答，「我們已經看到，這支菸斗並沒有發霉的跡象，所以它很可能是最近才放到這裡的。它的主人肯定是巴雷特、史密斯、傑佛瑞斯或布朗四人當中的一個。同時，這樣一支舊菸斗上竟然沒有一絲咬痕，只能說擁有這支菸斗的人並沒有牙齒。然而，我們都知道，巴雷特、史密斯和傑佛瑞斯的牙齒都十分完好，他們的菸斗上也都有牙齒印，最後只剩下布朗沒有牙齒。還有，我檢查過菸斗中剩下的菸草，是一些粗菸絲，而只有布朗的菸草袋裡有粗菸絲。菸斗的銀色鑲圈表面附著了一層硫化物，而布朗裝菸斗的口袋中也有幾根火柴，火柴上恰巧有硫磺。除此以外，菸斗的菸嘴裡有幾根鼴鼠毛，而布朗的菸草袋正好是用鼴鼠皮做的，他把菸草袋和菸斗裝在了同一個口袋裡。最後，我們從布朗口袋裡發現的那支菸斗一看就不是他本人的，裡面的菸草與布朗菸草袋中的菸草完全不一樣，卻和傑佛瑞斯平時所抽的菸草很像，在我看來，它八成是傑佛瑞斯的。綜合我們所瞭解的其他情況，我敢肯定，那支菸斗的主人就是死去的布朗。」

　　「『其他情況』是指？」我問。

　　「第一點，死者的頭部曾受到重擊，而撞擊他的那個物體表面覆蓋著藤壺和龍介蟲，而且還長時間泡在水裡。我們來看這燈塔周圍的情況，有什麼

物體符合上面提到的條件呢？只有燈塔下面的樁柱有這樣的特徵。你可能會說還可能是信號浮標，但你仔細想想，信號浮標那麼大，又怎能造成死者頭部的傷口呢？第二點，死者的鞘刀丟失了，而傑佛瑞斯的手上又有刀傷。這難道還不夠明顯嗎！」

這時，船長拿著望遠鏡急匆匆地跑進來說：「勤務船來了，還拖著一艘怪船，很可能是那艘失蹤的船隻，我們先去一探究竟，說不定會有新的收穫。你們最好先準備一下，帶上需要的物品。」

於是，我們整理好綠箱子，跟著船長走了。勤務船靠近燈塔時，兩名看守密切地注視著這一切。史密斯相當興奮，滿臉好奇，傑佛瑞斯則神情緊張，面色蒼白。汽船停在了燈塔對面，三個男人跳過去把小船拖過來。隨後，其中一人爬上燈塔的鐵梯。

「是那艘失蹤的船嗎？」船長高聲問道。

「沒錯，」勤務船的船員登上平台，擦乾雙手後答道，「先生，我們在東戈德勒的一塊乾地上發現它，此事甚是蹊蹺。」

「你的意思是，這是一起謀殺？」

「是的，先生，我們發現船的塞子被丟棄在船底。除此以外，船的內龍骨上還插著一把鞘刀，旁邊堆著一些艇頭索。刀很可能是從高處落下來的，因為插得極深。」

「確實奇怪。」船長說，「說起塞子，或許是意外脫落的。」

「不，先生，絕不是那樣。我們看到，壓艙袋早就被人挪開了，這樣只會導致船底板上浮，船艙進水。任何一個海員都不會這麼幹，他會將塞子塞好，並且盡快逃命。」

「嗯，說得沒錯。」葛蘭帕斯船長回答，「船上那把刀也相當詭異。它究竟是從何處掉下來的？海面如此廣闊，還真不好說。不過，要說它是從天上掉下來的飛刀，也著實令人害怕。醫師，你覺得呢？」

「那把刀是布朗的，而且很可能是從這個平台上掉下去的。」

傑佛瑞斯立即轉身怒斥道：「一派胡言！我已經說過了，那艘船從未到過燈塔！」

「你是這樣說過。」宋戴克回答，「但是你的菸斗在死者的口袋裡，而死者的菸斗此時卻在你的菸斗架上，這該做何解釋？你敢說他真的沒來過？」

　　傑佛瑞斯臉色發白，開始變得語無倫次：「我不明白你的意思。」

　　「就讓我來跟你解釋清楚吧！」宋戴克說，「我會把事情的來龍去脈講一遍，你可以聽聽我說得是否正確。布朗在下面停好船，便拿著箱子進入燈塔。接下來，他打算抽菸，填好菸絲後發現菸斗堵住了，沒辦法點著。因此，你將自己的菸斗借給他，同時幫他裝上菸草。沒多久，你們倆吵了起來，地點應該是在平台上。布朗掏出這把鞘刀進行防衛，可是刀掉了，落在了小船上。之後，他被推下平台，落地時頭部撞在椿柱上。後來，你將小船的塞子拔掉，使得船隻慢慢漂遠，最終沉入海底。布朗的箱子也被丟入海中，我沒猜錯的話，你是在十二點零二分左右做的這件事。」

　　傑佛瑞斯呆呆地站在那裡，他什麼也不說，只是滿臉驚恐地望著宋戴克。

　　宋戴克繼續說道：「我說得沒錯吧？」

　　「活見鬼！」傑佛瑞斯咕噥著，「照你的說法，你當時是在現場了？不管怎樣，」他好像清醒了一些，接著又說，「看樣子，你什麼都知道。但你並沒有全說對，當時我們並未發生爭執。布朗發現自己要跟我一起待在這裡後，內心非常抗拒，就準備駕船離開，可是被我攔住了。於是他拿刀刺我，我出手打了他一拳，刀子掉了下去，他也跟著栽到水裡。」

　　「你當時對他施救了嗎？」船長問。

　　傑佛瑞斯帶著怨氣說道：「潮水那麼洶湧，我一個人去救，不等於是去送命嗎？」

　　「傑佛瑞斯，那艘船又作何解釋？你把它弄沉，是出於什麼目的？」

　　「情況是這樣的。」傑佛瑞斯回答，「當時我被嚇壞了，第一反應就是將船沉了，掩蓋這件事。但他落水真的與我無關，那純粹是個意外，先生，請相信我！」

　　「你解釋得還算合理。醫師，你覺得呢？」船長說。

宋戴克回答：「再合理不過了！既然情況已經查明，我們也該走了。」

「嗯。」船長轉頭又說，「不過，傑佛瑞斯，我得把你帶到警方那裡去，你知道嗎？」

「明白，先生。」傑佛瑞斯答道。

這件事已過去了半年，一天晚上，我們和葛蘭帕斯船長再次相會，船長說：「戈德勒那個案件確實奇特，但是傑佛瑞斯那小子也太走運了，他才被判了十八個月的監禁。」

「沒錯，那個案子相當奇怪。」宋戴克說，「而且，說是『意外』，但我覺得其中肯定還藏著不為人知的事，這兩個人應該是舊識。」

「我也這樣認為。」船長說，「但最令我感到奇怪的是你推理事件經過的方法。辦完那個案子以後，我便對歐石楠菸斗產生了特殊的感情。」他接著說，「想想都不可思議，你竟然讓一支菸斗說出真相。」

「嗯！」我說，「菸斗雖然不會唱歌，但是會說話，跟傳說中的那根魔笛一樣。你是否記得一個叫做《歌唱的白骨》的德國傳說？那裡面講到，一個農夫撿到一根骨頭，骨頭是被害人的。農夫將那根骨頭做成了一支笛子，正當他準備吹奏時，笛子突然自己唱起歌來：『我的兄弟殺了我，將我埋在沙土中的石頭底下。』」

「故事很有趣，」宋戴克說，「而且還告訴我們一個非常好的道理：我們身邊的每個沒有生命的物品都會唱歌，這些不同的歌聲需要我們認真聆聽。」

浪子的戀歌

一、閨中小姐的客人

　　夜色降臨，夏日的餘暉很快被吞沒，一個外套底下露著晚宴服的男人騎行在鄉間的小路上。他的車速很慢，不時有馬車和汽車從他身邊駛過，那些車輛都是隔壁鎮上的。男人透過車裡人的衣著判斷出他們要去的地方，他本人則向一座大房子騎去。房子建在路邊，周圍的地勢相當高。男人在接近目的地的過程中，逐漸放慢速度，因為他來這裡的原因非常特別。

　　這座宅邸名叫柳林谷，今天晚上，它將重現往日的光輝。從警衛室上的告示牌可以看出它早已敗落，這棟房子空置了太長時間。可是就在今晚，整個屋子煥然一新，地板重新上了蠟，也換了新地毯，原本光禿禿的牆壁上現在也掛滿了各種旗幟和帷幔。動人的音樂、鼎沸的人聲和熱鬧的腳步聲都將再度響起。萊恩斯福德的未婚小姐們今天晚上準備在這裡舉行一場舞會，這場活動的發起者正是柳林谷的主人哈里維爾小姐。

　　這的確是一場盛大的聚會。豪華的府邸裡，有許多未婚女士盛裝出席，到場的賓客非富即貴，扎特夫人也不會錯過這樣的盛會。這位美麗的美國寡婦名聲正盛，自然成為全場的焦點。要問她具體多有錢，很難得出確切的答案，因為她的財富是無法估量的。她身上戴的鑽石太過耀眼，以至於其他小

姐們的首飾看起來是那麼暗淡。

然而，柳林谷的炫目並沒有給這個騎自行車的男子動力，反倒讓他更加遲疑，他慢慢騎行著，似乎有些不太情願。轉了一道彎後，他終於來到柳林谷的大門前。那個男人扭扭捏捏地停下車，一件十分驚險的事正等待著他去做。雖然他生性並不軟弱，可是此時依然猶豫不決。

說實話，他並不在晚宴的邀請名單中。

他為何要去呢？他又要用什麼方法進去呢？這些問題真是不好回答，想想都十分傷感。

奧古斯塔斯‧貝利是個不折不扣的混混，靠著小聰明勉強度日。不過，一個人靠小聰明度日的這種說法並不準確。因為仔細想想，一個會耍小聰明的人，還要靠它來度日嗎？反之，想要做一個普通的小混混，根本沒有耍小聰明的必要。然而，儘管貝利有點小聰明，但直到今天，他依然窮困潦倒。

今天之所以冒險來參加宴會，是因為他之前在一家餐廳裡偷聽到了別人的談話，同時還在菜單下面發現一張邀請函。邀請函上的受邀人名叫傑佛瑞‧哈林頓-貝利。奧古斯塔斯找出塞西爾飯店的信紙，回覆對方說自己接受那個邀請——儘管那張邀請函並不是他的。起初，他覺得到場的賓客那麼多，現場不需要出具邀請函，加上主人舉辦宴會的經驗不足，所以應該問題不大。唯一可能出現的尷尬時刻，大概是念宴會客人的姓名時。然而，最令他擔心的是，自己萬一被識破了怎麼辦？

但是，或許他多慮了。倘若他剛進門就被人發現不在受邀之列而被趕出去的話，上面提到的尷尬情況也就不會發生了。

他慢慢向大門走去，內心更忐忑，與此同時，他的心中湧現出了許多痛苦的回憶，這使他的心情更加緊張。他曾經在一個步兵團委員會裡任職，以他當時的地位，受邀參加這種宴會再平常不過，只不過由於他太喜歡耍小聰明，丟掉了軍官的職位，那種受邀的資格也就沒有了。現在，他不過是一個普通的竊賊，正冒著被僕人趕出去的風險試圖混進會場。

他站在一邊，面露遲疑，路上的馬蹄聲和汽車的喇叭聲此起彼伏。馬路的轉彎處傳來了一陣馬蹄聲後，又出現了汽車的燈光。此刻，一個男人從警

衛室出來開門，貝利先生壯了壯膽後，騎著自行車跟了上去。

上坡的路相當陡，騎了一半，旁邊的車子便超過了他。車內坐了一群年輕人，一部分坐在後座上，另一部分為了節省空間坐在夥伴的膝蓋上。貝利望著他們，覺得自己的機會來了，於是將自行車藏在馬車房內，快速進入衣帽間。貝利進去時，看到那幾位年輕人正脫下外套並且將其扔到桌上，貝利也跟著照做。這群人急著趕往會客廳，貝利怕被落下，所以將掛衣服的票根裝進身上的口袋後便追了上去，並未發現手忙腳亂的服務生錯將他的帽子和另一位男士的大衣放在一起，而上面附的號碼牌也是他的。

「華森先生、古德史密斯先生、伯波利先生、貝克-鐘斯上校、斯巴克上校、斯曼特先生、哈林頓-貝利先生駕到！」

奧古斯塔斯裝作十分淡定地走了進去，與一群軍官互相打招呼，說實話，他當時緊張極了。要知道，女士們都在十分認真地研究每位客人。

不過，很快就傳來服務生響亮的聲音。

「扎特夫人、科倫普中校駕到！」

趁所有人都關注兩位新來的客人時，奧古斯塔斯行了個禮後快速混入人群之中。說起來這個小把戲還是挺管用的。

奧古斯塔斯逐漸擠進賓客更多的地方，然後找了一個隱蔽的位置，這樣就不會被女士們看到。他想了想，就算她們對他還有印象，很快也會把他忘乾淨，接下來，他就可以找機會下手了。此刻他依舊緊張得抖個不停，不清楚自己要多久才能鎮定下來。同時，他也認真觀察著四周的賓客，不一會兒，人群中起了一陣騷動，原來是扎特夫人和未婚小姐們的代表握手，看到這一幕，奧古斯塔斯大吃一驚。

他一眼便認出了她。記憶人的面貌是他的長項，而扎特夫人有傾世的容顏，令人久久不能忘懷。他對這位女士的印象相當深刻，多年前在某次步兵團宴會上，他曾經與她跳過舞，她當時是那麼坦誠可愛。當初，他還是少尉軍銜，後來由於某個差錯離開了部隊。當時兩人互相愛慕，他還記得那個漂亮的美國女孩與她跳了很多支舞，而且還海闊天空地聊了一些被他們稱作哲學的東西。不過在那之後，二人再也沒見過彼此。她在他的生命中來了又

去，而且他早就忘記對方叫什麼了。此時，她已經變成一位中年婦女。即便這樣，她依舊十分美麗，而且地位很高。她的鑽石如此耀眼！現在的他呢？只不過是個混在人群中的無名鼠輩，還計畫著趁機偷一些東西。

他都認出她了，對方應該也認出他了吧？不，怎麼可能！貝利先生一邊思索著，一邊來到草地上抽菸。另一個年紀稍長的男人正在草地上走來走去，偶爾會望幾眼明亮的屋內。兩人打了幾次照面之後，這個陌生人停下腳步，開口說道：「房間內越來越熱，在我看來，今晚最理想的地方就是這裡。不過，或許你對跳舞感興趣吧？」

貝利回答：「之前很喜歡，現在不那麼喜歡了。」

他注意到這個陌生人對他的香菸很感興趣，於是打開菸盒遞到他面前。

陌生人興奮地接過來，大聲說道：「真是感激不盡，你太好了。我的菸盒忘記拿了，雖然菸癮很大，但一直不好意思開口。」他猛地吸了一口，再吐出一個煙圈，接著說，「這些小女孩還真行，將宴會辦得有模有樣。你大概看不出這個屋子原先一直是空著的吧？」

「不太清楚，我剛來不久。」貝利說。

陌生人熱情地說：「如果你願意，等我抽完了菸，我們就到處瞧瞧。還可以來點喝的涼快一下。你在這裡的熟人多嗎？」

「全都不認識。邀我來的女主人好像還未出現。」貝利回答。

「那就好辦了。」陌生人說，「哦，忘了告訴你了，我叫格蘭比。我的女兒也在宴會中，她還沒結婚。等我們喝完東西，倘若你打算享受一下浪漫的話，她可以幫你找個女伴。」

「跳一兩支舞，對我來說難度不大。雖然已經過了那個年紀，但我還不想太早放棄這種樂趣。」貝利說。

「當然，」格蘭比高興地說道，「一個人心態年輕最重要。嗯，先來喝點吧，等會兒再去找我女兒。」

接著，兩人把手中的菸蒂扔掉，走向了放點心的區域。

奧古斯塔斯和格蘭比都低估了那些未婚小姐們喝的香檳的酒精含量，喝了許多以後，二人都有些醉意。隨後，他們又吃了一些三明治，貝利先生的

精神恢復了很多。說實話，與他最近的伙食相比，這不知好多少倍。當他們找到格蘭比小姐時，奧古斯塔斯發現她是個十七歲左右的小女孩———一頭金髮，非常天真，極力想把女主人的角色演好。不一會兒，貝利身邊就多了一位女士，她大概三十來歲，長得非常漂亮。

這樣新奇的經驗令他驚喜萬分。這些年來，他一直靠詐騙過著窮困潦倒的生活。現在，他早已對各種隱蔽的騙術駕輕就熟。在特定的情況下，偷盜對他來說也不成問題。他與那些騙子和無賴沒有任何分別，欠賭債和四處乞討已然是家常便飯，萬不得已就偷些錢財，然後逃之夭夭，躲避警方的追捕。

眼前豪華的房間、輕柔的音樂、閃亮的珠寶、優美的舞步、奢侈的禮服，以及各界名流的眼神是如此熟悉，又有點陌生，恍惚間他似乎回到自己曾經的風光年月，那段不光彩的時光被隱去了。畢竟，他曾經屬於這個群體，他與近年來混在一起的那些騙子本質上不是一類人。

雖然他與女伴都不太情願，但他還是找了一個合適的機會，把她交給了一位說話不俐落的少尉。接著，他打算去餐點室轉轉。就在這時，突然有人輕輕拍了他的手臂一下。這把他嚇了一跳，他立即轉過身來，發現一位女士站在眼前——原來是扎特夫人，她似乎意識到自己剛才的魯莽，因此神情有些緊張，露出歉意的微笑。

「你對我還有印象嗎？」她用非常謙卑的口吻問道。

奧古斯塔斯急忙接過她的話。

「怎麼會沒有印象！雖然我已經不記得你叫什麼，但樸茲茅斯那場舞會我依然記憶猶新。舞會中那件唯一值得記住的事，我至今都難以忘懷。我經常盼著能與你再會，現在終於如願了。」

「你還記得我，我真是太開心了。」她說，「關於那個晚上的種種記憶經常在我腦海中閃現，我們談論的那些事簡直妙不可言。當時你是個好男孩，現在呢？我不清楚你還是不是當年的樣子。說起來，那已是很久以前的事了！」

奧古斯塔斯陰鬱地附和道：「的確，看看我現在的模樣，就知道過去太

久了，而你似乎並沒什麼變化。」

「哦，不！」她大聲說，「你原先從不奉承他人，而現在你已丟失了當初的單純。或許是因為時代不同吧，當時你不需要那樣做。」

說完，她可愛的臉龐上泛起了一絲紅暈，從她最後一句話中，可以聽出某種留戀之情。

奧古斯塔斯非常坦誠地說：「我並非在奉承你，你一進門，我就認出你了，而且你不老的容顏著實令我感到吃驚。可是再看看我，變得太多了。」

「是有變化，我發現你已經生出了白髮，不過在我看來，白髮意味著一個男人的事業上升，跟衣領上的榮冠或袖口上的飾帶類似。你現在已經是中校了吧？」

奧古斯塔斯臉色泛紅，快速答道：「不，我幾年前離開了軍隊。」

「老天！真是太可惜了！」扎特夫人高聲說道，「等會兒你得把所有事都跟我講清楚，我先去招呼同伴，之後我們再細聊。但是，我一直沒想起你叫什麼，不過那都不重要，就像莎士比亞說的，『姓名沒有任何意義……』」

「是的！」哈林頓-貝利先生接過扎特夫人的話說道，「我是羅蘭上尉，你還記得我吧？」

「想起來了。」扎特夫人說道，其實她並未想起來。然後她指著節目單問：「等到第六支舞時我們再聊，你覺得怎麼樣？」奧古斯塔斯表示贊同後，扎特夫人將他暫時的化名「羅蘭」記了下來，開心地說道：「等會兒我要跟你暢談一番，你要告訴我所有關於你的事，我還想知道你如何看待自由意志和個人責任。我記得當時你心懷崇高的理想，但願你沒有改變。當然，現實是殘酷的，在經歷了種種磨難後，一個人的理想還能剩多少。」

奧古斯塔斯失落地回答：「你說得很對。人們很快就會在生活面前屈服。到了中年，稜角也逐漸被磨光了。」

扎特夫人說：「理想主義者的幻想破滅後往往是這種態度，你不要如此悲觀，要對自己有信心。不過，我現在必須要走了。你仔細考慮一下待會兒要跟我說的事，還有，記清楚時間，是在跳第六支舞的時候。」

她面帶微笑，友善地點點頭後便快速走開了。她那一身華美耀眼的裝扮，使得所羅門的寶藏與榮耀都黯淡無光。

　　旁人並未注意到這段美國名媛與普通人的親密而且友善的談話。要是在別的時候，說不定貝利會對扎特夫人的光環加以利用，可是現在他並不打算惹麻煩。他意識到還是隱藏自己的雙重身分為好，以免引來周圍人的嘲笑。他來這裡只有一個目的，那就是摸走一些「小玩意兒」，改善一下窮困的境遇。可是不知為何，今天晚上的氣氛有些不對，他的行動相當不順，不僅下手的機會少，還錯失了許多好機會。總之，他依然一無所獲。照這個趨勢，他今天只能收穫一個快樂的夜晚和一頓飽飯了。然而，不管他表現得多好，他依然不屬於這場宴會，隨時都有被發現而後趕出去的危險。即便那位寡婦認識他，但被人識破是遲早的事。

　　他漫無目的地走到一片離房子很遠的草地上，那裡有一群在跳舞間隙休息的客人。屋裡的燈光從窗戶射出來，將這些人的身影照亮，他發現那位熱情好客的格蘭比也在裡面。奧古斯塔斯趕忙離開明亮的地方，進入灌木叢，踏上一條偶然發現的小路。不一會兒，他面前出現了一個布滿長春藤的拱門，門上還掛著一兩串小燈。他穿過拱門，來到一條兩側長有茂密樹木和灌木的小路。樹枝上掛著的昏暗彩燈非常應景。

　　此刻他已遠離了人群。實際上，令他十分吃驚的是，如此僻靜的地方竟然空無一人。不過想想，在這個大宅內有太多的走廊和空房間，那些幽會的男女也用不著非跑到這裡來。

　　走了幾步後，他來到一處平緩的下坡路，接下來是一段很長的原木台階，台階底部有一把座椅，位於兩棵樹之間。筆直的小路從座椅前面伸出去，形成一條又窄又長的花壇。花壇兩側都是陡坡，右邊與草地相接，左邊連接著外牆。同時花壇兩側都長著樹木和灌木叢。

　　貝利走到那兩棵樹中間，坐在椅子上考慮接下來與扎特夫人的談話。他該怎樣向這位女士講述自己的經歷呢？這個座位坐上去非常舒服，座椅的一端及部分椅背連接著旁邊一顆榆樹的樹幹，貝利靠在榆樹上，從銀色菸盒中拿出一根香菸。此刻，那些苦澀的回憶和遺憾不斷從他的腦海中湧現出來，

他因此忘了將手中的香菸點燃。他想到了舞會華美的氛圍、衣著光鮮的紳士以及千嬌百媚的淑女，又想到了自己在伯蒙奇的小公寓，那裡到處都是工廠，空中總是瀰漫著惡臭的煙霧，放眼望去，盡是貧窮骯髒的景象。兩者簡直是天壤之別！

就在貝利沉浸在思考中時，一陣腳步聲從前面的小路上傳來，為了不被人發現自己一個人在樹叢裡徘徊，他起身打算繼續往下走。可是這時小路下方傳來了女人的笑聲，與此同時，另一個方向也有人靠近。於是，他收起香菸準備離開，可是究竟如何走呢？他來到座椅後面，發現這裡根本就沒有路，只有一條崎嶇的斜坡，上面還長滿了各種樹木。就在他不知該怎麼辦的時候，小路上方的人走下台階，同時還聽到女人衣服的摩擦聲，他沒有上前去打招呼，只是呆立在原地，並緊貼在樹後面，等著他們走開。

但是對方並沒有離開的意思，那個女人坐在椅子上。隨後，貝利聽到了一個熟悉的聲音。

「我這顆牙疼得厲害，我還是在這裡好好休息一會兒吧！還有，帶著這張票根，去衣帽間幫我取一樣東西。到了那裡以後，找出我的天鵝絨提包，裡面有一瓶氯仿和一包棉花。」她身旁的人開口道：「扎特夫人，去拿東西可以，但把你單獨留在這裡，怎麼可以！」

扎特夫人說：「我現在對那些社交活動沒有絲毫的興趣，趕緊去給我拿氯仿吧，好孩子！這是票根。」

於是，年輕軍官快速跑開了。與此同時，另一對男女順著小路走來，他們交談的聲音逐漸清晰。貝利非常後悔，竟讓自己陷入進退兩難的局面中，簡直太倒楣了。不一會兒，那對男女經過座椅，登上台階走遠了。之後，周圍陷入了一片死寂，只能聽到扎特夫人偶爾發出幾聲呻吟，以及座椅搖晃的吱嘎聲。不過，沒幾分鐘，那位年輕軍官就辦完了事，沿著小路衝下台階。

「你真是太好了！」寡婦感激道：「你快得像一陣風。請幫我切斷那包棉花上的繩子，接下來，處理這顆牙的工作就不用你管了，我一個人就行。」

「可是我不能將你獨自留在這裡啊！」

「沒關係的，」扎特夫人說，「這裡就我一個人。哦，下一支舞是華爾滋，你得盡快去找個舞伴。」

「好吧！」少尉說，「倘若你真的想獨自留在這裡的話……」

扎特夫人打斷他的話：「我在處理牙齒時，當然希望是獨自一人。快點走吧，你的好意我心領了。」

於是，這位年輕軍官喃喃幾句後走上台階，非常不情願地慢慢離開了。隨後，四周寂靜無聲，只能清晰地聽到揉紙的沙沙聲和塞瓶塞的聲音。此刻，貝利轉過身來，面向那棵樹站著，屏住呼吸。他不停埋怨自己的愚蠢，並盼著能早點逃離這窘境。但此時是無法脫身的，他一走便會被人發現，所以只有等她離開後才可以行動。

突然，樹幹旁冒出一隻手，手裡拿著棉花，它把棉花放到椅子上後，捏下一塊揉成小球。藉著樹梢上小燈的燈光，貝利發現這隻手上戴滿了華美的戒指，手腕上還有一個閃亮粗手鐲。隨後，這隻手縮了回去，而那片方形棉花深深吸引住了貝利。之後，這隻手又伸出來把小藥水瓶放在椅子上，再將木塞放在瓶子旁。那些戒指和手鐲上的寶石在燈光的照耀下光芒四射。

此刻，貝利的膝蓋不由自主地抖動起來，額頭上也不停往外冒冷汗。

這隻手又縮了回去。與此同時，貝利小心翼翼地從樹後伸出頭來。這時，女子的身體靠在椅背上，頭倚著樹幹，與貝利的臉幾乎要貼在一起。女人頭飾上的大寶石閃耀著奪目的光輝，貝利都看呆了。從她的肩膀處望去，那個漂亮的吊墜在她胸前一邊晃動，一邊變幻著光芒。而且，當她在不甚明亮的光線下舉起雙手時，手上的珠寶看起來更加絢麗。

貝利的心臟幾乎要跳出來了，臉頰上淌滿汗水，為了不讓牙齒發出聲響，他緊緊咬緊牙關。恐懼和驚慌交織在一起，不斷佔據他整個身體，一種駭人的衝動也將他的理智和意志一點一點蠶食。

周圍的空氣更加安靜了。貝利可以清晰地聽見那個女人的呼吸聲，以及她的緊身胸衣發出的咯吱聲，這著實有些恐怖。他盡量屏住呼吸，眼看就要堅持不住了。

突然，華爾滋的音樂在晚風中響了起來，舞會開始了。遠處喧囂的音樂

聲更襯托出這裡的寂靜。

貝利依舊全神貫注地盯著周圍的情況，他似乎被一股神秘的力量控制住了，怎麼甩都甩不掉，那股力量一步步地將他拽向滅亡。

他好像被魔鬼附了身，低下頭，死死盯住她，雖然他的內心也做過掙扎，但那股魔力實在太強大了，他只得順從。

最終，在考慮了許久之後，他將一隻顫抖的手伸向椅子，悄悄地把放在上面的棉花抓過來。接著，他又將手伸向小藥水瓶，經過一番摸索，把它拿到暗處。

幾秒鐘後，他又悄悄把瓶子放回原處。此時，瓶子裡只剩下一半液體。然後，他停頓了片刻。今夜如此寂靜，除了輕柔的華爾滋和女人的呼吸聲以外，再無其他聲響，置身其中，彷彿進入了一片墓地。

突然，貝利拿著棉花站起身，朝前靠近椅背。

這個女人的身體靠著椅背，兩手放在大腿上，似乎在打瞌睡。貝利快速把棉花壓在女人的臉上，然後用胸口壓住她的頭。她急促地喘息著，幾乎要窒息了，同時試圖用手抓住襲擊者的手臂。隨後是一番恐怖的掙扎，在掙扎的過程中，她身上那些華美的飾品顯得更加恐怖。然而，周圍依然鴉雀無聲，只能聽到衣服的摩擦聲、椅子的咯吱聲、窒息般的喘息聲、玻璃瓶的掉落聲，以及遠處華爾滋的音樂聲。

女人沒有反抗多久。很快，那雙滿是珠寶的手突然沒了力氣，她的頭無力地垂到領口處，身體也癱軟地滑向椅子下面。此刻，貝利仍然使勁壓著對方的頭，他翻過座椅，死死摀住棉花，直到女人的身體滑到地面上，這才鬆開手，彎下腰來察看。此時，瘋狂的掙扎已經消失了，剩下的只有深深的恐懼和膽寒。

女人的臉已經腫了起來，這讓他十分害怕。就在剛才，這雙美麗的眼睛還與自己對視，那友善的神情讓人著迷，可是此時它卻什麼都看不到了。

他竟然做出這種事！他這個被人嫌棄的廢物和浪子，竟然把魔爪伸向了對他如此友善的善良女子。當這個病入膏肓的廢物被全世界都遺忘時，她還記得他，並且對那段記憶倍加珍惜。他竟然奪走她的性命——此時，她的嘴

唇泛紫，看樣子已經斷氣了。

現在已沒有挽回的餘地，貝利瞬間懊悔不已。他一邊嘶啞地哭喊著，一邊站起身抓住自己濕淋淋的頭髮，似乎被下了詛咒。

他已經沒有心思去管那些他窺探已久的珠寶了。此時，他的內心充滿恐懼，後悔自己犯下了不可饒恕的罪行。

就在這時，遠處的小路上傳來了說話的聲音，他瞬間被驚醒，心中的憂慮和恐懼變得更加強烈。他抬起死者柔軟的身體來到小路邊上，讓屍體順著斜坡滑到下面的灌木叢中。屍體在向下滾落時，嘴裡發出輕微的嘆息聲，貝利停頓了片刻，並沒有聽到其他證明她還有生命跡象的聲音。顯然，那聲嘆息並不代表什麼，只是屍體向下滾時自然發出的聲音。

他站在原地，呆呆地望了一會兒那具被灌木叢掩蓋的身體，一切彷彿一場夢。接著，他爬回小路，再次回頭確認，此時屍體已經徹底從他的視線中消失了。與此同時，遠處的聲音逐漸清晰，他快速轉身爬上原木台階。

回到草地邊緣後，他順著一條偏僻的小路，走向衣帽間。倘若不是他膽子太小的話，他本該去餐廳吃點東西，補充一下虛弱的身體。然而，他害怕極了，神經高度緊張，耳朵裡響起各種恐怖的聲音，事情說不定已經敗露了。

他跌跌撞撞地走回衣帽間，將取東西的票根扔在桌上，接著掏出手錶。服務生滿眼驚奇地拿起他的票根，關切地問道：「先生，你身體不適嗎？」

「對，裡面實在太熱了。」貝利回答。

那個男人說：「我覺得你應該先喝杯香檳再走。」

「來不及了。」貝利一邊用不停抖動的手取回外套，一邊回答，「火車很快就要開了，時間緊迫。」

服務生聽完，便取下他的衣帽，並舉起貝利的外套，準備幫他穿好袖子，可是貝利十分著急，抓起外套和帽子就衝向庫房。服務生再次被驚嚇到，瞠目結舌的望著他。貝利不僅拒絕了服務生的好意，還隨意將外套夾在腋下。他迅速調整好自行車，一下子跨上去，順著陡坡徑直離去。他離開時的畫面非常怪異，可以看到車上的燕尾服後擺在風中肆意地飛揚著。

服務生大喊：「先生，您的車頭燈沒開！」

但是，貝利並沒有理會，此時他的耳朵裡只有幻想中的追捕聲。

要不是這條車道是斜著通往馬路的，貝利早就撞上馬路另一邊的樹籬了，因為他的車速快得離譜。速度如此之快，除了有下坡的因素外，還因為貝利內心極度的恐懼使他拼命蹬自行車的踏板，如此一來，速度慢得下來才怪。自行車風馳電掣般地穿過伸手不見五指的馬路，貝利在一片寂靜中仔細聆聽身後的聲音，他想確認是否有人騎馬或開車追來。

為了保險起見，前一天，他曾經騎車到這附近勘查，因此對這裡的地形非常熟悉。只要周圍有可疑的聲音，他隨時都能鑽進一條偏僻的小路或巷子隱藏起來，而且可以輕易地找到出路。此時，他依然拼盡全力向前衝著，可是從身後的情況來看，事情似乎還未被人發現。

貝利大概騎行了三英里後，遇到一處山丘，由於坡勢太陡，他只得推著車往前走。不過他上坡的速度並沒有因此減慢，當他到達山頂時，已經上氣不接下氣了。考慮到自己此時的樣子會引起別人的注意，在下坡之前，他穿上了外套。看一下時間，剛過十一點三十分，眼前就是小鎮的街道。他突然想到了車燈，還是趕緊打亮為好，不然要是被巡邏的警察或保安攔下來，就麻煩大了。

他打開車燈，穿好外套之後，再次認真探聽周圍的情況。當他站在山丘上俯瞰昏暗的村莊時，並未發現任何車燈，也沒有聽到馬車或汽車的動靜。於是，他跨上自行車準備繼續前行，並習慣性地把手伸到口袋裡摸索自己的手套。

他一眼便看出手套不是自己的。他的手套是黑色的，而眼前這副手套是白色的。

他瞬間被嚇到，趕忙去掏放票根的口袋，他平時都把鑰匙放在那裡。可是口袋中除了一個陌生的琥珀雪茄菸盒以外，沒有任何其他東西。他驚恐地站在原地，過了好久才緩過神來。顯然，他拿錯了外套，自己的外套還留在會場裡。一想到這裡，他的額頭就冒出冷汗，流淌到臉頰上面。他的外套口袋中裝著那把圓頭的彈簧鎖鑰匙，不過還好他家裡還有一把備用鑰匙，事

情還沒有嚴重到無法挽回的地步。想要進門並不難，他對自己家的那扇門相當熟悉，而且自行車的工具袋裡還放著幾件非常有用的東西。以上這些都是次要的，最關鍵的是，那件外套中是否有透露衣服主人身分的物品？一番思索之後，他長舒一口氣。因為他想到，在去宴會之前，他已經徹底檢查過口袋。

現在看來，一切都還不錯。他只要回到自己那間破舊的小屋，回到那個擠在工廠之間的避難所，他就安全了。能騷擾他的東西，只有藏在他心中的恐懼，以及那個帶著華麗珠寶、蜷縮在樹叢之下的身影。

他再度觀察周圍的情況後，便騎車越過山丘，迅速隱匿到黑暗裡。

二、以小見大

（克里斯多夫・傑維斯醫師的口述）

不得不承認，醫生永遠沒有下班的時候，與商人、律師或公務員之類的職業有很大不同，後者往往一到下班時間，便遠離工作，放逐自我，享受屬於自己的時光。可是醫生呢？他隨時都得準備為人服務，不管是忙是閒，是睡是醒。在緊急情況下，更不能有半點的遲疑，不論關係如何，都要及時出現。

那晚，我答應夫人陪她一起去萊恩斯福德小姐們的舞會，起初我還打算趁這個機會好好放鬆一下。可是在第八支舞結束後，我休假的妄想就破滅了。不過，坦白來說，我對這樣的意外並不感到不開心，原因在於我最後那位舞伴。她是一位年輕的女孩，口齒不清，總喜歡說俚語。與她交談的過程，枯燥乏味，困難重重，我早就不耐煩了。後來，我想透過吃點東西來改

善氣氛，於是打算讓我的舞伴去餐點室拿一些三明治。就在這時，突然有人抓住我的衣袖。我立即轉過頭，發現原來是我的夫人。

「哈里維爾小姐正在找你。」她滿臉驚慌地說，「有一位太太病了，非常需要醫生，你能過去看看嗎？」

我辭別了舞伴，跟隨夫人走到草地那裡。

「此事非常詭異，」我的夫人繼續說道，「生病的那位女士名叫扎特夫人，是個美國寡婦，聽說她相當富有。伊蒂斯·哈里維爾小姐和伯德貝利少校在灌木叢下面發現她，她一個人躺在那裡，不能說話。伊蒂斯被嚇得不輕，有些不知所措。」

「你是說……」

還沒等我問清楚，在長春藤拱門等待的哈里維爾小姐便向我們跑來。

「傑維斯醫生，你快點啊！」她大喊，「出大事了！茱麗葉跟你講了嗎？」

這位小姐還沒等我開口，就穿著平底鞋，踩著奇怪的碎步，跌跌撞撞地衝過拱門，將我們領上一條狹窄的小路。很快，我們邁下一段由原木建成的台階，走到一把座椅前。椅子前方有一條小路，路修得相當直，兩側建有小型花壇。花壇位於陡峭的斜坡上，右邊高，左邊低。一個男人站在灌木叢間，手裡拿著從樹上取下來的小燈。我向他靠近，當我走近灌木叢時，發現地上蜷縮著一個衣著華美的女人。當我走近這個女人時，她輕輕動了一下，看來，她還有知覺。同時，我還從女人口中聽到幾個十分模糊的字眼。那個男人——應該是伯德貝利少校——將那盞燈遞給我時，向我使了個眼色。他挑動的眉毛大概是在暗示哈里維爾小姐被嚇到了。確實，我也非常緊張，還以為地上這位女士被人下了毒。但是湊近一些，藉著燈光，我看到了她臉上有一塊類似芥末藥膏的方形紅印。因此，我覺得那只是個沒有把握好尺度的惡作劇。

「在決定是否把她轉移到屋裡去之前，」我把燈交給哈里維爾小姐，「我們最好先把她抬到椅子上。」

接著，我和少校十分小心地將這位可憐的女士抬過小路，最後讓她在椅

子上躺好。

「傑維斯醫生，她怎麼了？」哈里維爾小姐小聲問道。

「暫時還不確定，」我答道，「不過問題不大。」

「上帝保佑！」她熱情地說，「倘若真有什麼事的話，很可能變成醜聞。」

我提著燈，彎腰察看這位陷入昏迷的女士。

她的樣子十分奇怪，似乎是吸進了麻醉劑，現在還沒恢復意識，但再看她臉上的那塊紅色方形印記，又似乎是有人試圖悶死她。我在一旁苦苦思索，就在這時，燈光打在椅子後方的地上，我發現一個白色物體躺在那裡，於是把燈湊過去一看——一塊方形棉花。棉花的形狀和大小與女子臉上的紅印相吻合，我彎腰將它撿起。後來，我又從椅子底下撿到一個小瓶子，並且藉著燈光研究了好一會兒。那是一個標著「甲醇氯仿」的藥水瓶，容量是一盎司，裡面的液體所剩無幾。顯然，我們已經知道了導致這位女士陷入昏迷的直接原因。但是，為什麼會發生這種事？背後隱藏著什麼秘密？這不是一起搶劫案，女士身上的珠寶一樣都沒少。而且，她不可能主動往自己的口鼻上使用氯仿。

我們暫時也沒別的辦法，只好先把她抬到屋內，等她醒來。於是，我和少校抬著她穿過灌木叢和廚房後的花園來到側門，找了一間還未裝潢好的屋子，將她安頓在一張沙發上。

我們在她臉上輕輕拍了一些水，然後把嗅鹽湊到她鼻子附近，不一會兒，她便恢復了意識。接著，她將整個事情的經過都講了出來。

那瓶氯仿不是別人的，是她平時帶在身上用來治療牙疼的。那件怪事發生時，她一個人在那裡坐著，身邊放著瓶子和棉花。突然，有一隻手從她背後冒出來，用浸了氯仿的棉花捂住她的口鼻。在藥效的作用下，她立刻就昏了過去。

「你看到那個人的樣子了嗎？」我問。

「沒看到，可是我確定他穿著晚宴服，因為當時我壓在他的領口上，能清晰地感受出來。」

「如果是這樣，那個人要嘛還沒有離開，要嘛已經去衣帽間取走外套。」

「嗯！說得對，」少校高聲說，「我現在就去看看。」

於是，他大步地離開了。我仔細檢查過扎特夫人的身體，確定沒什麼問題後，也隨少校而去。

我直接來到衣帽間，看到少校和幾位軍官正在情緒激動地穿著外套。

伯德貝利少校一邊奮力穿上他的外套，一邊說：「他大概在一小時前騎自行車走了，服務生說他看起來十分著急。我們準備開車去追他，你是否要一起？」

「不了，有病人還需要我照顧。但你們怎麼確定那個人就是他？」

「還會是別人嗎？整個宴會只有一個叫約翰尼的傢伙離開了，除此以外……喂！你把外套搞錯了！」

他脫掉身上的外套，將它遞給服務生。

「先生，你確定嗎？」服務生驚慌失措地望著那件外套問道。

「再確定不過了。快點把我的外套拿來！」少校說。

「先生，恐怕你的外套被之前離開的那位客人帶走了。」服務生說，「因為你們的外套放在同一個掛鉤上。真是對不起，先生。」

少校簡直要氣炸了，說對不起也沒有任何意義，關鍵是如何將外套找回來。

「倘若那個陌生人穿走你的外套，這件外套肯定就是他的。」我說。

「當然，我知道，可是我絕不會要他那件可惡的外套。」伯德貝利說。

「你說得沒錯，但是或許我們可以利用它來查明罪犯的身分。」

聽到這裡，那位軍官的心情稍微好了一點。車子馬上就要出發，他急匆匆地走了。我讓服務生將那件外套收好後，便回去照顧病人。

這時，扎特夫人已經大致恢復了，同時對陌生的襲擊者充滿了憎惡，發誓要找機會報復他。她真希望對方當時拿走她身上的一些寶石，這樣歹徒就會多一項搶劫的罪名，在她看來，只判他謀殺未遂是不夠的。而且，她盼著警方抓到他以後，一定要讓他知道法律的嚴酷。

「對了，傑維斯醫生，差點忘了告訴你，」哈里維爾小姐說，「這裡還有一件相當怪異的事：我接到了一封受邀回函，署名是『哈林頓-貝利先生』，信紙來自塞西爾飯店。但我敢說，我們這些未婚小姐從未邀請過他。」

「你向其他小姐們確認過了嗎？」我問。

她答道：「當然。有一位名叫華特斯的小姐臨時有事必須出國，但我們不知道她具體住在哪裡。那個陌生人很可能就是她邀請來的，但我對此事並未太在意。也許正因為我的工作失誤，才導致罪犯有可乘之機，我現在感到非常後悔，可是那個人為什麼要害扎特夫人呢？」

這件事確實有些蹊蹺。過了一個小時，那些軍官在進行一番搜查後回來了，沒有任何發現。他們根據自行車的輪胎印向倫敦方向走了數英里，可走到十字路口時，自行車的輪胎印與其他車輛的印子混在一起，根本就辨認不出來了。那些軍官也無計可施，最終悻悻而歸。

扎特夫人極其輕蔑地大聲說道：「你們的意思是，那個罪犯已經徹底跑掉了？」

伯德貝利說：「看樣子是。不過倘若我是你，我首先會去找服務生，向他問清那個人的長相，然後再去蘇格蘭場找警察。說不定警方那裡就有約翰尼的個人資料，而且警方也有可能根據外套迅速判斷出嫌疑人的身分。」

「這怎麼可能？」扎特夫人說。

確實沒那麼簡單。不過，扎特夫人暫時也沒有其他辦法，於是她就照做了。當時，我以為此事就這樣過去了。

可是事實證明我想錯了。次日差不多正午的時候，我在迷迷糊糊地考慮著有關財產繼承權的分配問題，宋戴克正為他每個禮拜的演講做準備，突然，一陣清晰的腳步聲在辦公室外響起。由於昨晚只睡了四個鐘頭，此時的我相當疲憊，但還是要去開門。門開了，原來是扎特夫人，和她一起走進來的還有警察局局長米勒。米勒面帶微笑，腋下夾著一個包裹。包裹用棕色紙張包得嚴嚴實實。

扎特夫人的心情並不十分愉快，不過她做得已經相當不錯了。能有幾個

人在經歷了這樣可怕的事情之後，還能保持如此飽滿的精神狀態呢？除此以外，我們能輕易地看出她對米勒局長不屑的態度。

當我在向宋戴克介紹她時，她開口道：「關於我遭人襲擊的事，傑維斯醫生應該跟你講清楚了吧！說了你可能不信，我去了警局，向警方描述了罪犯的相貌，而且還帶去了那個傢伙的外套，但是他們竟沒有一點辦法。照他們的意思，罪犯是徹底抓不到了。」

「醫師，你知道嗎，」米勒局長說，「整個英國有一半的中產階級男子都與這位女士所提供的資訊相吻合。還有，她交給我們的那件外套，上面根本沒有任何能反映主人特徵的線索，這讓我們怎麼辦？我們只是蘇格蘭場的普通警察，不會任何巫術！沒辦法，我們只好將扎特夫人帶到你這裡來，希望你不要介意。」

「你打算要我做什麼？」宋戴克問。

米勒說：「那件外套就在這兒，先生。外套的口袋裡裝著一條圍巾、一副手套、一盒火柴、一張電車車票和一把彈簧鎖鑰匙。扎特夫人想確定外套主人的身分。」他在打開包裹的同時，眼睛也一直盯著這位神色緊張的女士，宋戴克則面帶微笑，在一旁靜靜地看著局長。

「米勒，你太看得起我了。」宋戴克說，「可是，我覺得你們去找千里眼會更可靠一些。」

局長的表情立刻變得嚴肅起來：「先生，我沒有開玩笑，希望你能察看一下那件外套，我會非常感激你的。我們實在沒辦法，但也不能就此放棄。我已經翻了無數遍那件外套，但始終找不到任何線索。我知道你神通廣大，或許你能找到一些我們無法發現的東西，這樣我們的案件就有偵破的希望了。比如，你可以用顯微鏡觀察一下。」他露出一絲微笑，態度十分懇切。

宋戴克好奇地望著那件外套，考慮了很長時間。顯然，他對這件事非常感興趣，扎特夫人的努力勸說也產生一定作用，最終宋戴克決定幫忙。他說：「好吧，看看也無妨，外套就留在這裡吧，我會認真檢查一遍，大概需要一個鐘頭。但我不能保證一定就能找到線索。兩點鐘時我應該能檢查完，到時候你們再過來就可以。」

他行禮送完客之後，回到桌前，低頭對著那件外套和另外那個公文袋怪笑——公文袋中，裝有一些從外套口袋中找到的物品。

「你認為該怎麼辦，我博學多才的兄弟？」他抬頭對我說。

「我首先會將注意力放在那張電車車票上，」我回答，「然後……我覺得米勒的提議很好，可以用顯微鏡對衣服的細節進行仔細的檢查。」

「我們先用顯微鏡看一下吧！」他說，「在我看來，只憑一張車票無法判斷出一個人具體去過何處，還很容易對我們產生誤導，我們從外套得到的資訊就不一樣了，一粒灰塵就可以大概為我們指出一個確切的地點。」

「的確如此！但那些資訊並不是很清楚。」我回答。

宋戴克拿起外套和公文袋準備去實驗室，同時說道：「確實是這樣，但是傑維斯，你別忘了，人們往往會忽視灰塵這項證據，肉眼所能看到的事物外表極具欺騙性，很難為人們提供正確的引導。舉例來說，倘若我們收集了某張桌子上的灰塵，大致一看，它們與其他任何一張桌子上的灰色粉末沒什麼不同。但是在顯微鏡下，情況就不一樣了。這些灰色粉末會呈現出物體碎片的模樣，透過這些碎片，我們可以查到它們來自哪些物品。關於這套方法，你應該不陌生吧？」

「在特定情況下，灰塵的價值的確相當重要。但目前的情況是，我們所拿到的只是一個不知名男人的外套，從上面收集的灰塵不具指向性和確定性，想要靠它追溯出外套主人的身分，簡直是天方夜譚。」

「你說得沒錯。」宋戴克把外套放在實驗室的長凳上，繼續說，「可是我們不妨試一下波頓研發的集塵器，應該很快就能得出結果。」

那個集塵器是由宋戴克實驗室的天才助理發明的，它的構造原理與地毯用的真空吸塵器類似。然而，這個集塵器的特殊之處在於，它的集塵孔上可以放一塊載玻片，這樣的話，從噴嘴進入的空氣中的灰塵就能直接收集到載玻片上。

波頓十分自豪地把自己發明的集塵器固定在長板凳上，再沾濕一塊載玻片，然後將其裝到集塵孔上，等到宋戴克把吸嘴對準外套的領子後，他在旁邊發動了馬達。隨後，我們更換了載玻片，開始吸外套右邊肩部的灰塵。經

過一番重複，我們對外套不同部位的灰塵都進行收集，最終整理出六塊載玻片。接著，我們架好顯微鏡，開始檢查這些樣本。

我在檢查過程中發現，這些灰塵的成分非常特別。其中除了有來自衣服和家具的棉毛碎屑與其他纖維，還有植物的莢殼、稻草粒、礦物粒以及毛髮和普通灰塵。但是，我清晰地發現更多其他的植物類的東西，在眾多種類中，以澱粉類的微粒居多。

此時，宋戴克已經掏出紙筆，忙著把觀察結果記錄下來，我也學著他記下了自己觀察到的東西。我們就這樣默默地工作了好長時間，最後宋戴克靠在椅子上，認真觀察他所列出的項目。

「傑維斯，」他說，「你有什麼新發現嗎？我收集到的這些小東西相當有趣。」

「不得不說，我收集的東西簡直就是個小型博物館。」我說，「顯然，外套上有來自雷恩斯德路上的石堊。此外，我還從上面找到了許多米和麥之類的東西，以及多類種子的表皮碎屑、果核細胞、黑胡椒、類似黃薑粉的黃色塊狀物、一個紅甜椒的細胞，還有幾個石墨微粒。」

「你說什麼？石墨！」宋戴克大喊，「我怎麼沒發現？我倒是找了一些可可粉，還有蛇麻草葉片的碎屑和蛇麻素的腺狀組織。你說的石墨在哪兒？讓我看看。」

「顯然，這是一些灰塵，來自某個工廠，而且我覺得這些東西裡面混雜了當地其他的東西，但我暫時想不出這對我們的調查工作有什麼價值。」

「不要忘了，我們還有一塊試金石。」宋戴克看出了我的疑惑，於是補充道，「就是那把彈簧鎖的鑰匙。只要我們縮小了搜尋範圍，米勒就可以試著去開各家的大門了。」

「我們能做到嗎？」我對此表示懷疑。

宋戴克回答：「不妨試試。可以看出，一部分東西在外套的內外都有分布，而石墨之類的東西只出現在某些特定部分。我們一定要先確定這些東西具體的位置，然後據此做出相應的推斷。」

他立即掏出一張紙，在上面簡略畫出一件外套的形狀，然後把外套的不

同部位標上不同的字母，同時拿出玻璃片樣本──已經貼好標籤，在每份採樣上都標上一個字母，以便更快地判斷出玻璃片上的灰塵來自外套的哪個部位。

於是，我們繼續顯微鏡下的採樣工作，然後對原先的記錄進行補充。差不多過了一個小時，樣本的檢查工作才結束，期間我們比對分析了每份樣本。

宋戴克說：「我已經得出了檢查結果，整件外套的內部和外部都均勻地沾上了下面這些粉末：大量米類、少量的麥類、一些甜椒、薑以及肉桂的微小顆粒；肉桂和種子外莢的韌皮纖維；黑胡椒、桂皮、甜椒等等的果核細胞；還有其他諸如樹脂細胞和薑的色素等更細微的植物碎屑。此外，我還從外套的右肩和右側袖子上發現可可和蛇麻草的痕跡，外套後面肩膀下面的部位還有少量石墨。我收集到的基本資料就是這些，目前又能得出什麼結論呢？要知道，這些灰塵並不僅僅存在於外套表面，經過長時間的沾黏，衣服內部也累積了許多這種東西，恐怕不用集塵器是吸不起來的。」

「非常明顯，」我說，「這件外套上的灰塵來自於平時它所懸掛的那個場所。石墨是從椅子上蹭下來的；可可和蛇麻草的來源很可能是那個男人經常路過的某些工廠，可最讓我搞不懂的是，為何只有外套右邊的部位沾有這些東西。」

「那跟時間有關。」宋戴克說，「而且我們能從中看出這個人的習慣。他離開家時，路過位於右手邊的工廠，當他回家時，身體左側對著那些工廠，那時工廠已經停止運行了。不過，在我看來，更重要的是第一組東西，它們顯示出此人家中的狀況。我敢肯定，他並非普通的勞工或工廠裡的員工。米類、麥類以及香料類的微粒，對應著碾米廠、碾麥廠和香料廠。波頓，我需要看一下登記地址的名冊。」他接過名冊，翻到「商家名錄」的部分，然後說：「倫敦有四家碾米廠，最大的一家是卡波特碾米坊，位於船塢碼頭。我們瞧一瞧香料廠。」他翻了一頁以後，念出一堆工廠名字：「在倫敦，一共有六家香料廠，其中只有一家名叫『湯瑪斯‧威廉』的工廠位於船塢碼頭，剩下的幾家離碾米坊都很遠。接下來要找的是麵粉磨坊，我們可以

看到這裡列出了七家麵粉磨坊的名字，但只有船塢碼頭那家由塞斯・泰勒經營的『聖救世主麵粉磨坊』鄰近碾米坊和香料廠，其他磨坊都不符合這樣的條件。」

「事情越來越有意思了。」我說。

「本來就有意思。」宋戴克回答，「非常明顯，我們在船塢碼頭附近找到的這幾家工廠所產生的塵埃種類，恰巧與外套上的灰塵對應得上。而且，你再看那本名冊，倫敦的其他地區還有這種特定的工廠組合嗎？還有，石墨、可可和蛇麻草正符合當地的產業，這使得這項推論更具說服力。根據我瞭解的情況，經過船塢碼頭的電車也經過魯埃爾路，一家名叫『皮爾斯・達弗』的黑鉛工廠就建在附近。趕上大風天氣，電車座位難免會沾上一些黑鉛微粒。而在霍斯利頓的戈特街上，有一家可可工廠，名叫『佩恩』，地處電車西行線的右側。除此以外，南沃克街還分布著幾家蛇麻草工廠，它們也都位於電車西行線的右手邊。不過，這些只是推測，最關鍵的還是碾米坊、麵粉磨坊和香料廠的位置，毋庸置疑，它們都聚集在船塢碼頭附近。」

「船塢碼頭有私人住宅嗎？」我問。

他答道：「我們得看看『街道一覽』。根據彈簧鎖的鑰匙能推測出，那是一棟單身公寓樓。除此以外，根據這個男人的習慣判斷，他很可能長期獨居。」

宋戴克逐條察看名冊上的目錄，很快，他指著名冊上的某個地方說：「假如我們現在所掌握的情況都源於巧合，這裡又增加了一條。船塢碼頭的南面有一棟名叫漢諾威大樓的工人公寓，它位於香料廠旁邊、卡波特碾米廠對面，與上面提到的狀況完全對應。假如那邊的房間內掛著一件外套，且窗戶沒關，外套就會沾上我們所發現的那些空氣微粒。當然，船塢碼頭附近的其他住戶也可能受到影響，但漢諾威大樓的情況會更嚴重一些。目前，我得出了這幾項推斷，不過還不知道是對是錯。然而，以現在的情況來看，我們有十足的把握能用那把鑰匙打開船塢碼頭附近某間公寓的大門，而且在漢諾威大樓裡的可能性極大。這項工作得交給米勒去做。」

「我們是不是該檢查一下那張電車票？」我問。

「天啊！」宋戴克發出驚叫，「我怎麼把這件事給忘了！肯定要檢查啊！」

他將大公文袋裡的東西全都倒出來，擺在凳子上，接著從裡面翻出一張不太乾淨的小紙片。他看完後把紙片交到我手中，可以清晰地看到，車票上有兩個打洞的地點，一個是圖利街，另一個是船塢碼頭。

「又是一個巧合。」他說，「外面敲門的是米勒吧！」

果然是米勒局長。我們將他請進辦公室，與此同時，載有扎特夫人的汽車從都鐸街上轉進來，我們站在門口迎接這位女士。她一進門就伸出雙手，高聲說道：「宋戴克醫師，你有什麼新發現嗎？我都等不及了。」

宋戴克答道：「我這裡有一個推論，倘若局長帶著這把鑰匙到伯蒙奇船塢碼頭的漢威諾大樓去嘗試一番，說不定能將某個房間的門鎖打開。」

「簡直太不可思議了。」米勒大聲說，「夫人，你得相信我，我已經十分仔細地檢查過那件外套了。先生，我有什麼疏漏嗎？難道外套的某個地方藏有信件？」

「沒什麼，你只是沒有注意到外套上的灰塵。」

局長目瞪口呆，大喊：「你說灰塵！」接著，他輕笑起來，「我早就說過自己只是個警察，幹不了巫師的活！」他撿起鑰匙，又說：「先生，你是否願意來一起見證這個案子的結局？」

扎特夫人急忙說：「當然，他和傑維斯醫生都得去，到時候大家一起指認那個男人。那個壞蛋的行蹤已經暴露，再讓他溜走就說不過去了。」

宋戴克露出勉強的微笑，說道：「扎特夫人，倘若你想讓我們去，我們當然不會拒絕。但我不敢保證這個推測一定就是正確的，出錯的可能性也很大。實際上，我們也很想盡快證實一下自己的推論。不過話說回來，就算我們找到了那個男人，也沒有足夠的證據起訴他，因為我們手頭的證據只能證明他曾經在那棟房子裡短暫停留過。」

扎特夫人沉默不語，用非常不屑的眼神望著宋戴克。過了一會兒，她拉起裙子，大步地離開了辦公室。要知道，在這個世界上，女人最討厭的莫過於跟她講道理的男人。

我們一行人坐著扎特夫人的汽車，通過布萊克菲爾橋，進入波諾區，很快汽車又轉進圖利街，朝著伯蒙奇駛去。

來到船塢碼頭附近，局長、宋戴克和我分別下了車，開始步行，扎特夫人則坐在車上緊跟著我們，同時她還裹著厚厚的面紗。當走到聖救世主碼頭頂端的對面時，宋戴克停下腳步，環顧四周的牆面，他提醒我留意高樓背面凸起處所殘留的白色粉末，還有碼頭上那些裝著麵粉和碎米的駁船。接著，他穿過馬路，用手指著香料廠屋頂的天窗——積有那個黃灰色塵埃的百葉窗。

「你看，正如我們希望的那樣，商業活動對正義公理的推行是有一定的推動作用的。」

這時，米勒局長一個人進入了大樓的地下室。

過了一會兒，我們也走進大樓，剛好遇見從地下室出來的米勒局長，他已將那裡檢查了一遍。

「不要去地下室了，我們還是去看其他樓層吧！」他說。

不管怎樣，對這層樓再進行搜索的意義不大，因為這裡是地面樓層，沒什麼特殊的地方。米勒發現樓梯門沒鎖，於是快速的爬上樓。我們跟著他到了上面那層，並未找到那種彈簧鎖，看到的只有普通的門閂，最終一無所獲。

就在這時，從一間公寓裡走出一個身上落滿灰塵的工人，他開口問道：「你們找誰？」

「馬格斯。」米勒機智且迅速地回答。

「呃，我好像沒聽過這個人。你們去樓上看看吧，或許他住在上面。」工人說。

接著，我們繼續往上爬了一層，可是那層樓的門鎖也不是我們要找的。懷疑的情緒逐漸湧上我的心頭。搜查完第四層，我們還是沒有任何收穫，這讓我非常焦慮。不得不說，在進行推論時，我們獲得了諸多樂趣，可是一旦做出了錯誤的判斷，勢必會貽笑大方。

米勒停下腳步，一邊擦眉毛一邊說：「你是不是搞錯了，先生？」

「有可能是我弄錯了。」宋戴克語氣淡定，「我早就說過，這次搜索行動只不過是一場實驗。」

米勒嘟囔了幾句。他和我一樣，都覺得宋戴克關於此事的判斷是十分有把握的，雖然他將其稱為「實驗」。

只剩最後一層，局長顯然已經生氣了，他低聲說道：「要知道，扎特夫人心胸狹隘，倘若我們無功而返，她肯定會不高興。」

我們爬上了最後一層，局長在樓梯口觀察情況。突然，他轉身將手搭在宋戴克肩上，異常激動地指著角落裡的一道門。

「是彈簧鎖！」他壓低聲音。

我們小心翼翼地跟在他後面，來到走廊的另一頭。他拿著鑰匙看著黃銅門鎖，臉上寫滿了得意。隨後，他非常順利地將鑰匙插進了鎖孔，回頭對著我們露出勝利的微笑，接著，他輕輕拔出鑰匙，悄悄回到我們身邊。

「先生，找到他了。」他小聲說道，「不過，我覺得這個狡猾的傢伙還沒回來。」

「為什麼這麼說？」宋戴克問。

米勒指著那道門說：「門上的漆沒有受損，整個門都是完好的。要知道，他丟了鑰匙，門鎖很難撬開，倘若不硬闖，他根本就進不了門。從目前的情況來看，他並未採取類似的行動。」

宋戴克走到門邊，看了一眼信封投遞口上面的洞，然後將其打開，透過那個洞望向裡邊。

「投遞口後面沒有裝信箱。」他說，「所以，用不了五分鐘我就可以打開這道門，我需要的工具只是一段塗了樹脂的繩子和一條一英尺長的鐵絲。」

米勒微笑著搖頭：「先生，還好你不是小偷，不然警方就麻煩了。我們是否要把扎特夫人請上來呢？」

於是，我走上陽台，看了看樓下等候的汽車。扎特夫人正全神貫注地觀察樓上的情況。街上的一部分行人駐足望著那輛車子，以及車上的扎特夫人和她注視的地方。我們之前商量過行動暗號——只要看到我用手帕擦臉，她

就可以上樓了。我做出暗號，她立刻跳下車，很快就來到樓上。她看起來非常疲憊，可眼神中卻充滿鬥志。

「夫人，」米勒說，「那個壞蛋就住在這裡，等會兒我們就要進去。希望您不要衝動，做出什麼激烈的行為。」

面對她惡狠狠的表情，米勒稍感惶恐，所以才小心地提醒她。

「我怎麼會動手呢？」扎特夫人說，「要知道，在美國，復仇這類事是不需要女士管的。倘若你們是美國人，就該立刻把那個傢伙殺掉。」

「夫人，我們是遵紀守法的英國人，不是美國人。而且，你別忘了，我是警察，這兩位是律師，我們都是執法者。」局長嚴肅地說道。

就這樣，局長再次輕輕把鑰匙插進門鎖，打開房門，眾人隨他一起走進客廳。

「先生，你看，那個傢伙還沒回來，我就說自己是不會猜錯的。」米勒一邊說，一邊悄悄關上房門。

如他所說，屋內沒有任何人，我們的搜查工作又要開始了。經過對各個房間的觀察，我有些同情這位可憐的屋主，因為他的房子實在太破了，這個可憐人似乎也沒犯下什麼不可饒恕的罪行。站在房間內，我們看到的只有貧窮和破敗。客廳裡的地板上只擺著一把椅子和一張桌子，看起來光禿禿的。牆上也空無一物，沒有任何裝飾品，再看窗戶那裡，也找不到窗簾和百葉窗的蹤影。桌上躺著一片刮得跟紙一樣薄的荷蘭乳酪的硬皮，透過它我們可以想像出一副極度饑餓的場景。廚房的櫃子空蕩蕩的，麵包罐、茶葉罐、果醬罐都已空了很長時間。果醬罐肯定被麵包使勁抹過，根據裡面殘留的麵包屑就可以猜到。我們完全可以這樣說：讓一隻老鼠在這櫃子裡兜一圈，牠都沒辦法填飽肚子。

臥室的情況也差不多如此，但我們還是從中發現一些奇怪的地方。屋中擺放著一張帶有腳輪的矮床，床體相當破，床上鋪著一張乾草床墊，床單是黃麻做的，看起來十分粗糙。床頭邊上有一個裝柳丁的箱子，被用來當梳妝檯，用來放臉盆的也是一個箱子。我們在臥室中看到的全部家具就是這些。牆上的一個釘子上面還掛著一套西裝，雖然不新，但版型非常時髦。我們還

在地上發現另一套用報紙罩著的西裝，折得整整齊齊。除此以外，最刺眼的是梳妝檯上的一個菸盒，仔細一瞧，原來是銀子做的。

「有這個銀菸盒，他完全可以去典當啊，」我大聲說道，「這個傢伙可是連飯都吃不上了。」

「那可是他謀生的工具，怎麼能拿去典當呢？」米勒說。

由於是第一次見到如此貧窮的景象，過慣了有錢人生活的扎特夫人早已目瞪口呆。過了一會兒，她突然轉過身來，對局長說：「你們肯定搞錯了！這怎麼可能是那個人的家？這個窮鬼是無法進入柳林谷那樣的場所的。」

宋戴克從地上的報紙下面翻出一套西服。領帶和襯衫袖子的部分折得相當整齊，而且肯定被精心熨燙過。宋戴克將襯衫打開後，發現上面有個地方皺了，看起來非常奇怪。突然，他拿起襯衫，仔細察看一番後從一個假鑽石袖扣上拽出一根女人的頭髮。他用手指捏著那根頭髮說道：「這東西很有價值。」

扎特夫人深表贊同。此時，她復仇的情緒又被點燃，憐憫和惶恐的心情都消失了。

「我盼著他早點回來，然後把他送進監獄，你看他住的地方，能比監獄強多少？不管怎樣，他必須要為自己的罪行受到懲罰。」她氣憤地說道。

局長說：「的確是這樣！他的住所跟波特蘭監獄比起來，根本就沒什麼兩樣。哦，你們聽！」

此時，一陣開鎖的聲音從門口傳來。我們一動不動地站在原地。一個男人進來後隨手把門帶上，然後邁著沉重的步伐，失落地走過臥室的房門，並未發現我們。接著，廚房裡響起了倒水的聲音，不一會兒，他又回到了客廳。米勒悄悄走到門邊，小聲說道：「大家都過來吧！」

我們緊緊跟在後面。他突然將房門打開。越過他的肩膀，我們看到那個男人正在桌子前面坐著，面前擺著一塊厚麵包和一杯水。開門的一剎那，他被嚇了一跳，猛地站起來，面色凝重地望著米勒。

此時，扎特夫人一手拉住我，冒失地擠到前面。不知為何，她又突然停下來，我們看到那個男人的臉色驟變，這種變化的劇烈程度讓人無法理解，

我轉頭再去看扎特夫人，她面色慘白，表現得異常驚恐。

整個房間陷入了一片死寂。最終，局長打破了這戲劇性的一幕，他冷靜地說道：「我是警察，現在要逮捕你，你犯了……」

扎特夫人突然瘋狂地大笑起來，這令局長有些猝不及防，他滿臉驚訝地望著她。

「等一下！我們一定是搞錯了，眼前這位男士是羅蘭上尉，他可不是什麼罪犯。我們是老朋友。」她大聲說著，聲音有些顫抖。

「對不起，不管他是不是你的朋友，我都得請你出庭指控他。」

「不論如何，他不是你要找的犯罪嫌疑人！」

局長揉著鼻子，對面前的獵物露出饑渴的表情。「夫人，我是不是聽錯了，你打算放棄訴訟？」他語氣生硬地問道。

「當然，我怎麼會對一個無辜的朋友提起訴訟！我肯定不會那樣做。」扎特夫人回答。

局長打算徵求一下宋戴克的意見，可是我這位夥伴此時正呆立在原地，沒有任何反應。

「非常好，看來我們是白跑了一趟，夫人！」米勒望著錶說道，心情十分不快。

「確實麻煩您了，實在不好意思。」扎特夫人說。

「不好意思，的確是這樣。」對方說道。

局長將鑰匙扔到桌上後，便邁著大步離開了。

門被狠狠地關上，這個男人一臉困惑，等他坐下來後，突然趴在桌上，放聲痛哭。

這樣的場面著實尷尬。宋戴克和我準備打道回府，可是扎特夫人不讓我們走。她靠近那個男人，輕輕拍了拍他的肩膀。

「你那樣做，到底是為什麼？」她責備道。

那個男人站起來，指著這破舊的房子和空蕩蕩的櫃子。

「都怪我一時鬼迷心竅。」他說，「我已身無分文，看到那些璀璨的寶石，頓時起了貪念。我覺得我一定是瘋了。」

「你為何不將寶石拿走呢？為什麼？」她問。

「我也不知道。我突然打消了那種佔有寶石的想法。而且，當我看到你躺在地上時……哦，天啊！你為何不將我送到警局？」

他垂下頭，再次啜泣起來。

扎特夫人彎下腰，用美麗的灰色眼睛望著他說：「你本來有機會拿走寶石，可是你為何不拿呢？」

他語氣激動：「那些東西對我來說還有什麼意義？我以為你死了啊！」

「我這不是還活得好好的嗎？如你所見，我還是那個老女人！把你的地址給我，有時間我會寫信給你，獻上一些忠告。」她淚眼婆娑地笑道。

那個男人起身掏出一個破敗不堪的名片盒，然後將一堆名片攤在手上。宋戴克看到這樣的景象後，露出一絲驚訝的表情。

「我叫奧古斯塔斯・貝利。」男人邊說邊挑出印有這個名字的名片，用鉛筆在背面草草寫下自己的地址，接著又坐了回去。

「非常感謝你。」扎特夫人在桌前停留了片刻，然後說道，「我們該走了。再見，貝利先生！明天你就會收到我的信，對於老朋友的忠告，你一定要認真傾聽。」

我打開門，等她出去後，我又回頭望了一眼貝利。他依舊坐在那裡埋頭哭泣。此時，桌角上多了一小堆金幣。

扎特夫人上車後說道：「醫師，你是不是覺得我很傻？太感情用事了。」

宋戴克一改往日的嚴肅，溫情地望著她說道：「我覺得心懷善念的人是幸福的。」

波西沃・布蘭德的分身

一、油品店失火

說起波西沃・布蘭德，那可不是普通的罪犯。首先，我們不得不承認，他掌握的常識非常豐富，倘若他的常識再多一點的話，估計也不會去幹那些違法的事。他的常識最多讓他知道罪行累積到一定數量後，勢必會承擔相應的後果，制裁是在所難免的。與此同時，他防患於未然的心理更加強烈。

雖然布蘭德不是普通人，但他依然整日為自身的處境擔憂。我們先不去考慮令他如此不安的原因是什麼。不過，倘若一個人經常把錢匯到歐洲的帳戶裡，開戶人卻是住在綠林區的一位知識淵博的老太太，這件事要想不被人知道就十分困難了。

在布林普敦拍賣公司的「雜項區」展示會場上，布蘭德一邊走一邊思考即將到來的事，這使他心神不寧。作為一個罪犯，他嗜賭成性，經常光顧拍賣公司。喜歡去拍賣場的人和賭徒的共同點就在於，他們都試圖以低於市價的價格將某個東西收入囊中。

波西沃在那些滿是灰塵的雜物中挑選心儀之物的同時，大腦也沒閒著，一直思量著那件事。目前最關鍵的問題就是，事情還能瞞多久？那個避難所花了他太多心血，此時還能保護他全身而退嗎？我們不妨來瞧一瞧他這個避

難所。

貝特西地區附近有一棟豪華公寓，裡面住著一戶人家，從門牌來看，房子的主人名叫羅伯特・琳賽。公寓的警衛和清潔工曾經提起過，琳賽先生滿頭金髮，從事字畫和旅遊生意，因此出差遠行是常有的事。羅伯特・琳賽先生和他的表親波西沃・布蘭德長相接近，但二人也有一些不同點。比如，琳賽的頭髮是接近茶色的淡黃色，而布蘭德的頭髮是黑色的；還有，布蘭德的左眼下面長著一顆痣，而琳賽臉上很乾淨——不過，琳賽背心口袋的一個盒子裡，倒是裝著一顆痣。

作為表兄弟，他們偶爾也會去拜訪對方。但是上帝似乎總是在捉弄他們，不管是誰，每次到對方家中去拜訪時，受訪者都不在家。不僅如此，還有更詭異的事：每當布蘭德待在自己的出租屋——位於布魯姆斯伯利區一家油品店樓上，度過漫漫長夜時，琳賽的公寓總是沒人；琳賽在家住多長時間，布蘭德的住所就閒置多長時間。如此奇怪的巧合，也並未引起他們身邊朋友的注意。

波西沃與這位表親鮮有往來，不是因為他不喜歡這位親戚。正好相反，這位表親在他心中的位置相當重要，波西沃將他指定為自己的遺囑執行人和遺產繼承人。除此以外，波西沃還買了一份保值三千英鎊的人壽保險，受益人正是琳賽。他還為此請了一位非常有名的律師來處理相關的事項及文件。要知道，並不是每個人都肯為一個表親付出這麼多，波西沃的善舉為自己贏得了相當不錯的聲譽。

出於習慣，布蘭德在一堆雜亂的拍賣物中翻找著，他一邊搜尋一邊考慮著即將到來的困難，還有為表親琳賽安排的那些事。單看這件事，雖然有些地方做得不夠好，但到現在為止，進行得還算順利。比如，一旦他被判十四年監禁，那該如何應對？保險內容中並未寫這一條款，到那時讓誰來扮演這位令人尊敬的羅伯特・琳賽呢？

布蘭德使勁地把拇指塞進一個製造螺絲的車床裡，結果可想而知，他的那根指頭滿是瘀青。接著，他開始擺弄一個鳥鳴音樂盒的旋轉鈕，要不是旁邊的服務人員出面制止，他會一直玩下去。過了一會兒，他又來到一堆盒子

面前，根據拍賣目錄登記的資訊可以知道，盒子裡裝的是一位剛去世不久的醫生的外科用具。從這些用具的外觀來看，那位醫生的從業時間相當長。這套笨重用具唯一的價值恐怕就是它有些年代感。波西沃將它們拿在手上反覆察看。接著，他習慣性的擺弄起一支結構複雜的銅製針管，一不留神，他將針管中的綠色液體射到了一個猶太人的襯衫上。猶太人斥責他不要把那個可惡的東西指向他人。接著，波西沃又盯上了一隻老舊的皮箱，他打開皮箱，敲了敲裡面的彈簧劃痕器，摸了一下造型怪異的彎曲刀鋒。然後，他發現一個很大的黑色盒子。掀開蓋子，裡面散發出一種古老的魚腥味。仔細一瞧，原來是一堆黃色人骨，骨頭表面油亮，有的部位已經腐爛發霉。他看了一眼拍賣目錄，上面標註的是「一套完整的人體骨骼」，但可以看出，這並非供學生研究使用的骨骼，因為學生用的骨骼的手腳部分，大多是用羊腸線串起來的。眼前這副骨骼是靠原有韌帶連接的，而且骨骼本身的顏色也比較特殊，是一種不太漂亮的褐色。

這時，剛剛那位猶太人過來勸他：「先生，趕緊關上那個盒子吧！那味道實在讓人難以忍受！」

然而，波西沃好像對黑色盒子裡的東西很感興趣。他認真地盯著油亮的骨頭、長著霉斑的褐色手腳骨，以及那顆用法蘭絨布包著的骷髏頭。那些骨頭除了散發著腐爛的氣息外，還帶有一股奇怪的氣味。波西沃的腦海中突然產生了一個與他的表親羅伯特有關的想法。這個想法從一開始的模糊，變得逐漸清晰起來。

波西沃拿著盒子，呆立在原地，眼睛直勾勾地盯著那半掩的頭骨沉思。一分鐘之後，房間內的一陣騷動將他喚醒——拍賣會馬上就要開始。競標者和其他拍賣場的熟客圍坐在一張桌子前，桌上鋪著厚毛呢，工作人員取出前幾件拍賣物，打開目錄，彷彿要進行一場合唱。接著，一個鬍子抹過蠟、造型像拿破崙三世的男人登上講台，敲槌示意眾人安靜。

罪惡感往往會引發出某種相當奇特的效應，當我們發現別人的行動中存在一些不良動機，而這動機恰好與我們內心的想法一樣時，心中難免會產生一種奇怪的感覺。倘若波西沃要得到這副人骨是出於解剖學上的研究之類的

正當目的，他會非常從容果斷地將其收入囊中。然而，此刻他內心陷入了糾結，不確定自己是否該只為外觀而買下那些外科用具。可是時間緊迫，那位剛過世醫生的用具就在第一頁拍賣目錄上，留給他考慮的時間並不多。而在這個不吉利的東西被拍賣之前，波西沃已經收穫了很多物品，包括一套拔火罐用的玻璃杯、一把舊鑰匙，以及一套相當詭異不知道用來做什麼的用具。

最後，工作人員將那個黑盒子擺上桌，這使得競標者們興奮不已，他們內心的邪惡再也掩蓋不住了，全都掛到臉上。拍賣官接著說：「現在是第十七標：一套完整的人體骨骼。在座的各位看清楚了，這副標本的價值可不是一般的大。」

拍賣官環視四周，神態十分威嚴，還未對這副骨頭進行具體介紹，就報出了底價——五先令。眾人根本就不知道死者的身分，以及驗屍官的裁決等資訊，拍賣就開始了。

「六先令。」波西沃說。

一位工作人員打開盒子，重複著「各位先生，請出價」之類的話。當盒子經過那位看樣子相當厲害的猶太人面前時，他面露嫌惡，將其推到一邊。

「六先令！」拍賣官大喊。

這是本輪的最高報價，所以拍賣官落錘確定盒子歸波西沃所有。不得不說，這個價錢的確非常便宜。

波西沃將那套玻璃杯、鑰匙以及不知道拿來做什麼的用具裝進了黑盒子裡，為了綁住盒蓋，他又從工作人員那裡要了一條繩子。忙完後，他提起寶貝，上街攔下一輛車，前往查令十字車站。到達車站以後，他在衣帽間租了一個箱子——當然，用的是「辛普森」這個假名，將盒子放到裡面。按照計畫，他只是把東西暫存在這裡。幾個小時以後，他返回車站，同時讓另一名行李員把東西搬上馬車，他乘著馬車回到了位於布魯姆斯伯利那家油品店樓上的住處。他悄悄的將盒子帶上樓，藏在櫥櫃裡，然後鎖上房門，收好鑰匙。

這個故事的第一幕就此結束了。

幾天之後，第二幕正式展開。此時，在英格蘭銀行的大門口有一位比利

時警察，他正要離開。波西沃為何來到如此危險的地方，沒人知道答案。或許，罪犯們都喜歡去與自己犯罪有關的地方吧！波西沃在警察走出大門時，剛好來到離門口幾步遠的地方，他們馬上認出了彼此。波西沃並未慌亂，他迅速做出決定，準備穿過馬路。

可是要知道，那條馬路很難穿越。舊式馬車上的車夫還會客氣地提醒行人小心，要是碰上新式大卡車上的司機就沒這麼幸運了，他們會用冰冷的眼神瞪著你，要你快點滾開。這些人不會禮讓是在意料之中的，但卡車還是停住了。看到那位執勤的警察正往他這邊靠近，波西沃完全不顧正在啟動的車子，瞬間就跑了起來。外國警察趕忙追了上去，可是此時所有車子都已開動，不斷有公車向波西沃衝過來，最要命的是，警察依舊緊追不捨。他猶豫了一下後跳回原地，一輛計程車從他身後疾馳而來，司機使勁按著喇叭，將他逼到馬路上去，再回人行道是不可能了。

就在此時，波西沃當機立斷，跳上了一輛正加速駛離的公車。短短幾秒鐘，車子便越過市長府邸，轉眼又來到維多利亞女王街上。波西沃暫時安全了。不過出於謹慎考慮，他先在聖保羅教堂下車，徒步走過新門街，再登上一輛向西行駛的公車。

當晚，他在出租屋內回想著白天發生的事。真是太險了！以後一定要避免這種事。說實話，既然他已經被警方盯上，就不能坐以待斃了，可是事情並不好辦。波西沃絞盡腦汁都沒想出合適的策略，他緊鎖著眉頭哼唱道：

是時候消失了，

快滾吧！

突然門口響起了一陣敲門聲，波西沃停止歌唱。原來是房東太太布拉特，她是一位十分有禮貌的女士。此刻她比平日更加禮貌，看樣子是來尋求幫助的。布拉特太太說：「布蘭德先生，我這次來是打算跟你談一下關於耶誕節的事。我和丈夫準備到霍爾希的小叔家過節，同時我們想讓傭人回她母親那裡過夜，希望這樣不會給你帶來不便。」

「怎麼會？布拉特太太，這不會對我產生任何影響。」波西沃說。

「你不用等我們回來，只需留一下側門就可以了。我估計我們會在那裡

待到很晚，回來時也得凌晨兩三點了。不過，你放心，我們不會吵到你，我們倆會注意的。」布拉特太太說。

「我想，你們是不會吵到我的，」波西沃露出善意的微笑，「我很少喝酒，可是在耶誕節這樣重大的節日裡，肯定會暢飲一番。不過，我還得守一會兒夜，估計不會太早睡。」

布拉特太太高興地笑出聲來。

「一個人待在屋子裡，不會感到寂寞嗎？」

「怎麼會寂寞？」波西沃大聲說，「這裡有溫暖的爐火、好看的書籍、足量的雪茄、美味的酒水，我為什麼要寂寞？」

布拉特太太嘆了一口氣，搖著頭說：「你們這些單身漢呀！不過還好，無拘無束也不錯。」

說完，她便微笑著離開了，留下波西沃獨自待在屋內。

房東太太下樓的腳步聲慢慢遠去，直到消失。波西沃興奮極了，他從椅子上跳起來，不停地在房間裡來回走動。他滿臉笑容，眼睛放光，看起來十分得意。不一會兒，他停在壁爐前，望著裡面的餘燼大笑起來。

「真是太有趣了！」他說，「棒極了！」

他又繼續唱起那首還未唱完的歌：

天晴了，

天晴了，

悄悄出來，

悄悄出來，

悄悄鑽出來吧！

這個故事的第二幕第一景就此結束。

還有幾天就是耶誕節了，波西沃去鄰國跑了一趟。他的行程非常滿。他不僅去了查令十字街的路口，還悄悄購入了許多東西。他買的那些東西種類繁多，而且相當奇怪，其中有一口鍋、一張兔子皮、一本舊的《格雷解剖學》、大量的黏膠，以及差不多十磅的牛脛肉。真不知道他要拿這些做什麼。要不是有潮濕的空氣遮蓋，鎖在波西沃臥室裡的東西的氣味早就散開

了。

不過，最不尋常的，還是他夜裡所做的那些事。他的最終成果就鎖在櫥櫃裡。他先將大量黏膠倒入那口煮粥的鍋內，然後放在爐子上加熱，接著，拿出已故醫生的那套用具，最後在桌上擺好那本解剖學的書。

做這項工作時要面臨的怪味的難聞程度，是波西沃始料未及的。開工之後他才發現，左右兩邊的骨頭相似度極高，很難進行區分和拼接。還好有那本書的幫助，波西沃照著上面清晰的大圖順利完成了這件事。

波西沃的方法簡單有效。他先從盒子裡取出一根骨頭，再對照著解剖書上人體骨骼結構圖，找到這根骨頭的正確位置。他拿出標籤，註明骨頭的名稱以及左右位置，再將標籤固定在骨頭上。接著，他繼續挑出與這根骨頭相連的其他骨頭，將它們拼好並用膠水黏住，隨後放到壁爐前風乾。這項工作十分嚇人，即使是博物館的研究員看到這種將骨頭依次拼接起來的工作，說不定也會心驚膽顫。不過，這番操作能夠幫助波西沃實現他那不可告人的目標。最終，那些零散的骨頭被拼湊成形，四肢和脊椎都完成了，其中脊椎是由一條粗繩按順序連起來的。即便是最難拼接的肋骨，也組合出了人體胸部的模樣。這絕非易事，雖然骨頭已經被黏膠固定住，但稍不留意，就可能將其碰散。不過，不管怎樣，波西沃對自己的工作都非常滿意。作為唯一的當事人，也只有他自己能體會到此中樂趣。

耶誕節在幾天後如約而至。兩點鐘時，波西沃與布拉特夫婦共進午餐。吃完飯後，波西沃在臥室小憩，睡醒後喝下午茶。布拉特太太已經換了一身紫色衣服，看起來十分漂亮，她進門將茶盤端走了，波西沃便掏出了晚上要用的東西，將其一一擺在桌上。十五分鐘以後，傳來一陣關門聲，波西沃透過窗戶小心翼翼地向外觀察，他看到房東一家已經上了街，在明亮的瓦斯燈下等公車。

接下來，波西沃‧布蘭德先生的演出便開始了。即使對他這樣孑然一身、一個人在家過節的單身男人來說，這也絕不是普通的演出。他換上新衣，將櫃子裡那套重新拼過的「完整人體骨骼」擺在桌上，然後回臥室打開一隻小箱子，從裡面取出一個裝著他買來的牛脛肉的大包裹。

他用一把磨得鋒利的刀子將牛肉切成片，每一片都又大又薄，切得差不多後，再把這些牛肉包在骨頭外面。骨頭被包起來後與骨頭露在外面相比，似乎更嚇人。當所有的骨頭都「穿好衣服」後，他把剩下的碎肉放進箱子裡。整個過程讓人目瞪口呆，然而後面的事就更不可思議了。

他將那些包上肉的骨頭依次抬起來，非常小心地把它們穿進一件衣服中──他自己剛脫下的。由於關節黏得並不牢固，很容易碰碎，這項工作的難度可想而知。於是，波西沃的動作異常謹慎，他先穿內衣，再穿褲子，就這樣，把兩條腿依次套進了衣服裡。到了腳的部分，則是先套上自己的舊襪子，再套上靴子。手臂部分也一樣，先是輕輕套上各種衣服，然後再加上背心。而最不好處理的部分就是將衣服加到軀幹上。由於頭骨、肋骨與身體的背部僅靠幾處關節連接，隨時都有晃散架的危險。想要在上面加衣服，甚至穿袖子，其難度可想而知。但是，這一切都難不倒波西沃，他一點一點地將事情搞定，並且把自己的工作成果放在一把墊著海綿墊的扶手椅上。

現在還差最後一步收尾工作，那就是將兔毛裁剪成一定形狀，然後將其黏在頭骨上。加上這些東西後，整個頭骨變得異常可怕，即使是內心無比淡定的波西沃也被嚇得不輕。然而，他並沒有多想，雖然戴著假髮的骷髏頭十分噁心，但那位比利時警察同樣令人非常不爽。

波西沃在忙完這些後，從寢室裡取出一個水瓶，接著走下樓來到店裡。店門是開著的，經過一番折騰，他從雜物間裡翻出一桶含甲醇的酒精。他往水瓶裡灌滿酒精後，返回了寢室。接著，他將酒精倒入臉盆，在脖子上圍了一條毛巾，用沾上酒精的海綿使勁擦自己的眉毛和頭髮。很快，盆中的酒精顏色逐漸變深，而他的眉毛和頭髮的顏色則越來越淡。最後，在毛巾的用力一搓下，他的眉毛和頭髮變成了淡淡的金黃色，看起來和他的表親羅伯特沒有任何差別。再看他左眼下方的那顆痣，同樣產生了變化。他先用酒精將痣完全弄濕，然後掏出小刀，把它徹底刮下來裝入盒中。最終，那個盒子被他塞到自己的背心口袋裡。

接下來，便是一場重頭戲。第一步，他端著整盆酒精來到客廳裡，將其倒在扶手椅旁邊的地板上。接著，他將臉盆放回寢室，然後到樓下店裡裝了

幾桶煤油上來。一桶倒在扶手椅上的那個骨架上，一桶倒在地毯上，隨後繼續到樓下裝油。

跑了兩趟之後，整層樓的地板和家具上都浸透了煤油，只要一吸氣，就可以聞到很重的煤油味。波西沃突然想到了瓦斯，覺得還是關掉為好。他再次回到店內，往成捆的木柴上倒了一桶油，接著又在櫃檯和地板上倒了另一桶油，第三桶油則潑到了牆壁和天花板上。抬頭一看，樓上地板的油已順著天花板滲下來，留下很多油印，同時許多物品上沾的油也已經開始往下滴，落到了店鋪的地板上。

最後的準備工作開始了。波西沃先將一堆火種放在木柴上，火種之間放一捆繩子——繩子已經浸透煤油，再往繩子中間放上六根聖誕用的小蠟燭。「地雷裝置」就這樣完成了。接著，他將一堆火種和幾捆浸透煤油的繩子放在自己的客廳裡，擺放的位置正對著下面的店鋪。客廳的壁爐旁以及那把椅子下面也都放了一兩堆火種，同時在火種上面放了繩子和蠟燭。所有工作都已經準備好。由於必須要把自己的舊衣帽和雨傘留在大廳裡，他從寢室的櫥櫃裡取出了一件外套、一頂新帽子和一把雨傘。穿戴整齊後，波西沃帶著傘返回客廳。

他站在扶手椅前，陷入了遲疑。接著，他感到深深的恐懼，他準備實施的計畫著實嚇人，很難想像會產生多麼嚴重的後果。他偷偷瞄了幾眼扶手椅上那個恐怖的東西，在昏暗的燈光下，呈現出駭人的頭部和僵硬的四肢，儘管那只是個假人，但它的臉上盡是恐怖，並用十分邪惡的眼神望著波西沃。這鬼魅的一幕，令波西沃心頭一顫，趕忙將視線移開。

然而，他並沒有被這些東西嚇倒。忙了差不多一個晚上，將近十一點，他要走了。倘若布拉特夫婦提前回來，整個計畫就泡湯了。他努力使自己平靜下來，接著依次點燃那些蠟燭。十五分鐘後，蠟燭就會燃盡，繩子會被引燃，隨後……

波西沃快速走出房間，在門邊停留了片刻，回頭看著那個扶手椅上的人像，它的腳下擺著蠟燭，就像一個遭受火刑懲罰的恐怖惡魔。火光在那個東西的臉上一閃一閃，它似乎在訴說著什麼，同時還露出詭異的笑容。波西沃

顫抖著跑下樓，將樓梯間的窗戶打開，接著又衝進店裡，點燃蠟燭，再飛速跑了出來，並且把身後的門關好。

他背負著罪惡，偷偷摸摸地跑到大廳，打開一條門縫，觀察外面的情況。冷風夾帶著幾片雪花吹了進來，天氣十分乾燥。他推開門，看到街上沒有行人，於是小心翼翼地把門帶上，撐著傘踏上被積雪覆蓋的人行道。

二、表象之下

（克里斯多夫・傑維斯醫師的口述）

調查者在進行調查工作時，要有主動排除外部推測干擾的意識，這便是約翰・宋戴克所說的法醫從業者必須要恪守的一項準則。除此以外，一個合格的法醫還要隨時警惕不被偏見和先入為主的觀念所控制，以及懂得從大量的外部資訊中提取有效資訊。由於恪守了這樣的準則，所以我們完美地解決了布拉特先生油品店的保險案。

此案是斯托克先生在耶誕節後的幾天交付給我們的，他是「格里芬火險暨壽險公司」的工作人員。他急匆匆地走進門，大聲問過好後，便開始向宋戴克交代案情。

「你還記得布魯姆斯伯利那家油品店失火的案子嗎？」斯托克問。

「記得是記得，可是具體細節記不太清楚了，只知道案發時間是12月25日，其中有個男人不幸被燒死了。」

「我知道，」斯托克先生說，「此案看起來相當慘烈，可是裡面的疑點也很多。案件正好發生在結帳日①當天，這本身就令人懷疑。此外，我從消防局長那裡得知，根據現場的情況可以判斷出，著火點有兩個，一個店鋪

內部，另一個是位於店鋪正上方的二樓房間。不過，由於那裡的損毀情況太過嚴重，沒留下什麼線索，所以這一切還只是局長的推測，並不是百分百正確。我想，要是你去火災現場查探一番，說不定有一些新的發現。」

「這種可能性很小，」宋戴克說，「每個人都有自己擅長的領域，我在檢查燒毀的房屋方面並不在行，而消防局長才是這方面的專家。倘若你認為對方所做出的判斷不夠準確，那我去的結果也一樣，並不能提供有價值的幫助。」

「這很難說，」斯托克先生說，「要知道，我們一般不會對客戶的索賠提出異議，除非可以明顯看出其中有詐欺行為。再者說，縱火可不是小事。」

「如果是真的，就涉及到故意殺人了。」宋戴克說。

「是的，」斯托克說，「哦，對了，還有一點，那個在火災中遇難的男人剛好也是我們公司的客戶。所以在這個案件中，我們要承擔的損失太大了。」

「他投保的金額是多少？」宋戴克問。

「死者波西沃・布蘭德保了三千磅的壽險。」

聽完這些，宋戴克陷入了沉思。非常明顯，之前的故事有些乏味，他對最後這句話更感興趣。

「假如你打算讓我接手此案，就把與案件相關的資料都交給我，包括保險單。」他說。

「我們認識的時間不短了，所以我早就料到你會這樣說。來之前，我已經把那些東西都帶上了。」斯托克笑道。

他將資料擺在桌面上，繼續說道：「關於此案，你們還想知道什麼？」

「你知道多少就說多少，不要有任何保留。」宋戴克回答說。

「我瞭解的情況很少，」斯托克說，「那些資訊包括：油品店的老闆

---

1. 在英國，結帳日即結算房租和僱傭工人的日子。——譯注

名叫布拉特，死者布蘭德在他那裡租住。布蘭德平時非常穩重，但在耶誕節那天，他打算晚上放縱一下自己。布拉特太太是最後看到他的人。下午六點三十分左右，她經過布蘭德的房間時，發現他正坐在燒得很旺的壁爐旁看書。桌上放著幾瓶還沒打開的葡萄酒和一盒雪茄菸，椅子旁邊的地上放著兩三份報紙。不久之後，她便和丈夫一起去霍爾希的親戚家做客，最終家裡只剩下布蘭德一個人。」

「傭人去哪兒了？」宋戴克問。

「傭人請假去她母親那裡了，白天和晚上都不在。這件事很難不讓人產生懷疑。不過，我們先來看布拉特夫婦的證詞。大約凌晨兩三點，他們才從霍爾希的聖誕聚會上回到家中。當他們站在家門前時，那裡已經變成了一片廢墟。在布拉特太太看來，布蘭德肯定是喝多了，在迷迷糊糊中不小心將報紙丟到壁爐裡，壁爐裡的餘燼隨之被引燃。當然這只是推測。可仔細想想，一個很少喝酒的人突然灌了兩瓶葡萄酒後，是很容易醉的。」

「火勢是什麼時候起來的？」宋戴克問。

「十一點三十分左右，有人看到煙囪裡凶猛地冒著火苗，就立刻報了警。大概十分鐘後，第一輛消防車抵達了現場，可是那時火勢已經失控，整個房子都著了起來。後來的救火行動也不順利，因為水管口凍住了，耽誤了好一會兒。等到真正開始救火時，屋頂已經塌了，房子被燒得精光，只留下一個空架子。要明白，那裡可是油品店，一旦著起火來是沒辦法控制的。」

「布蘭德的屍體呢，是不是埋在一堆瓦礫底下？」

「屍體！」斯托克大聲說，「工作人員只從現場的灰燼中挖出了幾根燒焦的骨頭，根本就沒有留下完整的屍體。」

「死者的身分確定了嗎？」

「還得等驗屍報告。不過，我覺得這一點應該很肯定。自始至終，那個房間就沒進過其他人，只有波西沃在裡面。當然，那些骨頭所在的位置也說明了死者的身分。骨頭周圍布滿了椅子被燒完後僅存的彈簧和棉絮，而布蘭德最後就坐在那把椅子上。他們所發現的證據不僅有那些骨頭，還包括一串鑰匙、一把小刀以及一組背心上的鐵鈕扣。布拉特太太看過之後，確定這

些東西都是布蘭德的。她與布蘭德道晚安時，曾見過他背心上縫著那些鈕扣。」

「哦，還有，布蘭德看書時是在油燈邊上嗎？」宋戴克問。

「不，」斯托克說，「他用的是一盞煤氣吊燈，上面罩著瓷燈罩。布拉特太太離開時，他將燈點亮了。」

宋戴克拿著保險單，一邊看一邊思考，片刻之後，他說：「保單上的資訊顯示，布蘭德至今未婚。他具體是何時買下這麼多保險的，你知道嗎？」

「我不太清楚。不過我們覺得，這或許與他之前籌來的一大筆款項有關。那位通報布蘭德死訊的律師稱，布蘭德的財產繼承人是他的一位表親，名叫琳賽。由此我們推斷，那筆錢很可能是琳賽借給布蘭德的。不過，現在壽險的求償部分已經不重要了，我們肯定會按照合約支付，但我們更關心火險的部分，不管怎樣，都要調查清楚。」

「非常好，」宋戴克說，「一會兒我就去現場看看有沒有可疑的地方。」

斯托克起身準備離開。他說：「非常感謝。不過我想，這筆錢我們是賠定了。」

他走後，我和宋戴克翻閱了那些文件。我直截了當地表達了自己的看法：「斯托克並不覺得此案存在其他可能性。」

「是的，」宋戴克表示贊同，「毋庸置疑，在沒有明顯的詐欺行為的情況下，保險公司只能賠償了事。而我們這些專家，」他笑了笑，繼續說道，「也得小心行事，不要看得太多。對一個研究鼻子方面的專家來說，這世界上沒有誰的鼻子是沒毛病的，他自己的除外；在玻尿檢測專家的眼中，滿天的繁星就像滿天的結石。但你得知道，不是所有的案子都有問題，為什麼就不能有一般性的案件呢？」

「話是這樣說，可是從另一個角度看，鼻子專家所面對的一般都是生病的鼻子，我們要處理的案件都存在疑問，這無可厚非。」我說。

宋戴克笑了起來。

「我的朋友，你真是博學啊！」他說，「你說得很對。找出疑點是我們

主要的任務。那麼，我們就收好資料，向布魯斯貝利出發吧，在路上同樣也可以討論案情。」

眼下並沒有什麼要緊事，在路上漫步時將大腦放空，的確是個不錯的選擇。走了一會兒，宋戴克一直沉默不語，我忍不住開口問道：「你怎麼看這個案子？」

「我們的看法類似，」他回答道，「根據目前所掌握的情況來看，我覺得有調查的必要。顯然，油品店的老闆與此案的關係不大。要知道，雖然發生火災的那天是結帳日，但保險公司的責任範圍是固定的，他們只需賠償店裡的貨品和財物，以及營業額的損失。與之相比，另一方面的情況則更值得我們注意，因為它涉及到一座被燒成灰的房子和一條人命。這名不幸遇難的男人在保險公司投保了三千英鎊，而且保險的受益人正準備領取這筆款項。我們有理由相信，此案牽涉到凶殺。火災中的遇難者只有那名男子，而且屍體及其周圍事物的受損情況非常嚴重，展開進一步調查工作的難度極大，最關鍵的證據或許已經徹底不見了，所以我們只能靠推斷來確定死者的具體死因。從表面上看，這更像是一起謀殺案。綜合判斷，凶手有十分合理的作案動機，以及便捷的作案條件，躲避警方的追查也不難。

「但是從另一個角度看，我們不排除死者自殺的可能性。那個男人有可能在點燃房屋後，以喝毒或其他方式來結束自己的生命。只是，一個人為自身利益而殺害他人，這是情有可原的；一個人為他人利益而自殺，就有一點說不過去了。

「最後一種可能是，這場火災和男子的死亡是一個意外。可是根據官方的說法，房屋內有兩個著火點，所以這種可能性就被排除了。因此，我覺得這個案字很有可能是一起謀殺案。」

談著談著，我們就來到了火災現場，那是一座位於兩條街道街角處的房子，現在已經被燒得一乾二淨。我們跟消防人員表明了身分，才被允許進入現場。從邊門進去後，有一道通往地下室的梯子，下了梯子，我們看到一群人正非常小心地走在一片廢墟上。滿眼望去，到處都是白色的灰燼、燒焦的木材、碎成渣的瓷器、變形的玻璃，以及一些面目全非的金屬器具。

「這幾位是驗屍官和陪審員，他們是來勘查現場的。」那名消防人員向我們解釋道。

他走到驗屍官面前，向對方解釋了我們的身分。驗屍官向我們行禮，動作十分僵硬，緊接著，又投入到自己的調查工作中。

「這些彈簧是死者生前所坐的那把椅子上的，」另一名消防人員說，「我們從一堆燙手的灰燼中發現它們，當時屍體就在裡面。除此以外，我們還在那裡找到了死者衣服上的鈕扣，還有他口袋中的東西。現在這些東西都保存在停屍間裡。」

「這場大火的火勢肯定異常凶猛，」其中一個陪審員說，「先生，你瞧一瞧這東西。」

他將一個看起來是瓦斯燈零件的東西遞到宋戴克面前，那個東西在烈火的炙烤下，有一大塊已經很難辨認，而剩下的那一部分則連接著一片熔化的瓷器。

消防員解釋說：「那是一盞煤氣吊燈，安裝在二樓布蘭德所坐的椅子旁邊。哦！先生，那個開關是固定的，並不能轉動。」

宋戴克拿著那個被燒得變形的黃銅開關，靜靜的看著我，一句話也不說。後來，他抬起頭，望著薰黑的牆壁說：「我覺得我們有必要和消防局長再來一趟。不過，我們還是先看一下屍體的殘骸吧，說不定有什麼新的發現。」

宋戴克找到驗屍官，向他提出查驗屍體的請求。驗屍官雖然有些不太情願，但最終還是答應了，前提條件是，要等陪審團看過之後，我們才能進行查驗工作。趁著陪審團察看屍體的間隙，宋戴克爬上了樓梯。

回到街上時，宋戴克對我說：「這個驗屍官朋友本來不打算讓我查驗屍體，但他知道拗不過我，所以還是答應了。」

「看他的態度，就能猜得八九不離十。」我說，「可是他不負責這塊區域，他來這裡做什麼？」

「的確如此，不過貝茲福德先生因病請假了，只能讓他來暫時頂替。說實話，他的表現很差勁，沒有一個合格驗屍官的樣子。想想都很荒謬，這個

傢伙沒有一點醫務背景，竟然還來當驗屍官，而且最令人無法接受的是，他還對真正的醫生出言不遜。對了，不知道你有沒有發現，那個瓦斯燈開關是關著的？這一點相當怪異。」

「我看到了。」

「火災發生時，死者是在一片黑暗中坐著，這讓人無法理解。前面就是停屍間了，我們先在外面等會兒吧，陪審團看完了，才輪得到我們。」

不一會兒，陪審團就出現了，其中包括十二位誠實善良的好人和一群不修邊幅的人。他們先進了房間，我們緊跟在後面。停屍間的空間很大，天花板是玻璃的，因此光線非常充足，房間中央擺放著一張長桌子，桌上蓋著一塊布，布下面便是屍體殘骸。除此以外，還能看到桌子上的一張紙，紙上放著燒黑的背心鈕扣、一把鋼製小刀、一串鑰匙、一個開瓶器，以及一塊鋼製懷錶——鍍金的錶鏈有一部分已經融化。陪審員們一臉驚恐的望著那具屍體。

「實在抱歉，各位先生，」驗屍官說，「這個過程雖然有些不太愉快，但畢竟是工作需要。這個不幸的傢伙實在太慘了，希望他臨死前沒有經歷太多痛苦。」

這時，宋戴克走到那張桌子旁，緊緊盯住那具屍體。他的臉比平時更加平靜，就像一座雕像。看到這種熟悉的表情，我知道他肯定有了重大發現。

「你是否需要醫學方面的證據？」他問道。

「醫學證據！」驗屍官不屑地重複，「那是再明顯不過的事情，我何必找所謂的專家來告訴陪審團呢？先生，我可不會在這上面浪費納稅人的錢。」他轉向陪審團代表，繼續說道，「你需要一個博學的醫師來跟你解釋這個不幸的傢伙是怎麼死的嗎？」

那位代表望著頭骨，露出慘白的笑容，顯然，他並不需要。

「先生，你覺得我們看不出這個人的死因嗎？」驗屍官激動地揮著手說。

「我覺得這對你來說沒有任何困難。」宋戴克冷淡地回答。

「我也是這樣想的。」驗屍官說。

「看來這次我們的意見是完全一致了。」宋戴克露出神秘的微笑。

不一會兒，驗屍官和陪審團離開了停屍間，只有我和宋戴克留了下來。宋戴克說：「在我看來，這類需要專業醫學知識進行支撐的調查，實在不該讓那些外行人參與進來，否則鬧劇隨時都會上演。」

我把所有的注意力都集中在屍體上面，並沒有回答他。除了震驚，我失去了其他反應。

「我親愛的宋戴克，」我大喊道，「這究竟是怎麼了？眼前這具屍體明明是一個女人的，難道我們要把它當成男人來矇騙倫敦壽險鑑定協會的醫學檢查嗎？」

宋戴克搖搖頭。

「我覺得不會。這位布蘭德先生或許是女扮男裝，但要說他是個黑人，那絕對是不可能的事。」

「什麼？黑人！」我猛吸了一口氣，「上帝，那真是個黑人啊！我忽略了那顆頭骨。可是這樣一來，案情就更加撲朔迷離了。你也知道，那具屍體上穿的衣服的確是布蘭德先生的。」

「你說得很對，這一點十分肯定。而且你應該也發現了，」宋戴克淡定地說，「那些重要的失火證物包括：背心鈕扣、懷錶盒、刀柄，以及其他可以分辨出來的東西。」

「那樣實在太恐怖了吧！」我大聲說道，「冷血的罪犯把某個黑人女子騙到屋內，將其殺害後，再把自己的衣服套在屍體上面。太嚇人了！」

「傑維斯，你把事情想得過於糟糕了。必須承認，你的假設有一定道理。而且，倘若能以謀殺某位不知名黑人女子的罪名，將布蘭德先生送上法庭，讓他對自己的罪行進行供述，聽起來就是一件十分有意思的事。可是這樣一來，我們就大錯特錯了。你再好好瞧一瞧那些骨頭。你已經看出了人種和性別，還能看出什麼？」

「死者的身材，」我說，「但那並不是布蘭德的骨頭，所以無關緊要。另外我還發現，屍體身上被燃燒的部分非常不均勻。」

「很好，」宋戴克表示贊同，「這正是問題的關鍵。屍體的某些部分燒

得比較嚴重，而我發現，最令人懷疑的是燒得最嚴重的那部分。我們不妨看一下屍體背部的骨頭，脊椎差不多已經燒成了石灰一樣白的灰燼，然而仔細想想，人體背部骨頭後面生長著大塊肌肉，前面堆積著大量內臟，所以這部分應該是最不容易燒著的。還有，那顆頭骨的情況與我們的推斷也有衝突。它臉的部分被燒得一乾二淨，可是頭骨上卻黏著一塊類似頭皮的東西。要知道，頭皮很薄，而且暴露在最外層，火災發生時會被最先燒盡，下巴和頭骨底部才是最後被燒掉的。可是你也看到了，那些地方並沒有殘留下來。」

宋戴克輕輕地拿起那顆頭骨，透過底部的大洞望了幾眼，然後把它遞到我手中。

「你從枕骨大孔向裡看，」他說，「假如看不清的話，還可以把頭骨的部分朝著天空，這樣你就能發現更詭異的地方——死者的腦部和薄膜組織消失得無影無蹤。頭骨內部的乾淨程度，令人感到不可思議，像是被液體泡過似的。但這怎麼解釋得通？按理說，腦的部分不僅接觸不到火焰，還與空氣隔絕，即使在無氧條件下腦部可能會碳化，但也絕不會完全消失的。傑維斯，這太不合理了！」

我放下骨頭，一臉驚愕地看著宋戴克。

「你有什麼推測？」我問。

「我覺得這只是一副乾枯的骨架，並不是一具屍體。」

「但那些黏在骨頭上的、被燒焦的肌肉組織，又該作何解釋呢？」

「對，的確是有那些東西。」他回答道，「就像你說的那樣，它們看起來與燒焦的肌肉類似。但你看不出那些東西的形狀，也分辨不出它們的結構。具體是哪一塊肌肉，哪一部分結構，都無法確定。除此以外，這些肌肉的分布也有很大的問題。比如，你是否能看出這是哪裡的肌肉？」

他指著左小腿脛骨內側一大塊燒焦的部分。

「你瞧，這塊骨頭本該是直接在皮膚下面的，上面不會有肌肉覆蓋。關於這一點，曲棍球選手應該最清楚。」

「你說得沒錯，」我說，「那塊肌肉出現在不該出現的位置上。據此我們可以判斷出，這是一場騙局。不過策劃者的手法相當高明，布蘭德這傢伙

的確非常狡猾。」

「是的，」宋戴克表示贊同，「他還是個無恥的混蛋。他壓根就沒考慮，這場火災很可能波及半條街的房屋，危及許多人的生命。他必須要對自己的行為負責，我們一定要讓他付出代價。」

「你現在打算怎麼辦？去叫驗屍官嗎？」

「不，那不是我的本分。我在檢驗了我們的結論之後，再去通知我們的委託人和警方。我們首先要做的就是測量這個頭骨。非常慶幸，它只是個普通的頭骨，用不著測徑器。頭骨有一些明顯的特徵：鼻子很短，而且又寬又平；牙齒非常大，十分堅固，像是被粗硬的食物給磨平了。」

他再次拿起那顆頭骨，開始用尺測量。我則記錄下了幾根主要長骨的長度，以及盆骨的寬度。

「顱鼻指數是五十五點一，」宋戴克放下頭骨時說道，「顱指數是七十二，並沒有什麼異常。你的記錄顯示，骨骼手臂的部分特別長，脛骨的部分相當彎，說實話，這些資料已經非常充分了。一個經驗豐富的人在面對不同人種時，只需簡單的檢查就可以得出結論。但並不是所有人都有經驗，為了向他人證實自己的結論，你必須拿出測量結果。」

「我們現在就去找斯托克，讓他知道，他們公司不用再出那三千英鎊的保險金了。然後，就等著看波西沃‧布蘭德先生的好戲——蘇格蘭場的警長絕對會給他一個驚喜。」

第二天，很多新聞記者都跟打了強心針一樣。關於那位似乎是死於非命的波西沃‧布蘭德的報導，佔據所有早報的版面，上面還刊登驗屍官真誠的告誡——一個人在爐火邊上時，千萬注意不要打翻酒精，否則後果不堪設想；不要過量飲用葡萄酒，以免給自己帶來大麻煩。相鄰的版面詳細地介紹死者在法庭上交代的情況，包括他是如何放火、詐欺以及偽造文書的。第三個版面則對上述兩個版面的報導進行調侃。

別名羅伯特‧琳賽的波西沃‧布蘭德先生，此刻正在達特莫爾監獄的高地上服刑。他完全可以一邊吹著冷風，一邊反思自己為何落到這步田地。最終他會發現，正是他那些小聰明把自己害了。然而，我們必須承認，他這些

作為也產生了一定積極影響，因為藉著此案，內政大臣對非專業驗屍官參與破案的行為提出質疑，認為這存在很大隱患。而我在這個案子中的最大收穫是，不管在什麼時候都不要被表面現象迷惑。

失蹤的犯人

一、懸崖之上

　　十一月的一個午後，天氣濕熱，湯瑪斯‧艾爾頓走在馬蓋特海濱大道上。他看起來有些失落，獨自環顧周圍這陰沉的景象——灰色的天空和大海，以及潮水退卻後露出泥沙的港口。後來，艾爾頓將視線從這些景物上挪開，去看漁夫和潮濕小路上零星的散步者。小路上的積水中倒映著行人扭曲的身影。這時，他發現一個衣著時尚的男人正躲在避風處點雪茄。

　　當代的某個幽默大師曾調侃過：南非的眾多蘇格蘭人可以分兩種，一種來自蘇格蘭，一種來自巴基斯坦。在艾爾頓看來，眼前這位一頭黑色捲髮、背部寬闊、穿著光鮮的男人更像是後者。實際上，他感覺好像在哪裡見過這個人，而且是某個他不想碰見的人，所以才留心觀察了一下。這個男人離開避風處，嘴裡吐著青色的煙霧，接著掏出一封信讀了起來。不一會兒，他突然轉身。艾爾頓見狀也趕忙轉過身來，但還是慢了一步。在如此空曠的環境中，只有艾爾頓獨自站在那裡，因此那個男人一眼就發現他。艾爾頓準備離開，可是還沒走幾步，就有人拍了他的肩膀，同時耳畔傳來熟悉的聲音。

　　「湯姆，你不會假裝不認識我吧？」

　　艾爾頓回過頭，裝作十分吃驚的樣子。

「哦！戈登，真沒想到會在這裡跟你相遇！」

戈登放聲大笑。

「想不到吧，在這裡看到我。你看起來有些不太開心，不過我很開心，看到你如此安逸，我就更開心了。」

「我不明白你在說什麼？」艾爾頓問道。

「我的意思是，你在海邊享受著假日時光，看起來跟個富人一樣！」

「我沒有度假，」艾爾頓說，「我實在太累了，所以來這裡放鬆一下。可是我並未忘記工作，一直將它帶在身邊，每天都會忙七個小時。」

「與螞蟻相比，」戈登說，「你還是夠閒的，工作還是能做完的。我也將事情帶在身上。這裡有一張紙，上面貼著郵票。湯姆，你知道那是什麼吧？」

「知道。不過，我記得是明天才到期啊！」

「不是明天！就在今天，也就是本月的二十號。我之所以來這裡，也正是由於這個原因。我知道你記性不太好，加上我要去坎伯雷拿東西，於是就親自跑來了。而且，這樣的話，還避免了因健忘而產生不必要的損失。」

艾爾頓理解他的意思，面色變得十分難看。

「戈登，我真的沒有一點辦法。我現在沒錢，等我送完了手上這批畫後，才有錢還你！」

「實在太遺憾了！」戈登取下嘴裡的雪茄，長嘆一聲，「你瞧瞧你，在海邊度假的同時，還損失了四英鎊。」

「這是怎麼算的？」艾爾頓質問。

戈登責備道：「你怎麼這麼不會做生意！現在你要付給我一季的利息，只有二十英鎊。倘若你現在一次性還清，這個金額不變。但是，如果你繼續拖，這二十英鎊就會算到本金裡，你一年的利息就多出了四英鎊。兄弟，你怎麼這麼不愛惜錢財呢？」

艾爾頓斜眼望著身邊這個吸血鬼，他的臉又胖又圓，眉毛濃密，鼻子塌扁，鬍子刮得精光，血盆大嘴上叼著一支雪茄。艾爾頓雖然為人和善，但他非常想狠狠揍一拳那個洋洋得意的傢伙。但他克制住了這種想法，因為不管

債權人怎樣侮辱你，你都不能動手。

「戈登，你不要欺人太甚！」艾爾頓說道，「再給我一些時間。你要理解，我已經在盡力籌錢了！我拼命地賺每一分錢，而且保險費也從來沒落過。再過一兩週，我的工錢一到手，就會立刻把錢還給你。」

戈登沒有立即做出回應，兩個人緩緩地向東邊走去。他們真是個怪異的組合，一個非常富有、洋洋自得，衣著相當時尚；另一個面色慘白、神情失落，衣服和鞋帽都破舊不堪，一看就是窮人。

兩個人穿過碼頭，正要走向防波堤時，戈登開口道：「難道要走那令人厭惡的潮濕小路嗎？」他低頭望著自己那雙漂亮時尚的鞋子說道，「走沙灘上的沙地怎麼樣？」

「這裡到福尼斯之間的沙灘是個不錯的選擇，走起來非常舒適，而且可能比這條路還乾燥些。」

「我們就走下去吧！」戈登說。

於是，二人順著防波堤走下沙灘。潮水已經退去，海灘平坦而堅實，像是鋪了一層柏油，走上去令人心情舒暢。

「每個人都有自己的安身之所，而你是個例外。」戈登說道。

戈登一邊說，一邊偷偷瞄著身邊那個垂頭喪氣的傢伙，同時考慮著要將他逼到怎樣的地步，以及會產生什麼樣的後果。但當他看到艾爾頓不屑和厭惡的眼神時，立刻將視線挪開了。由於艾爾頓沒有做出回應，二人又陷入了一陣沉默之中。戈登換了一隻手來拿厚重的皮外套。

「早知道天氣如此溫暖，我就不會帶這該死的東西。」他說。

「需要我幫你拿一會兒嗎？」艾爾頓很有禮貌地問道。

「太好了，非常感謝你的幫助，」戈登回答，「要知道，同時拿雨傘、雪茄和外套，的確相當費勁。」

他將外套遞給了艾爾頓後總算鬆了一口氣，伸展一下身子，接著說：「湯姆，你的事業已經步入正軌了吧？」

艾爾頓搖搖頭，神情沮喪。

「還早著呢，」他答道，「現在依舊被那些無聊的差事纏身。」

「但他們應該已經發現你的才華了吧？」戈登以一個律師的口吻向他質詢。

「這就是問題所在。」艾爾頓說，「他們早就知道我資質平平，不過是個技術比較熟練的員工，他們讓我做的，也是一些熟練工的工作。」

「你是說，編輯並沒有看中你的才華？」

「我不清楚。」艾爾頓說，「不過在他們看來，這一點簡直微不足道。」

戈登吐了一口煙，眉毛上揚，彷彿在思考著什麼，「你認為，」他停頓了一下，接著說：「你有沒有找機會展示自己的才華，並讓他們看到呢？我看過你的東西，說實話，真的很拘謹！你為什麼不嘗試更活潑一些的東西呢？比如那種穿高跟鞋、露腿的，看起來有點輕佻的。小腿豐腴，大腿部分也胖得恰到好處。你知道我在說什麼吧？你不覺得那些東西才合他們的胃口嗎？」

艾爾頓有些生氣。

「說白了，就是色情書刊上那種圖畫吧？」他不屑地說道，「你錯了，任何一個傻瓜都能畫出那種庸俗骯髒的東西。」

「話是這麼說，」戈登說，「但是那些傻瓜十分清楚，那種東西能給他們帶來財富。」

「許多傻瓜也只能理解到那個層次。」

艾爾頓十分後悔做出了這樣的回答。因為戈登並不好惹，而且他的不悅已經寫在臉上了。就這樣，二人再度陷入了沉默，靜靜地繼續走著。

不一會兒，他們走上一堆岩石，岩石表面長滿了海草。海草叢中露出了一隻綠色的大螃蟹，牠對著他們揮舞著鉗子。戈登停下腳步，盯著那隻螃蟹，眼神中充滿著好奇。接著，他用雨傘戳了牠幾下，看看牠能不能吃。螃蟹大概預感到大難臨頭，於是趕緊開溜，竄進了雜草叢生的岩石間。最後，只聽撲通一聲，牠跳進一個深水池中。戈登跌跌撞撞地穿梭於岩石間，追到了水池邊，他俯身用雨傘撥開雜草，試圖找到那隻螃蟹。由於把所有的注意力都放在找螃蟹上，他忽略了腳下濕滑的地面，自然就免不了為此付出代

價。突然，他的一隻腳開始滑動，他試圖穩住腳步，但上肢開始瘋狂的舞動起來，弄得到處都是水花。之後，傳來一聲慘叫，天空中的海鳥都被嚇跑了，所羅門‧戈登先生的雨傘飛了出去，他自己則掉進了水池最深處。看到此景此景，池中的螃蟹肯定會有許多想法，而戈登先生的感受如何，只能由他自己來做出解釋。當他從水池中站起來時，活像一條現代的人魚，而且嘴裡還不停吐出各種不堪入耳的髒話。

艾爾頓極力克制自己想要大笑的衝動，勉強說道：「幸好你帶了外套。」

但是，這個猶太人並未做出正面的回應，他什麼都沒說，搖搖晃晃地走去穿他寬大的外套，他先將外套掛在自己濕淋淋的手臂上，然後在艾爾頓的幫助下，穿上外套，扣好扣子。艾爾頓一邊大笑著，一邊撿起雨傘，並且用傘柄勾回浮在水池另一頭的禮帽。

短短幾分鐘內的變化著實出人意料。艾爾頓和戈登兩人的處境發生了戲劇性的互換。雖然艾爾頓穿得破破爛爛，但和眼前這位渾身濕透、蜷縮在外套裡、不停顫抖、步態狼狽的同伴相比，艾爾頓顯得要輕鬆許多。

他們快步走向防波堤的斜坡，很久都沒有理會對方。艾爾頓突然開口道：「你有什麼打算，戈登？你不能就這樣渾身濕漉漉的四處走吧！」

「你可否借套衣服給我？」戈登說。

艾爾頓考慮了一會兒。他的住處還放著一套西服，可以說，那是他最好的西服。他將這套西服視若珍寶，對它精心地維護和保養，只有在必要的場合才會拿出來穿。他偷瞄了一眼旁邊的戈登，認為對方絕不會像自己那樣愛惜這件寶貴的衣服。可是這個傢伙身上的衣服已經濕透，讓他一直這樣走來走去實在有些不合適。

「我還有一套西服，」艾爾頓說，「雖然衣服的尺寸和風格不太適合你，但至少能湊合一兩個小時。」

「衣服是乾的就好，」戈登嘟囔著，「還管什麼款式。從這裡到你的屋子還有多遠？」

稱艾爾頓住的地方為「屋子」，實在有些勉強。實際上，那只是一個房

間。在鎮上的老區一條窄窄的巷子盡頭，矗立著一棟非常小的石磚房子，房子裡面便是他的房間。進屋不用敲門或按門鈴，只需穿過街上的一扇門，經過一個小房間，打開一扇櫥櫃般狹窄的門，爬上窄小的階梯，就上了樓。樓上的空間突然變得開闊起來。二人就這樣來到這個既是客廳又是寢室的小房間。這看起來是一間寢室，可是坐在床上時，又會使人感到自己進入一間客廳。

戈登喘了一口氣，用嫌棄的目光掃視了一下屋內的情況。

「兄弟，你不妨搖鈴叫人送一些熱水過來！」他說。

「搖什麼鈴！這裡只有你的衣服可以『擰』[1]！」艾爾頓大笑道。

「那就把傭人叫來吧！」戈登說。

艾爾頓又忍不住大笑起來。

「兄弟，我這裡可沒什麼傭人，只有一個從來都不上樓的房東太太。她太胖了，加上腿有毛病，上不來。我都是自己整理房間。你認真擦洗一下就行了。」

戈登有些不高興，嘟囔了幾句後，不情願地脫下外套。艾爾頓將那套西服從衣櫃裡取出來，同時還給戈登找了幾件內衣。這位客人拿著內衣，一臉刻薄的表情，看起來很不滿意。

「說實話，你在這上面做記號實在是多此一舉，誰會去拿這樣的東西呢？」他說。

艾爾頓的內衣自然比不上戈登的內衣。但是，至少艾爾頓的內衣是乾的，這也是它們唯一的優點。戈登穿上它們以後會舒服很多，也能暫時將剛剛那件丟人的事忘卻。

二人的身材不一樣，但衣服倒還合身。戈登由原來的瘦子變成了現在的胖子；艾爾頓曾經非常粗壯，現在卻變得很瘦，如此一來，兩人看起來就差別不大。

---

1. 在英語中，「擰」（wring）和「鈴（ring）」發音相同。——譯注

艾爾頓在一旁望著他穿好衣服，同時偷偷注意到戈登非常謹慎地將自己口袋裡的東西轉移到借來的那套衣服的口袋裡，動作相當隱蔽。艾爾頓聽到了錢幣碰撞的聲音，看到一隻精美的金錶以及一條粗錶鏈。最吸引他的，還是對方從濕衣服的胸前口袋中掏出的那個大皮夾。戈登悄悄打開皮夾，檢查裡面的物品，艾爾頓趁機將它看個仔細。

「幸好這不是個一般的皮夾。」戈登說，「不然你的收據就弄濕了，而裡面的其他東西也會被鹽水泡壞。哦，說起收據，不如我現在就拿給你。」

「沒問題，」艾爾頓說，「不過我早說了，我現在身無分文。」

戈登聽完喃喃道：「真是太可惜了！」然後將皮夾裝進借來的那套衣服的胸前口袋中。

幾分鐘後，兩人一同走出門。這時，天已經黑了，艾爾頓在穿過窄巷子時，開口問道：「你今天晚上要進城嗎，戈登？」

「你覺得我這個樣子能進城嗎？」對方答道，「我必須穿回自己的衣服。我不會進城，可是我會去布羅德斯泰爾。我有一位客戶住在那裡，我可以在他的宿舍裡借宿一晚。倘若你能找人將我的衣服洗好並且弄乾，我明天就過來取。」

安排好一切後，在戈登的建議下，二人到一家餐廳喝茶。後來，他們又順著懸崖邊的小路，穿過國王門，往布羅德斯泰爾的方向走去。

「你可以跟我一起去布羅德斯泰爾，到時候我給你買回程的車票。」戈登說。

艾爾頓沒有拒絕。他答應戈登一起去，並不是出於想找人陪的目的，而是希望藉此來將還錢的事往後推一推。

然而艾爾頓並未立即說這件事。即使他內心極度鄙視眼前這個陰魂不散的傢伙，但還是努力掩蓋自己的真實想法，使二人間的談話保持和諧。可是面對戈登這個眼裡只有錢的人，一切努力都是徒勞的。戈登從不關心日常瑣事。從之前的對話中就可以看出，他對藝術的見解以及對其他事情的品味都不甚高明。錢在他眼中永遠都是最重要的，他賺錢只是為了消費那些粗俗的東西。誰都不要對所羅門・戈登先生的眼界有過高的期望。

過了一會兒，艾爾頓將話題引到兩人最關心的事情上。

「戈登，」他開口道，「你能否再寬限我幾天，等我湊夠了錢再還你？把利息加在本金上好像有點說不過去。」

「你要為自己的錯誤買單，要不是你記錯了日子，事情也不會弄成這樣。」戈登說。

「可是，」艾爾頓哀求道，「到目前為止，我也還了你不少錢了吧！起初，我只是向你借了五十鎊，但現在呢？除了保險佣金，我一年就要付給你八十鎊，加起來一年將近一百鎊！我拼死累活才賺那麼一點錢，有一半都交給你。求你給我留條生路吧，我快撐不住了。我要是真的崩潰了，你一毛錢都拿不到！」

戈登陷入沉默，過了一會兒，他答道：「朋友，說起不還錢的事，看來你似乎已經忘了那張約定的本票。」

艾爾頓咬緊牙關，極力克制自己隨時都可能爆發的情緒。

「我的記性可沒那麼差。」他說，「要知道，你發給我多少張催款單啊！」

「那些催款單很有必要，我的湯姆，」對方回答，「守信的懶人是不存在的。」

此刻，艾爾頓再也抑制不住自己的情緒。

「胡說！」他大喊，「你這個噁心的吸血鬼！」

戈登一下子愣住了，呆立在原地。

「朋友，」他說，「不是你想的那樣。倘若我跟你一樣沒有禮貌，早就狠狠教訓你了！」

「你動一下試試！」艾爾頓叫道。

他攥緊拳頭，準備好好收拾一下這個貪婪的放債人，以發洩心中的怒火。他大喊：「我拿不出錢來，你跟我大概也沒什麼好談的。我知道，幹你們這一行的，不會放過任何一分錢，就算是為此打上一架，也在所不惜。」

「如果你再這樣沒禮貌，就別怪我不客氣！」戈登說。

「非常好，」艾爾頓淡定地回答，「我就是要告訴你，你是個吸血鬼。

你不覺得這個稱呼很恰當嗎？」

戈登終於做出了回應，他將外套和雨傘扔到路旁的草地上後，朝著艾爾頓的臉狠狠地打了一巴掌。

動作靈敏的艾爾頓立刻對著這個猶太人的鼻樑還上一拳。就這樣，兩個人扭打在一起，一方累積了滿腔怨氣，另一方則承受著身體上的劇烈疼痛。但是最終，艾爾頓還是敗下陣來，與那個身強體壯、充滿鬥志的對手相比，他實在太弱了。儘管猶太人吃了幾拳，但他立即怒氣沖沖的上前痛擊艾爾頓，並且逼得艾爾頓不停向後退，直到草地的另一頭。

艾爾頓曾經在白天觀察過這裡的地形，他突然明白了什麼，開始大聲驚呼：「戈登，你這個蠢貨，趕緊往後退！」

此時的戈登已徹底失去理智，認為艾爾頓又在耍花樣，反而發動了更凶狠的攻擊。艾爾頓早已無心打鬥，他的身體裡只剩下深深的恐懼。他再次警告戈登停止攻擊，但對方並不聽，他已別無辦法，只得趴在地上。接著，悲劇降臨了。陷入癲狂的戈登被艾爾頓的身體一絆，失去了重心，身體搖晃了幾下之後便跌了下去。除了石頭和土塊下落的聲音之外，艾爾頓還隱約聽到了呻吟聲，沒過多久，那聲音便逐漸消失了。艾爾頓跳起來，四處張望，發現只剩自己一人。

這個突然的變故讓他不知所措，愣了好久之後，他才小心翼翼地爬到懸崖邊，豎著耳朵探聽下面的動靜，四周除了潮水的拍擊聲和海鳥的尖叫聲之外，並無其他聲音。遠處一片漆黑，即使站在懸崖邊上，也看不清底下海面的情況。突然，他想到有一條狹窄的小路連接著懸崖和海岸，於是趕忙越過草地，撿起戈登的外套和雨傘，跑到小路的入口處，接著沿著崎嶇的石頭路向下衝。在到達小路盡頭後，他向右大步地穿過一片平整的沙地，來到懸崖底部，凝望著眼前的黑暗。

很快，他從灰暗的天空中，隱約看到剛剛自己與戈登所在的懸崖一角，同時也發現暗淡星光下的海邊有一個黑點。他逐漸向那個黑點靠近，最終看清了它的形狀。那是戈登的屍體，他的頭部和四肢都已變了形，看起來相當嚇人。艾爾頓身體不停地抖動，一邊走一邊叫著戈登的名字。他抬起對方綿

軟無力的手，檢查了一下對方的手腕，再看看那顆扭斷的頭顱，顯然，戈登已經徹底斷氣了。屍體的臉部朝下，艾爾頓不敢將它翻過來，不過他十分肯定，這個人就是戈登。他站在原地，低頭望著這具可怕的屍體，有些不知所措。他該不該去尋求幫助？倘若找人過來，他又該如何解釋屍體躺在岸邊的原因？那些問題是他不得不回答的，可是又該怎樣回答呢？艾爾頓望著眼前的屍體，陷入了深深的恐懼。

過了一分鐘，驚慌失措的艾爾頓偷偷摸摸地踏上狹窄的小路，向著馬蓋特前進。他停下腳步，仔細探聽周圍的情況，發現四下無人後，便在夜色的掩蓋下順著近路返回城中。

當晚，艾爾頓回到自己的房間後難以入睡。剛一進門，他就看到了之前死者離開時掛在毛巾架上的衣服，這個東西簡直是陰魂不散。夜深時分，浸濕的衣服散發出的酸味不斷刺激著他的鼻腔，似乎像鬼魅一樣糾纏著艾爾頓。打了幾個瞌睡後，他猛地醒過來，隨後急忙點著蠟燭，朝著那堆浸濕的衣服照過去。他的精神有些恍惚，分不清自己是處在過去、現在還是將來。他在燭光下看了眼手錶，想確認此刻潮水是否將海灘上的屍體淹沒了？最令他擔心的是，屍體被發現會有什麼後果？自己涉案的情況是否會暴露出來？倘若被發現的話，自己是不是會背上謀殺的罪名？最後，他總算睡著了，直到房東太太使勁敲樓梯門叫他吃早餐，他才醒過來。

穿戴整齊後，他便出了門。在出門之前，他已經將戈登未乾的衣服、鞋子和禮帽塞到箱子裡面，並且把戈登的傘放到櫥櫃的角落。這倒不是害怕有人進入他的房間，只是他現在十分緊張，像個罪犯一樣謹小慎微。他出門後，徑直走向海邊。他自己也不知道為何要去海邊，只是有一種想去看屍體還在不在的衝動。他走下防波堤，轉向東邊，穿過一片平坦的沙地，路上他一直擔心是否已經有人聚集在那裡，或者人們發現屍體後通知了警察。走在懸崖底部的碎石和浪花間，他極度不安，不時向四處張望，同時腳步越來越快，一點一點靠近那個令自己恐懼的地方。城鎮漸行漸遠，海邊只有一兩個寂寥人影，他穿過去，獨自轉向福尼斯角。

不到三十分鐘，艾爾頓路過了懷特尼斯，已經能看到那個奪走戈登性

命的峽角了。寂靜的海邊空無一人。他幾次被海邊的浮木或水草嚇到，但並未發現自己要找的東西。他穿過小路，喘著大氣走向峽角，不時緊張地環顧四周。昨晚從懸崖上落下來的一堆土就堆在那裡，他抬起頭，看到乾淨潔白的懸崖頂端。可是，屍體去了哪裡？他把腳步放慢，繼續向前走著，想到屍體可能被海水沖走了。圍著峽角走了一圈後，懸崖底部的一處黑洞引起了他的注意，那是洞穴的進出口。他的速度更慢了，一邊小心觀察這個海灣，一邊緊張地望著前面的洞穴。或許屍體被沖到這裡面。那個洞穴裡有很多被沖進去的東西，所以這種可能性是存在的。他曾經去過那個洞穴，洞中累積的水草和廢棄物的數量著實令人驚嘆。一想到屍體可能在洞中，艾爾頓就感到非常不適。洞穴內昏暗的光線加上屍體，絕對是很可怕的事。然而，他還是被那深邃的洞穴給吸引住了，不斷走上前去。到了洞口，他向裡面望了望，那是個相當詭異的地方，陰冷潮濕，洞穴的四周和頂端長滿了各種顏色的苔蘚。此地走私活動猖獗，艾爾頓對此早有耳聞，這裡有個通往外面的地道和一座保存至今的瞭望台，同時還有一條通往懸崖頂端的隧道，方便觀察整個國王門海灣的情況。通向瞭望台的台階尚未完全損壞，若想爬上去也沒什麼問題。實際上，艾爾頓上次光顧此地時，就曾經順著這裡登上瞭望台眺望四周。他站在原地，回想起當時的情景，同時又小心翼翼地觀察深邃的洞穴，想要知道海水有沒有將某樣東西沖到裡面。

起初，艾爾頓除了發現洞口邊上的軟沙地之外，並無其他收穫。後來，他逐漸適應了洞穴內陰暗的光線，這才注意到洞穴底部有很多海草。在不知不覺中，他鑽進了洞穴，全神貫注地望著地上的海草。很快，外面的光線一點一點消失了，洞穴中的微光變得更加明亮。此刻，他腳下所踩堅硬的沙地也變成了軟彈的海草。在安靜的洞穴裡，可以清晰的聽到蟋蟀跳躍的聲音。這種聲音平日裡很少聽到，他停下腳步，認真聆聽，眼睛也逐漸適應了洞穴內的暗光。

不一會兒，他發現那個東西。有一隻靴子從他前面不遠處的水草堆中露了出來。根據鞋底，他斷定那就是自己的鞋子。看到它的第一眼，艾爾頓便緊張得幾乎心跳靜止。雖然他已經做好了在這裡發現戈登屍體的心理準備，

但在那一刻真的到來時，他仍然感到十分震驚。

他一下子愣住了，心驚膽戰地站在原地盯著那隻靴子和它旁邊的水草。突然，有一陣女子的歌唱聲傳來。

艾爾頓慌了神。他首先想到的是衝出洞穴，可是他很快發現那樣的選擇愚蠢至極。那個聲音越來越清晰，還伴隨著一個孩子尖銳的笑聲。艾爾頓驚惶失措地望向洞穴的明亮處，試圖確認有沒有人進來。倘若有人進來發現他和屍體待在一起，後果將不堪設想。就在這一瞬間，他想到瞭望台和窺視孔，它們足夠隱蔽，從洞口是很難看到的。於是他急忙轉身踩過那堆水草，來到殘留的石階前，並快速爬了上去，藏入瞭望台中，靜靜探聽外面的情況。這時，他的耳邊響起了一陣陌生人的聲音，聲音源自洞口。他試圖聽清他們談話的內容，並且努力分辨他們有沒有進入洞穴。最先傳來的是一個孩子的聲音，十分尖銳，在崎嶇的石壁上產生了回聲，他很難分辨出這詭異聲音的具體內容。不過，那個女人的聲音十分清晰，每個字句都非常明白。

「親愛的，不可以，」她說，「你最好待在外面，那裡面潮濕陰冷，還是不要進去了。外面的陽光燦爛，趕緊出來曬太陽吧！」

艾爾頓稍微舒緩了一下情緒。那個女人說得很對，洞穴內的環境潮濕陰冷，裹著一堆黑色海草的屍體更是這樣。在太陽底下多好呀！艾爾頓早就想離開這個陰冷的洞穴，但現在還不是時候。雖然他沒有殺人，但以目前的情況來看，是不會有人相信他的。他一定要趁海邊沒人時，才能悄悄溜走。

他小心翼翼地爬進那個小隧道，從隧道口向外觀察海灣，眼前的情景讓他備受打擊。他所在位置的下面有一群人正在陽光下打鬧，而且洞口就在他們的視線範圍內。有一個男人拿著幾把躺椅，順著木頭階梯走下懸崖。顯然，一時半刻他是脫不了身的。

艾爾頓返回瞭望台，只能先坐下來，等時機到了再逃出去。他坐在那裡，腦海中又浮現出那個水草下面的東西。那東西還能藏多久？假如被發現，結果會如何？有沒有線索證明他涉嫌殺人？當然，屍體衣服上寫著他的名字，但只要他之前出面解釋清楚，那就不能作為他犯罪的證據。可是現在說什麼都晚了。最要命的是，死者的皮夾裡有一份寫有他名字的借據。非常

明顯，倘若艾爾頓不出面，人們對他的懷疑就會加深。這個證物對他非常不利。不過，他很快想到自己現在還有機會將這個定時炸彈拿到手。既然這些證物容易對人形成誤導，為何要將它留在那裡產生不必要的麻煩呢？

他緩緩站起來，彎著腰觀察隧道口外面的情況。海邊那群人沒有離開，靜坐在椅子上，旁邊有一個男人正在閱讀，小孩子在沙堆裡玩。艾爾頓掃視了整個海灣，確定四下無人後，便匆忙順著樓梯爬下去，穿過一大片水草。對於自己即將要做的事，他感到十分緊張，身體不停顫抖，再加上洞穴內陰冷潮濕的環境，他的冷汗都冒了出來。

他靠近那個露出一隻靴子的水草堆，打算撥開那些纏繞在一起的水草。當他用顫抖的雙手撥開第一把水草時，瞬間大驚失色，趕忙將水草丟了回去。水草下面是臉部朝上的屍體，那張臉早已辨不清模樣，相當駭人。屍體之所以變成這樣，肯定是遭受了嚴重的撞擊，有可能撞上了懸崖或海邊的岩石。當艾爾頓稍稍緩過神來之後，伸手去屍體胸前的口袋中摸索了幾下，很快就找出了一個濕透的皮夾。就在他拿著皮夾起身之際，洞口突然出現了一個東西。他被嚇得愣住了，定睛一看，原來是一個漁夫或船員之類的男人。那個男人帶著一隻雜種狗，從洞口三十碼處走過來。那隻狗似乎聞到了什麼，停下腳步。接著，這個男人好奇地走向洞穴，停留了片刻便離開了。可是那隻狗一邊不停地嗅著，一邊向著洞穴的方向靠近。

艾爾頓的處境不容樂觀。不過就在這時，那個男人大聲叫狗回去。那隻狗有些遲疑，從牠渴望的眼神中可以看出，牠很想去洞裡，可是主人的呼喚使牠不得不失望地離開。

艾爾頓站起身，稍微舒緩了一下情緒，他雙腿發軟，心臟幾乎要跳出來，走回瞭望台都有些困難。剛剛真是太驚險了！倘若那個男人走進來的話，一眼就會看到他正在竊取屍體上的重要文件。幸好沒被發現。拿到皮夾後，他馬上想到取出並銷毀裡面的收據，然後將皮夾放回原處。可是說起來容易，操作起來就難度大了。因為收據已經被水浸透，艾爾頓試了好幾次，都沒將它點著。最後，他只得把紙撕碎，生吞到肚子裡。

想要把皮夾放回死者身上也不好辦。因為海邊上那群人還沒走，得等他

們回家吃飯時，他才有機會將其塞回去。一想到這些，他就十分害怕。

那張很容易讓人聯想起殺人動機的收據已經徹底消失了。剩下的就是那些衣服了，上面繡著艾爾頓的名字，這也會將艾爾頓牽涉進此案，但無法證明他當時就在案發現場。突然，他的腦海中又閃現一個更加恐怖的想法。這個屍體的面目已經模糊，誰會認出來呢？對，屍體上的確有一個皮夾，但艾爾頓完全可以將其拿走。同時，他還可以拿走其他可以辨識出死者身分的東西，比如說死者手上的戒指、口袋中的文件。一旦將這些東西弄掉後，事情又會變得怎樣呢？顯然，那具屍體就變成了湯瑪斯・艾爾頓，沒人會在意一個貧窮的古怪藝術家的，也沒人會對此進行過多的調查。

艾爾頓認真評估這種新的可能性。這是擺在他面前的另一種選擇。眼前，他有兩種選擇，一種是因為謀殺罪被判死刑，另一種是放棄自己的身分和姓氏，到一個新的地方去生活。

他露出微笑。為了活命，放棄身分和姓氏又算得了什麼呢？昨天與那個陰魂不散的吸血鬼鬥爭，不就是為了活下去嗎？

艾爾頓收起皮夾，扣好外套的扣子。湯瑪斯・艾爾頓已經從這個世界上消失，另一個還未取好名字的新人馬上就要出發。就像剛剛那個女人說的，他要去曬太陽了。

二、被發現的屍體

（克里斯多夫・傑維斯醫師的口述）

近來，宋戴克接手了許多與保險相關的案件，原因都不盡相同。定期聘任他的機關團體也多了起來。格里芬公司在著名的波西沃・布蘭德案件發生

後，也將所有的偵查案件交由我們處理。

十二月的一個午後，斯托克先生來拜訪我們，他是格里芬公司的一位老員工，這次來是為了請我們調查一樁案件。他將袋子放在桌上後坐到爐火前，接著直接說起這個案件。

「我手頭有一件案子，所以來找你們。」他說，「在外人看來，這個案子相當奇特，不過我想你們應該會覺得它很有意思。從我們的角度看，除了驗屍的醫務人員不太認真之外，並沒有什麼特別之處。」

「你覺得我們會對這個案子很感興趣，指的是哪一方面？」宋戴克問。

「我會大概講一下案情，然後你們就會發現其中有意思的地方了。」斯托克說。

「上月二十四號，在塔內島國王門的一個洞穴裡，有個男人採集海草時發現一具男屍，屍體就躺在海草下面。當時正趕上漲潮，所以他就將屍體運到了馬蓋特。警方從那裡展開調查，最終發現這些案情：根據衣服上的名字、口袋中的文件和名片判斷，死者叫湯瑪斯・艾爾頓。警方還從他身上找到一封信，根據信上的地址可以知道，艾爾頓曾住在馬蓋特地區，順著這條線索，警方調查出那是一位老婦人租給他的地方，而艾爾頓整整四天都毫無音信。房東太太在停屍間確認了屍體的身分，那就是她的房客。目前唯一無法解釋的是，屍體為何會跑到那個洞穴裡。不過從已知的情況來看，這件事也很好解釋，因為死者不僅面目全非，脖子也折斷了。而且，洞穴上方的懸崖頂端也有明顯的碎裂痕跡，顯然，艾爾頓是從懸崖上摔下去的。要知道，那裡足足有一百五十英尺高，摔成這樣也很正常。傑維斯醫師，你覺得我的看法有道理嗎？」

「當然，脖子斷裂往往會致人死亡。」我說。

「的確，」斯托克說，「可是當地的驗屍官湯瑪斯・狄迪莫斯對這樣的判斷持懷疑態度。他是我的一位朋友，和宋戴克醫師一樣，認為在開庭審理之前一定要先查驗屍體。於是他下了命令，對屍體進行查驗。我覺得這種行動毫無必要。宋戴克醫師，你應該也是這樣想的吧？」

「並不是，」宋戴克搖著頭說，「比如，將一個吃了藥或中了毒的人推

下懸崖的難度，要比將一個頭腦清醒的人推下去的難度小很多。看似極其嚴重的意外事件的背後，說不定就隱藏著一起謀殺案。」

「沒錯，」斯托克說道，「那個驗屍官的觀點跟你一樣。不管怎樣，最後的驗屍報告更加怪異。他們在解剖完屍體後發現，死者生前曾經爆發了胸部動脈瘤的病症，因此他的具體死因就不能確定。驗屍人員無法斷定，死者是因為動脈瘤發作而掉下懸崖，還是因為掉下懸崖才導致動脈瘤發作的。當然，我們並不關心此事的先後順序，最令人費解的是，一個最近才買了保險的人，怎麼會身患動脈瘤？」

「你們理賠了嗎？」宋戴克問。

「沒。我們只有得到了你的報告，才會決定付不付錢。實際上，我們延遲付款不只這一點原因。艾爾頓好像把自己的保單抵押給一個叫戈登的男人，以此來向他借款。而向我們索賠的人，正是戈登。確切的說，是戈登的助手哈姆斯。我們和戈登打過幾次交道，他有親自處理各種事務的習慣。由於此人特別狡猾，為了保險起見，我們覺得理賠文件必須由他親自簽名才行。但問題是戈登好像不在國內，哈姆斯也不知道他在哪裡。於是，既然這份文件不能由哈姆斯代簽，我們就只能等他和戈登聯繫上之後再處理此事。我要走了，這裡是所有與此案相關的文件，其中包括保險和抵押貸款的內容，你們可以仔細瞧一瞧。」

他離開以後，宋戴克按照重要順序將那些文件進行分類。首先，他快速瀏覽了那份保單的內容，然後拿起驗屍報告，開始仔細研究。

「驗屍報告十分詳盡。驗屍官和法醫的檢查工作做得非常不錯。」宋戴克說道。

「既然我們已經知道，這個人是從懸崖上摔下來的，」我說，「驗屍報告就沒有那麼重要了。我覺得最關鍵的是，要查出他從懸崖上摔下去的原因。」

「確實如此，」宋戴克回答道，「不過這份報告的某些地方也很怪異。死者的胸廓有新近造成的動脈瘤，但他還患有輕微動脈肥大疾病，這種病是由來已久的。除此以外，他的牙齒沒有幾顆是真的。傑維斯，你想想，一個

五年前還生龍活虎的男人，在這麼短的時間內身體狀況就惡化成這副模樣，甚至保險公司都不願意接受他的投保，這還不夠奇怪嗎？」

「這個傢伙好像生活得相當不如意，」我說，「保單上都寫了什麼？」

我把那份保險文件拿起來快速瀏覽了一遍。格里芬公司接受了宋戴克的建議，要求醫學檢驗人員所做的案件報告的詳盡程度，一定要高於普通的公司。因此，除了記錄投保人心臟和牙齒的健康狀況良好這類普通問題以外，報告的結尾還標明：「投保人身體非常健康，外表沒有大的缺陷，只是左手中指的第一個關節處有僵硬的現象。投保人說那是之前一次受傷經歷造成的。」

宋戴克馬上抬起頭問道：「你說哪根手指？」

我回答：「左手的中指。」

宋戴克望著手上的文件，陷入了沉思。他說：「這很奇怪，馬蓋特的驗屍官提到過，死者的中指戴了一個印章戒指。你想想，倘若一個人的手指關節有僵硬的現象，又怎麼能帶戒指呢？」

「或許是驗屍官搞錯了，」我說，「也可能是保險公司的檢驗人員弄錯了。」

「有這種可能，」宋戴克回答道，「但令人非常不解的是，為什麼保險檢驗人員已經把關節僵硬症這個小細節寫在文件上，而驗屍官卻沒有提及此事呢？要知道，他們工作是非常細心謹慎的。況且，在死者的臉部無法辨認的情況下，想要確認死者的身分，這一點是非常關鍵的線索。」

我也認為這一點很重要。接著，我們繼續仔細翻閱手頭的文件。不一會兒，我看到宋戴克將那份報告放在腿上，對著爐火沉思。

「我機智的朋友，你肯定發現什麼有意思的地方吧？」我說。

宋戴克什麼都沒說，只是將一堆文件遞給我，讓我好好看一遍。

我表示拒絕。

「不用了，謝謝。我想你已經挑出那些精彩的地方了。」

宋戴克放聲大笑。

「沒什麼精彩的地方，」他說，「只是一些小小的特點，但應該會有幫

助。」

　　我表現得十分感興趣，於是他繼續說道：「假如我們將一些不值一提的小事湊在一起，就會發現很多問題。下面是我的發現：1903年，湯瑪斯·艾爾頓三十一歲，牙齒健全。1908年，他三十六歲時，嘴裡只剩一半的牙齒。

　　「還有，他三十一歲時，心臟沒有任何毛病，但三十六歲時卻出現動脈血管肥大的疾病，以及由此引發的動脈瘤。

　　「他身上有一處無法治癒的明顯畸形，保險公司的檢查報告中對此有記錄，但驗屍報告中卻沒有。

　　「顯然，他是從懸崖上掉下來的，而且動脈瘤發作了。然而，動脈瘤爆發時，他一定還活著。這種病一旦發作，就會導致病人當場死亡。因此，倘若他摔下來的事件純屬意外，動脈瘤發作的時間只能是他站在懸崖邊上即將掉下去時，或者他摔到海灘上的那一刻。

　　「他開始跌落的地方有一條小路，那條路離懸崖邊緣大概有三十碼遠。

　　「他是如何到那個地方的，並沒有人知道。他當時是否是一個人，也不得而知。

　　「他剛死亡，就有人出面索賠五百英鎊的保險金。

　　「傑維斯，雖然以上這七點並沒有什麼特別之處，但是綜合來看，就會有不一樣的發現。」

　　「你好像在懷疑死者的身分。」我說。

　　「是的。」他回答道，「死者的身分並不明確。」

　　「那些衣服和名片還不足以證明死者的身分嗎？」

　　「由於那些東西並不屬於屍體的一部分，掉包的可能性還是存在的，即使這看起來十分困難。」他回答道。

　　「別忘了，還有房東太太……」我說這句話時，宋戴克打斷了我。

　　「傑維斯，」他高聲說道，「你真是夠了。我們已經遇到過很多女人認錯屍體的事，她們經常會把毫不相干的陌生人屍體當成自己的親人！這種事並不少見。說到那位老太太，她肯定是看到了死者身上穿著失蹤房客的衣服，就斷定了他的身分。畢竟屍體早已面目全非，能判斷其身分的依據非常

有限。」

「你說得很有道理，」我表示贊同，然後說道，「你好像認為這是一起謀殺案？」

「對，」他回答道，「倘若你仔細考慮一下那七點，就會發現許多問題。目前此案的關鍵就在死者的身分上。假如死者並非湯瑪斯·艾爾頓，那麼肯定有人動過屍體。非常明顯，這樣做是為了掩蓋另一個人的身分。」

「還有，」他停頓了一下，接著說，「這張合約也存在問題。雖然它看起來與一般的合約沒什麼兩樣，印章也很正常，但我覺得這張紙被人修改過一兩處。假如我們把文件放在燈光下，就會看到那幾個地方會相對透明一些。」

他掏出自己的袖珍放大鏡，仔細檢查了這份文件，然後將放大鏡和文件交到我手中，說：「傑維斯，你看完了再說出自己的想法。」

我認真看著那份文件，並且將它拿到光線充足的窗邊檢查，那張紙的確被人修改過。

「不知道你發現的那些改動的地方與我看到的是否相同？」宋戴克聽完我的發現後問道。

「我發現幾個地方，」我說，「有兩個寫著湯瑪斯·艾爾頓的地方，還有一個地方是保險單號碼中的某個數字。」

「完全正確。」宋戴克說，「而且，這幾個地方都非常關鍵。倘若這份文件真的被人動過手腳，就說明有人用湯瑪斯·艾爾頓的名字替換了某些名字。這麼做的結果就是，日期的印章並未變更，合約的內容依然有效。況且也只能透過這種方法，在不變更日期和印章的情況下，來保證文件的有效性。」

「偽造者剛好拿到這份文件，而且只需修改兩處就能達到目的，這會不會太巧了？」我問道。

「我認為這很正常。」宋戴克回答道，「一個把錢借出去的人的手上，肯定不會只有一份這樣的文件。而且你也知道，這種人不會將日期固定，如此一來，他可以在簽訂合約一年內的任何時候向對方要錢。實際上，這份文

件上標明的日期，距離簽訂合約大概有半年時間。」

「你會將這一點告訴斯托克吧？」我說。

「我一定會提醒他的。」宋戴克說，「不過，先去看一下哈姆斯吧，或許我們能從他那裡獲得一些線索。這個案子還有許多奇怪的地方等著我們去發現。倘若能證實那份合約被人塗改過，那麼哈姆斯肯定沒有說實話。」

宋戴克看了一下時間，思考了片刻，然後說道：「我們現在就去拜訪他吧！不過我們手頭的線索實在有點少，所以在處理此案時一定要加倍小心。我們一起去吧？」

宋戴克最後這幾句話徹底消除了我的疑慮，這次造訪肯定非常有趣。哈姆斯先生這個青澀的傢伙，碰上宋戴克的場面絕對很有看頭。要知道，宋戴克可不是好惹的，他一向不屑於誇誇其談，只講求實際。

在維多利亞女王街上一棟大樓樓頂的辦公室裡，我們找到了哈姆斯。他個子比較矮，眉毛很濃，鼻子相當大，看起來精神萎靡。

宋戴克進門後禮貌地問道：「您是戈登先生吧？」

哈姆斯聽完猶豫了一下，才表示自己不是戈登。接著，他快速說道：「如果您有什麼事，找我就行。」

「當然沒問題。」宋戴克附和道。

哈姆斯將我們領進裡面的小辦公室。剛一進門，宋戴克便盯上了一個大型保險箱，箱子是鐵製的。

哈姆斯淡定地關上門，然後說道：「我可以幫您做什麼？」

「我這裡有幾個問題，希望您回答一下。這些問題與湯瑪斯·艾爾頓的案子有關，也就是向格里芬公司索賠之事。」

哈姆斯的態度驟變，他開始手忙腳亂地翻弄文件，不停地開關桌子抽屜，看起來十分緊張。

「你們是格里芬公司派過來的嗎？」他非常沒禮貌地問道。

「我們自己要來的，並非由他們指派。」宋戴克說。

哈姆斯跳起來說道：「我就不跟你談了，我可沒閒工夫在這裡回答你們的問題。」

宋戴克從椅子上站起來，淡定地說道：「看來你是打算要我直接去通知你們公司那些董事會，讓他們展開行動嗎？」

哈姆斯稍微愣了一下，說：「你說的是什麼行動？還有，你是什麼人？」

宋戴克將名片放在桌上。顯然，哈姆斯聽說過宋戴克的大名，他一看到名片，臉色瞬間發白，態度也變得相當誠懇。

「你準備問什麼問題？」他問。

「與索賠有關的問題。」宋戴克說，「首先，我想知道，戈登先生目前身在何處？」

「我不清楚。」哈姆斯說。

「你覺得他在什麼地方？」宋戴克問。

「我不想做任何猜測。」哈姆斯回答。

此刻，他的臉更加蒼白，不停地環顧四周，始終不敢正眼看宋戴克。

「非常好。」宋戴克說，「你不覺得這個索賠有問題嗎？」

「如果真的有問題，我又怎麼會提出來呢？」哈姆斯回答。

「有道理。」宋戴克說，「下面的問題是，你覺得這份抵押借款的內容，是否會按照之前的約定執行？」

哈姆斯的臉色越來越白，更為緊張地說：「關於這一點，我就不清楚了。這份合約是在我來這裡工作之前簽訂的。」

「非常感謝。」宋戴克說，「我想你應該知道我問這些問題的原因吧？」

「我不知道。」哈姆斯說。

「我還是解釋一下吧，哈姆斯先生。我們目前正在調查一件命案，有一個男人因為不明原因重傷死亡。與此同時，我們還在調查另一個男人為什麼丟下自己的工作而沒了任何音訊。當然，我們還想瞭解為何有第三者出面代他向保險公司交涉，提出索賠。除此以外，我認為死者的身分存在諸多疑點，而且向保險公司索賠的文件也有問題，所以需要好好調查一番。」

接下來大家都陷入了沉默，哈姆斯面色像豬油一樣慘白。他神經兮兮地

左顧右盼，好像在躲避宋戴克的眼神。

「你不打算幫我們嗎？」宋戴克開口道。

哈姆斯一邊用力咬著筆桿，一邊思索著宋戴克的問題。最終，他惶恐地說道：「先生，倘若我把自己知道的事告訴你，你可以保證不告訴別人嗎？」

「哈姆斯先生，說實在的，我不能保證，」宋戴克回答，「你瞭解的情況很可能非常重要。你還是趕緊把事情交代清楚吧！先不要管那份文件，我的客戶或許不會問起，我只想查出這個人的死因。」

哈姆斯的情緒稍微舒緩了一下，他說：「倘若是這樣，那我就不隱瞞了。艾爾頓死後的第二天，有人偷偷潛入這間辦公室，打開了保險箱。次日清晨，我才察覺此事，發現那個人將保險箱內的文件亂翻一遍。那個人不可能是戈登，因為戈登對每樣東西的位置都十分熟悉；而保險箱裡的現金和貴重物品也沒丟失，由此可以判斷出，那個人並不是竊賊。實際上，只丟了一樣東西，那是一張艾爾頓所開立的本票。」

「你是否丟失了一份抵押文件？」宋戴克說。

哈姆斯表示並未丟失這類物品。

「借款合約也沒丟嗎？」宋戴克問道。

「沒有。」哈姆斯回答，「不過，從被解開的三捆合約書來看，那個傢伙應該翻找了好久。但那份借款合約恰巧鎖在我的書桌裡，只有我能打開。」

「你認為那個人有什麼目的？」宋戴克問。

哈姆斯答道：「用鑰匙才能把保險箱打開，而只有戈登有鑰匙。可打開保險箱的傢伙並不是戈登本人，裡面的東西也沒丟……我是說，至少與艾爾頓有關的文件並未丟失。當然，我知道事情沒有這麼簡單。後來我聽到屍體被找到的消息時，心中的疑慮就更深了。」

「你怎麼看待那具屍體？」

「我覺得那是戈登的屍體。」他回答道，「因為戈登逼著艾爾頓還錢，艾爾頓就把戈登殺了，然後將自己的衣服換到死者身上。當然，這只是我的

猜測，有可能是對的，也有可能是錯的，但我更傾向於前者。」

　　實際上，哈姆斯先生的猜測完全正確。由於宋戴克堅持重新確認死者的身分，再一次的驗屍工作顯示，那具屍體的確實是所羅門・戈登。警方懸賞一百英鎊捉拿艾爾頓，但最終並沒有結果。後來，宋戴克收到了一封來自馬賽的信，信中完整解釋了戈登的死因，並說明戈登死時穿著艾爾頓的衣服一事只是巧合。

　　當然，這種說法的真實性還有待商榷。但是不管怎樣，艾爾頓從那一刻開始便徹底消失在茫茫人海中。

釘了鞋釘的鞋子

在英格蘭東岸，很難找到比小桑德斯利村和周圍鄉野更荒涼的地方。它甚是偏僻，遠離所有鐵路和任何一個大的城鎮。可以說，這裡與現代文明鮮有交匯，正因如此，使它保留了一些原始生活、習俗以及舊世界的傳統，這在其他地方是看不到的。到了夏天，會有零星的遊客光顧，這些人大多不是來冒險的，更多的是來這裡享受安靜與孤獨。當地人口稀少，遊客的出現會讓這裡熱鬧起來，沿岸的平滑沙灘也會暫時充滿生氣和歡樂。可是到了九月下旬——當年，我第一次到此地時，地上雜草叢生，看不到任何人影，懸崖的崎嶇小道上光禿禿的，沙灘上也荒蕪得只剩下一些海鳥爪印。

托西法先生是我的醫療代理人，他信誓旦旦地告訴我說，我這次接手的工作是「一項十分簡單的任務，很適合一個勤奮且愛好學習的人」。後來的事實證明，他的確沒有說謊——病人寥寥無幾，我都替聘用我工作的老闆擔心。那段時間，我完全沒心思幹活，因此當我那位有名的法醫學專家朋友約翰·宋戴克準備週末來找我玩時，我毫不猶疑地接受了他的建議。

「傑維斯，你看起來夠清閒的。」他剛來那天喝過下午茶後，我們去海邊閒逛，他說，「我實在不明白，這到底是個新診所，還是這個鬼地方的舊機構？」

「說實話，這裡的業務少得可憐。」我回答道，「把我僱過來的庫伯在這裡待了差不多六年，由於他有其他收入來源，所以從不關心診所的經營狀況。診所裡還有另一個醫師，他叫保羅斯，是個熱心腸的人。這裡的民風十分保守，所以庫伯想插手這裡的事務都難，可是他好像並不在乎這些。」

「只要他開心，你就跟著開心好了。」宋戴克笑著說，「你相當於在海邊度假的同時還領著薪水。不過，最令我感到意外的是，你們離大海如此之近。」

談話間，我們進入了低處懸崖上的一條峽口，峽口是人工開鑿出來的，被當地人稱作「桑德斯利峽」，沿著它可以走到下面的海邊。一般只有漁夫從這裡經過，他們會在暴風雨後下去撿海草。

「多麼壯闊的海灘啊！」宋戴克繼續說道。我們站在懸崖底部，隔著空蕩蕩的海灘眺望遠處的大海。「潮水退去後，整片沙灘都顯得莊嚴肅穆，也只有它能將這種孤寂之感完整地傳達出來。根據那光滑平坦的表面就可以判斷出，不但當時沒有人到過那裡，而且在很長一段時間內，那裡都沒人光顧。比如，在這裡我們能清晰地發現最近幾天，除了你我之外，只有兩雙腳曾踏足這條峽口。」

「『最近幾天』？你是如何判斷出來的？」我問道。

他說道：「使用的方法極為簡單。目前正是下弦月時節，潮水會有小幅上升，大潮和小潮衝擊著，形成了兩條由海藻和各類漂浮物聚在一起的線。有片沙灘位於兩條線之間，很多天沒有潮水湧上來，顯得非常乾涸。你應該可以看見上面的腳印只有兩組，透過計算，我們可以知道一個星期後會漲潮，到時它們就會被海水沖掉。」

「是的，我已經瞭解。所有的事情只要進行分析，都會清晰明瞭。這道峽口許久沒有人來過，最近幾天竟有四人造訪，著實令人奇怪。」

「你怎麼看待這件事？」宋戴克問道。

我回答道：「兩組腳印看起來都非常清晰，說明他們踩踏的時間沒有差異。」

「傑維斯，時間是存在差異的，相差至少幾小時。最近這段時間，此處

沒有颱風，腳印沒有被吹散，我不能推斷出準確時間。漁夫來到此處不足三小時，據此我分析其中一組腳印大概是一小時內留下的；另一人也許從船上取下某件重物，在四個小時或更久以前從這道峽口經過。」宋戴克說道。

這些事發生在我為宋戴克當助理前，對他的知識和推理能力瞭解不多，聽完分析後不禁目瞪口呆。

「宋戴克，這些腳印對你我來說，似乎具有完全不同的意義，我實在無法明白你是如何推理出這些結論的。」我說道。

「不能理解很正常，這些知識確實有特殊性，但作為法醫專家必須透過研究來掌握。目前這件事非常簡單容易，我們可以仔細分析一番。這組腳印，我認為是漁夫留下的，就從它開始分析吧！腳印的尺寸極大，像是巨人留下的，但步伐非常小，像是身材矮小的人踩出來的。鞋底很寬，沒有鞋釘。還有一點需要特別注意，那個人的步伐非常奇特，顯得有些笨拙，腳跟和腳趾部位的印記比較深，像是木製義肢踩出來的，要不就是膝蓋和腳踝無法活動。透過對這些線索的分析，可以斷定那個人穿了一雙硬而厚的皮製高筒靴，底部沒有鞋釘，尺碼要比腳大了好幾碼。與這些特性吻合的靴子，只有漁夫那雙。他之所以選擇這種大號靴子，是為了方便過冬時能穿上好幾雙毛絨襪子，一層層裹著保暖效果會好很多。再來看看另外那組腳印，它們的方向是相反的，一道是上岸來，另一道是回海邊去。這個人是O型腿，在來往海岸的過程中還踩踏了自己的腳印。我們可以著重觀察一下它們的差異，回海邊的要比上岸的腳印深很多，步伐也比較小，這一點足以判斷那個人在返回途中攜帶了比較沉重的東西。腳印的腳趾部位相對比較深，說明此人在行走過程中，身體一直往前傾斜，進而可以證明那件重物是扛在背上的。關於這些我應該說得很清楚了吧！」

「非常清楚。但有一點我不太明白，你是根據什麼推斷出兩人留下腳印的時間相差那麼久呢？」我問道。

「這一點也很容易。潮水的位置已經往下退了一公尺左右，相隔滿潮的時間大概只有三小時。那個漁夫的行跡始終位於小潮的水際線上，無論具體位置如何，腳印沒有受到絲毫沖刷，這足以證明他走過的時間是滿潮以後，

約三小時前。所有腳印的清晰度都一樣，以此可知，他走過的時候，沙灘的表層逐漸開始乾涸，時間約在一小時前。另一人的腳印，在到達小潮的水際線後就完全不見了，其餘的經海水沖刷後，已經看不清楚，以此能判斷他走過的時間至少是三小時前，最多不過四天，一天內的可能性比較大。」

宋戴克剛剛分析完這些線索，便有一陣嘈雜的說話聲和腳步聲從身後傳來。有一群怪異的人站在海峽上，正往海邊走。其中一個是漁夫，身材很壯很矮，穿著雨衣戴著雨帽，腳上著一雙大號的長筒靴，走起路來給人一種很笨拙的感覺。另一個人是當地警佐，站在旁邊的是我的競爭對手保羅斯醫生，兩名警察抬著一副擔架，緊緊地跟在他們身後。漁夫正給那些人做嚮導，在峽口上轉了方向，沿著自己之前留下的腳印走，其餘的人則在身後跟著。

宋戴克問道：「警察、警佐、外科醫生、擔架，傑維斯，從這些線索中你能分析出什麼？」

「如果不是有人從懸崖上掉落，那就是有屍體被海水沖到岸上。」我說道。

「都有可能吧，我們可以走到那邊去看看情況。」宋戴克說道。

我們朝那群人走去，在潮水退去後的平整海灘上，宋戴克繼續說道：「我之所以對腳印保持很濃厚的興趣，原因有兩個：其一是腳印作為證據，在每次破案過程中，都會產生極為重要的作用；其二是它能進行系統、科學化的分析。那些藉由腳印暴露的線索，一般都是生理方面的，年齡、健康、疾病、性別、職業等等情況也能有所收穫。例如，年老體弱的人踩出來的腳印和同樣身高的年輕人踩出來的腳印完全不同，更不用說帕金森病人，或是患有其他運動失調方面疾病的人——那種差異更明顯，幾乎不會判斷失誤。」

「這些情況確實非常清楚。」我說道。

「我們現在遇到的事情，就是一個很好的例證。」宋戴克說完這句話後停住腳步，用手杖朝水際線上的腳印指了指。這些突然出現的腳印，延伸一段不遠的距離後，越過了水際線，在海浪衝擊的地方不見了。這些腳印有圓

形皮鞋跟留下的痕跡，清晰可見，不容易和其他線索混淆。

「你是否發現這些腳印的特殊之處？」宋戴克問道。

「我覺得這些腳印比我們踩出來的要深許多。」我回答道。

「非常正確。以靴子的大小而言，那個人的和我們的差別不大，但是步伐要小很多，更準確地說，小得出奇。腳的大小和腿的長短、腿的長短和身高、身高和步伐之間存在比例關係。長著大腳的人一般會有雙長腿，步伐大、個頭高。可是現在這雙大腳的步伐很小，你是如何判斷這一現象的？」宋戴克用手杖指了指那些足跡，示意它們極不協調——這根手杖表面光滑而且有斑紋，上面刻有很多細線，並且標記英寸、英尺單位。

「從腳印的深淺程度來分析，此人的體重比你我二人要重很多，很可能他是個異常肥胖的人。」我說道。

宋戴克說道：「沒錯，確實有這種可能性。扛著很重的物品，自然會讓人的步伐變小，滿身的脂肪也是大累贅。這個人的身高大概是五英尺十英寸，極肥胖。」

他拿好手杖後，便繼續行走，眼光從未離開過前面那群人，直到他們消失在弧形的海岸線上。我們只能加快腳步，在一個海角處的懸崖上繞行，越過後終於又看到了他們。

那些人在一處狹窄的海灣上停了下來，低著頭靜靜地看著躺在地上的人，那位醫生跪在一邊。

「你仔細看看，我們剛才的分析都錯了。那個人沒有摔下懸崖，也不是被浪衝擊上來。我們之前觀察的腳印，很可能是現在躺在水際線上的那個人留下的。」宋戴克說道。

警佐看見我們正向他們走過去時，立即將手高高舉起，說道：「二位先生，此處發生了嚴重的事故，你們不能靠近這具屍體，我們要在腳印被人破壞之前調查清楚此案。」

按照警佐的指示，我們沒有再往前走，而是站在了兩名警察身邊，低著頭仔細觀察著那位死者。他的年齡在三十五歲左右，個子瘦而高，生前的體質應該比較虛弱，雙眼微閉，表情安詳，四肢放鬆，這些與他的悲劇性死亡

構成了強烈反差。

保羅斯醫生從地上站起來，邊將膝蓋上的沙土拍掉邊說：「顯而易見，這是一件謀殺案。死者的心臟被一把刀深深刺入，應該是當場死亡。」

警佐問道：「醫生，你判斷他的死亡時間是什麼時候。」

「從屍體僵硬冰冷程度來推斷，死亡時間至少有十二個小時。」醫生回答道。

「啊？十二小時！」那位警察很驚訝地重複了一遍。

「也就是說，死亡時間可能是早上六點。」

「準確的死亡時間目前還無法確定，十二小時只是大概的推斷，實際遇害的時間可能會比這長很多。」保羅斯立即說道。

「嗯，生前他為了活命，應該和什麼人有過一番猛烈的搏鬥。」警佐說完後向著沙灘點點頭。屍體附近幾英尺的地方有一些比較深的腳印，可能是案發時打鬥留下的。

警佐又向保羅斯醫生說道：「這起案件非常奇特，將死者的腳印排除掉，還有一組腳印，以此看來有關此案的人只有一個，我們需要找到那個人。嫌疑人在現場留下這麼多的腳印，要查出來應該不難。」

「對，要查出那雙靴子的主人應該不是難事，靴底有平頭釘，或許是一個工人。」保羅斯說道。

警佐不同意這種判斷，說道：「先生，我覺得對方並非工人。原因很簡單，其一，腳印非常小；其二，這種平頭釘不是普通防磨損或防打滑的那種。另外，釘子的型號偏小，工人只會將釘子釘在邊沿線上，靴子的後跟與前端則可能釘上鐵片。那個人穿的靴子沒有釘鐵片，在腳掌和腳跟上的釘子都帶花紋，極可能是打獵或做某些運動用的。」說完後，他取出紙筆循著足跡走動，有時還會蹲下來仔細檢查，並記錄下發現的線索。那位外科醫生也在對現場做仔細勘察，收集各種線索。宋戴克什麼話都沒有說，默默地望著屍體旁邊的腳印，思考著這起案件。

警佐在偵查結束後說道：「現在能清楚地判斷，這是一起有預謀的殺人案，經過也沒有什麼疑點。醫生，死者赫恩先生肯定是從馬斯頓港步行回

家，他穿著一雙橡皮靴子——這一點很容易就能判斷出來——沿著海岸走。他並沒有從桑德斯利峽口走，可能是打算從小路爬到懸崖上，那條路便是當地人說的牧羊人小道。凶手已經預料到這些，便躲在懸崖上靜靜地等候。當赫恩先生出現在海灣時，凶手便迅速從小路上衝下來，一番凶猛地搏鬥後，將其殺死，並立即從原路返回。你注意觀察小路與案發現場之間的腳印，便會發現返回小路的腳印踩在了奔向海灣的腳印上。」

「倘若跟著腳印追查，你應該就可以判斷出凶手的去向？」保羅斯醫師說。

「我覺得行不通，」警佐回答道，「石頭如此硬，小路上根本留不下足跡，上面的地也一樣，不過我還是會去認真察看的。」

偵查工作到這裡就結束了，屍體被抬上擔架。醫師、漁夫還有抬擔架的幾個人一同走向峽口。那位警佐非常禮貌地向我們道了一聲晚安，然後爬上牧羊人小道，離開了我們的視線。

「這位警官相當聰明。」宋戴克說，「我對他記事本裡寫下的內容很感興趣。」

「他對此案的看法似乎非常有道理。」我說。

「對，他發現的每一項事實都十分明顯且重要，並且從中得出非常主觀的結論。可是他忽略此案中許多特別的地方，那些地方特別到使我也不得不去做記錄。」

他彎下腰來，仔細察看原先屍體所在的地方，並掏出筆記本，對沙灘上的情況和死者生前的站立處進行記錄。不一會兒，他又勾畫出海灣的草圖，在上面標出屍體的位置和沙灘上不同的腳印。隨後，跟著牧羊人小道上的那兩行腳印走過去，一絲不苟地研究那些腳印，與此同時，他的手也沒閒著，一直在記事本上寫寫畫畫。

「我們早晚都得上去，不妨也走這條牧羊人小道吧，」宋戴克說，「說不定還能發現凶手留下來的一些蹤跡。那裡的岩石並不是特別硬，只是些砂岩。」

我和宋戴克走到那條曲折的小路底下，上面就是懸崖。我們彎下腰，認

真檢查長滿乾草的地面。很快，就在小路底端發現一塊被風雨侵蝕得軟化的岩石，岩石的表面已經崩裂，留下幾個十分清晰的腳印。可以看出，那是凶手帶釘的鞋子踩出來的，不過被警佐那雙滿是鞋釘的靴子弄亂了。當我們再往上爬時，腳印不再明顯，從懸崖底向上再走一段路之後，就徹底消失了，而那位警佐新踩下的腳印卻布滿了整條小路。

　　到了懸崖頂部，我們停下來仔細檢查順著崖邊的那條小路。在那條路上，除了留有警佐清晰的腳印以外，找不到其他腳印的蹤影。再往前看，那位聰明的警官正彎腰盯著地面走來走去，顯然他在進行自己的偵查工作。

　　「周圍沒有一點他的蹤跡。」見我們走過來，他直起身說道，「天氣如此乾燥，恐怕沒有留下什麼印記。我得去另外一條路看看，這裡地方不大，倘若這雙鞋子的主人是附近的居民，肯定會有知情人。」

　　「死者赫恩先生是本地人嗎？」在我們向村裡前進時，宋戴克問道。

　　「不是，先生。」那位警官回答道，「他來此地才三個星期，可以說是個陌生人。可是你也知道，在這樣的小地方，大家認識一個人的速度相當快，而且也瞭解他此行的目的。」他微笑著補充道。

　　「他來這裡做什麼？」宋戴克問道。

　　「我覺得應該是來度假的吧，雖然現在不是觀光的季節，可是他有個朋友居住於此，這就方便了許多。我聽說，住在白楊居的德拉佩先生是他的舊友。我正準備去找他。」

　　我們沿著通往村子的小路前進，剛走了兩三百碼，就聽到大聲的呼喊，順著聲音看過去，一個男人從懸崖那邊穿過野地飛快地朝我們跑過來。

　　「那位就是德拉佩先生啊！」警佐停下來吃驚地喊道，同時揮起一隻手，「我想他已經知道消息了。」

　　宋戴克和我也停下腳步，好奇地望著向我們跑來的那位陌生人，他可是這場悲劇中的新角色。陌生人來到近處後，我們看清了他的樣子。他四十歲左右，個子很高，身形矯健，上身穿著一件帶腰帶的諾福克式單排扣寬上衣，下身穿著一條燈籠褲。從表面看，他跟一位普通鄉紳無異，只不過他手裡拿的是捕蝶網而不是手杖，我們還發現他的口袋裡裝著標本紙夾和袋子。

「警佐，是不是真的？」他跑到我們跟前，喘著大氣喊道，「我問的是關於赫恩先生的事。我聽到一些傳言，說他死在了沙灘上。」

「非常遺憾，先生，傳言沒錯。而且更不幸的是，他是被人謀殺的。」

「哦！天啊！怎麼會這樣！」

他將臉轉向我們，那張平日裡非常愉快的臉龐此刻變得異常蒼白，充滿了恐懼。停頓了片刻後，他叫道：

「謀殺！天啊！赫恩啊！我的老朋友！真是太可憐了！警佐，這究竟是怎麼回事？他是什麼時候遇害的？你們有沒有發現凶手的線索？」

「關於案發時間，我們還不確定。」警佐回答道，「說到凶手的線索，其實我正打算去找你。」

「為什麼找我？」德拉佩驚叫，同時瞥了一眼警官。

「我們想從你那裡瞭解一些關於赫恩先生的情況，包括他的身分，是否有仇家。說實話，我們需要所有能夠幫助找到凶手的線索。況且在此地，他只有你一個熟人。」

德拉佩先生的臉色更加蒼白，帶著十分尷尬的表情環顧四周。

「我想，」他猶豫不決地開口說道，「我可能幫不了你們，關於他的事，我知之甚少。實際上，我們只是普通朋友……」

「呃，」警佐打斷他的話，「我們只需要知道他是誰，是做什麼的之類的事，有了這個開頭，其他的事查起來，對我們來說並不難。」

「我知道了，」德拉佩說，「你們一定能查出來的。」他的眼睛不停轉動著，繼續說道，「如果你們想跟我談他的事，那就明天再來吧！到時候我會把自己還記得的事都告訴你。」

「我打算今天晚上就談。」警佐態度堅決。

「今晚不合適吧，」德拉佩哀求道，「要知道，發生這樣的事，我很難過。我實在沒辦法跟你平靜地……」

他說話時十分猶豫，而且含糊不清，警官對他這種不安的窘態倍感吃驚。不過警官本人的態度依然十分堅定。

「先生，我不想強迫你，」警佐說，「可是你要明白，時間不等人……

我們需要排成一單行才能通過這裡；這個池塘的問題很大，這邊缺少一道堤岸。你先請，先生。」

很明顯，警佐所說的池塘有時會將這條小路淹沒，還好現在乾旱少雨，有一道半乾爛泥形成的狹窄通道穿過沼澤。德拉佩先生衝在前面，第一個踏上那條通道，警佐正要跟上去，突然又停下腳步，雙眼直勾勾的望著地上的腳印。我探頭看了一眼，立刻就明白了他為何吃驚：在平滑的路面上，剛剛走過的那個人的腳印甚是清晰，每個腳印都由鞋釘踩成，腳掌部分呈現出菱形圖案，而腳跟部分則排成一個十字架形狀。

警佐猶豫了片刻，眼神中滿是驚訝，不過快速掃視了我們一眼後，他便跟了上去，似乎是為了避免踩到前面那個人的腳印，他一直沿著小路的邊緣走，出於本能，我和宋戴克也學著他的樣子，緊緊跟在後面。這場悲劇將會發展成怎樣，現在還不得而知，我們內心也十分焦急。靜靜地走了一兩分鐘後，警佐不知該如何是好，而德拉佩先生一直打著自己的算盤，最終警佐忍不住開了口。

「德拉佩先生，你希望我明天再去找你談此事嗎？」

「當然，只要你不介意的話。」對方的回應非常積極。

「既然如此，」警佐察看了一下時間，「由於今晚的公務繁忙，我就不跟你們一起走了，我得盡快回警局。」

他跟我們揮手道完別後，翻過一道台階，過了一會兒，我在樹籬的縫隙間看到他在草地上飛奔的身影，看起來就像一隻野兔。

顯然，德拉佩先生樂於看到警佐離開，他長舒一口氣後，立刻放慢腳步，與我們展開交談。

「你就是傑維斯醫師吧，」他說，「我昨天看到你了，當時你正從庫伯醫師家中出來。要知道，村子裡沒有我不知道的事。」他露出僵硬的笑容，然後說道：「但你前面這位朋友是誰？我並不認識他。」

我把宋戴克介紹給他，眼前這位新朋友在聽到宋戴克的名字時眉頭緊皺，非常疑惑的望著我的夥伴。

「宋戴克，」他重複了一遍，「好熟悉的名字。先生，你是法律界人士

嗎？」

宋戴克點頭承認，而我們這位新朋友再度用好奇的眼神望了他一眼，接著說道：「我想，基於職業習慣，你一定會對這件恐怖的事非常感興趣吧！發現我那不幸朋友的屍體時，你應該也在場吧？」

「沒有，」宋戴克回答道，「我們是在他們準備運走屍體時才到達現場的。」

德拉佩先生接著將話題引到這件謀殺案上，可是並未獲得更多資訊，因為宋戴克的回答十分含糊。很快，我們就走到德拉佩先生住所的附近，所以這場談話轉眼就要結束。

「本打算請兩位進去坐坐，可是今晚實在不太方便，還請見諒。」他說，「你們也知道，我今天心情很差。」

我們表示理解，向他道過晚安後，繼續朝著村子走去。

「我想，警佐一定是跑去申請搜查令了。」我說。

「沒錯，而且他十分擔心，在拿到搜查令之前嫌疑人就跑了。可是事情沒那麼簡單，此案遠比想像中複雜。說實話，我還沒見過比這更奇怪的案子。我對事件的後續發展充滿了興趣。」

「可是你看那位警佐，他可是信心滿滿。」我說。

「他只是根據表象做出的判斷，這也不能怪他，這種做法在一開始是沒錯的。也不要小看他的筆記本，或許裡面記錄的東西遠遠超出了我的想像。我們還是走一步看一步吧！」

進入村子後，我需要先去找藥劑師處理一些公事，他負責庫伯醫師所有藥品的調配工作。我們打算讓宋戴克自己先回住處，可是十分鐘後，當我從藥店裡出來時，他依然在外面等我。不過，他的兩邊腋下分別多了一個小包裹，包裹外面有一層牛皮紙。他原本不想讓我幫忙拿包裹，可是在我的堅持下，他還是同意了。當我接過包裹的那一刻，它的重量瞬間令我感到吃驚。

「你完全可以找輛手推車把它們送回去。」我說。

「說得很對。」他回答道，「不過，我並不想讓人知道我買的這些東西是什麼，以及我住在哪裡。」

我理解他的意思，所以即便再好奇，也一直沒問包裹裡有什麼東西。返回住處後，我幫他將那兩個神秘的包裹送進他的房間。

等我下樓時，一個令人不爽的意外找上門來。到今天為止，我都是一個人在庫伯醫師的圖書室裡安靜地度過這漫漫長夜，可是今晚一切都變了，毫不友善的命運之神強行將我推到屋外，因為一個住在五英里外小村落裡的農夫的手臂脫臼了。為何偏偏在我客人到來的這個晚上冒出這種事，簡直太可惡了！我心裡嘀咕著，宋戴克會不會主動提議陪我去呢？可是他自始至終都沒有提這件事，似乎並不在意我是否在家。

「你不在也沒事，到時候我要做的事情有很多。」他非常愉快地說道。看他態度如此認真，我就當這是種安慰吧！於是，我騎上自行車，走上了那條伸手不見五指的路，心中滿是怨氣。

這一趟來回差不多花了我兩個鐘頭，回到家時，我餓極了，同時渾身燥熱，我看了一下時鐘，已經過了九點三十分了，整個村莊即將進入夢鄉。

「先生，潘尼警佐在等你，他人在診療室裡。」我剛一進門，女傭就對我說。

「潘尼警佐真是太討厭了！」我喊道，「宋戴克博士跟他在一起嗎？」

「沒有，先生，」女孩咧嘴笑道，「宋戴克博士出去了。」

「出去了！」我學著她的口音重複了一遍。

「沒錯，先生，你剛離開他就出去了。他出門時騎著自行車，車上綁了一個有蓋的小籃子，他還帶了個水盆和一把大湯匙，水盆是向廚師借的。」

我滿臉震驚地看著那個女孩。宋戴克的行為確實讓人摸不著頭腦。

「不管了，還是盡快給我準備晚飯吧，」我說，「我先去找警佐聊聊。」

我剛走進診療室，警佐就放下頭盔，起身迎上來，他的態度神秘而莊重。

「先生，目前的情況簡直糟透了，」他說，「我把德拉佩先生抓進了法院，可是我真希望抓的不是他。」

「我覺得他跟你想的一樣。」我說。

「先生，你也瞭解，」警佐繼續說道，「我們和德拉佩先生一起生活了七年，關係非常融洽，大家也都非常喜歡他。不過，我今天來這裡還有別的事：今晚跟你在一起的那位先生，應該就是大名鼎鼎的宋戴克博士吧，我們早就聽說過他的大名。德拉佩先生也知道他是這方面的專家，所以想請他為自己辯護。你覺得宋戴克博士會答應嗎？」

「我覺得沒問題。」我回答道，同時想到宋戴克對此案很感興趣，「我得先等他回來，到時候我會問一下他的意見。」

「先生，真是太感謝你了。」警佐說，「你現在方便嗎？不妨跟我去一趟法院。德拉佩先生現在的情況十分奇怪，不過這也不難理解，因此我希望你能去見他一面。倘若宋戴克博士能一起去，那就再好不過了。先生，說實話，雖然定他的罪能讓我升職，但我並不希望看到他真的犯下了這樣的罪行。」

我和客人一起走出門口，就在這時，一輛自行車出現在我們面前，原來是宋戴克回來了。他下了車，自行車後架上綁著一個從診療室帶出去的方形的有蓋籃子。我立刻上前轉達了警佐的請求，問他是否有接手此案的意願。

「我會考慮替他辯護的事。」他回答道，「不論如何，我都會去跟那個犯人見一面。」

警佐聽完他的答覆後便離開了。那個籃子裡似乎裝著什麼無價之寶，宋戴克在解開繩子時表現得異常小心，隨後，他又將它帶到樓上的寢室裡。過了很長時間，他才走出來，臉上露出歉意的微笑，他意識到自己耽誤了不少時間。

當他坐到餐桌前時，我說：「我以為你在裡面換衣服準備用餐！」

「不，」他回答道，「我在考慮那件謀殺案的事，此案極其特別，案情也相當複雜。」

「我想你應該願意做他的辯護人吧？」

「倘若德拉佩先生肯說實話，我就願意為他辯護。」

這個條件實現起來並不難，當我們到達法院時，嫌犯在一間空辦公室裡準備坦白一切。

「宋戴克博士，眼下這個案子實在恐怖，我非常希望你能為我辯護，我對你充滿信心，你肯定能證明我是無罪的。我保證將所有和我有關的事都毫無保留的說出來。」

「非常好。」宋戴克說，「哦，對了，我發現你的鞋子換了。」

「沒錯，警佐說要用我之前穿的那雙鞋和某些腳印做比對，所以就將它拿走了。要知道，那雙鞋子是我在愛丁堡訂做的，鞋底的釘子排列方式非常特別，在桑德斯村不可能有類似這雙鞋子的鞋印。」

「你只有一雙這種鞋子嗎？」

「對，我沒有別的帶鞋釘的鞋子。」

「這件事非常關鍵，」宋戴克說，「我想你應該有一些與此案相關的事要告訴我們。我說得沒錯吧？」

「沒錯，我必須告訴你一件事，雖然我不願意提及一些往事，那對我來說非常難受。不過，這些秘密一個人知道就好，不用告訴其他人。」

「但願如此，」宋戴克說，「在沒有必要的情況下，我不會向他人洩露你的秘密。你願意向我坦白與此案相關的事，這種做法非常明智。」

在這個即將公開秘密的關鍵時刻，我意識到自己該迴避一下，可是正當我起身離開時，德拉佩卻示意我留下來。

「傑維斯醫師，你沒必要離開，」他說，「要不是你，我也請不到宋戴克博士前來幫忙。我知道，作為一個醫生，保守病人的秘密和個人的意見是你們的職業道德，當然你也能替我守住秘密。首先，我不得不承認，我是一個有前科的人，曾經犯過罪，不過已經被釋放了。」

說到這裡，他滿臉通紅，還偷偷觀察宋戴克的反應，但我的朋友擺出一副無所謂的表情，彷彿雕塑一般。確認自己的話有人聽後，他繼續說道：「我犯過的錯誤，很多人都犯過。我曾經是一個銀行職員，雖然這是一個沒有發展前途的職業，但是我盡力做到最好。不幸的是我交了四個對自己有害的朋友，他們比我大一點，我們五個組成了一個小團體，是一個類似俱樂部的組織。他們每個人都很聰明，也很守規矩，不是大家眼中的那種『小流氓』。不過他們喜歡賭博，而且我很快就被他們傳染了，沒多久我就變成他

們之中賭癮最大的人，從此我沉迷在打牌、撞球、賽馬之中。我那點可憐的薪水都被我輸光了，而且還欠了很多錢，也沒有償還的辦法。沒錯，那四個朋友是我主要的——實際上也是我唯一的——債主。雖然他們是朋友，但欠下的錢還是應該還。

「我這四個朋友的名字分別是里奇、畢德福、赫恩、賈札德，他們的頭腦非常靈活。可是等我明白他們的頭腦靈活到什麼程度的時候，後悔都來不及了。我也有特長，但這不是什麼好事。我可以模仿別人的筆跡和簽名，非常神似，連本人都無法分辨。我的四個朋友經常讓我用這個技能跟別人開玩笑，當然只是在我們這個小圈子裡，因為他們不希望別人知道我有這個技能。

「不用我說，你們應該也能猜到後果是什麼。雖然我欠的錢不多，但總是在累積，最後我發現自己根本沒有能力償還。有一天晚上，我們在賈札德家裡玩橋牌時，他提出一個辦法。當時我輸了，所以我的債務上又增加了一筆。我寫下一張借據遞給賈札德，他一臉沮喪地接過去，放在口袋裡。

「『泰德，』他說，『你可以寫借據，但它不能當成現金使用，你知道我不能拿它還債。』

「『非常抱歉，』我答道，『可是我實在不知道該怎麼辦。』

「『沒關係，』他說，『我可以告訴你。』然後他說出那個辦法，我剛聽到的時候非常生氣，但其他三個人表示贊同，於是我也被說動了，而且真的那樣做了。我利用上司的疏忽，從銀行拿到一些空白支票，在支票上寫了金額很小的錢數——大概兩三鎊——小心地模仿客戶的簽名，賈札德刻了些假章蓋在帳號上。弄好後，我把這些支票交給他，這樣我跟他們之間的債務就兩清了。

「那些支票被送進銀行裡……我不清楚來提領的人是誰。可是我原先在支票上寫的小金額的錢數都被改成了很大的金額。除了一張有問題的支票外，其餘的全部兌現了。那張問題支票上原本的3鎊被改成了39鎊，可帳戶裡沒那麼多錢，因此出納扣留了那張支票，並跟客戶取得聯繫。事情就這樣曝光了，所有偽造的支票都被查出來了。當時，銀行就對我產生了懷疑，詳

細的過程我就不說了，反正我很害怕，向他們坦白了所有的事。

「然後我被起訴，雖然罪名不是很重，但我確實有偽造的行為。我盡量把罪過推到他們身上，結果令人非常失望。雖然警方逮捕了賈札德，但卻因為證據不足把他放了，最後還是由我一個人承擔，我被判有期徒刑七年。

「服刑期間，我有一個叔叔在加拿大去世，他留下一份遺囑，讓我繼承他全部的遺產，所以出獄以後，我變成了有錢人。然後，我改名為阿爾弗萊德·德拉佩，找了桑德利斯這個清淨的地方，過著隱姓埋名的生活，打算就這樣平靜地度過餘生。住在這的七年時間裡，我和鄰居們相處得很愉快，大家都很喜歡我、尊敬我。最重要的是，他們從不過問我以前的經歷。

「從我出獄以後，就再也沒見到過那四個人，也沒和他們聯繫過。我希望他們退出我的生活，不要再來打擾我。可是一個月以前，我又看見他們了，從那天起，我平靜的生活被徹底打亂。他們像魔鬼一樣糾纏著我，讓我日夜不得安寧。」

說到這裡，德拉佩先生停下來，陷入一陣沉思。

「你在哪裡見到他們的？」宋戴克問。

「啊！」德拉佩激動地說，「當時的情況很特殊，讓人忍不住懷疑他們是不是提前做了什麼安排。那天我去伊士維區買東西。十一點左右，我正在一家店裡閒逛，突然看見兩個人在看櫥窗裡的東西，一邊看一邊談論著什麼。他們穿的衣服很貴，但卻有點過時了，看起來像有錢的農夫。因為那天是趕大集的日子，所以街上有很多農夫。可是我覺得他們很眼熟，仔細一看，感覺他們有點像里奇和賈札德，這讓我很不舒服。於是我盯著他們，但這次看又覺得不太像，那個像賈札德的人左眼下面有一顆很大的痣，另外那個人有一邊眼睛上帶著一個單片眼鏡，留著鬍子，鬍子上還打了蠟。可是里奇從來不戴眼鏡，也沒有鬍子。

「就在我胡思亂想的時候，他們抬頭對上我觀察的目光，兩個人看了看我，便離開了。等我買完東西走出來的時候，兩個人已經不見了。

「那晚回車站之前，我來到鎮子外面的河邊散步，看到一艘被拖往下游的遊艇。駕駛室裡坐著一個男人掌舵，前面有三個男人拉著一根長長的電

纜在堤岸上走。我走近看那艘遊艇，船上寫著『水獺號』。這時掌舵的男人轉過身，我被嚇了一跳，他是赫恩！不過他沒有認出我是誰，因為我留了鬍子。我鎮定地往前走，假裝沒有認出他，等我看向另外三個人的時候，發現他們就是我認識的那三個人。可能我看賈札德看得太認真，他突然停下來大聲說：『這不是我們的好兄弟泰德嘛，好久不見，我們可是非常想你啊！』他熱情地跟我打招呼，並且向我伸出手。可是我跟他說，我不想再和他們做朋友，然後頭也不回地離開了。

「回去以後我想了很多，想到我在鎮上看見的那兩個人，他們和我的兩個朋友這麼像，這肯定不是巧合。可是他們和我在河邊見到的賈札德和里奇又不太一樣，賈札德沒有那顆痣，里奇也沒有留鬍子。

「兩天後，我看到當地報紙上登的一則新聞，解開了我所有的疑問。就在我去伊士維區買東西的那天，有三家銀行兌現了好幾張偽造的支票。兌換支票的是三個男人，穿著打扮很像有錢的農夫，有一個人左邊臉上有一顆痣，另一個人戴著單片眼鏡，留著上了蠟的鬍子，我沒有見過第三個人。單張假支票的金額雖然不多，幾張加在一起總共400鎊。那幾張支票用照相的方式做成，雖然浮水印不夠好，但也足夠以假亂真。而且那些犯罪份子都很小心謹慎，花了很多心思來確保自己的安全，警方沒有任何線索可以查出他們的身分。

「第二天，我走到馬斯頓港，看到停在港口的『水獺號』，我不想看見那四個人，就轉身離開了。一分鐘後，我碰見回船的賈札德和里奇。賈札德驚訝地和我打招呼：『泰德，你小子還敢在這裡混啊，你也太不小心了，我勸你還是趕緊跑吧！』

「『你什麼意思？』我問道。

「『我們看了報紙，知道你在伊士維區做了什麼事，可是你也太笨了吧，居然還在這裡混，你小心點，別被警察抓住。』

「聽到這話，我愣在那裡。就在這個時候，當地的一個店主經過那裡，我在他那兒訂了家用織品，他停下來向我行禮。

「『德拉佩先生，如果你方便的話，我明天早上把貨送到桑德斯利。』

「我同意了。那個店主走了以後，賈札德臉上露出陰險的笑容。

「『你現在住在桑德斯利，還改名叫德拉佩？』他說，『我們會在這裡待一段時間，希望你可以來看望老朋友。』

「那天晚上赫恩來到我家，他是代表那群人來請我為他們偽造支票簽名的。當時，我直接拒絕他，赫恩說如果我不跟他們合作，就要我好看。你們肯定會說，我當時就應該直接把他趕走或者報警叫警察把他們抓走，可是我這個人膽子很小，而且我很怕賈札德，在我眼裡，他就是個魔鬼。

「結果赫恩在桑德斯利住了下來，我盡量避開他，但他總是不斷地來騷擾我。我聽說本地有個船員去那艘遊艇上幫忙了，看來他們真的打算在這裡停留一段時間。我經常看見那幫人，他們到處跟人說是我拿著假支票去鎮上兌現的。有一天我經不住哄騙，跟著他們上了那艘遊艇，說好只待幾分鐘，結果他們在我上船以後就解開了纜繩，等我吵著要上岸的時候，才發現船已經離開港口。剛開始我很生氣，可是那三個混蛋卻很開心，他們覺得能逼著我和他們出去玩是一件值得高興的事。我漸漸冷靜下來。當時我穿著帶釘子的鞋，為了防止在船上打滑，我換上了一雙膠底鞋。我還幫他們一起駕船，當時真的感覺很開心。

「當我發現跟他們的關係變好的時候，對他們的恐懼也在增加。有一次，我提到在伊士維區那家店的櫥窗裡看見的事，他們開著玩笑把這件事混過去了。當時我感覺很不舒服，他們似乎對這件事有所顧慮，從那以後更加努力地遊說我幫他們仿造簽名。赫恩每天都來找我，來的時候帶著文件和簽名，極力說服我幫他們。

「前幾天，赫恩和我說了一件讓人震驚的事。當時我們正在花園裡散步，他又開始勸說我加入他們，毫無疑問，我又拒絕了他。等走到花園盡頭的時候，他就在那道紫杉樹籬前的椅子上坐下來。沉默了一會兒，他說：

「『你確定不加入我們嗎？』

「『我確定，』我說，『我現在過得很好，有錢有地位，為什麼要和一群壞蛋混。』

「『說得對，』他贊同地說，『如果你真那樣做了，就是個笨蛋。可是

你知道這次伊士維區的案子，也知道我們的其他事情，之前還出賣過我們。既然賈札德找到了你，就一定不會放過你。你知道的太多了，除非我們手裡攥著你的把柄，只要你乾乾淨淨的，對我們就是一種威脅。你知道的，賈札德是一個魔鬼，他什麼事都做得出來。』

「『我知道。』我沮喪地說。

「『非常好。』赫恩說，『我有個計畫，只要你答應給我一筆錢——這筆錢很小，對你來說很容易——或者一次支付我一大筆錢，我可以幫你擺脫賈札德那幫人的騷擾。』

「『你打算怎麼做？』我問。

「『非常簡單，我已經厭倦了這種提心吊膽的生活，我打算擺脫他們，放下我的過去。同時，幫你擺脫他們的糾纏，但是在那之前，我要安排好將來的生活。』

「『你的意思是，你要做汙點證人？』

「『對，只要你答應每年給我200鎊，或在他們被定罪的時候一次性給我2000鎊。』

「聽完他的話，我感到非常驚訝，坐在那裡思考著這件事。突然，樹籬外傳來打噴嚏的聲音，打斷了我們的沉思。

「我們兩個嚇了一跳，趕緊從座位上站起來。聽到小路上響起一陣腳步聲後，我們打開花園的門，從側巷追過去，可是等我們追到那條小路上，人早就跑沒影了。我們在附近找了一圈，沒有任何發現。赫恩非常激動，他的臉色蒼白，我也因此感到不安。

「『真糟糕！』赫恩說。

「『沒錯，』我說，『可是說不定是個喜歡多管閒事的人。』

「『我可不這麼想，不過我們也是瘋了，居然坐在樹籬邊談這種事。』

「後來他就沒再說話，只是陪著我在花園裡走了一會兒，等他離開的時候讓我好好考慮那個提議。

「從那之後我就沒見過赫恩，直到昨天晚上我才見到他。早上畢德福來找我，邀請我和他們一起吃晚飯。剛開始我沒同意，因為我的女管家要去

伊士維區看望她的妹妹，晚上還要在那邊過夜，家裡沒人，所以我想待在家裡。可是他說可以讓我早點回來，於是我就答應了。昨天遊艇開到了浮標附近，等我到碼頭的時候，赫恩和畢德福在小船上等我。我們坐著小船上了遊艇，在上面度過了一個愉快的夜晚。十點的時候，畢德福把我送到岸上，赫恩本來想陪我回來，可是其他人說有些生意上的事要和他談，於是就把他留下來了。我上岸後直接走回家，收拾完就上床睡覺了。」

「你回家的時候，是走哪條路？」宋戴克問。

「穿過鎮上的那條大馬路。」

「這就是你知道的所有事嗎？」

「對，我把過去的事都告訴你，希望你不要跟任何人提起。」

「放心，我不會告訴任何人，除非遇到特殊的情況。不過，你必須讓我放開手腳做我認為應該做的事，因為你算是把命交給我了。」

說完，他收起筆記本離開了那裡。

「傑維斯，他過去的經歷很特別。」宋戴克說。和警佐道了一聲晚安，我們走到外面的路上，這時天已經黑了。

「你有什麼看法？」

「我不知道，可是所有事都對德拉佩不利。他承認自己做過違法的事，也承認那個叫赫恩的人一直騷擾他，還跟他要錢。他說賈札德是主犯，可是又沒有實質的證據。赫恩是最主動的人，還住在他家附近，實際上他可能是『無法預料的因素①』。」

宋戴克點點頭。「沒錯，要是控方知道了這件事，肯定會說這句話。唉？這是什麼？要下雨了。」

「沒錯，還會颱風。估計我們會遇上秋天的暴風雨。」

「這件事可能會成為這件案子的重要因素。」

「天氣怎麼會影響案子？」我有些驚訝。可是突然下起大雨，我的同伴

---

1. 原文為拉丁文——譯注

急忙跑了起來，沒有理會我的問題。

　　下了一夜的暴雨，第二天早上天氣晴朗。保羅斯醫生要去臨時停屍間替死者驗屍，宋戴克跟法官說他要代表被告調查這件案子，法官允許他參與解剖。保羅斯醫生來找宋戴克一同前往停屍間，但是我沒有跟過去，因為我沒有得到法官的允許，保羅斯醫生也沒有邀請我。他們回來的時候，我正好在家，保羅斯醫生好像有點生氣。

　　他用受傷的語氣說：「你的朋友真是個麻煩的人，真受不了和他一起工作。」

　　宋戴克得意地看著他，臉上帶著意味深長的笑容。

　　保羅斯醫生生氣地說：「發現死者的時候，他身上的大動脈被切斷了，很明顯是他殺。可是宋戴克醫生還是堅持給那個屍體稱體重，仔細檢查身上的每個器官，包括肺、肝、胃，居然還要檢查腦部，就好像不知道死者的死因。最重要的是，他還把胃裡的東西裝進一個瓶子裡，我們封好後，由專差交給柯普南教授進行分析。我以為他會要求檢查結核菌，結果他沒有。這可真是他的疏忽，說不定這傢伙就是因為肺病死的。」

　　宋戴克笑了笑，我說這件事確實有點過分。

　　「這一點也不過分，」宋戴克笑著說，「你應該理解我們做的是什麼工作。我們既是醫學專家，也是法律代表，透過科學手段來明確死因是我們的責任。表面上看德拉佩是殺人凶手，但這只是假設性推理，沒有任何證據，可以不必在意。我們的工作不是證明這種由外在情況推斷出來的結論，而是確定是不是只有這一種解釋。不管外表看起來多明顯，我都不會輕易相信，這是我一直以來的做法。」

　　宋戴克說完後，保羅斯醫生冷哼一聲，準備繼續說下去，可是他的雙輪小馬車到了，於是他坐上馬車離開了。

　　調查庭沒有傳喚宋戴克出庭作證，因為保羅斯和警佐在屍體被發現後立刻趕到現場，在庭上看來，宋戴克的證詞可有可無，更何況他還是被告的代表，所以我們只能坐在旁聽席。不過，這並沒有打消他的積極性，在整個庭審的過程中，他把所有人的證詞和法官的意見都記在了本子上。

開庭的過程我就不詳細說了。察看屍體的陪審團成員陸續走進法庭，他們臉色蒼白地坐到座位上，不時地看看被告席上的德拉佩。德拉佩面向法官站著，兩個身材壯碩的警員把他夾在中間。

首先由醫生陳述證詞。保羅斯醫生宣誓以後，開始描述肺和肝的情況，語氣中透著無奈。

法官打斷他：「這些話與本案有關嗎？我的意思是，調查庭需要知道這些資訊嗎？」

「我覺得不需要。我個人認為這些都是沒用的資訊，可是宋戴克博士認為有必要提到這些。」

「你最好說些有用的證詞，陪審團只想知道死因，不想知道這些病理知識。」

保羅斯醫生說：「死因是胸口的刺傷。從傷口的情況來看，凶器是一把大刀，大刀從靠近左側胸部的第二根肋骨和第三根肋骨之間刺入，直達左肺，切開部分主動脈和肺動脈，這也是人體最主要的兩條大動脈。」

「這個傷口可以致死嗎？」

「可以，大動脈受傷，人會立刻死亡。」

「傷口有沒有可能是死者自己造成的？」

「有可能。不過死者在受傷後立刻就死了，如果是自殺，刀應該留在身體裡或握在手裡，或者在屍體附近。可是作案工具到現在也沒找到，所以推斷是他殺。」

「你看過移動之前的屍體嗎？」

「看過，死者雙臂張開，兩腿幾乎伸直躺在地上，屍體周圍的沙灘上全是腳印，死者生前應該經歷過一場激烈的打鬥。」

「沙灘上的腳印有沒有什麼特殊的地方？」

「有，沙灘上有兩個人的腳印，其中一組可以看到很明顯的圓形橡皮跟，由此判斷這是死者的腳印。另外一人——是一個男人——的鞋或者靴子上釘著鞋釘，在沙灘上留下特別的花樣，腳掌部分是菱形，或者說是鑽石的形狀，腳跟是十字架形的。」

「你有沒有見過這樣的鞋或靴子？」

「見過，我見過那雙鞋的鞋釘就是這種花樣，據說是被告的鞋。」

「你覺得沙灘上的腳印是這雙鞋留下的嗎？」

「不，不能這樣說，只能說兩雙鞋的鞋釘花樣相似。」

保羅斯醫生的證詞到這裡就結束了，宋戴克專注地聽完，臉上看不出任何表情。被告站在那裡認真地聽著，但他看起來非常激動，連他身邊的警員都要求庭上准許他坐在椅子上。

接下來出庭作證的人是亞瑟·賈札德。他說他看過屍體，確認死者是查理斯·赫恩，還說雖然他和死者認識很多年，但並不瞭解他的事，死者死的時候暫時住在村子裡。

「他為什麼離開遊艇？你們吵架了嗎？」法官問道。

「沒有，他只是想去陸地上感受一下，因為在船上待膩了。我們是好朋友，他說過會在我們開船的時候回來。」

「你最後一次見到他是什麼時候？」

「上星期一，也就是屍體被發現的前一個晚上。他在遊艇上吃的晚飯，到了半夜的時候，我們划著小船把他送上岸，中途他看見潮水已經退了，準備沿著沙灘走回家。他從崗亭旁邊的石階梯往上走到頂端，然後轉身向我們揮揮手，那就是我最後一次見到他。」

「你知道死者和被告的關係嗎？」

「知道得不多。一個月前，死者把德拉佩先生介紹給我們，他們的關係看起來很親密，應該認識很久了。我沒發現他們之間有什麼衝突。」

「發生凶殺案的那天晚上，被告是什麼時候離開遊艇的？」

「十點左右，他說女管家不在，家裡沒有人，他想早點回去。」

這就是賈札德的證詞，里奇和畢德福為他作證。在那個發現屍體的漁夫離開證人席後，法官傳喚了警佐。警佐手裡拿了個手提包走上來，他的表情看起來很僵硬，好像他不是證人而是被告。他說了發現屍體的時間和地點，也詳細描述了屍體的情況。

「你有沒有聽到保羅斯醫生對腳印的描述？」法官問。

「有，在那裡發現兩組腳印。一組是死者的，從馬斯頓港方向進入聖布里奇灣。死者順著岸邊的滿潮線走過來，可以看出他有時踩在滿潮線上，有時踩在滿潮線下，不過滿潮線下的腳印早就被海水淹沒了。」

「死者的腳印你查了多遠？」

「走到桑德斯利峽口三分之二的地方，腳印在滿潮線下方消失了。那天黃昏的時候，我沿著峽口走到馬斯頓港，沒有找到任何關於死者的線索。在進入聖布里奇灣的時候開始出現另一個人的腳印，這段海岸有好幾個地方的腳印十分凌亂，好像發生過激烈的打鬥。那組新的腳印是從牧羊人小道上下來的，之後又從那條路上回去了。可是當時的天氣乾燥，地面非常硬，小道上只留下一小段腳印，我沒辦法繼續追蹤。」

「你能不能描述一下這組新出現的腳印？」法官問道。

「這組腳印很特別。」警佐答道，「那雙鞋子上釘了很多平頭釘，腳掌是菱形的，腳跟是十字架的形狀。當時我小心地量了量那些腳印，並且把它們畫了下來。」說完，他拿出一個破舊的長方形筆記本，翻開做了記號的那頁交給法官。法官看完以後交給陪審團，陪審團看完後交給了宋戴克，我坐在他身後看著那幅圖，兩個腳印的主要尺寸標註得非常清楚。

宋戴克認真地看著那幅圖，簡單記了一些東西，然後把筆記本交給法官，由法官還給了警佐。

「警佐，你知道這些腳印是誰留下的嗎？」法官問道。

警佐沒有說話，打開那個手提包，從裡面拿出一雙做工精緻、堅固的鞋放在桌子上。

「這是被告的，我逮捕他的時候，他腳上就穿著這雙鞋。這雙鞋的鞋印和現場留下的腳印尺寸很相似，就連釘子的花樣都十分相似。」

「你敢發誓現場的腳印就是這雙鞋留下來的嗎？」

「不敢，我只能說尺寸和花樣相似。」

「畫腳印之前，你有沒有見過這雙鞋？」

「沒見過。」警佐回答。然後，他說在池塘邊的軟土上看見一個腳印，所以決定逮捕嫌疑犯。

法官默默地看著那雙鞋，又看了看那張圖，然後把鞋交給陪審團主席。

「各位，我不能直接告訴你們這雙鞋與保羅斯醫生和警佐說的鞋印是否相符，也不能告訴你們跟警佐畫出來的鞋印是否相同。剛才這位警佐說，這張圖是他在沒有見到這雙鞋的前提下當場畫出來的，所以這件事的決定權在你們手中。另外，我們還需要考慮一個問題。」他轉向警佐，「你有沒有問過被告，那天晚上都去過哪兒？」

「有，那天晚上被告的女管家去了伊士維區，他一個人在家。有兩個人在十點左右，看見他往桑德斯利方向走了。」

警佐的證詞說完了，隨後又傳喚了兩個證人，沒有問出什麼新的線索。然後，法官把所有線索簡單複述一次，請陪審團說出他們的判決。

法庭上很安靜，只有陪審團成員在一起小聲討論的聲音。旁聽者好奇地看著聚在一起的陪審團成員和坐在椅子上的被告。我看見德拉佩弓著背坐在椅子上，兩隻手顫抖著，蒼白的臉好像旁邊停屍間裡屍體的臉。他的頭髮被汗水打濕，雙腳不安地抖動著，渾身散發著悲傷的氣息，就算他真的是個壞人，我也忍不住想同情他。

陪審團考慮判決的時間很短，五分鐘後，主席說他們有了結論。法官詢問過後，主席站起來說：

「我們認為被告阿爾弗萊德·德拉佩用刀殺死了死者。」

「這就是認定被告犯了謀殺罪。」法官說完，在本子上記錄下來。庭審結束，旁聽者不情願地走出去，陪審團成員站起來伸了伸懶腰。在警佐的指揮下，那兩名警員把快要暈倒的德拉佩押進一輛密封的馬車裡。

「我覺得辯方的行為真的很糟糕。」往回走的時候，我生氣地說。

宋戴克笑著說：「你不會以為我把關鍵線索展示給了法官和陪審團吧？」

「作為被告的代表，我以為你會站出來說幾句。可是現在這種情況，控方一定很得意。」

「有什麼關係？驗屍調查庭的判決結果對我們有什麼影響嗎？」

「為了面子也要說兩句吧！」

「親愛的傑維斯，你好像不理解貝克斯菲爾德爵士稱為『手段高明的無為策略』的道理，但那是醫學訓練中讓學生印象最深的課程之一。」

「也許你說得沒錯，可是你採用這個手段高明的策略以後，你的當事人卻被判了謀殺罪。更重要的是，我根本看不出陪審團成員還有做出其他判決的可能。」

「說實話，我也沒看出來。」宋戴克說。

我寫了一封信給請我來這裡的庫伯醫生，告訴他村子裡發生了什麼事。他給我的回信裡說，宋戴克可以隨便佔用他的地方、使用他的設備。於是，我的同事選擇了一個沒人使用、光線好的閣樓，說要把他帶來的東西都搬上去。因為他的「所有東西」中包括女傭看見的、裝在籃子裡的神秘東西，也因為我想打探一些消息，所以我故意在樓梯附近打轉，想看看他往閣樓上搬的東西有些什麼。

但是宋戴克比我厲害。當時，村子裡有個私生子突然發病，我心不甘情不願地跑過去醫治。等我回到家時，宋戴克已經搬完東西，而且鎖上閣樓的門。

理查·奧斯丁·傅里曼

「上面真寬敞！」他把鑰匙收進口袋裡，走下樓梯。

「沒錯。」我說。然後我厚著臉皮問，「你準備在上面做什麼？」

「做辯護的準備。」他說，「我已經知道控方掌握的所有線索，可以順勢出擊了。」

這句話說得真有水準。不過我還是安慰自己，再過幾天就可以知道他到底在做什麼了。巡迴裁判的開庭期馬上就要到了，他們希望盡快把案子交給治安法庭審核，以便及時成案交給巡迴法庭審理。在治安法官起訴前，德拉佩已經被收押在監，調查庭結束的第五天由地方治安法官開庭審理。

在這五天的時間裡，發生了很多令我好奇的事情。先是從刑事局來了個警探，由那個警佐陪著在附近巡查。接著是負責起訴的檢察官巴什菲爾德先生住進了「貓和山雞旅館」。讓我感到最驚訝的是，有一天晚上，宋戴克的實驗助手波頓帶著大箱子和水手用的吊床來到這裡，說要住進閣樓。

最讓人摸不透的是宋戴克的行動，他有時穿著類似睡衣的衣服，站在閣

樓的窗口；有時拿著一張底片迎著光觀察；有時整理洗印相片的器材。有一次，我看見他拿了一把小刷子和一個大陶罐，當時我非常失望，轉身準備離開的時候，差點和那個警探撞到一起。

「聽說宋戴克博士住在這裡？」警探問，同時望向窗口有意無意出現的背影。

「沒錯，他暫時住在那兒。」

「他應該就在那裡搞那些東西吧！」

「他在那裡做實驗。」

「我就是這個意思。」這個時候，宋戴克打開窗戶，警探就上樓了。

「醫生，我能不能和你談談？」警探走到閣樓門口，對著裡面的人說。

「可以，」宋戴克痛快地說，「給我五分鐘。你可以到樓下和傑維斯醫生一起等著。」

那個警官開心地走下來，不知道我是不是聽錯了，我覺得那個警探小聲地說了一句：「可以了！」五分鐘後，宋戴克下樓和那個警官走進了矮樹叢。我也不清楚那個警官是不是真的有什麼事，不過這件事讓我明白了波頓過來的時候為什麼拿著水手吊床。波頓來到這邊以後，發生了很大的改變，他把身上像教士的衣服換成了海員的衣服，每天早上都會到馬斯頓港，靠在港口的一根柱子上，或是站在海邊的小酒店外面跟人家聊天。

在開庭的頭一天下午，我們家來了兩個訪客。有一個人戴著眼鏡，頭髮是灰色的，叫柯普南。雖然我不認識他，但覺得這個名字很耳熟，只是一時之間想不起來在哪裡聽過。另一位是經常與宋戴克在法庭上合作的律師艾里斯。這兩個人剛來就上了閣樓，除了中午吃飯的時間，我們幾乎沒怎麼碰面。他們一直待在閣樓裡，應該忙到了深夜。宋戴克再三向我強調，不要和任何人說起這兩個人，同時因為這件事需要瞞著我而向我道歉。

「傑維斯，你是一個醫生，應該瞭解業務機密。」最後他說，「我們知道控方所有的情況，但他們連我們的辯護方向都不知道，對於我們來說，這是多麼有利的條件。」

我向他保證絕對不會跟任何人提起這件事，同時也能理解他的做法，聽

到我這麼說，他就放心地回到閣樓裡。

第二天我很早就來到了庭審現場，其中的細節就不再描述，控方的證詞還是在調查庭聽到的那些。我要說說巴什菲爾德先生的開場白，這些話匯總了控方對被告的指控。

「庭上現在審理的這件案子，是嫌犯阿爾弗萊德‧德拉佩謀殺案。根據已經掌握的線索，過程簡述如下：九月二十七日，也就是星期一那天晚上，死者查理斯‧赫恩與朋友們在遊艇『水獺號』上吃晚飯，半夜的時候朋友們把他送到岸上，他沿著海灘走向桑德斯利村。在進入聖布里奇灣的時候，從牧羊人小道上下來一個男人，兩個人見面以後，發生一場激烈的打鬥，死者被刺倒在地，當場身亡。透過死者身上的傷口判斷，對方經過精心的計算和安排。

「現在最重要的問題是，凶手的殺人動機是什麼？死者身上的錢財沒有丟失，所以排除了搶劫殺人的可能。從現場遺留的痕跡判斷，這種爭吵和打鬥也不是偶然發生的，因此我們得出的結論是個人恩怨。凶手的殺人動機是兩個人產生了利益衝突，或者凶手為了報復死者。從殺人的時間、地點和行為來判斷，這樣的結論更合理。

「關於殺人動機就談到這裡。接下來的問題是，誰才是真正的凶手？我們藉由一個非常戲劇化的情況得到了答案，這個情況說明凶手在某些方面的表現很粗心。凶手穿的鞋很特別，在沙灘上留下非常明顯的腳印。潘尼警佐到現場的時候發現這些腳印，他是一位非常認真的警官，稍後大家會聽到他的證詞。潘尼警佐不僅認真檢了腳印，還在本子上畫了下來。各位，不是憑著記憶，而是當場比對實物畫下來的，而且他還量了腳印的尺寸並記錄下來。根據這幅圖和量好的尺寸，確認這雙鞋與現場發現的腳印十分相似。我把這雙鞋放在這裡，方便大家檢視。

「這雙鞋的主人到底是誰呢？剛才說到殺人動機是個人恩怨。各位請注意，這雙鞋的主人是被告阿爾弗萊德‧德拉佩，可以說他是整個區域唯一會對死者下手的人，因為他是這附近唯一認識死者的人。

「在開調查庭的時候，有人證明死者和被告是非常好的朋友。據瞭解，

死者和被告之間的關係並沒有看起來那麼好。被告的管家說，死者是個令人討厭的訪客，被告一直在躲避死者。死者來拜訪的時候，被告明明閒在家裡，卻拒絕見他。

「還有最後一個問題，我就結束了。謀殺案發生的那天晚上，被告在哪裡？他說在離案發現場不到半英里的房子裡。當時有人可以證明他在房子裡嗎？有人可以證明他離家和回家的時間嗎？沒有，那天晚上，家裡只有他一個人，這未免也太巧了吧！沒人可以證明他到底是睡著了，還是偷偷跑出去了。

「以上就是關於這件案子的所有線索，我相信這些就是事實，同時所有的證據都顯示，阿爾弗雷德·德拉佩是殺害查理斯·赫恩的凶手。」

說完這段開場白以後，法官就開始傳喚控方的證人。控方呈上來的物證與調查庭上出現過的相同。控方新找來的證人是德拉佩的女管家，她的證詞與巴什菲爾德先生說的相同。大家很認真地聽警方關於腳印的證詞。這段證詞結束後，主審法官——曾經在刑事訴訟案件中很有威望的退休律師——問了那個警探一個問題。這個問題讓我想到宋戴克在下大雨的那天晚上說過的那句話，不得不說他對事情的發展很有預見性。

「你有沒有拿著這雙鞋和沙灘上的腳印進行比對？」主審法官問道。

「我在晚上找到這雙鞋，」警佐答道，「準備第二天早上拿著鞋到海灘上進行比對，可是前天晚上下了一夜的暴雨，腳印被沖掉了。」

警佐離開證人席，巴什菲爾德先生說控方的舉證到此為止，他回到座位上，轉過頭看著宋戴克和艾里斯。

艾里斯站起來，做了一個簡短的開場白。

「控方檢察官用現有的證據得出一個結論：被告是殺害死者的凶手。這個結論可能是正確的，也可能是錯誤的。我現在要向庭上提出新的證據，這些證據都有其獨特性，並且都是事實。透過這些證據，可以得到一個完全不同的結論。我不再多說什麼，現在就可以傳喚證人，讓事實說話。」

宋戴克是辯方的第一個證人。他來到證人席，波頓提著一個大箱子坐在後面。宣誓以後，他向庭上說明怎麼接觸到這個案子，然後直接陳述證詞：

「九月二十七日下午四點半左右，我和傑維斯醫生來到桑德斯利峽口，我們注意到沙灘上有一些腳印，這些腳印的主人從小船上了岸，走上峽口後又下來，而且腳印顯示他又回到了船上。

「當時，潘尼警佐和保羅斯醫生還有帶著擔架的兩個警員，從峽口走了過來，我們跟在後面，沿著海邊走過去，看到了另一組腳印，也就是警佐說過的死者的腳印。我們認真檢查過那些腳印，猜測什麼樣的人會留下這些腳印。」

「這些腳印符合死者的特徵嗎？」主審法官問。

「完全不符合。」宋戴克說，聽到這樣的回答，治安官、警探和巴什菲爾德先生都笑了。

「來到聖布里奇灣，我看見死者躺在離懸崖不遠的地方，周圍布滿了腳印，這裡應該發生過激烈的打鬥。現場有兩組腳印，一組是死者留下的。另一組腳印很特別，這個人穿著特殊鞋釘花樣的鞋。我認為穿成這樣來殺人是一件非常愚蠢的事，所以我更加認真地察看那些腳印。接著我發現，現場根本沒有發生打鬥，實際上兩組鞋印也不是同一時間留下的。」

「不是同一個時間！」主審法官大吃一驚。

「沒錯，留下腳印的時間相差幾個小時，也可能是幾秒鐘，但兩組腳印肯定不是同時留下的。」

「你怎麼判斷出來的？」

「很明顯，一看就知道了。雖然兩組腳印在同一個地方，但死者一直沒有踩到另一個人的腳印，他的腳印全部踩在自己的腳印上。但那些釘了鞋釘的腳印不僅踩在自己的腳印上，同時也踩在了死者的腳印上。重點在於，我發現屍體下面的腳印沒有特殊花紋，全是死者的。所以應該是先有了死者的腳印，再有了釘了鞋釘的腳印。」

宋戴克停下來，主審法官摸著鼻子沉思，警探皺著眉頭望向證人席。

宋戴克繼續說：「因為這個特別的發現，我更加仔細地察看那些腳印，然後又有了新的發現。那雙釘了鞋釘的鞋從牧羊人小道上留下兩行腳印，經過認真檢查後，我驚訝地發現這兩行腳印是人在倒著走的時候留下來的。也

就是說，他從屍體旁邊倒退到牧羊人小道上，然後又從牧羊人小道上倒退著走回來，所以腳印到牧羊人小道上面一點就完全消失了。而且我發現沙灘上有很多細小的痕跡，有一些是繩頭上掉下來的，有一些應該是上面的懸崖上掉下來的。於是，我認真觀察懸崖表面，發現在離地面1.5公尺遠的地方有一處新印痕，旁邊有一處痕跡像是釘了釘子的鞋跟造成的。我爬到牧羊人小道上觀察懸崖，懸崖邊上有一處像是繩子拉緊時留下的印子。我躺下來，看見離頂部大約1.5公尺遠的地方有很清楚的刮痕。」

「你的意思是這個人是被吊上懸崖的嗎？」

「看樣子確實是。」

主審法官挑了挑眉毛，撇著嘴看了看兩位陪審的法官，然後帶著無奈的表情點了點頭。

「那天晚上，我帶著熟石膏，騎車從峽口來到海邊，把那些腳印做成模子。」聽到這話，所有的法官、警探，還有巴什菲爾德先生坐直了身體，潘尼警佐小聲地罵了一句。我突然明白宋戴克來的那天晚上拿的水泥盆和大湯匙是做什麼用的了。「液態的石膏會破壞這些腳印，使它們變形或者消失不見，所以我在腳印裡倒上石膏粉，輕輕地壓過後，往裡面倒上水，這樣做出來的模子很清楚，腳印上的所有特徵都會顯示出來。最後我用模子把腳印翻出來。」

「我先做的是從船上到峽口的腳印模子，我稍後再細說。接下來我把那個所謂的死者的腳印做成了模子。」

「什麼叫所謂的死者的腳印！」主審法官大聲說，「那裡只有死者一個人，腳印當然是死者的，難不成他是飛到那裡去的嗎？」

「那我就說它們是死者的腳印吧！」宋戴克坦然答道，「我做了一個腳印模子，並在這個範本上留下自己的腳印。這就是那個範本，上面是翻模出來的腳印。」他轉身從波頓手裡接過範本，「仔細看這些腳印，就可以發現問題。死者的身高是175公分，體重60公斤，很瘦，很輕。我替死者秤過體重，確認就是這個數值。我的身高是178公分，體重是70公斤。透過比對，發現死者的腳印比我的腳印深兩倍，也就是說體重輕的人反而比重的人留下

的腳印深。」

主審法官和陪審法官都認真地聽著宋戴克的陳述，兩個腳印放在他們面前，親眼見到的證據更有說服力。

「這個發現很特別，你可以解釋一下為什麼會這樣嗎？」主審法官問道。

「我可以解釋，但是我希望先把所有的事實說完。」

「沒問題，請繼續。」

「這些腳印前後腳的距離——就是步伐的大小——也很特別。我測量了一下兩個腳跟之間的距離，只有50公分。可是身高在178公分的人的步伐應該是91公分，要是他走路很快，步伐還會更大。以現場的步伐來看，他的雙腳好像被綁起來走路一樣。

「隨後我來到聖布里奇灣，做了兩個釘了鞋釘的腳印的模子，這就是翻模做出來的腳印，可以很明顯地看出這個人是倒退著走路的。」

主審法官問：「怎麼看出來的？」

「有好幾處非常明顯的證據。正常走路的時候腳尖會向前踢，腳後跟有痕跡顯示抬腳的方向，還有腳掌也會有很清楚的印痕。」

「剛才你一直提到模子和翻模，兩者有什麼區別？」

「模子是直接在實物上做出來的，所以凹凸的地方和實物相反，翻模做出來跟實物一樣。比如我把硬幣放在液態石膏上，凝固之後取下硬幣，上面就有一個硬幣的模子。如果這時我把融化的蠟倒進模子裡，就可以得到一個翻模，翻模和那個硬幣一模一樣。腳踩在沙灘上留下的腳印就是模子，腳印的模子是腳的複製品，所以從模子裡翻出來的就是腳印。」

「謝謝你，」主審法官說，「也就是說，你做出來的兩個模子跟凶手的鞋一樣，可以作為證據進行比對？」

「沒錯，進行比對之後，有一個重要的發現。」

「什麼重要發現？」

「腳印不是被告的。」法庭裡傳來陣陣唏噓的聲音，宋戴克沒有受到影響繼續說，「我手上沒有被告的鞋，所以就去了巴克塘，被告在塘邊的泥巴

裡留下腳印，我用那裡的腳印做成模子，與海灘的腳印模子進行比對，發現幾個不同的地方。我把兩個不同的腳印模子翻拍在相同大小的膠片上，這樣方便比對。我們把凶手右腳的照片放在被告右腳的照片上，對著有光線的地方，可以看見兩者不能完全重合。雖然鞋子的大小一樣，但形狀卻不相同，而且兩張照片裡鞋釘的位置也不能重合。最關鍵的是——這件事根本無法反駁——鞋釘的數量不一樣。被告右腳上的鞋釘是四十顆，凶手右腳上的釘子是四十一顆。很明顯，凶手右腳的鞋上多了一顆釘子。」

法庭內非常安靜，幾位法官和巴什菲爾德先生認真察看著宋戴克製作的模子和被告的鞋，然後舉起照片對著光看那兩張照片。

主審法官急切地問：「這就是所有的證據嗎？你還有其他要說的嗎？」

「庭上，還有其他證據。」艾里斯答道，「證人檢查過屍體。」他轉過身，問宋戴克：「驗屍的時候你在現場嗎？」

「在。」

「你認為死者是怎麼死的？」

「我認為死因是死者食用了過量的嗎啡。」

聽完這話，在場的所有人都感到非常吃驚。

主審法官生氣地說：「死者身上不是有一處致命刀傷嗎？不是說那才是死因嗎？」

「死者身上確實有刀傷，」宋戴克答道，「可是那個刀傷是在死者死後15到20分鐘內造成的。」

「真叫人難以接受！」法官叫道，「可是你為什麼得出這樣的結論？」

「原因有幾點。首先，人活著的時候皮膚會收縮，受傷的地方會裂開一個很大的口子，死人則不會，因為死人的皮膚不會收縮。死者的傷口只是微微張開，說明傷口是在人死後不久造成的，我推測不超過半個小時。還有，人在活著的時候被刺傷，傷口會流很多血，衣服上也會沾上。可是死者傷口裡只有一點血塊，衣服上幾乎沒什麼血，附近的沙灘上也沒發現血。」

「你覺得這些證據沒有反駁的餘地？」法官疑惑地說。

「沒錯，不過我還有其他確切的證據。凶器切開了人身上兩條最主要

的動脈：大動脈和肺動脈。這些大血管在人活著的時候充滿血液，而人死了以後，血管就空了。如果死者是在活著的時候被刀刺穿了動脈，動脈所在的體腔內就會充滿血液，可是死者的體腔內只有從靜脈中滲透出來的少量血，由此判斷刀傷是死者死後造成的。我藉由檢查某些分泌物得知死者中了什麼毒，而且可以判定毒量很大。我把死者胃裡的東西送到了柯普南教授那裡做化驗。」

「化驗結果出來了嗎？」法官問艾里斯。

「庭上，教授也在現場，正準備宣誓作證。」艾里斯答道，「他從死者胃裡提取了還沒來得及吸收的嗎啡，大約0.06g這點量就可以殺死一個人，由此可見死者吸食嗎啡的量有多大。」

「謝謝你，」主審法官說，「宋戴克博士，你已經把所有證據都呈現出來了，現在可以告訴我們你的結論了嗎？」

「根據這些證據可以得出以下結論：死者在九月二十七日半夜被嗎啡毒死，我不知道他是自己服用的還是被人灌服的。他的屍體被人用小船運到桑德斯利峽口。小船上應該有三個人，到了桑德斯利峽口，一個人守在船上，一個人上了峽口，沿著懸崖走向聖布里奇灣，還有一個人穿上死者的鞋，背著死者的屍體從海岸走到聖布里奇灣，這就是為什麼那裡的腳印深、兩腳之間距離很小的原因。這個人在海灣附近把屍體放下，在沙灘上四處走動。之後他脫下死者的鞋換上自己的鞋或靴子——可能掛在脖子上，那雙鞋的鞋底已經釘好和德拉佩一樣的釘子——在屍體附近來回走動。布置好以後，他倒著走到牧羊人小道上，再從那裡倒退到懸崖邊。他的同伴早就等在那裡，他順著同伴扔下來的繩子攀上懸崖。到了懸崖頂端，他把釘子鞋脫掉，和同伴一起回到峽口。然後他的同夥把他背起來，這樣可以防止沙灘上留下腳印，暴露出他沒有穿鞋子。我在峽口發現的那排腳印，顯示那個人背著重物。」

「可是那個人可以從牧羊人小道走上去，他為什麼非要到懸崖上呢？」

「如果從牧羊人小道上走回去，就會留下離開海灣的腳印，但那裡沒有進來的腳印，像潘尼警官這樣聰明的人就可以推測出人是從小船上下來的。」

「你的陳述非常精彩，而且發現那些被人們忽視的證據，並且把它們聯繫起來形成一個完整的證據鏈。你還有其他要說的嗎？」

「沒有了，庭上。還有……」宋戴克接過波頓遞過來的兩個模子，交給法官，「你應該發現這對模子的重要性。」

宋戴克從證人席上走下來，控方律師沒有問題，幾位法官看著兩個模子，沒有說話。

柯普南教授出庭作證，證實死者吞食大量嗎啡以後，庭上叫了一個我沒有聽過的名字——雅各·古莫，我看見一個穿著寬大的厚呢褲子的人來到證人席上。

雅各介紹說他在船上做學徒，他的僱主讓他到賈札德先生的遊艇「水獺號」上做水手兼僕人。

「古莫，被告有沒有去過那艘遊艇？」艾里斯問。

「有。我在船上見過他兩次。第一次是一個月之前，他和我們一起出海遊玩，還有一次是赫恩先生被殺的那天晚上。」

「被告第一次上船穿的是什麼樣的鞋？」

「是一雙釘了很多鞋釘的鞋，我記得很清楚，因為那天賈札德先生拿來一雙膠底鞋，強迫他換上。」

「換下來之後，那雙帶鞋釘的鞋放哪裡了？」

「賈札德先生把它們拿到下面的船艙裡。」

「賈札德先生什麼時候回來的？」

「大約十分鐘後。」

「倫敦的一個鞋匠寄過一個包裹到遊艇上，你還記得這件事嗎？」

「記得。德拉佩先生上船四五天後來了一個郵差，送來的包裹上寫著『華克兄弟，訂做鞋子和靴子，倫敦』。包裹裡是一雙鞋，後來我在櫃子裡看到了那雙鞋。」

「他有沒有穿過那雙鞋？」

「沒有，後來那雙鞋就不見了。」

「你在遊艇上聽到錘子敲打東西的聲音了嗎？」

「聽到了，就在收到包裹的那天晚上，我站在碼頭上，聽見船艙裡有敲打東西的聲音。」

「能聽出裡面的人在做什麼嗎？」

「好像在釘釘子。」

「你在遊艇上見過鞋釘嗎？」

「見過，第二天早上打掃船艙的時候，我在櫃子的角落裡發現一顆平頭釘。」

「赫恩先生死的那天晚上，你在哪兒？」

「在船上。我之前上過岸，九點半的時候回到了船上。」

「你有沒有看見赫恩先生上岸？」

「我看見他離開了遊艇。當時我正準備睡覺，賈札德先生在甲板上對我說：『我們先把赫恩先生送到岸上，再去釣一個小時的魚，你不用管我們。』說完，他關上艙門，然後我起身推開艙門，把頭伸出去，看見賈札德先生和里奇先生扶著赫恩先生，赫恩先生好像喝多了。畢德福先生早就在船裡等著了，他們把赫恩先生抬到船上，這是他們第一次做這樣的事。等人都到了船上，他們就划著小船出去了，因為我不想被他們發現，所以就把頭縮回來了。」

理
查
‧
奧
斯
丁
‧
傅
里
曼

「他們是把船划到碼頭上嗎？」

「沒有。我等他們走了以後，又把頭伸出去，聽見他們划著小船繞過遊艇，划向港口外面。但是我沒有看到小船，那天晚上很黑。」

「非常好。我現在要問你另一個問題，你聽說過波頓嗎？」

「聽過。」古莫紅著臉說，「我一直以為他叫西蒙斯，剛剛才知道他的真名叫波頓。」

「你對他瞭解多少？」艾里斯笑著說。

「呃，」那個男孩瞪著波頓，「有一天，他們都上岸了，波頓就來到遊艇上，他肯定是看見他們上岸才過來的。他先給了我十先令，說要看看我們船上的鞋和靴子，然後又讓我把船頭的那雙鞋拿過來。等我拿完回來，他正把那些鞋放回櫃子裡，放完後他就走了。等他走了以後，我發現少了一雙

鞋，那雙是賈札德先生的舊鞋，我不明白他為什麼偷那雙鞋子。」

「你能認出那雙鞋嗎？」

「能。」那個男孩回答得很乾脆。

「是這雙嗎？」艾里斯拿出一雙舊帆布鞋，那個孩子一把抓過那雙鞋。

「沒錯，就是這雙鞋。」

艾里斯從男孩手裡拿回那雙鞋，放在主審法官的桌子上。「如果庭上把這雙鞋和宋戴克給你的那兩個模子比對一下，就會發現從海邊到桑德斯利峽口的腳印就是這雙鞋留下的。」

幾位法官拿著那雙鞋和兩個模子做比對，比對完了以後，主審法官把這些證據放在桌子上。

「十分明顯，鞋跟磨損的地方、橡膠底的裂縫、殘留下來的格子花紋，非常吻合。」

主審法官說這些話的時候，我往賈札德坐的地方看了一眼，發現他、畢德福和里奇都不見了，他們趁著大家關注鞋印的時候偷偷跑了。不過，發現他們消失的可不止我一個人，我看見那個警佐和警探著急地商量著什麼，過了一分鐘，他們也離開了。

庭審很快就結束了，主審法官和陪審法官簡單討論以後，當庭宣判結果。

「今天在法庭上聽到了令人驚嘆的證詞，雖然我們還不清楚誰是真正的凶手，但卻可以知道被告是冤枉的，所以我宣布被告無罪釋放。德拉佩先生，很開心你能洗脫所有的罪名，現在你可以自由地離開法庭了。我為你有這些聰明睿智的辯護律師和證人感到高興，要不是他們，本庭的判決就不會這麼容易。」

那天晚上，所有的律師、證人，還有興奮的當事人一起慶祝這場勝利，沒想到潘尼警佐闖了進來。

「先生，他們走了，我再也抓不住他們了。」

宋戴克問：「怎麼回事？」

「先生，他們三個人全都死了。」

「死了！」我們大聲說。

「沒錯，他們從法院跑出來以後就上了遊艇，準備出海，他們肯定希望在天黑之前逃跑。但他們太著急了，當時一艘蒸汽拖網漁船正要進港，碼頭遮住了漁船，以致他們沒看見。遊艇在入口處被漁船攔腰撞斷了，三個人落水後被捲進北碼頭後面的漩渦裡，別的船根本來不及趕過來，他們就沉到了海底，就在我準備離開的時候，看見賈札德的屍體被沖上了海灘。」

我們坐在那沉默不語，大家覺得那三個冷血的傢伙這麼容易就脫身了，是很遺憾的事。但這對於我們之中的一個人來說，是值得高興的。

理
查
‧
奧
斯
丁
‧
傅
里
曼

陌生人的鑰匙

　　隱藏在人類內心中的原始衝突，在喜歡書寫警語的人以及將觀察和闡述日常見聞為工作的倫理學家眼中，佔據極為重要的地位。在逼迫引起憎恨、稀缺激發欲望時，原始衝突會被那些人誇張到荒誕的程度。他們會對人們宣言道：凡是能夠輕而易舉得到的東西，人們都不會珍惜，隨手棄置不再理會；對難以得到的東西，則會無限想望，一定要佔有；好比家中的貓，普通的盆子難以讓牠感興趣，牠總是喜歡將頭伸到牛奶罐中，或是悄悄溜進廚房，美滋滋地舔食水槽裡的水。

　　我有這種特別的理解，是因為放棄了普通醫生的職業，而走入法醫領域。自從搬到我朋友──著名法醫專家的家裡，成為他的助理後，竟發現之前始終覺得厭倦的普通診所內的醫師生活有許多樂趣，經常會希望能夠再回到診所內的病床邊，運用自己的才智分析病人身上的各種病症，緩解他們的痛苦，恢復健康的身體──在人類擁有的所有能力中，這是最偉大的一種。

　　一段長假裡的某個清晨，我住進伯靈鎮的落葉松園，承擔起了老友漢肖醫生的工作，以便讓他有時間去挪威度假。我並非孤身一人，除了留在家中的漢肖太太外，那棟老式房子內還住了三個人。其中一位是哈定太太，她是漢肖醫生的姐姐，是曼徹斯特某富有棉商的遺孀；另一位是她過世丈夫的

侄女，婀娜多姿、二十三歲的露西‧哈定小姐；最後一位是哈定太太的獨生子，四肢結實、年僅六歲的弗雷迪少爺。

漢肖太太的臉上露出和藹的笑容，將一杯茶遞給我，並說著些客套話：「傑維斯醫生，看到你和我們一起坐在餐桌上，不禁讓我想起過去那些愉快的時光。」

我身體前傾，微微鞠躬道：「對於利他主義者來說，最大的快樂莫過於關心他人的幸福。」

哈定太太開心地笑道：「謝謝。你真是一點都沒有變，依舊那麼油腔滑調。」

聽完後我竟有些慌張，不覺叫道：「別，可不能這麼說啊！」

「那就不講這些了。你從法醫行業重新回到普通醫學上，為人們診斷疾病，宋戴克博士是如何看待此事的？」

「宋戴克博士無論面對怎樣的災禍，都能淡然處之。面對法醫學家的逃離，他不僅無所謂，還非常支持我重操舊業，說學習怎樣把法醫知識運用到普通醫療事業中去，對我是極有幫助的。」

哈定小姐說道：「對患者來說，這種話聽著總讓人覺得有些不妥。」

她的嬸嬸說道：「確實很不妥，聽起來非常冷血。我很好奇宋戴克博士到底是怎樣的人？或者說，他是個人嗎？」

我回答道：「當然，從頭到腳都能表明他是人。據我瞭解，鑑定一個物種是否為人類的實驗，比如直立行走，拇指尖的位置……」

哈定太太打斷道：「我不是這個意思，我指的是在某些重大的事件上……」

我立即反駁道：「我剛才說的那些問題都非常重要。哈定太太，你可以試想一下，假如我那位知識淵博的同事，儘管戴假髮穿衣袍，卻不能直立行走至法庭，將會怎麼樣？豈不會成為重大新聞！」

漢肖太太道：「他這種惡習改不了，不用理會。瑪貝爾，你早上準備做什麼？露西？」

由於我把宋戴克想像成四足動物，哈定小姐大笑起來，她趕忙將手裡的

茶杯放下，想了想道：「我打算去布萊漢的樹林附近畫樺樹。」

我說：「太巧了，我準備去布萊漢看望一位患者，正好可以幫你拿繪畫的工具。」

哈定太太惡狠狠地看著漢肖太太說：「他這是在巧妙地利用自己的時間，因為只要文特爾先生一回來，他就只得躲在最後面。」

道格拉斯‧文特爾是哈定小姐的未婚夫，估計這個禮拜就能到。兩人訂婚的時間已經很長了，如果他們之中的一位不能獲得一筆意外的財富，婚事就會被一直耽誤。道格拉斯是一名少尉，就職於皇家工兵軍隊，薪水很少，生活並不如意；露西‧哈定只能靠叔叔留下的少量財產勉強度日。

正當我準備回應哈定太太時，有一位患者造訪，此時我已用完早餐，便向她們告別。

半個鐘頭後，我和兩個夥伴一同前往布萊漢村。弗雷迪少爺不但跟來，還與我爭著拿畫具，最後雙方各讓一步：我拿一本很大的素描簿，以及架子、袋子，他拿重量較輕的折疊凳。

走了一段路後，我問：「你打算在什麼地方畫畫？」

她知道我很容易被俘獲，就含情脈脈地說道：「路的左側，樹林旁邊，距離神秘人的房子很近。」

我不解地問道：「你指的是什麼房子？」

「著迷於神秘案件的人已經動身，他說：『哈哈！』號角聲響起，他聞到了從遠方飄來的戰爭氣息。」

我命令道：「好好說話，不然你的素描簿就會被我扔進水坑。」

「你嚇到我了！我會把事情說清楚。其實也談不上神秘，除非你什麼都不懂。那片樹林後面有一片草地，上面建有一棟獨立的房子，叫做薰衣草堂，半個月前租給了一個外地人，此人名字叫懷特洛克。他之所以住在那裡，是為了研究附近的植物。最奇怪的一點是，從未有人見過這個人。他和房地產公司的人始終是用信件交流，當地商人從來沒有和他做過生意，日常所需的所有物品都從外地運來，包括麵包在內。這些事情真的很讓人疑惑。你是不是想說，我是一個愛管閒事又多嘴多舌的鄉下人？」

我回答道：「一開始我確實這麼認為，但現在說這些沒有意義。」

假裝生氣的她從我手中奪走全部的東西，朝前方的草地走去，任由我一個人在路上走著。不久後我回頭看了一眼，發現她已經把架子和折疊凳放置好，弗雷迪煞有介事地在旁邊幫忙。

這趟出診的時間雖然不算長，但還是比預期久。等我趕到與哈定小姐分開的地點時，已是午餐時間。與猜測的一樣，她已經離開，我急急忙忙往家中趕，爭取別耽誤太久。當我踏進餐廳時，哈定太太和漢肖太太已經在餐桌旁坐好，兩人都抬起頭，用充滿期待的眼神望向我。

哈定太太問道：「你看到露西了嗎？」

「沒有啊，她不是早回來了嗎？路過樹林時，我沒有看見她，以為她已經跟你們一起回來了。」我回答道。

哈定太太眉頭緊鎖，顯出一副非常焦慮的樣子，說道：「真是太奇怪了！她怎麼一點都不替別人著想，弗雷迪肯定餓壞了。」

有兩個村子的患者需要診治，悠閒地度過這個下午的願望算是落空了，我只得匆忙將午飯吃完。時間一點一點流逝，始終沒有看見他們的蹤跡。哈定太太越來越擔心，最終猛地站起身來，說要騎自行車出去找那對姐弟。就在她邁著大步朝屋外走去時，大門被突然打開，露西·哈定跟蹌著走了進來。

她那副模樣，瞬間讓我們警惕起來：慘白的臉色、沉重的喘息、驚慌的眼神，衣服被撕破拖在地上，渾身抖個不停。

哈定太太深吸一口氣，怒氣沖沖地質問道：「老天啊！露西，到底發生了什麼？弗雷迪上哪兒去了？」

哈定小姐上氣不接下氣，用非常虛弱的聲音說道：「他丟了。在我畫畫時，他一個人在旁邊玩耍，然後就不知道跑去哪裡了。我找遍草地、樹林，不停地喊他的名字，仍舊不見他的蹤影。他到底去哪裡了呢？」

說完後，她手中的畫具掉落在地，開始掩面痛哭。

哈定太太責問道：「你有臉獨自回來？」

她用細微的聲音說道：「我非常累，想回來向你們求助。」

漢肖太太說道：「她肯定累壞了。過來吧，露西。算了，瑪貝爾，不要這麼衝動，孩子會沒事的。用不了多久，我們就能找到他，說不定他會自己回來。」又說道：「露西，來吃一些東西吧！」

哈定小姐搖著頭說道：「漢肖太太，我沒胃口，一點東西都吃不下。」

看著她那副疲憊不堪的樣子，我趕緊去給她倒了一杯水，並要求她務必喝下。

哈定太太衝出房間，沒過多久又進來，將帽子戴在頭上，說道：「你必須跟我出去，好讓我知道他到底是在哪裡失蹤的。」

「你應該知道，她很難辦到這一點，目前她應該躺下來好好休息。至於失蹤的地方，我可以騎車帶你過去，我知道在哪裡。」我突然說道。

哈定太太說道：「這樣也行。孩子失蹤是在什麼時候？」話音剛落，便轉身問侄女：「朝什麼方向……」

她的聲音戛然而止，我在一旁吃驚地看著，發現她的臉色瞬間變成了灰白，雙唇微張、表情木訥，兩眼直勾勾地盯著自己的侄女，就像石製面具。

死一般的寂靜持續了幾秒後，她發出了詭異的質問聲：「露西！你衣服上的東西是什麼？」她停頓片刻後，繼續吼道：「你到底做了什麼？我的孩子怎樣了？」

我被哈定太太的責問嚇了一跳，看著驚慌失措的女孩，發現她的裙子下方有一塊大血跡，右側衣袖上有一塊稍微小一點的——這便是她嬸嬸看到後感到害怕的東西。

女孩將頭低下，看了看染在衣裙上的殷紅，膽怯地抬起頭，望著自己的嬸嬸，口齒含糊地說道：「看著有些像……像血。是的，我想應該沒錯。他的鼻子碰了一下，才會……會流血……」

哈定太太不等她說完，突然喊道：「走！我們趕緊過去！」她一邊朝門外衝去，一邊叫我跟上。

我把惶恐而且虛弱的哈定小姐抱起來放到沙發上，在她耳邊輕輕說了幾句安慰的話，接著轉身面向漢肖太太說道：「雷普沃斯有兩個人生病了，我脫不開身，不能陪哈定太太。你能否派一輛馬車，並且找一個合適的人代替

我？」

「沒問題，可以叫賈爾斯一同前往。倘若露西不需要人照顧，我就自己去。」漢肖太太說道。

我去馬廄騎自行車，到了路上，我遠遠地看見哈定太太在前方猛踩踏板，飛速往前衝。我試圖趕上她，但她的速度太快，直到樹林附近才慢慢減速，我這才有機會追上。

當我們來到之前和哈定小姐分開的地方時，我說：「就是這個地方。」

兩人從自行車上下來，推車走進大門，在樹籬前將車放好，穿過草地，往樹林裡走去。

哈定太太臉上毫無血色，內心惶恐不安。她的腳上穿著一雙很薄的家居鞋，行走在蜿蜒的小路上，穿行於灌木叢中，任憑帶刺的枝椏刺傷皮膚、纏繞頭髮、劃破衣服，嘴裡不時呼喚著孩子，聲音裡充滿擔憂和哄誘，聽著讓人覺得無限淒涼，心緒不寧。對我來說，這樣一段恐怖經歷，終生都難以忘記。

「弗雷迪！媽媽來找你了，孩子，寶貝！」帶著哭腔的呼喚聲在安靜的樹林裡迴盪，除了嚇到鳥雀，讓牠們展翅飛向天空以外，再也沒有動靜。相對於淒厲的叫喊聲，哈定太太的行為更讓人覺得害怕。她癲狂的表情中充滿了期望，眼睛不停地在灌木叢中急切搜尋，連一個土堆、鼴鼠丘或是坑洞都不放過。

我們沒有說一句話，默默地往前搜尋，在通往樹林深處的小路上發現一些模糊的腳印。我停下腳步，俯身認真觀察，有幾個留在軟土上的足跡非常清晰，但踩踏的時間絕對不短。沿著那條路往前走，我發現一些很新的腳印，很快便判斷出那是哈定小姐留下來的。我清晰地記得，她穿的是一雙底部加過一層膠的棕色靴子，眼前的這個足跡，絕對不會有問題。

我指著新發現的腳印喊道：「哈定小姐肯定來過這裡。」

哈定太太一邊急切地看向那些腳印，一邊喊道：「我不想聽到這個人的名字！」隨後順著那些足跡往樹林裡走去。

我壯著膽子說道：「哈定太太，這樣對你的侄女太不公平。」

她停下腳步，轉身面向我，將眉毛皺起，露出一副很生氣的樣子，說道：「有些事你不知道。要是我的孩子真的遭遇到不幸，露西‧哈定立刻就能成為非常富有的女人。若是她喜歡，明天就能夠成婚。」

「這些事我確實不清楚。但就算我知道，我還是這樣認為。」我說道。

哈定太太諷刺道：「沒錯，你確實會這樣。畢竟擁有美麗相貌的女人最能擾亂男人的判斷。」

說完後，她轉向前方，繼續追蹤那些腳印，我則安靜地走在後面。我們跟著腳印，從樹林最茂密的地方穿行而過，最後來到一片空曠之地。在那裡我們有了新發現：破布、碎紙屑、餿掉的麵包、骨頭、羽毛、蹄印、車轍印以及木頭燃燒後留下的灰燼，種種跡象都顯示吉普賽人不久前在這裡紮過營。我將手伸出來放在灰燼上面，感覺尚有餘溫，遂用腳踢了一下，露出一段還未燃盡的木柴。

我說：「那群人剛離開沒多久，我們最好趕緊追上去，一刻都不能耽誤。」

這位傷心的夫人很快就明白了我的意思，憂慮、慘白的臉上瞬間露出希望帶來的興奮。

「沒錯！她極有可能花錢僱了一些人將他騙走，我們趕緊追上去，那些人到底去了哪裡！」哈定太太氣喘吁吁地說道。

我們順著腳印一路追蹤，最後來到大路，這才發現那群人已經朝著倫敦方向去了。此時我看見遠處停著一輛馬車，旁邊站著漢肖太太。車夫看見我後，趕緊揮舞著馬鞭向這邊走來。

「我有點事要先走一步，漢肖太太將和你繼續追蹤。」我說道。

「你會不會幫忙打聽有關吉普賽人的事情？」哈定太太問道。

我答應了。當馬車駛到面前時，我趕緊上車坐好，朝倫敦方向趕去。

鄉間醫生出診的情況很難預料，這次多了三位患者。其中一位患的是肋膜炎，尚在初期，需要將胸部做包紮處理；另一位肩膀脫臼，因為處理不及時，現在需要費很大的精力。

我一路追到雷普沃斯公園才發現那群吉普賽人，雖然主要工作是當地警

探在做，但是我也投入很多時間。在我乘著馬車準備穿過村莊回家時，伯靈鎮教堂的鐘傳來了六點的報時聲。

我在前門下車，囑咐車夫將馬車停放在後面，隨即往車道走去，在一個轉角處發現當地警探在和約翰・宋戴克說著話，二人談得相當熱切。我心中的驚訝不言自明。

「你怎麼來這裡了？」我激動地喊起來，顧不上基本的禮節。

「一位叫哈定的太太，用你的名字給我發了一封電報，這便是我來這裡的原因。」他回答道。

「她真的沒有必要這麼做。」我說道。

「是啊，但是情緒激動的女人從來不講道理。其實她還做了一件更荒唐的事情，那就是向當地治安官報案——他可是一位退休的少將！這位不明就裡的朋友非常殷勤，最終以謀殺罪下達了逮捕露西・哈定的命令。」

「問題是，並沒有發生謀殺案！」我驚呼道。

宋戴克說道：「他完全不瞭解法律的奧妙，相關知識也都來自於軍營，那種地方比的是壞脾氣、大嗓門。警探先生，不論如何，那張逮捕令是不合法的，不能僅憑懷疑就抓人。」

那位警官深吸一口氣，心情略有些輕鬆。他知道那是不合法的，現在由宋戴克挑明，心裡頗為高興。我的同事有一份資料需要警官幫忙交給那位將軍，他拿到後就轉身走了。緊接著宋戴克便拉著我的手，朝房子走去。

他說道：「傑維斯，這件事著實令人厭惡。為了大家，我們必須趕緊將孩子找回來。吃一些食物吧，待會兒你能陪我出去一趟嗎？」

「非常樂意，整個下午我都在想著如何找人的事。」

宋戴克說道：「太好了。來，趕緊進來吃東西吧！」

那頓說不清是下午茶還是晚餐的食物已經擺在桌子上，漢肖太太坐在主位，表情嚴肅而冷峻，說道：「瑪貝爾和賈爾斯在外尋找孩子的下落。她犯下的那些事，想必你聽說了。」

我點點頭。

漢肖太太繼續說道：「她是不是瘋了，竟然做出如此可怕的事，實在太

可怕了。在我沏茶這會兒，你不妨上樓看看露西，安慰她一下。」

我立即往樓上走去，站在哈定小姐的門口敲了敲。聽到應答聲以後，我走了進去，看見她正躺在沙發上，臉色慘白，雙眼紅腫，已經沒有人樣，看起來像個魂魄。我從旁邊拉來一把椅子，放在她身邊，坐好後握著她伸過來的手。

「你真是太善良了，竟然願意上樓來看望一個失魂落魄的人，珍對我也非常好。傑維斯醫生，瑪貝爾嬸嬸說我把弗雷迪殺了，你也聽說了。關於他失蹤的事情，我確實應該負很大的責任，從今以後，我恐怕一直會活在自責中。」

說完後，哈定小姐大哭起來，我趕忙輕聲勸慰道：「嗨，你真是個蠢笨的女人，竟然把這種無稽之談放在心上。你一定要弄清楚，目前哈定太太已經失去理智，完全不講道理。等我將孩子找回，並送到她身邊時，她肯定會真誠地向你致歉。請相信，我肯定能夠辦成這件事。」

她靠近我的手，輕輕捏了一下，露出非常感激的神情。這時從樓下傳來了開飯鈴聲，我勸她一定要振作精神，然後走下樓。

在我匆匆用完餐，宋戴克出去找自行車的時候，漢肖太太說道：「出診看病的事，你不必煩惱。西蒙斯醫生已經知道目前的情況，他在電話上表示將代為處理診所內的一切工作。因此我們可以等你將手頭的事忙完後再談。」

我問：「你對宋戴克的印象如何？」

「他非常好，性格瀟灑、頭腦機智、道德敦厚——這些你從來沒有告訴過我。他回來了，希望你們能交好運，再見。」漢肖太太說完後，按了按我的手。

我走到路上，宋戴克和車夫正在那裡等我，旁邊有三輛自行車。

在即將轉入大路時，我看見宋戴克的車子上捆綁著一個用帆布袋蓋著的箱子，於是說道：「你又把自己的裝備全都帶上了。」

「沒錯。對於這種搜尋工作，我的那些工具能發揮非常大的作用。哈定小姐還好嗎？」

「精神萎靡不振，看著挺可憐的。你有沒有聽過一種說法，萬一那個男孩死了，她會獲得很多財富？」

宋戴克說道：「聽說過。已經去世的哈定先生似乎把精力都放在了生意上，沒有為寫遺囑留下絲毫時間——這種現象很普遍。他把絕大部分財富——差不多八萬英鎊——都留給兒子，遺孀會獲得終生贍養費。亡兄留下的女兒露西，每年將得到五十英鎊。那位一無是處的弟弟皮爾希，每年會獲得一百英鎊。最愚蠢的一點，莫過於一旦兒子死亡，弟弟和姪女則能平分那一部分財富，哈定太太每年將獲得五百英鎊，一直到死的那天。這種安排簡直荒唐至極。」

我非常贊同他這種看法：「是的。依現在的情形來看，露西的處境有些危險。」

「極為危險，尤其是那個孩子如果真的出了什麼意外。」

宋戴克不停地往前騎，好像有一個明確的目標，於是我問道：「目前你有什麼計畫嗎？」

「叢林中有條小路，後面還有一棟房子，我非常想去仔細勘察一番。」他說道。

「那是神秘人住的房子。」我說道。

「沒錯。那個神秘而孤寂的人，可以幫我們很好地展開調查。」

抵達那個路口後，我們將三輛自行車交給車夫維里特照看，接著便踏上了那條狹窄的小路。沒走多久，宋戴克掉轉頭看了看我們留下的腳印，點了點頭，顯出一副十分開心的樣子。

「踩在這種軟土上，腳印會相當明顯。昨天下的那場雨更是幫了我們大忙。」他說道。

我們繼續往前走，沒多久發現一些腳印，我和宋戴克都認得。他說道：「這是哈定小姐留下的，她曾經在這裡奔跑過。」後來又出現一些鞋跟很高的足跡，是從旁邊橫過來的，宋戴克說道：「毫無疑問，這是哈定太太追蹤時留下來的。」

一分鐘後，我們又看見了那兩組腳印，以及我倆的腳印。

「失蹤的男孩似乎沒有來過這裡。」我說。在繼續向前偵查時，我們盡量繞開地上的足跡，免得破壞線索。

宋戴克雙眼緊盯著地面，說道：「等這個謎團完全解開時，自然就會知道。」沒多久，他突然停下腳步，猛地蹲了下去，說道：「此人身材矮小，腿已殘廢，並且拄著拐杖。仔細觀察這雙腳印的區別，以及使用拐杖的奇怪方式，值得注意的細節實在太多了！傑維斯，你是否從中察覺到什麼？」

「除了你剛說的那些，還有別的什麼嗎？」我說道。

「眼前的這些腳印本身就非同一般，現在我們仔細分析一番。你應該可以發現，此人是從小路另一頭走來，在此處轉彎進入叢林。一段時間後，從原路折回，離開了這裡——這些腳印可以明白無誤地證明這種判斷。現在你認真比對一下這兩雙腳印，是否從某些細節上看出端倪？」

「相比而言，返回的腳印要清晰許多。」

「沒錯！這組腳印踩得很深。還有一點也應該注意。」說完之後，他從口袋裡掏出彈簧尺，仔細測量了六七次後，說道：「你瞧，過去的這組腳印，兩個腳跟之間的距離是二十一英寸，這麼小的步伐足以說明他的個頭比較矮小，而且腿已經瘸了；回來的這組腳印距離只有十九英寸半。為何回來的腳印深、距離小？你覺得這種現象說明了什麼？」

我說：「回來的時候，他可能背了很重的東西。」

「沒錯，東西非常重！若不是如此，怎麼可能踩出這樣深的腳印。現在請你去叫維里特，讓他把自行車推到這邊來。」

我沿著來時的小路，往回走到入口處，讓維里特推兩輛車，自己推宋戴克那輛載著很多重要工具的車。

當我再次見到宋戴克時，他正將雙手置於身後，站在那裡很認真地觀察著地上的足跡。發現我們走近時，他突然把頭抬起來，大聲嚷著，叫我們順著小路邊緣走。

「維里特，你在這裡看守自行車。傑維斯，你要陪我去偵查那位神秘的朋友最後去了哪裡，另外還要弄清楚後背上的重物究竟是什麼。」宋戴克說道。

我們進入叢林後，地上的落葉使腳印變得非常模糊，仔細辨認後，順著灌木叢行走了很遠。不經意間，我在地上發現另一種腳印——面積小、距離短！這條線索自然沒有逃過宋戴克的眼睛，很快他便將尺拿在手裡。

「腳印間的距離是十一英寸，毫無疑問，這就是失蹤男孩留下的。傑維斯，光線更昏暗了，我們必須要加快速度，要不然就會一無所獲。」

往前走了五十碼後，小男孩的腳印越來越不好辨認，幾近消失。光線更暗了，我們只得加快偵查的腳步。

「這些腳印應該是那個失蹤的小男孩留下的，現在我需要一些特別清晰的線索加以佐證。」宋戴克說道。

沒過幾秒鐘，他尖叫了起來，隨即停下腳步，將一隻膝蓋跪在地上。一個蟻巢上散落著些許枯葉，上面覆蓋了一層泥土。那裡有一隻很清晰的小腳印，鞋跟中間的圖形像星星。宋戴克的口袋裡有一隻小鞋，他取出鞋子，在地上按壓一下，發現兩個鞋印完全一樣！

「那個小男孩有兩雙一樣的鞋，這隻是我借來的。」宋戴克說完，轉身向後，順著我們踩出的腳印飛快地往回走。沒多久，他突然停下來，指著一個地方說，那個神秘男人就是在此處將小男孩抱起來的。我們順著小路堅定地往前走，終於從樹林裡走了出來——這裡距離那棟神秘房子的距離不足一百碼。

「我覺得哈定太太還有賈爾斯都來過此地，只是不知他們是否發現可疑人物。」宋戴克一邊說，一邊將花園的柵欄推開。

來到門口時，他先用手指輕敲了一下，又抬起腳踹了踹，最後握著門鎖撞了撞，說道：「這扇門雖然鎖上了，鑰匙卻插在上面，我們若要進去很容易，不過最好還是先去後門看看。」

後門也上了鎖，不同的是鑰匙已經被取走。

宋戴克說道：「那個人肯定是由前門進入，並且從此處離開，這一點肯定無法瞞過你的眼睛。目前我們要思考的問題是，他之後去了什麼地方。」

屋後的花園有塊空地被籬笆圍了起來，裡面有條小路延伸到後門，那裡有一間穀倉，也可能是庫房。

宋戴克看著那條路，指了指，說道：「我們非常走運，昨天那場雨將路面沖刷得很乾淨，這樣就讓新留下的腳印更加清晰。你仔細看看這三組腳印，有兩組是從屋子裡走出來的，印跡不但很深，步伐還特別小；另一組則是往屋內走的，印跡比較淺，步伐很寬。這就說明那個人第一次離開時背了很重的東西，回來時兩手空空，再次離開時又攜帶著重物。另外，他是拄著拐杖行走的，想必你也能看出這一點。」

此時我倆已穿過花園，沿著腳印走向旁邊的庫房。到達轉角時，我們突然停下腳步，對視了一下。地上有兩道很明顯的汽車駛過的車輪印，從庫房入口一直延伸到很遠的地方。門沒有關好，宋戴克使勁推開，發現裡面什麼都沒有，隨即蹲在地上，仔細檢查起了車輪印。

他說：「看，這裡有一灘油，此處的車輪印比其他地方寬，是因為汽車引擎空轉造成的。這兩條線索讓事情的經過變得很清楚，那個人先將行李搬至車上，然後開車走了。他像扛袋子一樣將那個男孩抱上車，以至於腳印的腳尖部分特別深。這是一個巨大的失誤，那個人完全應該選擇一種更簡單的方式。」

在說這番話時，宋戴克指了指緊挨著車輪印的腳印，腳尖處另有一處足跡，是小橡皮鞋跟踩踏出來的。

當我們再次走到房子的正門前時，維里特正拿著一個扳手試圖撬開大門。宋戴克抬起頭往樓上的窗戶看了看，將手伸入口袋，取出一串萬能鑰匙，找出一把插入鎖孔內，輕輕一轉，大門應聲而開——此舉令車夫非常開心。

我們走進房子的客廳後，發現裡面的擺設非常簡單。屋子正中間是一張蓋著油布的桌子，不經意間，我在上面看見一個被拆得散了架的鬧鐘，估計是用旁邊的開罐器拆的，另外還有一支黃楊木鳥笛。

宋戴克看著那些東西，輕輕地點點頭，似乎一切盡在意料之中。他走到油布旁邊，認真觀察散落的各種齒輪，在室內隨意走動觀察時，還將頭探入廚房和儲物室察看，隨後說道：「這裡沒有私人物品，也沒有特別的線索，我們到樓上看看吧！」

二樓共有三間房，其中兩間的窗戶雖然是打開的，但能看得出來並沒有人住過；最後那間儘管空蕩蕩的，但是有居住過的痕跡——盥洗室內有水，床也沒有鋪。宋戴克朝那張床走去，掀開被子，將床頭和床尾仔細檢查了一番。床鋪總體來說還算乾淨，只是枕頭有點髒。

我湊過去看了看枕頭，宋戴克說道：「上面有染髮劑。」隨即朝窗外望去，不一會兒問道：「你能在這裡看到哈定小姐當時寫生的地方嗎？」

「能看到，整條路都盡收眼底，而且看得一清二楚。真沒想到這棟房子建得如此高，站在窗口竟然能看到樹林外的整個鄉村。」我感慨道。

「是啊！那個人可能喜歡使用望遠鏡觀察周圍的情況，具體是單筒望遠鏡還是雙筒望遠鏡，現在還無法確定。窗戶下本來有一個小箱子，他將自己的物品都收納其中，這讓房間內很難找到有價值的線索。目前能確定的是，那個人長著白鬍子。這一點可以從他早上剃鬚以後，用紙擦剃刀時留下的白色鬍渣看出來。咦，那根釘子上掛著鑰匙！很明顯這是用來開彈簧鎖的，這種鎖只有城裡才有，肯定不是這裡的。他實在太大意了。」

拔下鑰匙後，宋戴克從口袋裡拿出一張紙，放在靠牆的桌上，手裡捏著大頭釘，小心翼翼地插進鑰匙上的小孔內，一團灰絨被掏了出來，接著，他非常謹慎地將其夾到紙裡。

「我們最好不要將鑰匙帶走，但有必要打個蠟模。」說完後，宋戴克趕緊跑下樓，將自行車上的工具箱搬進來放在桌上。此時天色已經很黑，他只好將車上的乙炔燈拿來，點亮後才將箱子打開。宋戴克最先取出的工具是吹藥器，或者稱作指紋顯示器，在鬧鐘零件旁邊輕輕地吹了一下，一層淡黃色粉末很均勻地飄起又落下。吹第二次時，粉末掉落下來，黑色桌布上呈現出一些沾了黃色油汙的手印。他指了指，說那肯定是小孩留下的。

宋戴克隨即拿出一個可攜式顯微鏡、載玻片、蓋玻片，並且將包著灰絨的紙展開，取出一些放在玻璃片上，用兩根細針輕輕撥弄一番，以便讓它散開，最後藉著燈光對樣本進行仔細檢查。

他將眼睛緊貼著顯微鏡，說道：「傑維斯，這些灰絨的成分很特別，對我們很有幫助。是羊毛纖維，不對，應該是棉或麻，口袋內側是羊毛——這

傢伙對自己的健康很在意啊！還有兩根，很特別，你來看看，特別是它的根部。」

我將眼睛對著顯微鏡的鏡頭，發現在一些不明物中有兩根。看得出來，它原本是白色的，只是染了一層黑色的汙漬，稍微有些閃亮。根部的毛囊出現了皺褶，說明它已經萎縮了。

「這兩根到底是怎麼進入口袋內的？」我不禁問道。

「我覺得隱藏在毛髮上的線索，可以回答你的問題，前提是要與其他東西放在一起。很明顯，那些汙漬是硫化鉛。除此之外，你有沒有發現別的線索？」宋戴克說道。

「有一些白色金屬的碎屑，另外就是木頭纖維、澱粉粒，至於是何種澱粉，我沒辦法辨認出來。」

聽完我的話後，宋戴克笑了起來，說道：「傑維斯，對於灰塵和泥土，你真的要多加研究才行，要知道，它們具有極大的價值。我們來分析一下那些澱粉，我覺得它們的成分沒有任何差別。」

就在宋戴克很肯定地說出自己的判斷時，門突然被打開了，哈定太太衝進了房間，後面跟著漢肖太太和警探。

哈定太太臉色陰沉，狠狠地看著宋戴克說道：「聽說你到這裡來了，我們都認為你在幫忙尋找那失蹤的孩子，誰知你竟然在玩這些無聊的東西，不得不承認我們錯了。」

漢肖太太不安地說道：「瑪貝爾，我覺得最好還是先問一下宋戴克博士有沒有發現重要線索，這樣既明智又禮貌。」

警探很贊成這種提議，連忙說道：「夫人，確實應該這樣。」看來他早就對哈定太太的壞脾氣心存不滿。

「好吧，或許你真的有好消息告訴我們。」哈定太太說。

「我可以將目前我們掌握的所有線索都說給你們聽。拐走孩子的人就住在這棟房子裡，他總是在窗邊架一台望遠鏡，用來觀察孩子的行蹤。那個人先吹奏鳥笛，將孩子吸引至樹林邊，見面後再透過某種手段讓他跟著自己走，後來就抓住他，更大的一種可能是背著他，從前門進來，並且將門鎖

好。他拿鐘和鳥笛給孩子玩耍，自己上樓收拾箱子，再提著從後門出去，穿過花園——那裡有一間庫房，停著一輛汽車。車子被開出來以後，他回到房子裡將孩子抱出去，放在車上，並且將後門鎖好，開著車揚長而去。」

聽完後，哈定太太吼道：「你既然確認那個人已經走了，為什麼不趕緊追出去找回孩子，而要在這裡玩這種無聊的東西？」

宋戴克的情緒沒有受到影響，冷靜地說道：「我們才剛剛發現這些事，若不是你們突然出現，我倆早就追出去了。」

那個警探十分焦急，趕忙問道：「博士，我猜你還不知道那個男人的長相以及身分吧？」

宋戴克說：「我們已經發現他的腳印，還從彈簧鎖裡提取了一些絨毛，並且做過檢測。藉由這些資訊，我推斷此人身材矮小，腿瘸，用左手拄著一根拐杖行走，拐杖上端呈圓形，並非彎鉤狀。我敢肯定他的左腿自膝蓋以下截肢了，裝上一個義肢，年齡偏大，鬍鬚刮得很乾淨，頭髮已經斑白，但被染成了黑色，頭頂已禿，只好從側面梳一縷頭髮進行遮蓋。他有吸鼻菸的嗜好，口袋內裝有一把鉛製梳子。」

宋戴克將目前掌握的線索很詳細地說了一遍，那位警探聽得目瞪口呆。這些話對哈定太太的觸動更深，她離開椅子將身體靠在桌邊，表情十分不安，或者說是恐懼。她的眼睛瞪得很大，聽了宋戴克的話後，突然癱坐在椅子上，緊握雙手，側身對著肖漢太太。

哈定太太喘著大氣說道：「珍，我敢肯定那個人是皮爾希，我的小叔！博士將他的外貌說得一點都沒錯，就連拐杖和梳子都毫無偏差，只是我一直認為他遠在芝加哥。」

宋戴克以很快的速度將工具箱收拾好，說道：「目前這樣的情況，我們必須要馬上行動。」

漢肖太太說道：「大路上停著我們的馬車。」

宋戴克說道：「謝謝，我們最好是騎自行車，警探先生就騎維里特那輛吧，順著地上的車輪印，可以抵達大路。」

哈定太太說道：「這樣也可以，珍，我們就坐車跟著他們吧！」

宋戴克說道：「警探先生，你若沒有異議的話，這把鑰匙我們要拿走了。」

警探反對道：「先生，這樣恐怕有違法律，我們誰都沒有這種權利。」

宋戴克說道：「確實如此，但這樣做是極有必要的。就像……你們那位從軍隊裡退休的治安官不懂法律。」

警探咧嘴笑了笑，朝屋外走的時候，使了一個眼色給我。宋戴克趕緊把門關上，並用萬能鑰匙鎖好。來到大路上，馬車緊跟在我們身後，大家一起向前疾行。車燈很亮，照著鬆軟而濕潤的路面，上面布滿了清晰的車輪印。

在我們騎著自行車快速前進時，警探悄悄對我說道：「我實在搞不懂，他是根據什麼判斷嫌疑人已經禿頭。腳印？開彈簧鎖的鑰匙？梳子？這一切真不可思議！」

關於這些推理，我再瞭解不過。頭髮毛囊已經萎縮，和禿頭的人完全一致。那柄梳子有兩種作用，其一是將側面的頭髮梳向中間，用以遮蓋裸露的頭皮；其二是在染髮時將染膏梳理均勻。只是拐杖和義肢的判斷讓我非常困惑，必須趕上去找宋戴克問個明白。

他說道：「拐杖的問題很簡單，金屬底箍有幾種，其中圓頭拐杖是平的，鉤狀頭拐杖有一側會出現磨損，位置與鉤狀頭的方向相反。透過觀察很容易判斷出，那個人使用的拐杖是圓頭。義肢留下的腳印非常奇特，推理起來稍微複雜些，明天你就會明白這一切。義肢若安裝在膝蓋以下，行動會比較穩；裝在膝蓋以下，則意味著需要一個人造彈簧膝關節，走起路來容易產生晃動。嫌疑人拄拐的手和義肢是同一側，說明他的膝關節不好。如果他單單只是一條腿不好，就會用右手拄拐，另一隻手便能夠自由擺動。要嘛他瘸得很嚴重，這種可能性是存在的，只是我們不能抱太大希望。至於那些木質纖維和澱粉粒，你應該知道那是鼻菸分解後的產物。」

這些講解聽起來非常簡單，但我知道其中還有很多值得細究的地方。我們騎著自行車在黑夜中疾馳，前方能看見宋戴克車上的燈光閃爍，後面的馬車跟得很緊。快速行進中的交流十分不便，於是我們就有了思考的時間。

在一路不間斷的騎行後，腿累得酸疼。我們路過無數個村莊，每次來到

熙熙攘攘的街頭，嫌疑人留下的車輪印便會消失，重新踏上鄉村小路後，線索又會出現。最終，在抵達霍爾士菲德鎮上的那條柏油路後，就什麼都看不到了。

我們穿過鎮子來到鄉間小路上，雖然能看到一些汽車輾壓過的痕跡，但宋戴克非常失望，一個勁地搖頭，說道：「我仔細分析過車輪印，並且將它牢牢記住，而眼前這些都不是我們要找的。倘若他不在鎮上，就很可能已從小路離開。」

別無他法，我們只得將馬車和自行車托給一家旅店照看，然後徒步追蹤。幾個人在一條條路上穿梭著，雙眼緊緊盯著地面，希望能夠找到那輛汽車的蛛絲馬跡，但卻沒有絲毫收穫。

天色已經很晚了，有一家鐵匠鋪仍舊開著，店家正在為一匹馬換鐵蹄，宋戴克看見後立即停住了腳步。那匹馬被牽走後，店家走出來呼吸新鮮空氣。宋戴克趕緊走上前，非常親切地說道：「先生，晚安。我想向你打聽一件事，今天下午是不是有個拄著拐杖的瘸腿先生來找你幫忙開鎖或是配鑰匙？很不幸，我忘記了他的地址。」

「嗯，我記得這個人。他家有一把彈簧鎖的鑰匙丟了，開車來找我，當時那輛車就停在外面。我帶著很多鑰匙過去，總算找到一把合適的，幫他打開了鎖。」

說完後，他指了指大街盡頭的一棟房子，我們很高興地向他道謝，然後趕緊往那邊走去。

「你是如何判斷那個人來過這裡？」我問道。

「其實我並不確定，只是看到門外有拐杖和一些左腿踩出來的痕跡，覺得那個人可能到過此地，於是就上去問問那位鐵匠。」

房子位於街道的盡頭，給人一種很荒涼的感覺，不遠處建有高高的圍牆，面街的一側開了一扇房門和車庫門。宋戴克向前走去，從口袋裡掏出一把鑰匙，插進鎖孔內輕輕一轉，門被打開了。我們隨即進入前院，穿過這個小院便是房子的前門口。非常走運，這把鑰匙也能開這扇門的鎖。

走進客廳後，從樓上傳來了開門聲，一個虛弱且帶鼻音的人問道：「誰

在下面？」很快，欄杆處便伸出一個頭來。

警探說道：「想必你就是皮爾希・哈定先生吧！」

聽到這個名字後，那個人瞬間把頭縮回去，一陣匆忙的腳步聲和拐杖敲擊地板的聲音傳來。警探帶領我們以極快的速度往樓上衝，沒走幾步，那個矮小的男人便站在了樓梯上，一隻手拄著拐杖，一隻手拿著左輪手槍，惡狠狠地對著我們大聲喊道：「你們要是敢再往上走一步，我就會開槍打死你們！」

看他激動的情緒，估計什麼事都做得出來，我們只得停住腳步。

警探試圖和他談判：「哈定先生，事情已經結束了，不要做這種無謂的掙扎。」

那個人氣勢洶洶地吼道：「你們馬上從我的房子滾出去，馬上！要不然我還得費力將你們埋在花園中。」

面對這種凶險的情況，我想問問宋戴克該如何處理，回頭一看，卻發現他已經不知所蹤——可能是從門口跑出去了。為此，我不得不佩服他敏捷的身手。

警探還想繼續說下去，卻被對方制止了，他揚言道：「我會數到五十，那個時候你們要是還沒有走，就死定了！」說完就開始數數。

警探不知該如何是好，回過頭看了我一眼。樓梯相當長，在煤氣燈的照射下，室內異常明亮，若要衝上去制服他，幾乎是不可能的。正在此時，宋戴克竟悄無聲息地出現在那個人的身後，他從窗戶爬進去，上衣和鞋子都已經脫掉，慢慢地向樓梯口靠近。我的心突然劇烈跳動起來，大氣都不敢喘。

他像貓一樣，慢慢地朝歹徒走去，越來越近，距離已經不足一百碼。

歹徒絲毫沒有察覺到，還在用帶著鼻音的聲音機械地數著：「四十一，四十二，四十三……」

就在這千鈞一髮之間，宋戴克像閃電一樣撲了過去，隨著一聲大喊，左輪手槍嗒嗒地從樓梯上滑落下來。我和警探趕忙衝過去，用手銬銬住皮爾希・哈定先生的雙手，結束了這場鬧劇。

五分鐘後，宋戴克將睡眼朦朧的弗雷迪背了出來，隨後我們便趕往黑

馬旅店。客廳內傳來一陣歡快的聲音，哈定太太抱起孩子便是一陣瘋狂的親吻，害得那個小孩幾乎喘不過氣來。最後，她突然轉身抓住宋戴克的雙手。當時，我還以為哈定太太會給他一個吻，但是她沒有那樣做，這讓我倍感遺憾。

人類學應用

宋戴克對報紙上那些雜亂無章的文學形式嗤之以鼻，他覺得把那些沒有任何關聯的資料胡亂地排列組合，會打破思維的連貫性。所以他不喜歡看報紙。

他曾經對我說：「最重要的事是思路清晰、目標明確，順著一個方向追查到底。不要像看報紙的人那樣，一個主題還沒弄明白，就開始看下一個。當然，如果你不看日報，它就不會對你有什麼壞處。」從這句話就可以看出他不喜歡報紙。

雖然宋戴克對報紙表現出極大的不滿，但他還是會看，只是看報的方式很特別。吃完早飯，他把報紙攤開放在桌子上，拿出鉛筆和小剪刀。先把報紙快速瀏覽一遍，用鉛筆把感興趣的地方標記好，再用小剪刀剪下來。認真看完裁剪下來的部分，把不感興趣的扔掉，感興趣的分類放在一個黏貼本上，整個過程大約需要十五分鐘。

我現在要說的那天早上，他就在做這件事。報紙上已經標記好需要裁剪的部分，喀嚓的聲音預告著整個篩選過程已經結束。他拿著一塊剪下來的報紙，看完後遞給我。

「又有一件藝術品被偷了。」他說，「從嫌犯的動機來看，這件事很

神秘。我的意思是，你不能把畫或者象牙雕刻熔掉，也不能按照原來的樣子公開出售。而隱藏在這些藝術品背後的價值，使人們沒有任何討價還價的餘地。」

「可是真正的收藏家，比如那些對陶器和郵票十分著迷的人，就算不敢展示這些贓物，也會購買。」

「也許吧！哪有那麼多深明大義的人，『佔有欲』才是真正的動機……」

一陣敲門聲打斷了我們的談話。我的同事站起身去開門，回來的時候身後跟著兩個人。其中一個我見過，叫馬齊蒙，是一個律師，我們偶爾為他工作。另一個人長相俊朗，衣著光鮮，是個金髮猶太人，他的手上拿著一個圓筒形紙盒，看起來很激動。

馬齊蒙先生禮貌地和我們握了握手：「兩位早安！這位是我的當事人所羅門・羅威。聽到他的名字，你們應該知道我們為什麼而來了。」

宋戴克說：「這麼巧，你們敲門的時候，我們正好在談論這個案子。」

「這件事真的太可怕了！」羅威先生忍不住插嘴，「我該怎麼辦！」說完，他把那個盒子用力放在桌子上，跌坐在椅子裡，用兩隻手捂住臉。

「好了，振作一點。既然事情發生了，我們就要勇敢地面對。」馬齊蒙說，「現在跟宋戴克博士說說這件事，聽聽他的意見。」

說完，他靠在椅背上，臉上露出堅定的表情，耐心地看著他的當事人。

羅威站起身，高聲說：「博士，我快發瘋了，請你一定要救救我。我會把所有的事告訴你，請你一定要立刻、馬上行動。只要在合理的範圍內，花多少錢都可以。真的，請你一定要救救我。」說完他坐下來，繼續用帶著德國口音的英語說：「我的哥哥是以撒，你應該聽過他的名字。」

宋戴克點點頭，沒有說話。

「他是一個收藏家，也會利用這個愛好賺錢，從某種意義上來說，他也是個商人。」

宋戴克問：「他都收藏什麼東西？」

「所有漂亮珍貴的東西，比如藝術品、珠寶、古董、錶、畫。」羅威

回答，「他非常喜歡那些珍貴值錢的東西，是個典型的猶太人。從所羅門以來，喜愛珍寶就成了我們族人的特色。我哥哥住在皮卡迪里的霍華街上，一棟把博物館和美術館結合到一起的房子裡。裡面的每個房間都擺滿了價值不菲的寶物，比如寶石、古董、珠寶、錢幣，牆上掛滿了名畫。房子裡還有很多歐洲和東方的武器和盔甲，珍貴的古代文獻、書籍、手稿，埃及、亞述帝國、賽普勒斯和其他地方的名貴古董。要知道，我哥哥的品味很高，而且掌握了很多珍貴的古董珠寶的知識。沒有一件贗品可以逃過他的眼睛，他從沒有出過差錯，所以他的東西可以賣出很高的價錢。只要是從以撒・羅威手裡買的東西，都是真的。」

他停頓了一下，用手帕擦了擦臉上的汗，繼續說：「我哥哥沒有結婚。他和那些收藏品過日子，那個房子不大，收藏品佔據了大部分空間，他留了一間套房給自己住，還請了一對夫婦照看房子，男的是個退休的警佐，負責管事和警衛工作；女的做管家，有時候也幫忙做飯，不過我哥哥大部分時間住在俱樂部裡。接下來，我要說到與這個案子有關的情況。」

他用手理了理頭髮，深深地吸了一口氣：「昨天早上，以撒要前往佛羅倫斯，計畫從巴黎那邊過去。因為沒有規劃好具體的路線，所以會根據實際情況做出改變。他在離開的時候要我幫忙看管那些收藏品，於是我把行李搬到他的套房裡住了下來。

「呃，宋戴克博士，我有一個俱樂部，那裡的會員大多是演員，我和戲劇界的人保持著緊密的聯繫。我習慣每天晚上去俱樂部，通常很晚才回家。但是昨天我很早就離開了俱樂部，不到十二點半就到了我哥哥家。我一直惦記著哥哥交代的事，你應該能理解我這種受人所託、責任重大的感受。你應該也能理解，當我走進家門，發現裡面站著探長、警佐和警員時，那種恐懼和絕望的感受。在我離開家這麼短的時間裡就發生了竊盜案，那個探長跟我簡單地講了案件發生的經過。

「這位探長巡邏的時候，發現一輛空馬車在霍華街上緩慢前行。這本來沒什麼好奇怪的，可是過了十分鐘，當他開始往回走時，發現這輛車還在這條街上緩慢前行。這引起了他的注意，於是他在本子上記下這輛馬車的車牌

號碼：72863，時間是十一點三十五分。

「在十一點四十五分的時候，有個警員在我哥哥家門口發現一輛馬車，他看見有個男人把我哥哥家的東西搬到馬車上。警員看見那個男人到屋裡拿出一個類似旅行包的東西，輕輕帶上大門走向馬車。這時警員起了疑心，加快腳步走過去，並警告他不要亂動。

「結果，那個男人馬上把包裹扔到車上，自己也跳了上去。等那個男人跳上馬車後，車夫趕著馬車跑了，警員見狀趕緊追過去。邊追邊吹哨子，還向馬車搖晃手裡的燈籠。他跟著馬車跑到了阿伯梅里街，看見馬車拐進皮卡迪里，然後消失不見了。他看見搬東西的男人是個身材矮小的胖子，應該沒有戴帽子。他記下了車牌號碼：72863。

「他往回走的時候，遇見了探長和警佐，他們聽見哨聲趕了過來。這個警員向探長和警佐彙報了剛才發生的事。三個人來到我哥哥家，站在門口敲了半天也沒人回應，他們開始懷疑那兩個人是來偷東西的，於是穿過屋子後面的馬廄，艱難地撬開窗戶跳進屋裡。

「三個人到二樓察看，剛上去就聽見房間裡傳來一陣呻吟聲。他們找到發出聲音的房間，門被鎖著，但鑰匙插在上面。打開門後，看見夫婦倆靠牆坐著，頭上罩著綠色的布袋，手腳都被捆上了。他們走過去，拿走兩個人頭上的布袋，兩個人的嘴裡也被塞了東西。

「夫妻倆描述的經過都一樣。男管事聽到二樓有動靜，拿了一根棍子下來，發現有個房間的門開著，燈也亮著。他小心翼翼地走到房門口，想看看裡面的情況。突然有人從後面抓住他，用一塊厚布蒙住他的嘴巴，不讓他發出聲音。那個人把他綁住，用厚布塞住嘴巴，用布袋罩住頭。

「這個男管事非常強壯，擁有專業的拳擊和摔跤技能。沒想到那個人更厲害，毫不費力地就制服他，而且他從始至終都沒有看見那個人的樣子。男管事的妻子下樓找他，也遇到了同樣的事。她根本沒來得及看見那個人就被綁了，嘴裡塞了厚布，頭上罩了布袋子。」

「那個男管事沒用那根棍子嗎？」宋戴克問。

「他拿著棍子從右邊打了一下，應該打到了竊賊的臉。可是那個人反應

很快，抓住他的手臂使勁一擰，棍子就掉了。」

「家裡的損失嚴重嗎？」

羅威先生叫道：「我現在就是不知道到底損失了多少，看樣子不少。我哥哥最近好像從銀行提取了四千英鎊，像這樣的小額款項不用支票，全是現金。」說到這裡，我看見宋戴克的眼睛亮了一下。「男管事說，以撒前幾天帶了些包裹回來，放進一個堅固的櫃子裡。我哥哥非常得意地跟管事說，新買的東西非常值錢。

「可是現在那個櫃子裡只剩下一些包裹的紙，其他的什麼都不見了。所以我們很清楚，雖然那兩個人沒有偷走其他東西，但卻偷走了價值四千英鎊的物品。考慮到我哥哥是一個非常精明的商人，這批東西的實際價值應該超過購買價的兩三倍，說不定比這還多。如果是這樣，以撒肯定要我賠償他，這真的太可怕了！」

「還有其他有價值的線索嗎？比如那輛馬車。」宋戴克問。

聽到關於馬車的問題，羅威難過地說：「關於馬車的那條線索沒有任何價值，警方肯定記錯了車牌號碼。他們打電話給所有分局，在各個路口嚴格布控，找到了車牌號碼為72863的馬車。可是那輛馬車從十一點以後就沒有出來過，車夫一直待在車棚裡，有另外七個人為他作證。不過，我倒是發現一個線索，應該有點價值，而且也帶過來了。」

羅威先生臉上的表情輕鬆了一些，拿起桌子上的那個圓筒形紙盒，邊解繩子邊說：「我哥哥的那個房子，二樓後面有窗戶的地方都有小陽台。偷東西的人順著排水管爬到陽台上，撬開窗戶進到屋裡。你們應該記得昨天晚上的風很大。今天早上出門的時候，隔壁的管家把這個東西交給了我，說在他們家陽台上撿到的。」

他得意地打開紙盒，從裡面拿出一個破舊的圓頂硬禮帽：「我知道，透過帽子可以推斷出一個人的外貌特徵，瞭解他的精神狀態和智力水準，還可以推斷出他的生活水準、過往經歷、家庭地位和居住習慣。宋戴克先生，我說得對嗎？」

宋戴克的臉上露出一絲笑容，把帽子放在那張剪過的報紙上：「你應該

知道，帽子的主人可以隨時更換，所以不要把太多的期望放在帽子上。你頭上戴的這頂時尚的硬毛帽，應該是新的。」

羅威先生說：「沒錯，上個星期買的。」

「對，這頂帽子是林肯與班奈特帽廠出產的，價格昂貴。我看到內襯上用不褪色的墨水寫著你的名字。買了一頂新的帽子，表示原先那頂帽子被你拋棄了，你怎麼處理它呢？」

「給傭人了。不過尺寸不合適，他應該把帽子賣了，或者送給了其他人。」

「非常好，這麼好的帽子可以戴很長時間，即使舊了也可以繼續戴很久。你的帽子很可能會轉手好幾個人，從落敗的、要面子的人手裡轉給窮得叮噹響的人。假設現在就有很多流氓或乞丐戴著林肯和班奈特的帽子，其中有一頂帽子的內襯上寫著你的名字S.羅威。如果有人按照你說的這種方式進行推理，很可能會誤解S.羅威的生活習慣。」

馬齊蒙先生忍不住笑出聲來，但一想到目前的狀況，立刻換回嚴肅的表情。

羅威先生失望地說：「你的意思是這頂帽子沒用嗎？」

「我不是這個意思。你把帽子留下來，或許我們可以發現有價值的線索。不過，你一定要告訴警方這件事，他們肯定想看看這頂帽子。」

「你會幫我調查這件事吧？」羅威的語氣中透著一絲哀求。

「我會考慮。不過我是法醫專家，這件案子並不是相關案件。你和馬齊蒙先生應該清楚，其實我可以不管這件事。」

馬齊蒙說：「我已經跟他說過了，只要你肯調查，就算幫了我大忙。」最後，他還帶著勸服的語氣補充道，「就把它當成法醫學的案子吧！」

宋戴克重複了一遍之前說的話，兩個人就走了。

他們走了以後，我的同事一直默默地看著那頂帽子，臉上帶著玩味的表情。最後，他終於開口：「我們要找出『這件漂亮的東西』屬於誰，就像玩罰物遊戲①那樣。」他用鉗子夾著帽子到光亮處，認真察看。

「這頂帽子確實很特別，也許剛才不應該對羅威先生說那樣的話。」

我叫道：「這頂帽子圓得像個臉盆，那個人的頭恐怕是用車床做出來的。」

宋戴克聽完，笑著說：「關鍵在於這頂帽子很硬，如果不是非常合適就無法戴。而且它很便宜，肯定不是訂做的。長著這樣頭形的人，戴不了普通的帽子，他肯定知道修改帽子的方法。

「你看，這個人應該聽從了某個帽匠朋友的建議。先買了一頂大小合適的帽子，用水蒸氣把帽子弄熱，趁著帽子變軟的時候戴在頭上，等帽子變涼了再摘下來，這些可以從變形的帽簷推斷出來。由此可以得出結論，這頂帽子非常符合這個人的頭形，是一個非常完美的模子。再加上這頂帽子很便宜，所以應該只有一個人戴過。

「你看上面沒有任何灰塵，這頂帽子如果整夜放在外面不會這麼乾淨，可見帽子的主人有刷帽子的習慣，是一個非常注重細節也很守規矩的人。現在讓我們把這頂帽子放在燈光下，你會發現上面有很多白色的細粉末，用放大鏡看會更清楚。」

他把放大鏡遞給我。果然，我看見帽子的表面有很多白色的細粉末。

他接著說：「在刷子刷不到的地方，留存的細粉末很厚。比如帽簷捲起的地方和帽帶的縫隙裡。這些粉末非常細，顏色非常白，很像麵粉。你覺得呢？」

「他應該在某個工廠工作，或者住在工廠附近，而且需要經常從工廠門口路過。我認為應該和某種工業有關。」

「沒錯，我們應該好好整理這兩個思路。如果他只是經過那裡，白色的細粉末就只能落在帽子外面；如果他在工廠上班，就會摘下帽子掛起來。在充滿粉塵的環境下，帽子的裡面和外面都會沾上粉末。而且他的頭上也會有，所以當他戴上帽子的時候，也會把粉塵蹭到帽子裡。」

---

1. 罰物遊戲（forfeits）是一種流行數百年的遊戲，參與遊戲的人在5～25個之間。——譯注

他把帽子翻過來，我把高倍放大鏡放在黑色的內襯上，內襯的縫隙沾滿了白色的細粉末。

我說：「縫隙裡也有粉末。」

他從我手裡拿過放大鏡，看見裡面的粉末後繼續檢查。「你有沒有注意到，內襯的皮面上有油漬，兩邊和後面更明顯，這說明他的頭髮是油性的，或是抹了髮油，當然也有可能是汗漬。但如果是汗漬，應該集中在額頭的位置。」

他急切望向帽子，拽出內襯，臉上露出滿意的笑容：「哈哈！運氣真好！我真怕他把帽子裡面也刷了。傑維斯，幫我拿一下那個解剖用的小鑷子。」

他從我手中接過小鑷子，從內襯後面夾出六七根短髮，放在一張白紙上。

我指著另一邊說：「那裡還有幾根。」

他笑著說：「沒錯，可是我們應該給警方留幾根。要知道，我們的機會是均等的。」

我彎下腰，認真察看這幾根：「看起來很像馬毛啊！」

「我覺得不是，那種頭形的人就應該有這樣的頭髮，等會用顯微鏡看看就清楚了。」

「這頭髮可真粗，而且有兩根幾乎全白了。」

「是的，頭髮的顏色開始由黑色變成灰色。初步檢查就獲得了這麼有價值的線索，接下來我們應該用更專業的方法進行確認。警察應該會過來拿走這頂帽子，所以我們要抓緊時間。」

他把那張放頭髮的紙小心地折起來，像對待聖杯那樣雙手捧著帽子。我跟著他一起來到樓上的實驗室。

他對著實驗助手說：「波頓，我們要檢驗樣本，而且時間很緊迫。先給我們用用你特製的吸塵器。」

那個個子矮小的男人趕緊跑到櫃子前拿出自製的工具，看著像一台真空吸塵器。用踩踏式打氣筒——給自行車打氣用的那種改裝的，把活門往反方

向轉過來，上面裝了玻璃嘴，在可以伸縮的金屬管尾部裝著可以隨意拆卸、用來收集粉末的玻璃罐。

宋戴克把帽子放在工作檯上：「我們先採集外面的粉塵。波頓，準備好了嗎？」

實驗助手用力踩住打氣筒的腳蹬子，宋戴克拿著玻璃嘴順著捲起的帽簷慢慢移動。那些白色的細粉末被吸進玻璃罐裡。現在帽子上很乾淨，原先發白的地方慢慢變成黑色。

宋戴克說：「那邊的粉塵留給警方。」

波頓停下來，摘了接收器放在一張紙上，在旁邊用鉛筆寫上「外面」，並用玻璃罩蓋住接收器。然後，他重新安裝一個接收器，拿著玻璃嘴吸帽子內襯和皮襯內側的粉塵。這次吸進來的大多是灰色的，還有兩根頭髮和一些類似絨毛的東西。

把第二個接收器摘下來以後，宋戴克說：「現在沒時間做紙模了。這個頭形很特殊，我們用最快的方法做一個模子。」說完從下面的釘子上拿了一個非常大的測微器，放在帽子裡量了量，「長17.5公分，寬16.7公分，顱指數是95.6。」他在紙上迅速地計算了一下。這是一個相當高的數值。

波頓在帽子裡貼了一圈打濕的薄紙，在紙上倒了調好的熟石膏。等熟石膏凝固後又加了兩層，最後裡面變成堅硬的石膏環，厚度在一英寸左右。現在帽子裡是一個很完美的模子。幾分鐘過去了，石膏微微收縮，掉了下來。波頓把它放在一塊板子上晾乾。

我們還是不夠快，波頓取下模子的時候，實驗室的門鈴響了——我上來之前轉接過來的。我下去以後看見一個警佐，帶著米勒局長的信，要求我們立即把帽子交給警方。

警佐拿著帽子離開後，宋戴克說：「接下來要做頭髮的橫切面，量一下頭髮的粗細，還要檢測粉塵的成分。為了節省時間，波頓你來做橫切面，你最好用膠水把頭髮固定在顯微鏡的薄片切片機上，切的時候要用顯微鏡觀察，還要注意切的角度。」

頭髮的直徑是0.02公分，比正常人的頭髮粗兩倍。不過那確實是人的頭

髮。用化學試劑檢驗出帽子上的白色粉塵是碳酸鈣，具體來自哪裡不清楚，連宋戴克也被難住了。

宋戴克用顯微鏡觀察著那些粉塵：「這些大的顆粒物有點像水晶，看起來是透明的。可以看得很清楚，結構是薄片形。不是水泥，不是白灰，也不是白色土。究竟是什麼呢？」

我提出一種猜想：「會不會是某種貝殼，比如……」

他站起來，提高聲調：「當然會！你猜對了，這應該是蚌殼。傑維斯，你依然這麼聰明。波頓，在你的雜物盒裡找出一顆珍珠鈕扣拿給我。」

波頓什麼都留著，他很快找來一顆珍珠鈕扣，放在瑪瑙研缽中磨成粉狀。宋戴克在顯微鏡下放了一點珍珠粉。

「傑維斯，你真厲害！快來看看，雖然這些粉末沒有我們的樣本那麼精細，但還是能辨認出基本的特徵。」

我用顯微鏡看了看那些粉末：「沒錯，確實看得很清楚。」然後我看了一下懷錶，「我現在得走了，艾里斯讓我在十一點半之前趕到法庭。」

收拾好筆記和文件，我不情願地離開了。宋戴克留在家裡，從電話本上摘抄地址。

這次出庭用了整整一天的時間，等我回到家，已經快到吃晚飯的時間了。半個小時之後，宋戴克回來了，一句話也沒說，他看起來又累又餓。

「我做了什麼？」宋戴克重複著我的問題：「我已經不記得走了多少骯髒的路，幾乎所有加工蚌殼的工廠我都找過了，結果什麼也沒找到。不過還有一家沒去，那裡的可能性最大，明天早上我們就過去看看。現在讓波頓幫忙把資料整理完。這是那個人的頭形模子，很明顯是個圓形頭顱，兩邊不對稱。這是頭髮的橫切面，我們的頭髮是橢圓形，這個人的頭髮是圓形。從帽子外面找到了蚌殼粉末，帽子裡找到的也是類似的粉末，而且混合了一些不同的纖維和澱粉粒。這些就是我們整理出來的線索。」

我問：「也許那頂帽子根本就不是竊賊的，到時候怎麼辦？」

「那就麻煩了。不過，我認為是他的，而且我還能猜出他偷走了哪一類藝術收藏品。」

「你不準備告訴我？」

「親愛的，你知道所有的線索，動動你的腦筋想一想，不要讓大腦閒下來。」

我把所有線索都整理了一遍，想推測出那個竊賊到底是什麼樣的人，偷了什麼東西，結果沒有任何收穫。第二天早上，我們出門查探剩下的那家工廠，在接近萊姆豪斯的時候，宋戴克說起了這件事。

「貝瑪公司是一家貝殼進口加工公司，位於西印度碼頭，我們現在就去那裡。如果那兒沒有我們要找的人，就不必在這個案子上浪費時間了，我會把所有證據交給警方。」

「你要找的人長什麼樣？」

「一個日本人，年紀很大，戴著一頂新的鴨舌帽，右臉或太陽穴附近有瘀青。我還要找一個出租馬車的地方。我們到工廠了，現在是吃飯休息的時間，等那些工人出來以後，我們再進去打聽。」

那些高大的建築物外面沒有任何標誌，我們慢慢走過去。正準備往回走的時候，聽見一陣汽笛聲，前面的小門打開了，從裡面出來一大群工人走到大街上。每個人的身上沾滿了白色的粉末，就像在磨坊工作的人一樣。我們站在原地看著他們從小門走出來，向著周圍走去，有的回到自己家，有的走向附近的咖啡店，沒發現宋戴克說的那個人。

人越來越少，直到人都走光，我們聽到砰的一聲，裡面的人用力關上了小門。看來這次的追查又失敗了。

宋戴克失望地說：「現在還不清楚人是不是都走光了。」話音剛落，小門再次打開，從門裡伸出一條腿，接著一個身材矮小、孔武有力的男人走了出來。那個人的腦袋非常圓，長著鐵灰色的頭髮，戴著一頂布做的鴨舌帽，停在門口，和裡面的人說話。

他轉過頭，望向對面那條街。我看到黃色的皮膚和小眼睛，知道他是一個日本人。大約過了一分鐘，那個男人轉身向我們這邊走過來，在他右邊顴骨的上方有一片嚴重的瘀青。

看見那個男人走過來，宋戴克轉過身說：「如果他不是我們要找的人，

那就是一個奇怪的巧合。」他放慢速度，讓那個日本人超過我們，等那個人走到我們前面，他又加快速度，始終與前面的人保持著適當的距離。

那個人走路的速度很快。我們跟在後面，看見他轉進一條側街。宋戴克拿著筆記本，假裝跟我討論事情，但他始終用餘光看著那個日本人。

直到那個人消失，宋戴克說：「那個有綠色百葉窗的房子，應該是十三號，他走進去了。」

確認過宋戴克說的話後，我們接著往前走，從下一條街回到大馬路上。過了二十分鐘，我們路過一家咖啡店，看見一個男人從裡面走了出來，站在門前開始裝菸斗。他的衣服和帽子上沾滿了白色的粉末，和我們在工廠看見的那些工人一樣。

宋戴克走上前：「那邊那家工廠是加工麵粉的嗎？」

「先生，是蚌殼，不是麵粉。我就在那裡工作。」

「啊，蚌殼？我想那個工廠會吸引很多外國人，你覺得呢？」

「你說得不對，那裡的工作很辛苦，只有一個日本人，而且他不是幹體力活的。」

宋戴克叫道：「日本人！不知道會不會是我們的老朋友貞君。」說完他轉過身看著我：「哎，說真的！你還記得貞君嗎？」

「先生，那個日本人叫爾島，不是你說的那個。原來工廠裡還有個姓伊東的日本人，和爾島是好朋友，不過他已經辭職了。」

「好吧！你說的這兩個我都不認識。對了，附近有沒有租馬車的地方？」

「南渡街那邊有個馬車行，那裡有幾輛馬車和幾輛貨車。那個叫伊東的日本人就在那邊工作，主要負責照顧馬，有時候也開貨車。不過，日本人做那種事，還真奇怪。」

「確實如此。」宋戴克向那個人表示感謝。然後我們一起走向南渡街。這個時間，馬車行裡幾乎沒什麼車，只剩下一輛破舊的四輪和雙輪馬車。

宋戴克邊說邊往裡走：「後面是很特別的老房子，這種木頭山形的牆也是很老的東西，而且非常有意思。」他指著一棟房子，那棟房子的窗戶旁有

個男人疑惑地看著我們。

「兄弟，你們想做什麼？」那個人不客氣地問。

「我們就是過來看看這邊的老房子。」說完，他繞到小馬車的後面，拿出筆記本，好像要畫草圖。

「哎，你們可以站在外面看。」那個男人說。

「確實。但你應該知道，外面沒有裡面看得清楚。」

就在這時，宋戴克手裡的筆記本掉在小馬車底下，好幾張紙散落在地上。窗子裡的那個人看見他的樣子，笑得很開心。

我蹲下來幫他撿那些紙。他撿紙的動作非常遲緩，嘴裡念叨著：「不用著急，還好地上沒有水。」他拿著紙站起來，快速寫下一些東西，把筆記本放進口袋裡。

「你們最好快點滾開！」窗戶旁的男人吼道。

宋戴克說：「謝謝你！我也是這麼想。」他高興地點點頭，遵照那個男人「友善」的建議走了出去。

我們剛到家，波頓跑過來說：「博士，馬齊蒙先生、伯傑探長和另外一位先生來找過你。看到你不在，說五點左右再過來。」

宋戴克說：「哦，離五點還有十五分鐘，這點時間只夠我們洗把臉，飛舞在萊姆豪斯空氣中的白色粉末可不全是蚌殼。波頓，你先準備好下午茶。」

客人準時到達，不出所料，第三個人果然是所羅門・羅威。這是我第一次見到探長，他一直拉著宋戴克說話，以此轉移別人對他姓氏的關注。不過，這樣的做法好像沒什麼效果。

探長語氣輕快：「先生，我知道你不會讓羅威先生失望。你已經仔細檢查過那頂帽子了，羅威先生希望你能說出嫌疑犯是誰，住在哪裡。我們知道你可以透過帽子上的資訊推測出來。」說完，探長對著我們的當事人得意地笑了笑。

羅威先生的臉色比前一天更加難看，他急切地問：「你有沒有什麼新的發現？」

「我們已經認真檢查過那頂帽子，發現一些有意思的線索。」

探長問：「你已經檢查了帽子！那上面有沒有什麼線索，你知道被偷的東西是什麼了嗎？」

宋戴克轉過頭看著探長，臉上沒有任何表情：「我們認為，被偷走的很可能是墜子、古畫等來自日本的藝術品。」

探長吃驚地說：「半小時之前收到從佛羅倫斯打到蘇格蘭場的電報，我們才知道被偷的是什麼。真搞不懂你是怎麼發現的。」

羅威先生著急地說：「或許你可以形容一下那個竊賊的樣子。」

「我保證，這位探長可以把這件事說清楚。」宋戴克說。

那位警官回答：「沒錯，我也這麼想。這個竊賊身材矮小，力氣很大，皮膚黝黑、頭髮花白。他的腦袋非常圓，應該是麵粉廠或水泥廠的工人。我們就知道這麼多，如果你還有什麼要補充的，我們非常願意聽。」

宋戴克說：「我要補充的有幾點，也許能幫助你。有一個姓爾島的日本人，住在萊姆豪斯的波吉特街十三號，他在貝瑪公司的蚌殼廠上班。如果你去找他，拿那頂帽子給他試戴，應該會非常合適。」

探長趕緊在筆記本上記下宋戴克說的話，而一向很敬佩宋戴克的馬齊蒙先生，微笑著坐在椅子上，輕輕地搓著兩隻手。

我的這位同事繼續說：「另外，萊姆豪斯的南渡街上有一家馬車行，有一個叫伊東的日本人在那裡上班。你應該可以查到伊東前天晚上在什麼地方，如果你在馬車行看見一輛車牌號碼為22481的馬車，要好好察看一番。車牌的外框上有六個小洞，之前可能釘過平頭釘，上面應該掛過假車牌。你可以查出前天晚上十一點那輛車在什麼地方。這些就是我要補充的幾點。」

話音剛落，羅威先生立刻從椅子上站了起來：「我們現在就走，不要浪費時間。醫生，非常感謝你，我向你表達一百次、一千次的感謝！我們快走吧！」

他抓著探長的手臂往門口走，很快就聽見他們下樓的聲音。

聽到他們漸漸走遠，宋戴克對我說：「確實不值得跟他們做詳細的解釋，你應該也不需要吧！」

「剛好相反，我想聽細節。」

「好吧，我的推論非常簡單，運用的全是人類學。你應該知道，世界上的人大概分為三種：白種人、黃種人、黑人。這些人除了皮膚的顏色不同外，還有一些其他不同的特徵，特別是頭顱的形狀、毛髮和眼窩等。

「黑人的頭和眼窩是窄長的，頭髮像綢帶一樣扁平，捲曲程度像鐘錶的彈簧。白種人的頭和眼窩是橢圓形的，頭髮的橫切面也是橢圓形，微扁彎曲。黃種人的頭和眼窩短而且圓，頭髮的橫切面也是圓形，直頭髮。黑人的頭和眼窩是長的，頭髮的形狀扁平；白種人的頭、頭髮、眼窩是橢圓形；黃種人的頭、眼窩和頭髮則是圓形。

「在這個案子裡，我們發現嫌犯的頭短而圓，不過有很多英國人的頭也是短的，只有這個證據不能證明嫌犯就是黃種人。但接下來我發現頭髮的橫切面是圓形的，這就可以確定了。在帽子裡發現蚌殼粉和米飯的澱粉粒，因此這個人來自中國或者日本。這些就可以證明我們的推測基本正確。如果帽子是英國人的，裡面的澱粉粒應該是小麥的。

「我和你說過，頭髮的橫切面是圓形的，直徑很大。我檢驗過的毛髮有上萬根，日本人的頭髮最粗，我們從帽子裡發現的頭髮比一般人的頭髮粗很多。其他幾條線索也證明了偷東西的就是日本人，比如這個人很矮，卻很結實，力氣非常大，黃種人裡最矮最強壯的就是日本人。

「還有，他應該會日本柔道。所以那位退休的警佐，也就是以撒家的男管事，輕易就被撂倒了。這次被偷走的東西只有一種，表明這些藝術品具有某個國家的特性，而且方便攜帶。這些符合日本人對藝術品的價值認定。你還記得嗎？這些東西的價值在八千到一萬兩千英鎊，但只用了兩個手提包來裝。如果是中國的藝術品，要比這大而且很重，所以應該是日本的。這些在我們沒有見到爾島之前只是推測，但現在不是了。不過我也有可能出錯。」

宋戴克的推理完全正確，最後以撒‧羅威先生在萊姆豪斯波吉特街的十三號找回了丟失的東西。現在我的書房裡有一個古老的墜子，那是以撒先生給宋戴克的謝禮。後來宋戴克給了我妻子，他說如果我沒有發現那些粉末是蚌殼粉，這件案子就沒辦法偵破。這句話聽起來真可笑！

藍色小亮片

火車馬上要開了，宋戴克站在月台上四處張望。

列車員揮動綠色的旗子，宋戴克不情願地走進空蕩蕩的吸菸車廂：「真是不幸，恐怕不能在這見到我們的朋友了。」他關上車廂的門，在火車快開動的時候，伸出頭向窗外望去。

「不知道那個是不是他。如果是，那就太巧了，他剛好趕上火車，現在應該在後面的幾節車廂裡。」

宋戴克說的朋友是愛德華·斯托普福德先生，他是個律師，在頗圖加街上的斯托普福德-麥爾斯法律事務所工作。昨天晚上我們收到一封電報：

明天有一個重要案件，是否能請你來此辯護？我們將承擔一切費用。

——斯托普福德-麥爾斯法律事務所

這是一封預付了回電費用的電報，我們的關係就從這封電報開始。

宋戴克回電，同意進行辯護。今天早上又收到一封電報，很明顯是昨晚發的。

將於八點二十五分從查令十字街前往伍德豪斯。如果有時間，會提前拜訪。

——愛德華‧斯托普福德

我們沒有見過他，所以不知道他有沒有來，也不知道他是不是混進了人群中。

宋戴克又說了一遍：「真是不幸。我們失去了提前瞭解案情的機會。」他裝滿菸斗，到了倫敦大橋又看了看月台，依然沒什麼發現。他快速瀏覽了從書報攤上買來的報紙，沒有理會那些用來吸引讀者的標題和段落。

他一邊看報紙一邊說：「還沒來得及瞭解事情的經過，就要處理細節問題，這樣撞進一件案子裡，對我們非常不利。例如⋯⋯」

話還沒有說完，他就停了下來。我疑惑地抬起頭，發現他認真地看著剛翻過來的一頁報紙。

「傑維斯，這個看起來像我們將要處理的案子。」說完，他把報紙給我，指了指那個題目為「肯特郡凶殺案」的新聞。報導很簡短，內容是：

昨天早上，在哈伯瑞支線的伍德豪斯鎮發現一件驚人血案。一個搬運工人檢查進站列車時，發現頭等車廂的地板上躺著一個打扮時髦的女人，於是他立刻叫來醫護急救人員。外科主任莫頓醫生來到現場，確認這個女人在幾分鐘前就已經死亡。

死因是頭部的穿透傷，由銳器刺穿頭骨直達腦部造成，穿透的力量非常猛烈。由此可見這是一場非常凶殘的謀殺案。死者的行李還在行李架上，裡面的珠寶、鑽戒均沒有丟失，基本上排除了搶劫殺人的可能。傳言，當地警方已經抓到了嫌疑犯。

我把報紙還給宋戴克：「這件事太可怕了！可是這篇報導並沒有提供太多有價值的資訊。」

「確實不多。不過，還是有些值得我們思考的東西，比如刺穿頭骨的銳器，假如不是子彈，那會是什麼呢？這種銳器是怎麼在封閉的車廂中使用的？什麼樣的人會使用這樣的工具？殺人動機是什麼？這些基本問題都值得

理查‧奧斯丁‧傅里曼

深入思考，這個任務就交給你了。還有，除了搶劫和謀殺以外，還有什麼情況會讓人用這麼殘忍的手段殺人？」

「造成這種傷口的工具並不多。」

「確實如此。比如水泥工人的鎬、地質學家的槌子，可是這些都帶有明顯的職業特徵。你帶筆記本了嗎？」

聽到他的提示，我拿出筆記本，在本子上進行推測。我的朋友也拿出筆記本放在膝蓋上，看著窗戶外面，思考著這些問題，不時地在本子上記些東西。直到火車開進哈伯瑞車站才結束，因為我們要在這裡換乘支線列車。

在這個車站下車的人非常少，下車以後我看見一個穿著得體的男人，從月台的另一頭趕過來，滿臉焦急地尋找著什麼，他看到我們以後徑直走向前，打量著我們，問道：

「是宋戴克博士嗎？」

「是我。你是愛德華・斯托普福德先生吧？」

那個律師鞠了一躬，激動地說：「這件事真的很可怕！我看你手上拿著今天的報紙，應該知道發生了什麼，真的太嚇人了。對了，我來晚了，差點趕不上火車，真怕錯過你們。不過能在這裡遇到你們，我就放心了。」

宋戴克說：「聽說嫌疑犯被抓住了？」

「沒錯，被抓的人是我弟弟，這件事真的很糟糕。我們往月台那邊走吧，火車還有十五分鐘就要開了。」

等到了頭等車廂，放下行李箱和宋戴克帶來的工具箱，我們走向月台的另一邊，律師走在中間。

斯托普福德先生說：「聽到這件事，我非常難過。不過，我還是從頭講一遍，由你們自己來判斷吧！那個在火車上被殺害的人叫伊迪斯・格蘭特，以前是個人體模特兒，我弟弟曾經聘僱過她。我弟弟是一個畫家，叫哈洛德・斯托普福德。你應該知道，他是皇家藝術院的準會員，他……」

「我知道，他畫得很好。」

「我也這麼認為。在他二十多歲的時候，和格蘭特小姐走得很近，這不是什麼秘密，不過他們之間的關係很單純。格蘭特小姐和大多數英國模特

兒一樣，是個很守規矩的女孩，沒人覺得她有什麼不好的地方。他們經常寫信，還會送一些小禮物。我弟弟送過一條項鍊，上面帶著小盒墜子，盒子裡刻著『哈洛德贈送伊迪斯』，還放了他的照片。

「後來，格蘭特小姐因為有一副好嗓子，登上了舞台，演出詼諧歌劇。從此，她的生活習慣和人際關係發生了很大的變化。這時的哈洛德已經訂婚，他急切地想取回那些信件，特別是那個小盒墜子，他想用其他禮物把它換回來。最後，格蘭特小姐把信件還給了他，卻拒絕把小盒墜子交出來。

「哈洛德在過去的一個月裡，住在哈伯瑞，因為他要到附近的鄉野山村寫生。昨天早上，他坐火車去辛格豪斯，那個地方在伍德豪斯的前一站，離這裡三站。

「當時，格蘭特小姐從倫敦前往沃辛，在這裡轉車時遇到了我弟弟，兩個人一起上了支線的火車，頭等車廂裡只有他們兩個人。格蘭特小姐戴著那個小盒墜子，我弟弟再次提出用別的禮物交換，被她拒絕了。在討論的過程中，兩個人都很生氣，這引起了木斯丹的站員和一個搬運工的注意。最後，格蘭特小姐扯斷鍊子，扔向哈洛德。在辛格豪斯站分開的時候，格蘭特小姐還是好好的。哈洛德帶著所有的畫具，包括一個灰色手柄的亞麻傘布，底端還有根很粗、用來插在地裡的鋼鐵尖釘。

「他下車的時間是十點半左右，不到十一點就到了寫生的地方。到了那裡，他就開始畫畫，一直畫了三個小時，中間沒有停歇。當他收拾好畫具，準備往車站走的時候，卻被警察抓了起來。

「現在所有的證據都指向他。他是最後一個和死者有過接觸的人，在他離開木斯丹以後，就沒人見到過死者。有人看見死者生前和他吵過架，他有殺人的動機，他的身上帶著可以製造那樣傷口的銳器——鋼鐵尖釘。警察搜身的時候發現那條斷了的鍊子，認定他是透過暴力手段得到的。

「當然憑這些也不能完全認定他就是凶手。首先，我弟弟是一個脾氣溫和的人。其次，要是他真的殺了人，怎麼還有心情去畫畫？可作為一個律師，我知道僅憑這些，他是擺脫不了嫌疑的。」

「不要說這種喪氣話，雖然警方認為已經掌握了足夠的證據。」此時我

們已經上了火車，宋戴克繼續說，「調查庭幾點開始？」

「今天下午四點。我已經取得驗屍官的同意，讓你查驗屍體，並參與司法解剖。」

「你知道傷口的具體位置嗎？」

「左耳後面有個非常恐怖的圓洞，從那到前額有一個不規則的割痕或撕裂的傷痕。」

「屍體在什麼位置？」

「車廂的地板上，腳朝著另一邊的車頭。」

「只有頭上一處傷痕嗎？」

「不是！在右邊的臉頰上，還有一條很長的瘀青或者說是傷疤，法醫說是被某種鈍器挫傷的。除了這一處，我沒有聽說有其他的外傷。」

「在辛格豪斯站有人上火車嗎？」

「從哈伯瑞出來以後，就沒有人上過車。」

聽完這些話，宋戴克陷入沉思，直到火車開出辛格豪斯才抬起頭。

「凶案就發生在這一帶，或者說發生在從這到伍德豪斯的路上。」斯托普福德先生說。

宋戴克漫不經心地點點頭，注視著窗外。

「我發現在鐵軌中間有一些碎片，還有一些看起來很新的軌座楔①。最近有鐵路工人施工嗎？」

斯托普福德回答：「有啊，他們現在應該還在鐵路沿線。昨天我看見一群工人在伍德豪斯附近工作，好像還燒了一個稻草堆，我過來的時候看見那邊有煙。」

「是嗎？我想中間應該是條側線吧！」

「對，他們會把貨車和空車廂轉到這條線上。你看，那邊有一堆燒剩下的稻草，現在還冒著煙。」

---

1. 鋪鐵軌時，用來夾住鋼軌的鋼材。——譯注

宋戴克看著那堆灰燼，一節空的運牛車廂擋住了他。車廂後面跟著貨車，然後是客車車廂，其中有一節頭等車廂被封了起來。火車正在慢慢減速，過了幾分鐘，我們到了伍德豪斯車站。

月台上站著兩個搬運工、一個督察員和火車站站長，全都翹首盼望著。很明顯，他們早就知道宋戴克要來，站長還親自過來幫我們搬行李箱。

下車之後，宋戴克問律師：「我現在可以看看那節車廂嗎？」

站長聽見以後說：「先生，警方封鎖了那裡，外人不可以進去。不過，你可以問問那位警探。」

宋戴克說：「我想，在外面看看應該可以吧？」站長立刻表示同意，還要陪我們一起過去。

宋戴克繼續問：「那輛火車裡還有其他的頭等車廂嗎？」

「先生，頭等車廂只有一節，車廂裡只有死者一個人，這件事搞得我們很亂。」他一邊走一邊說，「火車進站的時候，我站在月台上，鐵道那頭的稻草失火了，而且火勢很大。當時，我還說要移走側線上的運牛車，因為火星和煙灰飄過來會嚇到那些牲口。費爾頓先生說過，牛受到驚嚇後肉的品質會下降，他可不希望發生這樣的事。」

「沒錯，費爾頓先生說得對。」宋戴克說，「請你告訴我，有沒有人能從那邊的門上下車，還不被其他人看見？比如，從那邊的門上車，趁著火車進站減速時下車，這樣就可以避開所有人的視線。」

「應該沒有這個可能，不過我也不敢說得太絕對。」

「好的，謝謝你。我還有一個問題，那批在鐵道上工作的工人是這個區的人嗎？」

「博士，他們都是外地人，而且很多都是粗野的人。不過我覺得他們並不壞，如果你認為他們跟這件事有關係……」

宋戴克有些緊張地插話：「不，我沒有懷疑誰，我只是希望瞭解所有跟這件案子有關的事。」

「博士，這個我可以理解。」站長顯得有些不安。我們沉默著往前走。

當我們走近那節車廂時，宋戴克問：「你還記得發現屍體的時候，車廂

那邊的門是不是鎖上的？」

「博士，當時關著門，但沒有上鎖。怎麼了，你認為⋯⋯」

「沒什麼。這就是那節被封鎖的車廂嗎？」

不等對方說話，宋戴克就開始檢查那節車廂。為了避免有人過去擋住他的光，我禮貌性地攔住了那兩個準備擠過去的人。另外一邊的踏腳板引起宋戴克的注意，他仔細檢查後，從這邊慢慢走過去，眼睛距離車身幾英寸，好像在尋找什麼。

等靠近車廂末端的時候，他停了下來。從口袋裡拿出一張紙，舔了舔指尖，再從踏腳板上撿起一些細小的東西放在紙上，把紙折好後夾進筆記本，最後把筆記本裝進口袋。

他踩著踏腳板從窗口向車廂裡望，然後從口袋裡拿出一個吹藥器，也就是指紋顯示器，對著中間車窗的邊緣吹出一些粉末，窗戶上顯示出一些不規則的斑點。他用小尺量了量窗子側框的印痕，從踏腳板上走了下來，仔細檢查踏腳板後，說他已經看完了。

順著鐵道往回走的時候，我們看見一個工人正在認真地觀察著軌座楔和枕木。

宋戴克問站長：「那個人應該是鐵路工人吧？」

「對，是工頭。」

「你們先往前走，我跟他聊兩句。」宋戴克轉身跟上那個男人，聊了幾分鐘。

當我們走近車站時，宋戴克說：「我想站在月台上的那個人應該是警探。」

「是的，我想他應該是來打探消息的。」

站長說得沒錯，不過這位警探卻裝成偶遇的樣子。

他介紹完自己又繼續說：「先生，你應該很想看看那件凶器吧？」

宋戴克糾正：「是那把有尖釘的傘。如果可以，我想看看。不過我們現在要去太平間。」

「去太平間要經過警察局，如果你願意看，我可以陪你們過去。」

我們一起走向警察局。站長也跟了過來，他對這件事非常好奇。

「博士，我們到了。」警探一邊說，一邊打開辦公室的門，把我們請進去，「這些就是被告的東西，包括那件殺害死者的凶器，可是千萬別說我們沒給辯方看過所有的證據。」

宋戴克不耐煩地說：「行了，能不能等到審完以後再做判斷？」他接過警探手裡那件灰色的東西，先用放大鏡觀察尖釘，再拿出一把銅製的測距器，測量尖釘和傘柄的直徑。他把資料記錄在筆記本上，說：「我們現在想看看顏料盒和畫。斯托普福德先生，看來你弟弟是一個很愛乾淨的人，顏料擺放的位置是固定的，調色刀和調色盤清洗過後擦得發亮，畫筆也洗淨晾乾了——畫筆變乾之前必須清洗乾淨，這一切都非常重要。」他把綁在空白畫布上的畫解下來，放在一張迎著光的椅子上，往後退了幾步，仔細觀察著。

他對那位律師說：「你說這是畫了三個小時的效果？真的太了不起了！」

「他畫畫的速度非常快。」斯托普福德顯得有點沮喪。

「沒錯，這幅畫的完成速度非常快，裡面還融入了情感和興趣，可以看得出來作畫的人心情很愉快。不過我們現在不能留在這裡看畫了。」他把畫布放回去，看了看那個小盒墜子和其他東西，向警探表示感謝後，走了出去。

我們走到大街上，他說：「在我眼裡，那張畫和顏料盒非常有意義。」

「我也這樣想。因為它們和主人一樣被鎖了起來，真是太可憐了！」斯托普福德重重地嘆了一口氣。

我們默默地向前走。

停屍間的管理員拿著鑰匙在門口等著，顯然早就知道我們要過來。看到法官簽發的命令，管理員把門打開，我們走了進去。斯托普福德看了看放在石板桌上裹著白布的屍體，嚇得臉都白了。他走出停屍間，和管理員在外面等著我們。

從裡面鎖好門，宋戴克好奇地觀察著這個白色的房間。有一道光從天窗照射進來，正好照在用白布裹著的屍體上。還有一道光照在門邊的角落裡，

牆上有一排掛衣釘，死者的衣物就掛在釘子上，旁邊還有一張木桌。

宋戴克看著這些遺物說：「傑維斯，看到死者生前用過的東西，我的內心總是很傷感。於我而言，這些遺物比屍體更是讓人難過。看看這頂時尚的帽子和價值不菲的裙子，就那樣孤零零地掛著；桌子上疊得整齊而講究的內衣——希望是管理員的老婆收拾的；還有那雙法國的小皮鞋和網狀絲襪。這些優雅的東西，原本屬於一個沒有煩惱、不會給別人造成傷害的人，而這個人的生命卻在轉瞬間消失了。不過現在不是悲傷的時候，因為有另一個被威脅的生命，正等著我們挽救。」

說完，他拿下那頂帽子，把它翻了過來。裡面有一堆凌亂的薄紗、緞帶和羽毛，帽子裡還有很多藍色的小亮片，我想這頂帽子就叫「廣簷女帽」。帽子外緣上破了一個洞，只要晃動那頂帽子，就會從破洞裡掉出許多小亮片。

宋戴克說：「根據這個破洞的位置，可以判斷帽子是偏向左邊戴的。」

「沒錯。就像庚斯博羅畫的《德文郡公爵夫人》的畫像那樣。」

「對，就是那個樣子。」

他晃了晃帽子，用手接住一些小亮片，然後把帽子掛回去。他從口袋拿出一個信封，把小亮片放進去，在上面寫著「帽子上的東西」，寫完後放在口袋裡。接著他走到長檯子前，溫柔地、恭敬地拉開白布，露出死者的臉。那張臉很好看，顏色像大理石一樣白，表情寧靜祥和，眼睛半睜著，黃銅似的頭髮散落在兩頰。這張漂亮的臉蛋上有道割痕，從右邊的眼角一直劃到下巴。

宋戴克說：「很美的女孩，頭髮被染成金色。真不應該用染髮劑禍害自己頭髮。」他把死者前額的頭髮向後撥了一下，「髮根的0.63公分處是黑色的，應該在十天前用過染髮劑。你覺得她臉上的傷是怎麼造成的？」

「應該是倒下去的時候碰到了什麼堅硬的東西。不過頭等車廂裡都是包著墊子的座椅，我不知道她會撞到什麼東西上。」

「沒錯，我們現在檢查一下其他傷口，你可以做一下記錄嗎？」我接過筆記本，記下他說的話，「頭部有一個圓洞，直徑是3公分，在左耳後上方

2.5公分的地方，由重擊造成。顱骨呈現星狀裂痕，刺穿內膜進入腦部。頭上的裂痕一直延伸到左眼窩旁，傷口周圍有零碎的薄紗和亮片。目前就先這樣，如果還需要更詳細的資料，莫頓醫生會提供給我們。」

他收起量徑器和尺，從頭皮上取下兩根頭髮，放在裝亮片的信封裡。又看了看屍體上是否還有其他傷口，然後蓋上白布，轉身離開。

從停屍間出來以後，宋戴克一直保持沉默，我想他正在把所有證據整理到一起，進行思考。斯托普福德先生用好奇的眼光看了他好幾次，開口說：

「現在是十一點半，解剖屍體的時間在三點，接下來你要做什麼？」

雖然宋戴克有心事，但還是不停地觀察著周圍的環境。突然，他停了下來，說：「你剛才說到解剖遺體，這倒提醒了我，我忘了還有牛膽汁。」

我大聲叫道：「牛膽汁？」我實在不能理解這種東西和他查案的方法有什麼關係，「你要這東西做什麼……」

說到一半我就閉嘴了，因為他不喜歡在陌生人面前討論自己查案的方法。

他繼續說：「我想在這樣的小城鎮，應該沒人賣繪畫顏料吧？」

斯托普福德回答：「應該沒有，不過你可以從賣牛肉的那裡弄到，對街就有一家賣牛肉的。」

宋戴克已經在觀察那家鋪子了。「沒錯。不過，牛膽汁需要經過一番處理，當然我們可以自己弄。我的意思是，如果肉鋪老闆有那個東西。我們先過去看看吧！」

說完，他向對面走過去。那個店鋪上掛著「費爾頓老店」的金字招牌，宋戴克向門口的老闆簡單介紹了自己，並說明來意。

老闆說：「牛膽汁？先生，我現在沒這東西，今天下午殺牛的時候，可以幫你弄一點。不過……」他稍微停頓了一下，繼續說：「既然你這麼急，我現在就可以把牛殺了。」

宋戴克說：「非常感謝你，你真是個大好人！請問那頭牛很健康嗎？」

「先生，這批牛是我親自挑選的，非常健康。我們一起過去看看吧，你想殺哪隻都可以。」

宋戴克驚喜地說：「你真是個大好人！那我就不客氣了。我現在去藥店買一個瓶子，很快就回來。」

他快速走進藥店，出來的時候手裡多了一個白色的紙包。我們跟著老闆從店鋪旁邊的小窄巷走到被圍起來的小棚子前。棚子裡有三隻小公牛，全身的毛皮黑得發亮，頭上頂著灰白色的長犄角。

宋戴克讚嘆道：「費爾頓先生，這些牛真的非常好！」

他靠在欄杆上，認真地檢查這幾頭牛，特別是牛的眼睛和犄角。他舉起手杖敲了敲離他最近的那頭牛的右角，緊接著敲了敲左角，那頭牛的兩隻眼睛看著他。

宋戴克走向另一頭牛：「人們可以根據牛角判斷牛的健康程度。」

「願上帝保佑你！」費爾頓先生笑著說，「牛角沒有知覺，否則牠們長這些角做什麼？」

第二頭牛與第一頭牛的反應一樣，兩隻眼睛茫然地看著宋戴克，這也印證了老闆說的話。宋戴克走向第三頭牛，我也跟了過去。當他用手杖敲打牛角的時候，這頭牛非常緊張地向後退。打第二下的時候，這頭牛表現得非常不安。

老闆看見以後說：「看起來，牠並不喜歡這樣，就像……哎呀，這可真奇怪！」

宋戴克的手杖剛剛碰到左邊的犄角，那頭牛的嘴裡就發出痛苦的叫聲，搖著頭向後退。可是棚子裡的空間很小，牠沒辦法退到人搆不到的地方。此時，宋戴克走上前認真察看那隻敏感的犄角，老闆則站在一旁焦急地等著。

等了一會兒，老闆忍不住開口：「希望這頭牛不會有什麼問題。」

「不做進一步檢查，我也不好下結論，」宋戴克說，「有可能只是牛角的問題。如果你能把這隻牛角從貼近頭部的地方弄斷，送到我住的旅館，我就可以進行檢查，然後告訴你結果。對了，我會在牛角上做個記號，並且用紙包起來，避免送到屠宰場的時候弄錯或者弄傷。」

他從紙包裡取出膠紙、貼著「牛膽汁」標籤的廣口瓶、繃帶和封蠟。瓶子給了費爾頓先生，剩下的膠紙、繃帶和封蠟用來包裹牛角的尾部。

費爾頓先生說：「半個小時之內，我會親自割斷牛角，連同牛膽汁一起送到你那裡。」

不到半個小時，老闆就把東西送到了黑牛旅館，也就是我們住的地方。宋戴克坐在客廳窗戶旁的小桌子前，桌上鋪的全是報紙，報紙上放著那隻灰色的牛角。他把隨身攜帶的小工具箱打開，裡面裝著一個小顯微鏡和其他配件。那個老闆疑惑地看著宋戴克，坐在一把扶手椅上等待結果。我盡量和斯托普福德先生聊些開心的話題，避免他因為這件案子而意志消沉。另外，我也關注著我同伴的舉動。

宋戴克說：「傑維斯，你來看看這個。」

我沒有等他叫第二遍，就走過去觀察顯微鏡下的東西。

「看出是什麼了嗎?」

「一個皺縮得很厲害的多極神經細胞。沒錯，就是它。」

「你再看看這個。」

他換了一個新的載玻片。

「一些纖維和兩個角錐形的神經細胞。」

「這些纖維是什麼？」

「我覺得是腦皮層組織。」

「我贊同你的說法。」他轉過身，對斯托普福德先生說，「這樣一來被告的辯詞就完整了。」

「老天啊！你在說什麼？」斯托普福德站起來，大聲說。

「我的意思是，現在我們可以證明格蘭特小姐的遇害時間、地點和方式了。坐到這裡來，聽我跟你解釋。費爾頓先生，你不用離開，或許我們還需要你出庭作證。我們先整理一下已經知道的事實，看看它們意味著什麼。首先，死者躺在地上，腳靠近另一側的門，說明她生前坐在座位上或站在門口，當然後者的可能性更大。」說完，他拿出一張折紙，裡面裝著藍色的小亮片，「接下來我們看看這個，這是我在另一側的踏腳板上撿到的小亮片。這個信封裡還有好幾個，是我從她的帽子裡取出來的。從我撿到它們的位置判斷，格蘭特小姐曾經把頭伸出窗外。

「這個物證是在另一邊的窗戶上找到的，我在窗戶上吹了一層薄粉，右邊窗戶框——從裡面看是左邊——的角上，顯示出一個痕跡，寬度在8公分左右。

「我們再來看看屍體本身提供的線索。頭上的圓形傷口在左耳的後上方，直徑是3.6公分，從那到左眼處還有一個不規則的疤痕。右邊臉上有一道8.3公分的挫傷。

「我們接下來要說的線索都來自這些傷口。」他拿起牛角，用手敲了敲，斯托普福德和費爾頓先生吃驚地看著他，「你們應該記得，這是左邊那隻非常敏感的牛角，如果你把它貼近耳朵搖晃，就會聽見裡面有響動。現在看看牛角尖銳的這邊，有幾條縱向的刮痕。我用測量器量出刮痕底端的直徑是3.6公分。刮痕上有一層已經乾掉的血跡，牛角尖上發現一小團變乾的東西，用顯微鏡觀察發現是腦皮層。」

斯托普福德驚訝地叫道：「天啊，你是說……」

「斯托普福德先生，不要著急，讓我把所有證據說完。」宋戴克打斷他，「如果你仔細觀察牛角，會發現上面有小段金色的頭髮，用放大鏡可以看見黑色的髮根，測量器顯示黑色的部分是0.8公分。

「這個信封裡裝的是死者的金色頭髮，髮根是黑色，長度是0.8公分。還有這個。」

他翻過牛角，指著已經乾了的血跡，上面黏著藍色的小亮片。

斯托普福德先生和那個老闆吃驚地看著牛角，沒有說話。

過了一會兒，斯托普福德先生抬頭看著宋戴克，深吸了一口氣：「得知你可以破解這件謎案，讓我充滿了希望，可是現在我卻被你弄糊塗了。」

宋戴克說：「這件事非常簡單，雖然我們手裡的證據很少，而且還是從已知的線索中篩選出來的，但是我會進行詳細的說明。」他在紙上畫了一個草圖，「我畫的是火車靠近伍德豪斯時的情況，這些分別是客車、著火的稻草堆和運牛的貨車，這就是那頭牛。我認為格蘭特小姐應該站在這裡，伸出頭看那堆起火的稻草。她把帽子歪戴在左邊，寬帽簷擋住了視線，以致她沒有看到靠近的運牛貨車。」說完，他又畫了一張大一點的圖，「這就是事發

時的情形，這頭小公牛從欄杆中間伸出牛角，撞上了死者的頭。她的臉被擠壓到窗角，牛角往回抽的時候，刺進她的頭。因為用力過猛，牛角裡發生了骨折。這些證據只能得出這樣的假設，不會有第二個。」

斯托普福德先生呆呆地坐在那裡，突然他激動地站起來，抓著宋戴克的手說：「是你救了我弟弟的命，真不知道應該怎麼感謝你！願上帝保佑你！」

費爾頓先生從椅子上站起來，笑著說：「先生，牛膽汁恐怕是個幌子吧！」

宋戴克露出神秘的微笑。

第二天，我們四個人回到鎮上，包括律師的弟弟哈洛德·斯托普福德先生。法官的陪審團很快宣判死者是「意外死亡」，不久哈洛德就被無罪釋放了。現在我們三個坐在一起，認真地聽宋戴克分析這件事。

「在我還沒有到達哈伯瑞的時候，就想到了六七種可能的死因，接下來要做的就是找出一些合理的證據。我看到那輛運牛的貨車，聽說了牛群的事，從踏腳板上撿到了那個小亮片，看到帽子和傷口後，再進行一些細節的補充就可以了。」

哈洛德·斯托普福德說：「你從始至終都沒懷疑過我嗎？」

宋戴克對他笑了笑：「看到你的畫和顏料盒，尤其是那個帶尖釘的傘柄後，就沒懷疑過了。」

摩押語密碼

　　宋戴克和我一起往東走，路上看見很多人在牛津街排隊等著什麼。街上擺著各種花朵裝飾，掛著旗子。看來是政府舉辦的活動，正好可以用來取悅那些遊手好閒的人，也為小偷製造了良好的機會。那些人究竟在等什麼？據說有一位俄國大公①將路過這裡前往倫敦市政府。另外，還有一位招搖的英國王子坐在那位大公的車裡。

　　到樂思朋廣場附近，宋戴克停了下來，讓我仔細觀察一個站在門口、手裡拿著菸的男人。那個男人看起來很精明。

　　宋戴克說：「他是我們的老朋友伯傑探長。他看起來好像很在意那位穿著淺色大衣的先生。」

　　這時，探長看到他，禮貌地鞠躬示意。

　　「伯傑，你好嗎？那個人是誰？」宋戴克問。

　　「我也想知道他是誰。已經跟了半個小時，還沒弄清他的身分，他的口袋裡好像裝著什麼東西。在大公離開這裡之前，我必須盯緊他。」然後他抱

---

1. 大公，西歐國家介於國王和公爵之間的封號，地位高於公爵。——譯注

怨道，「那些令人討厭的俄國佬只會給我們帶來無盡的麻煩，真希望他們待在自己的國家。」

「你是不是認為會出什麼事？」宋戴克問。

伯傑大聲叫道：「上帝保佑！千萬別出什麼事。先生，大公路過的地方站滿了便衣，你應該知道好多亡命之徒都跟著他來到了英國，還有很多流落在外的人也想攻擊他。糟糕！那個人想做什麼？」

那個穿著淺色大衣的男人注意到探長盯著他，就慌亂地衝進人群裡。可是他踩到了一個高大粗野的男人的腳，那個男人用力一推，他就趴到了地上。不幸的是，一個警員聽到人們的尖叫聲，騎著馬趕了過來，結果馬蹄踩在那個人的後背上。

探長揮揮手叫來一名警員。當我們走到那個男人身邊時，他已經站了起來，臉色蒼白地望向四周。

宋戴克看著那雙驚恐不安的眼睛，溫柔地說：「有沒有傷到哪兒？」

「沒有。不過好像有個地方陷下去了，感覺哪裡怪怪的。」說完，把顫抖的雙手放在胸口。

宋戴克看著他，滿臉擔憂，轉身跟探長說：「快去叫一輛馬車或救護車。」

探長從紐曼街叫來一輛馬車，我們把那個受傷的人扶上去，也跟著上了馬車。馬車順著樂思朋廣場駛向醫院。往醫院走的路上，那個人的呼吸漸漸變淺，而且極不穩定。他的臉色變得灰白，神情緊張不安，牙齒上下打顫。在馬車轉進古吉街的時候，他的眼神渙散，眼皮和下巴鬆了下來，整個人蜷縮在角落裡，身體僵硬，沒有了生命跡象。

「天啊！他居然死了！」探長震驚地看著他大聲說，就算是鐵面無私的警察，也是有感情的。馬車繼續行駛，那個人的頭上下顫動著，最後馬車停在米德塞斯醫院的院子裡。探長首先下了車，和搬運工一起把那個人的屍體搬到帶輪子的推床上。

我們跟在推床後面走進太平間，探長說：「我們沒辦法知道他的身分了。」宋戴克同情地點點頭。在這具屍體面前，他本能地想到了醫學方面的

常識，而不是法律方面的。

駐院醫生一邊俯身檢查推床上的屍體，一邊聽我們講述意外發生的經過。

他站直身子，看著宋戴克說：「我認為是內出血導致的死亡。這個可憐的傢伙，反正他已經死了，就像尼布申尼撒二世一樣。那邊來了一個警察，這裡歸他管了。」

一個警佐喘著大氣走過來，驚訝地看了看屍體，抬頭望向探長。探長並不想浪費時間解釋什麼，他把手伸進死者的口袋，掏出引起他注意的東西。那是一個綁著紅色帶子的牛皮紙包。

他弄斷紅色的帶子，打開紙包以後，沮喪地說：「天吶！居然是豬肉餅！警佐，你最好看看其他口袋裡有沒有什麼線索。」

經過一陣翻找，他們找出很多小東西，但只有一個信封對追查這個人的身分有幫助。信封上沒有貼郵票，口是封著的，上面寫著「送到蘇荷區希臘街213號，阿道夫・荀伯格收。」透過字跡可以看出，寫信的人教育程度非常低。

探長看了看信封，激動地說：「看來他是想親自送過去，不過現在就讓我來送吧！警佐，你最好也一起去。」

他把信裝進口袋裡走出去。警佐收拾完東西跟了出來。

我們走進班納街的時候，探長說：「宋戴克博士，你要和我們一起去看看荀伯格先生嗎？」

「嗯，反正那邊離得也不遠，一起過去看看吧！」

看到希臘街213號，我想到了教堂裡的風琴。這裡的大門兩邊都掛著一排銅製的拉鈴把手，很像風琴上的音栓。

警佐認真地觀察著這些東西，瞭解它的功能以後，拉了一下右手邊正中間的音栓，二樓的一扇窗戶應聲打開。我們抬頭看見裡面伸出一個腦袋，那個人看見警佐的瞬間立刻把頭縮了回去。我們還沒反應過來，大門就開了，從裡面走出來一個紅頭髮的猶太人。在他關門的時候，探長阻止了他。

「阿道夫・荀伯格先生住在這裡嗎？」

那個猶太人透過金邊眼鏡仔細地打量我們，嘴裡重複著那個人的名字：「荀伯格……荀伯格？哦，對了，他住在三樓。剛才我看見他上去了，就在三樓的後面。」說完，他對著大門做了個請的手勢，舉起帽子行禮後走到大街上。

探長說：「我們最好趕快上樓。」說完，疑惑地看了一眼那排拉鈴把手，朝樓上走去，我們也跟著上了樓。

三樓後面有兩扇門，有一扇門開著，裡面是一間沒人住的臥室。探長敲了敲旁邊關著的那扇門，門瞬間被拉開，有個矮個子的男人目露凶光地看著我們。

「找誰？」

「是阿道夫・荀伯格先生嗎？」探長問。

「怎麼了？找他幹嘛？」

「想跟他談談。」

「你為什麼敲我的門？」對方生氣地說。

「啊？他不在這嗎？」

「不在。二樓前面。」說完，他準備關門。

「抱歉，」宋戴克說，「請問他長什麼樣？我的意思是……」

那個男人打斷他：「長什麼樣？帶著個金邊眼鏡，紅色的頭髮，就像個該死的猶太佬。」說完，他立刻關門上鎖，終止了這場談話。

探長咒罵了一句，憤怒地轉身走向樓梯，那個警佐已經趕到一樓，我們也跟著下去了。當我們趕到門口的時候，警佐正在詢問一個穿著亮麗的年輕記者。剛才上樓的時候，我看見他從馬車上走下來。現在他站在那裡，手臂裡夾著一個筆記本，小心翼翼地削著鉛筆。

警佐說：「長官，詹姆斯先生看見他從裡面出來，往廣場那邊走了。」

探長問：「他走得是不是很匆忙？」

「是的，」那個記者說，「你們剛進去他就跑了，現在想追肯定來不及了。」

「我們沒想追他。」探長語氣生硬地說。然後，他後退了幾步，退到記

者聽不見的地方，壓低聲音說：「逃走的那個肯定是荀伯格，而且他逃跑肯定有什麼理由。我覺得我應該打開那個信封，看看裡面到底寫了什麼。」

說完，他立刻拆開信封，抽出裡面的信紙，看著信紙上的字，叫道：「哎呀！上面寫的是什麼？肯定不是速記，這到底是什麼？」

宋戴克拿著探長遞過來的紙，迎著光看了看，又摸了下那張紙，然後帶著極大的興趣認真觀察著。那是半張很薄的信紙，信紙的兩面用棕黑色的墨水寫滿奇怪的符號。要不是因為寫這些東西的是現代工具，我還真會把它當成古籍抄本的一部分，或是某種古老的手稿。

摩押文

探長急切地說：「先生，你看懂了嗎？」

過了一會兒，宋戴克皺著眉頭說：「沒怎麼看懂。這些文字要從右往左讀，應該是摩押文或腓尼基文，也就是最原始的閃族文字。我沒看見希臘文字，不過應該有希伯來文。我看到一組像是希伯來的文字，比如badim是『位於』的意思。你最好找專家看看。」

探長說：「如果真的是希伯來文我們就可以處理了，這裡的猶太人很多。」

宋戴克說：「你應該把這張紙交給大英博物館負責腓尼基古物的部門，讓他們幫忙解讀。」

伯傑探長把那張紙裝進皮夾裡，神秘地笑了笑：「不著急，先看看我們能破解多少。不過還是要謝謝你的建議。詹姆斯先生，現在還不能向你透露任何消息，不過你可以去醫院打探一下。」

在我們往回走的路上，宋戴克說：「我覺得那個記者已經收集了足夠的資訊，他應該是從醫院跟過來的，我相信他已經想好怎麼寫這篇報導了。而且他應該看到了那張信紙，雖然伯傑探長十分小心地保管著。」

「你怎麼看那張紙上的文字？」

「我認為有可能是用原始的閃文字母寫的密碼，那些文字和腓尼基文、希伯來文以及摩押文一樣從右往左寫。還有，這些文字和原始的希臘文一模一樣，原始希臘文的銘文也是從右往左寫。那張紙上有浮水印的線條，是很普通的信紙。寫字用的墨水洗不掉，是繪圖員用的那種普通的中國墨水。目前我們知道的就這麼多，如果不能對那個文件進行深入研究，這些線索就沒有任何價值。」

「為什麼你認為這份文件上的文字是密碼，而不是用希伯來文寫的信？」

「很明顯，那是一份加了密的文件。受過教育的猶太人都會一點希伯來文，雖然他們知道的是現代的希伯來文字母，但是想要把這種字母替換過去也是一件容易的事。那種古文的保密性很差，所以那些專家即使能破解出來，也只會是一些不通順的字句。先等等看吧，我們現在掌握的資

訊，有很多值得思考的地方。」

「可不可以說得更具體？」

「親愛的朋友，」宋戴克對著我搖搖食指，「不要偷懶，讓你的大腦運轉起來。你已經知道了所有線索，請認真分析，想像它們之間有什麼聯繫。不要總想從我這裡榨取資訊，不要忘了你自己其實十分聰明。」

第二天的早報，證明宋戴克的說法是對的。詹姆斯先生把所發生的事全部報導出來，並且用很長的一段文字描述那張「在已經去世的無政府主義者身上發現的」「用獨特的速記方法寫成的」密碼文件，報導中還有幾件根本沒發生過的事。

在新聞的最後，他宣稱「在這個複雜的案件中，警方請求宋戴克博士的幫助，是非常明智的選擇。相信宋戴克博士會用其豐富的經驗和聰明才智，破解這個奇怪的密碼。」雖然這段文字讓人看了很開心，但內容純屬胡編亂造。

宋戴克從醫院回來，我把這篇報導念給他聽。聽完後他說：「真是太抬舉我了！要是有人看到以後，在我們家的地窖裡或樓梯上放炸彈就尷尬了。我剛才在倫敦橋上碰到了米勒局長，詹姆斯報導的那個『密碼』在蘇格蘭場引起了極大的騷動。」

「可以想像。他們研究得怎麼樣？」

「不怎麼樣，所以按照我的建議，拿到大英博物館去了。那裡的人為他們介紹了那位偉大的古文學家布勃班教授，現在文件在他手上。」

「布勃班教授有沒有說什麼？」

「有。拿到文件以後，他快速瀏覽了一遍，發現在某些沒有任何意義的字母裡夾雜著幾個希伯來文。他把那些文字翻譯出來，米勒局長馬上複寫了幾份給他部門的高級警官。所以……」宋戴克輕輕地笑了笑，「現在蘇格蘭場正打算舉辦一場補字，也可以說是補義比賽。米勒請我去參加，還把複寫本和那張文件的照片給我，來考驗我的智慧。」

「你去嗎？」

他笑著說：「我才不去。雖然我對此很感興趣，但是他們沒有正式請教

我，我只是一個被動的旁觀者。另外，我有自己的判斷，等時機成熟了就會進行求證。不過，要是你想去，我可以把複寫本和照片給你。我現在就把它們給你，但願你能好好享受。」

他從皮夾裡拿出這兩樣東西，帶著看熱鬧的表情看我讀前幾行文字。

「感嘆 城市 說謊 偷盜 獵物 噪音 皮鞭 聲響 車輪 馬匹 戰車 時光 漆黑 昏暗 雲霧 漆黑 早晨 山峰 群眾 強大 大火 他們 火焰。」

「這些詞語之間好像沒什麼聯繫。那個教授怎麼說？」

「他說這些詞語想要傳遞某種資訊，其他的字母不過是為了填充空隙。當然，這只是暫時的說法。」

「這樣的說法是不是太膚淺了。」

宋戴克大笑一聲：「這確實像小孩子的遊戲那樣簡單。讓人覺得有趣，也讓人覺得氣餒。或許這些已經翻譯出來的詞語都是假的，剩下的那些字母才是要傳遞的資訊，也有可能破解的方向錯了。你聽見馬車聲了嗎？是不是來我們這裡的？」

宋戴克說得沒錯，馬車停在我家門口。我們聽見一陣急促的腳步聲，然後是敲門聲。我打開門，外面站著一個陌生人，穿著打扮很講究。他看了我一眼，然後向房子裡張望。

　　「傑維斯醫生，看到你和宋戴克博士都在我就放心了。我叫巴頓，找你們有急事。」我把他請進屋，他繼續說，「我見過你們，但是你們不認識我。我希望兩位今晚能去見一下我哥哥。」

　　宋戴克說：「這個……要看發生了什麼事，還有你哥哥在哪兒？」

　　巴頓先生說：「在我看來，這件事非常可疑。我會告訴你們發生了什麼，不過需要二位保密。」

　　宋戴克點點頭，指著一把椅子示意他坐下。

　　巴頓先生坐下後繼續說：「我哥哥今年五十五歲，最近和一個二十六歲的女人結婚，這是他的第二段婚姻，然而這場婚姻很不成功。最近這兩個星期，我哥哥居然得了兩次很嚴重的胃病，去醫院也檢查不出什麼，所有的治療措施都不管用。他的健康狀況越來越差，我覺得如果不馬上採取行動，他可能活不了多久了。」

　　宋戴克問：「吃過東西之後是不是更疼？」

　　「沒錯，」這位到訪的客人大聲叫道，「我明白你的意思，因為我也有這樣的想法。我非常擔心，於是想盡各種辦法弄到他吃的東西，今天早上終於讓我拿到了。」說完，他拿出一個用紙包著的瓶子，放在桌子上打開外面的紙，「我去看他的時候，他正在吃早飯。早飯是用竹芋做的，我哥哥說味道很澀，他妻子說是因為加了糖。在他妻子離開以後，我偷偷拿出藏在身上的瓶子，裝了一些竹芋。如果你們可以幫我檢查一下竹芋裡是不是有什麼不該有的東西，那就太好了。」

　　他把瓶子推過來，宋戴克拿著瓶子走到窗邊，拿著玻璃棒從裡面挑出一點東西，用放大鏡仔細觀察。接著他拿掉顯微鏡上的鐘形罩，把那些有問題的竹芋塗在載玻片上，放到顯微鏡下面。

　　他稍微看了一下說：「裡面有一些小的結晶體，很像砒霜。」

　　「啊！」巴頓先生跳起來叫道，「這是我最擔心的，你能確定嗎？」

「現在還不能確定，不過要檢查這種東西很容易。」

他按了按連接實驗室的鈴，實驗室助手迅速趕來。

「波頓，麻煩你幫我準備做實驗用的儀器。」

「博士，我那裡有組裝好的。」

「好，裡面倒上酸拿過來，順便拿一片瓷磚。」

那位助手走了以後，宋戴克轉身問巴頓：「如果檢驗結果出來以後，發現裡面真的是砒霜，你希望我們做些什麼？」

「希望你們能去見我哥哥。」

「為什麼不是給他的醫生寫封信呢？」

「這樣不行，你還是親自去一趟，最好你們兩個都去，趕緊了結這件可怕的事。想想看，這是有關生死的大事，我想你肯定會答應的。我請求你，不要在這種情況下拒絕我。」

這時，波頓走了過來。

「還是先看看檢驗結果吧！」宋戴克說。

波頓把一個冒著泡的小燒瓶、一個貼著「次氯酸鈣」標籤的瓶子和白色瓷磚放在桌子上。小燒瓶上裝了安全漏斗，有根玻璃管連到外面，玻璃管前面有一個小噴嘴。波頓小心翼翼地劃著火柴靠近噴嘴，那裡立刻有紫色的火焰燒了起來。宋戴克拿起瓷磚湊近火焰，幾分鐘後瓷磚上有了一層水汽。接下來，他把竹芋用蒸餾水稀釋成液體，取出一部分放在漏斗裡，讓它順著管子流進燒瓶，融合在冒泡的液體裡。這時火焰的顏色立刻由淡紫色變成淡青色，上面還冒著白煙。宋戴克再次拿起瓷磚湊近火焰，瓷磚表面立刻變成黑色。

宋戴克拿掉試劑上的塞子：「已經很清楚了。為了保險起見，還需要做最後的檢驗。」他在瓷磚上倒了幾滴次氯酸鈣，黑色馬上消失了。他把瓶子塞好，轉過身，「巴頓先生，現在我們可以確定，你帶來的東西裡確實含有大量砒霜。」

巴頓先生從椅子上站了起來，大聲說：「你們會救我哥哥吧！宋戴克博士，看在上帝的份上，請不要拒絕我。」

宋戴克想了想說：「在給你答覆之前，我們需要先看看今天都安排了哪些事。」

他看了我一眼，走進辦公室。看到他耐人尋味的眼神，我感到非常不理解，今天晚上我們沒有安排任何事。但我還是跟了進去。

宋戴克關上辦公室的門：「傑維斯，我們應該怎麼辦？」

「我覺得情況十分危急，我們必須去一趟。」

「確實如此。他說的可能是事實。」

「你覺得他是在編故事嗎？」

「沒錯，而且編得非常動人，只是竹芋裡的砒霜含量太大了。我覺得我應該去，這是必須要承擔的風險。不過，你倒不必跟我一起冒險。」

我有些不開心地說：「謝謝你，不過我不覺得有危險。即使有，我也應該和你一起承擔。」

他笑了笑：「非常好，那就一起去，我們應該能照顧好自己。」

回到客廳，宋戴克把我們的決定告訴巴頓先生，對方感激的表情讓人心生憐憫。

宋戴克說：「可是你還沒說你哥哥在哪裡？」

「他住在埃塞克斯的萊克斯福德，一個偏遠的地方。我們可以坐七點十五分從利物浦街開出的火車，到那裡只需要一個半小時。」

「回來的火車呢？你應該也知道吧？」

「當然，我不會讓你們錯過回來的火車。」

「稍等，我很快就回來。」宋戴克拿著那個還在冒泡的燒瓶走進實驗室。幾分鐘後，他拿著帽子和大衣出來了。

巴頓先生來時坐的馬車還停在門口，我們坐上車往車站出發。到了車站我們還有時間買晚餐和找車廂。

剛開始我們的當事人非常興奮，吃著籃子裡的冷雞肉，喝著味道淡淡的紅酒。他吃飯的時候非常專注，好像外面的一切都與他無關。吃完飯以後，他依然很高興，但隨著時間的流逝，他開始變得緊張，一句話也不說，還偷偷地看了好幾次錶。

「火車晚了七分鐘，真煩人！」他生氣地說。

宋戴克說：「早幾分鐘或者晚幾分鐘沒什麼差別。」

「確實沒什麼差別，可……快看！我們到了。」

他把頭伸向對面的車窗，著急地看著鐵路那頭。然後他跳起來，火車剛停下，他就已經在外面的月台上了。

我們下車的時候，月台那頭的警鈴響了。巴頓先生看起來很著急，催著我們穿過空蕩蕩的售票處走出車站。進站列車的聲音，掩蓋了剛才那列火車離站的聲音。

巴頓先生著急地看著車站前面的路：「我沒有看見接我的馬車，你們在這裡等著，我去問問。」

他穿過售票處回到月台上，上行的火車進站時發出巨大的聲響。宋戴克跟在他身後，看著他從售票處的門走進去，轉身對我招手，示意我過去。

「他去那邊了。」宋戴克指了指跨越軌道的鐵橋，順著他指的方向，我看見那邊有一個身影飛奔向月台。

在他離火車還有三分之一的路程時，列車長吹響了口哨，哨聲尖銳刺耳。

宋戴克大聲喊道：「傑維斯，車子開了，快過來。」

我們跳下軌道，穿過鐵軌，爬上頭等車廂的踏腳板。宋戴克拿出那把火車車廂的萬能鑰匙，打開車門。等我們進去後，他站在門口望著外面的月台。

「時間剛剛好！他應該在前面的某節車廂裡。」說完，他鎖好火車門，坐了下來，把菸斗裡裝滿菸絲。

火車出站以後，我說：「現在你願意給我解釋一下這場鬧劇嗎？」

「非常願意，如果你需要我解釋。你應該記得詹姆斯先生在報導希臘街的案子時，說的那些恭維我的話吧，那些話讓別人以為文件在我手裡。看完那篇報導，我就知道有人想從我這裡拿回那個東西，只是沒想到這麼快。巴頓先生來得很突然，沒有介紹信，事先也沒打招呼，所以我對他產生了懷疑。他要求我們兩個都過來時，加深了我的懷疑。後來，我發現他拿來的樣

本裡放了大量的砒霜，又加重了我的懷疑。於是，我問他要坐哪個班次的火車，然後去實驗室查了火車時刻表，發現最後一趟由萊克斯福德回倫敦的火車，會在我們到達那裡十分鐘以後發車。很明顯，他想把我們兩個引開，方便他的朋友到我們家找那份文件。」

「原來是這樣，難怪火車誤點的時候，他那麼著急。可是你已經看穿了他的陰謀，為什麼還要過來呢？」

「親愛的朋友，只要條件允許，我從來不會錯過一場有趣的經歷。這次就是如此，你不這樣認為嗎？」

「要是他的朋友已經開始搜查我們家了怎麼辦？」

「我早就安排好了。不過，他們應該會等著巴頓先生，還有我們倆。」

因為我們搭乘的火車是最後一班，所以開得很慢，而且每站都停，等到利物浦街的時候已經七點多了。我們下車以後小心地混進人群中，跟著巴頓先生出站。巴頓先生停下來，不疾不徐地點了一根雪茄，順著新大街走過去，他看起來並不著急。

宋戴克叫了一輛馬車，跟車夫說去克利夫區的小巷弄。

當我們的馬車穿過新大街的時候，宋戴克說：「盡量向後靠，我們就要超過那個人了。一個低估了對手的傻子，他就在那裡。」

到了克利夫區小巷弄，把馬車打發走以後，我們躲進巷弄的陰影裡，盯著入口。過了大約二十分鐘，我們看見巴頓從艦隊街東側走了過來。他站在大門口敲了敲門環，和開門的夜班門房說了幾句話，走了進去。過了五分鐘，確保他已經離開大門走到街上，我們也走到大門口。

門房看見我們很驚訝：「先生，剛剛有個人去你家了，說你們在家裡等著。」

宋戴克冷笑一聲：「沒錯，我確實等著他。晚安。」

我們悄悄地溜進巷弄，經過教堂，走在迴廊的陰影裡。我們盡量避開有亮光的地方，進了紙商大樓，走過王座巷最黑的一段路，宋戴克直接走向我們的朋友艾里斯的房子，就在我們家上面兩層樓的地方。

上樓梯的時候，我問：「為什麼到這裡來？」

打開門以後，我看見房子裡除了艾里斯還有兩個穿制服的警察和便衣，我就知道這個問題是多餘的。

其中一個便衣說：「博士，到現在還沒收到信號。」我認出他是負責我們區的警佐。

「沒關係，主角已經到場，比我們早了五分鐘。」

艾里斯喊道：「先生們，女士們，地板已經打好蠟，小提琴也調好了音，舞會馬上就要開始了⋯⋯」

「先生，說話聲音不要這麼大。」有個刑警說，「快看，有人從皇室巷那邊過來了。」

實際上，好戲已經開始了。我們藏在屋子裡，從窗戶旁向下看。一個身影小心翼翼地從陰影裡走出來，很快又有兩個人走了出來。在他們三個人當中，我認出了那個請求我們幫助的當事人。

宋戴克說：「注意聽信號，討厭的鐘要響了，他們不會浪費時間的。」

內寺傳來柔和的鐘聲，聖鄧斯坦教堂和地方法院傳來響亮的鐘聲，兩種聲音混在一起，預示著午夜十二點的到來。鐘聲消失的時候，有一枚銅板掉在窗戶外面的人行道上，發出清脆的聲音。

聽到聲音，所有人都站了起來。

兩個便衣對著兩個穿制服的警察說：「你們兩個先下去。」兩個人遵照指令下了石頭樓梯，走到人行道上，他們穿著膠底靴子，沒有發出任何聲音。其餘的人也跟著走了下去，沒有刻意保持安靜。等我們跑到宋戴克住的地方，聽見樓上有一陣雜亂的腳步聲。

一個警察輕聲說：「他們已經開始行動了。」他用燈籠照著客廳的門，可以看見門鎖被撬開的痕跡。

警佐神情嚴肅地點點頭，首先上了樓。警員按照他的吩咐在原地守著。

上樓的時候，還能聽到上面傳來輕微的響動。到了二樓的樓梯口，我們看到巴頓先生迅速從三樓走了下來。他經過兩個警探的身邊時表現得非常鎮定，但在看見宋戴克以後，馬上變得驚慌失措。他站在原地，睜大兩隻眼睛，然後發瘋似的衝到樓下。不一會兒，下面就傳來一陣扭打的聲音，有人

攔住了他。往上走的時候，我們又遇到兩個人，他們驚慌地推開我們想跑，那個警佐攔住了他們。

「哎呀，這不是莫亞吉嗎，還有這位是湯姆·哈瑞斯。」

莫亞吉努力想掙脫警佐的控制，他可憐地說：「沒關係，警佐。我們只是走錯了地方。」

警佐笑著說：「我知道，可是你總走錯地方。莫亞吉，我現在要帶你去一個好地方。」

他從那個人的大衣裡掏出一把折疊式撬棍，那個小偷瞬間安靜下來，不再掙扎。

我們回到一樓，看見巴頓的一隻手和警員的手拷在一起，滿臉沮喪地等著我們。波頓則站在旁邊輕蔑地看著他。

「醫生，我就不打擾你了，等明天早上我再過來。晚安。」說完，警佐帶著他的下屬和三個小偷離開了。艾里斯跟著我們回到家。

我們點上菸斗，宋戴克說：「那個叫巴頓的人頭腦靈活，說話有說服力，是個能幹的助手，他不應該跟那些笨蛋在一起。也不知道警方能不能發現這件小事的重要性。」

「他們要是能發現，可比我厲害多了。」我說。

艾里斯說：「沒錯。根本不存在頭腦聰明的說法，宋戴克自己也搞不清楚這件事，他在胡說八道。」他跟前輩說話時，總是這麼沒禮貌。

第二天一大早，蘇格蘭場的米勒局長和一位警官就來到我們家。看來警方很不理解這件事。

米勒局長說：「這件案子太奇怪了，我指的是闖空門這件事。他們為什麼要來你家？而且就在教堂這裡。你家應該沒什麼值錢的玩意吧？比如他們說的『好東西』？」

宋戴克說：「只有銀茶匙。」他反對用鍍金或鍍銀的餐具。

「真的非常奇怪！接到你的通知時，我們還以為這些無政府主義的蠢貨把你牽扯到那件案子裡——為了那個文件來搜查你的房間，我想你應該看過那篇報導了。我們還以為可以抓住一條大魚，沒想到抓到的卻是幾個小毛

賊。先生，我跟你說，當你以為釣上來的是鮭魚，結果卻是黃鱔時，可真氣人。」

宋戴克忍著笑說：「肯定非常失望。」

那位警官說：「沒錯。不過也不是說我們逮到小毛賊不開心。還有那個哈基特，就是自稱巴頓的那個人，他是個很狡猾的傢伙，讓人琢磨不透。我們現在不想遭遇失敗了，我可以告訴你，在皮卡迪利、塔普林和霍恩珠寶店被盜的案子上，我們沒有任何進展。還有正在調查的這件無政府主義的案子，也完全讓人摸不著頭腦。」

宋戴克問：「密碼破解得怎麼樣了？」

局長生氣地說：「啊！不要再提那個破密碼了。那個布勃班教授或許非常有學問，但是對我們沒有任何幫助。他說文件上的字是希伯來文，但是他翻譯出來的東西讓人不能理解，我念給你聽聽。」他把那個文件的照片放在宋戴克面前，從口袋裡掏出一疊紙，上面是那個教授的報告。「『這個文件上的字是摩押文，一種大家普遍知曉的文字。』摩押文是什麼東西，還說什麼普遍知曉，我從來沒聽人說過，真是的！『也就是希伯來文，文件中的字詞由字母隔開，字母是用來混淆視聽的，沒有任何意義。各字詞之間的順序被打亂了，某些字詞可以連成句子。雖然不能完全理解其中的意思，但肯定有某種暗示。表格中排列了破解密碼的方法，全部譯文請看附件。另外，從文件中缺乏文法結構的詞句可以看出，寫文件的人並不熟悉希伯來文。』博士，這就是那個教授的報告，這幾張紙是破解密碼的表格，我看見這些就頭疼。」

米勒局長把一疊畫著表格的紙交給宋戴克。他認真地看了一會兒，把它遞給我。

「非常有邏輯，而且很詳細。還是讓我們看看他最後的結論吧！」宋戴克說。

「也許非常有邏輯，」局長翻找著那疊紙，咬牙切齒地說，「博士，我跟你說，那些都是胡說的。」他找出那個教授的結論，用力摔在桌子上，「這就是他說的全部譯文，簡直像從精神病院寄來的，我想你看了以後會抓

狂。」

宋戴克對照著譯文和密碼看第一張紙，臉上始終掛著微笑。

「確實讓人很難理解，不過重組的能力很強，我覺得教授是對的，他提供的字詞應該就是文件中被省略的部分。傑維斯，你覺得呢？」

他把譯文和解碼表遞給我，譯文中已經將省略的詞填進去了。第一張紙上寫著：

「感嘆　城市　說謊　偷盜　獵物　噪音　皮鞭　聲響　車輪　馬匹　戰車　時光　漆黑　昏暗　雲霧　漆黑　早晨　山峰　群眾　強大　大火　他們　火焰。」

我拿著第二張紙，念出上面的譯文：

「感嘆這該死的城市！到處都是說謊和偷盜的人。噪音來自皮鞭、車輪、高大的馬匹和飛馳的戰車發出的聲響。」

「到處都是漆黑一片，看不見任何希望，山峰上的早晨是清爽的，群眾的力量非常強大。」

「大火燒掉他們面前的一切，在他們的身後也升起了火焰。」

譯文到這裡就結束了。我放下那張紙，宋戴克疑惑地看著我。

我提出反對意見：「這位教授填充的部分佔了整篇譯文的四分之三，補充的部分超過了正常比例。」

局長說：「對啊，幾乎全是教授的話，而不是文件中本來應該顯示的密碼。」

宋戴克說：「我還是認為教授是對的，我指的是從譯文本身來考慮。」

「天吶！」警官沮喪地說，「博士，你的意思是那些東西就是文件要傳達的資訊嗎？」

「我可沒這麼說，我只是說教授的譯文是符合邏輯的。我懷疑那是正確的密碼譯文。」

米勒局長著急地說：「你有沒有看過我給你的照片？」

宋戴克含糊地說：「看過。要是你現在帶著原件，我可以再看一遍。」

「我這裡有，」那位警官說，「布勃班教授把原件和譯文都送回來了。我可以給你看看，不過沒有經過特別的授權，我不能把原件留給你。」

宋戴克接過警官遞來的文件，走到窗戶邊認真察看。然後他走到隔壁房間，關上房門，房間裡傳來一聲輕微的爆破聲，我知道他把瓦斯暖爐點著了。

米勒局長再次拿起那份譯文：「不過，這些話倒像是那些腦子糊塗的無政府主義者說的，可是這好像沒什麼意義。」

我贊同道：「對我們來說可能毫無意義，可是那些字句應該有某種隱含的意思。還有那些字句之間的字母，有可能是真正的密碼。」

「我也是這樣跟教授說的，可是他根本聽不進去，堅定地認為那些字母沒有任何意義。」米勒局長說。

「他有可能搞錯了，我的同事也有這樣的想法。我們還是先聽聽他怎麼說吧！」

局長失望地說：「我知道他會說什麼。他肯定會把那張紙放在顯微鏡下，然後說那些墨水有哪些成分，誰製造了那張紙……結果還是沒有任何進展。」

我們沉默地坐在那裡，思考著教授翻譯出來的那些文字。過了很長時間，宋戴克終於出來了。他走到警官身邊，把文件輕輕地放在桌子上，說：

「這次算正式諮詢嗎？」

米勒答道：「算，我收到上面的命令，請你出面解決譯文的事，不過上面並沒有說怎麼處理原件。如果你希望進行深入研究，我可以幫忙安排。」

宋戴克說：「謝謝你，剛才我已經用過了，而且證明我的判斷是正確的。」

「你的判斷！」局長大聲說：「你的意思是……」

「既然這次是正式請教，我就把這個給你。」

局長接過他手裡的一張紙，認真地察看。他抬起頭，皺著眉毛，疑惑地

問：「這是什麼？從哪兒來的？」

「這就是我破譯的密碼。」

局長看著那張紙，臉上的表情更加不解，他再次抬起頭望向宋戴克：「先生，這不可能，你在逗我吧！」

「不會的，這就是那個密碼想要傳遞的資訊。」

「這怎麼可能。傑維斯醫生，你來看看。」

我接過米勒局長手裡的紙，認真地看了看，終於明白他為什麼這麼驚訝。那張紙上用兩行清晰、粗大的字寫著：

「老莫亞吉說要藏起來皮卡迪利珠寶藏在瓦多街428號二樓後面的煙囪裡莫亞吉是老大。」

我大聲說：「那個死了的人不是什麼無政府主義者？」

米勒局長說：「對，他和莫亞吉是一夥的。我們老早就懷疑那件案子跟莫亞吉有關，可是我們沒有足夠的證據。」說到這裡，他突然拍了一下大腿，「天啊！我現在可以去把贓物取回來了。博士，我現在立刻就去瓦多街，可以借給我一個袋子嗎？」

我們給他找了一個空的手提箱，從窗口看著他朝密特庭方向趕去。

宋戴克說：「也不知道他能不能找到那批贓物。不過，這也要看是不是只有一個人知道東西藏在那裡。唉，這件案子很奇怪，而且有很深的教育意義。我猜那個密碼文件是巴頓先生和荀伯格共同研究出來的。」

「你好像沒花多久時間就把那玩意琢磨出來了，可以告訴我你是怎麼弄的嗎？」

「我確實沒花多久時間，只是把我的假設拿出來試了一下。」他假裝嚴肅地說：「兩天前你就已經知道了所有的線索，這個問題太多餘了。不過我會提前準備一份文件，明天早上為你示範一遍。」

「米勒那天的收穫很大，」吃完早飯抽菸的時候，宋戴克說，「局長說，『所有的贓物』都『在煙囪裡放著』，沒被人拿走。」

不久前，米勒局長把空手提箱郵寄過來，裡面還有一張便箋紙。宋戴克把這兩樣東西遞給我，我剛要看，敲門的聲音就響起了，我打開門請客人進

來。訪客是一個上了年紀的人，戴著近視眼鏡，面容憔悴，衣著隨意。進來之後就開始打量我和宋戴克。

「我是布勃班教授。」他說。

宋戴克向他鞠躬，並請他坐下來。

「昨天下午，我去了蘇格蘭場。聽那裡的人說，你解碼的能力很強。你把那個密碼破解了，並且被證實是正確的。我把那份文件借回去研究了一晚，還是不明白你為什麼得出那樣的結論。你到底是怎麼解開那些密碼的？不知道我是否有這個榮幸瞭解？我不想好幾個晚上都睡不著覺，我保證會保守秘密。」

宋戴克問：「你有沒有帶那個文件？」

教授從資料夾裡拿出文件給了他。

「教授，你應該看到了，」宋戴克說，「這是一張沒有浮水印的條紋紙。」

「沒錯，我看見了。」

「上面的字是用不褪色的中國墨水寫的。」

教授不耐煩地說：「是，是。可是我只對上面的文字感興趣，不在乎紙和墨水。」

「沒錯。可是三天前看到文件的時候，引起我注意的卻是墨水。我問自己『為什麼用這麼麻煩的東西？』這個人可以用現成的墨水寫字，為什麼偏偏用現磨出來的墨汁？中國的墨汁跟現成的墨水相比好在哪裡？用它畫畫的好處非常多，可是用來寫字就只有一個好處，那就是淋了水也不會褪色。由此我得出一個結論：寫這份文件的人知道紙張會淋水。藉由這個結論引出了另一個想法，所以昨天我做了這樣的實驗，你們看。」

說完，他把文件捲起來放在一個倒滿水的平底杯裡，文件上立刻顯示出奇怪的灰色字跡。過了幾秒鐘，宋戴克拿出那張濕透的紙，朝著有光線的地方舉起來，上面有兩行像浮水印一樣透明的文字，用非常粗的字體寫著：「老莫亞吉說要藏起來皮卡迪利珠寶藏在瓦多街428號二樓後面的煙囪裡莫亞吉是老大。」

那位教授看著這兩行字，冷漠地說：「你知道這些字是怎麼寫上去的？」

「接下來，我會示範給你看。我已經準備好紙，打算為傑維斯醫生示範一遍，這個過程非常簡單。」

他走進辦公室，拿出一小塊玻璃板，和一個泡著薄紙、洗照片用的盤子。

「這張紙整夜泡在水裡，已經十分鬆軟了。」宋戴克把紙拿出來放在玻璃板上。

他在濕紙上鋪了一張乾紙，接著拿出筆在乾紙上用力寫上「莫亞吉是老大」。拿走上面的紙，印在濕紙上的字變成了深灰色。把那張濕紙拿起來朝著有光線的地方，可以看見那行字就像用油寫的一樣，非常清晰。

宋戴克說：「濕紙變乾以後，字跡就會消失，紙被淋濕後才會顯示字跡。」

那個教授點點頭：「確實很聰明，這就像把原來的文字擦掉後重新書寫的手稿。可是摩押文這麼高深，那個無知的人怎麼可能寫得出來？」

「那個所謂的密碼文件不是他寫的，應該是那幫人的頭頭寫的。他把這張紙當成通信的工具拿給其他人。上面的摩押文是為了吸引人們的注意，好讓人們不去關注紙張。這樣做是為了避免信件落到他人手裡洩露他們的秘密。要我說，這還真能達到目的。」

那位教授非常驚訝，想起他費了半天勁都沒有破解的事，語氣怨恨地說：「沒錯。但我是學者，不是警察，每個人都有自己擅長的事。」

他抓起帽子，臉上帶著不開心的表情，說了一聲「再見」以後，走出房間。

宋戴克笑了笑，小聲嘀咕：「可憐的布勃班教授！那位喜歡作弄人的巴頓先生可要倒楣了。」

中國富商的珍珠

　　布羅德利布先生是個很會享受的人，此時他正在燒得旺盛的爐火前活動腳趾。

　　「宋戴克，你非常有禮貌。」

　　他頂著一頭蓬鬆的白髮，臉蛋紅撲撲的，厚厚的雙下巴，穿著有奢華特色的舊時代衣服，身材肥胖，表情輕鬆愉快。他端起酒杯喝了一口酒，沉默地看著雪茄菸頭上的火光。他看起來是一個非常有能力的老一代律師。

　　「宋戴克，你真的太有禮貌了。」布羅德利布先生又說了一遍。

　　宋戴克回答：「我知道，可是為什麼要提起這件眾所周知的事？」

　　「就是想到這了。像我這樣事先沒有打招呼就過來的人，坐著你的椅子、烤著你的火、抽著你的雪茄、喝著你的好酒，你就不好奇我為什麼過來？」

　　「我從來不問問題，只接受上天賜予的禮物。你是知道的。」

　　「說得真好，你還是不喜歡應酬。」布羅德利布先生眼角的皺紋舒展開，繼續說，「你知道，我很願意找藉口來找你，不過這次我是為了公事而來。有一件奇怪的案子要向你請教，案子的主角弗雷德・卡爾弗利，是霍萊斯・卡爾弗利的兒子，你還記得霍萊斯嗎？他是我的同學，也是我的鄰居和

好朋友，我們住在韋布里奇。弗雷德在他父親過世後喜歡黏著我，我也非常喜歡弗雷德，雖然他和他的家人一樣奇怪，但我知道他是個好人。」

那位律師停下來，宋戴克問：「弗雷德・卡爾弗利出了什麼事？」

「呃，最近他的表現非常奇怪，不是瘋了，但就是相當奇怪。他家有很多錢，很多親戚覬覦這些錢，所以主張把他送進精神病院。這些親戚害怕他有殺人或自殺——你還記得他父親是怎麼死的嗎？——的傾向，他們擔心這樣的舉動會影響那些家產。我覺得這些說法都不可靠，他只不過有點奇怪而已。」

「他有哪些表現？」

「弗雷德認為有人在監視和跟蹤他，他經常在照鏡子的時候看見別人的臉，就是這一類的事。」

宋戴克說：「你還真是說得不明不白。」

布羅德利布先生看著我笑了笑：「傑維斯，這傢伙真愛較真啊！不過，宋戴克，我同意你的說法，我說得確實不太明白。他馬上就到，我自作主張讓他跟了來，希望你不要介意。等會兒我們聽聽他怎麼說，趁這個時間我把一些基本資訊告訴你。大約在一年前，弗雷德遇到了鐵路車禍，這可把他嚇壞了。後來他出海去玩，想要藉此機會忘了這件事，結果遇到暴風雨，把螺旋槳弄壞了，所以他只能在海上漂著，這次出海絲毫沒有改善他的精神狀態。後來，他漂到了地中海附近，回到家已經是一兩個月以後的事。他看起來比出門前更糟糕了。呃……我想應該是他到了。」

布羅德利布先生打開門，請進來一個瘦高的年輕男人。宋戴克親切地跟他打招呼，請他坐在爐子旁的椅子上。我好奇地看著這位先生，他的身上帶有典型的神經質特徵——瘦弱、敏感、焦慮；藍色的眼睛瞪得很大，瞳孔不斷地擴張收縮；嘴巴半張著；纖細的手指不停地動。這些症狀表示他的精神狀態非常不穩定，他應該會是成為狂熱信徒、殉道者、改革家、先知或三流詩人。

「我和宋戴克先生正在談論關於你精神上的事，希望你不要介意。」布羅德利布先生說，「我們是老朋友了，他很關注這件事。」

「你真是個好人！」卡爾弗利臉色通紅，睜大眼睛看著宋戴克說，「但那不是精神上的問題，因為那不是一種主觀感受。」

宋戴克問：「你不這麼認為嗎？」

「沒錯，我認為不是。」他抬起頭用兩隻大眼睛望著宋戴克，紅著臉說，「可是你們這些做醫生的都相信唯物論，懷疑一切靈異現象。」

布羅德利布先生說：「沒錯，這倒是真的，做醫生的不相信那些靈異事件。」

宋戴克寬慰道：「即使我們沒辦法解釋那些現象，你也可以把它說出來，給我們一個瞭解它的機會。」

卡爾弗利想了想，眼神熱切地望著宋戴克說：

「好！我都告訴你，只要你不嫌煩。那件事真的很奇怪。」

布羅德利布先生說：「我已經和宋戴克說過你在海上遇到暴風雨的侵襲，漂到地中海的事了。」

「那我就先說說和那些怪事有關的事。第一次發生那種事是在馬賽的古玩店裡，當時我在看阿爾及利亞和摩爾人的瓷磚。我注意到有個玻璃盒子上掛著一個長方形黑檀木，中間鑲了顆長度大約為2公分的梨形珍珠。為了掩蓋接縫，黑檀木的四周塗上了漆，寫著中國字，中間有個小孔，應該是用來穿繩子或鏈子的。整個東西除了黑珍珠外，很像一塊條形的中國墨條。

「我非常喜歡它，而且我有足夠的錢來滿足自己的這點興趣。老闆說那件東西賣五英鎊，他向我保證那顆珍珠是品質上乘的真貨，可是他說這話的時候底氣明顯不足。我認為那顆珍珠確實是真的，就掏錢買下來了。老闆鞠躬送我出門的時候，臉上帶著得意的笑容。然後，我到那家經常諮詢專業知識的珠寶店，那個珠寶商告訴我這顆珍珠的價值在一千英鎊左右。我想如果那個老闆知道這個消息，就不會那麼高興了。

「兩天之後，有幾個我認識的人乘著遊艇來到馬賽，我就把這個東西拿給他們看。他們覺得這件事很有意思，得知我花了多少錢後，都開始嘲笑我。」

「其中有個叫哈立威爾的人說：『你真是太蠢了，我在十天前見過這

個東西，那時只要花半英鎊或五先令就能買到，我真應該把它買下來轉賣給你。』

「聽說有個水手在港口附近賣這個墜子，還在遊艇上賣過。

「『那個傢伙還著急出手。』哈立威爾想起這件事，臉上帶著嘲諷的表情，『他們說那顆珍珠是真貨，卻以那麼低的價格出售，這樣的說辭我們早就聽夠了。那個古玩店的老闆運氣真好，還真讓他賺到了。看來他早就料到會碰上個不識貨的外行，所以才買下來的。』

「我也不著急，耐心地聽著這些嘲諷的話。等他們說累了，我才把珠寶商的話說出來，他們聽完後立刻變得臉色蒼白。當時城裡正好有一個珠寶商，他們跟著我把那個墜子拿過去給那個珠寶商看，他立刻表示願意出價五百英鎊買下這個墜子，我那群朋友驚訝地連話都說不出來。這件事很快就傳開了，我離開時已經是當地最熱門的話題。大多數人認為，那個墜子是水手在進港運茶船上工作時從中國遊客身上偷的，結果有十七個中國人跑過來說珍珠是他們丟的。

「這件事發生沒多久，我就回到了英國。因為我還處在受驚嚇的狀態，就住到我堂哥埃爾夫雷德在韋布里奇的房子裡，他有個朋友也住在那裡，兩個人的關係好像非常親密。那個人叫羅傑頓，長得非常帥，說話和氣，待人友善。他是一個上尉，以前在近衛兵團裡，後來不知道為什麼離開了。不過我一點也不喜歡那個傢伙，經常在私底下說他是個壞蛋。我知道他在幾個俱樂部打撲克和巴卡拉，玩得非常大，運氣也很好。他也經常賭馬，反正他不像個好人，真搞不明白我堂哥為什麼和他關係那麼好。自從我離開英國以後，埃爾夫雷德沾染了很多惡習。

「有一天，我拿新買的墜子給他們看，沒想到他們早就知道，看來在我回來之前，這個消息已經傳過來了。羅傑頓是從一個海員那裡聽說的，我感覺他還聽到了別的事，只是不想讓我知道。埃爾夫雷德經常跟他一起談論那顆珍珠，兩個人總是話裡有話，神色之間透著一股深意，使我不得不注意。

「有一天，我和他們聊起了回家路上遇到的一件事。回英國時我坐的是霍特航運公司的大中國船，那艘船和普通的客輪不同，船上的環境整潔，人

們的素質也很高。船行駛了兩三天之後的一個下午，我拿了本書回到客艙，打算在喝下午茶之前看看書。沒多久我就睡著了，大約一個小時後，我突然醒了，發現門半開著，外面站著一個中國男人向我屋裡看。他看見我醒了馬上關門離開，我被嚇壞了，過了好一陣子才從床上下來，開門向外看，可是走廊上空蕩蕩的，那個中國男人早就消失不見了。

「這件事嚇到我了，我非常害怕，直到現在都沒緩過來。我知道我的表現很愚蠢，但我就是沒辦法放鬆下來。」

宋戴克說：「這不是什麼奇怪的事。那艘船上肯定有很多中國人在那裡工作，你看到的也許是個水手，或者是某個中國乘客走錯地方了。」

「你說得有道理。我講這段經歷的時候，羅傑頓聽得非常認真，等我講完後，他奇怪地看著我堂哥。

「『卡爾弗利，這件事真奇怪！』他說，『不過有可能只是巧合，但又好像真的有什麼問題，說起那件事……』

「埃爾夫雷德打斷他：『羅傑頓，你給我閉嘴！千萬不要開這種玩笑。』

「我感到奇怪，就問我堂哥：『你們到底在說什麼？』

「『就是他從別人那聽到的一些愚蠢的話。羅傑頓，你可千萬別告訴他。』

「『為什麼不能讓我知道，我又不是小孩子。』

「『沒錯，可是你生病了，不能再受到驚嚇。』

「但他越是不想讓我知道，我就越好奇。

「等到第二天，我趁堂哥不注意時，把羅傑頓叫到吸菸室，單獨和他談。他剛剛輸了一百英鎊，這個時候正是說服他的好機會。他果然沒讓我失望，為了向我借錢，答應把那件事告訴我，還說這件事不能讓我表哥知道。

「『關於那顆珍珠的說法，是流傳在馬賽一帶毫無根據的傳言，不知道最開始的傳播者是誰，也不知道從哪個地方傳出來的。我是從約翰尼那聽來的，他是地中海船隊的人。如果你想知道具體情況，我可以把他那封信的抄本給你。』

「我同意了。於是那天晚上他把那個人的抄本給了我，上面寫著：

「四個月以前，一艘英國的三桅大帆船停在廣州港，不知道船名，當然這也不重要。水手已經找好，貨也已經裝上了船，等官方手續辦好後就可以啟程回國。在那艘船的前面停著一艘在海上發生撞擊的丹麥船，正等著海事法庭的判決。船上的貨已經卸下來，船員都被解僱了，只留下一個年紀很大的人守在上面。英國船上大部分的貨是一個中國富商的，裝貨的時候這個中國富商會過來。

「有一天，三個水手——尼爾森、福克和巴瑞特在廚房抽菸聊天，正好這個中國富商也在船上。有個叫吳力的中國廚師指著那個富商說他有很多錢，即使是他隨身攜帶的東西也有整船貨那麼值錢。

「唉，那個富商真夠倒楣的，那三個水手是船上最壞的人。當然吳力也不是什麼道德高尚的好人，可以說他是個超級大壞蛋，因為後來搶劫富商的計畫就是他制定的。

「搶劫計畫簡單粗暴。在大船返航的前天晚上，三個水手帶著威士忌跑到丹麥船上，把那個看船的人灌得不省人事，鎖在空艙房裡。吳力則跑去找那個富商，說有人偷了他的貨放在那艘丹麥船上，富商立刻趕到碼頭。三個水手已經把後艙門打開，他們把富商接上船，巴瑞特走在前面下了鐵梯。到了一層甲板，富商看著漆黑的後艙感到害怕，開始往回爬。尼爾森從上面拉過一根用來吊貨的繩子，俯在艙口的甲板上，等中國富商上來的時候，把繩子套在他的脖子上打了個結，他和福克兩個人用力把繩子往下拉，當富商的身體離開鐵梯懸空的時候，兩個人鬆開繩子讓富商的身體墜到離艙底只有幾公尺的地方。他們把繩子拴好，走到下面。巴瑞特點了一盞燈，順著微弱的燈光可以看見富商的身體像鐘擺似的來回晃動。站在碼頭上觀望的吳力也下來了，他們四個立刻開始搜查富商的身上，看看有沒有值錢的東西。結果只找到一塊鑲著珍珠的黑檀木，吳力感到很失望，但他還是向另外三個人保證這顆珍珠又大又美，肯定很值錢。三個水手對珠寶一竅不通，但事情已經發生了，只能祈禱有一個好的結果。他們把繩子拴在下層甲板的樑上，割掉多餘的繩子，回到自己的船上。

「二十四小時後，那個看守丹麥船的人才醒過來，他想辦法逃出了那間艙房。那艘英國船早就開走了。又過了三天，人們才發現中國富商的屍體。那個守船的人不認識那幾個人，所以警方也不知從何查起。

「此時，英國船上的四個殺人犯正在發愁，珍珠只有一顆，無法進行分割，也沒辦法分贓。經過一番商量，他們決定先把珍珠交給吳力保管。吳力把那個東西鎖在自己的櫃子裡，並承諾其他三個人可以隨時察看。

「前六個星期沒發生什麼特殊的狀況。六個星期後的一天晚上卻發生了一件奇怪的事，四個人坐在廚房外面閒聊，廚師突然叫了一聲愣住了，三個人回頭想看看發生了什麼事，結果也被嚇得呆住了。那個被他們殺害的中國富商站在艙室的升降口看著他們，過了一分鐘，那個富商向他們招招手，從艙口下去了。

「直到富商消失了很長時間，他們都沒緩過神。最後，他們鼓足勇氣向船上的其他人打探消息，可是大家都說沒見過什麼中國乘客。實際上，船上只有吳力一個中國人。

「廚師的副手在第二天早上到廚房燒水的時候，發現吳力吊在天花板上的掛鉤上。吳力的身體冰冷僵硬，顯然幾個小時之前就已經死了。這個消息很快傳遍全船，為了防止長官查到什麼，他們三個馬上從廚師的櫃子裡取走那顆珍珠。櫃子上的鎖很便宜，用鐵絲很容易就能打開。拿到東西後，他們又開始發愁由誰來保管，原本大家都想把珠寶拿在手裡，現在卻都躲著不想管。經過幾番爭執，尼爾森被迫保管這個東西。

「兩個星期過去了，三個人表面上冷靜地做著各自的工作，實際上心裡十分焦慮。休息的時候，三個人就坐在一起談論那個出現在艙口的幽靈和神秘死亡的同伴。

「然後不幸的事再次發生。值夜的第二班之後，所有水手都在甲板前集合，準備等糟糕的天氣過去後啟航。尼爾森突然尖叫一聲，衝到巴瑞特面前拿出櫃子的鑰匙。

「『巴瑞特，你去我櫃子裡拿走那個被詛咒的東西。』

「巴瑞特問：『你想做什麼？』他看見尼爾森瞪大眼睛看向船尾的方

向，於是他和福克也望向船尾，兩個人的臉色立刻變得慘白，那個中國富商站在那裡，冷漠地看著他們，然後向他們招招手，走下船艙。三個人站在那裡，嚇得渾身發抖。

「『巴瑞特，你聽到沒有，趕緊拿著鑰匙把那個東西拿出來，否則……』

「這個時候，上面命令大家到桅頂把船帆打開。三個人不得不服從命令，尼爾森順著主桅的繩索上去，巴瑞特和福克則去了中間的桅頂。做完這些事後，巴瑞特和福克就去睡覺了，因為他們兩個都在左舷值班，而且是下一班。

半夜起來值班時，他們到右舷找尼爾森，結果怎麼也找不到。兩個人以為他偷偷跑到下面去了，雖然有點擔心，但也沒聲張。等到四點鐘，右舷值班的人到了甲板上，還是沒看見尼爾森，兩個人就開始緊張起來，四處打聽。這個時候，才發現從八點以後就沒人見過尼爾森。負責勤務的長官知道後，命令全體成員集合，可是依然不見尼爾森的蹤影。於是所有人在船上展開全面搜索，結果還是沒有發現他，大家一致認為他掉到了海裡。

「到了八點鐘，有兩個水手被派去主桅上把帆張開。他們剛剛爬上繩梯，就慘叫一聲從上面摔了下來，兩個人的臉白得像塗了麵粉，他們剛到甲板上就跑去找負責勤務的長官。巴瑞特、福克，以及幾個水手跟著長官來到船首斜桅的後面，看見尼爾森的身體吊在束帆索上。隨著船身的不斷晃動，他的身體撞在張開的帆上。

「巴瑞特和福克懷疑這件事應該和那顆珍珠有關。現在分享這顆珍珠的人從四個變成了兩個，雖然他們內心充滿恐懼，但無法擺脫這巨大的誘惑。於是，他們把珍珠從尼爾森的櫃子裡拿走，用扔銅板的方式決定由誰保管，結果珍珠被鎖進福克的櫃子裡。

「從那時起，福克的內心就被巨大的恐懼籠罩著。在甲板上時，他的兩個眼睛就盯著艙口。在下面休息時，他就滿面愁容地坐在櫃子上，不知道在想些什麼。兩個星期過去了，也沒發生什麼事。還有幾天這趟行程就結束了，那個中國富商再也沒有出現過。

「那艘船上的大部分貨要運到馬賽，還有不到二十四小時就要到了。大船進港以後，有很多需要檢修的東西，包括吊貨的滑輪，這個工作有一部分歸巴瑞特和福克負責。晚上七點左右，在第二班勤務中段，他們坐在甲板上整理粗索末端的環眼結。福克突然發現他的同伴驚恐地瞪著船尾的方向，他馬上轉頭看向船尾，發現那個中國富商站在艙口，冷漠地看著他們，然後向他們招招手，走下船艙。

「在船到達馬賽之前的這段時間裡，巴瑞特始終跟在福克身後，即使到下面值班的時候，也不讓他的朋友離開他的視線，他們隨時保持著清醒，那天晚上什麼事也沒發生，第二天早上他們去甲板上值班時，已經可以看見港口了。然後巴瑞特到船尾幫忙掌舵，福克則被派去裝滑輪，等船到港後這些滑輪要運上岸進行檢修。兩人從昨晚到現在第一次分開。

「半個小時後，巴瑞特看見大副把身子伸出船外，抓住後檣縱帆的支帆索，看向船邊。接著他跳到甲板上，生氣地吼道：『前面的人，去看看那個傢伙在搞什麼鬼？』

「前甲板上的人跑到船邊察看，有兩個人拉著繩子把身子伸出去，第三個人跑到船尾跟大副說：『長官，是福克，他在繫錨架那裡上吊了。』

「巴瑞特幹完活就跑到那個已經死了的同伴房裡，用工具撬開鎖，把櫃子裡的珍珠拿走了。現在，珍珠屬於他一個人，船馬上就要到達目的地，他再也不用害怕那個富商的糾纏。等船停在碼頭，他立刻跑到岸上，只要能把珍珠盡快賣掉，多低的價格都可以接受。事情看起來很簡單，但實際操作的時候卻不是那麼回事。

「剛開始他想以五十英鎊的價格出售，所以他只和那些打扮得體的人說話，結果那些人只是微笑著對他搖搖頭。他經歷了十幾次這樣的事，其間還被一個憲兵盯上，跟著他走了足足一個小時。他開始著急，就去了幾家店鋪，還去了幾艘停在港口的遊艇。每次只要遭到別人的拒絕，他就把價格降低一些。最後決定只要有人能給幾法郎就把珍珠賣掉，但還是沒人要。所有人都認為那顆珍珠是假的，而且人們認定那是他偷來的。天就要黑了，他馬上要回去值班，可是珍珠依然在他手裡，情況糟透了。他甚至想，只要有人

肯接受，可以白送。但他轉念一想，這樣的做法肯定會加深別人的懷疑。

「最後他來到一家小古玩店，假裝很輕鬆的樣子走進去，跟老闆說那個墜子只要十個法郎。老闆接過來看了看，對著他搖搖頭，把東西還給他。

「面對著最後的希望，巴瑞特冒著冷汗問道：『你願意給多少錢？』

「老闆把手伸進口袋，拿出兩個法郎。

「『成交！』巴瑞特盡可能鎮靜地說。然後，他接過錢走出店門，鬆了一口氣，那個墜子就賣給了那個老闆。

「老闆把墜子掛在一個玻璃盒上，然後就再也沒有管過它。大約過了十天，有一位來自英國的遊客到店裡相中了那個東西。老闆開價五英鎊，並且保證那顆珍珠是真貨。沒想到那個英國來的遊客很痛快地付了錢，老闆很後悔，應該開個更高的價錢，可是那個英國人已經走了。

「我講的這些就是抄本上的內容，我反覆看了很多遍。你肯定認為這件事很可笑，只有我這種迷信的蠢貨才會相信。」

「這個故事的重點在於精彩的情節，而不是可信度。」宋戴克說，「請問，羅傑頓上尉的朋友是怎麼知道這件事的？」

「哦，對了，我忘了說那個叫巴瑞特的水手。他把珍珠賣掉後沒多久，就在卸貨時從艙口摔下來，傷得很嚴重，送到醫院的第二天就死了。在臨死前他說出謀殺中國富商和在船上發生的事。」

「原來是這樣，我想你認為這件事是真的，對嗎？」

「對，」卡爾弗利紅著臉看向宋戴克，繼續說，「我不是學科學的，所以我相信那些靈異事件。宋戴克博士，天下有很多事超出了我們的認知，還有很多被科學家和唯物主義者扔在一邊、閉上眼睛就可以忽略的事。雖然我沒辦法解釋那些現象，但還是願意相信，而且我覺得這種態度很謙虛也很明智。」

布羅德利布先生反對道：「親愛的弗雷德，這些都是人們胡亂編出來的。」

卡爾弗利轉身對律師說：「如果你看見我看見的東西，就不會那樣說了。」

「那就把你看到的告訴我們吧！」布羅德利布繼續說。

「只要你們不介意，我就全都說出來。這件事還要從中國富商的那顆珍珠說起。」

他點上一支菸，繼續說：「我到山毛櫸舍，也就是我堂哥的房子的那天晚上，發生了一件很荒唐的事，後面發生的所有事都和這件事有密切關聯，所以我必須提到它。到堂哥家的那天，我很早就回到房間休息，睡覺之前寫了幾封信，我還到處檢查了那個房間，這是我在那段時間養成的習慣，每次脫衣服上床之前都要檢查。除了床底下，還有五斗櫃和壁櫥。在檢查新房間的時候，我發現另外一扇門，打開門以後，看見裡面是一個很窄的壁櫃，牆上有排掛衣釘，上面掛著幾件傭人幫我準備的衣服。我站在門口向裡看的時候，發現對面也有個半開的門，門裡有個人向我這邊望。我呆呆地站在那裡，心臟都快跳出來了，渾身都在發抖。然後我鼓足勇氣離開那裡，跑出去找我堂哥。

「他和羅傑頓正在撞球間打球，我進去的時候，兩個人吃驚地看著我。

「『埃爾夫雷德，我房間的通道連接到哪裡？』我問。

「『怎麼了？那條通道沒有連接到哪裡啊！那裡原先連接著一條走廊，房子裝修的時候，走廊改道了，那個房間的通道就被封上了，現在就是一個壁櫃。』

「『剛剛有個人站在那裡。』

「『不可能！怎麼會有人，我們現在過去看看。』

「他們兩個跟著我來到那個房間，當我拉開壁櫃的門時，三個人都笑了起來。因為對面也站了三個人看著我們，原來壁櫃那頭裝了面鏡子遮蓋原先被切斷的部分。

「因為這件事，我遭到堂哥和羅傑頓的取笑。我經常想，要是沒有那面鏡子就好了。我總是忘了那裡有面鏡子，好幾次我急匆匆地打開櫃門，被鏡子裡的自己嚇個半死。本來我就處在神經高度緊繃的時期，這件事讓我更加不舒服，差點開口讓堂哥給我換一間房間。我跟羅傑頓說起這件事，他居然嘲笑我膽子太小，這使我的自尊心受到嚴重的打擊，所以從那以後再也沒提

過換房間的事。

「我現在要講一件很奇怪的事，雖然你們可能認為我是個瘋子或騙子，但我還是會坦白講出來。住在我堂哥家的這段時間，我曾經出去了兩個星期。回到家的那天已經很晚了，我就直接回房間休息。我把外衣脫掉拿在手裡，舉著一根蠟燭打開壁櫃的門，我在門口站了一會兒，看見對面的自己也拿著蠟燭站在門口看著我。我走進去，把蠟燭放在架子上，把衣服掛好。當我伸手拿蠟燭準備往回走的時候，發現鏡子裡出現了一盞彩色的紙燈籠。我嚇壞了，站在那裡動彈不了。鏡子裡竟然出現了一個中國老人，站在那裡冷漠地看著我。

「我就那樣站著，不能動也感覺不到呼吸，眼睛死死地盯著鏡子裡那個可怕的人。大約過了一分鐘，我轉身跑了出來。當我回頭的時候，看見對面那個人也匆匆轉身離開了。我停在門口，用手把著門，將蠟燭舉過頭頂，回過頭看著他。他也停在門口，用手把著門，將燈籠舉過頭頂，回頭看我。

「我非常害怕，根本不敢睡覺，我在房間裡來回走了幾個小時，雖然已經十分疲憊，但就是不敢上床睡覺。我忍不住打開壁櫃的門向裡看，但只能看到自己的身影，站在半開的門口，手裡拿著蠟燭，窺探著我自己。每次看到自己那張慘白不安的臉，我就趕緊關上門，渾身顫抖著離開，那些掛在衣釘上的衣服像活生生的人一樣。我實在太累了，不得不躺在床上休息。我決定只要我能活到第二天，就寫信給英國在廣州的領事館，把那顆珍珠還給富商的親人。

「第二天我寫好信，並且把它寄出去，心裡輕鬆了許多。不過我總是想起中國富商那張冷漠的臉，而且經常有一股衝動，想打開壁櫃的門看看那面鏡子和掛衣釘。我把這件事告訴堂哥，可是他不相信，還嘲笑我。那個上尉勸我不要做個迷信的蠢貨。

「從那以後的幾天時間裡，沒有發生任何事，我的內心也很平靜。我相信寄出去的那封信安慰了那個富商的靈魂。可是到了第五天傍晚六點左右，我走進壁櫃去拿放在大衣裡面的文件。當時天還沒黑，我也沒拿蠟燭，只把壁櫃的門開著，這樣可以讓光照進來。我的大衣掛在離鏡子不遠的地方，往

裡面走的時候我非常緊張，一直盯著那面鏡子，直到我找到那件大衣。我伸手拿文件的時候，眼睛也沒離開過鏡子。突然那面鏡子變得非常模糊，不知道是不是起霧了。等到鏡子變得清楚的時候，我看見對面站著那個中國商人。當時可把我嚇壞了，什麼都顧不上，趕緊往外跑，身體還不停地顫抖著。可是就在我轉身關門的時候，發現鏡子裡只有我一個人，那個中國人消失不見了。

「看來我的信沒有發揮安撫作用，我感到很絕望。尤其在發生那件事以後，那種必須要去看看壁櫃上的掛衣釘的衝動更加強烈。我每次看完以後，都會勉強自己離開，而且渾身不停地顫抖。不過那個中國人沒向我招手，這讓我感到很欣慰，或許我可以找到躲過這場災難的方法。

「接下來的幾天，我認真想著各種辦法來擺脫這個厄運。最直接的方法就是把珍珠送給別人，當然我完全沒有考慮過這件事，這和殺人沒什麼區別。還有我也不能等著那封回信，估計等到的時候不死也瘋了。就在我想解決的辦法時，又看見了那個中國富商。兩天後，也就是昨天晚上，他又過來找我。我像著了迷似的看著他，身上起了一層雞皮疙瘩。他手上提著燈籠站在那裡，看著我的臉。然後他伸出手，好像在向我要那顆珍珠。然後鏡子突然黑了，他也消失了。鏡子裡只剩下我一個人呆呆地站在那裡。

「他這次現身讓我做了一個決定。今天早上出門的時候我把那顆珍珠放在口袋裡。走到滑鐵盧橋上，靠著欄杆，把那顆珍珠扔了下去。那一刻我感到很輕鬆，終於可以擺脫那個可怕的詛咒，而且沒有傷害任何人。可是越往後我越覺得不安，我覺得我做錯了，這樣的做法只能讓它的主人再也找不到它。我應該按照中國人的做法把那顆珍珠埋起來，這樣它主人的靈魂就可以找到它。

「可是現在後悔已經來不及了。反正事情已經做了，結局好壞只有上帝知道。」

卡爾弗利說完之後長舒了一口氣，用兩隻手捂著臉，我們誰都沒有說話。這件事聽起來很不真實，但確實令人非常難過，我們都能感受到這種悲傷的氛圍。

布羅德利布先生看了看錶，大聲說：「天吶，卡爾弗利，我們快趕不上火車了。」

那個年輕人平靜下來，站起身說：「現在趕緊過去，應該能趕上。」他跟我們握手告別，「你們真有耐心，也可能是我太無趣了。布羅德利布先生，快走吧！」

送他們走到外面的樓梯口，我聽見宋戴克跟那個律師小聲說：「布羅德利布，讓他離開那棟房子，最好讓他跟你在一起。」

我沒有聽到那個律師的回答，我們回到房間的時候，宋戴克非常激動，我之前從沒見過他這樣。

「真不應該讓他們走，」他叫道，「真該死！我應該想辦法讓他們趕不上那趟火車。」

他點著菸斗，在房間裡來回走動，眼睛盯著地板，臉上的表情十分沉重。我看他不想說話，就收拾我的菸斗，回房間睡覺了。

第二天早上，我正在穿衣服，宋戴克拿著一封電報，神情嚴肅地走進我的房間。

「今天早上我要去韋布里奇，你去嗎？」宋戴克簡單說明來意，順便把電報遞給我。

我接過電報，念道：「趕快過來！F.C去世了。——布羅德利布」

這個消息太突然了，我驚訝地說不出話來。看著電報上簡短的訊息，我瞬間湧起巨大的悲傷，同時對逝去的年輕生命感到惋惜。

「宋戴克，太恐怖了！他居然被一個幻象殺了。」

他冷漠地說：「你是認真的嗎？哼！我們會把這件事搞清楚的，你會一起去吧？」

「會。」他走出房間，我快速穿好衣服。

吃完早飯，波頓拿著萬能鑰匙和一包捲起來的工具走進來：「先生，這些需要放進袋子裡嗎？」

「放在我的大衣口袋裡。波頓，我需要你把這封信交給蘇格蘭場的副局長，一定要確認給對人之後再離開。另外，這封電報發給布羅德利布先

生。」

他把鑰匙和工具放在口袋裡，和我一起下樓等馬車。

到韋布里奇車站的時候，布羅德利布正在月台上來回走動，臉上的表情非常沮喪。看見我們走過來，他的臉上有了一絲笑容，並用力握住我們的手。

「你們這麼快就到了，真是謝天謝地！宋戴克，你肯定知道發生了什麼，對吧？」

「當然。那個中國人向他招手了。」

「你怎麼知道的？」他吃驚地說，並且從口袋裡掏出一封信交給宋戴克，「傭人在他的書桌上發現這個，是他寫給我的。」

宋戴克快速看完以後交給我。我看到上面寫著：「親愛的老朋友，他向我招手了，再見！」透過歪歪扭扭的字跡，可以看出他當時非常害怕。

宋戴克問：「他堂哥怎麼看這件事？」

「埃爾夫雷德和羅傑頓吃完早飯就出去了，騎自行車去基爾福德辦事，到現在還沒回來，所以他還不知道這件事。他們走了以後，女傭給弗雷德送茶，到了房間後發現裡面沒人，她趕緊下樓去找管家。管家知道這件事後立刻上樓搜查，結果怎麼也找不到弗雷德，只看到這封信。之後管家想起了那個壁櫃，就跑過去開門，開門的時候被鏡子裡的自己嚇了一跳，緊接著就看見弗雷德吊在掛釘上，真的太殘忍了……我們到了，站在門口等我們的就是那個管家。史蒂文斯，埃爾夫雷德先生還沒回來嗎？」

「先生，還沒有。」那個管家滿頭白髮，臉上帶著驚恐的表情。顯然，他是因為忌諱房子裡發生的事才站在門口的，看到我們他放鬆下來，放心地轉身往回走。那個管家沒有說話，帶著我們上了二樓，順著走廊往裡走，到了盡頭才停下來。「先生，這就是弗雷德先生的房間。」說完就轉身離開了。

我們走到房間裡，布羅德利布先生踮著腳尖跟在後面，看得出來他非常害怕。弗雷德先生的屍體被布裹著放在床上，宋戴克走過去，輕輕拉開裹屍布。

「布羅德利布，你最好不要過來。」他彎腰看著屍體，伸手摸了摸已經僵硬的四肢，然後認真察看著那根纏繞在脖子上的繩子。繩子末端的痕跡很亂，可以看出那些傭人解繩子的時候多害怕。宋戴克蓋上布單，看了看手錶：「這件事發生的時間應該是半夜三點。想必他的內心掙扎了很久，我們現在去看看那個壁櫃。」

我們走到壁櫃前，打開門，看見對面也站著三個人和我們對望。

「真的太可怕了！弗雷德根本就不該來這裡。」那個律師小聲說。他擔心地看著對面向我們走過來的人影。

這個地方確實很嚇人，我們走進那條黑暗的窄道，看著鏡子裡的自己走過來，我忍不住想，像弗雷德・卡爾弗利這樣既敏感又迷信的人絕對不該來這種地方。那排掛衣釘的最後一根釘子，掛著半截用來綁箱子的繩子，布羅德利布先生害怕地看著它，伸出手指了指，可是宋戴克只是簡單地看了一眼，然後走到鏡子前認真檢查起來。那面鏡子很大，高度大概在2公尺左右，寬度與壁櫃一樣，距離地面大概30公分。鏡子的上方和下方都有木框擋在前面，看著像從後面裝進來的。我看著宋戴克，他先用手指敲了敲玻璃，然後點著一根火柴，往鏡子跟前湊了湊，認真觀察鏡子裡的火焰。最後他把臉貼在玻璃上，拿著火柴的手沿著鏡子伸直，透過鏡面觀察火柴。做完這些事後，他把火柴吹滅，走回房間，等我們出來後關上櫃門。

「法官肯定會傳訊我們，趁著這個時間，我們先看看收集到的證據。窗子前面有張辦公桌，傑維斯負責記錄屍體的情況。布羅德利布先生，我建議你記下昨天晚上聽到的事，寫成一個摘要。我要四處去看看。」

布羅德利布先生嘀咕道：「我們應該找個輕鬆點的地方寫，不過……」

話還沒有說完，他就坐在桌子前，拿了幾張紙和一支蘸了墨水的筆。宋戴克走出房間，我認真地檢查著那具屍體，檢查的過程中那個律師經常讓我幫著回憶一些情節。

大約過了十五分鐘，外面傳來一陣腳步聲，突然有人打開房門衝了進來。

布羅德利布站起身，伸出手：「埃爾夫雷德，這趟回來恐怕要讓你傷心

了。」

「天啊！這件事太可怕了！」他斜著眼看了下屍體，用手帕擦了擦額頭。

埃爾夫雷德‧卡爾弗利不是很討人喜歡，他和弗雷德一樣神經質，而且可以看得出來，他經常沉迷酒色。他的臉色蒼白，表情非常恐懼，走進來的時候身上散發著白蘭地的味道。

他沒有注意到我，徑直走到辦公桌邊，站在那裡與律師小聲交談著。我突然看見宋戴克站在我身邊，他從卡爾弗利忘記關的房門溜了進來。

他小聲對我說：「讓布羅德利布把那封信拿給他看，然後帶他去看那根掛衣釘。」

說完，他又悄悄退出房間。卡爾弗利和律師都沒有注意到剛剛發生的事。

律師問道：「羅傑頓上尉回來沒？」

「還沒，他去鎮上了，應該馬上就回來，他知道以後肯定會非常震驚。」

我走過去說：「你有沒有把那封信給卡爾弗利先生看？」

卡爾弗利吃驚地問：「什麼信？」

布羅德利布先生拿出信遞給他。看完那封信，他的手不停地抖，嘴唇都變白了。

「他向我招手了，再見！」他念道。然後偷偷看了那個律師一眼，「這話是什麼意思，誰向他招手了？」

布羅德利布先生簡單解釋了一下，繼續說：「我以為你知道這些事。」

卡爾弗利慌亂地說：「對，你這麼一說，我就想起來了。真的太可怕了。」

我說：「還有一件很重要的事，卡爾弗利先生，你能不能去指認一下上吊用的繩子？」

「我？」他大聲叫道，兩隻眼睛瞪著我，擦了擦臉上的汗水，「繩子在哪兒？我怎麼指認？」

「壁櫃的掛衣釘上掛著一部分，你能過去看看嗎？」

「如果你可以把它拿過來……呃。當然沒問題，我可以過去看看……」

「收集證據之前不能破壞現場，你應該不是害怕……」

他生氣地說：「我不害怕，我為什麼要害怕？」

他顫抖著走到壁櫃前，打開門走了進去。

過了一會兒，我們聽見一聲尖叫，他從裡面跑了出來，臉色發青，不停地喘著大氣。

布羅德利布先生警惕地站了起來，大聲說：「卡爾弗利，你怎麼了？」

卡爾弗利跌坐在椅子上，說不出話來。他盯著我們看了一會兒，仰頭發出一陣狂笑，聲音尖銳刺耳。

布羅德利布先生不解地看著他，再次問道：「卡爾弗利，你怎麼了？」

因為沒有得到回覆，所以他走到壁櫃前，從打開的門走進去，好奇地往裡面望了望，突然他尖叫一聲，匆忙地跑了出來，臉色慘白，看起來很狼狽。

「天啊，這個地方鬧鬼嗎？」

他坐下來，面色沉重地看著狂笑不止的卡爾弗利。我非常好奇他們為什麼會有這樣的反應，於是我走到壁櫃前，拉開那扇門，我承認我也被嚇到了。鏡子裡站著一個中國人，當我往裡走的時候，那個中國人也向我這邊走過來，就在我走到一半的時候，鏡子突然變黑了，我看見一道閃光，等我走到鏡子前，那個中國人已經消失不見了，鏡子裡只剩下我自己。

我已經全明白了，等我回到房間，厭惡地看著卡爾弗利，他面對律師坐在那裡，有時哭有時笑，樣子非常難看。過了一會兒，宋戴克站在門口看著他，臉上寫滿對卡爾弗利的厭惡，我向宋戴克走過去。就在這時，有個人從宋戴克身邊擠了進來，走到卡爾弗利身邊，用力地搖晃著他的手臂。

這個人生氣地說：「不要鬧了！你聽到沒有，不要再鬧了！」

「羅傑頓，你知道的，那個中國人快把我嚇死了，我沒辦法。」

「你在說什麼？」說完，他衝到壁櫃門口，朝裡面看了看。轉身罵了一句，走出房間。

宋戴克說：「布羅德利布，傑維斯，你們跟我到外面來，我有話說。」出去後，他繼續說，「我有個好玩的東西想給你們看。」

他輕輕拉開旁邊的那扇門，裡面是一個空房間。房間的那頭有個凸出來的壁櫃，羅傑頓上尉站在壁櫃門口用鑰匙開門。他憤怒地轉身，神情不安地說：

「你們兩個是做什麼的？這樣闖進來是什麼意思？這裡可是我的私人空間。」

宋戴克平靜地說：「我就知道是這樣，那個櫃子裡的東西也是你的？」

羅傑頓的臉瞬間白了，說：「你的意思是，你闖進了我的私人壁櫃？」

「我確實察看過，而且我可以告訴你，我把鎖弄壞了，不管你怎麼轉那把鑰匙都沒用。」

「真見鬼！」

「沒錯。我正等警官拿著搜查令過來，在那之前我不希望任何人動這裡的東西。」

羅傑頓黑著一張臉走到宋戴克面前，威脅道：「你給我等著！」說完跑出了房間。

宋戴克從口袋裡掏出那把萬能鑰匙，把房間的門鎖好後，轉身來到壁櫃前。他用一根硬鐵絲把鎖恢復成原來的樣子，掏出鑰匙把門打開。走進去之後，我發現這裡是一個狹窄的壁櫃，掛衣釘上掛著幾件衣服，非常像弗雷德房間的那個。但這裡沒有鏡子，所以光線非常暗。宋戴克點著一根蠟燭放在架子上，這樣我們就能看清裡面的東西了。

宋戴克說：「這裡有些羅傑頓的東西。」他指著掛在釘子上的東西。我看到那裡有一件藍色的中國長袍，拖著假辮子的瓜皮帽和做工精美的紙糊面具。「仔細看這裡。」說完，他拿下那張面具讓我們看，裡面的標籤上寫著「巴黎雷納德，用心製作。」

他脫掉外套，穿上長袍，帶上面具和帽子，藉著昏暗的燈光，我看見我面前站著一個中國人。

「如果能再多一點時間，就更完美了。」他指著一雙中式布鞋和一盞很

大的紙燈籠說。「不過這些就可以影響埃爾夫雷德了。」

布羅德利布先生看著他脫掉身上的裝扮說：「但我還是不明白……」

「我會慢慢跟你解釋清楚。」宋戴克走到壁櫃盡頭，輕輕地敲了敲右邊的壁櫃，「這是鏡子的背面，掛在塗滿油的巨大鉸鏈上。下面有一個類似橡皮墊的底座，底座上裝了滾輪。上面的滑輪有三條黑色的繩索穿過。我現在拉這根繩子，看看會發生什麼。」

說完，他用力一拉，那面鏡子慢慢轉過來，轉到壁櫃對角線的地方被橡皮緩衝器擋住。

「天吶！」布羅德利布先生大聲說，「這個東西好特別！」

確實很特別。我看見兩個壁櫃之間有一條通道，兩頭都有門。走近以後才發現原先放鏡子的地方有一塊玻璃，這樣可以防止有人打開壁櫃發現裡面的秘密。

布羅德利布先生說：「這到底是怎麼回事？」

「先把這裡弄完，我再跟你解釋。」宋戴克說，「我拉動第二根繩索，這塊黑幕布就會滑到壁櫃這邊，把光線擋住。這裡看起來就是漆黑的，鏡子也不會反射任何影像到對面的壁櫃裡。我現在要拉動第三根繩索。」

他拉了一下，鏡子又轉回到原來的地方，沒有發出任何聲音。

「在我們出去之前，還有一樣東西要看，就是那塊面向牆壁的鏡子。這個就是弗雷德‧卡爾弗利在壁櫃盡頭看見的那面鏡子。原來那面鏡子被挪走，換上了這面可以轉動的鏡子。」等我們走到房間，他繼續說，「我現在就詳細說說其中的機關。聽完弗雷德‧卡爾弗利說的事以後，我就知道那面鏡子有問題。你們離開後我畫了一張如何裝置的簡圖，現在可以證明那張簡圖完全正確。」他掏出一張紙，交給律師，「上面分為兩部分，第一部分是鏡子在壁櫃盡頭的位置，人站在A點，他在鏡子中的位置是A1點。第二部分的鏡子轉了四十度角，現在站在A點的人看不到鏡子裡的自己，卻可以看見另一個壁櫃中站在B點的人反射在B1點的身影……正好是鏡子在前方時出現身影的位置。」

布羅德利布先生說：「我明白了。但到底是誰做的這件事，這個人為什

麼要這麼做？」

宋戴克說：「埃爾夫雷德・卡爾弗利是不是弗雷德最親的人？」

「弗雷德還有一個親弟弟。不過，最近他立了遺囑，對埃爾夫雷德十分有利。」

「就是這個原因。這兩個壞蛋使用手段逼迫弗雷德自殺，主謀應該是羅傑頓。弗雷德曾經提到在船上見過一個中國人，羅傑頓就編了一個故事來刺激他。所以，那個被謀殺的中國富商和有關珍珠的離奇故事，都是他捏造出來的。你肯定記得，中國富商的幽靈是在說出那個故事後才出現的。而且弗雷德在這期間曾離開過這間房子，羅傑頓就是趁他不在的時候把原先的鏡子拿走，換上了可以轉動的鏡子。還有那些中國人的面具和衣服，是他從戲劇道具商那裡買的。剛才他肯定想在搜查之前裝回原來的鏡子，再把可以轉動的裝置和道具拿走。」

布羅德利布先生說：「天吶！這是我聽過最惡毒的事。一定要讓這兩個壞人去坐牢。」

可是這件事讓布羅德利布先生失望了。這兩個人發現陰謀被識破，就離開了那棟房子，連夜逃到英法海峽的另一邊。因為這件事，弗雷德的那份遺囑作廢了，這是唯一讓律師感到滿意的事。

因為當初沒有攔著弗雷德・卡爾弗利，宋戴克到現在還無法原諒自己。

鋁柄匕首

　　急診要求專業人士立刻提出職責內的建議，這種要求具有強制性。這裡的專業人士通常指醫生，而不是法律工作者。我以為放棄診療部分，專注在法醫學方面就可以避免吃飯被打擾、休息被中斷、半夜被門鈴聲吵醒的情況，然而事實卻並不是這樣。法醫學者處在兩種專業的邊緣，通常兩邊的事都會遇到，宋戴克和我經常接到臨時任務，需要我們提供專業服務。接下來我要說的就是這樣的事。

　　我洗完澡準備穿衣服，外面響起了一陣急促的腳步聲，然後我聽見波頓站在宋戴克的門口大聲說：「先生，樓下有個人說有急事找你，他看起來非常激動，先生⋯⋯」

　　一陣更加急促的腳步聲打斷了波頓，然後響起一個陌生的聲音：「先生，發生了一件非常可怕的謀殺案，需要你的幫助，你現在可以和我去看看嗎？」

　　宋戴克說：「沒問題。被害人死了嗎？」

　　「死了，身體已經僵了。警方認為⋯⋯」

　　宋戴克打斷他：「警方知道你來找我嗎？」

　　「知道。他們說等你去了以後才開始調查。」

「非常好！給我幾分鐘的時間。」

波頓說：「先生，如果你願意下樓等著，我可以幫醫生快點準備好。」

他把那位客人勸回客廳，然後端著放早餐的托盤回到樓上，分別送到我們的房間，還提出「不要空腹辦謀殺案」的建議。宋戴克和我在幾分鐘內快速穿好衣服，下樓的時候告訴波頓把平時調查用的工具拿下來。

那個客人焦急地在客廳裡來回走動，看見我們下來，長吁了一口氣，抓起帽子說：「你們準備好了嗎？我的馬車就在門口等著。」然後轉身出門下了樓梯。

門口停著一輛很寬敞的四輪大馬車，正好能容下我們三個。我們剛關好車門，車夫就甩動鞭子，馬車很快跑了起來。

「趁著在路上的時間，我先說說那邊的情況，」他激動地說，「我叫亨利・柯帝士，這是我的名片……哎呀，這是另一張名片，我應該把原先的那張給你們。發現這件事的時候，我和我的律師馬齊蒙先生在一起。馬齊蒙先生讓我來找你們，他留在那裡守護現場，你們沒有到之前，不准任何人亂動。」

宋戴克說：「他的做法很明智。你快說，到底發生了什麼。」

柯帝士先生說：「被殺的人是埃爾夫雷德・海特里奇，我的姻親，他是個壞人。雖然這樣的說法讓我很難過——因為不可以隨便議論死去的人，但即使這會讓人感到痛苦，我還是要說實話。」

「沒錯。」宋戴克贊同道。

「我和他之間的交往並不愉快，馬齊蒙會和你們解釋。昨天我給他留了一張紙條，約他見面解決問題。因為我必須在中午以前出城辦事，所以把見面的時間定在早上八點，馬齊蒙先生說陪我一起去。八點的時候，我們到了他家，按了好幾次門鈴，又使勁敲了幾次門，可是屋裡沒有任何反應。於是我們下樓去找門房，門房說海特里奇先生客廳的燈從早上就一直亮著，值夜班的門房說客廳裡的燈整夜都亮著。他擔心出什麼事，就和我們一起上去了。我們又開始按門鈴、敲門，但裡面還是沒有動靜，門房拿出備用鑰匙開門，發現門從裡面反鎖了。那個門房只好找來一個警員商量應該怎麼辦，最

後我們決定使用蠻力把門打開。門房找來一根撬棍，我們一起用力撬開門。宋戴克博士，你知道嗎，當時的場景真的嚇了我一跳，我的姻親趴在地板上，背上插著一把匕首。」

他拿出手帕擦了擦臉上的汗，這時馬車已經駛進西敏街和維多利亞街之間的側街。正當他打算繼續講述這場災難時，馬車停在一排又高又新的紅磚樓房前，門房急忙跑過來打開車門，我們在這裡下了車。

「我們可以坐電梯上去，我的姻親住在三樓。」柯帝士先生說。

那個門房趕在我們前面站在那裡用手拉著繩索，然後他跟著我們上了電梯，電梯很快就到了三樓。我們來到走廊盡頭，那裡有扇半開的門，損壞非常嚴重。門上用白色的字寫著「海特里奇先生」，那個長得有點像狐狸的伯傑探長從裡面走了出來。

他看見宋戴克，伸出手：「先生，很高興你能過來。馬齊蒙先生坐在那裡，只要我們靠近房間，他就像隻看門狗一樣，對著我們亂吼亂叫。」

這話聽起來像是在抱怨什麼，可是說話者的樣子卻很得意，我懷疑伯傑探長已經偷偷看過現場了。

我們走到玄關處，從那裡進入客廳。馬齊蒙先生坐在那裡，旁邊坐著一個警員和一個穿著制服的警探。看見我們走進來，三個人輕輕地站起來和我們打招呼，然後大家望向房間那頭，誰也沒有說話。

這個房間給人一種陰森可怕的感覺，每個常見的物體都被悲傷籠罩著，每個熟悉的人身體裡都隱藏著邪惡。普通的日常生活就此中斷，沉重的氛圍加深了人們的緊張感。電燈發出微弱的紅光，夏日的陽光透過窗子照進來。椅子旁邊放著半空的酒杯和打開的書，身邊的人說話走路都小心翼翼的，這一切提醒著人們這裡剛剛發生了一場災難。最恐怖的是幾個小時前還活著的人，現在卻躺在地上，失去了生命。

「這件案子真的很神秘，」伯傑探長打破沉默，「不過在某種程度上還算清楚，這一點從屍體的情況就可以看出來。」

我們走過去，俯身察看躺在地上的屍體。那個人上了年紀，兩臂張開趴在壁爐前的一塊空地上，靠近嘴角的地方有一灘血，左背部插著一把刀柄很

細的匕首。身體冰冷僵硬，表明這個人已經死了。離屍體很近的地方有一把給時鐘上發條的鑰匙，我抬頭看見壁爐上有一個鐘，上面的玻璃罩被人打開了。

探長順著我的眼光看到那個鐘，搶先一步說：「快看那個鐘。當時他應該正在給鐘上發條，凶手悄悄地走到後面——上發條的聲音掩蓋了凶手的腳步聲——用匕首刺向他的後背，把他殺死了。透過匕首的位置，可以判斷凶手是一個左撇子。現在凶手的作案手法已經清楚了。不過凶手是怎麼進來的？又是怎麼出去的？」

「應該沒人移動過屍體吧？」宋戴克問。

「沒有。我們請了法醫艾傑頓，他確認這個人已經死亡。等會兒他還會過來，安排解剖遺體的事。」

「我們不要移動遺體，等他過來再做打算。不過我還是要先測量一下體溫，驗一下匕首上的指紋。」

宋戴克從手提包裡拿出一支很長的溫度計，一個吹藥器——也可以說是指紋顯示器。他在死者腹部的位置放上體溫計，接著在匕首的刀柄上吹出一些黃色的細粉末。伯傑探長蹲下去，急切地檢查刀柄，宋戴克則吹走附著在刀柄上的粉末。

伯傑探長失望地說：「上面沒有指紋，凶手肯定戴了手套，不過上面的刻字倒是有些價值。」

探長說完以後，用手指了指匕首的金屬護手，上面歪歪扭扭地刻著「TRADITORE」。

「這是義大利文，意思是『叛徒』，」探長接著說，「我從門房那裡打聽到的事正好與這個意思相符，等一下讓他跟你說說這件事。」

宋戴克說：「在開調查庭的時候，屍體的位置可能非常重要，我先拍幾張照片，然後按照比例畫張簡單的草圖。你不是說沒人動過這裡的東西嗎？是誰把窗戶打開了？」

「我們進來的時候，窗戶就開著，」馬齊蒙先生說，「你應該記得昨天晚上有多熱吧！剩下的東西沒人動過。」

宋戴克從手提包裡拿出一個折疊式照相機、一個可以伸縮的三腳架、一把測量尺和黃楊木的比例尺，以及一個素描本。他站在屋角拍了一張室內全景，拍完後走到門口又拍了一張。

　　「傑維斯，你可不可以站在鐘的前面，擺出一個上發條的姿勢，謝謝。好，別動，讓我拍一張。」

　　我站在那裡，擺好凶殺案發生時死者的姿勢，等著他給我拍照。在我離開之前，宋戴克用粉筆標記好我兩隻腳所站的位置，他擺好三腳架，對著地上拍了兩張照片，最後又拍了幾張屍體的照片。

　　照片拍好後，他快速在素描本上畫出這個房間的平面圖，標出所有物品擺放的位置，按照1：5的比例畫好。那位探長看著宋戴克做的事，臉上露出不耐煩的表情。

　　「博士，你真有耐心，也不怕浪費時間。」探長評價道，同時非常刻意地看了錶一下。

　　「沒錯，」宋戴克把那張畫好草圖的紙撕下來，「我會收集所有與案件有關的線索，不管能不能用上，因為我們誰也無法預料結果，所以我把所有資訊都收集起來。應該是艾傑頓醫生到了。」

　　那個警方派來的法醫向宋戴克示意過後，立刻檢查了屍體。我的同事抽出體溫計，把上面的資料記錄下來，交給了艾傑頓醫生。

　　「死者的死亡時間大概在十個小時之前，」艾傑頓醫生看了一眼體溫計，繼續說，「這真是一件讓人不能理解的謀殺案。」

　　宋戴克說：「沒錯。傑維斯，摸一下匕首。」

　　我摸了摸匕首的刀柄，感覺刀子跟骨頭產生了摩擦。

　　「刺穿了一根肋骨。」我叫道。

　　「沒錯！力量非常猛烈。而且他的衣服稍微向上轉了一下，應該是匕首刺進去時扭轉了一下。這一點很特別，尤其結合這一刀的力度來看。」

　　「這確實有點特別，」艾傑頓醫生說，「不過對於我們而言沒有任何價值。在移動屍體之前，匕首要拔出來嗎？」

　　「要。」宋戴克說，「拔出來是為了避免造成新的傷痕。稍等一下，」

他從口袋裡拿出一根繩子，把匕首抽出3公分左右，然後拉直繩子和刀身平行，我拉住繩子的兩頭，讓他把匕首抽出來。抽出刀子之後，傷口處的衣服變得平整。「注意看這裡，」他說，「這條繩子代表傷口的方向，衣服破口的地方和傷口不同，而且差別非常大，這說明刀子的轉動情況。」

「沒錯，這是一個很奇怪的現象，」艾傑頓醫生說，「不過就像我剛才說的，對於我們而言沒有任何價值。」

宋戴克冷漠地回答：「我們只是在收集證據。」

「確實如此，」對方有點臉紅，「還是先把屍體抬到臥室，檢查一下傷口。」

我們把屍體抬到臥室，對傷口進行一番察看，沒發現什麼新的線索。我們給遺體蓋上床單，回到客廳。

「各位，」探長說，「現在遺體也檢查過了，傷口也看過了，包括地板和家具也都測量過了，還給所有的東西照了相，畫了圖，可是我們好像一點進展也沒有。這間房子只有一個入口，被害人死在自己家裡，案發的時候門從裡面反鎖，窗戶距離地面12公尺，附近沒有排水管，其他管子都嵌在牆裡，牆上連蒼蠅都站不住，壁爐架很新，煙囪裡連一隻大點的貓都裝不下，凶手到底是怎麼進來的？又是怎麼出去的？」

馬齊蒙先生說：「但凶手就是進來了，而且現在也不在這裡，他一定有辦法出去，所以我們一定能查出他是怎麼出去的。」

探長冷漠地笑了一下，沒有說話。

宋戴克說：「事情看起來像是這樣的：房間裡應該只有死者一個人，因為桌子上只有一個酒杯，裡面裝著半杯酒，而且這裡也沒發現第二個人的痕跡。當時他坐在那裡看書，應該是看見鐘停在十一點五十分，於是他把書朝下放在桌子上，站起來給鐘上發條，就在這時被人殺害了。」

「凶手是一個左撇子，而且是悄悄走到身後把他殺死的。」探長補充道。

宋戴克點點頭說道：「看起來是這樣。我們現在把門房叫過來，看看他有什麼要說的。」

那個門房正從信箱口的門縫往裡看，所以要找他不是什麼難事。

門房小心地走進客廳，宋戴克問：「你知道昨天晚上有誰來過這嗎？」

「這棟房子平時有很多人進進出出，我不清楚是不是有人來過這裡。不過昨晚九點左右，我看見柯帝士小姐來過。」

柯帝士先生吃驚地說：「我女兒！我怎麼不知道這件事。」

「她離開的時候大概是九點半。」門房繼續說。

「你知道她來這裡做什麼嗎？」探長問。

「我大概知道。」柯帝士先生說。

馬齊蒙先生趕緊說：「不要說，不必回答任何問題。」

「馬齊蒙先生，你看得真嚴。我們沒有懷疑那位小姐是凶手，不然我就會問她是不是左撇子。」

探長說話的時候，特意看了一眼我們的當事人，我看到柯帝士先生的臉色突然變得蒼白。那位探長趕緊移開視線，假裝沒有注意到他的變化。

探長對門房說：「你再說說那些義大利人的事，那些人是什麼時候來的？」

「應該是一個星期之前。」門房回答，「最先來的那個人看起來很普通，好像會拉手風琴，在大街上賣藝為生。他拿著一封信要我轉交給我的房客，那個信封非常髒，信封上的字很醜，寫著『致：布拉克豪斯大廈的海特里奇老爺』。那個人留下信，說讓我轉交給海特里奇先生。他走了以後，我把信放在海特里奇先生的信箱裡。」

「然後呢？」

「哎，第二天來了一個義大利女人——拿著一籠子鳥，是個算命的——坐在大門口。過了一會兒，我請她離開，可不到十分鐘她又拎著鳥籠回來了，我又把她趕走了。就這樣，她不停地回來，我不停地趕她，最後把我弄得暈頭轉向。」

「所以你就開始嚴加防範了，是吧？」探長一邊笑，一邊看了看門房那扇凸肚窗。

「沒錯。」門房說話的口氣有些驕傲，「可是第三天，又來了個賣冰淇

淋的。這個人呀，一看就是個沒出息的。他就像被黏在人行道上似的守在那裡，還一直給跑腿的夥計冰淇淋吃。我趕他走，他居然說讓我別打擾他做生意。他哪裡像個做生意的！唉，那些冰淇淋倒是吸引了很多男孩子，排隊等著舔杯子底。他在那裡待了一整天，我快氣瘋了。

「第四天過來了一個拉手風琴的，還帶著一隻髒兮兮的猴子。他最令人厭惡，還做了冒犯神靈的事。這傢伙把讚美的詩歌和詼諧的曲調合在一起演奏，比如把《萬古磐石》、《比爾貝里快回家》和《聖母悼歌》、《爬牆採花去》混在一起。我想把他趕走，可是只要我一靠近，那隻可惡的小猴子就過來咬我的腿。結果惹得那個人哈哈大笑，他還用手風琴演奏《看那雲捲雲舒》。我跟你說，真的太煩人了。」

說到這裡，他擦了擦額頭上的汗。探長臉上露出微笑。

「他是最後一個來這裡的人嗎？」探長問。門房滿臉嚴肅地點了點頭。探長繼續問：

「你還能認出義大利人交給你的那封信嗎？」

「能。」門房自信地回答。

探長急匆匆地走出去，一分鐘後再次回到這裡，手裡拿著一個信夾。

「這是在他胸前的口袋裡找到的，」說完他把信夾放在桌子上，拉了一把椅子，「呃，這裡面有三封信，還用絲帶捆在一起。找到了，應該是這個吧！」他解開絲帶，拿出一封信，上面歪歪扭扭地寫著：「致：海特里奇老爺」。

探長說：「義大利人交給你的信是不是這封？」

門房認真檢查著：「沒錯，就是這封。」

探長拿出裡面的信紙，看完後他挑了挑眉。

「博士，你看這是什麼情況？」他把信交給宋戴克。

宋戴克接過信後看了一會兒，然後走到窗戶前，從口袋裡拿出小倍數的放大鏡觀察那張信紙，接著換上高倍數放大鏡檢查。

「紙上的字那麼大，不用放大鏡也可以看得很清楚。」探長嘲笑道。

「沒錯，」宋戴克說，「這東西很有意思。馬齊蒙先生，你怎麼看？」

理查・奧斯丁・傅里曼

律師接過信紙，我站在他身後看那封信。那件東西確實很奇怪，紙是普通的便利貼紙，上面用紅色的墨水寫著歪歪扭扭的字：「看看上面的標誌。六天之內，把你該做的事做好。如果沒做，你應該知道後果是什麼。」信紙上畫著一個骷髏頭和兩根交叉的骨頭，只是這繪畫的技巧實在不敢恭維。

「這就清楚他昨天寫信給你的目的了，」馬齊蒙先生把信遞給柯帝士先生，「那封信你應該帶了吧？」

「帶了，在這裡。」柯帝士先生從口袋裡拿出一封信，念道：「好，你想來就來吧，雖然這個時候你不應該來。那封威脅信讓我覺得很有意思，甚至可以把它拿到全盛時期的塞德勒維爾斯劇院演出了。」

「埃爾夫雷德‧海特里奇。」

伯傑探長問：「海特里奇先生去過義大利嗎？」

「去過，」柯帝士先生答道，「去年他去了卡布里島，在那裡待了一年。」

「我們找到線索了。你們看，這裡還有兩封信，這個郵戳是E.C區的，番紅花小山就在這區吧！快看這個！」

探長打開最後一封信，我們看到上面寫著「死亡通知」，另外還有一行字：「保重！不要忘了卡布里島！」

「博士，要是你這邊沒什麼事，我就先走了。我要到小義大利區那邊看看。要找到那四個義大利人應該很容易，況且門房可以認出他們。」

宋戴克說：「在你離開之前，我還要弄清楚兩件小事。一是那把匕首，它應該在你的口袋裡，可以給我看看嗎？」

探長極其不情願地掏出那把匕首，給了我的同事。

「這個凶器很特別，」宋戴克認真檢查著那把匕首，「形狀和材質都很特別。我從來沒見過鋁製的刀柄，還有這種摩洛哥皮草是用來裝訂書本的，這件事也很不尋常。」

探長解釋說：「鋁製刀柄很輕。做得窄是為了藏在衣袖裡。」

「也許吧！」宋戴克說完，拿出口袋裡的放大鏡繼續察看，這個動作讓探長感到無比開心。

「我第一次見到這種人，」探長笑著說道，「『一切都可以放大』應該是他的座右銘，我認為他接下來要量刀子。」

探長說對了。宋戴克在本子上畫了一個匕首的草圖，接著從手提包裡拿出一把折尺和一個測量器，把匕首各部分的尺寸量好後標在草圖上，還在旁邊做了對細節的簡單說明。

「還有一件事，」他把匕首還給探長，「與對面的房子有關。」

他走到窗戶前，望著高樓的背面，那排高樓的格局和我們所在的這棟樓差不多，兩棟樓之間的距離大約27公尺，中間有好幾條碎石鋪成的小路，地上種著灌木。

「要是昨晚有人住在那些房間裡，」宋戴克繼續說，「我們說不定能找到目擊證人。這個房間裡的百葉窗都拉起來了，燈也一直亮著，人站在對面可以從窗口清楚地看到這個房間裡發生什麼，這是一個值得追查的線索。」

「嗯，這話說得有道理。」探長說，「不過，這件事會登上報紙，要是有人知道昨晚發生了什麼，一定會出來作證的。我現在要走了，得趕緊封鎖現場。」

下樓的時候，馬齊蒙先生說他晚上再來找我們。「除非，」他補充道，「你們現在就需要我提供資訊。」

「我想知道這個人死了以後，最大的受益者是誰。」宋戴克說。

馬齊蒙先生答道：「關於這一點，有個很奇怪的故事。我們去那邊的花園說，那裡沒人打擾。」

律師朝著柯帝士先生揮揮手。等伯傑探長坐上警車離開以後，我們請門房讓我們進了花園。

「剛才你的那個問題，」馬齊蒙先生好奇地看著對面那幾棟高樓，「答案非常簡單。埃爾夫雷德‧海特里奇死了以後，最大的受益者是他的朋友倫納德‧沃爾夫，他是海特里奇先生的遺囑執行人，也是唯一的遺產受贈人。海特里奇先生的全部遺產大約有兩萬英鎊，他死了以後，將由他的朋友全部繼承。這件事是這樣的，埃爾夫雷德‧海特里奇有一個弟弟叫查理斯，查理斯很早就去世了，留下妻子和三個孩子。十五年前，海特里奇的父親也去世

了，家裡所有的財產都留給了他。他的父親想讓他把弟弟家的孩子當成自己的孩子照顧。」

宋戴克問：「沒有寫遺囑嗎？」

「查理斯妻子的朋友們給老先生施加了很大的壓力，在去世之前，老先生立下一份遺囑。可是當時他的年齡大了，言行舉止像個孩子一樣，埃爾夫雷德申請判決遺囑無效，理由是他的父親受到了其他人的蠱惑，結果如他所願。從此以後，埃爾夫雷德‧海特里奇再也沒給過他弟弟的家人一分錢。要不是我的當事人柯帝士先生，他們或許早就餓死了——他承擔起照顧孤兒寡母的責任。

「他們最近正要解決這個問題。原因有兩方面：一方面是查理斯的大兒子艾德蒙已經長大成人，柯帝士先生讓他學習法律知識，現在他已經是一名合格的律師，而且也有很好的機會可以與人合夥開一家律師事務所。我們要求埃爾夫雷德遵照他父親的遺囑承擔必需的費用，結果他一直不同意。我們今天早上就是來和他商量這件事的。另一方面，有一件很奇怪而且有損聲譽的事，死者有一個關係要好的朋友叫倫納德‧沃爾夫，這個人是個大壞蛋，他們實在不應該成為朋友，兩個人的交往對彼此沒有任何好處。還有一個女人叫赫斯特‧葛莉妮，這個女人手裡有死者的把柄，我們暫時先不說這個。倫納德‧沃爾夫和埃爾夫雷德‧海特里奇寫了一份協議：1、沃爾夫娶赫斯特‧葛莉妮；2、埃爾夫雷德‧海特里奇將所有財產無條件贈予沃爾夫。在海特里奇去世時執行。」

「財產轉移了嗎？」宋戴克問。

「非常不幸，已經轉移了。我們原本打算在海特里奇生前幫查理斯的妻子和孩子們爭取點什麼。我的當事人的女兒柯帝士小姐昨天過來找他，也是為了這件事，她很神秘，因為我們正在辦這件事，而且她已經和艾德蒙‧海特里奇訂婚了。我想，昨晚她和老海特里奇先生都不開心。」

我們漫步在碎石路上，宋戴克沉默著，兩隻眼睛盯著地面。過了一會兒，他的眼睛掃過矮樹叢和灌木，好像在找什麼東西。

「倫納德‧沃爾夫是個什麼樣的人？」他問，「顯然他是一個流氓，但

其他方面呢？他是傻子嗎？」

「我感覺他不是個傻子，」馬齊蒙先生說，「他曾經是一個工程師，而且還是個很有能力的機械技師。因為最近他得到了一大筆錢，所以就開始吃喝玩樂和賭博。我覺得他現在手裡應該沒什麼錢了。」

「他長得怎麼樣？」

「我見過他一次，」柯帝士先生答道，「他又矮又瘦，頭髮是金色的，臉上很乾淨，左手少了一根中指。」

「他住哪兒？」

「埃爾特姆、肯特郡和埃爾特姆的莫頓格蘭，」馬齊蒙先生說，「我們現在得走了，柯帝士先生也有事，希望我們提供的資訊對你有幫助。」

兩個人和我們握了握手，急匆匆地走了。宋戴克看著髒兮兮的花床發呆。

「傑維斯，這件案子很奇怪也很有趣，」說完他蹲下來，觀察著一叢月桂樹，「那個探長像聞到氣味的狗——一條紅鯡魚綁在一條最明顯的繩子上。不過那是他的事，用不著我們操心。看，門房過來了，他應該想跟我們打聽消息，其實……」他看著門房笑著說，「剛才你說這裡的房子朝著哪條街？」

「先生，是科特曼街，」門房說，「那裡的房子幾乎全是用來辦公的。」

「三樓開著窗戶的那個房間的門牌號碼是多少？」

「那個是6號，正對著海特里奇先生房間的是8號。」

「謝謝你！」

宋戴克往前走了兩步，轉身對門房說：「我剛才在窗戶那裡掉了一個小金屬片，大小和這個差不多。」他在名片後面畫了一個中間有六角形孔的圓盤，交給了門房。「我也不知道掉在哪裡。這個東西大概有這麼大，扁的，你可以請園丁幫忙找。他如果能送到我住的地方，我就給他一鎊金幣。雖然那個小東西對別人來說沒什麼用，但對我來說卻非常重要。」

門房向我們行禮。走出花園門的時候，我回頭看了一眼，發現門房已經

在樹叢中開始尋找了。

　　我苦苦思考著那個東西到底是什麼，我沒看見宋戴克掉什麼，如果那個東西真的那麼重要，他也不會這麼不小心。我們走到科特曼街，我打算問他這件事。結果還沒等我開口，他就走到6號大門，認真察看上面寫著住戶名字的名牌。

　　「4樓，」他念道，「『湯瑪斯・巴羅先生，經紀人』，我們得去拜訪一下這個巴羅先生。」

　　他快步走上石頭台階，我也跟著走上去，我們喘著大氣來到四樓，他停在經紀人的房門口，我們聽見裡面傳來一陣奇怪的腳步聲。宋戴克輕輕地把門推開一條縫隙，他順著門縫向裡望。一分鐘後，他轉過頭對著我笑了笑，然後輕輕地推開整個門。房間裡有一個十四歲的男孩，瘦高的個子，正在練習玩扯鈴。他的注意力全部集中在那個扯鈴上，沒注意到身後發生的事。我們走進來，關上門，站在那裡看著他。最後扯鈴沒有掛好線飛了出去，掉在一個大紙簍裡，男孩轉過身看見我們，一臉茫然。

　　「我來拿吧！」宋戴克故意在紙簍裡翻找了一陣，把扯鈴遞給男孩。「看來巴羅先生出去了，他什麼時候回來？」

　　「他今天不回來了。」那個男孩流著汗，剛才的事讓他感到不好意思，「今天我來得太晚了，我來這裡之前他就走了。」

　　「原來是這樣，」宋戴克說，「早起的鳥兒有蟲吃，晚起的鳥兒只能玩扯鈴。你怎麼知道他不回來了？」

　　「你看，他留了一張紙條。」

　　他拿出那張紙條，上面的字是用紅色墨水寫的，字跡很工整。

　　宋戴克認真看了看，問：「你昨天把墨水瓶弄壞了？」

　　那個男孩吃驚地看著他。「對啊，你怎麼知道？」

　　「我不知道，不然我也不會這麼問。這張紙上的字是用製圖的針筆寫的。」

　　宋戴克看了看男孩，繼續說：「我在樓下看到巴羅先生的名字，就想看看他是不是我認識的那個朋友，不過現在你告訴我就可以了。他臉上留著花

白的鬍子，戴著眼鏡，還戴了假髮。我一看就知道那是假髮，」他機智地加了一句，「因為我爸爸也戴假髮，他每次都把假髮放在鉤子上梳理，如果我笑話他，他就會罵我。」

「我朋友的左手受過傷。」宋戴克補充道。

「關於這一點，我就不清楚了，」男孩說，「巴羅先生總戴著手套，反正左手總戴著。」

「哎呀，這樣吧，我給他寫張紙條，碰碰運氣。請給我一張便條紙，這裡有墨水嗎？」

「瓶子裡還有一點，我可以幫你用筆蘸蘸。」

他從櫃子裡拿出一包便宜的信封和已經打開過的信紙。把筆放到墨水瓶裡蘸了蘸，遞給宋戴克。宋戴克坐下來快速寫好後，將信紙折上，然後他拿著信封，有些猶豫。

「我想，還是不要留字條了，」說完，他把折好的信紙裝進口袋裡，「你跟他說一聲我來找過他，我叫霍萊斯・包傑。跟他說，我這兩天還會再來。」

那個男孩疑惑地看著我們走出去，他還跟著我們跑到樓梯口——在那裡，比欄杆後面看得清楚。直到他對上宋戴克的目光，才把頭縮回去，離開那裡。

事實上，宋戴克的表現讓我感到困惑，我實在不知道這件事和那個案子有什麼關係。他站在樓梯口的窗戶前，拿出那張信紙，用放大鏡認真察看，接著拿起來對著光線看，還笑出了聲，這加重了我的好奇心。

「運氣，」他說，「雖然比不上智慧和謹慎，但也有很大的作用。兄弟，真的，我們的收穫太大了。」

我們回到門廳，宋戴克向管理室裡的人點點頭。

「巴羅先生是不是很早就走了，我剛才上去沒找到他。」

「是啊，先生。」管理室裡的那個男人答道，「走的時候大概是八點半。」

「還真早。他應該很早就來了吧？」

「應該是吧，不過他走的時候我剛上班。」

「他帶行李了嗎？」

「帶了兩個箱子，一個方的，一個窄長的，大約1.5公尺長，還是我幫他拿上車的。」

「他坐的應該是四輪馬車吧？」

「沒錯，先生。」

「巴羅先生來的時間應該不長吧？」

「對，他來的時候是上一季的結帳日，到現在差不多有六個星期了。」

「好吧，看來我得改天再過來了。再見。」宋戴克從那棟房子裡出來以後，去了隔壁街上的租車行。他在那裡和一個四輪馬車的車夫聊了兩分鐘，那個車夫給了我們一個在新牛津街的地址。他給了車夫一個半英鎊的金幣，並說了聲「謝謝」，那個車夫高興地走了。宋戴克走進一家店，我則留在外面，那家店裡的櫥窗上擺著各種車床、鑽孔機、金屬條。他出來的時候手裡拿著一個小包裹，看見我探尋的目光，他說：「給波頓準備的一塊金屬和一根鋼條。」

他後來買的東西就更奇怪了。當時我們走在霍爾本街，一個家具店的櫥窗吸引了他，店裡擺著一些報廢的法國製造的武器——是在1870年遺留下來的——現在成為裝飾品放在那裡。他掃了一眼以後走進店裡，出來的時候拿著一支老式步槍和一把很長的刺刀。

轉進菲特爾弄，我問：「買這些武器有什麼用？」

「看家啊，」他說，「先開一槍，再拿刺刀使勁一刺，就可以擊退強盜。你同意吧？」

我想像著那個畫面，忍不住笑了起來。不過，我還是不明白他為什麼做這些事，我認為這肯定和布拉克豪斯大廈的謀殺案有關，但我就是想不通這其中的關聯。

吃完午飯，我出門處理因為早上的謀殺案而耽擱的公務。宋戴克留在家裡，用一塊圖板、一個丁字尺、一個比例尺、一個圓規，把草圖畫成符合比例的平面圖。波頓拿著那個小包裹，滿臉焦急地看著他。

我在黃昏的時候回家，路上碰到了趕往我家的馬齊蒙先生。

「宋戴克寫了一封信給我，」他說，「他跟我要一份筆記樣本，我想還是親自送過來，順便也可以打聽一下情況。」

回到家，宋戴克和波頓正在討論著什麼，非常激烈。我吃驚地發現桌子上放著那把匕首。

馬齊蒙說：「我把你要的那個樣本帶來了，我還以為找不到了，結果柯帝士先生保存著這封信。不得不說，我們的運氣真好，這可是那個人寄過來的唯一一封信。」

他從皮夾裡取出信，遞給宋戴克。宋戴克認真地看著，臉上露出滿意的笑容。

「我以為探長把它拿走了。」馬齊蒙拿起那把匕首說。

「沒錯，這是波頓根據我的圖紙做出來的複製品。」

「天吶！」馬齊蒙先生叫道，敬佩地看了波頓一眼，「跟原來那把一模一樣，而且居然能在這麼短的時間做出來。」

「任何一個做金屬加工的人都可以做到。」波頓說。

宋戴克補充了一句：「這也是一個很重要的證據。」

這時，有一輛馬車停在門口，我們聽見一陣急切的腳步聲，然後是短促有力的敲門聲。波頓開門後，柯帝士先生慌亂地跑進來。

「馬齊蒙，出大事了！」他喘著氣說，「我的女兒伊迪斯被抓起來了，伯傑探長來到我家說她涉嫌謀殺，把她帶走了。怎麼辦，怎麼辦，我快瘋了！」

宋戴克伸手按住那個男人的肩膀，安慰道：「柯帝士先生，冷靜一下！我保證，你的女兒不會有事。我想伊迪斯小姐應該是左撇子吧？」

「沒錯，她是個左撇子，太不幸了！我該怎麼辦！宋戴克博士，他們竟然把她關進監牢裡。我可憐的女兒！」

「她馬上就可以出來了。」宋戴克說，「你聽，有人來了。」

門外響起一陣輕快的敲門聲。我起身開門，是伯傑探長。場面陷入尷尬，最後探長和柯帝士先生都表示可以先行離開。

「探長，你留一下，」宋戴克說，「我有些話對你說，柯帝士先生也可以留下，呃，你還是一個小時以後再來吧，好嗎？我想那個時候我們就能想到解決的辦法了。」

柯帝士先生表示贊同，然後走了出去。宋戴克轉身冷漠地看著探長：

「你應該非常忙吧，探長？」

「對啊，我一刻也沒閒著，還憑藉充足的證據抓住了柯帝士小姐。有證人指出，她是死者生前見到的最後一個人；凶手是個左撇子，她也是。」

「還有沒有其他的？」

「當然有啊！我找到了那幾個義大利人，但所有的事都是編出來的。有個身穿寡婦服、頭戴面紗的女人讓他們到那棟房子外面做那些事，並且還付給他們錢。那封信也是她要他們送過去的。那個女人的身形和柯帝士小姐很像，不過目前還沒讓那幾個義大利人指認她。」

「她是怎麼出去的？門可是從裡面鎖上的。」

「就是說呀，直到現在這個謎題還沒有破解，只能交給你了。」探長說這話的時候笑了一下，「我們進入房間的時候，裡面一個人都沒有，凶手肯定有辦法出去，你不能否認這一點。」

「我就是要否認這一點。」宋戴克說，「你的表情看起來很驚訝。」他繼續說，「這件事實在太明顯了，看到屍體的時候我就知道是怎麼回事了。那個公寓只有一個出口，你們進去的時候也沒發現有人，那就只有一種可能，凶手根本沒去過那裡。」

「我聽不懂你在說什麼。」探長說。

「我已經把案子破了，正準備轉交給你。現在我就把證據擺在你面前。當時死者站在壁爐前給時鐘上發條，匕首斜著刺進凶手的左肩，你應該能回想起來，把刀抽出來的時候，刀柄正對那扇開著的窗戶。」

「那扇窗戶距離地面12公尺。」

「沒錯。現在我們來分析一下那把特殊的凶器。」

他把手放在抽屜的把手上，一陣敲門聲打斷了他接下來的動作。我起身開門，門外站著布拉克豪斯大廈的門房。他驚訝地看著屋裡的幾個人，走到

宋戴克面前，掏出一張折好的紙。

「先生，這就是你要找的東西，我花了很長時間才找到的，它掉在一棵灌木的葉子裡。」

宋戴克打開紙，看了一眼裡面的東西，然後把它放在桌子上。

「謝謝你，」宋戴克給了門房一枚一鎊的金幣，「探長應該知道你叫什麼吧？」

「是的，」門房說，然後他把錢裝進口袋，愉快地離開了。

「我們接著說那把匕首。」宋戴克說完，打開抽屜，「我早就說過，這把刀子很特別。這雖然是一個複製品，但百分百還原了原件的特點。我們來看看它的特別之處。」他把波頓製作的匕首放在探長面前，探長吃驚地看著它。「我們可以看到這把刀沒有突出的地方，而且非常細，用的材料也很特殊。這把刀不是普通鑄刀劍的人做的，雖然上面刻著義大利文，但還是可以看出這是『英國工匠』製造出來的。刀鋒用鋼條製成，寬度大約在2公分，刀柄用鋁棒製成，上面還刻著一道紋路，這可不是工程師學徒能做出來的。頂上突起的地方也是手工製作的，看著像個普通的六角形螺絲。注意我在圖上標註的尺寸，刀鋒外A、B兩個突起的地方，尺寸非常吻合，這絕對不是巧合，兩個圓形直徑都是10.9公分，這和老式槍管的口徑一樣。倫敦就有幾家店在賣這樣的槍，我這裡也有一支。」

他走到屋角，把那支剛買回來的步槍拿過來，然後把匕首的刀柄套進槍口，那把匕首順著槍管滑下來，從打開的後膛裡露出來。

「天吶！你的意思是匕首是從步槍裡射出來的？」馬齊蒙大聲叫道。

「對。所以要用鋁製刀柄，這樣就可以在射擊的時候減輕重量。還有頂端這個六角形的突起，現在你們看明白了吧？」

「我還是不明白，我認為你說的這件事不可能發生。」探長說。

「我就一邊示範，一邊解釋。首先，必須保證刀尖朝前方射出去，所以必須使匕首旋轉。從衣服和傷口的狀態可以看出，匕首刺進身體的時候確實在轉動，只有將刀子從槍管裡發射出去才能轉動。可是刀柄無法和膛線連接起來，於是凶手就用一個軟金屬墊圈進行連接。刀柄可以裝在六角形上卡到

膛線的凹槽裡，這樣發射出去的匕首就是轉動的，可是匕首射出去後金屬墊圈就會掉下來，就是這個，這是波頓做的墊圈。」

他把一個中間有六角形洞的圓形鐵片放在桌子上。

「聽起來很好，但我還是認為這不可能。」探長說。

馬齊蒙贊同道：「確實太可不思議了。」

「現在下結論還太早。這顆子彈是波頓做的，裡面的火藥量是口徑為點二零槍彈裡無煙火藥量的八分之一。」

他把墊圈放在刀柄頭突起的位置上，推進槍管後，裝了子彈，關好後膛，然後走進辦公室，把一塊裝有墊子的硬紙板靶子放在靠牆的位置。

「兩個房間的長度是9.8公尺。傑維斯，你可以幫我把窗戶關上嗎？」

我關上窗戶，他用步槍瞄準靶子，槍管發出一聲悶響——聲音比我想像的小得多——我看向靶子，靶子的正中心插著那把匕首，刺穿的力量很大，只留下刀柄在外面。

「所以，」宋戴克放下步槍，「這件事是可能的。現在談談現場留下的證據。首先，現場發現的那把匕首上有條清晰的條狀印痕，與步槍的膛線十分吻合。其次，那把匕首確實是從左往右轉動著——是指從步槍這邊看過去——刺進死者的身體。還有這個，這是門房從花園裡找到的，剛才你們也聽見了。」

他打開那張紙，裡面是一個中間有六角形洞的圓形金屬片。他走到辦公室從地上撿起波頓製作的那個墊圈，放在另一個墊圈旁。兩個圓形金屬片的大小一樣，邊緣上的印痕也一樣，與槍管的膛線十分吻合。

探長看著那兩個墊圈，過了一會兒，抬起頭看著宋戴克說：

「醫生，你是對的，我認輸。但你是這麼想到的？要是我，想破腦袋也想不出來。還有，是誰開的槍？為什麼沒人聽見槍聲？」

「他應該是安裝了一個壓縮空氣的消音裝置，這種裝置不僅可以消除聲音，還不會在匕首上留下火藥的痕跡。至於是誰開的槍，我可以把他的名字告訴你。但我們現在還是先把所有證據看完。你應該記得，傑維斯醫生站在壁爐前假裝給時鐘上發條的時候，我在他雙腳所站的位置上做了標記。站

在做標記的地方可以看到，對面那棟樓裡有兩扇窗戶正對著死者的房間，也就是科特曼街6號的三樓和四樓。三樓是一家建築公司，四樓住著一個經紀人，叫湯瑪斯・巴羅。我去找過他，說這件事之前我想先說說另一件事。你有沒有帶著那幾封威脅信？」

「有！」探長答道，從胸前的口袋裡掏出一個皮夾。

「我們先看第一封信，」宋戴克說，「信紙和信封都是很常見的這種，從字跡來看，寫信人的文化水準很低，這樣的人肯定會買小瓶裝的墨水。這個信封上用的墨水很高級，是德萊柏雙色墨水，這種墨水販售的時候只有大瓶裝。信紙上用的是沒有經過調試的深紅墨水，這種墨水是繪圖師專用的，上面的字是用製圖筆寫的。不過信紙上方的骷髏頭才是最有意思的地方。從專業角度來說，寫信的人根本不會畫畫，骷髏頭的形狀和比例非常可笑，不過這個圖畫得很清楚，線條像機械製圖那樣清晰，畫圖的人很穩重，圖像對稱，看起來很有經驗。比如，那個人把骷髏頭畫在紙的正中間，如果我們用放大鏡察看，就知道為什麼這麼安排；紙上的痕跡顯示，這個人用鉛筆畫了中線和十字線。用放大鏡觀察可以發現一些小碎屑，是製圖用的紅色軟橡皮擦留下的，說明鉛筆畫出的線就是用這個橡皮擦擦掉的。所以畫這個骷髏頭的人經常繪製機械圖。現在讓我們談談巴羅先生，我過去找他的時候他不在，我就留意觀察他的辦公室，發現以下這些東西：鐵架子上有一把工程師用的黃楊木尺，長30公分；一瓶德萊柏牌的雙色墨水；一塊紅色軟橡皮擦。我想辦法拿到了辦公室用紙和墨水的樣本，稍後我們會進行檢驗。巴羅先生個子不高，戴著眼鏡和假髮，左手戴著手套，剛搬過去沒多久。他今天早上離開辦公室的時間是八點半，但沒人看見他進去。離開的時候他帶著一個四方形的行李箱，還有一個窄長的行李箱，長約1.5公尺。他租了一輛馬車到維多利亞站，坐八點五十一分的火車去查塔姆。」

「啊！」探長驚訝地叫出聲。

「現在先看看這三封信，這是我在巴羅先生辦公室寫的字條，我們來做一下比對。大家可以看到兩張紙上有相同的浮水印，這一點倒不是很重要。重要的是信紙上靠近底角的地方有兩個凹下去的小洞。顯然是有人在第一張

紙上使用圓規或圖釘時留下的印記，這些紙都是裝訂好以後再裁剪成固定大小的，要是在第一張紙上用針刺下去，底下的紙張會留下同樣的小洞，而且所有紙張上的小洞與紙邊和紙角的距離相同。」他用圓規試驗了一下，「看看我從巴羅先生辦公室拿出來的紙上有兩個很淺但很清楚的凹痕，就在靠下面的位置，用量尺量完以後發現，兩個凹痕之間的距離和其他的相同，離紙邊和紙角的距離也相同。所以這四張信紙來自同一疊紙。」

探長從椅子上站起來，對宋戴克說：「巴羅先生到底是什麼人？」

「這個決定權在你手裡。不過我可以友情提示一下。」宋戴克答道，「埃爾夫雷德·海特里奇死後，最大的受益者是倫納德·沃爾夫，他是遺產的唯一繼承人，可以繼承兩萬英鎊的財產。我聽馬齊蒙先生說，這個人是個登徒浪子，品行不端。他是一個工程師，而且是個能力很強的機械師。他又瘦又矮，金色的頭髮，臉上沒有鬍子，左手少了一根中指。巴羅先生也是又瘦又矮，金色的頭髮，但是他戴著眼鏡和假髮，左手戴著手套。我看見過這兩個人寫的字，字跡非常像。」

「這些就足夠了。」探長說，「給我他的地址。我馬上放了柯帝士小姐。」

那天晚上，倫納德·沃爾沃在埃爾特姆被抓，被抓的時候他正把一支裝著消音器的步槍埋在花園裡。不過他沒有接受審訊，因為在他的口袋裡裝著一把短筒、大槍口的手槍，他用那把手槍自殺了。

「實際上，」宋戴克知道這件事以後做出評價，「倫納德·沃爾沃還是產生一定的作用。至少他幫助人們消滅了兩個壞人，而且還為我們提供了一個有教育意義的案子，讓我們可以看到一個罪犯怎麼用盡心思欺騙和誤導警方。可是一個人越在意細節，就越容易留下線索。針對這兩點，我們只能對普通的罪犯說：『你們也可以照著他的方法試一試。』」

深海來的訊息

　　鄰近的商業街已經失去往日的美景，懷特查佩爾街上只剩下幾處房屋，這條大街並不繁華，尤其是大街的東邊，髒兮兮的現代建築，反映出當地居民混沌的生活狀態。走過一段很長的灰色的路，使人的心情也變得灰暗。不過這條漫長無聊的路，也可以因為幽默風趣的談話變得非常有意思，比如和我的朋友約翰・宋戴克走在一起，只會讓我覺得這段路有點太短了。

　　我們剛才去了一趟倫敦醫院，在那裡看了一個肢端肥大症病例，這個病例讓人感到非常驚訝。我們在回家的路上討論了這種病症，還有與之相似的巨大畸形症，從「古步森式下顎」的源起，聊到與巴珊王靈①相關的問題。

　　我們走到阿德蓋特高地街時，宋戴克說：「如果可以把手伸進國王陛下的腦下垂體小窩裡，肯定非常有趣，我指的是在他駕崩之後。哦，這就是哈樂巷，你記不記得笛福描述的那個情形：運屍車停在巷口，有一支恐怖的隊伍從弄堂裡走出來。」他拉著我的手臂走進窄小的街道，到了星星酒館的轉彎處，我們轉身看剛才走過的路。

---

1. 《聖經》裡的人物，是巨人的代名詞。——譯注

「我第一次從這裡走，我好像聽見了鐘聲和車夫恐怖的叫聲……」

他的話突然停住，拱門下面有兩個人大步向前走。走在前面的是一個中年猶太女人，個子不高，身材粗壯，大口喘著氣，情緒非常激動，後面跟著一個年輕人，穿著得體，情緒穩定。等靠近我們的時候，年輕人認出了宋戴克，激動地說：「先生，剛才上面讓我去調查一樁案子，不知道是謀殺還是自殺，麻煩你跟我一起過去，我第一次出勤，心裡很緊張。」

走在前面的那個女人跑回來，拉起年輕人的手臂往前走。

「醫生，快點，快點。」她大聲說，「不要停下來閒聊。」她的臉色蒼白，滿頭大汗，嘴角抽搐，雙手不停地抖，兩個眼睛瞪得很大，像個被嚇壞的孩子。

「哈特，我跟你一起過去。」宋戴克說完轉過身，跟在那個著急趕路的女人身後。

「你開診所了嗎？」宋戴克問。

「先生，還沒有。」哈特醫生說，「我的上司是警方的醫生，我只是他的助理。他今天不在，出城去了，你能陪我過來真是太好了。」

「哎，我就是想看看我教得怎麼樣。」宋戴克答道，「應該是那一家。」

那個女人領著我們轉過一條側街，剛走到一半，就看見有戶人家的門口圍著一群人。他們望向我們，然後退到兩邊，為我們讓出一條路。走在前面的那個女人急匆匆地衝進去，上了樓梯。快到樓梯頂的時候，她停下來，踮起腳尖小心翼翼地往上走。走到樓上，她轉過身看著我們，用食指指著後面房間的門，用非常小的聲音說：「她就在這裡。」然後癱坐在地上。

我握住門把，回過頭看宋戴克。他慢慢走上樓梯，仔細觀察著地、牆、樓梯扶手。等他上來後，我才轉動門把，我們走進房間，關上房門。窗簾沒有拉開，屋裡光線暗淡，剛開始我們沒有發現什麼特別之處。屋子很簡陋，但收拾得很乾淨，椅子上放著一堆女人的衣服。屋裡沒有翻動的痕跡，床上躺著一個人，一動不動，看起來像睡著了，不過枕頭上有一塊暗色的印記。

哈特醫生小心地走到床邊，宋戴克拉開窗簾，讓陽光照進來。年輕的醫

生突然尖叫一聲，退到一旁。

「天啊！這太可怕了！嚇死我了！先生！」

床上躺著一個二十五歲左右的年輕女人，她的臉很白，樣子也很平靜，有著超凡脫俗的美。她的嘴微微張開，兩隻眼睛半睜著，睫毛長長的。頭髮濃密黑亮，編著麻花辮，襯得皮膚更加白皙。

宋戴克把被單拉開5公分，在那張蒼白沉靜的臉的下方，有一道裂開的傷口，脖子差點被切成兩段。

宋戴克看著那張臉，露出悲傷的表情。

「凶手很殘忍，」他說，「不過這樣也好，她應該沒有感受到痛苦就死了。」

「畜生！」哈特大聲說，他雙手握拳，憤怒地說，「可惡的畜生！應該把他放在絞刑架上絞死！天啊！真應該絞死他！」他生氣地揮著拳頭，眼睛裡含著淚水。

宋戴克拍了拍他的肩膀表示安慰。「哈特，我們就是為這件事來的，拿出你的記事本。」說完，他開始檢查那個女孩的屍體。

那個年輕的醫生聽到這友善的提醒，漸漸恢復了理智，拿出記事本，開始調查取證。我按照宋戴克的要求畫了房子的平面圖，詳細記錄了房間裡的東西和位置。我一邊畫圖一邊觀察著宋戴克的舉動。然後我停下來，看著他把一些在枕頭邊上找到的東西用小刀刮下來放在一起。

「你看，這是什麼東西？」我走到他身邊，他用刀子指著那些看起來像銀色砂粒的東西問。我俯身察看，發現在枕頭的其他地方還有類似的東西。

「這是細砂！」我大聲說，「可是我想不通它為什麼會出現在這裡，你知道嗎？」

宋戴克搖搖頭。「這個問題等會兒再研究。」他從口袋裡拿出一個小金屬盒子，裡面裝著顯微鏡上用的蓋玻片、印模用的蠟、毛細管還有其他「有分析作用的工具」。他從裡面拿出一個裝種子的小封袋，用小刀把那堆細砂裝進去，封好後用鉛筆做上記號。哈特的叫聲再次吸引了我們的注意。

「天吶！先生，你快來看，凶手是個女人！」

他把整條被單都拉開了，死者的左手握著一束很長的紅頭髮。

宋戴克說：「事情沒有那麼簡單。哈特，你怎麼理解？」他把放大鏡遞給他以前教過的學生，哈特剛要接過去，房門就被打開了，從外面走進來三個人。最先走進來的是探長，第二個看樣子是個便衣，第三個是警方的醫生。

「哈特，這是你的朋友嗎？」那個醫生不開心地打量著我們。

宋戴克簡單解釋了一下，那個人說：

「先生，由探長來決定你的『準確地位^②』，我的助理沒有隨意請外人進來的權力。哈特，你不用等著了。」

說完，他開始檢查。宋戴克把放在屍體下面的體溫計拿了出來，記下上面的數字。

探長並沒有阻止我們，因為他知道專家也有專家的作用。

「先生，她死多長時間了？」探長殷切地問。

「十個小時左右。」宋戴克回答。

探長和便衣警察同時看了看錶。

「昨天夜裡兩點。」警佐說。

「先生，那是什麼東西？」醫生指著死者手裡攥著的那束紅頭髮。

探長大聲說：「是個女人啊！還是個心狠手辣的女人。警佐，這個案子看起來很簡單。」

「是啊！床頭有個放著墊子的箱子，看來她個子不高，需要站在上面才能構得到。」

「倒是很強壯。」探長說，「這個小姐的頭差點被她割斷。」他回到床頭，俯身檢查那道裂開的傷痕。他伸手摸了摸枕頭，然後搓了搓手指。「哎呀，枕頭上有細砂。咦，枕頭上怎麼會有這種東西？」

醫生和便衣警探走過去看這個新的發現，熱烈討論其中的含義。

---

2. 原文為拉丁文——譯注

「先生，你發現這個了嗎？」探長問宋戴克。

「嗯，這件事很奇怪，是吧？」

「我也不知道該怎麼說。」說完，警探跑到洗手台那裡，臉上露出滿意的笑容，「這其實很簡單，你們看，」他得意地看了我的同事一眼，「洗手台上有一塊磨砂皂，裡面含有細砂，而洗水槽裡全都是血水，肯定是凶手在那裡洗手、洗刀的時候弄的，從這一點就可以看出她是一個非常鎮定的人。凶手洗手的時候用的是磨砂皂，洗完後站在床頭擦手的時候，手上的細砂掉到了枕頭上。我說得夠清楚了吧！」

「簡直到了令人敬佩的地步，」宋戴克說，「你認為案發經過是怎樣的？」

警探看看這個房間，得意地說：「床邊有一本書，死者肯定是在看書的時候睡著了，燭台插蠟燭的底座上有一點燒焦的燭芯。我猜測凶手偷偷地走進房間，把煤氣燈點著，搬來箱子放在床頭，箱子上放了一個墊子，然後她站在上面割斷了死者的喉嚨。在這個過程中，死者突然醒過來，抓住凶手的頭髮——雖然現場沒有打鬥的痕跡，她肯定是立刻就死了。凶手來到洗手台，洗手洗刀子，還整理床，然後離開了。這應該就是案發經過，不過還有一些問題沒弄清楚，比如凶手是怎麼進來的？為什麼沒人聽見聲音？她是怎麼出去的？出去後去了哪兒？這些都是需要查清楚的事。」

「我們應該把房東太太找來問問情況。」醫生用被單蓋住屍體，神情複雜地看了宋戴克一眼。探長用手摀住嘴，咳了一聲。我的同事忽略掉這些小動作，打開門，拿著鑰匙轉動門鎖，轉了幾次後抽出來，認真察看著鑰匙，看完把鑰匙插回去。

「房東太太在樓梯口。」說完，他推開門。

探長率先走向門口，剩下的人也跟著走出去。

「戈德斯坦太太，」警官一邊說一邊打開筆記本，「把你知道的全都告訴我，還有那個女孩，她叫什麼？」

房東太太身邊站著一個男人，那個男人的臉因為受到驚嚇變得蒼白。她擦了擦眼睛，顫抖著說：「那個可憐的孩子是個德國人，叫米娜·艾德勒，

兩年前從不來梅過來的。她在英國沒有朋友，我的意思是沒有親人。她是一名服務生，在芬奇曲街的一家餐廳工作。她是個好人，很文靜，而且踏實上進。」

「你什麼時候發現她被殺的？」

「十一點的時候，我以為她上班去了，可是我先生說她房間的窗簾沒有拉開。我上樓想看看她怎麼了，結果敲了半天門，也沒人答應，我打開門進去，結果看到……」房東太太說到這裡，突然放聲大哭。

「她沒有鎖門嗎？平時她也不鎖門嗎？」

「應該是吧，鑰匙一直在裡面插著。」房東太太小聲啜泣著。

「大門呢？你早上看的時候是關好的嗎？」

「大門關著，因為有些房客回來得很晚，所以我們不鎖大門。」

「她有沒有仇人？或者有人對她懷恨在心嗎？」

「沒有，怎麼會有人對她產生怨恨，她從來沒和誰吵過架……沒真正吵過，就算是米莉安也沒和她吵過架。」

「米莉安是誰？」探長問道。

「沒什麼大不了的，那不是吵架。」那個男人急忙插話。

「只是有點不愉快，對吧，戈德斯坦先生？」警官說。

「不過是為了一個年輕男人做了點愚蠢的事。」戈德斯坦先生說，「米莉安有點嫉妒之心，但這不是什麼大問題。」

「確實，這不算什麼，年輕女人經常……」

從樓上傳來腳步聲，不一會兒，樓梯拐角就出現了一個人。警官看見後，呆呆地愣在那裡，我們所有人都緊張地望著那個新來的人。這是一個神色慌張的年輕女孩，個子不高，長得壯實，兩隻眼睛睜得大大的，臉色蒼白，火紅色的頭髮披在肩上。

我們站在那裡，看著她走向我們。突然，那個便衣警探偷偷溜回房間，還把房門關上了。等他出來的時候，手裡多了一個小紙包，他快速看了探長一眼，把紙包裝進胸前的口袋裡。

「這位就是我們剛剛提到的米莉安，我的女兒。」戈德斯坦先生說，

「米莉安，他們是醫生和警察。」

那個女孩看了看我們。「你們看過她了？」她的聲音非常低沉，聽起來很奇怪，「她應該沒死吧？她不會真的死了吧？」她的語氣中帶著無奈和絕望，就好像一個母親看到自己死了的孩子一樣。這讓我很不舒服，我看向宋戴克，結果他不見了。

我悄悄挪到樓梯口，因為那裡可以看見門廳和走廊。我向下望去，看見他伸手去摸門後面的架子。他看見我後，向我招了招手，趁著其他人不注意我悄悄下了樓。來到門廳，我看見他小心地用捲菸紙包了三樣東西。

「我可不想看到那個女孩被逮捕的場景。」說完，他把三個小包放在小盒子裡，「我們回去吧！」他打開門，站在那裡來回扳動插銷，然後認真察看著門閂。

我看向門後的架子，架子上有兩個平底的瓷燭台，其中一個托盤裡放著一小截蠟燭，我在想宋戴克包起來的東西會是這個嗎？可是蠟燭還在上面。

我們走到外面的街上，誰也沒有說話。

過了一會兒，宋戴克說：「你應該知道警探的紙包裡裝著什麼吧？」

「是死者手裡攥著的那束頭髮，我不贊同他這種做法，我認為應該讓頭髮留在原處。」

「沒錯。警員的好意毀滅了重要的證據。那種做法可能會造成非常嚴重的後果，當然我不是說那束頭髮在這個案子中有某種特殊的意義。」

「你準備主動參與到案子裡嗎？」

「再說吧！我找到了一些證據，只是不知道能不能發揮作用。不知道警方有沒有注意到這些證據。不過我會協助警方做調查，這是每個公民應盡的義務。」

我們在這件事上花費了太多時間，現在必須抓緊時間處理自己的公務。我們在一家茶館吃完午飯就分開了。我處理完當天的事，在晚飯之前回到了住處。

我看到宋戴克坐在桌子前忙碌著，旁邊放著一架顯微鏡，聚光燈照著載玻片上放著的一堆粉末。他的面前放著打開的盒子，盒子裡裝著他收集到的

物證。他在三小塊製蠟模上擠上一些濃稠的白色膠著劑，神情專注而神秘。

「這東西真管用，比石膏方便乾淨，而且做出來的模子很好，尤其適合這種小件的東西。對了，你可以看看顯微鏡，這樣就可以知道那個女孩枕頭上的東西是什麼了，你會發現這個樣本非常漂亮。」

我走到桌子前，透過顯微鏡觀察那些粉末。那些樣本確實很美，裡面混合著很多可愛的小貝殼、石英石顆粒、水中透明動物的骨針和海水侵蝕過的珊瑚等，有的和精美的瓷器很像，有的和威尼斯玻璃碎屑很像。

「這些是有孔蟲③。」我吃驚地說。

「對。」

「所以這些不是細砂。」

「不是。」

「那是什麼？」

宋戴克微笑著說：「傑維斯，這是從深海傳遞出來的訊息，從地中海的海床上傳來的。」

「你能看懂這個訊息嗎？」

「應該可以，」他說，「不過我希望盡快確定這一點。」

我看了看顯微鏡下的粉末，不知道這些東西傳遞了什麼訊息。死者的枕頭上出現了深海的砂，還有什麼比這更奇怪的事？倫敦東區的這件案子和那「沒有潮水的海」的海床有什麼關係？

宋戴克還在往三個小蠟模上擠膠著劑，我猜蠟模裡就是他在門廳裡包起來的東西。他拿起一個蠟模放在玻璃片上，有膠著劑的那面向上，另外兩個豎在兩邊。最後，他又擠了一點膠著劑，把三個東西黏在一起。他把玻璃片、裝著砂的封袋和顯微鏡底下的載玻片放到櫃子裡。

鎖櫃子的時候，響起了一陣敲門聲，他急匆匆地趕到門口，門外站著一

---

3. 有孔蟲是一種海洋生物，主要食物是矽藻、菌類、甲殼類幼蟲，有些也食用砂粒。——譯注

個孩子，把一封髒兮兮的信封交給他。

「先生，我可沒偷懶，戈德斯坦先生耽誤了很長時間。」那個孩子說。

宋戴克打開信封抽出信紙，拿到煤氣燈下快速瀏覽了一遍，他的臉看起來沒有任何變化，但是我能感覺到那封信上寫著他想知道的事。

打發了那個孩子以後，宋戴克走到書架前，不斷尋找著什麼，最後他將視線停在一本破破爛爛的書上。他把書拿下來，翻開後放在桌子上，那是一本俄文和希伯來文的雙語對照書。

「是《舊約聖經》，用俄文和意第緒文④寫的。」他看著我驚訝的表情，解釋道，「我打算讓波頓把其中的一兩頁製作成照片……誰在門外？」

來的人是郵差，宋戴克從信箱裡拿出一個藍色公文信封，神情嚴肅地看著我。

「傑維斯，這個應該能解開你的疑惑了，」他說，「裡面是法官的傳票和一封信：『抱歉，有件事情要麻煩你一下。在這種情況下，我沒有其他的選擇。』——他當然沒有其他選擇——『大衛森醫生把解剖屍體的時間定在明天下午四點，停屍間在巴克爾街，學校隔壁，敬請你到場。』我認為我們必須過去，雖然大衛森醫生會不開心。」他拿起那本《舊約聖經》來到實驗室。

第二天吃完午飯，我們把椅子拉到壁爐前點上菸斗。宋戴克像在思考著什麼，他把筆記本攤在膝蓋上，看著爐子裡的火，不時地用鉛筆寫點東西，好像在為下午的驗屍準備辯論稿。我認為他在想昨天早上的那件凶殺案，於是問道：「你有什麼重要的證據給法官嗎？」

他把筆記本放在旁邊。「我掌握的證據都很重要，只是還沒有連起來，也沒得出什麼結論。如果我能在上法庭之前把那些線索連成一個整體，它們就變得更重要了。快看，我的助手把研究用的工具帶來了。」他轉身對著波頓笑了笑，兩個人交換了一個相互欣賞的眼神。他們兩個人的關係，讓我感

---

4. 屬於日耳曼語族，使用者大多是猶太人。——譯注

到開心，一邊是盡心盡力的付出，一邊是毫不掩飾的欣賞。

「先生，我覺得準備這些就可以了。」波頓說完，把一個撲克牌大小的硬紙盒交給宋戴克。宋戴克打開蓋子，裡面有兩張裝裱在相框裡的照片，還有好幾個可以放盤子的凹槽。那兩張照片真的很特別，它們來自《舊約聖經》的一頁，其中一張是俄文，另一張是意第緒文。紙張的底色是黑色，文字是白色。文字佔用了中間很小的位置，兩邊留著非常寬的黑邊。兩張照片都貼在硬紙板上，硬紙板後面貼著複印的照片。

宋戴克臉上帶著欠揍的微笑，他捏著照片的邊向我展示，隨後又把它們放回凹槽裡。

「你看，這些不正規的資料讓我們折騰成了文獻。」說完，他把盒子裝進口袋裡，「我們現在得趕緊出發，不然大衛森醫生還要等我們。波頓，謝謝你。」

我們坐上向東行駛的火車，走出阿德蓋特車站的時間是三點三十分，離約定好的時間還有三十分鐘。宋戴克並沒有直接去停屍間，而是走到曼賽爾街，一邊走一邊看房子上的門牌號碼。我們的右邊有一排漂亮卻很髒的老房子吸引了宋戴克的目光。我們走進老房子的時候，他的速度慢了下來。

「傑維斯，那邊那個老東西很有意思。」他指了指那家老式小菸店，店門上有一個木雕像，是一個印第安人站在架子上，上面的油漆塗得很粗糙。我們停下來觀察那個東西，這時小店的側門開了，從裡面走出來一個女人，站在門口四處張望。

宋戴克馬上走過去詢問她發生了什麼事。我聽見那個女人回答：「先生，他的時間是六點十五分，通常都很準時。」

「謝謝你，我會牢牢記住的。」宋戴克脫帽行禮，匆忙往前走，轉到一條側街上，我們回到了阿德蓋特。現在是三點五十五分，我們大步趕往停屍間，鐘聲響起的時候走了進去，看到大衛森醫生已經掛好圍裙，準備離開。

「不好意思，沒有等你們，」他滿不在乎地說，「這種案子的驗屍不過是走個形式，你們已經看到了所有東西，這就是那具屍體，傷口還沒縫合。」

說完，他就離開了這裡，離開之前還說了聲「再見」。

「先生，我為大衛森醫生的言行向你道歉。」坐在桌子前寫報告的哈特抬起頭，苦著一張臉說。

「你不用為他的行為負責。」宋戴克說，「不要因為我影響你的工作，我有兩個問題需要求證。」

聽到這話，哈特和我都待在桌子旁。宋戴克把帽子摘下來，走到解剖台旁邊，俯身觀察那個可憐的女孩。他站在那裡一動不動，眼睛上下打量著，在屍體上尋找瘀青和反抗的痕跡。過了好一會兒，他湊近傷口，認真檢查著頭尾的部分。突然，他好像發現什麼，離傷口更近了，非常認真地觀察著。他拿出一塊海綿把一段露出來的脊骨擦乾淨，然後掏出放大鏡湊近擦乾淨的脊骨仔細檢查，接著又用一把小手術刀和一個小鑷子取下一點東西，認真清洗乾淨後放在手上，拿出放大鏡繼續觀察。最後，他打開那個用來收集證物的盒子，從裡面取出一個小封袋，把那個很小的東西裝進去，封好後寫上字，放回盒子裡。

「我已經看到我想看到的。」說完，他把盒子裝進口袋裡，拿上帽子，「明天早上要開調查庭，我們到時候見。」他和哈特握手告別，然後走出停屍間。「外面的空氣真新鮮！」我不由地感嘆道。

宋戴克一直在阿德蓋特附近閒晃，等到了六點，他走到哈樂巷，穿過那條狹小的巷弄，走過小薩默賽特街來到曼賽爾街，當我們到那家小菸店對面的時候，正好是六點十五分。

宋戴克停下來看了看錶，望向街那邊，滿臉焦急。然後他掏出硬紙盒，把那兩張照片拿出來，湊到眼前，臉上露出疑惑的表情，並且慢慢退到菸店旁邊的門口裡。這個時候，我看見一個男人向我們這邊走過來，好奇地看著我的朋友。這個男人很年輕，個子矮小但很強壯，是個外籍猶太人，凶惡的臉上長滿麻子，讓人一看就非常討厭。

「抱歉，」他把宋戴克推到一旁，不客氣地說，「我住在這裡。」

「對不起，」宋戴克說著往旁邊讓了讓。然後他突然問道，「你應該懂意第緒文吧？」

「怎麼了？」那個人大聲說。

「剛才有人給了我兩張照片，有一張上有希臘文，還有一張有意第緒文，結果我給記混了，現在不知道哪張是希臘文，哪張是意第緒文了。」對方接過宋戴克手裡的照片，表情嚴肅地看了看。

「這張是意第緒文，」他舉起右手，「另外這張是俄文，不是希臘文。」他把照片還回去，宋戴克小心地捏著照片的邊。

「你真是個好人，謝謝你的幫助。」宋戴克話還沒說完，對方就打開門走了進去，然後「砰」的一聲把門關上了。

宋戴克把照片放回凹槽，把盒子裝進口袋裡，拿出筆記本做記錄。

「現在我們完成了所有工作，」他說，「還有一個小小的實驗，可以等我們到家以後再做。我剛才發現一個被大衛森醫生忽略的線索，他知道了以後肯定會生氣。事實上，我不喜歡用這樣的方式贏得勝利，但他太自以為是了，我根本沒辦法和他交流。」

法官寄來的傳票上，顯示宋戴克的出庭時間是十點。可是他和一個知名律師的會談，使我們出門的時間比原計畫晚了十五分鐘。雖然我的朋友沒說話，但我能感覺到他非常興奮，因此我判斷他對自己的調查結果非常滿意。坐在馬車上的時候，我什麼也沒問，因為我想在現場聽他的證詞。

調查庭在停屍間隔壁的學校開。這個大房間裡原本什麼都沒有，現在擺上了一張長桌，桌子上鋪了桌布，法官坐在最遠的地方，旁邊是陪審團的座位。以前的陪審團成員大多是對這種場合十分熟悉的人，被稱為「職業陪審團」，他們每次出席都板著一張臉。這次的陪審團成員大多是普通工人，看到他們，我的心裡輕鬆多了。

屋裡有一排給證人坐的椅子，桌子旁邊有一個男人，戴著金絲邊夾鼻眼鏡，看起來很幹練，是被告的辯護律師。另一側坐著記者，還有一些旁聽的群眾。

我沒想到住在曼賽爾街上的麻子臉也到場了，他看見我們，眼神裡充滿敵意。還有蘇格蘭場的米勒局長，看樣子他和宋戴克私底下溝通過。

我沒有太多時間觀察裡面的環境，因為我們到達的時候，庭訊已經開始

了。戈德斯坦太太作為證人第一個出庭，我們進去的時候，她剛講完發現命案的過程，退席的時候哭得很厲害，陪審團同情地看著她。

第二位是個年輕女人，叫凱特‧希爾弗，在宣誓的時候，她看了米莉安‧戈德斯坦一眼，眼神裡面有仇恨和輕視。被告的臉色蒼白，神情慌張，蓬鬆的紅色頭髮披在肩上。兩個警員押著她站在一旁，她的兩隻眼睛瞪得很大，好像在夢遊一般。

「你應該和死者很熟吧？」法官問。

「對，我們認識很長時間了，她和我都在芬奇曲街的帝國餐廳工作，而且住在同一棟房子裡。她是我最好的朋友。」

「她在英國有沒有親人？」

「沒有，她的親人都在德國，三年前她從不來梅來到這裡，我們就是在那時候認識的。她這個人非常活潑，待人友善，在這裡交了很多好朋友。」

「她有沒有跟什麼人結仇……我的意思是，有沒有人對她心懷怨恨，想傷害她？」

「有，米莉安‧戈德斯坦非常恨她。」

「你的意思是，被告對死者心懷怨恨。你怎麼知道的？」

「她對我從不隱瞞。她們為了一個年輕小夥子吵了一架，那個人叫摩西‧科恩，他以前和米莉安談戀愛，我想他們應該很相愛。大約在三個月前米娜‧艾德勒租了戈德斯坦的房子，結果摩西喜歡上了米娜。當時米娜有個男朋友，叫保羅‧佩德羅夫斯基，也租住在戈德斯坦的房子裡。雖然米娜有男朋友，但她還是和摩西糾纏不清。最後摩西和米莉安分手，跟米娜在一起了。米莉安非常生氣，大罵米娜這種行為十分不忠，但米娜只是大笑著說，可以把佩德羅夫斯基讓給她。」

驗屍官問：「米莉安怎麼說？」

「米莉安更加生氣了，摩西‧科恩是一個帥氣的年輕人，佩德羅夫斯基長得不好看。再說了，佩德羅夫斯基對米莉安很不禮貌，米莉安根本就不喜歡他，於是她就讓父親把佩德羅夫斯基趕走了。他們早就不是朋友了，也是從那以後開始有了麻煩。」

「麻煩？」

「我是說有關摩西・科恩的事。米莉安這個人十分熱情。因為摩西的事她非常嫉恨米娜，當佩德羅夫斯基拿這件事羞辱她的時候，她非常生氣，發了很大的脾氣，還說了很多對他們不利的話。」

「比如？」

「米莉安說要殺死他們兩個，還要割了米娜的喉嚨。」

「什麼時候說過這話？」

「命案發生的前一天。」

「還有誰聽到她說這話了？」

「佩德羅夫斯基，還有一個叫伊迪斯・布萊恩特的訪客。當時我們都在門廳裡站著。」

「可是佩德羅夫斯基不是被趕走了嗎？」

「對啊，一個星期之前他就被趕出去了。但他有一個盒子落在房間裡，他那天回來就是想拿走那個盒子，就是這個盒子惹來了麻煩。米莉安在佩德羅夫斯基搬走以後住進了那個房間，她原來住的那個房間變成了工作室。米莉安說這個房間現在是她的，他不應該進去拿東西。」

「他有沒有拿呢？」

「我覺得他拿了。當時門廳只剩下他一個人，伊迪斯、米莉安和我都出去了。等我們再回來時，盒子就不見了。戈德斯坦太太待在廚房裡，屋子裡除了他就沒別人了，所以應該是他拿走的。」

「你說米莉安有一個工作室，那是用來做什麼的？」

「製版，她的工作就是給裝潢公司製版。」

法官從桌子上拿起一把鋒利的刀遞給證人。

「你有沒有見過這把刀子？」

「有，這是米莉安工作時候用的刻模刀。」

凱特・希爾弗說完自己的證詞以後，從證人席上走下來。第三個證人是保羅・佩德羅夫斯基，當叫到這個名字的時候，住在曼賽爾街的那個朋友站起身走到證人席上講宣誓詞。他的證詞很短，和後面那位證人伊迪斯・布萊

恩特一樣，證實了凱特・希爾弗的話。等伊迪斯・布萊恩特離開證人席後，法官說：「各位，在聽取醫生的證詞前，我想先聽聽警方的證詞。請埃爾夫雷德・貝茨警佐。」

警佐快步走上前，神情嚴肅地說：「十一點四十九分，我接到西蒙德警員的來電，在十一點五十八分跟著哈里斯探長和大衛森醫生來到現場。我們到現場的時候，看見哈特醫生、宋戴克醫生和傑維斯醫生已經開始勘查現場了。死者米娜・艾德勒躺在床上已經死亡，她的喉嚨被割斷，渾身僵硬冰冷。床上十分整潔，絲毫沒有掙扎的跡象。床邊的小桌子上有一本書和一個空蠟燭台，燭台底座有一小段燒焦的燭芯，很明顯是蠟燭燒完以後留下的。床頭地板上放著一個箱子，箱子上有一個小墊子。凶手肯定是站在箱子上俯身割斷了死者的喉嚨。凶手為什麼要站在床頭？肯定是因為凶手怕移動桌子時發出聲音驚醒死者。而且我認為凶手是個矮個子的人，這一點從床頭的箱子和墊子就可以看出來。」

「有什麼直接證據指認凶手嗎？」

「死者的手裡有一束紅色的長髮。」

警探說完這句話，被告和她的媽媽同時尖叫了一聲。戈德斯坦太太暈倒了，米莉安的臉色白得嚇人，呆呆地站在那裡，驚恐地看著警探交給法官的小紙包。

「標著A的紙包裝的是死者手裡的那束頭髮，」警探說，「標著B的紙包裝著米莉安・戈德斯坦的頭髮。」

被告的律師站起來說：「B紙包裡的頭髮是從哪裡弄來的？」

「米莉安臥室的牆上掛著一袋梳掉的頭髮，我從那裡拿的。」

「我抗議，你怎麼能證明那個袋子裡的頭髮就是米莉安的？」

宋戴克笑了一下，評價道：「這個律師和警探都很笨，他們根本不知道那袋頭髮的重要性。」

「你知道那袋頭髮？」我驚訝地問。

「不知道，我還以為是髮刷。」

我吃驚地看著他，正打算追問，他卻做了一個噤聲的動作，轉過頭認真

地聽證詞。

「霍維茲先生，」法官說，「我會記住你的抗議，但我現在要繼續這位警探的證詞。」

律師坐下來，警探則繼續說他的證詞。

「我對這兩個紙包裡的頭髮做過比對，認為它們屬於同一個人。我還在死者的枕頭上發現少量的細砂。」

「細砂！」法官大聲說，「這種東西出現在一個女士的枕頭上，還挺奇怪的。」

「我認為這種現象很容易解釋。」警探說，「洗手台的水槽裡全是血水，這說明凶手——不論是男的還是女的——在那裡洗過手，可能也洗過刀子，凶手洗完手站在床頭擦手的時候，砂子落在了枕頭上。」

「這個回答很簡單，也很明智。」法官讚許道，陪審團的人也點點頭，表示欽佩。

「我來到被告的房間，看見了一把刻模用的刀子，這把刀比一般的刀子大很多，上面有一些血跡。被告承認那把刀是她的，還說上面的血是前幾天不小心割到手留下的。」

警探說完證詞準備回到座位上，被告的律師卻站了起來。

「我想問證人幾個問題，」得到法官的同意後，他繼續說，「逮捕被告之後，有沒有檢查過被告手指上的傷口？」

「據我所知，沒有。」

律師記下這個回答，繼續問：「你有沒有在水槽底發現細砂？」

警探紅著臉說：「我沒有檢查水槽。」

「其他人檢查過嗎？」

「應該也沒有。」

「謝謝你。」霍維茲先生坐下來，得意洋洋地用鵝毛筆記錄著什麼。而一旁的陪審團則小聲嘀咕著。

「各位，現在讓我們聽聽幾位醫生的證詞，」法官說，「先從警方的醫生開始。」大衛森醫生宣誓以後，法官繼續問：「你應該見過死者，並檢查

了屍體吧？」

「沒錯，我到現場的時候，看見死者躺在床上，床上很整潔。她的四肢已經完全僵硬，但是軀體還沒有那麼硬，當時距離她死亡的時間已經過了十個小時。她的喉嚨上有一道很深的傷口，一直到頸椎，那一刀切斷了所有組織。傷口是死者平躺的時候被刀割的，而且只割了一刀，那樣的傷口證明死者不是自殺，而是他殺。凶手應該是站在床頭的箱子上，用單刃刀從左向右割斷了死者的咽喉。凶手的個子不高，身體強壯，習慣用右手。在死者的左手發現一束紅色長髮，和被告的頭髮做過比對，確認是被告的頭髮。」

「你看過被告的那把刀嗎？」

「看過，那是一把刻模刀。刀子上有血跡，化驗之後發現是哺乳類動物的血。很有可能是人血，但我還不能確定那就是人血。」

「傷口是由那把刀造成的嗎？」

「沒錯。從傷口的深度來看，被告的那把刀雖然有點小，但仍然有很大的可能。」

法官看了看被告的辯護律師說：「你有什麼問題要問嗎？」

「有。」律師從座位上站起來，看著自己的筆記本，繼續說，「你說這把刀子上有血跡，可是水槽裡有血水，也就是說凶手洗手的時候也洗了刀子。既然刀子已經洗過了，上面為什麼還有血跡呢？」

「很明顯，凶手只洗了手，沒有洗刀子。」

「這樣的事可能發生嗎？」

「我認為可能發生。」

「你說過床上沒有反抗的跡象，死者當場斃命，可是又說死者抓住了凶手的頭髮，這不是很矛盾嗎？」

「不會。死者可能是在臨死之前抓住的。反正死者手裡拿著那束頭髮。」

「確定頭髮是某個人的嗎？」

「不，還不能確定。不過這頭髮很特別。」

律師問完坐下來，哈特醫生來到證人席，他只是證實了他上司的證詞。

等他回到座位上，法官說：「各位，接下來出庭作證的是宋戴克博士，可以說他的到場讓人感到意外，而且他是第一個到達案發現場的人。他也檢查了屍體，我相信他會給我們提供更多資訊。」

宋戴克來到證人席，宣誓以後，把一個小箱子放到桌子上。接著他回答了法官的問題，他先介紹自己是聖瑪格麗特醫院的法醫學教授，還說了自己為什麼會參與到這件案子當中。這時，陪審團主席問他怎麼看待刀子和頭髮，這二者是本案中最有爭議的物證，接著有人把這兩件東西擺在他的面前。

法官問：「依你看，標著A和標著B的紙包裡的頭髮屬於同一個人嗎？」

「我敢肯定它們屬於同一個人。」宋戴克答道。

「請你認真檢查這把刀子，告訴我們這把刀是不是殺害死者的凶器。」宋戴克認真看過之後，把刀子還給了法官。

「死者脖子上的傷口很可能是這把刀造成的，但這把刀並不是凶器。」

「為什麼這麼說？」

宋戴克答道：「我覺得為了節省時間，我還是從頭開始說。」得到法官的同意後，他繼續說，「前面提到的證詞我就不必再重複了。貝茨警佐很詳細地說明了現場的情況，大衛森醫生對屍體的說明也很全面，這兩方面我沒什麼要補充的。我們趕到現場的時候，死者已經死了十個小時，從脖子上的傷口判斷，肯定是他殺，而且是當場斃命，沒有任何掙扎，死者從始至終都沒有醒過來。」

法官提出不同意見：「可是死者手裡抓著一束頭髮。」

「那束頭髮不是凶手的。」宋戴克說，「凶手把頭髮放到死者手裡的目的很明顯，凶手隨身帶著那束頭髮，說明他早就開始謀劃這次行動。而且凶手跟裡面的住戶很熟，可以隨時出入那棟房子。」

宋戴克說完，法官、陪審團和旁聽的人都吃驚地看著他。戈德斯坦太太發出一陣笑聲，打破了這短暫的沉默。

法官繼續問：「你有什麼證據證明死者手裡的頭髮不是凶手的？」

「這很明顯。我第一次看到那束頭髮的時候也產生過懷疑。但有三個證據可以證明頭髮不是凶手的。

「首先，是死者的左手。人在死亡的瞬間想用力抓住什麼東西，肌肉收縮形成rigor mortis，也就是死後僵硬，我們把這種狀況稱為屍體痙攣，死者會緊緊握著那件東西，直到僵直消失。這件案子中死者的左手僵硬，那束頭髮只是出現在死者手裡，並沒有被死者抓緊，所以頭髮是有人故意放進去的。還有兩個證據和那束頭髮有關，如果是從頭上扯下來的頭髮，髮根應該朝著同一個方向，可是死者手裡的頭髮兩邊都有髮根，所以肯定不是從凶手頭上扯下來的。還有第三個證據，我發現死者手裡的頭髮都是自動脫落下來的，而不是用力扯下來的，所以那些頭髮很可能是在梳頭髮的時候掉下來的。我在這裡要補充一下兩者的差別，自然脫落的頭髮是被新生的毛髮從毛囊裡擠出來的，頭髮的根部只有一個小的球狀突起。但用力拔出來的頭髮，根鞘也會被拔出來，頭髮根部會有一個閃亮的東西。如果米莉安‧戈德斯坦可以現場拔下來一根頭髮，我就可以為大家展示一下兩者的區別。」

可憐的米莉安根本沒等宋戴克說第二次，就迅速從頭上抓了一把，把扯下來的頭髮交給警員，由警員送到宋戴克手裡。宋戴克把它們放在紙夾裡，又從小箱子裡拿出一個紙夾，裡面有幾根從死者手裡弄到的頭髮。他把兩個紙夾和放大鏡遞給法官。

「太厲害了！」法官驚訝地說，「根本找不到任何爭議點。」說完把那些東西交給陪審團主席。現場很安靜，陪審團成員認真觀察著紙夾上的頭髮。

「凶手是什麼時候拿到頭髮的？」宋戴克繼續說，「我原以為是從米莉安‧戈德斯坦梳頭髮的梳子上拿的，可是剛剛警佐說了，米莉安的臥室裡有一個裝頭髮的袋子。」

「博士，頭髮這條線索已經說得很清楚了，」法官說，「請問你是否可以找到證據指認誰是凶手呢？」

「可以，我這裡有些證據可以指認凶手。」他轉頭看了米勒局長一眼，局長馬上站起來走到門口，往口袋裡裝了一個東西，然後回到座位上。宋戴

克繼續說，「我走到門廳的時候，發現幾件事。首先，大門後面有個架子，架子上放著兩個瓷燭台，燭台上插著蠟燭，其中有個托盤上還有一個2.5公分的蠟燭頭。靠近擦腳墊的地板上有一塊蠟燭油和模糊的泥汙足跡。我在樓梯的油氈墊子上發現模糊的腳印，是沾了水的橡膠鞋留下來的。腳印一直到樓上，而且越到上面印跡越模糊。我還在樓梯上發現兩滴蠟燭油，另外扶手上也有一滴。上樓的路上，我看見一根用過的火柴，在樓梯口發現另一根。我沒有發現下樓梯的腳印，但在欄杆旁邊發現一塊蠟燭油，上面有鞋跟印，應該是剛滴落的時候被橡膠鞋踩到了。樓下的大門鎖和臥室的鎖都是新上的油，臥室的門被人用鐵絲從外面打開過，鐵絲在鑰匙上留下印記。進入房間以後，我有兩個發現，一個是死者的枕頭上有些細砂，很像園藝用的那種，不過比園藝用的砂細，顏色也暗一些，等會兒我再詳細解釋。

「另一件事是床邊桌子上有個空燭台，那個燭台很特別，底下的洞裡有八根橫著排放的鐵條。洞底有一點燒完的燭芯，上層的邊緣有一點蠟，說明這裡曾經插過一根蠟燭，不過底下沒有燒融的蠟燭，應該是被拿走了。我立刻想到門廳裡的那截蠟燭，於是我下樓的時候把那根蠟燭拿起來檢查。我看見上面有八道清楚的痕跡，與臥室那八根鐵條相符。那截蠟燭上留下清楚的右手食指和拇指指印，所以應該有人用右手拿過。我用製模蠟做了三個模子，用這三個模子翻出了兩個指紋和燭台上的印痕。」說完，他從小箱子裡拿出一個白色的東西交給法官。

「這能說明什麼呢？」法官問。

「我認為凶案發生在那天凌晨一點四十五分，有一個男人——這個男人前一天過來拿了一束頭髮，並且在門鎖裡放了油——用鑰匙打開門廳的門進到屋子裡。我之所以能說出確切的時間，是因為那天凌晨一點三十到四十五分下了一場雨，這是兩個星期裡下的唯一一場雨。而且根據死者的死亡時間判斷，命案發生在凌晨兩點左右。那個男人進入門廳後劃了一根火柴，走樓梯走到一半的時候又劃著一根火柴。他走到臥室門口，發現門鎖著，於是拿出鐵絲從外面扳動鑰匙開了門。進入房間後，點好蠟燭，把箱子和墊子放在床頭，站在上面殺了人，洗完手和刀子，從燭台上取走蠟燭，下樓以後把蠟

燭吹滅扔到燭台的托盤裡。

「現在我們來說說枕頭上的砂子，我拿了一點放在顯微鏡下面觀察，發現這是一種來自東地中海的深海砂，裡面全都是一種細小貝殼，叫『有孔蟲』。我之所以能確定它來自地中海東部，是因為只有那個地方才有這種東西。」

「真奇怪，這個女人的枕頭上怎麼會出現深海砂？」法官問道。

「這個問題的答案很簡單，土耳其的海綿裡有很多這種砂子，裝卸這種海綿的倉庫裡也有很多這種砂子，所有開箱的工人身上會沾上很多，衣服上、口袋裡都有。如果凶手的衣服和口袋裡都是這種砂子，就會在他俯身殺人的時候掉出來。當我瞭解了這些砂子的特性後，就寫了一封信給戈德斯坦先生，請他列了一張名單給我，上面寫出和死者認識的人，還有他們的職業和住址。他給我的清單上有一個人在海綿批發商做包裝工，我又進行一番調查，發現案發前幾天工廠裡剛到了一批新季度的土耳其海綿。

「問題是，我在蠟燭頭上發現的指紋是不是這個海綿包裝工人的？為了證實這一點，我製作了兩張相片，在他下班回家的時候等在他家門口，找了個藉口請他幫我看看那兩張照片。他接過照片，用兩手的食指和拇指夾著看。他看完照片以後還給我，我拿著照片回家，在上面撒上可以顯示指紋的粉末。我把製作的翻模拿出來與這兩個指紋進行比對，結果完全吻合。」他從箱子裡拿出那兩張照片，黑色的邊框上顯示著黃白色指紋。

宋戴克把照片交給法官，突然現場發生了一陣騷亂。就在我的朋友說出上面那段證詞的時候，那個叫佩德羅夫斯基的男人從座位上站起來，偷偷溜到門口。他小心地轉動門把，想打開門，卻怎麼也打不開。當發現門被鎖上了以後，他拽著門把使勁地往後拉。他渾身顫抖著，像個瘋子一樣瞪著旁聽的人，臉上露出十分驚慌的表情。他的臉色蒼白，臉上全是汗水，眼神充滿恐懼，看起來非常嚇人。

突然，他鬆開手伸進大衣，發出一聲尖叫，衝向宋戴克。局長早就料到他會做出這樣的事，上前阻止了他。經過一番掙扎，佩德羅夫斯基被制服了，他躺在地上像個瘋子一樣亂叫亂踢。米勒局長緊緊抓住他的右手和那把

刀子。

「請你把刀子交給法官。」宋戴克說。佩德羅夫斯基被銬上了手銬，局長也整理好自己的衣服，「請您檢查一下，靠近刀尖部位的刀鋒是不是有一個長度為0.3公分的三角形缺口？」

法官認真察看刀子，驚訝地說：「沒錯，確實有。你以前見過這把刀嗎？」

「沒見過，」宋戴克答道，「我還是繼續說我的證詞。我剛才已經說了，照片上的指紋和燭台上的指紋都屬於保羅·佩德羅夫斯基。現在我要繼續說從屍體上發現的線索。

「我收到您的來信，去停屍間檢查了死者的遺體。大衛森醫生已經講過傷口的狀況，而且說得很詳細。但我發現一項被他忽略的線索，在頸椎第四節脊骨的左側，我找到了一片非常小的金屬片，於是我小心地將它拿出來。」

他掏出那個小盒子，從裡面拿出一個小封套，交給法官。「這裡面就是那個小鐵片，應該與刀子上的缺口吻合。」

大家沉默地看著法官打開小封套，把裡面的小金屬片倒在一張紙上。然後在紙上放上那把刀子，推著小金屬片輕輕靠近缺口，接著抬起頭看向宋戴克。

「完全吻合。」

房間那頭傳來一聲沉悶的聲音，我們轉頭看見佩德羅夫斯基昏倒在地上。

「傑維斯，這個案子很有教育意義。」在我們往回走的路上，宋戴克說，「這個案子再次向我們重複了警方不願意接受的教訓。」

「什麼教訓？」

「發現命案以後，現場連一粒灰塵也不能亂動，誰也不能靠近，要確保專業採證的人不受到任何干擾，為他們提供一個最完美的現場。不允許警員隨意走動，也不許警探亂翻東西，還有獵犬，也禁止在現場來回走動。死者的屍體被送到停屍間，手裡的頭髮被警員裝進口袋，人們隨意翻動床上的東

西，砂子全都掉到地上，有人拿走了蠟燭，樓梯上全是腳印，現場留下的線索被破壞了。」

「也無法接收到深海傳遞過來的消息了。」我補充道。

箱子裏的殘屍

翻開《泰晤士報》，看到私人廣告那一欄，我說：「查普曼應該還沒回來。」

宋戴克疑惑地看了看我：「查普曼是誰？」

「那個箱子的主人。我前幾天讓你讀過的那個廣告，今天又登報了。『查普曼存放在行李間的箱子，即日起一週之內再不拿走，本店就將它賣掉，用以支付存箱費——肯特市斯托克瓦利，紅獅子旅館，亞歷山大·巴特。』聽起來很像最後通牒。一個月以來，已經登過好幾次了。現在離第一次登廣告的時間已經過去三個星期，真搞不明白，巴特先生為什麼不直接把箱子賣了？」

「也許他不知道這樣做是否合法。」宋戴克說，「我倒是很好奇，箱子能賣多少錢，存箱費又是多少錢？」

一兩天後，有一位情緒激動的紳士來到我們事務所，解開了宋戴克的疑問。到訪的紳士說，他叫喬治·查普曼。他為自己的突然到訪感到抱歉，並向我們解釋到訪的原因：

「我哥哥山姆·查普曼捲入一個奇怪的、恐怖的案子裡，被警方以謀殺罪逮捕了，我的律師建議我來找你們。」

「這個指控的確很嚴重，」宋戴克平靜地說，「你把這件事從頭到尾講一遍，千萬不要有所隱瞞。」

「放心，我不會隱瞞任何事。可是先從哪兒說起呢？工作還是個人？算了，還是先談工作吧！我哥哥在一家珠寶公司做銷售，手裡有一批給大客戶做樣品的珠寶，有時他也會直接把樣品賣給一些零售商。他把珠寶鎖在家中的保險櫃，出門推銷時，只拿一小部分裝在袋子裡。每週末他都會回家補貨，有時回家的次數頻繁一些。大概兩個月前，他出門推銷珠寶的時候，將保險櫃裡的珠寶全部拿出來，裝進一個大木箱裡帶走。我不清楚他為什麼這麼做，我不做評價只陳述事實。你肯定會發現，這件事很奇怪。他先去了斯托克瓦利——一個離福爾克斯頓不遠的小鎮，在『紅獅子旅館』住下來。旅館裡專門為推銷員準備了行李房，他將箱子放在行李房內。幾天後，我哥哥回到倫敦，想把房子賣掉或租出去，他好像早就想搬出那棟房子。他在晚上抵達倫敦，第二天一早就發生了一件匪夷所思的事。

「事情的經過大概是這樣的。我哥哥走在一條安靜的小路上，突然看見一個女士錢包，他撿起來翻看，沒有找到任何與失主有關的資訊。於是他把錢包裝進口袋，打算去警察局交給警察處理。過了一會兒，他上了一輛公車。有一位打扮時尚的女士和他一起上車，並且坐在他身邊。售票員查票時，女士著急地翻著口袋。突然，她轉身對我哥哥大喊大叫，說我哥哥偷了她的錢包。我哥哥說沒見過她的錢包，可是那個女人堅持說是我哥哥拿的。她還跟售票員說，我哥哥拿她錢包時，她就有所察覺。她要求停車，還要找警察。當時人行道上剛好有名警察，售票員讓司機停車，把警察叫過來。警察仔細檢查公車的地面，什麼也沒發現。他記下公車的車牌號碼和售票員的名字，帶著我哥哥和那個女人回到警局。警察問那個女人錢包長什麼樣，裡面裝著什麼。結果那個女人說的錢包跟我哥哥撿到的錢包一模一樣，錢包就在他身上，他當時就愣住了。最後，我哥哥拿出錢包，並且向警察說了整個經過，但警察並不相信他。

「我哥哥知道這件事解釋不清，而且肯定會被定罪。於是，他說了一個假名，並且隱瞞住址，當晚他就被關進警察局。第二天早上開庭審理時，法

理查・奧斯丁・傅里曼

官聽信警察和那個女人的話，根本沒理會我哥哥的辯詞。法官宣布案件交給刑事法庭審理，拒絕保釋。然後，我哥哥就被轉到布里克斯頓關了一個月。

「總算等到開庭的日子，但是指控我哥哥的女人一直沒出現，警察在她的住所也沒找到人。就這樣，原告消失了，這使我哥哥的說法得到認可。接著，法庭撤銷對我哥哥的指控，當庭宣判他無罪釋放。

「我哥哥準備坐火車回家。在車站，他買了一份《泰晤士報》，從私人廣告那一欄看到了自己的名字……」

「是那則關於箱子的廣告吧？」我說。

「沒錯。看來你們已經知道了。我哥哥非常著急，箱子裡的東西值很多錢。他趕緊給旅館發了一封電報，說第二天上午過去拿箱子，並支付存箱費。昨天一早，他坐火車趕到斯托克瓦利，下車後直接來到『紅獅子旅館』。旅館的人讓他去咖啡廳等著。他剛到咖啡廳，就來了三個警察，說他涉嫌謀殺，將他抓走了。在詳細描述這項指控之前，我還是先跟你們講講他的私事，因為這與這項可怕的指控有關。

「這些事說出來可能會損害我哥哥的聲譽，但我沒有別的選擇。原本我哥哥打算和一個叫麗蓓嘉‧敏斯的女人結婚，他們倆同居幾年以後，我哥哥便打消了這個念頭。她是個可怕的女人，經常發脾氣，喝醉以後還動手打人，和她在一起生活太受罪了。她名聲很不好，曾經在歌舞廳工作過，認識很多亂七八糟的人。還往我哥哥家裡帶過一些不正派的女人。她認識一些不三不四的男人，並和他們之間不清不楚。其中有個叫坎普爾的男人，雖然已經結婚，但卻和她關係曖昧。

「我哥哥忍受著這個女人所做的一切，這幾年他完全脫離了正常的社交圈。後來，我哥哥認識了一個非常可愛的女人。女人說，只要我哥哥能夠開始新生活就嫁給他。有一次，我哥哥和麗蓓嘉吵了一架，並且決定不再忍耐，於是他把麗蓓嘉趕出去，並宣布兩人的關係到此結束。

「麗蓓嘉有大門鑰匙，她不甘心被甩，隔幾天就回來鬧一次。最後一次，我哥哥把門從裡面閂上不讓她進去，她就在門口哭鬧，吸引一大群人圍觀，我哥哥只好放她進去，當時房子裡只有他們倆——我哥哥家的女傭只有

白天過來幫忙，下午三點就離開。那天，麗蓓嘉在屋裡待了幾個小時，晚上十點才走。糟糕的是，很多人都看見她進了房子，但是除了我哥哥，卻沒人看見她離開。從那以後，麗蓓嘉就消失了，她沒有回家，也沒人見過她，直到……我還是先說說斯托克瓦利『紅獅子旅館』發生了什麼事吧！

「警方以謀殺麗蓓嘉的罪名將我哥哥逮捕時，向他說了一些相關情況。我收到電報趕過去後，又瞭解了一些情況。事情的經過是這樣的。當時我哥哥離開旅館回到倫敦。大約過了兩個星期，有一位使用行李房的同行說，房間裡有一股難聞的氣味。旅館的人很快發現，這股氣味來自我哥哥的木箱。因為我哥哥不在旅館，所以老闆起了疑心，跟警察說了這件事。當地警察立刻聯繫倫敦警察。經過調查，倫敦警察發現我哥哥家大門緊鎖，沒人知道他的下落。斯托克瓦利的警察只好私自把箱子打開，箱子裡裝著女人的左臂和帶血的衣服。他們一邊展開調查，一邊在《泰晤士報》上刊登了那則廣告。警方瞭解到，我哥哥住在斯托克瓦利時，去河邊釣過魚。他們去河裡打撈，撈出一隻女人的右臂——來自同一個女人——和一條被砍成三段的大腿。木箱裡找到的手臂上有一個刺青，畫著一個被箭射穿的紅心。圖案上面寫著R‧M，下面寫著J‧B。經過調查，警察發現麗蓓嘉‧敏斯的左臂有個一模一樣的刺青。警方找來幾個認識麗蓓嘉的人辨認，並告誡他們要保密。這幾個人認出了臂上的刺青，證明死者確實是麗蓓嘉。而她生前最後一次被人看見，就是去我哥哥家那天。警察據此搜查了我哥哥的房子。」

宋戴克問：「他們搜到了什麼？」

查普曼先生說：「不清楚。我感覺他們肯定找到了什麼。斯托克瓦利的警察對我的態度很好，卻從不說有關房子的事。如果他們真的找到什麼，肯定會在法庭審理的時候提出來。」

「你要說的就這些嗎？」宋戴克問。

「沒錯，這些就可以了。我在講這些事的時候，沒有添加個人評論，也沒有問你是否相信。實際上，我根本沒指望你能相信。我最關心的是，你是否同意為我哥哥辯護。按照我的理解，律師想打贏官司，不一定非要相信委託人無罪。

「你說的是辯護律師。我不是，也不會為有罪的人辯護。我現在能做的就是進一步調查案件情況。如果調查結果證明你哥哥有罪，你必須找普通的刑事辯護律師，我則退出這個案子。如果我發現你哥哥是被冤枉的，我會為他辯護。你覺得如何？」

「我沒有其他選擇。如果你找到我哥哥有罪的證據，即使你同意為他辯護，也沒什麼用了。」

「沒錯。我還有幾個問題要問你。你哥哥怎麼解釋，他箱子裡出現殘肢這件事？」

「他認為有人到『紅獅子旅館』把箱子裡的珠寶拿走，把殘肢塞了進去。行李間的鑰匙就放在辦公室，誰都可以拿到。」

「這倒可以理解。可是，誰會做這種事？誰希望那個女人死？」

「沒人。雖然很多人不喜歡她，但沒人有殺她的動機，除了我哥哥。」

「你之前說有一個和她關係曖昧的男人，他們之間有過爭吵嗎？」

「那個男人叫坎普爾。他們關係非常好，我沒見他們爭吵過。況且，坎普爾不用對麗蓓嘉負責，如果坎普爾玩膩了，隨時可以甩了她。」

「有關坎普爾的事，你知道多少？」

「我只知道他是玩搖滾樂的，好像做過很多工作。他曾經在紐西蘭待過一段時間，做過各式各樣的事，包括把死人的頭烤乾，賣給收藏家或博物館。所以他做這種事應該有些經驗。」

「那些應該是古代毛利人的頭，以前的獵人留下來的遺物，獵人博物館裡就有。這和碎屍案沒有任何關係。就算坎普爾有作案條件，也沒有殺人動機。目前既有殺人動機，又有殺人條件的只有你哥哥。他有沒有說過要殺了麗蓓嘉的話？」

「他不止一次說過要殺她，而且還是當著其他人的面說的。不過，我哥哥十分軟弱，他也只是說說而已。現在看來，他實在不應該說那樣的話。」

「好吧！我會調查這件事，然後告訴你結果。我不想再重複我剛才說的話。可是你也知道，所有證據都對你哥哥不利。」

「我明白。」查普曼說完，拿出名片夾，「我們只能盡量往好的地方

想。」他拿出一張名片放在桌子上，和我們握手，然後轉身離開。

查普曼離開以後，我說：「我知道不能只看事情的表象。不過，在我們辦過的所有案子裡，這件恐怕是最沒希望的。只要警方在山姆家找到其餘的殘屍，就可以定罪了。」

宋戴克說：「我猜他們已經找到了。不過，警方大概連這些東西都不需要。陪審團可以憑藉已知的證據，直接定他的罪。我們現在要弄清楚的是，那些表面證據是不是真的有價值。如果有，這個官司就是走走過場而已。」

「你是不是準備去斯托克瓦利？」

「沒錯。我們先去核實一下查普曼說的事。如果這些都是真的，就沒必要繼續查下去。屍體殘骸也許會交給倫敦法官，所以我們必須抓緊時間過去，盡量在現場做調查。另外，我們得先去倫敦警察廳要一份驗屍許可證。我們應該立刻趕過去，把今天要做的事先放一邊。」

我們在幾分鐘之內準備好。宋戴克收拾「辦案箱」的時候，我跟實驗助手交代了幾件要辦的事。查完列車時刻表，我們沿著河堤出發了。

來到警察廳，我們先找米勒探長，他可是我們的老朋友。可是那兒的人說，他去斯托克瓦利辦案了。我們要求趕緊辦理許可證，辦好後立刻趕往查令十字車站。到了目的地，時間還很早。

車票交給剪票員後，我們走出車站前往斯托克瓦利。突然，宋戴克笑了一聲。我疑惑地看向他，他解釋道：「看來，米勒收到電報了。他應該是過來幫忙，順便打探消息的。」順著宋戴克的目光，我看見米勒探長向我們走過來。他想裝出事先不知道我們要來的樣子，可臉上的表情出賣了他。

「真沒想到是你們！」他說，「簡直太巧了！你們不會是來調查碎屍案的吧？」

「為什麼不查呢？」宋戴克反問道。

「查也只是浪費時間，還會損壞你的聲譽。我悄悄告訴你吧，我們搜查了查普曼在倫敦的房子。雖然這完全沒有必要，但我們還是去搜查了一番。為了找到確鑿的證據證明這傢伙殺了人，我們可是卯足了勁。」

「你們在房子裡搜到了什麼？」

「他臥室的櫥櫃裡有一瓶天仙子鹼藥片，裡面的藥少了三分之一。這倒沒什麼，藥也許是他自己吃的。我們來到地下室，那裡有很重的氣味，有點像墳墓。我們覺得這裡有東西，於是開始搜查。地下室的地面由石板鋪成，雖然很不平整，但沒被人翻動過。我們不可能把地面掀起來，這太不實際。我提來一桶水潑在地上。

「不到一分鐘，其他地板上滿是水漬，只有靠近中間那塊地板上的水很快就滲完了。『這下面的土肯定翻動過，挖這裡。』我說。我們撬開那塊石板，在下面發現一包用床單裹著的東西。我就不具體描述了，太噁心。不過，你倒是不害怕這些。我們打開床單，裡面裹著人體殘骸。」

宋戴克問：「有骨頭嗎？」

「沒有。裡面包裹著內臟和一些胸部的皮肉。我們把這些東西拿給專家檢驗。檢驗報告上說，死者是一個女人，年齡在35歲左右。死者的年齡與麗蓓嘉‧敏斯差不多。死者的內臟裡含有大量足以致命的天仙子鹼。這就是案件的情況，就算為被告辯護的人是你，也不可能打贏這場官司。」

「米勒先生，非常感謝你將這麼機密的消息告訴我。不過，我還沒打算接手這件案子。我來這兒，只想看看是不是能找到對被告有利的線索。我既然來了，就要調查一番。屍體的殘骸在哪兒？」

「停屍房。我有那兒的鑰匙。你們跟我走，我幫你們開門。」

走進小鎮時，有一群人悄悄跟著我們，直到停屍間門口。米勒探長帶著我們進去，並鎖上房門。

「就是這兒。」米勒說完，指了指停屍台上的屍體殘骸。一張用防腐劑浸泡過的床單蓋在殘骸上。「我早看夠了。」說完，他走到角落點上菸斗。

看到床單下的碎屍，就知道凶手的殺人手段非常凶殘。不過，這些殘骸沒有提供太多有價值的資訊。凶手肢解屍體的手法粗糙，很明顯沒什麼經驗。從那些屍體殘骸可以看出，死者是一位女士，中等身材。她的左臂上有一個刺青，畫著被箭刺穿的紅心，箭和紅心畫得非常好。紅心上面寫著R.M，下面寫著J.B，應該是姓名的縮寫，字體流暢，長約1.7公分，字母邊上刻著襯線。我站在旁邊，看著左臂上的圖案，心想這個J.B是誰？死者到

底有多少個男朋友？過了一會兒，我就失去興趣，走到角落和米勒探長站在一起。這件案子沒有任何懸念，被告的罪名確認無疑，我覺得沒必要再調查了。

　　不過，宋戴克好像抱著與我們不同的態度。他這個人向來如此，每次開始調查的時候，就完全拋開別人提供的線索。目前就是這樣。他仔細察看著那些碎屍，好像不知道它們屬於誰。他認真測量肢體的尺寸，並記錄下來。宋戴克察看著死者的每一根手指，拿出滾子和墨水板，錄取了整套指紋。然後他拿出一個圓規，量了量刺青上的圖案和字母，緊接著拿出一副眼鏡和高倍放大鏡認真察看。當年宋戴克給醫學院的學生講課時提出一個原則：「盡量多動腦，不要輕易相信他人的話，要親自核實每一項證據。」事實上，他一直貫徹落實這些原則，而且沒人做得比他更好。

　　「傑維斯，你知道嗎？」米勒探長一邊看著宋戴克用放大鏡觀察刺青，一邊小聲對我說：「我覺得宋戴克已經和放大鏡融為一體。如果有人把國會大廈炸掉，宋戴克也會拿著放大鏡到廢墟裡觀察。你看他觀察得多仔細。那些刺青上的字母，即使站在六公尺外，也能看得很清楚。」

　　宋戴克認真工作著，完全沒有理會這些嘲諷的話。他檢查完停屍台上的碎屍，便開始檢查木箱——箱子放在窗戶前的凳子上。他將箱子裡外都檢查了一遍。木箱的外面塗著深灰色油漆，箱蓋上用白色的字寫著「S・C」。他用手摸了摸深灰色的油漆和兩個字母，量好字母的尺寸後記錄下來。他還記下了生產廠家和箱鎖的牌子，就連撬開箱子時鬆動的螺絲也仔細檢查了一遍。最後，他說這裡的調查已經結束。宋戴克放下筆記本，關好辦案箱後問：「『紅獅子旅館』怎麼走？」

　　「我帶你們過去，幾分鐘就能到。不過，宋戴克先生，你這是在浪費時間。」說完，他鎖好停屍間的門，把鑰匙裝進口袋。「要知道，不管誰聽了查普曼的證詞，都覺得可笑。一個人帶著一箱子屍體殘骸來到旅館的行李間，在隨時有人進來的情況下，打開另一個箱子，將裡面的東西換掉。這樣的做法太荒謬！萬一有人進來怎麼辦？『你好！』那個人說，『你的箱子裡好像裝著一隻手臂。』『對啊！』查普曼說，『應該是我老婆的。一定是她

裝箱子的時候，把手臂落在裡面了，她可真粗心！」這可能嗎！除非他是個白痴！再說，那個木箱上的鎖很牢固，連我們都打不開，最後不得不把它撬開。而且我們撬鎖的時候，發現這把鎖從來沒被撬開過。他是怎麼打開的？這根本就不可能。先生，這種說法行不通。不過，你也可以不聽我的話。前面就是『紅獅子旅館』，門口那個就是老闆巴特先生，他正眼巴巴地等著你去找他。」

旅館老闆臉上堆著笑站在那兒。很明顯，他聽見米勒探長最後說的那句話了。我們說明來意後，他建議我們到後面一邊喝飲料一邊談。

宋戴克拒絕了他的好意：「我只想確認一下，關於山姆先生說的行李被掉包的事。」

「先生，」老闆說，「絕對不可能被掉包。行李間只對旅館的客人開放，白天隨時有人進出。一般情況下，我們不會鎖門，也認為沒這個必要，住在這裡的客人我們基本上都認識，而且放在行李間的東西大多是不值錢的樣品。白天不可能被掉包，至於晚上，我們會鎖門。」

「從山姆離開到發現屍體殘骸的這段時間，有陌生人來過嗎？」

「有。有一位先生，叫道樂爾。他把兩個旅行箱和一個手提箱存放在行李間。還有摩爾奇森太太，帶著一隻扁平箱子、一個帽匣子、一個女人出門經常帶的那種大衣籃，她把這些東西全部存放在行李間。另外還有一位先生，我忘記他叫什麼了……你們可以查一下來客登記簿，他也在行李間存放了兩個旅行箱。你們想看一下登記簿嗎？」

「當然。」宋戴克說。

老闆把登記簿拿來，指出那幾個旅客的名字，宋戴克記下他們的個人資料和存過的行李。

「宋戴克先生，」米勒探長說，「我猜，你應該想去看看行李間吧？」

「你猜得沒錯，探長先生。」我的同事答道，「我確實想看。」

我們來到行李間才發現，這裡沒什麼值得看的。行李間的門不但沒鎖，還開著一半，而且鑰匙還插在門上。這個小房間裡裝著各式各樣的旅行箱，除此之外，什麼都沒有。房間位於走廊盡頭，如果有人進來，裡面的人提前

幾秒就能看見。不過，這點時間對於設想中掉包的人來說，沒有任何用處。因為罪犯必須先拿出山姆箱子裡的珠寶，才能將屍體殘骸裝進去。先不說殘骸這件事，如果有人進來，一下就能看到罪犯在偷珠寶，所以東西被掉包的說法簡直太荒謬了。

「對了，」宋戴克下樓的時候說，「山姆在哪兒？應該不在這裡吧？」

「他就在這裡。」米勒說，「他要接受法庭審判。因為不知道在哪兒開庭，所以先把他關在這裡。你應該想和他談談吧？我可以帶你們去警局，並向那裡的警察介紹你。等你們辦完事，可以和我一起吃個飯，再回倫敦。」

我十分讚賞有關吃飯的建議。米勒告訴我們，當地的監獄和警察局在一起。我們安排好接下來要做的事，就一起趕往警察局。到了那兒，我們被領進一個房間，好像是一間私人辦公室。不久，一個男人被獄警押進來。我們立刻就認出他。雖然他臉色蒼白，滿臉鬍渣，看起來非常慘，但他和我們的委託人喬治·查普曼實在太像了。警官念完他的名字，就和米勒探長一起出去，出去的時候鎖了門。宋戴克告訴被告他弟弟來找過我們。

「山姆先生，如果你希望我接手這個案子，就必須告訴我全部事實。你還知道其他你弟弟沒有告訴我們的事嗎？如果有，請全部說出來。」

山姆滿臉疲憊，輕輕地搖了搖頭。

「我知道的不一定比你多。」他說，「整件事就像謎一樣，我實在不知道該怎麼理解。我並不指望你能相信我。事實上，所有證據都對我不利，誰又會相信我呢？不過，我可以發誓，我根本不知道發生了什麼事。我帶著那個箱子來到旅店的時候，裡面確實裝著珠寶。我把它放到行李間以後，就再也沒碰過它。」

「你認識的人之中，有沒有人想殺麗蓓嘉的？」

「沒有。雖然我的生活被她弄得亂七八糟，但她那些朋友卻很喜歡她。她個子很高，足足有170公分，皮膚很白，頭髮是金色的，身材豐滿，確實是個討人喜歡的女人。麗蓓嘉的朋友和她差不多，而且她們很喜歡她，我不相信誰會和她結仇。」

宋戴克問：「警察在你家搜出一瓶天仙子鹼藥片，你知道這是怎麼回事

嗎？」

「我知道。那瓶藥是我牙痛的時候買的。我的醫生知道後，要我去看牙醫。那瓶藥我從來沒打開過，裡面有一百片藥。」

「那個箱子你買了多長時間？」

「時間不太長。大約六個月前，我在豪爾伯恩的弗萊切斯店買的。」

「你還有其他要說的嗎？」

「沒了。我也希望我能多知道點情況。」他眼巴巴地望著宋戴克，問：「先生，你願意接手這個案子嗎？雖然成功的可能性很小，但我還是想試一下。」

我看著宋戴克，希望他能夠謹慎回答這個問題，哪怕提出一些條件也可以。可是他卻說：「山姆先生，你不必這麼悲觀，我同意接手這件案子。而且我認為，你很有可能被無罪釋放。」

回旅館和吃晚飯的時候，我一直思考著宋戴克的回答，心裡帶著幾分歉疚。我意識到我忽略了本案中的某些關鍵線索。宋戴克十分謹慎小心，他從來不會隨便預測結果，也不會輕易向別人許諾。所以他肯定發現某些重要證據，可是我卻想不出這些證據到底是什麼。

我能感覺到，米勒探長也十分困惑。因為宋戴克毫不避諱地說，他會繼續調查這件案子。雖然米勒想從他那裡套出一點什麼，但最終什麼收穫都沒有。吃完晚飯，米勒送我們去車站。當火車開動的時候，我看見米勒在月台上撓著後腦勺，疑惑地看著我們這節車廂漸漸駛向遠方。

火車剛一出站，我就向宋戴克抱怨：「你居然對可憐的查普曼說，他有可能被無罪釋放。你到底是什麼意思？我看不出任何被判無罪的可能。」

宋戴克看著我，表情非常嚴肅。

「傑維斯，你被那些表面現象迷惑了，看來你沒有認真思考這件案子，辦案人員需要看到表象以外的其他可能。另外，你也沒有認真觀察那些事實。仔細回味喬治·查普曼的話，你會發現一些有價值的線索，而那些殘骸用一種特殊的方式證實了那些線索。如果你觀察得足夠認真，就會發現。」

「我覺得喬治·查普曼的話裡最引人注意的是，有關毛利人頭的說法。

可是你當時說過，那些買賣人頭的人不會肢解人體。」

宋戴克有點不耐煩地搖搖頭。

「好了，傑維斯，你一句話也沒說到重點。無論是誰，都可以把屍體切成箱子裡的殘骸那樣。我是說，從喬治・查普曼的話裡得出的結論，與山姆・查普曼肢解那個女人屍體的說法完全不同。我想，如果你可以回想起山姆說的話，並猜想他說的事意味著什麼，就可以找到真相。」

我認為宋戴克太樂觀了。山姆說的每一句話我都記得，我反覆思考這些話，越想越覺得被告沒有任何被判無罪的可能。

同時，我這位同事已經不再理會這件案子。我猜他應該是等著開庭了。

有一天，宋戴克讓我陪他去市中心，可是他卻把我一個人留在維多利亞女王街，自己跑到梅塞斯・伯爾登的造鎖廠。我感覺他應該在調查有關木箱鎖的事。

另外，我們的實驗助手波頓偶爾會穿得非常整齊，提著公事包出門。他應該在執行某項「秘密任務」，而且這個任務與本案有關。

宋戴克什麼都不告訴我，每次問他，得到的答案都是：「傑維斯，你聽了喬治・查普曼的介紹，也看了屍體殘骸，所有情況你都瞭解，只要你能提出一種假設，我就和你討論。」

事情就這樣被擱置了，因為我提不出任何設想——除了警方那套理論，所以我沒有和宋戴克針對此案展開討論。

再過幾天，就到開庭的日子了。此前，法庭希望找到更多屍體殘骸，於是將開庭的日子延後了幾日。有一天晚上，我注意到家裡多了一把手扶椅和一張小茶几。茶几上放著一瓶蘇打水、一瓶威士忌、一盒雪茄，看這情況應該有客人要來。

宋戴克看著我好奇的樣子，解釋道：「我請了米勒，他應該快到了。我已經找到查普曼謀殺案的真相，打算今天晚上告訴他。」

「這樣做沒問題嗎？萬一警方封殺你的證據，並堅持認為他有罪，該怎麼辦？」

「不會的。」宋戴克說，「他們無法封殺我的證據，根據錯誤的推論打

官司是最愚蠢的行為。快看，米勒來了，我猜他肯定想立刻弄清真相。」

米勒連招呼都沒打，雪茄也沒點，進來就坐到了椅子上。他從口袋裡掏出一封信，看著宋戴克，臉上露出疑惑的表情。而我的這位同事則表現得非常冷靜。

「宋戴克先生，你這封信把我搞糊塗了。」米勒說，「你說要向我們提供有關碎屍案的證據，可是我們已經掌握了。現在，所有證據都指向被告，他肯定會被定罪。先生，請你注意：我們找到了一具女屍，並且已經確認她的身分。我們從山姆先生寄存在『紅獅子旅館』的箱子裡搜出一隻手臂，在他家裡搜出內臟和一部分胸部皮肉。還在他家找到一種不尋常的毒藥，死者的內臟裡也發現大量相同的毒藥。另外，所有人都知道，死者與山姆的關係非常不好，山姆曾經當著其他人的面說，要殺了死者。宋戴克先生，面對這些事實，你還有什麼好說的？」

宋戴克看著情緒激動的探長，笑著說：「米勒，我要說的非常簡單。首先，箱子不是山姆的。其次，箱子裡的女人也不是麗蓓嘉。」

探長愣在那說不出話來。聽到這話，我也愣住了。米勒從椅子上跳起來，向前探著身體，看著我的同事大聲說：

「老兄！你這話太荒唐了，真叫人不敢相信！我知道，你說的每句話都有根據。我們先來說說那具屍體，你說它不是麗蓓嘉的？」

「沒錯。麗蓓嘉很高，大約170公分，而死者的身高還不到160公分。」

「屍體已經被肢解，差個幾公分不算什麼。而且左臂的刺青，足以證明死者就是麗蓓嘉。」

「刺青確實是個關鍵證據。不過，麗蓓嘉左臂上有刺青，那個女人卻沒有。」

「沒有？」米勒叫道，身體又向前探了探，我有點擔心他會不會坐到地板上，「怎麼可能？我們都看見了！」

「我說的不是那具屍體，是那個女人。死者生前身上沒有刺青，我們看到的刺青是在她死後刺的。」

「天吶！」米勒局長吃驚地說，「我怎麼沒想到！你能確定是死後刺的

嗎？」

「當然能，用高倍放大鏡觀察的結果不會有錯。你應該知道，紋身的時候，要先把墨水塗在皮膚上，再用非常細的針將墨水刺進皮膚。在活體上，針刺的傷口會很快復原，不會留下任何痕跡。可是在死人身上，針刺的傷口不會癒合，用放大鏡很容易就能看到。死者的皮膚被人清洗過，還用很平滑的東西壓過。儘管如此，還是能輕易看見針孔和裡面的墨水。」

「天吶！我第一次聽說給死人紋身。」

「我想，很多人都是第一次聽說。可是那些買賣古代毛利人頭的商人卻不是。」

「是嗎？這跟他們有什麼關係？」

「毛利人的頭上有很多刺青。刺青的多少決定了頭的價值，所以商人想到在頭上添加刺青來增加價值。後來，他們乾脆把沒有刺青的頭拿過來，在上面刺上圖案。」

「原來是這樣，」探長笑著說，「他們可真殘忍。對吧，傑維斯醫生？」

我嘀咕了一句，表示同意，心裡卻十分懊惱，我怎麼沒發現這麼重要的線索。

米勒繼續問：「你怎麼知道箱子不是被告的？」

「這就更明顯了。山姆的箱子是在豪爾伯恩的弗萊切斯廠買的，上面還有他姓氏的縮寫。我去廠家看過出貨單，山姆是在4月9日那天買的。箱子上的鎖是伯爾登兄弟的公司生產的，這家公司位於維多利亞女王街。你們找到的那個箱子的鎖，編號是5007。根據出廠記錄，伯爾登公司是在7月13日生產並且賣給弗萊切斯製箱廠，所以箱子不可能是查普曼的。」

「看樣子確實不是。可是這個箱子的主人是誰？查普曼的箱子又在哪兒？」

「他的箱子應該被摩爾奇森太太用竹籃裝走了。」

「摩爾奇森太太是誰？」

「依我看，她就是麗蓓嘉。」

「她是麗蓓嘉！」米勒靠在椅子上，大笑著說，「這太可笑了！她居然用放著殘屍的箱子，把裝滿珠寶的箱子換走了。她膽子可真夠大的！對了，死者是誰？」

「待會兒再說這個。」宋戴克說，「我們現在先說說被你關押的嫌疑人。」

「我們確實應該先解決這個問題。如果箱子不屬於他，死者也不是麗蓓嘉，他肯定是被冤枉的。可怎麼解釋我們在他家地下室挖出的殘屍？」

「等我把整件案子從頭到尾分析一下，你就明白了。但我要提醒你，如果箱子不是查普曼的，就是其他人的。也就是說，發生在斯托克瓦利的事，是其他人做的。同樣的道理，如果死者不是麗蓓嘉，就是另一個女人———一個失蹤的女人，我現在就開始分析這件案子。

「山姆曾經被指控偷別人錢包，這件事純屬誣陷。有人故意把錢包放在地上。從頭到尾這都是一場精心策劃的騙局。為什麼要策劃這場騙局呢？很明顯，策劃騙局的人想支開山姆，好讓他們有充足的時間，在斯托克瓦利把那個箱子掉包，並且將殘屍扔進河裡、埋在山姆家裡。騙局的策劃者除了放錢包的人，還有誰呢？

「他們——如果策劃者不止一個——肯定知道麗蓓嘉在哪兒（無論死活），這樣才能畫出她身上的刺青。他們肯定知道怎麼給死人紋身，也知道怎麼進入山姆家。另外，他們肯定殺了某個失蹤的女人，才能得到一具女人的屍體。

「有誰符合這些條件呢？麗蓓嘉肯定知道，不過她不太可能照著自己手臂上的刺青圖案給死人紋身。可是麗蓓嘉有山姆家的鑰匙，所以她肯定知道怎麼進到房子裡。此外，麗蓓嘉和一個叫坎普爾的男人關係曖昧。坎普爾曾經做過買賣毛利人頭的事，他知道怎麼給死人紋身。根據我的調查，坎普爾的妻子失蹤了，從她經常居住的別墅裡失蹤了。如果把這兩個人加在一起，剛好可以滿足以上說的所有條件。然後我們按照時間順序，梳理一下整件案子。

「山姆在7月29日從斯托克瓦利回到倫敦，第二天就被當成小偷抓起

來。第三天，也就是7月31日，法庭宣布候審。據說，坎普爾太太在8月2日離開倫敦到鄉下玩，可是沒人看見她離開。摩爾奇森太太在7月30日到8月4日之間買了一個箱子。8月5日，她在斯托克瓦利留下這只箱子，裡面裝著一隻女人的手臂。警方在8月14日打開箱子。8月18日，警方從山姆的房子裡搜出殘屍。8月27日，山姆在布里斯頓獲釋。8月28日，警方以謀殺罪逮捕山姆。米勒先生，這些事件發生的時間最具說服力。」

「沒錯。」米勒說，「請給我坎普爾先生的住址，我現在就去拜訪他。」

「你恐怕不能在他家找到他，」宋戴克說，「因為他也去了鄉下。據傳，坎普爾開給房東的支票被退了，坎普爾的銀行帳戶也被清空了。」

「我只好親自去鄉下走一趟了。」米勒探長說。

四個月後的一天早上，我看完那份刊登坎普爾和麗蓓嘉謀殺特麗莎·坎普爾案件的報紙，對宋戴克說：「你現在應該滿意了吧？法官宣判坎普爾死刑，麗蓓嘉有期徒刑十五年，還大大讚賞了警方的辦案能力，和刑偵專家識破偽造刺青的高超手段。對此，你作何感想？」

「我想，我們得到了上帝應該給予的獎勵。」

巴比倫王的小金印

「宋戴克，如果你認真研究這些腳印，應該能得到很多有價值的資訊吧？」我說。

看到我的朋友停下來，蹲在地上研究被手杖戳出來的坑，我忍不住問他。賓維爾車站的站長說走這條小路可以節省時間。一路上，我這位朋友不時地察看地面上的腳印，好像非要弄清在我們之前有哪些人走過這條路。我知道，這已經成了他的習慣。這條林間小路的地面有些潮濕，可以留下清晰的印記，為他提供了便利。

「對啊！不過，光研究可不行。為了從腳印中看出一般人注意不到的資訊，還要鍛鍊自己的眼睛。」

「你就用這個鍛鍊一下吧！」我指著一個十分明顯的腳印笑著說。腳印上有奔馬圖形的商標，是考克斯公司「銀維克多」牌橡膠鞋留下的印記。

宋戴克笑了一下。

「誰都能看出這是什麼牌子的鞋，看來這個人只能替鞋廠做廣告。更何況，穿這種鞋的人很多，這只能劃分類別，不能找到個人特點。不過，這種類別的劃分只會把事情變糟。沒有經驗的人通常只能看到上面明顯的標誌，忽略其他細節。他同伴這種普通的腳印，倒是有些價值。」

「你怎麼知道旁邊這個是他的同伴？雖然這兩個人的方向一致，但你怎麼證明他們是一起的？」

「如果你像我一樣，留心觀察這些腳印，就會發現有很多證據可以證明。首先，從腳的尺寸可以看出，兩個人的個子很高。從步幅可以看出，兩個人的步伐很小。這位穿皮底鞋的人牢牢握住手杖，身體傾斜，努力借助手杖的力量維持平衡。他的步伐非常小，每走兩步就在地上留下一個手杖的印記。印記落在左腳旁邊，說明他不是年老體弱，就是身患疾病。穿膠底鞋的男人和普通人一樣，每走四步，在地上留下一個手杖的印記。他的步伐這麼小，應該是有意和別人保持同樣的速度。

「另外，除了道路過窄而無法並肩的情況下，兩人誰都沒有踩到對方的腳印，也沒有將手杖戳到對方的軌跡上，兩組腳印是完全分開的。剛才我注意到，在路很窄的情況下，橡膠鞋印在皮鞋印的上面。可是在這裡，橡膠鞋印卻在下面，說明兩人同時從這裡走過。」

「是啊，關於步幅的問題解決了。可是這些腳印的含義是你思考出來的，不是透過特殊訓練的眼睛觀察出來的。事實就擺在明面上，只有靠真本事才能理解其中的含義。」

「沒錯。」他說，「可是我們還沒有討論完，請認真觀察這兩個手杖印，看你是不是能發現什麼？」

我蹲下來，仔細察看地上的手杖印，可是什麼特別之處也沒看出來。

「看起來沒什麼差別。穿橡膠底鞋的人手杖稍粗。穿皮底鞋的人力氣稍大，手杖戳出來的坑更深。不過，這可能是因為他的手杖細，而他又非常依賴手杖。」

宋戴克搖搖頭。「傑維斯，你忽略了一點，因為你忽視了眼前的事實。這些事實很細微，但在某種情況下卻很關鍵。」

「是嗎？我忽略了什麼？」

「這需要你自己思考，我只能告訴你一些看得見的事實。首先，細一點的手杖在主人的右手邊留下印記，印記最淺的部分在前面靠右。」

我仔細觀察地上的印記，宋戴克說得很對。

「這能說明什麼？」我說。

宋戴克笑著說：「要想知道這說明什麼，你得去分析。既然你已經知道了事實，只要認真思考一下，就能得出結論。」

「我還是不明白。我想應該是因為手杖一邊的金屬箍被磨掉了，所以才會造成一邊的印記有些淺。可是這能說明什麼？難道你想讓我告訴你，為什麼那個白痴只讓手杖的一頭著地嗎？」

「傑維斯，你別急呀，調整好你的心態。我敢保證，這個問題相當有意思。」

「也許吧！可是我確實想不明白，他為什麼那樣用手杖。算了，不想了，反正不是我的手杖。哎呀！這不是布羅德瑞布嗎，我們別再說了。我們在這些沒有意義的事情上浪費了太多時間，差點耽誤了他的正事。」

我們走出樹林。布羅德瑞布律師看見我們後，趕忙過來和我們握手。

「太好了！」他非常高興，「我猜到你們會走這條路。真的很感謝你們能來參加這種走過場的事。」

宋戴克問：「走過場？你在電報裡說死者『疑似自殺』，我還以為需要進一步調查！」

「我覺得沒什麼可調查的。」布羅德瑞布說，「死者買了三千英鎊的人壽險，如果確實是自殺，公司將會損失一大筆錢。我跟同事們說，可以花點錢請專家來看看是不是真的自殺。如果查出是意外，就可以省下三千英鎊。你那麼聰明，肯定能明白我的意思。」說完，他使了個眼色，還用手肘捅了一下我的腰。

宋戴克沒有理會布羅德瑞布的玩笑，嚴肅地問：「這件案子是什麼情況？」

「我還是先為你們介紹一下吧！」布羅德瑞布說，「死者叫馬丁·羅蘭茲，是湯姆·羅蘭茲的哥哥。湯姆是我在新廣場街律師事務所的鄰居。今天一早，可憐的老湯姆收到這封電報後，馬上跑到我的辦公室，請求我和他一起來這裡。我不能拒絕他的請求，就跟著過來了。看見前面那棟房子了嗎？他就在裡面等著我們。

「事情的經過是這樣的。昨天晚上，馬丁‧羅蘭茲吃完飯去散步。每到夏天，他就會在傍晚出去散步。這樣的季節，晚上九點半天還亮著。他出去以後就再也沒回來，他的僕人沒見過他，其他人也沒見過他。不過，這倒不足為奇。他家有一排側房，包括書房、收藏間和工作室。這排側房有一條專用通道通向外面，羅蘭茲先生通常會從那條通道進來，直接去書房或工作室。所以晚飯以後，僕人就很難見到他。

「很明顯，昨天晚上他就是從專用通道回來的。今天早上，女僕去他房間送早茶，發現他不在房裡，床也鋪得很整齊，顯然沒人睡過。她趕緊找到管家，向他說明情況。兩個人一起來到那排側房，發現書房的門從裡面反鎖，他們使勁敲門，裡面沒有任何動靜。他們來到外面，看見書房的窗戶緊閉。還好工作室有一扇窗戶沒鎖，可以打開。女僕從窗戶爬進去，打開門，讓管家也進去。工作室有扇門通到書房。他們來到書房後，發現馬丁‧羅蘭茲坐在書桌旁的手扶椅上，身體冰冷僵硬，已經斷氣了。書桌上放著一個威士忌酒瓶、一瓶蘇打水、一盒雪茄和一個菸灰缸——裡面放著一個雪茄菸頭。另外，還有一瓶藥，看著像氰化鉀。

「管家立刻派人去請醫生，順便發了一封電報給湯姆‧羅蘭茲。九點左右，醫生來到這裡。他說羅蘭茲先生的死亡原因是氰化鉀中毒，死亡時間大約在十二小時前。當然，具體情況需要驗完屍以後才知道。我知道的情況就是這些。醫生幫助僕人把屍體抬到了沙發上。屍體就像被凍住一樣，摸起來硬邦邦的。我覺得還不如把它留在原來的地方。」

「報警了嗎？」宋戴克問。

布羅德瑞布說：「沒有。我們沒發現任何可疑的地方。雖然我很願意聽宋戴克先生在這種突然性死亡的案例中提出的建議，但如果不是因為保險金，我都不知道應不應該叫你們跑一趟。」

宋戴克點點頭：「聽起來像是簡單的自殺案。我想有關死者的情況，他弟弟應該還會向我們介紹吧！」

「沒錯。據說馬丁最近好像有什麼煩心事，湯姆會告訴你們的。快看，前面就是他家。」

我們走進大門，裡面是一棟面積很大卻非常低調的房子。我們走到房間門口，一個男人幫我們開門。這個男人氣色很好，滿頭白髮。因為他和我們是同行，所以大家都很熟。男人熱情地招待我們。可以看出這件事對他打擊很大，可是他卻努力保持冷靜，盡量不表露出自己悲傷的情緒。

「很高興見到你們！」他說，「或許會讓你們白跑一趟。布羅德瑞布認為應該請權威人士核實一下。案件本身沒有可疑的地方，只是我不明白他為什麼自殺。可以這樣說，我哥哥非常理性，而且我們家也沒人有自殺傾向。我覺得你應該先看看屍體。」

宋戴克表示贊同。我們跟著湯姆‧羅蘭茲先生穿過前廳，走過通道來到書房。書房的門開著，鑰匙插在上面。布羅德瑞布跟我們說的那幾樣東西還擺在書桌上。死者躺在一張沙發上，身上用一塊桌布蓋著。宋戴克走到沙發旁邊，揭開桌布，露出下面的屍體。馬丁‧羅蘭茲仰面躺在沙發上，雙腳向上翹著，四肢僵硬，身上穿戴整齊。雖然屍體躺在沙發上，但卻保持著坐姿，好像一尊雕像，樣子十分古怪。我站在旁邊看著這具屍體，既厭惡又好奇。不一會兒，我注意到死者的鞋底，鞋底的位置很顯眼，是「銀維克多」牌的橡膠底，這和我們在樹林裡談論的鞋底一樣，說不定樹林裡的腳印就是死者生前留下的。

「宋戴克，」布羅德瑞布謹慎地說，「你們應該願意留下來檢查屍體吧！我們現在要去餐廳，如果你需要幫助，就到那裡找我們。」說完，他和羅蘭茲先生走了出去。

他們一走，我立刻跟宋戴克講了有關鞋底的事。

「也許我們剛才談論的腳印就是死者的。」我說。

宋戴克指著一隻鞋底上的圖釘說：「沒錯，就是他的。在樹林的時候我就發現這個，你應該沒注意到。所以我說，鞋底最明顯的標記會使人忽略更重要的資訊。」

「如果他是那些腳印的主人，他肯定認識擁有特殊手杖的那個人。那個人是誰？我認為是他的鄰居，因為在車站碰到，所以就一起回來了。」

「或許吧！那些腳印應該是最近留下來的，而且很有可能是昨晚留下

的。作為死者生前最後見到的人，法庭應該會在調查此案時找到他。不過，這要看那些腳印留下來的時間。」

他回到沙發前仔細檢查屍體，尤其是嘴和手。接著，他又檢查了桌子上的東西和桌子下面的地板。察看完書房，宋戴克來到工作室。他站在試驗用的水池旁，俯下身認真觀察。然後拿起架子上的空杯，站在光線亮的地方觀察。他把空杯放回去，在架子上發現一圈濕印痕，應該有人曾把杯子放在上面晾乾。看完工作室，宋戴克穿過一條小走廊，從側門出來，走過石板鋪成的小路來到旁門，最後走了回來。

「很難從這裡找到關鍵線索。」我們往書房走的時候，他說，「能證明死者自殺的證據只有氰化鉀。菸盒裡少了兩支雪茄，看樣子是新打開的。菸灰缸裡的菸灰比一支菸多，可是只有一個菸頭。我們還是先去餐廳找湯姆打聽一下情況。」

我跟著他從書房出來，經過客廳向外走。到了餐廳，他們倆立刻看向我們。

「結果怎麼樣？」布羅德瑞布問。

「不確定。到目前為止，沒發現什麼可疑之處。我想多瞭解一些有關死者的事。你剛才說他最近好像有什麼煩心事，為什麼這麼說？」

湯姆說：「這沒什麼。至少對於我哥哥這種理性的人來說，這不算什麼大事。不過，我還是跟你們說說吧，因為我只知道這件跟他的死有關的事。事實上，這件事真的不值一提。

「前不久，科恩少校從美索不達米亞回國。他有一枚從巴格達弄來的小金印，天知道他怎麼弄到的！有個叫萊昂的商人看過那枚小金印。科恩回國後，他用二十英鎊將它買了下來。科恩不知道這東西的價值，萊昂知道的也不多。雖然萊昂是個商人，但卻不是這方面的專家。萊昂非常聰明，他的造假技術非常好，或者說古董修復技術，他的生意都是合法的。萊昂原來是修理珠寶和鐘錶的。他專門從別人手裡買壞了的古董，修好以後賣給一些小收藏家。他會提前告訴買家這些古董都是經過修復的，所以我不應該說他造假。可是他確實不瞭解古董。他只知道科恩少校的那枚金印是金的，看起來

像個古董。他買金印的錢相當於金子重量的兩倍價錢，買完就沒再想過它。

「兩個星期後，我哥哥去西敏區，到萊昂的店裡修東西。我哥哥是巴比倫古董的收藏家，萊昂知道這件事，於是拿出金印給他看。他認出那是真貨，而且值些錢。我哥哥花了四十英鎊買下金印。當時他認為這東西也就值這麼多錢，所以沒有細看。回到家，他把金印放在蠟模上一按，發現還有很多非常小的楔形文字。破譯後，他認為這枚金印屬於古代巴比倫王。

「我哥哥非常震驚，同時也感嘆自己的好運。他趕緊拿著金印來到大英博物館，給巴比倫館的館長看。館長證實金印是真品，並準備出錢買下來，收藏在博物館裡。我哥哥肯定不同意。不過，他讓館長用膠泥刻了一個圖章，並記下金印的重量和尺寸，放在盒子裡展出。

「科恩少校在賣掉金印之前，也用膠泥刻了幾個圖章。萊昂花了幾先令從他手裡買下那些圖章，還把其中一個擺在商店的櫥窗裡。有一天，店裡來了個專門研究東方古代文化的美國學者，他一眼就認出那個圖章，並且將它買下來。學者名叫巴特曼，他問萊昂，這個圖章是從哪兒弄來的。萊昂如實告知，並且把科恩少校的姓名和住址告訴他。不過，萊昂沒有提起那枚金印。事實上，他也不知道金印和圖章之間的關係。科恩把圖章賣給他時，只說這是他從美索不達米亞找到的，而且全是真貨。當然，這個美國專家肯定知道圖章是前不久仿製出來的。他還知道，那枚金印肯定在某個人身上。

「他立刻找到科恩，詢問有關圖章的事。科恩知道這件事沒那麼簡單。他承認那枚金印曾經在他手上，但就是不說金印現在在哪兒。還說要想知道金印的下落，必須說出金印的主人和價值。專家只好告訴他，那枚金印是巴比倫王的，價值上萬英鎊。科恩聽到後，差點暈過去。他和美國人一起來到萊昂店裡。

「這時，萊昂也知道這件事有問題。他不肯說出金印在哪兒。而且他猜測圖章應該是金印的仿製品，於是拿著圖章去大英博物館做過鑑定。這下事情就浮出水面了。另外，那位美國學者巴特曼跟他同住的美國朋友說了這件事，結果一大群來自美國的收藏家來到萊昂的店裡，嚷嚷著不管花多少錢，都要買下那枚金印。萊昂還是不肯透露金印的下落，他們就鬧到大英博物

館。他們在那裡知道金印在我哥哥手裡，還拿到我哥哥的地址。幸運的是，我哥哥當時留的是我辦公室的地址，那些人（包括科恩和萊昂）開始瘋狂地寫信給我哥哥。

「事態發展得很嚴重，科恩認為萊昂坑了他，像個瘋子一樣想拿回金印，或是得到相應的賠償，萊昂和科恩的情況差不多。那些身價百萬的收藏家開出天價，想要收購那枚金印。這種情況令馬丁非常不安。科恩的兩條腿都受過傷，是個殘疾軍人，而且金印是他找到的，我哥哥對他充滿愧疚。我哥哥不同情萊昂，因為萊昂是個商人，知道自己應該做什麼。不過，萊昂也挺倒楣的，那些收藏家成天追著他，要出高價買那枚金印，這種情況令他非常頭疼。還好他的住址沒有洩露出去，不然那些人肯定會去家門口堵他。

「我也不知道馬丁是怎麼安排的。三天前，他借我的私人辦公室和那群人見面，包括科恩、萊昂、美國學者以及幾位百萬富翁。也是在那一天，有個白痴拿錯了手杖和帽子。」

「他把你的帽子拿走了？」布羅德瑞布問。

「沒有，他把我的手杖拿走了。那根手杖是父親留給我的，一根很好的舊式手杖。」

宋戴克問：「那個人的手杖長什麼樣子？」

湯姆先生說：「說起來，還真不能怪他，我們的手杖實在太像了。要不是拿著它的感覺不對，我還真不知道這根手杖不是我的。」

宋戴克說：「或許手杖不一般長。」

「不是，長度一樣，就是感覺上有些差別。可能因為我是左撇子，用左手拄了這麼多年，形成了一種習慣。你可以看一看，我這就把手杖拿過來。」

羅蘭茲先生走出房間。不久，他又重新回來，手裡多了一根手柄上箍著銀圈的舊式手杖。宋戴克拿著手杖，認真研究起來。我有點想不明白，他為什麼對這根手杖這麼感興趣。湯姆丟失手杖是一件小事，而且和這件案子沒有關係，可是我的這位同事卻仔細檢查著手杖的每個部分，包括手杖的把柄、銀圈以及下面的金屬箍。尤其是檢查下面的金屬箍時，宋戴克好像把它

當成寶貝一樣認真觀察。

「湯姆，不要擔心你的手杖。」布羅德瑞布調侃道，「你只要好好跟宋戴克商量，他就會還給你。」

宋戴克把手杖還給湯姆，說：「可以給我一份那天的訪客名單嗎？」

「預約簿上應該有他們的名字。我記得那天來的有科恩、萊昂、巴特曼和兩三個收藏家。可是我不知道那天發生了什麼事，也不知道馬丁的安排。他應該會留下書面東西交代此事，我得找到這個東西，因為還要處理那枚金印。」

宋戴克問：「金印在哪兒？」

「在保險箱裡啊！說實在的，金印應該存到銀行，不應該放在這裡。」

「你確定它在保險箱裡嗎？」宋戴克問。

「我確定。至少……」他突然站起來，「我還沒見過那枚金印，眼見為實，我們最好親自看一看。」

他匆忙來到書房，進去以後停在那裡，看了看沙發上的屍體。

「鑰匙在他口袋裡。」他小聲說完，硬著頭皮走到沙發前，輕輕揭開屍體上的桌布，在死者的口袋裡翻找。

「在這兒！」他掏出一串鑰匙，找出其中一把，走到保險櫃前面，打開門。

「快看，金印在這兒。我剛才被你問得心裡發慌。我們要不要打開盒子？」

保險櫃裡有一個寫著「巴比倫王金印」的密封包裹，他把包裹拿出來，看著宋戴克。

「你剛才說眼見為實。」宋戴克笑著說。

「沒錯，我覺得還是打開看看。」湯姆說完，割斷綁在包裹外面的繩子，撕開封條，打開包裹，露出一個硬紙盒。盒子裡有一個圓柱形的東西，用紙包裹著。

湯姆拿出那東西，去掉外面的紙，露出一個小金棒。這東西長度大約為3公分，厚度大約為1.2公分，圓柱中心有個穿透的小孔。金棒上刻滿楔形文

字。

「紙上記錄著這枚金印的重量和尺寸，我們核查一下吧！」

宋戴克小心地接過湯姆遞過來的金棒，認真思索著什麼。這個東西雖然很小，卻很特別。我心中感慨，這個小東西也許真的深受某位神秘年代君主的喜愛，而這個年代卻距離我們如此遙遠。宋戴克站在旁邊仔細觀察著這個小古董，他掏出放大鏡認真察看上面的文字，然後他拿起小金印，用眼睛對著圓柱中間的小孔。

他看著湯姆手中的紙說：「這張紙上只記了一邊的直徑。金印是圓柱形，它的主人以為兩邊的直徑相同。可是根據我的觀察，圓柱兩端粗細不一致，所以直徑也不相同。金印的橫截面不是圓形，側面也不對稱。」

宋戴克用圓規測量了一頭，記下資料後轉過金印。我們看到兩端的形狀明顯不對稱。

看完兩組數據，宋戴克說：「大約相差兩公釐。」

「看來金印的主人沒你這麼亮的眼睛。」布羅德瑞布說，「而且，把尺寸搞得這麼精確，實在沒有必要。」

「可是不精確的資料沒什麼意義。」宋戴克說。

金印在我們手裡傳閱一番，就由湯姆包好放回保險櫃裡，然後我們一起回到餐廳。

「宋戴克，我們應該怎麼處理保險金？」布羅德瑞布問。

「我認為應該等案件審理後再處理，也許專家的建議會給你帶來新思路。我們現在要去趕火車。應該有很多事等著你們去處理。」

「對啊！你們應該記得路，我就不送了。」

湯姆想留我們吃飯，宋戴克婉拒了。他拿著小箱子，和主人握手告別。

離開湯姆家以後，我說：「這件案子實在沒什麼意思。我們總不能要求每次出門都有重大發現。」

宋戴克附和道：「沒錯。我們只能透過細緻的觀察，累積大量的真實案例。對了，我想去來時經過的樹林，把那些腳印收集起來，以備不時之需。這樣做也是因為腳印非常容易消失。」

我什麼也沒說，心裡卻覺得這樣的做法非常多餘。來到樹林裡，宋戴克拿出水瓶、勺子、小橡膠碗、盛石膏的鐵板，然後選了幾個清晰的腳印。我看著宋戴克，實在不明白他為什麼這麼做。樹林裡的腳印顯然是死者的，因為死者的鞋是「銀維克多」牌，可是這意味著什麼？另外那個腳印的主人是誰？收集它有什麼用？在我眼裡，即使這個人出現在這裡，也說明不了什麼。宋戴克在兩對腳印裡倒上調好的石膏，然後又調了一些，倒進陌生人留下的兩個手杖印裡。我實在想不明白他為什麼這麼做。接著，他拿出一卷線，剪下兩公尺左右，放在手杖印裡，讓石膏黏住線。他把之前已經做好的腳印模型拿起來，用東西包好後，分別取下兩個手杖印的模型。兩個模型中間連著線，線長與手杖印之間的距離一樣。

宋戴克在每個模型上都用鉛筆做上標記，趁著這個功夫，我問：「繩子是不是用來記錄步幅的大小？」

「不是。它可以記錄那個人前進的方向和手杖的位置。」

宋戴克的說法很有意思，可是我卻更不明白了。他到底為什麼這麼做？這意味著什麼？

我把心中的疑問說了出來，可是他每次的回答都是，等事情過去以後再收集證據，就沒有任何意義了，可是我不知道他說的「事情」指的是什麼。宋戴克在維多利亞街攔下一輛計程車。我想了一路也沒想明白。到了警察局門口，宋戴克讓計程車停下來。

「我有事要去找米勒或副局長，時間可能會稍長一些，你先回去吧！我晚一點回家，然後就不出門了。」

他這話的意思是讓我去找他。吃完晚飯，我來到宋戴克家，問了他一些問題，他還是什麼都不肯說。

「實在抱歉，我現在還沒有確切把握。我的結論還需要進行深入調查才能確認。我會在明天早上八點半出去，我非常希望你能和我一同前去。這次的任務是蹲守，其他什麼都不用做。」

「沒問題，我的強項就是蹲守。」從他家出來以後，我更加疑惑了。

第二天早上八點半，我來找宋戴克。他家門口停著一輛計程車，我剛走

到樓梯口，宋戴克就下樓了。我們坐上車離開，計程車從坦普爾路來到安班克門特街，然後向西行駛。我們在警察廳新樓停了兩分鐘，然後宋戴克吩咐司機把車開向西敏區方向。

幾分鐘後，我們在貝蒂弗朗斯街路口下車。付過錢後，向西緩步前進。前進的路上看見一輛大汽車，還是帶頂棚的。

走了沒多久，就看見米勒探長向我們走過來。他嘴裡叼著一支雪茄，身上穿著西裝，看來宋戴克早有安排。

「宋戴克先生，目前沒發生什麼特別的事。應該不是我們來晚了，否則就倒大楣了。昨天晚上你一離開警察局，我就派了兩名便衣守在這兒。現在這裡一切正常。」

「米勒，我也只是猜測而已，希望你的期望不要過高。」

米勒笑著說：「宋戴克，我以前也聽你講過這話。剛才我站在商店外面，透過櫥窗看見他在裡面。快看，他過來了。」

我望向馬路對面，有個身材高大的老人朝我們這邊走過來。他使勁佝僂著腰，步伐非常機械，看起來很吃力。他一隻手拿著一個包裹，另一隻手拄著手杖。那根手杖與湯姆給我們看的那根一樣。

我們假裝什麼都沒發生，繼續向西行進，與萊昂先生——我猜他就是萊昂先生——打了個照面。等他走過去，我們轉身跟在他身後。有兩個軍人模樣的人跟在我們身後，我以前在警察廳見過他們。萊昂在貝蒂弗朗斯街路口攔了一輛計程車，米勒快步走到那輛帶著頂棚的大汽車旁。

此時，萊昂已經上了計程車。米勒打開車門，對著我們喊：「快上車！千萬別讓他跑了！」他恨不得把我和宋戴克扔到車上。他和司機說幾句話，和兩名便衣上了車。車子立刻追上那輛計程車，然後與前面的車子保持安全距離。拐進白廳大道的時候，我們被甩在後面。一直到查令十字路口，我們才跟上去。斯特蘭德街非常擁擠，但我們仍然緊緊跟著計程車。我們在計程車想拐進阿克羅波利斯旅館時超過它，率先到達旅館門口。萊昂先生付完車錢走進大門時，我們已經到了旅館大廳。

萊昂走進大廳，四處搜尋，最後把視線落在一個男人身上。這個男人臉

上刮得很乾淨，身體微微發胖，坐在籐椅上。他感受到萊昂的目光，便站起身走向萊昂。米勒探長走到萊昂身後，拍了拍他的肩膀。萊昂轉過頭，滿臉震驚。

「你應該就是莫利斯‧萊昂吧！我是警察。」米勒稍作停頓，看著這個商人瞬間蒼白的臉，繼續說，「你是不是拿錯手杖了？」

萊昂放鬆下來：「沒錯，可是我不認識手杖的主人。我是不小心拿錯的，如果你知道我的手杖在哪裡，我很願意換回來。」

說完，他猶豫了一下，把手杖遞過來。米勒接過手杖，直接給了宋戴克：「是你說的那根嗎？」

宋戴克檢查了一下手杖的金箍，量了量手杖的尺寸。然後拿出事先登記好的資料進行比對。

萊昂先生急切地說：「不用這麼麻煩，手杖確實不是我的，我不是已經說過了嗎？」

米勒說：「沒錯，你確實說過，可是我們需要私下跟你談談有關這根手杖的事。」

旅館經理站在旁邊，他剛被便衣叫過來，米勒看了他一眼，他建議我們最好不要在大廳談論此事。就在他準備領我們去私人房間時，原先坐在籐椅上的男人走過來，想拿走那個包裹。

他客氣地詢問：「可以把它給我嗎？」

米勒不客氣地回答：「不行，先生。你需要等一會兒，我們找萊昂先生談點事。」

那個人臉上的表情立刻變得猙獰起來：「你是誰？憑什麼叫我等，要知道，這個包裹可是我的。」

「我是警察。你說這是你的東西？你也一起過來吧！」

盒子主人的臉瞬間垮了下來，我從沒見過如此尷尬的表情。此時，萊昂先生的臉更白了。這兩個男人只能跟著經理走到大廳後面，大氣都不敢出。我們來到一間接待室，房間的面積很小，地上鋪著大理石。等我們都進去，經理就走了。

米勒說：「現在，我想知道盒子裡裝著什麼。」

「一件屬於我的雕塑品。」陌生人說。

米勒點點頭說：「我們要看一下，請打開盒子。」

這個房間沒有桌子。萊昂臉上冒著冷汗，坐在椅子上，把盒子放在膝蓋上。他解開上面的帶子，拿走盒蓋，露出一個半身像的頭部，那是唐納泰羅雕塑的「聖・塞西莉亞」小型仿製品。萊昂緊張地拿走雕塑肩膀處的廢紙團，把雕塑交給米勒。探長看了一眼盒子，接過雕塑，茫然地看著它。

他看了看宋戴克，疑惑地說：「感覺有點濕。」宋戴克接過雕塑，用手掂量著它的分量。此時，萊昂雙眼盯著宋戴克，臉上露出驚恐的表情。

那個陌生人趕緊湊過去，不安地說：「不要摔碎它！上帝保佑！麻煩你小心一點。」

結果，雕塑應聲而落。可以看出，宋戴克是故意把東西摔下來的。雕塑摔在大理石地面上，有根小金棒從裡面滾了出來。陌生人和米勒同時彎腰去撿，兩個人撞到一起。顯然，米勒的腦袋更硬，他的手上拿著那支小金棒。

他揉了揉腦袋，把東西交給宋戴克，說：「宋戴克先生，這是什麼東西？你可以告訴我們嗎？」

「沒問題。」宋戴克說，「它是已故的馬丁・羅蘭茲先生的收藏品，古代巴比倫王的小金印。前天晚上，羅蘭茲先生被人殺了。」

宋戴克話音剛落，萊昂先生就從椅子上滑落到地面，暈倒了。一名身體強壯的便衣抓住了想逃跑的陌生人，另一名便衣給他戴上手銬。

回去的路上，我對宋戴克說：「你費了那麼大勁收集的腳印和手杖模型，看來是用不上了。」

「既然收集回來，肯定能用得上。如果金印無法定萊昂的罪，這些模型可以作為證據呈上去，到時候他想跑都跑不掉。」沒想到真的發生了這種情況。萊昂的辯護律師說金印是陌生人給萊昂的。可是宋戴克收集的那些腳印和手杖的模型，足以證明萊昂在案發當天去賓維爾找過死者。最終，法庭宣判萊昂有罪。

「你怎麼知道凶手是萊昂？即使樹林裡有那些手杖的印記，又能證明什

麼呢？」

「證明手杖不屬於使用手杖的人。」

我吃驚地說：「天吶！你從一個手杖印就可以推測出手杖的主人？這怎麼可能？」

他說：「只要看一下手杖下面金箍的磨損程度就可以了。雖然這看起來很奇怪，但實際上非常容易。如果手杖沒有把柄，金箍的磨損就會非常均勻。如果手杖有帶彎的把柄，金箍就會有一邊磨損，也就是和把柄相反的那面，或手杖的前部。這是因為手杖的主人總會用特定的方式拄著，使它落在地面上的位置相同。但磨損的地方會稍微有些偏差，而不是正對著手柄。手杖的把柄在使用時是縱向的，人向前走，手杖會偏離身體，手杖向外微微轉動，所以磨損程度較為嚴重的是金箍內側。也就是說，右手拿手杖的人，金箍的磨損部位偏左；左手拿手杖的人，金箍的磨損部位偏右。一個習慣右手拿手杖的人，在地面留下的印記卻向右傾斜，說明他用了一根左撇子用過的手杖。另外，右手的轉動會加重手杖向右偏離的程度。我們正在處理的這件案子，因為金箍被磨損，所以手杖印記的右邊淺一些。手杖是一個左撇子的，使用手杖的卻是習慣用右手的人。由此可以得出結論，手杖的主人不是使用手杖的人。

「我當時只是對此產生了好奇，並沒有把它跟我們的案子聯繫在一起，也不知道手杖的主人是誰。可是後來，我們來到死者家裡，看到他穿的鞋，認定樹林裡的腳印是他生前留下的。這樣一來我們就知道，使用手杖的人是死者的同伴。湯姆·羅蘭茲是左撇子，他的手杖被人拿錯了。接著，他給我們看了那個人的手杖，從下面金箍的磨損來看，手杖的主人習慣用右手。由此我們知道，死者的同伴習慣使用右手，可是他卻握著一根左撇子用過的手杖，而左撇子的手杖被一個習慣使用右手的人拿錯了。這一切都太巧了！我們還可以知道，死者的同伴是去湯姆辦公室開會的人，所以他肯定想得到金印。我立刻想到一個問題，金印是不是被偷走了？當時我們打開保險箱檢查時，我發現金印確實被偷走了。」

「保險箱裡的金印是假的？」

「沒錯。金印是仿造的。雖然此人擁有熟練的造假技術，但我還是一眼就看出這是個仿造品。金印的尺寸與主人記錄的資料不符，而且金印是用電鑄的，上下不對稱。金印裡的小孔，中間那部分是新的，兩邊做過舊。」

「你怎麼知道是萊昂？」

「我只是覺得他最可疑。首先，他是一位仿古專家，而且在這個行業做了很久。其次，他有一個金印的仿製圖章，可以將它電鑄成金印，他有這個能力。最重要的一點，他是生意人，知道該把金印賣給誰。我剛開始也不敢肯定，只是感覺他有作案的條件和動機。可是當時時間緊迫，只能先採取行動。不過，當我看到他的手杖時，心裡就有底了。」

「你怎麼知道那個雕像裡藏著金印？」

「這個嘛，我早就想到了。如果想將金印偷偷運到美國，把它藏在石膏類的東西裡最安全，當我看到雕塑的時候就全明白了。雕塑的石膏還沒有乾，應該是幾個小時前匆忙製成的。因此我直接把它扔在地上。如果裡面沒有金印，我就花幾先令買個新的給他。不過，我當時很有把握。」

「萊昂怎麼下的毒？」

宋戴克說：「這只能猜測。他可能是趁馬丁不注意，把隨身攜帶的氰化鉀溶液（如果瓶子裡是氰化鉀）倒進酒杯裡，這很容易辦到。這種藥物含有劇毒，喝下去後很快就能致死。不過，我們可能永遠無法知道具體細節了。」

法庭的調查結果與宋戴克的推測一致。因為宋戴克提供的證據非常有說服力，法庭立刻宣判萊昂有罪。但是對那個在旅館見到的陌生人——經過調查，他是一位來自美國的商人，紐約海關對他非常熟悉——參與謀殺的指控，因為證據不足無法成立。古代巴比倫王金印案的過程已經全部講完。經過這個案子，布羅德瑞布先生更加堅定地認為，宋戴克的第六感是天生的，這種感覺可以幫他找到證據。如果不是這樣，那就是有神仙幫助他了。

殘缺的白色腳印

「我真想和你對換一下工作。」說話的人是我的老朋友福克斯頓，他這話已經不知道說了多少遍。

我說：「我們總是看見別人的工作的優點，看見自己的工作的缺點。說這句話的人，可不止你一個。我能理解。」

「說得容易！如果你是我，就不會講這套大道理了。夏天的瑪律蓋特，人們最容易患上麻疹、水痘、猩紅熱；冬天的瑪律蓋特，人們最容易患上支氣管炎、感冒、風濕。我快煩死了！看看你和宋戴克，只需要在屋裡坐著，就有客戶為你們提供冒險故事，多舒服！在我眼裡，你們的生活就是不斷更新的戲劇，充滿新奇感。」

「福克斯頓，我們每天也要做固定的事，只是法律行業以外的人不知道而已。你這樣說未免也太誇張了。再說，你肯定也能遇到很多有趣的事。」

「我可沒遇到過。」他一邊搖頭，一邊把杯子遞給我，「我只有枯燥的、做不完的工作。」

話音剛落，他的女傭就跑進來，像是專門回應他這句話一樣，大聲說：「先生，貝丁菲爾德旅館派人請你過去，說有人發現一位太太死在了床上。」

「簡，我知道了。」福克斯頓說。

女傭出去以後，他假裝鎮定地給自己盛了一隻煎蛋，看著我說：「『馬上過去！』『趕緊走！』『一分鐘也不要耽擱！』每次都遇到這種情況。病人來找你的時候，也許要考慮一兩天。但只要他們決定找你，你就必須立刻、馬上趕過去，不管你在吃早飯還是睡覺。」

「你說得沒錯，可是這次好像確實有急事。」

福克斯頓毫不在乎地說：「還能有什麼急事？那個女人已經死了。好像我不過去證實一下，她就會復活一樣。」

「也許沒死，你不能只聽第三者的轉述就下判斷。即使她真的死了，你也得去現場取證。你應該不想在驗屍之前，讓警察把那裡弄亂吧！」

福克斯頓大聲說：「我怎麼把這件事忘了！我必須馬上過去，趕在警察之前到那裡。」

他一口吞掉剩下的雞蛋，站起來看著我，試探著問：「傑維斯，你熟悉法醫學，我卻不懂，你願意和我一起去嗎？」

我本來就想和他一起去，只是還沒有說出來，聽到他這樣問，我立刻就同意了。我回到房間，拿出一個三腳架和一台相機，和他一起出門。

我們只花了幾分鐘就到了貝丁菲爾德旅館，福克斯頓家離那裡很近。貝丁菲爾德旅館位於克里弗敦維爾的艾賽爾萊德街中段，這是一條安靜的郊區街道，這條街道上有很多類似的旅館。因為快到旅遊旺季，我看見很多旅館都在裝修和掃除。

「你看見那個女人了嗎？她後面就是貝丁菲爾德旅館。這件事應該引起了很大的轟動，你看很多旅客都擠在餐廳窗口。」

我們來到房子前，有個上了年紀的女人站在門口。福克斯頓走上台階，跟她打招呼。

「貝丁菲爾德太太，這件事真嚇人！還給你添了很多麻煩。」

那個女人說：「福克斯頓醫生，這件事確實很嚇人，還影響了我的生意。希望不要傳出什麼醜聞。」

「我會多加小心，盡量避免傳出醜聞。我的朋友傑維斯是一位律師，也

是醫生，正好在我這裡住幾天，他會幫我們的。你什麼時候發現這件事？」

「福克斯頓醫生，在我派人找你之前。圖桑特太太的熱水沒有拿進去，僕人看見後去敲她的門，房間裡沒有任何動靜。僕人試著推門，發現門從裡面反鎖了。她來找我，我上去敲門，還是沒人回應，於是我找來侍者，讓他用一把起子把門撬開。門閂很小，很容易就撬開了。我感覺裡面的氣氛不太對，小心翼翼地往裡走。結果看到她躺在床上，瞪著眼睛，手裡拿著一個空瓶子，人早就沒氣了。」

福克斯頓說：「一個瓶子？」

「是啊！這個可憐的女人為了一場戀愛，當然也算不上戀愛，結束了自己的生命。」

「你以後再和我們細說這件事。我知道，類似的事經常發生。我們現在還是先去看看那個病人，當然不能稱她為病人。你帶我們去她房間看看吧！貝丁菲爾德太太。」

她帶著我們來到二樓後面的房間門口，站在那裡緩了緩，然後輕輕推開房門，腦袋伸進去四處張望。我們率先走到房間裡，她也想跟進來。我暗示不要讓她進來，於是福克斯頓請她出去，並關上房門。我們觀察著四周的情況，誰也沒有說話。

房間看不出有什麼異常，感覺不到剛剛發生了悲劇。這種感覺淡化了那件可怕的事。房間裡擺著廉價的家具，牆上貼著俗氣的壁紙，窗戶敞開著，明媚的陽光透進來，照在牆和家具上。大街上傳來手風琴的樂曲聲和魚販子的吆喝聲，近處傳來沙啞歡快的通俗歌聲，三種聲音混合在一起。一個油漆工戴著袖套站在隔壁房間的梯子上，他的手臂從窗戶裡伸出來。很明顯，他就是唱歌的人。悲劇的主角躺在床上，與周圍的環境形成強烈的反差。房間裡完全感受不到死亡帶來的寧靜安詳。這個女人失去了寶貴的生命，她臉色蒼白，眼睛死死地盯著遠方，讓人看了心生不忍。死者躺在床上，兩隻手臂伸到被子外面，兩隻手緊握著，身體姿勢很自然。另外，她的右手握著一個空瓶子，和貝丁菲爾德太太的說法一樣。

福克斯頓站在那裡，看著死者說：「她服毒自殺了，手裡還攥著瓶子，

好像生怕自己死不了。事情看起來很簡單。你覺得這個女人死了多久？傑維斯？」

「六個小時，或者更久。她的死亡時間應該在凌晨兩點。」

「這些是我們在驗屍之前能想到的所有東西。現場沒有掙扎或使用暴力的痕跡，事情看起來很清楚。嘴唇上的傷口也許是她喝藥的時候，咬破嘴唇留下的。快看，這個傷口和門牙的位置吻合。不知道瓶子裡有沒有殘餘藥物？」

死者手裡的藥瓶是綠色的，沒有貼標籤。福克斯頓把死者手裡的藥瓶拿出來，走到亮處察看。

「裡面還有差不多5克，足夠拿去化驗了。」他激動地說，「你能聞出這是什麼味道嗎？我怎麼聞不出來。」

我湊過去聞了聞，裡面是一股淡淡的蔬菜味，但這不是我熟悉的味道。

「好像是某種東西的汁，」我說，「我不知道是什麼。對了，藥瓶的蓋子在哪兒？」

「不知道，應該是掉在什麼地方了。」福克斯頓說。

我們蹲下去找瓶蓋。沒多久就找到了，它掉在小床頭櫃下面。與此同時，我還找到另一樣東西——一根蠟製火柴，它一直都在地上。雖然這是非常普通的蠟製火柴，卻引起我的懷疑。女人一般不用蠟製火柴，更何況床頭燭台上擺著一盒安全火柴。而且可以看出火柴是用來點蠟燭的，菸灰缸裡的幾根燒剩的火柴可以證明。這根蠟製火柴到底是怎麼回事？

福克斯頓在我思考這件事的時候，已經把瓶蓋蓋好，並且從梳妝檯上拿了一張紙，把瓶子包起來，裝進口袋裡。

「傑維斯，我們已經看完了。等警方的調查結果和驗屍結果一出來，就可以結案了。我們現在去找貝丁菲爾德太太，聽聽她怎麼說。」

那根不值一提的蠟製火柴，引發了我的疑問，我無法忽視這種越來越強烈的不安的感覺。

「福克斯頓，我們是來收集證據的，不能憑自己的猜測下結論，也不能敷衍了事。你應該知道，以前發生過投毒殺人事件。」

「可是我沒看出這件案子有他殺的跡象，你看出來了嗎？」

「雖然沒有十分明顯的跡象，但有些事卻值得深思。我們先來整理一下看到的事吧！首先，躺在床上的屍體四肢對稱，看起來很平和，就像躺在墳墓裡。這種狀態說明她被毒死的時候，沒有經過痛苦的掙扎。可是你再看看那張臉，充滿扭曲的痛苦，給人的感覺就像是死前看見了什麼可怕的事。」

「是啊，確實如此。」福克斯頓贊同地說，「但也不能憑藉死者的臉部表情和屍體狀態輕易下結論。有時候，一些被人用刀捅死的或上吊死的人，臉上的表情也像個睡著的孩子。」

「但我還是認為這一點很重要。還有你剛才說，死者嘴唇上的傷口是自己咬的，不排除這種可能，但也許是別人弄的。」

福克斯頓聳聳肩沒有說話，我繼續說：「其次，死者的手雖然握著，但沒有用力，你沒費什麼力氣就把藥瓶拿出來了。這說明藥瓶只是放在她的手中，而不是被她緊緊攥著。你也知道，正常情況應該是人死以後，手中的東西掉落，或者人死以後，渾身變得僵硬，死者緊緊握著手中的東西，掰都掰不開。最後，這根蠟製火柴是怎麼回事？它為什麼會出現在這裡？很明顯，死者點蠟燭時用的是盒子裡的安全火柴。我們必須搞清楚這些看似微不足道的小事。」

福克斯頓皺皺眉，不贊同地說：「傑維斯，你無時無刻都在用自己的專業衡量所有事情，就像其他專家那樣。這就是一件簡單的自殺案，可是你卻堅持把它說成一椿複雜的謀殺案。另外，這個房間的門是從裡面拴上的，無論是誰，想進來都必須先把門打開。」

「你別忘了，屋裡的窗戶是開著的，外面還有許多工人在刷牆。我們誰也不敢保證昨晚沒有留下梯子啊！」

福克斯頓說：「你也就是說說而已，又沒有證據。對了，我們可以問問外面那個人，說不定他知道。」

我們一起走向窗口，走到半路就停下來了。有關梯子的問題已經不重要，一些沒穿鞋的白色腳印出現在暗紅色的人造皮革地板上，十分顯眼。這些腳印不屬於死者，因為腳的尺寸非常大，一看就是男人的。順著這些腳

印，可以清楚的看見它們是從窗戶下面開始的，越往裡面越淺，到了地毯旁邊，腳印突然消失。那些返回的腳印只有認真觀察，才能看得出來。

我和福克斯頓站在那裡，誰也沒有說話，盯著這些白色腳印看了半天。然後我們抬起頭，互相看著對方。

福克斯頓說：「我差點錯過這麼重要的線索。傑維斯，還好有你。無論是不是有梯子，那個人就是從窗戶爬進來的。昨天下午，我看見那些工人在這裡替窗台上漆，凶手肯定是昨天晚上進來的。他是從哪邊進來的？」我們走過去看外面的窗台。左邊有一些汙漬，在新漆的地方顯得非常明顯，說明凶手是從左邊進來的。旁邊還有根剛剛塗了綠漆的鐵管。

「我們已經知道那個人是從窗戶進來的，有沒有梯子已經不重要了。」

「不行，在識別嫌疑人的時候，梯子的問題也許會發揮非常重要的作用。每個人都能順著梯子爬上來，但不是所有人都能順著管子爬上來。這個人光腳上來這一點，倒是可以證明他是順著管子上來的。如果只是為了不讓腳下發出聲音，脫掉鞋子就可以了。」

我們從窗邊走回來，再次認真檢查著這些腳印。我掏出捲尺量了量腳印的尺寸，福克斯頓把它們記在本子上。

「傑維斯，你有沒有覺得很奇怪，這些腳印沒有小腳趾。」

「確實很奇怪。這個人應該沒有小腳趾，我還從來沒遇到過這種事。你遇到過嗎？」

「這種情況我還是第一次見。多一個腳趾的事倒是時常發生，但是我從來沒聽說誰生下來就少一根小腳趾。」

我們又檢查了一遍那些腳印，還有窗台上那些髒腳印。和屋裡的腳印一樣，窗台上的腳印清晰得可以看見皮膚上的小紋路，而且沒有任何小腳趾的印記。

「一點小腳趾的痕跡都看不到，說明他即使生下來有，現在也被割斷了。這種事太少見了，但是反而為指認凶手提供了便利。對警察而言，真是個意外的收穫。」

「既然這些腳印這麼重要，我們應該趕快拍些照片。」我說。

理查・奧斯丁・傅里曼

福克斯頓說：「警察會做這種事，而且我們沒有照相機。你帶的那個相機跟玩具似的，你打算用它拍照嗎？」

我不想跟這個不懂相機的人多說什麼。我那台照相機是專門給進行科學研究的人準備的，它並沒有那麼大。

「有總比沒有強。」說完，我在一個相對清楚的腳印旁邊打開三腳架，把照相機放在上面，對著目標調整好焦距，按下快門。我重複做了四次同樣的事，左右腳各拍兩張。

福克斯頓說：「這下好了，警察可以根據這些照片找到凶手了。」

「沒錯，他們可以順著這些線索去推理。不過，那個人可不會光著腳滿大街走，等著警察去抓。所以必須先抓到兔子，才能吃到兔子肉。」

「是啊！這樣一說，這條線索的作用好像不大。這裡已經檢查完，我們走吧，讓警察來管這個案子。我們也沒必要和貝丁菲爾德太太說什麼。我想，我應該盡量少插手，這樣對我有好處。」

看著福克斯頓不願介入其中的態度，再想想他早餐時說的話，我感到很奇怪。難道這點小事就滿足了他對神奇事物的好奇心？可是我知道，這跟我沒有關係。他要跟房東太太說幾句話，我站在門口等他。在去警察局的路上，我們誰也沒說話。我還在思考關於這件案子的幾個疑點，福克斯頓應該也在想同樣的問題，因為他說的話跟我想的一樣。

「傑維斯，」他說，「那些腳印肯定隱藏著很多線索。可是如果一個人穿著鞋子，就不能看見他有幾個腳趾頭。專業人士應該能透過那些腳印找到偵查方向，難道你就沒從中發現什麼嗎？」

我非常贊同福克斯頓的話。我知道，要是宋戴克在場，一定可以透過那些腳印為警方提供明確的偵查方向。聽完福克斯頓的話，我想起了宋戴克，於是打算進行一番嘗試。

「我暫時還沒從這些腳印中發現具體線索。可是如果我們有系統地分析一下，就可以找到有價值的資訊。」

「我們就進行一次系統的分析。你是怎麼辦案的？我很想聽你說說。」

我有些左右為難。福克斯頓的態度很明顯，他想聽我一個人說。我感覺

他好像在逼著我做出某種結論，這使我對自己的話很沒信心。

「假設留在現場的腳印沒有小腳趾，是因為某種特殊的原因造成。當然，這種假設完全成立，所以我們把它當成事實來分析。小腳趾缺失的原因有三種：殘疾、受傷和疾病。也就是說，那個人可能生下來就沒有小腳趾，或者因為事故、疾病失去了小腳趾。接下來我們要對這三種情況進行分析。

「因為我們並不知道這個人是誰，所以首先排除殘疾的可能性。

「其次，也可以排除機器導致的傷殘。兩個小腳趾在外側，如果受到外界傷害，肯定會傷及到其他部位。目前我們已經排除了兩種可能，只剩下疾病這個原因。哪些疾病可以讓人失去小腳趾呢？」

我看著福克斯頓，眼神裡充滿疑惑，但他沒有說話，點點頭示意我繼續說下去。我明白，他只想聽我說，不想發表任何意見。

「我們可以排除局部疾病，」我繼續說下去，「我所知道的全身性疾病中，只有三種疾病能夠導致這種結果，雷諾病、麥角中毒、凍瘡。」

「凍瘡不能算全身性疾病吧？」福克斯頓提出不同意見。

「雖然凍瘡只能影響到局部，但它產生的原因是外界的低溫影響了整個身體，所以我把它歸為全身性疾病。我們對這三種疾病進行分析。首先，可以排除雷諾病。因為手指或腳趾離心臟最遠，所以這種病可以導致它們脫落或壞死。可是一旦病情發展到這種地步，勢必會導致其他腳趾萎縮變形。從現場留下的腳印來看，那雙腳的其他腳趾沒有任何變形的跡象。所以我們可以把雷諾病排除掉。接下來要在麥角中毒和凍瘡之間進行選擇。因為凍瘡比較常見，所以那個入侵者很可能得過凍瘡。」

「麥角中毒和凍瘡對小腳趾產生影響的程度如何？」

「大致相同。麥角中毒是內部環境產生變化引起的，凍瘡是寒冷的天氣導致的。兩者可以使非常細小的血管收縮，阻礙血液迴圈，離心臟最遠的腳最先受到影響，而小腳趾在最外側，所以很容易被感染。」

「傑維斯，」福克斯頓說，「你的分析很合理，可是與這件案子有什麼關係？你說這個人缺少小腳趾的原因是，得了麥角中毒或凍瘡，而且凍瘡的可能性最大。這只是在案件中運用了機率計算得出的結論，既沒有確鑿證

據，又無法核實，讓人很難相信，有可能因為其他情況使這個人失去小腳趾。就算真的被你說中了，我也看不出這些分析對破案有什麼幫助，警察還是不知道應該找什麼樣的人。」

福克斯頓的說法很有道理，即使一個人得過麥角中毒或凍瘡，我們也不能從外表看出來。所以我對他說，我的分析還沒有結束。

「福克斯頓，你先別著急，我們可以接著往下分析。根據我們的推測得知，這名男子可能得過麥角中毒或凍瘡。就像你說的，這一點對破案確實沒什麼幫助。可是如果我們能推測出易患病人群，不就找到一條新線索嗎？這一點對我們來說，還是很容易的。接下來，我們先說說麥角中毒的情況。

「麥角中毒不是藥物引起的，而是因為患者吃了含有麥角菌的裸麥。所以食用裸麥的國家經常有人患這種病。這些國家一般集中在東北歐，尤其是俄國和波蘭這兩個國家。

「現在我們分析一下凍瘡。居住在嚴寒地區的人們，最容易得凍瘡。北美洲和東北歐的氣候最冷，尤其是俄國和波蘭這兩個國家。由此可知，麥角中毒和凍瘡的易發區差不多。而且人們只要患上輕微的麥角中毒，就會患上凍瘡，因為麥角中毒會使血管收縮，阻礙血液迴圈。這樣我們就知道，俄國人、波蘭人、斯堪地那維亞人患有麥角中毒和凍瘡的比例最高。

「凍瘡這種疾病也和職業相關。什麼行業的人最容易得凍瘡？答案就是水手，尤其是遠洋輪船上的水手。患凍瘡機率最高的是開進北極圈附近國家的輪船上的水手。那些輪船幾乎都在波羅的海做生意，水手全部來自斯堪地那維亞、芬蘭、俄國、波蘭，於是我們再次把目標鎖定在東北歐。透過以上分析，這個入侵者應該來自斯堪地那維亞、俄國或波蘭。」

「傑維斯，這非常有創意！」福克斯頓略帶嘲諷地說，「可以說這是一場非常精彩的機率學方面的推理，但卻無法運用到實踐中。快看，前面就是警察局，我得去向他們彙報情況，還要去找法官。」

「你打算一個人去？」

「沒錯。你的身分與這件案子沒有關係，我怕他們不喜歡你參與進來。你自己找點樂子吧，等我先把上午的事忙完，吃午飯的時候再細說。」

他說完轉身離開。看著他走進警察局，我轉身離開，感覺很可笑。人們經常因為經歷太多事情而變得冷漠。可是根據我的經驗，那些前一秒還在嘲笑學術推理的人，下一秒就會跟別人分享，而且從來不談它的出處。我認為，福克斯頓現在正對著某個欽佩他的警官，講述我那套「沒有任何可取之處的機率方面的學術推理」。

我打算穿過艾賽爾萊德街去海邊逛逛。那棟出事的房子也在這條街上，當我快走到房子跟前的時候，看見站在凸窗後面的貝丁菲爾德太太。不久，她穿著出門的衣服向我走過來。很明顯，她還記得我。

「真倒楣！這件事太可怕了！旺季馬上要到了，旅館的生意會因為這件事變得慘澹。這件事可以隱瞞下來嗎？你怎麼看待這件事？傑維斯先生，聽福克斯頓醫生說你是個律師，是嗎？」

「我是個律師，但是我不知道這件案子是怎麼回事。聽說這與愛情有關？」

「是啊，這些話或許不應該由我來說，可是我認為最好給你講講整件事。不過，這會耽誤你的時間。」

「是什麼原因導致這場悲劇的？我倒是很樂意瞭解。」

「既然如此，我就都告訴你。進屋說，還是一邊走一邊說？」

警察應該馬上就到，所以我請她和我一起走走。於是我們向海邊走過去。

我一邊走，一邊問：「那個可憐的女人是寡婦嗎？」

「不是。」貝丁菲爾德太太說，「她丈夫馬上要從國外回來。沒想到，等著他的竟然是這個消息，這個可憐的男人。他是獅子山國民警衛隊的軍官，因為健康出了問題，所以才過去的。不過，他在那裡待的時間不長。」

「他居然去了獅子山！」我大聲叫道。沒想到這個號稱「白人墓地」的獅子山，居然變成了療養地。

「是啊！法裔加拿大人圖桑特先生經常在各地跑。他曾經在克朗代克待過一陣子，那裡氣候嚴寒，使他不得不離開。在克朗代克生活的時候，他的健康受到嚴重影響。我不知道具體發生了什麼事，只知道他有段時間跛著腳

走路。後來，這種情況漸漸好轉，他準備去暖和的地方工作。十個月之前，他在獅子山做國民警衛隊檢察員。當他啟程去非洲的時候，他妻子搬進了我的旅館。然後，她就一直在我這裡住著。」

「剛才你說的愛情是怎麼回事？」

「我可以為你解釋一下。也許我不應該把它稱為愛情。大約三個月之前，旅館裡來了一個瑞典人，名叫伯爾格森。他好像特別喜歡圖桑特太太。」

「她呢？」

「噢，她也一樣。伯爾格森長得很帥，個子也高。當然，圖桑特先生比他高，也比他帥氣。兩個人都在兩公尺以上。圖桑特太太不覺得與這個瑞典人交往有什麼不妥。不過，她心思單純，沒感覺到這個人對她產生了不好的想法。當時我想提醒她，可是沒多久伯爾格森就去拉姆斯蓋特做港務局的監督員。我想，既然他搬走了，這件事也就這麼過去了，沒想到伯爾格森還是經常回來找圖桑特太太。我無法忍受，於是跟他說這裡不歡迎他。結果他突然開始『發脾氣』，就像喝多了一樣。當我跟他說以後不要再來的時候，他的情緒非常激動，和我吵了起來。住在這裡的兩位先生沃德爾和馬考利只好出面勸阻，可是他態度十分蠻橫，尤其是面對馬考利先生的時候，他叫人家『黑鬼』——馬考利先生是黑人——之類的髒話。」

「馬考利先生是什麼態度？」

「雖然他在坦普爾學法律，是個大學生，但表現得不太妥當，說了很多粗魯的話。沃德爾先生聽到以後，叫我不要留馬考利住在這裡，我只好想辦法在旁邊替他找個房子。沃德爾先生曾經在獅子山做地方執行官，是他幫圖桑特先生得到那項任命的。我想，他在黑人面前應該很在意自己的尊嚴。」

「伯爾格森先生最近來過這兒嗎？」

「沒有。他倒是寫了幾封信給圖桑特太太，約她出去見面。幾天前，圖桑特太太想要終止這段關係，於是寫了一封信給他。」

「關係終止了嗎？」

「我所知道的是這樣。」

殘缺的白色腳印

「你為什麼認為這場悲劇和這段戀情有關係？」

「因為圖桑特先生回來了，說不定這會兒已經在英國了。」

「真的嗎？」

「對啊！圖桑特先生去叢林逮捕當地不法份子——好像是『黑豹黨』——的時候，受了重傷。他在醫院治療期間，寫了一封信給太太，說只要他能夠自由活動就馬上回國。圖桑特太太十天前收到來信，信中說圖桑特先生將要搭下一班輪船回來。

「她收到丈夫從醫院的來信時，十分慌亂。接到最後一封信的時候，更是這樣。我不知道信中的具體內容，也許圖桑特先生知道了有關伯爾格森的事，並準備採取某些行動。當然，這只是我根據圖桑特太太的反應猜測出來的。四天前，我們在報紙上看到她丈夫坐的輪船已經到利物浦的時候，她更慌了。這種情緒一直持續到昨天晚上。」

「那艘輪船到達之後，有沒有收到她丈夫的消息？」

「沒有。」看見貝丁菲爾德太太的眼神，我就明白了。「沒有電報，沒有來信，什麼都沒有。他肯定抵達英國了，如果他沒乘坐那艘船，肯定會寫信告訴他太太。他既然已經到了，為什麼不發個電報呢？他現在在哪裡？做什麼？他是不是知道了什麼？如果他知道了，準備怎麼做？這些就是困擾圖桑特太太的問題。而且我敢肯定，她自殺也是因為這件事。」

我是來瞭解案件相關的情況，所以我完全不用理會貝丁菲爾德太太沒有根據的猜測。事情已經瞭解得差不多，只是還有一點需要弄清楚。

「貝丁菲爾德太太，你剛才說伯爾格森先生是海員？」

「曾經是。他現在是部門經理，在拉姆斯蓋特的一家公司任職。他曾經說過，和一艘探險船去北極，被困了好幾個月。我以為，他再也不會做和冰相關的工作。」

我十分贊同這種說法。情況已經瞭解得差不多，我也不打算繼續談下去。

「貝丁菲爾德太太，這件案子非常複雜，在調查的過程中還會出現新情況，你最好不要對陌生人說太多。」

與貝丁菲爾德太太分手後，我漫步在防波堤東邊平坦的沙灘上。我快速整理了一下剛剛收集到的有關案件的資訊，發現不少有價值的線索。不過，這些線索的方向分成了兩個，在本案中，瑞典人和失蹤的圖桑特先生都有重大嫌疑。他們都在嚴寒地區生活過，或許還有一個人吃過裸麥。另外，這兩個人都有殺人動機，雖然聽起來有些勉強。這些也只是猜測而已，只能為下一步調查提供些思路。

吃午飯的時候，福克斯頓似乎發生了某些變化。他是那種活潑開朗的人，心裡想什麼就直接說什麼，可是他這會兒卻一副猶猶豫豫的樣子。

「傑維斯，我們還是不要再談論這件事了。」當我談起案子的時候，他說，「我是主要證人，現在案件正處於……總之，警方不願意人們談論這件事。」

「我和你一樣，也是證人。更何況，我是法醫學專家……」

「可是警方不這麼認為，而且這件案子和你沒關係，你應該也不會被傳喚作證。對於我把你帶到現場這件事，調查案件的普雷特警官有些不滿，認為這種做法違反了法律規定。他說你最好把那些照片交給警方。」

「難道普雷特不去現場拍照嗎？」我說。

「他一定要去。普雷特聽說你拍照用的是玩具照相機，立刻露出嘲諷的表情。他說要帶專業攝影師去現場拍幾張照片。不過普雷特這人是個熱心腸，而且他在倫敦警察廳學習過有關指紋方面的知識。」

「他學習過這方面的知識有什麼用，現場又沒留下指紋。」我是故意這樣問的，目的就是讓福克斯頓說出實情，沒想到他果然知道些什麼。

「現場有指紋，只是你沒看到而已。普雷特發現一組完整的右手指紋，可是這件事不能告訴其他人。」他已經意識到說漏嘴了。不過，說出去的話就像潑出去的水，收不回來了。

福克斯頓突然變得小心翼翼，我知道此時再說什麼都沒用了。我沒有繼續追問有關指紋的事，而是開始談論我拍的那幾張照片。

「如果我拒絕交出那些照片，警方打算怎麼辦？」

「你千萬不要這麼做。要知道，我與這件案子有密切關係，少不了要和

那些人打交道。我是代表警方的醫生，需要對那些證據負責。普雷特說要我從你這裡把照片帶回去，要是你執意不想交出照片，就太不講道理了。」

我知道繼續爭論沒有任何意義。很明顯，警方不願意讓我參與到案件當中。普雷特只把我當成普通公民，他執行公務的時候，讓我交出照片的要求確實合理。

但我還是不願意把照片交出去，因為我想先研究一下。這件案子是我熟悉的案件類型，裡面有很多值得思考的地方。另外，透過指紋這件事可以看出，本案的負責人素質不太好。以往的經驗告訴我，誰也不知道接下來會發生什麼，所以任何證據都必須認真保管。因此，為了把照片留下來，我不得不要些小聰明。通常情況下，我不會這樣做。

「福克斯頓，既然你執意如此，我就把底片交出來。如果你願意，我甚至可以當著你的面毀掉它。」

「我想，普雷特希望拿到完整的底片，這樣才能使他徹底放心。」福克斯頓說完，露出狡黠的笑容。

福克斯頓的態度使我的小計謀更容易實施——既然他對我如此不信任，就怪不得我騙他了。

吃完午飯，我回到樓上的房間，鎖好房門，掏出相機，拿出膠捲，包好後放在上衣內側的口袋裡。然後，拿出一卷新的膠捲裝進去，走到窗戶旁邊，拍了四張天空的照片。接著，我把相機重新放回口袋裡。我下樓的時候福克斯頓正在梳頭，他看見我，又開始催我交照片。

「傑維斯，我馬上要去警察局，希望你能把那些照片……」

「我現在就把底片給你。」

我掏出相機，將剩下的膠捲倒過去，取出來黏好頭，交給他。

「如果把它放在亮光下，底片會曝光。」做戲就要做全套。

福克斯頓對這些完全不懂，他謹慎地接過底片，像捧著燙手山芋一樣。他把底片扔進手提包，嘴裡說著感謝的話。這個時候，門鈴響了起來。

福克斯頓過去開門，門外站著一位先生。這位先生身材瘦小，皮膚黝黑，看起來像在熱帶地區生活了很長時間的人。進門後，他簡單介紹了自

己，說了此次拜訪的目的。

「我是貝丁菲爾德太太旅館的房客沃德爾，今天過來是因為那件慘案⋯⋯」

福克斯頓冷漠地說：「沃德爾先生，如果你是來打探消息的，你還是請回吧，我無可奉告。」

「今天早上二位去旅館的時候，我也在⋯⋯」沃德爾先生沒有理會，繼續往下說，福克斯頓又一次打斷他的話。

「我們確實在那裡，主要是我在執行公務，可是案件已經移交法庭了⋯⋯」

「還沒有。」沃德爾說。

「反正我無法和你討論⋯⋯」

沃德爾有些不耐煩地說：「我並不想和你討論什麼。哪位是傑維斯醫生？」

「是我。」我說。

福克斯頓急切地說：「我警告你！」

沃德爾先生生氣地說：「先生，我清楚什麼可以做，什麼不可以做。我是一名律師，也是一名地方行政官。我有正事想和傑維斯先生談談。」

「需要我做什麼嗎？」我問。

沃德爾說：「這位可憐的女士和她丈夫是我的朋友。她丈夫和我一樣在獅子山服役。我希望找到一位專業的、具備醫學方面知識的律師監督調查此案。我想到了你和宋戴克先生，請問你們願意替我辦理此事嗎？」

我表示非常願意。

「稍後，我會讓律師發聘用函給你們。這是我的名片，我的名字在人名錄的殖民官一欄。你知道我住在哪兒吧？」

我點點頭，接過他手中的名片。他向我們道別後，轉身離開。

「我應該回倫敦找宋戴克說說這件事。什麼時候有去倫敦的火車？」

福克斯頓說：「四十五分鐘以後有一班快車。」

「我坐這趟車回去，明天或後天回來，宋戴克可能也會來。」

「好啊！但是他不會住在我這裡，你可以帶他過來吃晚飯或午飯。」

「如果他住在這裡，你的朋友普雷特應該會生氣，他不希望我們之中任何一個人住在你這裡。對了，宋戴克肯定想看那些照片，到時候怎麼辦？」

「除非普雷特同意，否則不能給他看。」福克斯頓說，「不過，普雷特應該不會做這種蠢事。」

雖然我並不贊同他的說法，但卻什麼也沒說。福克斯頓下午出去替人看病。我上樓收拾行李的時候，發了一封電報給宋戴克，上面寫著我的行程安排。

五點十五分，我回到金斯本奇路的公寓。宋戴克正在家等著我，波頓在一旁為我們準備茶點，看見他們，我非常高興。

「看樣子，你給我們帶來了一筆生意。」宋戴克握著我的手說。

「沒錯。雖然是監督調查，但我認為這件案子值得我們單獨調查。」

「先生，需要我做什麼？」波頓問。聽到「調查」，他的精神就來了。

「這個膠捲裡是我在現場拍的腳印，需要沖洗出來，一共四張。」

波頓說：「這對底片的品質要求很高，你記錄腳印的尺寸了嗎？用小相機拍出來的照片需要放大。」

我照著筆記本上的尺寸抄了一份，和膠捲一起給波頓，他興奮地拿著東西去實驗室。

「傑維斯，我們一邊喝茶一邊談案情吧！」

現在距離案件發生的時間很短，而且回來的路上我一直在整理案件思路，還認真做了筆記，所以我講述得很詳細。宋戴克認真地聽著，沒有著急發表自己的見解。等我講完留下膠捲的過程，他說：「你應該直接拒絕交出底片。如果你態度強硬，他們很難強制你交出來。欺騙是比較被動的做法，如果可以避免自然更好。不過，你當時或許已經無路可退才選擇了這樣的做法。」

當時確實已經無路可退，可是宋戴克的說法還是很有道理的。一旦他們識破了我的小計謀，將會帶來一些麻煩。

我講完以後，宋戴克說：「福克斯頓將你推論出來的那些事講給警察

聽，警察便順著你的思路去調查案件。」

「應該是這樣。福克斯頓的意思是，普雷特警官發現一組右手指紋。」

宋戴克挑了挑眉毛，大聲說：「指紋！凶手太蠢了！不過，包括警察、律師、地方行政官、法官在內的每個人都會被指紋蒙蔽雙眼，進而忽視真正重要的資訊。我很好奇，普雷特警官是怎麼找到那些指紋的，得想辦法弄清楚。我們還是先說說這件案子。既然警方採納了你對案件的看法，我們就來分析這些看法是否合理。

「我們現在只是根據數學機率原則推測出一些結論，這些結論還沒有得到證實。假設死者是被人殺死的，當然也有自殺的可能，凶手在現場留下一組少了兩個小腳趾的腳印。當然也有可能是他不想讓小腳趾在地面上留下痕跡，故意把小腳趾縮起來了。根據這些假設，我們又推測出幾種可能，排除雷諾病——我認為這是恰當的做法，剩下凍瘡和麥角中毒。可是現在符合上面這種情況的有兩個人，他們倆的身高和腳印都能對上，都有犯罪動機——雖然犯罪動機並不充分——都在容易長凍瘡的極寒氣候裡待過。另外，他們之中有一個人可能在容易患麥角中毒的地區待過。這兩個人有很大嫌疑，根據機率原則分析，瑞典人比加拿大人更值得懷疑。因為他可能同時患有凍瘡和麥角中毒這兩種病。他們之中有一個人確實得過凍瘡，或是吃過有毒的裸麥，但這些都是推測出來的，沒有任何證據可以證實。不過，這種推測是最合理的，並且為案件調查提供了線索。如果我們能證明這兩個人之中確實有一個人得過凍瘡或麥角中毒，就會取得重大突破。快看，波頓拿著照片出來了。波頓，這麼快就把照片洗好了，你是怎麼做到的？」

「先生，我把底片用酒精弄乾了，這樣可以節省時間。只需要再等十五分鐘，我就可以把照片放大。」

我看見波頓拿著兩塊玻璃板，上面貼著兩張打濕照片，他把照片交給我們，轉身回到實驗室。接過照片後，我和宋戴克拿著放大鏡觀察著。這兩張照片的尺寸是5公分，雖然比實物小，但卻非常清楚。照片上最微小的細節都可以用放大鏡看得很清楚，其實沒必要放大照片。

宋戴克說：「從照片上看，確實沒有任何小腳趾的痕跡。而且你排除雷

諾病是正確的，因為其他腳趾非常豐滿。傑維斯，從這個腳印上，你還看出什麼了？」

「從大腳趾的位置和那些小傷口可以看出，這個人應該習慣光腳走路。他應該是最近才開始穿鞋，因為光腳走路的人經常會踩到尖銳的東西，所以很容易受傷。」

宋戴克似乎有其他想法：「我贊同你說的關於大腳趾位置的說法，可是我認為那些小印記不是傷疤。當然，你有可能是對的。」

突然響起的一陣敲門聲，打斷了我們的談話。宋戴克走出去開門，等他再回來時，身後跟著一個人。這個人身材矮小，皮膚黝黑，是沃德爾先生。

他和我握了握手：「我們應該是坐同一趟火車回來的，應該也是為了同一件事。我認為還是親自來一趟比較好，畢竟我不瞭解你們。我這次來的目的就是把那件事定下來。」

宋戴克問：「你希望我們怎麼做？」

「對此案進行監督調查。如果你們認為有必要，可以單獨行動。」

「你能提供一些有價值的資訊嗎？」

沃德爾先生想了想說：「應該不能，我知道的和你們一樣多。我自己的猜測可能會干擾你們，我希望你們按照自己的方式展開調查。我們現在可以談談委託費的事。」

這件事談起來可沒那麼容易，但宋戴克還是根據沃德爾的承受能力，提出一個合適的價錢。

沃德爾站起身離開的時候說：「這裡有一個手提箱，是我進城時貝丁菲爾德太太借給我裝東西用的。這個手提箱是馬考利先生的，他從旅館搬出去的時候沒有帶走。貝丁菲爾德太太的意思是，讓我用完直接送到他家。我只知道他住在坦普爾區，具體位置不清楚，再說我也不想見到他。」

「箱子裡有什麼東西？」宋戴克問。

「一件睡衣和一雙拖鞋，拖鞋應該用了很長時間。」說完，他把箱子打開給我們看裡面的東西，帶著嘲諷的表情。

「拖鞋比他的腳小那麼多，睡衣是絲綢的，還是粉紅色，真是典型的黑

鬼。是吧？」

宋戴克說：「我會想辦法找到他，並且把箱子交給他。」

沃德爾先生離開了。波頓按照我記錄的尺寸把腳印放大，並且把照片拿進來給我們看。我接過宋戴克手中的照片，他跟著波頓去實驗室。幾分鐘後，他從實驗室走出來，拿著照片簡單看了看，說：「沒什麼新發現。先把照片保管起來，也許以後用得上。我們瞭解到的事實，只有你收集到的那些。今天晚上，你回家嗎？」

「回家。我明天還要去瑪律蓋特。」

「我可以和你一起走到查令街口。然後你回家，我去警察局。」

我們順著斯特蘭德路，一邊走一邊聊天。宋戴克在快到查令街口的時候說：「法庭審理的時間定下來以後，請立刻通知我。另外，如果瓶子裡真的是毒藥，一定要搞清楚是什麼毒。」

我說：「我好像和你說過，裡面應該是某種溶液。」

「沒錯，可能是馬錢子鹼。」

「為什麼是它？」

「為什麼不能是它？」宋戴克神秘地笑了笑，轉身向白廳走去。

三天後，在瑪律蓋特市政廳旁邊的房間裡舉行有關圖桑特太太的死亡聽證調查。我和宋戴克準時參加。法官已經到了，陪審團成員也在座位上坐好。證人席上坐著貝丁菲爾德太太、沃德爾先生、普雷特警官、馬考利先生——一個衣著得體的黑人。當然還有福克斯頓，他身邊坐著一個陌生人，應該也是一位法醫。

坐在宋戴克身邊，我不自覺地想起他獨特的思維方式。上次在查令街分開時，他說的有關毒藥的話，讓我確信他已經有了方向，而且與我和警察想的不一樣。不管瓶子裡的溶液是不是馬錢子鹼都不重要，重要的是他知道的事實並不比我多，可是他對這件案子卻已經有了結論。可以肯定的是，那些事實為他提供了破案的依據。我卻沒有從中發現什麼，所有的結論都是憑藉數學機率推測出來的。

法官首先傳喚的是福克斯頓醫生出庭作證。福克斯頓先講述了現場的情

況，之前我們已經說過，在這裡不再細說。接著談到驗屍結果，他說死者生前應該遭到毆打，因為死者的喉嚨和身上有瘀傷。死因是心力衰竭，但到底是心臟病發作導致的心力衰竭，還是服毒導致的，他無法確定。

第二位出席的證人是普雷斯考特醫生，他是一位資深的病理學家、毒物學家。他負責解剖死者的屍體，與福克斯頓醫生對死因的看法一樣。普雷斯考特醫生曾經化驗過瓶子中的液體，證實了裡面是浸泡或煎煮過的馬錢子鹼溶液。經過檢驗，死者的胃裡也發現大量相同的溶液。

法官問：「馬錢子鹼溶液是一般的藥物嗎？」

普雷斯考特醫生回答：「不是。醫生通常使用碘酒。」

「你認為死者是服用大量馬錢子鹼才死的嗎？」

「這很難說。死者確實服用了大量馬錢子鹼，這種毒藥也確實會毒害心臟，可是藥液中的毒性很小，她看起來更像心臟病發作致死。」

法官繼續問：「會不會是自殺？」

「不會。福克斯頓醫生已經說過，藥瓶是死者死後被人放在她手裡的。另外，死者胃裡確實有大量毒藥，可是沒有全部吸收。」

「你認為此案是自殺還是他殺？」

「我認為是他殺。不過，心臟病發作才是致死的主要原因。」

普雷斯考特醫生說完，輪到貝丁菲爾德太太出庭作證。我已經聽過她說的那些事。另外，她還提供了一條新線索：現場有一個箱子被打開，死者的手提包也不見了。

「你知道丟失的手提包裡裝著什麼嗎？」法官問。

「裡面裝著不少信，我曾經看見她把她丈夫的信裝進去，還有她的支票本。除此之外，我就不知道裡面還有什麼了。」

「她存了很多錢嗎？」

「我想應該是的。她大概有三百鎊存款。她丈夫會把大部分薪水寄回來，她只留下日常要用的錢，剩下的全部存到銀行裡。」

貝丁菲爾德太太說完，法官傳喚了沃德爾和馬考利。他們主要說的是伯爾格森在旅館吵鬧的事，證詞很短。另外，伯爾格森沒有來到法庭上。

最後被法官傳喚出庭作證的是普雷特警官，他的證詞果然有所保留。普雷特警長提起那些腳印的時候，並沒有說太多細節，也沒有說發現指紋的事。他說凶手的身分還沒確認，需要進一步調查。他還說，他們剛開始認為伯爾格森的嫌疑最大，可是後來才知道伯爾格森在案發前兩天，跟著一艘運冰船離開了阿姆斯蓋特。於是，他們把目標轉移到死者丈夫身上，他在案發四天前到了利物浦，從此就沒有音信。可是就在今天早上，利物浦警方發來一封電報，說在墨爾賽河發現圖桑特的屍體，屍體上有很多傷口。很明顯，死者是被人殺害後拋屍到河裡的。

法官說：「這太嚇人了！第二件案子對偵破本案有幫助嗎？」

「我覺得有，」警官說這話的時候，明顯底氣不足，「但在這兒，我不方便說太多。」

「確實不太方便。」法官贊同地說，「如果死者是他殺，你是不是已經知道凶手的下落了？」

「是的，我們已經掌握了一些重要的線索。」普雷特警官回答。

「這些線索是不是指向具體的某個人？」

警官不確定地說：「這個嘛……」

看著場面有些尷尬，法官繼續說：「這個問題也許不合時宜，而且對本庭審理案件也沒有多大幫助，我們不想為難普雷特警官。警官先生，請允許我收回這個問題。」

「好的，法官大人。」

「有沒有人拿著死者的支票去銀行兌換？」

「我今天早上去查過，她死後沒人兌換過她的支票。」

所有證人都已經出庭作證。法官簡單總結之後，陪審團宣布此案為「故意殺人，需要進一步調查」。

法庭聽證到此就結束，宋戴克站起來轉過身。我看見警察刑偵處的米勒探長坐在我們後面，也不知道他什麼時候進來的。

「先生，我已經按照你說的安排好了，可是我想在採取行動以前和你談談。」

米勒帶著我們來到隔壁房間，普雷特警官和福克斯頓醫生也跟了進來。

米勒關上門，謹慎地說：「宋戴克先生，我已經拘留了馬考利先生，可是我們必須有確鑿證據才能正式逮捕他。」

「好吧！」說完，宋戴克把一個小綠箱子放在桌子上。他打開箱子，從裡面拿出一個大信封。

米勒探長說：「我可不是第一次看見這個證據了，裡面裝的是什麼？」

宋戴克從信封裡取出幾張照片，是我拍回來放大的那幾張。這時，普雷特瞪大雙眼，福克斯頓瞥了我一眼，看樣子很生氣。

「這些照片和現場的腳印尺寸一樣，這一點普雷特警官可以證明。」

普雷特從口袋裡掏出兩張照片，放在宋戴克拿出的照片旁邊，臉上帶著不耐煩的表情。

米勒探長認真比對過照片後，說：「腳印是一樣的。可是你說腳印是馬考利的，有什麼依據嗎？」

宋戴克從小綠箱子裡拿出兩塊嵌在木頭上的銅板，銅板上有一層墨汁。

宋戴克從護框裡取下銅板，說：「我們可以把馬考利的腳印取下來，再和這些照片進行比對。」

普雷特說：「沒錯！我們這還有一組指紋，也可以一起進行比對。」

米勒說：「不需要指紋，有腳印就可以了。」

「那些指紋是不是從瓶子上取下來的？」宋戴克問。

「是。」普雷特警官說。

「除此之外，還有其他指紋嗎？」

「沒了，只找到這些。」說完，他在桌子上放了一張右手指紋的照片。

宋戴克看了看照片，轉身對米勒說：「這些指紋應該是福克斯頓醫生的。」

「這怎麼可能！」普雷特警官大聲說，可是他的聲音越來越小。

宋戴克從箱子裡拿出一張白紙：「我們很快就會知道。福克斯頓醫生，請你用右手手指蘸一下墨汁印在紙上，我們可以和照片上的指紋進行比對。」

福克斯頓用手指蘸完墨汁按在紙上，留下四個紋路非常清楚的黑手印。普雷特警官將兩組指紋比對完，臉上帶著歉意的微笑。

「你說得沒錯，瓶子上的指紋確實是福克斯頓醫生的。」

米勒探長埋怨道：「你明知道福克斯頓醫生拿過瓶子，還忽略這件事，真是太大意了。」

宋戴克說：「這件事倒是很重要。瓶子上只有醫生的指紋，說明凶手戴著手套。另外，還可以證明死者生前沒有碰過瓶子。一般情況下，自殺者的手會非常濕，如果死者生前拿過瓶子，肯定會留下指紋。」

「你說得很有道理。」米勒探長說，「可是我們還不能正式逮捕馬考利，總不能強迫他留下腳印吧！宋戴克先生，我並不是懷疑你的推測，我們認識這麼長時間了，我非常相信你，可是我們需要充足的證據才能逮捕他。」

宋戴克沒有說話，從小綠箱子裡拿出兩個用紙巾裹著的東西。他剝開紙巾，露出兩個十分破舊的棕色鞋模型。

米勒探長看見以後，忍不住笑出聲。

「這是馬考利拖鞋內部結構的模型。他的拖鞋尺寸很小，非常破舊，裡面寫著馬考利的名字。模子上打了蠟，還上了棕色的漆，穿鞋的時候磨掉了一些，你可以看到一些很明顯的凹凸的地方，那是腳指頭留下來的印記，模型上面是被腳趾關節頂出來的。我們根據這個模子做了一個腳的模型。

「我們先說尺寸。根據傑維斯醫生測量的尺寸，腳印最長的地方是27公分，最寬的地方是12公分。這個模子的長度是26.9公分，因為鞋底有弧度，所以相差了0.1公分；寬度是11公分，因為拖鞋太小，所以相差了1公分。這個人的腳比一般人大。另外，拖鞋模子和地上的腳印非常像。接下來，我們看看這雙腳特殊的地方。你們看鞋底上清楚地印著腳趾的痕跡，除了小腳趾。再看這雙鞋模子的上面，除了小腳趾，其他關節頂出來的痕跡非常明顯。所以，這個人肯定沒把小腳趾縮起來。如果小腳趾縮起來，鞋面上會有更明顯的痕跡。可是我們發現小腳趾的部位不僅沒有頂上來，反而塌下去了。由此可以證明，鞋子的主人沒有小腳趾。」

米勒探長猶豫著說：「你說的確實很有意思，但這些觀點是不是太主觀了？」

宋戴克不滿地說：「米勒，不要再糾結了。請你認真思考一下，凶手有一雙帶有殘疾的大腳。我們已經找到一雙一樣的腳，而且腳的主人與死者只隔著兩個房間。這些已經足夠了。」

「他的殺人動機是什麼？這一點是我們必須要考慮的。」

宋戴克說：「這件案子的證據這麼明顯，根本不需要考慮殺人動機。如果一定要考慮，難道沒有很多值得懷疑的地方嗎？比如，那個女人是誰？她丈夫是做什麼的？這個獅子山人是誰？」

「哦，我明白了，你說得確實很有道理。」米勒大概明白了其中的含義，趕緊隨聲附和。我覺得他有可能是不想承認自己反應遲鈍。不過我是真的還沒明白這是怎麼回事。「我們馬上就把馬考利帶進來，讓他留下腳印。」

米勒打開門，朝著外面打了個手勢。一陣沉重的腳步聲響起，兩名便衣警察押著馬考利走進來。這個黑人緊張地打量著周圍的一切，眼神裡充滿恐懼，可是表面上又裝出一副很凶的樣子。

「你們憑什麼這樣對我？」他的嗓音渾厚，只有黑人男子才有這樣的嗓音。

米勒探長說：「馬考利先生，我們想看看你的腳，你能不能脫下鞋襪？」

「不能！見鬼去吧！」

「既然這樣，我現在就以謀殺的罪名逮捕你，因為……」

一陣怒吼打斷了探長的話，馬考利突然抽出一把奇怪的長刀，像發怒的公牛一樣衝向米勒探長。兩位便衣警察眼疾手快地撲上去，拽住他的兩隻手臂，然後響起金屬碰撞的「喀嚓」聲。只聽轟的一聲，馬考利怒吼著倒在地上，兩名便衣順勢壓在他的胸口和膝蓋上。

「宋戴克先生，我負責脫掉他的鞋襪，你趕快取他的腳印。」

宋戴克在他的金屬板上又倒了些墨汁，米勒和普雷特脫掉馬考利的高

檔皮鞋和綠色絲襪。宋戴克拿著墨汁板在黑人的兩隻腳上蘸了一下，印在準備好的白紙上。雖然馬考利一直掙扎著，但宋戴克還是成功取得了清晰的腳印。宋戴克把紙上的腳印與那幾張放大的照片放在一起，請米勒和普雷特進行比對。

「兩組腳印一模一樣。」米勒贊同地說，普雷特警官在旁邊點點頭表示同意。「就連上面的疤痕和紋路都一樣。宋戴克先生，你的推測是正確的。」

當天晚上，我們在舊碼頭抽菸，宋戴克對我說：「你推理的方法非常正確，只是運用得不太好。你還沒收集完資料就開始計算了，就像許多數學家那樣。如果可以在合適的資料中運用機率規則，你應該早就會懷疑馬考利。」

「你怎麼知道他沒有小腳趾？」

「很明顯，那是斷趾病。」

「斷趾病！」我瞬間就明白了。

「沒錯啊，你忽略了這個病。你比較的三種疾病，都是在非常偶然的情況下才會出現斷趾的情況，再說這個人同時失去了兩個小腳趾，這種情況更是少見。斷趾病發病的時候往往是在小腳趾上，而且是兩個小腳趾同時斷掉，你忽略了這一點，所以沒有想到這種病。另外，黑人患這種病的機率非常高，印度也會有一些，但在歐洲卻很少。世界上同時斷掉兩根小腳趾的人，百分之九十九都患有斷趾病。根據機率原則，現場留下腳印的那個人應該患有斷趾病，也就是說凶手是個黑人。當你發現這個線索時，你就會發現案發現場有一個身分特殊的獅子山人。死者的丈夫在獅子山打擊一個當地的秘密組織，他在寫給妻子的信中肯定提到了相關資訊。現在所有證據全都指向馬考利。還有，利物浦有大量的非洲移民，而圖桑特就死在了那裡。」

「你上次和我說的馬錢子鹼是一種非洲毒藥，也就是說，我跟你講完案情以後，你就猜到凶手是馬考利了？」

「沒錯。我看見那幾張照片上缺失的小腳趾和其他腳趾上的傷疤時，就已經猜到凶手是誰了。不過，最後的證實卻全憑運氣。這件事真得好好感謝

沃德爾先生給我們帶來的那雙拖鞋。但我現在也沒有十足把握，只能等到明天才能知道結果如何。」

　　宋戴克的判斷是正確的。警察在當天晚上搜查了馬考利在坦費爾德街的公寓，並在裡面找到了裝著圖特森信件的手提包。圖特森先生在信中提到一個危險組織，還寫了幾個成員的名字，他們都是在獅子山有些威望的人。其中大衛・馬考利的名字赫然在列。

丟失的金條

　　宋戴克說：「偵查案件的時候，你必須隨時保持清醒，不能被外界環境影響。人們向你提供與案件相關的線索時，總喜歡把自己對某件事的評價加進去。人們通常會不斷重複自認為十分重要的事，並且把所有細節描述得非常清楚。而那些自認為不重要的事就一句話帶過。我們在辦案的過程中，千萬不能輕信那些帶有個人觀點的事實。當我們把整個案情分析完，再分析細節的時候，就會發現破案的關鍵，往往是那些被忽略的線索。」

　　以下這件案子充分證實了宋戴克的看法。海樂索普在斯芬克斯保險公司工作，他向我們講述案件資訊的時候，我並沒有意識到宋戴克說的那些話。可是當案件偵破之後，我才發現宋戴克說的那種現象就發生在我身上。

　　「這個時候還來打擾你們，真是不好意思。」海樂索普說，「雖然你們對空閒時候來訪的人表現得非常寬容……」

　　宋戴克打斷他的話：「對我而言，工作是一種樂趣，所以我非常歡迎像你這樣為我們提供樂趣的人。請把椅子拉到爐火邊坐下，把雪茄點上，然後說說發生了什麼。」

　　海樂索普先生大笑一聲。他坐在壁爐旁邊，把腳搭在石台上，點上一支雪茄。

「你好像不負責幫人找東西，所以我不知道你能幫我們做什麼。但我還是想把目前我們面臨的困境跟你說一下。我們保險公司即將損失四千英鎊，這件事使公司的幾位老總非常苦惱。

「事情是這樣的。兩個月前，阿克羅邦金礦在倫敦的分公司要運送一箱金條給明頓・波維爾珠寶製造商，想讓我們做擔保。金條將被運到離明頓公司下屬工廠最近的港口迦納首都阿克拉的貝爾海文。因為我們以前和阿克羅邦公司合作過，所以就答應了。在阿克拉，金條被裝在『拉巴第號』貨輪上，運到貝爾海文港，明頓公司派人在港口迎接。本來一切都好好的，可是接下來卻發生了不幸的事。最終，金條將被送到明頓公司工廠所在地安納斯特。可是貝爾海文沒有直接到達安納斯特的火車，必須在卡布里奇轉一趟車。在卡布里奇換乘的時候，金條被鎖在站長辦公室裡。站長在中途有事出去了，直到火車來了他才匆忙趕回來。還好裝金條的箱子沒有損壞，站長親眼看著箱子被抬上火車，警衛負責看守。這一路上都沒發生任何事情。明頓公司派了一個人開著輛密封的貨車運送金條，等火車到站，金條直接被裝上貨車拉到工廠。工廠裡的人把箱子拿到私人辦公室，打開箱子後發現裡面裝的全是鉛條。」

宋戴克問：「裝金條的箱子應該被掉包了吧？」

「應該是。」海樂索普先生說，「兩個箱子非常像，外面用蠟封著，上面打著同樣的標籤和地址。箱子應該是在站長辦公室被人換走的。辦公室外面有一個小花園，人們在花圃周圍發現腳印。雖然辦公室的門鎖上了，但窗戶卻沒關嚴。」

「什麼時候發生的事？」

「列車到達安納斯特的時間是七點十五分，當時天已經黑了。」

「哪一天發生的？」

「前天。我們知道這個消息是在昨天早上。」

「你們打算怎麼做？拒付保險金嗎？」

「不，我們不打算這麼做。當然我們可以把責任推到相關工作人員身上，這樣我們就不得不向鐵路局提出索賠。但金條也許還沒被轉移到很遠的

地方，所以我們希望能把金條找回來。」

「我可不敢保證。很明顯，假金條是提前準備好的，說明這是一件預謀已久的事。另外，做假金條的人知道裝金條的箱子模樣，知道運送金條的方式和時間，所以嫌犯肯定安排好了退路。卡布里奇距離克第奇河多遠？」

「中間有一塊沼澤地，大約八百公尺。我想你們應該知道貝吉爾警探，他也問了我這個問題。」

「這可以理解，這麼重的箱子走水運比較方便，也不容易引起別人注意。嫌犯可以用小艇或小船將箱子運走，而且不用擔心被人發現。如果情況十分危急，也可以把金條扔到水裡，等風聲過去以後，再把它們撈出來。」

海樂索普失望地說：「你好像表現得很悲觀。你應該覺得我們不能找回那些金條了。」

「你不要難過。我說這些只想告訴你，事情沒有想的那麼容易。雖然盜賊把金條偷走了，可是它們不會憑空消失。如果盜賊把金條熔成金塊，就沒人能認出來。但不管它們是變成什麼樣，金子的價值不會變。」

「你說得對啊！這件案子由倫敦警察廳的貝吉爾警探負責，他已經展開調查了，可是我們公司的人更希望看到你參與調查。如果你有什麼要求，可以儘管向我們提出。你覺得怎麼樣？」

「雖然我認為目前的情況並不樂觀，但我還是非常願意參與進來。你可不可以分別幫我寫一封信給航運公司和明頓公司負責收貨的人。」

「沒問題，我的公事包裡裝著我們公司的信紙，現在就可以寫。可是我認為這樣做沒有任何意義，金條是從船上卸下來到交付給收貨人的這段時間丟失的。」

「你要清楚，這起竊盜案早有預謀，也就是說，盜賊在很早之前就掌握了所有資訊。他們肯定是從貨船上或接貨的工廠那裡得到的訊息，所以我們應該從這兩個地方開始調查，這兩個地方肯定是案件的源頭。」

「這倒是。我開始寫信了，寫完我還得去忙別的事。希望你可以查出事情的真相。」

海樂索普寫信給航運公司和接貨廠，請他們協助我們調查。他寫完就匆

忙離開了。

海樂索普離開以後，宋戴克說：「這件案子真有意思。事實上，警察局比我們擅長找回丟失的東西。我們得去現場看看，這種類型的案件需要細心查問。」

我問：「你準備從哪兒開始調查？」

「貝爾海文。明天早上我們就去那裡找線索。」

「線索？可是我們已經知道發貨地點在哪兒，還需要什麼線索呢？」

「這件案子有好幾種可能，在進一步調查之前，我想確認哪種可能最大。」

「我認為我們應該先去偷盜現場勘查。當然，你可能看到了一些我沒有看到的東西。」

事實證明，宋戴克的眼光確實比我長遠。

第二天早上，我們到了貝爾海文。宋戴克對我說：「我們應該先去海關看看，想辦法弄清楚金條交給收貨方之前是不是在箱子裡。雖然盜賊在卡布里奇掉包的可能性最大，但也不能排除其他可能。」

我跟著宋戴克來到港口，有一位水手把我們帶到海關辦公的地方。一位在那裡工作的官員問我們有什麼需要幫忙的，宋戴克說我們來這裡是為了調查那起竊盜案。官員聽完，表示對我們的同情，並且很快理解我們的目的。

「你們的意思是，想找到箱子在這裡運走時，金條確實在裡面的證據。我應該可以幫你們。雖然金條不用交關稅，但需要檢查上報。這箱金條屬於民間貨物往來，驗貨時會拆開。如果是運到英國銀行或造幣廠，就不用開箱驗貨。傑弗遜，請帶這兩位先生去看關於拉巴第貨船上的金條的報告。」

宋戴克問：「我們是否能和當時驗箱的工作人員聊一聊？」

「沒問題。傑弗遜，你帶著兩位先生看完報告後，再把報告上簽字的人找過來。」

傑弗遜先生帶著我們來到隔壁辦公室，並且拿出一份報告——其實是一張運貨單——交給宋戴克，這張單子上記錄了有關箱子的資訊：箱子長33公分，寬30公分，高23公分，毛重53公斤。箱子裡裝著四根金條，重51.2公

斤。

宋戴克把報告還給傑弗遜：「謝謝你。我們現在可以去找那位叫拜恩的工作人員嗎？我們有些事情需要和他談談。」

「他這會兒應該在碼頭，你們跟我來。」傑弗遜說。

碼頭上堆放著各種木桶和圓桶。我們穿梭在其中，在一堆裝著馬迪拉葡萄酒的木桶中間發現拜恩先生。他正在辦理驗關手續，這在外人眼裡是非常神秘的事。傑弗遜介紹完我們就離開。拜恩先生的臉紅紅的，睜著一雙藍色的眼睛打量我們。

宋戴克問：「你應該把那些金條從箱子裡拿出來秤過吧？」

「是。」

「你分開秤過金條嗎？」

「沒有。」

「那些金條的形狀和尺寸符合一般的規格嗎？」

「我見過的金條很少。那些金條長約30公分，厚度大約是13公分，應該是普通的金條吧！」

「包裝金條的材料多嗎？」

「不是很多。金條外面裹著厚帆布，箱子周圍的空隙很小，不到1公分。箱子木板的厚度為5公分，外面加了鐵條。」

「你有沒有把箱子封好？」

「有。箱子交給大副的時候，封得很嚴實。我看見大副把箱子交給了收貨人。在離開碼頭時，箱子沒出現任何問題。」

「我沒有其他想要核實的。」宋戴克把筆記本放進口袋裡，跟海關人員道謝後，轉身離開了那個堆滿貨物的碼頭。

「我們收集到一些有價值的資訊，還好我們先來這裡，海關的事已經瞭解清楚。」

「我們已經知道箱子在轉交給收貨人時沒有出問題，我們現在可以去卡布里奇展開調查，你來此地的目的應該就是去那裡調查吧！」

「也不完全是。我們現在去找運輸公司的人，給他們看看海樂索普的

信，我還有兩個問題需要搞清楚。我們可以在去現場調查之前，多瞭解一些情況。」

「我可沒看出來還需要瞭解什麼。不過，你可能有一些不同的想法。過了前面那幾棟倉庫，就到運輸公司的辦公室了。」

運輸公司的經理拿著海樂索普的信，坐在堆滿文件和雜物的辦公桌前，打量我和宋戴克。

「你們是來調查金條被盜那件事的？」他顯得有些不高興，「你們為什麼不去卡布里奇調查？要知道，金條可不是從我們這裡被偷的。」

「在去卡布里奇之前，我還有幾個問題想弄清楚。」宋戴克說，「最初的那張運貨單在誰手裡？」

「在船長那裡，我這裡只有一份副件。」

宋戴克問：「可以給我看看嗎？」

經理面露不悅，在文件中翻出單據。宋戴克拿著單據看了看，把有關那箱貨物的資訊摘抄在本子上，沒有理會經理充滿疑惑的目光。

宋戴克把單據還給經理：「那艘輪船上的所有貨物清單都在你這裡吧？」

「是。貨物清單只是把每份運貨單上的內容合抄在一起。」

「麻煩你給我看看那份清單。」

經理不耐煩地說：「可是清單上記載的有關金條的資訊與這張運貨單上一樣啊！」

「我知道，但我還是看看。」

經理生氣地從裡面的房間抱出一疊文件，放在小桌子上。

「這是船上所有貨物的清單。這裡登記著那箱金條的資訊，剩下的是船上其他貨物的資訊。我認為它們應該不會引起你的注意。」

宋戴克接下來的做法讓這位經理大跌眼鏡。他察看過有關金條的資訊以後，便開始從頭察看貨物清單，每條資訊都看得非常仔細。

經理越來越沒有耐心。他苦笑著說：「先生，如果你要這麼看，我就先走了，還有好多事等著我處理。」

很明顯，他並不是真的想走，他伸著脖子看宋戴克在本子上抄東西，一邊看一邊說：「先生，你能告訴我金條丟失和象牙有什麼關係嗎？那些象牙還在船上嗎？」

「應該在。這些貨的目的地是倫敦。」

宋戴克說完指了指細目那一欄，上面列出了各類貨物。經理看著表格上寫著樹脂、石英標本、長15公分的銅螺栓、種子、堅果之類的東西，忍不住抱怨起來。宋戴克沒有受到影響，繼續抄寫著貨物的名稱、毛重、淨重、尺寸規格、貨物包裝的詳細資訊、寄貨人和收貨人、始發港口和到岸港口。他把清單上的所有資訊都抄下來了。我和那位經理一樣，無法理解宋戴克這些奇怪的做法。

宋戴克終於抄完了。他把本子裝進袋子裡。經理長吁一口氣，說：「先生，你還有其他事嗎？比如，檢查那艘輪船？」

看到宋戴克露出興奮的表情，經理立刻後悔了。

「輪船在這裡嗎？」宋戴克問道。

「嗯，今天中午卸貨，明天上午把它拖到倫敦港。」

「請給我一張名片，方便我去船上的時候用。」

經理極其不情願地把名片拿出來，宋戴克對他表示感謝。我們從辦公室出來，趕往火車站。

「你收集了很多奇怪的資訊，我實在不明白，這和我們正在調查的案子有什麼關係。」

宋戴克略帶指責地說：「傑維斯，我對你感到很失望！這麼明顯的關係，你都沒有看出來？」

「你說的『明顯』指的是……」

「盜賊偷走金條的方法。一會兒上了火車，你最好認真看看我的筆記，再分析一下剛才收集的資訊，你會有很大的收穫。」

「應該不會那麼容易吧！而且海樂索普並不想知道盜賊偷走金條的方法，他只想找回那些金條。你不覺得我們在這裡花費的時間太長了嗎？」

「你有這樣的想法也很正常，我認為知道盜賊偷金條的方法非常重要。

另外，我們確實在這裡花費了太長的時間，現在我們應該去卡布里奇尋找線索。我們最好快一點，火車馬上要進站了。」

話音剛落，就響起了火車進站的隆隆聲。我們的運氣非常好，找到了一個沒有人的吸菸車廂，面對面坐下以後，點燃各自的菸斗。宋戴克坐在那裡，看著我接過他手裡的筆記本，臉上的表情很微妙。我皺著眉頭研究那些條目，來來回回看了幾遍，也沒看出那些「明顯」的資訊。我嘗試從樹脂、象牙、種子中間找出盜賊的作案手法，結果什麼也沒找到。我找不出它們之間的聯繫。最後我不得不把筆記本還給宋戴克。

「算了，不找了。」我說，「翻了半天什麼也沒發現。」

「從這些東西中很難找到直接與案件相關的線索。也許，這件案子並不簡單。我們還需要進一步調查，一定要找回那些金條。這就是卡布里奇車站，我們該下車了。月台上站著的那個人很眼熟。」

火車慢慢開進車站，我看見倫敦警察廳偵探科的貝吉爾警探站在月台上。

我說：「如果這件案子沒有貝吉爾，可能會更好。」

「沒錯。看樣子我們必須和他合作，誰叫我們調查的是同一件案子，這裡又是他的管轄範圍。警探，你好啊！」

貝吉爾看見我們走出車廂，興奮地跑過來。

「先生，聽說海樂索普先生找過你了。我感覺應該能在這裡碰見你，但這趟車不是從倫敦來的。」

宋戴克說：「這趟車是從貝爾海文那邊過來的。我們在那裡確認過，金條運出來的時候確實裝在箱子裡。」

「兩天前我們就去找海關確認過，那沒什麼問題，只是再往後查就沒那麼容易了。」

「沒有查到盜賊是怎麼偷走箱子的嗎？」

「有人從站長辦公室的窗戶裡跳進去把真箱子掉包了。那天晚上，有人看見兩個男人抬著很重的包——和裝金條的箱子大小差不多——走到沼澤地那邊。可是現在到處都找不到這批東西，線索到這裡就斷了。不過，我已經

派人去尋找這批東西的下落。我相信金條還在附近，所以帶著幾名警察守在這兒，想辦法抓到轉移金條的人。」

我們幾個人一邊說，一邊向河對面的村子裡走。走到橋上的時候，宋戴克停下來看了看河面，又看了看沼澤地。

「這裡的環境為偷盜東西提供了非常便利的條件。有一條靠近大海的河流，潮汐會影響到河水的漲落。周圍的小港灣可以用來掩藏船隻。盜賊還可以直接把金條扔到河裡。這一帶有沒有什麼可疑的小船？」

「有一艘從雷弗來的破漁船，船上有兩個人——不是雷弗人，身上穿的衣服破爛不堪，剛到這裡就被困住了。他們的船在退潮之後陷在那片狹長的泥地裡，直到下次大潮之前它都出不來。我已經搜查過船艙和櫃子，沒發現金條。」

「那邊有一艘拖船，檢查過嗎？」

「那是一艘商船，經常在這一帶活動，人們很尊敬船長和他兒子。快看！他們就在船上，應該是想趁著潮汐開走船。他們好像把船開向了那艘破漁船。」

貝吉爾探長掏出望遠鏡觀察那艘拖船。幾個年長的漁民停在我們身邊，望向那艘船。拖船上放下來一艘小船。小船划到漁船旁邊，有個船員喊了一聲，兩個男人從漁船的船艙裡鑽出來跳上小船，然後幾個人朝著拖船划過去。

「看來，漁船上的那兩個人想讓老比爾・索馬斯把他們帶出去。」一位漁民從小型望遠鏡裡觀察拖船。小船划到拖船旁邊，四個男人上了拖船。「他們還要幫老比爾幹活。」從漁船上過來的兩個人開始搖動絞盤。拖船上的水手放下捲帆索，並且套上纜繩的滑輪。

貝吉爾警探說：「真奇怪！他們上船的時候什麼也沒帶。」

「你檢查過這艘拖船嗎？」

「檢查過，船上什麼也沒有。這艘船不是貨船，上面根本藏不住東西。」

「你有沒有讓他們把船錨拉起來？」

「沒有。看來我當時應該檢查一下船錨。快看，他們正在起錨。」他說話的時候，傳來起錨機轉動的聲音。透過望遠鏡，可以看到來自漁船上的兩個人使勁轉動著起錨機曲柄。機器轉動的聲音逐漸慢下來，拖船上的水手扯好船帆，就去幫助那兩個人轉動起錨機。雖然現在變成了四個人，但速度仍然沒有變快。

站在我們身邊的一個漁民說：「那個錨好像特別沉。」

「是啊，也許下面有東西。」其他幾個漁民附和著。

宋戴克用望遠鏡觀察著，壓低聲音說：「看緊那個錨。繩索忽上忽下，船身開始晃動，說明它已經離開河底。」

就在這時，船錨的索鍊和錨杆浮上來了。繩索上綁著一條垂到鐵錨那裡的鐵鍊。貝吉爾大叫一聲，罵了幾句髒話。船上的人轉動了幾圈絞盤，錨爪露出來了。錨爪下面用鐵鍊綁著一個木箱子。貝吉爾憤怒地轉身，對著那幾個漁民嚷嚷：「我要船，現在就要。」

年長的漁民平靜地看著他，說：「你去找啊，這裡沒人攔著你。」

「哪裡有船？」警探先生紅著臉，生氣地說。

「你認為呢？」很明顯，漁民看不慣他這種態度，「糕餅店？或者牲口圈？」

「我是警察！我要上那艘拖船！你們能幫我找一艘船嗎？我可以給你們很多錢。」

「我們可以提供船給你，也可以帶著你去追那艘船。可是那艘船已經跑了，我不確定是否能追得上。更何況，船上還有一個奇怪的大箱子。」

我一直盯著那艘船，船上的幾個人費了很大勁才把箱子抬上來。拖船上的兩個船員和漁船上的兩個人打起來了，看不清具體發生什麼事。這個時候，拖船已經順著河流開走，張開的船帆擋住了我的視線。很快風帆就全部張開。有個男人站在舵輪後面，調轉拖船的方向。一陣迅猛的潮汐和微風使拖船遠離了我們的視線。

橋上的漁民忙著找船，貝吉爾警探則跑到橋頭，吹著警笛打著手勢。宋戴克靜靜地站在橋上，看著那艘船漸漸遠去。

「我們應該怎麼辦？」我問。我很不理解他這種冷漠的態度。

「我們能怎麼辦？雖然貝吉爾不一定能追上那艘船，但至少可以防止那些人在出河口前上岸。也許出了河口，會有警察支援貝吉爾。反正應該由他去追捕那艘船，不需要我操心。」

「我們不跟著一起去嗎？」

「這件事應該要花一個晚上的時間，我明早還有事要辦，所以我不去。再說，我們又不負責追逃犯。要是你想去，就和貝吉爾一起去，我能應付明早的事。」

「如果你一個人沒問題，我倒想和他去看看。就目前的形勢來看，那些人應該會帶著贓物逃走吧！」

「是啊，要是能搞清楚他們是怎麼偷走金條的也不錯。好了，你跟他們一起去吧，一定要擦亮你的眼睛。」

貝吉爾帶著兩名便衣警察回來了。有兩個漁民划著小船靠向小橋旁邊的台階。

貝吉爾看著我和宋戴克說：「一起去看看？」

「我今晚得回倫敦，傑維斯醫生跟你去。」宋戴克說，「就算我不去，你們也可以把小船坐滿。」

兩位漁民把船划近台階，看看眼前的四位乘客，問了問還有沒有其他的人，就沒再多說什麼。我們坐在船尾的帆腳索旁邊。漁民一撐槳，小船從橋底下鑽過去，順流而下。小船越划越遠，我們離村莊和小橋也越來越遠。我拿著望遠鏡往回看，宋戴克站在橋上，拿著望遠鏡看著我們。

我們距離那艘拖船大約三公里，它看起來離我們很近，而我們只能在划到河流中間的時候才能追到它。潮汐迅速減緩，高高的河岸擋住了我們的視線。我們每次看見拖船的時候，它都會變得越來越小。

河道逐漸變寬，漁民將桅杆豎起來，並扯開一張很大的四角帆。現在變成一個漁民划槳，一個漁民掌舵。雖然小船的速度明顯變快，但每次看到拖船的時候，還是感覺它距離我們更遠了。

我們再次看到拖船的時候，站在舵柄前的漁民直起身看著拖船，大約過

了一分鐘，他對貝吉爾警探十分肯定地說：「先生，我們會被它甩掉。」

「我們趕不上它嗎？」警探問。

「沒錯。它很快就會穿過淤沙灣，當它進入深水航道的時候，我們就趕不上它了。」

「我們不能進入深水航道嗎？」

「是這樣的。他們趕上了退潮，拖船可以輕鬆穿過威泰克海峽，從出海口出去，然後它可以轉彎順著風向和水流的方向開往倫敦方向。可是我們在威泰克海峽會趕上漲潮，這樣一來，出海就變成了困難的事。等我們出海的時候，拖船早開出去幾公里，想追上它就更不可能了。」

貝吉爾生氣地大聲咒罵。他看著漸漸離我們遠去的拖船，低聲哀求漁民想辦法追上它。他不斷鼓勵兩位漁民，還做出各種承諾，甚至親自拿起槳幫忙划船。因為太心急，船槳划空，他摔在一個漁民的膝蓋上。兩位漁民聽了貝吉爾的話，用盡全身力氣划槳，槳都划彎了，也沒比原先快多少。這時，漲入海峽的潮水越來越多。經過幾小時的努力，我們終於從出海口出來了。兩位漁民大口喘著氣，幾乎要癱倒了。太陽西下，拖船也早就沒了蹤影。

我看著貝吉爾警探，同情之心油然而生。他不經常坐船，自然想不到要去檢查船錨。他盡心盡力調查這起金條失竊案，還想到在卡布里奇蹲守的辦法。目前看來，這是一個非常正確的決定。可是現在他卻要眼睜睜地看著罪犯帶著金條跑掉，這對他來說，簡直太殘忍了。

年長的漁民說：「還是沒追上他們，我們已經盡力了。先生，接下來該怎麼辦？」

貝吉爾的情緒非常低落。他讓漁民繼續划船，希望可以在半路遇到能幫忙的人。就在大家以為敗局已定的時候，奇蹟出現了。

有一艘從東斯文開過來的小型快艇突然駛向我們。那個年長的漁民看著快艇，激動地說：「先生，這是一艘海關巡邏艇，這下你不用擔心了。」

兩位漁民趕緊划著小船靠向快艇，大約過了幾分鐘，兩艘船就靠在一起。貝吉爾十分開心，他向快艇上的官員簡單講了一下事情經過，官員立即表示願意幫忙。然後我們都上了快艇，用纜繩將小船綁在快艇後面。機艙上

的鈴鐺響起來，我們乘著快艇繼續追趕拖船。

海關官員問：「那艘拖船長什麼樣？」

「船的形狀又短又粗，由輪盤操作，行駛速度非常快。」漁民回答，「船上的油漆快掉光了。尾板是綠色的，刻著幾個金色的字『麥爾頓藍鈴鐺』。它行駛的時候，好像是靠著北岸。」

漁民介紹完，海關官員拿著望遠鏡向西望去。雖然天還亮著，可是他使用的卻是夜間望遠鏡。他觀察了一會兒，對身邊的人說：「你們看看，是不是正對著黑尾岬的浮標處的那艘短粗的船。」

漁民接過望遠鏡，仔細觀察了一會兒，確定那就是我們要追的船。

「他朝著安德或雷弗方向行駛，我猜他們肯定想去本弗利特灣。那裡人煙稀少，方便轉移贓物。」

現在的形式完全轉變過來，我們乘著這艘快艇快速向前行駛，逐漸縮短與拖船之間的距離。我們行駛到茅斯萊特史普時，拖船距離我們只有幾百公尺。我拿著望遠鏡觀察那艘船，可以清楚地看見那幾個字。貝吉爾激動地快哭了，海關官員也十分開心，兩名便衣警察悄悄拿出手銬，每個人都做好了抓逃犯的準備。

等快艇追上拖船的時候，拖船上的兩個男人看到了我們。突然，快艇斜插到拖船跟前，有人將鉤錨鉤在拖船的橫桅索上。貝吉爾警探和幾位海關緝查員，以及兩名便衣警察跳上了拖船甲板。船上的兩個人試圖抵抗，結果輕易就被銬住了。兩位便衣把這兩個人帶到船頭看管起來。接下來，海關官員、兩個漁民和我跳上拖船甲板，跟著貝吉爾警探通過升降口下到船艙。

貝吉爾打開手電筒，我們看到艙房和櫥櫃一般大。有兩個人頭上蒙著長襪，被繩索綁在兩個鎖具上。艙房中間的三角形桌子上，有一個用鐵條加固的箱子，與貨船運貨單上描述的箱子一樣。艙房裡被綁起來的是船長和他兒子，兩個人被救以後來到甲板上。他們沒什麼受傷，只是非常生氣。

兩名強壯的船員把箱子抬到甲板上，準備放到巡邏艇上。

貝吉爾警探擦了擦頭上的汗，說：「終於把這東西找到了，我還以為會讓他們跑掉。快艇會到倫敦海關，我會跟過去。你準備怎麼辦？要是你想回

家，你可以和海關官員說在南端碼頭上岸，我想他會同意的。」

我按照他的提議在南端碼頭上岸，他還給了我一封電報，讓我發給警察廳。幸運的是，我下了船正好趕上一趟直達火車，回到弗蘭切茨街時，還不算很晚。

我到家的時候，宋戴克坐在爐火旁看案情摘要。看見我以後，他放下資料，站起身來：「你回來得這麼早。你們追上拖船了嗎？情況如何？」

「雖然形勢很嚴峻，但我們還是追上了，人贓並獲。」我把怎麼追趕拖船和怎麼逮捕盜賊的經過詳細地講給他聽，他對此表現出極大的興趣。

「你們運氣真好，竟然遇到海關巡邏艇。」他說，「這樣一來，案子就變得很簡單了。」

「我認為已經結案了。警察抓住了盜賊，還找回了丟失的金條。不過，貝吉爾的功勞最大。」

「傑維斯，我可以把所有功勞都歸到貝吉爾身上。」宋戴克笑著說，「明天早上去警察廳看看，如果東西確實和貨單上描述的一樣，就可以結案了。」

我說：「還要看什麼？箱子上的標記是對的，海關的封條完好無損。不過，我們還是按照你說的做吧！我知道，你不親眼看看是不會罷休的。」

我們在第二天上午十一點來到警察廳，直接去了米勒探長的辦公室。

米勒看見我們，開心地笑了起來，轉身對貝吉爾警探說：「貝吉爾，我沒說錯吧？」

後者看到我們，露出滿意的微笑。

「我知道，宋戴克先生想看看那些東西。」米勒繼續說，「你來找我就是為這件事吧？」

「你說得對，我就是想核實一下，如果不麻煩……」

「不麻煩。」米勒探長說，「貝吉爾，向宋戴克展示一下你的戰果吧！」

探長打開另一個房間的門，我們跟著走進去。房間裡擺著一張小桌子，旁邊放著量具、磅秤和金條箱。宋戴克拿出筆記本，對照著上面記錄的資

訊，認真檢查箱子上的標記和尺寸。

宋戴克說：「你們還沒打開過箱子啊！」

「是啊，海關的封條還沒拆，為什麼要打開它？」米勒問。

「我以為你們想知道裡面裝著什麼。」

兩位警官疑惑地看著他。探長率先開口：「過海關的時候，箱子被打開過，我們知道裡面是什麼。」

「箱子裡裝著什麼？」

貝吉爾有些生氣地說：「裡面裝著四根金條。」

「好吧，我想以保險公司代表的身分，檢查箱子裡的東西。」

兩位警官非常驚訝，睜大眼睛瞪著宋戴克。說實話，宋戴克的懷疑實在不符合常理，連我都感到很奇怪。

米勒大聲說：「你的懷疑沒有任何道理！如果你一定要看，我們也不會阻攔你……」

說到這兒，米勒示意貝吉爾把箱子打開。

貝吉爾不耐煩地說：「好吧，那就打開箱子給他看看，說不定他還會要我們拿著金條去化驗。」

米勒探長皺了皺眉頭，從房間裡走出去。他很快就回來了，手裡拿著螺絲刀、錘子和起子。米勒拆開封條，拿著螺絲刀撬開箱蓋，露出裡面的厚帆布。他用誇張的動作揭開帆布，露出最上面的兩根金條。

貝吉爾問宋戴克：「先生，這下你該滿意了吧！你是不是還想看看下面那兩根金條？」

兩位警官看著宋戴克。宋戴克沒有說話，面無表情地看著上面的兩根金條，然後拿出一把折尺，量了量金條的尺寸。

宋戴克問：「這個磅秤準嗎？」

「非常準。」米勒探長盯著宋戴克，不安地問，「你為什麼問這個問題？」

宋戴克沒有說話，他將量過的金條放到磅秤上測量。

米勒急切地問：「怎麼樣？」

宋戴克看著秤上的數字說：「13.2公斤。」

「這是什麼意思？」探長繼續問。

宋戴克瞥了他一眼，淡淡地說：「是鉛條。」

「你說什麼！」兩位警官同時叫道。兩個人衝到磅秤前，看著那根金條。

貝吉爾冷靜下來，說：「這簡直就是胡說八道。先生，你難道不認識金條嗎？」

「我當然認識，但這是鍍金的。」

「不可能！」米勒說，「另外，你怎麼知道這是鉛條？」

「很簡單，透過比重看出來的。」宋戴克說，「這根金屬棍含有1180立方公分的金屬，重量是13.2公斤，所以這是鉛條。如果你們還是不信，我可以切開一小塊給你們看看，怎麼樣？」

探長驚訝地看著他的下屬：「現在這種情況很特殊，貝吉爾，你覺得呢？好吧，先生，你切吧！」

宋戴克把那根金屬棒放在桌子上，並且拿出一把折刀，放在金屬棒的角上，用錘子輕敲刀子，瞬間有塊小金屬掉在地上。兩位警官伸長脖子去看，剛被切過的地方是白色的，這確實是根鉛條。

米勒探長叫道：「這夥強盜在耍我們。他們還是弄走了金條，太狡猾了。宋戴克，你應該知道金條在哪裡吧！」

「沒錯，我知道它們在哪裡。」宋戴克說，「你們可以和我一起去倫敦碼頭，這樣我就可以把金條親自交到你們手上。」

聽完這話，米勒探長輕鬆許多。貝吉爾把手中的鉛條扔到地上，對著宋戴克生氣地說：「先生，你早就知道拖船上裝的不是金條，為什麼不早點告訴我們？你知道我費了多大勁才追上那艘船嗎？」

「親愛的貝吉爾，這箱鉛條發揮了很大作用，它可以證明金條還在貨船上。我們現在就可以去搜查那艘貨船了。」

「貝吉爾，不要生氣了。宋戴克能觀察到周圍的一切，就像長頸鹿。你和他爭吵沒有任何意義。我們必須趕快去碼頭做些有意義的事。」

米勒探長鎖上房門，我們一起趕往查令十字火車站。在那裡我們坐上了一列火車。下了火車，宋戴克帶著我們穿過船塢來到碼頭，他和一位海關工作人員簡單說了幾句。這位工作人員立刻找來一位官員，官員和宋戴克打了聲招呼，好奇地看著我們說：「你說的那箱貨已經被卸下船，存放在我的辦公室，你們要看一看嗎？」

他帶著我們來到倉庫後面的辦公室裡，那個箱子放在一張桌子上，桌子上還放著一些文件，這個木箱比裝著假金條的箱子大一些。

海關官員說：「你說的應該是這個箱子。運貨單上寫著，箱子裡裝了213支帶螺母的黃銅螺栓，規格：15公分×1公分。箱子長40公分，寬33公分，高23公分。毛重54公斤，淨重51.2公斤。倫敦東區大艾力街59號的傑克遜和沃爾克收。你說的是不是這個箱子？」

「沒錯。」宋戴克說。

「我們需要打開箱子，檢驗一下這批黃銅螺栓。」

官員迅速卸下螺絲，撬開箱蓋，露出粗帆布。他揭開帆布，兩位警官目不轉睛地看著箱子裡的東西。貝吉爾由原先的興奮變成失落。

「先生，這就是一箱銅螺栓，這次你算錯了。」貝吉爾說。

「警探先生，是一箱金螺栓。」宋戴克說完遞給貝吉爾一個螺栓，「你見過這麼重的螺栓嗎？」

「沒錯，是挺重的。」貝吉爾警探掂了掂螺栓，然後將它交給米勒探長。

宋戴克說：「我們來測量一下螺栓的重量。運貨單上寫著，螺栓的重量超過0.24公斤。」他從口袋裡掏出一個小彈簧秤，把螺栓吊起來，「螺栓的重量是0.25公斤，可是尺寸相同的黃銅螺栓只有0.11公斤，所以箱子裡裝的是金螺栓。另外，這箱螺栓的重量是51.2公斤，而被盜的那箱金條重量是51.3公斤。由此可知，這些螺栓是用那箱金條煉成的，而且做得很專業，煉製的過程中只損失了0.1公斤。有人來取貨了嗎？」

海關官員笑著說：「有，取貨的人就在外面，看起來好像很著急。我馬上去叫他。」

丟失的金條

很快，海關官員帶進來一個身材矮小的人，看他的穿著很像阿拉伯人。他臉色蒼白，身上的衣服很不整齊，緊張地站在門口。當他看見打開的箱子和屋裡的人時，轉身就往碼頭上跑。

「當然，你說得非常簡單。」我們沿著夜鶯路往回走的時候，我說，「我還是不明白，你怎麼知道那個被偷走的箱子裡裝的不是金條？」

「剛開始時是猜的。海樂索普向我們講述案情的時候，根本沒有說清盜賊的作案手法和計畫。我就問自己，盜取金條最好的辦法是什麼？對盜賊來說，怎麼在案發前把金條轉移走是最困難的事。因此，警察發現得越晚，對他們越有利。如果盜賊可以找到人偷走假貨，就可以轉移警察視線。如果警察抓到了偷假貨的人，這件事就會變得更加神秘。如果警察沒抓到，就可以繼續轉移警察的注意力。當然，假貨在倒賣的過程中會被發現，可是這個人不會大肆宣揚，因為這本來就是他偷來的。這才是最高明的辦法。雖然這只是我沒有任何根據的猜測，但它的確有很大的可能。我猜這起竊盜案的背後，隱藏著另一個陰謀。為了在辦案之前不留下任何漏洞，我們來到海關，確定箱子在離開貝爾海文時裝著金條。當然，我一直沒有對此產生過懷疑。我們找到親自打開箱子驗貨的拜恩先生後，我發現原來金條早就不見了。我事先估算過金條的尺寸，金條的規格大約是$7 \times 3 \times 2$公分，與拜恩給出的資料不符，而且差別很大。如果它們真的是金條，就不是51.2公斤，而是91公斤。大多數海關工作人員不會這麼大意，沒想到拜恩竟然沒有注意到其中的差別。」

「這不是很奇怪嗎？盜賊竟然敢冒這麼大的風險？」

「很明顯，他們不知道這其中存在著這樣的風險。大多數人都沒注意到海關工作人員細緻的工作方式，認為他們只是簡單看一眼就放行。我們繼續往下說，既然拜恩檢查的那箱貨是假的，那真的去哪兒了？它們是不是還在船上？為了弄清楚這個問題，我決定看看輪船的運貨單，重點在於察看每件貨物的重量。我發現有一個與被盜金條只差0.1公斤的箱子，裡面裝著一箱運回國的銅螺栓。誰會從非洲往倫敦運送銅螺栓，這簡直太奇怪了！我用貨物的淨重除以螺栓的數量，發現每個螺栓的重量都超過0.24公斤。這種重量的

螺栓只能是黃金或白金做的，而且黃金的可能性更大。另外，總重量與丟失的金條只差了0.1公斤，這很可能是在煉製的過程中損失掉的。」

「可是我到現在也沒看出來，象牙、堅果、樹脂之類的東西和這件案子有什麼關係？」

宋戴克看著我噗哧一聲笑了：「那些東西是寫給運輸公司的經理看的。他站在我身後眼巴巴地看著我，我總不能讓他失望啊！再說了，如果我只寫螺栓，就把重要線索透露給他了。」

「你的意思是，當我們離開貝爾海文的時候，你已經偵破了這件案子？」

「可以這麼說。但我們必須找到那個丟失的箱子，只有找到那些鉛條，我才能證實這些螺栓是偷來的贓物。這就好比只有找到受害者死亡的證據，才能證明謀殺。」

「盜賊的作案手法是什麼？他們怎麼從輪船的保險艙裡偷走金條？」

「依我看，他們根本沒把金條放進保險艙。我覺得應該是輪船的大副和輪機長偷走的金條，或許事務長也參與到其中。大副負責存放貨物。輪機長負責車間的修理，他有辦法處理金屬。他們知道有人要運送金條的時候，就準備了個一模一樣的假箱子，裡面裝著假貨。金條運到船上時，他們用假貨代替金條，裝進保險艙。輪機長把藏起來的金條進行切割、熔掉，放在鐵螺栓模子裡，放進普通的煆鑄爐裡，鑄成螺栓。大副可以在貨物清單上添加這箱貨物，再把單子寄給收貨人。這應該就是盜賊的作案過程。」

後來經過證實，宋戴克的分析非常準確。貝吉爾警探一路追捕取貨人，最終在碼頭大門口將他抓獲。而且他立刻供出拉巴第商船上的大副、輪機長和事務長。這三個人對自己的罪行供認不諱，而且他們描述的作案過程與宋戴克說的沒有太大差別。

上帝的指紋

一、偶遇宋戴克

　　1677年的一場大火，燒毀了理查・鮑威爾紀念館，該紀念館在1968年獲得重建。

　　紀念館矗立在英國高等法院步行區北端。迴廊的一面三角牆下部，有一條帶狀的裝飾，由四塊石板組成。石板上簡略地記載著這座建築的歷史。我看著石板上的文字，內心有兩種不同的感覺：一方面，這精巧的雕刻手法使我感到讚嘆，它讓石板融入安靜肅穆的氛圍中；另一方面，我有感於理查・鮑威爾所處的動亂年代，內心無法平靜。

　　當我準備離開的時候，空蕩蕩的迴廊上出現了一個人。這個人衣著樸素，頭上戴著一頂律師的假髮。他的出現使周圍沉靜肅穆的氛圍增添了一絲活氣。我看見他手上拿著一卷文件，正準備解開上面的紅繩子。突然他抬起頭，剛好看見我在看他，目光交接的瞬間我們發現彼此相熟。律師冷漠的臉立刻換上笑容，現在這個像畫裡的人走下台階，正伸出手向我表示歡迎。

　　「噢，親愛的傑維斯，」律師高興地叫道，「能在這裡遇見你真是太好了！我總是想起你，以為再也見不到你了！哦，感謝上帝！讓我在內殿法律學院遇到你，就像那句諺語說的『把麵包扔到水裡』，現在麵包又被扔回來

了。」

「我比你還吃驚，親愛的宋戴克，」我說道，「至少，回到你手上的還是片麵包，而我的麵包再回來時，卻變成了奶油鬆餅或小饅頭。你離開的時候，還是一位受人尊敬的醫生，現在卻是一個戴著假髮、穿著長袍的律師了。」

聽到我說的話，宋戴克大笑起來。

「你的說法是不是有點欠妥啊，竟然把老朋友比喻成小饅頭。」他說，「或許，你可以這樣說：當年你離開的時候，只是一條毛毛蟲，現在卻蛻變成了美麗的蝴蝶。這樣的說法好像也不符合你的心意。事實上這件長袍下藏著的還是一位醫生。等我跟你解釋完這個蛻變的過程，你就會明白。今晚你有時間嗎？咱們聊聊。」

「隨時都可以，」我說，「我現在沒有工作。」

「今天晚上七點，來我住的地方，」宋戴克說，「我請你吃牛排，再喝點紅酒。不過現在我不能繼續和你說了，因為我得去一趟法庭。」

「你是住在迴廊裡嗎？」我問。

「不，不是，」宋戴克答道，「我家的門牌號碼是6A，還要再往前走一段。我倒是希望住在那個迴廊裡，要是家門口有那些吸引人的拉丁碑文，光是想想都會覺得自己崇高了許多。」

我和他穿過迴廊，走向王廳街，路上他指了指房子的方向。

宋戴克在正殿大道北端和我告別，然後向著法院走去，他的長袍隨著腳步飛舞著，我向西轉入醫學界人士經常流連的亞當街。

終於等到晚上七點。聖堂的鐘響了七下，聲音沉重低緩，好像在為自己打破這寂靜的氛圍感到抱歉。我經過米契法院門廊的轉彎處，來到高等法院步行區。

此時的步行區只有我一個人。我慢慢地走向6A，看見宋戴克站在那兒。我一眼就認出了他，雖然他穿上了夾克，還把那頂很醜的假髮換成了毛帽。

「你依然這麼守時。」宋戴克走上前熱情地和我打招呼，「守時是一種美好的品德。即使是在一件小事上守時，也是值得稱讚的。我剛從法庭回

來，這裡就是我住的地方，雖然這個屋子有點簡陋，卻是我的避難所，我先帶你參觀一下。」

我們經過大門，走下台階，來到厚重的外門前。門上用白色的字寫著宋戴克的名字。

「這棟房子從外面看雖然有點簡陋，」宋戴克一邊說一邊開門，「但裡面的布置卻相當溫馨。」

這扇門是向外開的，裡面還有一扇門，是一塊厚重的羊毛氈。宋戴克推開門，為我帶路。

「一會兒你就會發現這是個神奇的地方，」宋戴克說，「它是個具有多種功能的房子，集實驗室、博物館、工作室和辦公室於一體。」

「還有餐廳，」一位矮個子的老人說。他正在用一根管子緩慢地把葡萄酒倒出來，「先生，你忘記說餐廳了。」

「噢，是的，波頓，」宋戴克說，「我知道你一定會記得。」

火爐邊的小桌子上放著今晚我們要吃的食物，宋戴克看了看它們。

當我們開始品嘗美味的時候，宋戴克看著我：「跟我說說六年前離開醫院後，你都經歷了什麼？」

「我的遭遇幾句話就能講完，跟你知道的差不多，」我無奈地說，「沒有什麼特別的事情發生。我把學費交完以後，就成了一個窮人。雖然那張醫學文憑讓我成為富人的機會變大，但是理想和現實之間的差距太大了。我平時靠給人當助理或者代理醫師謀生。正好現在沒什麼事，就在特西維職業介紹所登記了我的名字。」

宋戴克聽完後，抿了嘴唇一下，皺著眉頭，感到遺憾：「親愛的傑維斯，你受過專業的訓練，能力很強，竟然也像那些遊手好閒的人一樣，只能做些零工。真可惜！像你這樣的人怎麼會淪落到這種地步？」

「你說得沒錯，我的才能被這個迂腐的時代全部埋沒。可是，如果貧窮緊緊跟著你，趁機打壓，還把你僅有的光用厚重的布遮住，即使你比別人更聰明，恐怕也無處施展。但多才的兄弟，我又能做些什麼呢？」

宋戴克低聲說：「是的，你說得很有道理。」

「好了，不說我了，你說過要講講你的事，現在就開始吧！我一直很好奇是什麼樣的原因，居然讓約翰‧艾弗林‧宋戴克先生從醫生變成了律師。」

宋戴克隨意地笑了一下：「其實，約翰‧艾弗林‧宋戴克仍然是一名職業醫生，這一點一直沒有變。」

「啊？職業醫生？一個戴著假髮、穿著長袍的人？」我吃驚地問。

「是，就像一隻羊披著狼皮。」他笑著說，「六年前，你離開後，我繼續留在醫院，做一些像助理醫生、監護人這類的工作，經常在化學實驗室、物理實驗室、圖書館和驗屍房之間來回跑。在這段時間裡我還完成了醫學和科學博士學位。你記得希德曼嗎？他曾經教過我們醫藥法學。原本我打算做一名驗屍官，可是希德曼突然宣布退休，我就成為講師，補上他的空缺。然後我就放棄了做驗屍官的想法，安心住進這個寓所，等著事情自己找上門來。

「你都經歷了些什麼事？」我問。

「什麼樣的事都有。」他回答：「最開始有毒藥謀殺案，我幫助警方做一些分析。後來我的能力越來越強，影響力漸漸提升。現在警方總是會來找我，讓我幫忙處理那些關於醫學或者自然科學的案件。」

「可是我還知道，你經常以律師的身分在法庭上答辯啊！」我說。

「偶爾，不是經常。」宋戴克回答，「科學方面的問題總是讓法官和律師很苦惱，我只是去做科學證人。平時我在庭外做一些方向引導和結果分析的工作，或者為律師們提供一些在盤問證人時會用到的證據或建議，根本不會出現在法庭上。」

「我真羨慕你！比起給醫師當講師，幫助警方分析案子可有意思多了。不過你能成功也是理所應當的，畢竟你實力強，工作又拼命。」

「確實，我一直很努力地工作。」宋戴克驕傲地說，「現在還是這樣。但我和那些倒楣的開業醫生可不一樣，他們經常去看急診，在半夜的時候被叫醒，在吃飯的時候被拖走。我會把工作時間和休息時間分開。」

他的話好像是在補充我對他的評價。這時，門外響起一陣敲門聲，聽起

來很急迫。

「去他的，誰在外面？但願這個人懂得『請勿打擾』的意思，我出去看看是誰。」

宋戴克大步走過房間，用一種很不友善的態度回應門外的人。

「我的客戶急著要見您。」門外傳來愧疚的聲音，「真是對不起，這麼晚了還來找您。」

宋戴克不自然地說：「盧克先生，進來吧！」

門口走進來兩位男士，其中一位大約四五十歲，有法律界人士獨有的氣質，外表看起來像狐狸一樣警覺。另一位給人感覺很好，是一個帥氣紳士的年輕人。不過他的臉色發白，情緒激動，神情有些不安。

這個年輕人看看我，再看看桌子上的食物：「看來我們打擾到你們了，宋戴克醫生。都是我的錯，不應該這個時候過來，不然我們改天再約時間吧！」

宋戴克看了他一眼，語氣變得友善：「這位是我的朋友，也是一位醫生。你知道，醫生都是二十四小時待命，別說什麼打擾不打擾的，我想你一定有很緊急的事情。」

我在這兩個人走進來時就已經站起來向他們示意。看到他們有事要談，我提出要去外面走走，等會兒再回來，結果那個年輕人阻止了我。

「我要和宋戴克醫生說的這件事，明天所有人都會知道，所以你不必特意出去，」他解釋道：「這不是什麼秘密。」

「我們已經吃完飯，在等著喝咖啡。」宋戴克說，「去火爐前坐吧，告訴我發生了什麼事。」

我們往前動了動椅子，準備聽他們的講述。

二、丟失的鑽石

　　盧克先生說：「我先從法律的角度給你們講講這件事，如果有遺漏的地方，再請我的當事人諾伯‧霍比先生做補充。你們提出的問題，他會毫無保留地回答。」

　　「諾伯先生的伯父約翰‧霍比是一位商人，做貴重金屬煉製和交易。諾伯先生在他伯父的工廠裡擔任要職。工廠主要負責測試南非運來的金礦，並且對金礦進行提煉加工。

　　「諾伯先生有一個堂兄弟叫華克，霍比先生的另一個侄子。五年前，諾伯先生和華克先生離開學校，進入霍比先生的工廠。霍比先生很器重他們，準備將他們培養成工廠的合夥人。從那時起，他們都在工廠裡擔任要職。

　　「我簡要地跟你們說一下工廠的運作流程。通常黃金的樣品要在碼頭轉交給工廠的授權代表，也就是諾伯先生和華克先生。他們先到碼頭接運送黃金的船，根據實際情況或將黃金送到銀行存起來，或運到工廠加工。黃金在工廠加工為成品後也要馬上送到銀行。一般放在工廠裡的黃金越少越好。有時一些貴重的樣品不得不整夜在工廠裡加工，所以工廠特地準備了一個又大又牢固的保險櫃。保險櫃由廠長親自看管，放在一個位置隱密的辦公室裡。為確保安全，還在辦公室的隔壁安排了一個房間，裡面臨時住著一個人，負責整夜看守保險櫃。每隔一段時間，這個人都會出來巡查整個工廠。

　　「不過前段時間這個保險櫃裡發生了一件奇怪的事。霍比先生有一位南非的客戶，對鑽石礦很感興趣。雖然寶石項目並不屬於這家工廠的經營範圍，但是霍比先生還是經常幫這個客戶將鑽石寄存在銀行或轉交給其他鑽石代理商。因此這個客戶經常郵寄一些包裹給霍比先生，裡面裝著未加工的鑽石。

　　「大約兩個星期以前，這個客戶告訴霍比先生，艾米娜古堡號有一個特別大的包裹送到他這裡，包裹裡裝著很大很值錢的鑽石。霍比先生派諾伯

去接船，諾伯一直祈禱船能夠準時到達，好讓他能將鑽石安全送到銀行。那天他一早就來到了碼頭，但船沒有按時抵達，諾伯只好先將這些鑽石送到工廠，把它們放在保險櫃裡。」

「那麼，這些鑽石是誰放進保險櫃的？」宋戴克問。

「諾伯先生從碼頭回來以後就將包裹交給霍比先生，所以是霍比先生放進去的。」

宋戴克點點頭：「然後呢，發生了什麼事？」

「第二天早上霍比先生打開保險櫃，裡面的鑽石居然不見了。」

宋戴克急切地問：「是不是有人闖進了辦公室？」

「不可能，那間辦公室的門窗都鎖得好好的。那位看守保險櫃的負責人在巡查工廠時，也沒有聽到什麼奇怪的聲音。很顯然偷鑽石的人是用鑰匙打開保險櫃，偷完後又將保險櫃鎖好，所以表面上沒有任何損壞。」

「誰保管保險櫃的鑰匙？」宋戴克問。

「通常是霍比先生保管，但他的兩個侄子也會輪流保管。如果霍比先生有事出去了，就會把鑰匙交給他們之中的一個。但是這一次，鑰匙一直在霍比先生那裡。從他將鑽石放進去，鎖上保險櫃，再到第二天早上把它打開，鑰匙從未離開他。」

「現場有沒有留下什麼證據？」宋戴克問。

「有證據。」盧克看了一下身邊的人，不自在地說，「在保險櫃的底部，我們找到兩滴血。應該是這個人偷鑽石的時候將拇指割傷或劃傷留下的。保險櫃裡面還有一張紙，上面有一個清晰的拇指印，指印上也有血跡。」

宋戴克吃驚地問：「是血指印嗎？」

「是的，我想當時這個人打算要用這張紙做點什麼，可是拿紙的時候不小心留下一個拇指印。」

「然後呢？」

「長話短說，」這時律師不安地站了起來，「我們已經做過比對，這個指印和諾伯先生的指印完全相同。」

「噢！」宋戴克驚呼一聲，「事情的發展還真是波折，我想我應該做一個筆錄，在你們向我提供更多線索之前。」

宋戴克從抽屜裡拿出一個小記事本，把這個本子放在膝蓋上，在封面寫上這個年輕人的名字「諾伯·霍比」，然後開始記錄。

「那個拇指印的比對不會有什麼問題吧？」宋戴克寫了一會兒，抬起頭看向盧克。

「不會有任何問題。」盧克先生肯定地回答，「警方將那張紙交給指紋部門的專家，由專家進行比對，結果發現與以往收集的所有罪犯的指印都對不上。這樣的指紋很少見，它的指腹紋路清晰，還有一道很深的割痕。毫無疑問，這個世界上不會出現第二個人有這樣的指紋，但是這些特徵正好與諾伯先生的指紋相符。」

宋戴克問：「是不是有人故意放進去的？」

「不，這不可能。」盧克律師語氣肯定，「那張紙上有霍比先生用鉛筆寫的有關鑽石的事，是從備忘錄上撕下來的。而且這張紙是和包裹一起鎖進去的。」

宋戴克問：「霍比先生打開保險櫃時屋裡有其他人嗎？」

「屋裡只有霍比先生一個人。他打開櫃子，發現鑽石不見了，而這張紙就躺在保險櫃底部，於是他鎖上保險櫃，立即報了案。」

「難道小偷沒看到這張紙上的拇指印嗎？太奇怪了！」

「不，這並不奇怪。」盧克先生解釋說：「因為那張紙在保險櫃的底部，而且是正面朝下。霍比先生是在將紙撿起來翻看時，才看到了上面的指印。顯然，那張紙是在小偷拿起包裹的時候掉下來的，又或者是他的同伴在接包裹的時候……」

宋戴克好像想到了什麼：「你剛才說蘇格蘭場[1]的專家已經辨認出那個指印是諾伯先生的，專家是怎麼做比對的？」

---

1. 英國倫敦警察廳代稱。——譯注

「啊！」盧克先生回答，「說到這裡，不得不提到另一件有趣的事。因為警方有鑑定指紋這麼方便的方法，所以他們想對公司裡的每個員工都做一次，但是卻被霍比先生拒絕了。他說他不想讓別人冤枉他的侄子。在我看來，這個理由太迂腐！除了霍比先生，就只有他們倆有機會接觸鑰匙。他的這兩位侄子讓警方最感興趣，但鑑定指紋這件事給霍比先生造成很大的壓力。

　　「畢竟霍比先生是看著他們長大的，並且如此信任他們。所以霍比先生堅決反對那些懷疑他侄子的說法。眼看這件事就要成為奇聞怪談，可是接下來發生的一件事，卻改變了這種局面。

　　「我想你應該見過『指紋模』，它可以用來收集身邊朋友的指紋，是一個空白的類似小本子的東西，很薄，還有墨板。它們經常出現在書報攤或者商店裡。」

　　「是的，我見過這種東西，」宋戴克嘲諷地說，「我在查令十字車站那兒還買過一個。」

　　「霍比太太，也就是約翰·霍比的老婆，在幾個月前也買過一個。」

　　這時諾伯說：「事實上，她的『指紋模』是我的堂兄弟華克買的。」

　　我看到宋戴克在本子上記錄了諾伯說的這句話。

　　「哦，這個無關緊要。」盧克先生繼續說，「總之，就是霍比太太那裡有這個東西，她收集了親戚朋友的拇指印，其中就有她兩個侄子的。

　　「昨天負責這個案子的探長去家裡找霍比先生的時侯，他剛好不在家。探長就跟霍比太太說起這件事，希望她能勸說霍比先生允許警方收集她兩個侄子的指印。探長說這樣做不僅是為了幫助警方做調查，更是為了幫助這兩個年輕人。他們是最有可能偷走鑽石的人，只有將他們的指印進行比對，才能幫助他們洗脫嫌疑。而且這兩個年輕人已經同意提供指紋配合警方調查，可是霍比先生就是不同意。這時，霍比太太提出她可以把指紋模裡諾伯先生的拇指印拿出來做比對，裡面可是有諾伯兩隻手的拇指印。於是，探長拿出隨身攜帶的有罪犯指印的照片，當場進行比對，結果發現那張紙上的指印與諾伯先生左手的指印完全吻合。

「就在這個時候，霍比先生回到家，他看到這一幕十分震驚，霍比太太得知這件事後也很驚慌。霍比先生原本想賠錢了事，但這樣一來，他就會因為徇私而被起訴。無奈之下，霍比先生只好將諾伯告上法庭。今天早上，警方下令逮捕諾伯，以盜竊罪起訴他，並且將他帶到包爾街。」

「還有其他證據嗎？」宋戴克試探性地問。

「沒有，警方要逮捕諾伯先生只憑這個證據就足夠了。我的當事人一個星期後還押，有兩位擔保人各自支付了五百英鎊保釋金保釋他。」

盧克說完，宋戴克陷入了深思。我想宋戴克和我一樣，並不滿意這位律師的態度。這個案子並不是完全不能申辯，但是從律師的話裡，可以感覺到他早就認定他的當事人就是竊賊。

「我想知道你有什麼建議？」宋戴克看著盧克問。

「我建議他最好認罪，請求法官減輕他的罪責，畢竟他是初犯。」盧克看著諾伯，深表同情。

此時，諾伯臉色通紅，一句話也沒說。

宋戴克說：「我們是在為一個無罪的人洗刷罪名，還是為一個有罪的人減輕罪責，你最好清楚自己的立場。」

盧克聽完，聳了聳肩表示不屑：「我想只有我的當事人知道，我們到底是為有罪的人減輕罪責，還是為無罪的人辯白。」

宋戴克神情嚴肅地看著諾伯：「諾伯先生，你不必認罪。但是我想先瞭解你的想法。」

我提出這個時候我還是出去比較好，但是諾伯再次阻止了我。

「傑維斯醫師，你真的不用出去。」說完他又轉向宋戴克，表情凝重：「我是清白的，我沒有做過這件事。我不知道保險櫃裡的那個拇指印是怎麼回事。至於讓你們相信我，我已經不奢求了，因為現在的情況很明顯對我不利。但是我發誓，我對這件事並不知情，我是冤枉的。」

「你的意思是，你不會認罪了。」宋戴克滿意地說。

諾伯語氣堅定：「當然，我永遠都不會認罪。」

盧克先生說：「還是面對現實吧！在這種情況下，辯護毫無意義，只

有認罪才是最好的選擇。你又不是第一個無罪之人為了逃避重罰而認罪的人。」

「去你的最好選擇，即使法官給我定罪，判了重罰，我也會堅持我是清白的這一信念。」諾伯生氣地說。

說完，諾伯轉向宋戴克：「你願意為我辯護嗎？即使是在事情對我明顯不利的情況下。」

「只有在這樣的情況下，我才願意為你辯護。」宋戴克微笑著說。

「請允許我問你一個問題，你真的能證明我的清白嗎？」諾伯急切地說。

「有可能。」宋戴克回答。

聽完宋戴克的話，盧克先生挑了挑眉，不以為然地說：「我這個人從來不靠感覺做事，而是靠事實證據。我花費了這麼多時間和精力幫你找證據，是因為我相信你是無辜的。」看到諾伯的臉上露出希望，盧克繼續說，「但我還是要提醒你，這麼做可能只是在白費力氣，想要成功並不容易。」

「照你這樣說，我已經是一個有罪的人啦。如果你真的願意幫助我，為我辯護，而不是一直給我定罪，那麼無論結果怎樣我都願意承擔。」諾伯先生堅決而穩重地說。

宋戴克說：「朋友，我會盡我所能幫助你，這一點我可以保證。不過我們得抓緊時間，就目前的情形看，我們處於劣勢。諾伯先生，請你告訴我你的拇指上有割傷或者劃傷的疤痕嗎？」

諾伯向宋戴克伸出他那雙漂亮修長的手，可以看出諾伯非常愛護他的手。

宋戴克拿出一個放大鏡，用來觀察微小事物的那種，然後他調整光線，對準諾伯的指尖和指甲周圍，認真觀察。

檢查完，宋戴克讚嘆道：「諾伯先生，你有一雙精巧的手。傑維斯，你也來看看，我並沒有發現什麼傷痕。不過這起案子是發生在兩個星期前，傷口有充足的時間癒合。但即使這樣也不能證明這件事就是他做的。」

宋戴克說完把放大鏡遞過來，我接過放大鏡開始認真察看諾伯的手。同

樣，我也沒有找到任何傷痕。

「在你們離開之前，我需要採集一下諾伯先生左手的拇指印做比對。」說著，宋戴克按了他椅子旁邊的按鈕一下。

鈴聲響後，波頓突然出現，也不知道是從哪個房間出來的，我猜想應該是實驗室。宋戴克在他耳邊小聲說了一會兒，他就下去了。等再次出現時，手上拿著一個盒子，他把它放在桌子上。宋戴克從這個盒子裡拿出來很多白色的紙卡，還有一小管印指墨、一個體積較小的印刷滾筒、一個銅盤——是用木板托住的那種。

宋戴克說：「好了。諾伯先生，我要將你的拇指印留下來，進行更深入的研究。儘管你的手看起來毫無破綻。」

於是宋戴克拿起一個獾毛指甲刷，放在諾伯的拇指上開始刷，刷完後又將諾伯的手放在水裡洗了洗，再用一條絲巾擦乾淨，最後用兩塊軟鹿皮輕輕擦拭。接下來，宋戴克擠了一滴濃墨，滴在銅盤上，用滾筒來回滾平，中間還經常用手指觸摸那層膜，並在紙卡上壓一下，試試效果。

當墨的薄度達到他想要的效果時，他拿著諾伯的手，用力地按壓在墨盤上。而我則按著卡片，防止卡片移動。宋戴克反覆按壓諾伯的拇指，卡片上留下一個紋路清晰的拇指印，清晰的程度連紋線旁邊的汗腺口都能看得很清楚。宋戴克在兩張紙卡上重複做了十二次，每張紙卡上都有六個拇指印。然後宋戴克又做了一兩個可以呈現更大範圍紋路的滾式指印，即先用拇指在墨上滾動，再放到卡片上滾動一下。

「好了。」宋戴克說，「我們現在要弄出一個血手印，所以需要做多一些比對。」

諾伯重新洗乾淨自己的拇指。宋戴克拿出一個小空盤，拿起一根針，將針刺向自己的拇指，擠出一大滴血滴在空盤裡。

「可以了，」宋戴克笑著說，「為自己的當事人流血這件事，我想應該沒有哪個律師願意做吧！」

然後他依照前面的方法在兩張卡片上留下十二個拇指印，並用鉛筆在卡片的背面寫上號碼。

「現在，我們已經準備好初步調查要用到的材料。諾伯先生，你是否願意將你的地址告訴我？」宋戴克一邊清洗諾伯的手一邊說，「我想今天就先這樣吧！實在抱歉，盧克先生，耽誤你這麼久的時間看我做實驗。」

聽到這句話，已經等得心煩的盧克律師鬆了一口氣，馬上站了起來。

「沒關係，我很感興趣，」顯然這不是他的真實想法。「雖然我不知道你為什麼要這麼做。還有，我想和你談談其他案子。如果諾伯先生不介意，可以在外廳等我一會兒嗎？」

「沒問題，」諾伯說。看得出來，諾伯識破了律師的謊言，但他並沒有在意，而是順從地說：「你們慢慢談，不要對我有所顧慮，至少到目前為止，我還有充足的時間。」

說完，諾伯緊握宋戴克的手。

「諾伯先生，再見。」宋戴克禮貌地說，「請你保持理性，既不要失去信心，也不要太樂觀。一旦發生與這起案子相關的事，請馬上與我聯繫。」

盧克先生在諾伯離開後，轉身看向宋戴克，認真地說：「我很困惑你為什麼對諾伯先生說那些話。我們有必要單獨談談，我想知道你的計畫是什麼？」

「對於這件事你有什麼看法？」宋戴克反問他。

「這個嘛，」盧克聳聳肩，「這位小兄弟偷走了一包鑽石，後來被發現了，就這麼簡單，至少我是這麼認為的。」

「但是對我而言，這不一定是事實，」宋戴克淡淡地說，「那包鑽石可能是他偷的，但也可能不是他偷的。我將在接下來的一兩天內進行深入調查和取證，在沒有找到新的線索之前，我不能隨便下結論。目前我們先不要去制定什麼行動步驟，等我找出可行的辯護方法再做打算。」

「好吧，就按照你說的做，」盧克律師隨手拿起帽子，輕蔑地說，「可是我擔心這個壞人會因為你的想法和做法而心存僥倖，也會因此摔得更慘。我想你應該清楚我說的話，我可不希望在法庭上被別人笑話。」

「當然，我也不希望發生這樣的事，」宋戴克贊同地說，「但無論如何，我都會好好調查，這兩天我還會找你一起探討這個案子。」

宋戴克站在門口，目送盧克律師。律師走遠後，宋戴克迅速關上門。他轉過身，臉上滿是不樂意的表情。

「這個『壞人』？」他的聲調上揚，「看樣子，諾伯先生和他的委任律師關係很不好啊！對了，傑維斯，你說你現在沒有工作？」

「是的。」我說。

「你願意和我一起調查這個案子嗎？如果你可以來幫忙，我就可以輕鬆太多了。我的手上有太多的事要處理，而且你來肯定是有佣金的。」

我認真地告訴他，我非常樂意成為他的幫手。

「太棒了！」宋戴克高興地說，「明天就可以開始工作了，早上你來我這裡一起吃早餐，我們商量一下接下來要做的事。但是現在我們還是忘記這個傲慢的律師和他膽怯的當事人，點上菸斗繼續聊天吧！」

三、吉伯爾・茉麗葉

第二天早上，我來到宋戴克家，他已經開始工作。桌子上立著一架顯微鏡，用來觀察微生物生長情況的那種，顯微鏡下放著印有六個拇指血印的小卡片。他把顯微鏡的光線聚焦在卡片上，認真觀察著上面的血印。當我坐到椅子上，我的朋友把顯微鏡推到牆邊。

「看樣子，你已經開始工作了。」我說。

這時電鈴響起，波頓端著早餐走進來。

「是啊，」宋戴克回答，「和以前一樣，在我誠懇的管家的幫助下，我已經開始工作了。對吧，波頓？」

那個矮個子的男人氣質優雅，和他手上的早點托盤很不搭配。波頓望著我們，目光友善，面露微笑：「沒錯，我們沒有浪費時間。現在樓上正在製

作一張底片，沖洗一張放大的照片。我想你們早餐還沒吃完，它們就能沖洗好，甚至裝裱上了。」

「傑維斯，我的助手真是了不得，」宋戴克在波頓走後得意地說，「雖然他看起來像一個鄉下學校的校長或法官，但其實精於研究製造光學儀器，簡直就是一個物理學家。最開始他只是一個修鐘錶的，現在卻成為我的機械助理。時間一長你就會發現他的優點，他就是我的左膀右臂。」

「你是在哪兒認識他的？」我問。

「醫院裡。當時他精神上遭受嚴重打擊，身體患有嚴重的疾病，正接受住院治療。他是一個被貧窮和厄運摧殘的可憐人。剛開始，我只是讓他幫我做一兩件事，後來發現他很可靠，也很感激我對他的幫助，於是就聘請他長期為我工作。」

「他剛剛說的是什麼照片？」我疑惑地問。

「噢，他把指紋圖放大後放在了印相紙上，還做了一張底片，方便以後沖洗。」

「昨天聽你和諾伯・霍比先生的對話，感覺你很想幫他，是有什麼計畫了嗎？」我直接說，「依我看，這個案子根本就沒有任何希望。雖然我也不想承認他就是罪犯，但是他又不太像是被冤枉的。」

「確實沒有多大的希望，我到現在也沒發現什麼線索，」宋戴克對我的說法表示贊同，「但是我有個辦案原則，不管是什麼樣的案子，都應該經過收集證據、假設推想、對證據進行檢驗以判斷其真假這個縝密的推理過程，而且我總是要求自己要接受所有的可能性。如果這是一起竊盜案，嫌疑人應該有四個：諾伯・霍比、華克・霍比、約翰・霍比和目前還沒有出現的某個人。我要重點調查前三個人。」

「如果是霍比先生，他為什麼要從自己的保險櫃裡偷走鑽石呢？」我反問道。

宋戴克說：「霍比先生最有條件偷走鑽石，他是保險櫃的主人，手裡有鑰匙。我並不是認定是他，只是將我能想到的可能性先說出來。」

「如果真是他做的，他就要賠償鑽石主人一筆鉅款。」

「除非有證據證明丟失鑽石是他的疏忽，霍比先生受託付保管鑽石，沒有任何報酬，他根本不用負什麼責任。而且對於霍比先生是否有重大疏忽這一點，鑽石的主人很難去核實。」

「老兄，你怎麼解釋那個拇指印呢？」我淡淡地問。

「拇指印？我是不是能解釋它還不一定。」宋戴克表情平靜，「但是你給我的感覺，好像認為只要有了拇指印就可以省掉正常的訊問過程，這和警方認為拇指印具有神奇的功能一樣，是多麼愚蠢的想法！雖然我也承認拇指印很重要，但它只是一個物證，只有當其他證據串聯起來以後才能表現出它的作用，我們應該像對待其他證據一樣對待它。」

「你接下來會怎麼做？」

「首先，要證實在現場發現的那個拇指印和諾伯先生的拇指印是完全吻合的，我必須親自調查研究。當然，我這麼做並不是懷疑那些指紋專家的研究結果，事實上我很相信他們。」

「然後呢？」

「收集其他新的證據啊！等我們吃完早飯，我再說需要你幫我做些什麼。」

早飯吃完後，宋戴克起身按了一下鈴。然後，他走進辦公室拿出四個小記事本，放在我的面前。

「這是一本我記錄的關於這起案件的調查資料，你負責從中找出每個人的資訊。只要是和諾伯・霍比有關的，都要記錄在這個本子上。」宋戴克拿出一個小本子，在封面上寫下諾伯・霍比的名字後交給我。「你可以用第二個記事本記錄所有與華克・霍比相關的資訊，第三個記錄約翰・霍比的，至於最後一個本子，你可以記錄與其他三個人沒有關聯但是與這個案子有關的事。記住，不能放過任何細節。接下來，我們去看看波頓的作品吧！」

這時，波頓遞給宋戴克一張照片，這張照片長十英寸、寬八英寸，是一張拇指印被放大的圖片。圖片上的拇指印連汗腺口和一些細小的紋路都顯示得很清楚，還有拇指印上那些不規則的紋路。現在我們用肉眼就可以觀察到這些，如果是原圖就必須在放大鏡下才能看見。另外，這張放大圖還用黑色

的細線分割出許多小方格，就像棋盤一樣，而且每個方格都有編碼。

「親愛的波頓，你真是太厲害了！這幅放大圖棒極了！」宋戴克稱讚道，「傑維斯，你看這些小方格，只有原圖的十二分之一，是先用測微器將原圖切分，再拍下來的。這些小方格的邊長是三分之二英寸，放大後直徑就比原來大八倍！我有許多不同刻度的測微器，用來檢測支票、簽名等，效果非常好。波頓，你是把測微器放進去了嗎？我還看見你把照相機和顯微鏡放進去了。」

「先生，是的。」波頓答道，「我把可能用得到的東西都放進箱子裡，除了你看到的這些，還有一個六英寸的接物鏡和一個低倍率的接目鏡。為防止光線不夠，我還把高倍率底片裝進盒子裡帶上了。」

「好，接下來我們就去蘇格蘭場會會那些專家吧！」宋戴克一邊戴帽子和手套，一邊笑著說。

「等等，你有沒有組合顯微鏡或者其他方便攜帶的儀器。你不就是要把照片放大八倍嗎，用得著把這個大傢伙拿到蘇格蘭場嗎？」

「噢，波頓確實設計過一個組合顯微鏡，或許我應該把它拿出來給你看看，但是現在我們還是得帶著這個，因為我需要一個功能較強的儀器。對了，還有一件事要和你說，到了那個地方，無論我做什麼說什麼，你都不要當著警察的面發表意見。我們目的是去收集資料，不是向他們提供資料。」

這時，內門上的銅環動了動，因為家裡有人所以外門沒有鎖，緊接著一陣敲門聲傳了進來。

「又是誰來敲門啊？」宋戴克抱怨著。他把顯微鏡放到桌子上，大步向門口走去，使勁打開門，隨即他又摘下帽子行禮。我看見門口站了一位女士。

她問：「您是宋戴克醫生嗎？」只見宋戴克微微動了身體表示肯定。這位女士又繼續說：「本來應該先和你預約見面的時間，可是這件事跟諾伯・霍比先生有關，非常緊急。聽說他之前來找過你？」

「是的，可愛的小姐，你先進來吧，」宋戴克恭敬地說，「為你介紹一下，這位是傑維斯醫生，他和我一起調查這個案子。我們正要去蘇格蘭

場。」

　　這次到訪的是一位女士，年齡在二十歲左右，身材高䠷，氣質優雅。她向我致意，沉著地開口：「我是茱麗葉・吉伯爾，我只是想跟你們說幾句話，不會耽誤太久的時間。」

　　然後，她坐在宋戴克為她準備的椅子上，禮貌地繼續說：「先介紹一下我的情況，好讓你們明白我來的目的。我和霍比先生和霍比太太沒有血緣關係，但和他們住在一起已經有六年的時間。十五歲的時候我就來到霍比太太身邊陪著她，在她的家裡做一些輕鬆的工作。霍比太太沒有孩子，而我是一個孤兒，那時還不能照顧自己。我覺得能來到霍比太太身邊，完全是因為她的善良。

　　「三年前，我突然得到一筆財富，結束了靠接濟生活的日子。我請求霍比先生和太太讓我繼續留在他們身邊。我們在一起相處得很好，他們認我做養女。我有很多機會能接觸到霍比先生的兩個侄子，因為他們經常來家裡。諾伯被指控盜竊這件事對我們打擊很大。以我對諾伯的瞭解，他絕對不會偷那些鑽石。我今天來就是想告訴你們這些。我相信他是清白的，並且我願意支持他幫助他。」

　　宋戴克笑著說：「你打算怎麼支持他、幫助他呢？」

　　「我知道法律諮詢和協助的費用很高，我可以為他提供這些費用。」吉伯爾小姐說。

　　「你的想法是對的。」宋戴克點點頭。

　　「我知道諾伯需要朋友的幫助，他並沒有多少錢。我會為他支付一部分費用，希望你不要因為錢的問題而有顧慮，一定要想盡辦法還他清白。如果可以，請不要告訴他是我在幫他。」

　　「吉伯爾小姐，你真是太善良了！你們的友誼也令人羨慕。我並不擔心錢的問題，如果你真想幫助諾伯先生，應該透過盧克——霍比先生和諾伯先生的律師——徵求被告的同意，但是我想你應該不會這麼做。當然你也可以在其他方面為我們提供幫助，比如說，我有幾個問題想問你，你願意幫我解答嗎？」

「只要是你認為有必要的問題，我都願意回答。」吉伯爾小姐說。

宋戴克開心地說：「太好了！我想問一下你與諾伯先生是不是有什麼特殊的關係？」

「你是不是指男女之間的關係？」吉伯爾小姐笑著說，臉上微微泛紅，「我和諾伯先生只能稱得上是知己，我們之間的關係很單純。不過我倒是和華克‧霍比有那種傾向。」

「你是說你和華克先生訂婚啦？」

「不，不是的，」她急忙解釋，「他不止一次地向我求婚，我沒有同意。但我相信他是真心的。」

吉伯爾小姐心裡好像並不相信華克先生，她的語氣很怪。宋戴克顯然是注意到了，他反問道：「是的，華克先生是有誠意的，他怎麼會沒有誠意呢？」

吉伯爾小姐慢慢地說：「我每年的收入大約有六百英鎊，對於像華克這樣的青年，我是一個理想的結婚對象。華克先生沒有什麼發財的途徑，家裡也不是很有錢。他向我求婚很容易讓人們以為他是為了錢，但我願意相信他是真心的。」

「我相信你的判斷。即使他是一個追名逐利的人，對你肯定也是真心的。」宋戴克說。

聽到宋戴克的話，吉伯爾小姐的臉紅了：「請不要這樣說，我還是瞭解我自己的。至於華克‧霍比，他真的很喜歡錢。我從來沒見過如此痴迷金錢的年輕人，他滿腦袋想的都是名利，不過我相信他能夠得到。」

「你的意思是你拒絕了他的愛？」

「當然，我只是對他有好感，並沒有到要嫁給他的程度。」

「噢，原來是這樣！現在讓我們繼續談談諾伯先生。你和諾伯認識多久了？」

「六年！」吉伯爾小姐感嘆地說。

「你如何評價他？」

「他從來沒說過謊話或者有什麼不好的行為，說他會去偷東西，根本是

開玩笑。諾伯與痴迷財富的華克正好相反，他生活節儉，淡泊名利，對朋友又很慷慨大方，是一個勤奮友善的人。」

「吉伯爾小姐，非常高興能得到你的幫助，」宋戴克微笑著說，「我想隨著案情的發展，我們還會去麻煩你，你的坦誠和聰明，一定會對我們有很大的幫助，我相信你也非常願意配合我們。你可以留下你的名片，等案子有了新線索，我們隨時聯繫你。」

吉伯爾小姐留下名片後離開了。宋戴克盯著火焰開始思考。過了一兩分鐘，他抬頭看看錶，戴上帽子，遞給我一架照相機，然後提著裝有顯微鏡的箱子走向門口。

當我們走在樓梯上時，他大聲說：「時間過得真快啊！幸好我們沒有浪費它，對不對，傑維斯？」

「噢，可能吧！」我猶豫著說。

「可能？」宋戴克疑惑地說，「你是不是在想什麼傷腦筋的問題？小說裡把它稱為『一個關於心理層次的問題』。你的責任就是把這個問題的答案找出來。」

「你說的是吉伯爾小姐和那兩位年輕人的關係嗎？」

宋戴克微笑著點點頭，沒有說話。

「這和我們的事有什麼關係嗎？」

「當然會有一點關係。在調查的初始階段，我們不能放過任何的線索，每件事都要深入研究。」宋戴克說。

「哦，我同意你的說法。我認為吉伯爾小姐對華克‧霍比談不上喜歡。」

「是的，可以說吉伯爾小姐的熱情並沒有被痴迷財富的華克激起。」宋戴克認同地說。

「那麼，如果我想贏得這位小姐的芳心，就不能學習華克，而應該學習諾伯。」

「我和你的看法一樣，請繼續往下說。」

「嗯，這位美麗的小姐給我印象最深的是，她對諾伯的喜歡好像被什麼

事影響了。她提到『以我對他的瞭解』，這句話聽起來像是有人有不一樣的看法。」

「好樣的！」宋戴克在背後拍了我一下，他的驚呼聲將一個路過我們身邊的警察嚇一跳，「透過現象看本質，這正是我需要你的地方。我想我們還要找個機會和她談談。有人在她面前說了諾伯的壞話，我們需要查出這個人是誰，還說了什麼。」

「你當時為什麼不問她呢？」我傻傻地問。

宋戴克突然大笑著反問：「你為什麼不問呢？」

「哦，我想那個時候表現得太敏感很不禮貌。你的手好像很累，讓我拿一會兒顯微鏡吧！」

宋戴克笑了笑，把箱子給我，揉了揉手指：「謝謝！這個箱子還挺沉。」

「一個六英寸的接物鏡也只能將直徑放大兩三倍，我們帶一個普通的放大鏡就可以了，鬼知道你帶這些東西有什麼用。」我抱怨道。

「將活鏡筒蓋起來可以放大兩倍，低倍率的接目鏡可以將物體放大四倍。我用來檢查支票、簽名和更大物體的機械，就是波頓製造的那些，你會看到它們的作用。不要在他們面前發表任何意見，千萬別忘了啊！」

過了一會兒，我們來到蘇格蘭場的入口。在那條窄小的通道對面有一位穿著制服的警官，他朝我們走過來，來到跟前時停下腳步對著宋戴克敬禮。

「親愛的醫生，我聽說你接手了那個拇指印的案子，我知道你一定會在最快的時間趕過來。」警官開心地說。

「是啊！我現在趕過來是想幫被告做點力所能及的事。」宋戴克說。

說完，這個警官帶著我們往裡面走。「如果這次你能創造奇蹟，我會更加地佩服你。你接手的每個案子都會給人帶來驚喜。不知道這次還有什麼辦法，這個案子的證據如此明確。」

「喂，老兄，這樣說太誇張了吧！你的意思是這個案子因為那個拇指印就能認定凶手是誰了？」

「可以這麼說。我想這是你遇到的最難辦的案子。」警官瞇著眼，笑著

回答，「你最好先去一趟希德爾先生那裡吧！」

我們跟著警官走過長廊，停在一個簡陋的大房間門口。門開著，有一位善良的先生坐在一張大桌子後面。

「醫生，你還好嗎？」這位先生站起身與宋戴克握手，「我知道你來這裡一定是想看看那個拇指印，對吧？」

「你真聰明，這就是我過來的目的。」他介紹過我以後，繼續說：「這次我們要站在對立面了，上次我們還在一起並肩作戰！」

「對啊，」希德爾先生同意地說，「這次我們要戰勝你。」

說完，希德爾用鑰匙打開抽屜，從檔案夾裡抽出一張紙放到桌子上。紙的一邊有很多小孔，像是從備忘錄上撕下來的，上面用鉛筆寫著「諾伯於3月9日下午七點零三分送來。J.H.」紙的一端有一片模糊的深紅色血跡，顯然是手指壓在上面留下的。血跡旁邊還有兩三片小汙漬，最明顯的就是那個拇指印。

宋戴克沉默了很久。他仔細地觀察著那張紙，認真地將上面的血指印和血漬痕跡進行比對。希德爾先生站在旁邊好奇地打量著宋戴克。

「辨認這個指印是很容易的事。」警官說。

「是的，這個指印很清晰，上面那道疤痕也很明顯。」宋戴克表示贊同。

希德爾先生點點頭：「我想你應該也有一份同樣的指紋樣本吧？這個疤痕已經說明了一切。」

「嗯。」宋戴克淡淡地回應了一聲，然後把那張放大的照片從他的夾子裡拿出來。希德爾先生看到這張照片，立刻大笑起來。

「只要放大三倍就可以了。這麼大的照片不戴眼鏡都可以看得很清楚。」他喘著氣說，「把它分割成小方格的想法倒是不錯。不過我們的方法，也就是郝賀德的方法，好像比你這個好一點。」

宋戴克從檔案夾裡拿出一張放大到四英寸長的拇指印照片，希德爾說的話並沒有影響到他。希德爾先生觀察著紙上的指印，上面有明顯特徵的地方用細字筆做了很多數字標記。

「你這個用數字標記的方法比方格可靠多了，那些方格的交叉點很多都落在不重要的地方，而這些數字的記號都標在了重要的地方。」希德爾先生諷刺地說，「我要提醒你一下，我們可以為你提供原圖拍照，但絕不允許你在原圖上做這些記號。我想照片和原圖作用是一樣的。」

「我正打算跟你借原圖拍張照片。」宋戴克微笑著說。

「沒問題。」希德爾先生爽快地答應，「我知道你這樣的人不會輕易相信誰。如果你要自己拍照就請便吧，詹森巡佐會過來幫你。我還有一些事情要處理，就不陪你了。」

「他正好可以監視我，以免我把這麼珍貴的原件帶走。」宋戴克看著慢慢走進來的巡佐，笑著說。

「噢！請不要這麼想。」巡佐對宋戴克咧著嘴笑。

希德爾走到辦公桌前。這時宋戴克從我們帶來的大箱子裡拿出顯微鏡。

「天哪！你不會是要把那張紙放到這個大傢伙下面吧？」希德爾先生驚訝地說，除了驚訝還有一點好奇。

「既然收了人家的錢，就必須做點什麼吧！」宋戴克笑著說。他在擺好的顯微鏡上多綁了兩個接目鏡。

「一定要仔細看，我可是一個好人，不會耍什麼花招哦！」宋戴克故意對著巡佐說。

「我也會瞪大眼睛仔細看的，先生。」巡佐毫不示弱地回應。

宋戴克將兩個玻璃片放在顯微鏡的置物盤上，玻璃片中間夾著那張紙，開始調整焦距。那位巡佐緊緊地盯著宋戴克的一舉一動。

我認真地觀察著宋戴克和他精心準備的大工程。他先用六英寸和半英寸的接物鏡試了試，然後又換上一個高倍率的接目鏡。他用這個接物鏡仔細地看了一會兒，便把指印放到接目鏡下。宋戴克認真觀察著，然後從箱子裡拿出一個裝著鈉鹽的小酒精燈。點燃後的酒精燈閃著黃色的火焰。他拿下一個接物鏡換上分光器，然後將酒精燈移到顯微鏡的旁邊，調試分光器。很明顯，我這位朋友在調整綠色的光。

前期的調試工作終於做完了。宋戴克重新用直射光和反射光檢測血漬和

指紋，還不時在本子上畫圖記錄。他吹滅酒精燈，把分光器和酒精燈都放到箱子裡。又從裡面拿出測微器，壓在指紋印上。

他用夾子固定好指紋印，慢慢地移動測微器，把顯微鏡下的原圖和他手上放大的圖進行比對。他耐心地調整著測微器。最後，他露出滿意的微笑。

「現在要在詹森巡佐的監督下拍照，我已經將原圖和放大圖的位置對應好。拍完我們要把照片帶回去慢慢檢查。」

說完，我的這位朋友從盒子裡拿出一台照相機，這台照相機的底片是卡片型。他將顯微鏡調整成水準角度，把裝照相機的盒子立成一個小桌面，抵著三隻銅腳放著，然後將照相機放在上面，正好與接目鏡一般高。

照相機的鏡頭連接著一個黑皮革套筒，套筒的另一端連接著顯微鏡的接目鏡，宋戴克把套筒和接目鏡的連接處用橡皮筋捆了幾圈，這樣照相機和顯微鏡之間就完全不會透光。

所有的準備工作都做好了。當窗外的一束光通過聚光鏡照在拇指印上時，宋戴克拿掉鏡頭蓋，仔細地調整影像焦距。接著，宋戴克在接物鏡周圍豎起幾塊擋板，並在接物鏡上套了一個小蓋子。

「我拍照的時候你們最好不要離開自己的位置，」宋戴克對我和巡佐說，「即使震動的幅度很小，也會影響這張圖的清晰度。」

聽到他的話，我們一動不動地看著他。只見他拿掉鏡頭蓋，靜靜地站在那裡按下照相機的快門。

「為了防止這張照片不完美，我需要再拍一張。」

他站在那裡又拍了一張，然後又將測微器換上玻璃，拍了兩張照片。

「還有兩張底片，我需要拍一下紙上的血漬。」宋戴克說著抽出第二個片匣。

於是，他對著小汗漬拍了一張，又對著大血滴拍了一張。

「完成了。」宋戴克滿意地說，接著便開始收拾那個大箱子，巡佐把它叫做「百寶箱」。「我想，我們已經將這裡能提供線索的東西都用上了。感謝你為我這個對手提供這麼多幫助，希德爾先生。」

「不，不是對手，」希德爾先生不滿意地說，「你應該清楚，我們不會

阻撓辯方的工作，我們的目的都是收集罪證。」

「對，對，尊敬的希德爾先生，」宋戴克伸手握住希德爾，「我從未忘記你對我提供的幫助。親愛的朋友，我們下回見。」

「再見，醫生，雖然我對你沒有信心，但還是要祝福你。」

「我們就看結果吧！」宋戴克笑著說。

宋戴克走到巡佐身邊與他握手告別，然後提著箱子走了出去。

四、初見霍比太太

回程的路上，宋戴克陷入了沉思，他外表冷靜，神情專注，努力壓抑著內心的興奮，這樣的氛圍很不尋常。我忍耐著不去打擾他。我瞭解他的性格，如果他認為應該獨立思考，即使對我，也不會透露什麼。

回到家，宋戴克向波頓交代了幾句，就把相機給他。午餐已經準備好，我們坐到餐桌前用餐。吃飯的時候兩個人都沒有說話。

突然，宋戴克放下手中的刀叉，饒有興致地看著我：「傑維斯，我發現你有一種天賦，就是沉默。它使你成為世界上最適合做夥伴的人。」

「如果沉默是檢驗夥伴的標準，你才是最適合的那個！」我咧開嘴，笑著說。

宋戴克聽完後大笑：「沒想到你還是一個能言善辯的人。我認為適當地保持沉默是很難得的社交禮儀，我的這個想法一直沒有改變。如果今天換做其他人，一般會出現兩種情況：一種是不停地問我問題，那會把人煩死；另一種是不停地發表意見和看法，聽著就令人頭疼。可是你並沒有來打擾我，這樣我可以趁著記憶清晰的時候，一個人靜靜地整理今天收集到的資訊。對了，今天我還犯了一個低級錯誤。」

「什麼錯誤？」我問。

「我忘記問，那個指紋模是在霍比太太那裡還是在警察局了。」

「這個很重要嗎？」

「也不是很重要，但我還是想看看它。或許這為你提供一個良機——與吉伯爾小姐見面的良機。我記得她住在艾登森公園，今天下午我要去醫院一趟，波頓也有一堆事要忙，所以只好由你去拜訪她。你見到她的時候，跟她多聊聊私事，尤其是三位霍比先生的生活習慣。要保持你敏銳的洞察力，充分發揮你臨床觀察的能力，不要放過任何與那三位先生有關的細節，哪怕只是知道他們三位裁縫師的名字，對我也是很有幫助的。」

「那個指紋模呢？」

「要打聽清楚它在誰的手上。如果在霍比太太那裡，你就想辦法把它借過來，或者拍幾張照片。能拍幾張照片是最好的。」

「好的，保證完成任務。」我肯定地回答，「不過為了下午扮演的角色——一個刨根問底的人，我應該先裝扮一下我自己。」

一個小時後，我來到宋戴克說的艾登森公園，走到霍比先生家門口，按了一下門鈴。

開門的是一個女僕：「找吉伯爾小姐嗎？小姐今天要出去，但是不知道是否已經走了。您先進來，我去幫您找找。」

女僕帶我來到客廳，客廳裡擺放著各式各樣的家具和小桌子。我在火爐邊找到一個可以容納我的位置，靜靜地站著等待女僕的消息。這年頭女士們總喜歡將房間裝飾成雜貨店。

沒多久，吉伯爾小姐便出現在我的面前。她頭上戴著帽子，手上戴了手套，看起來的確是要出門，還好我早到了一會兒。

「沒想到這麼快就又見面了，傑維斯醫生。」吉伯爾小姐友善地伸出一隻手，溫柔地說，「歡迎你，是有什麼新消息要告訴我嗎？」

「不，不是的，我想向你請教一些事。」

「哦，原來是這樣，那也比什麼都沒有要好，請坐吧！」雖然她嘴上這樣說，但是臉上的表情很失望。

我看著一張搖晃的小椅子，小心地坐下去，然後直奔主題：「你還記得上次你提到過的指紋模嗎？」

「當然，就是它帶來了麻煩。」吉伯爾小姐來了精神。

「你知道這個東西現在在哪兒嗎？」

「當時警方說需要讓指紋專家做鑑定，就把指紋模帶到了蘇格蘭場。後來，他們想把它留下來當控訴諾伯的證據，這使霍比太太十分苦惱，於是警方就把指紋模還給了霍比太太。其實警方可以直接從諾伯那裡獲得指紋，他們並不需要那個東西。而事實上諾伯在被警方逮捕時，也積極地配合他們提供了自己的指紋。」

「這麼說，指紋模在霍比太太那裡了？」

「是的，不過我好像聽霍比太太說要銷毀那個指紋模。」

我的內心突然感到不安：「宋戴克醫生需要馬上看看它。上帝保佑，希望霍比太太還沒有這麼做。」

「你一會兒可以問問霍比太太。我已經告訴她你來這裡了，她應該很快就會下來。宋戴克醫生為什麼要看這個東西，你知道嗎？」

「不知道，他對我和對其他人一樣，沒有透露任何消息。」我回答。

「聽你這麼說，好像他不是一個容易親近的人啊！」吉伯爾小姐小聲說，「可是我知道他是個有同情心的好人。」

「他確實是一個正直善良且富有同情心的好人，」我強調說，「但他從不會洩露客戶的秘密來迎合他人。」

「我也是這麼認為的，他就不會刻意迎合我。」吉伯爾小姐微微一笑。很明顯我不夠委婉的話，讓她有點生氣了。

正當我為自己的魯莽感到自責，猶豫著要不要跟這位小姐道歉時，門外走進來一位年紀稍長、樣子愚蠢的女士。她身材健碩，神情平和。

「和你介紹一下，這位是傑維斯醫師，」吉伯爾小姐說，「這位就是霍比太太。你還沒有把指紋模毀掉吧？傑維斯醫師過來就是想瞭解指紋模的事。」

「親愛的，我當然沒毀掉它，它就放在桌子上。不知道這位醫生想瞭解

什麼呢？」

我不知道該怎麼安撫滿臉驚恐的霍比太太。「我想你應該知道，我的同事宋戴克目前負責你侄子諾伯的案子，他急著要察看這個指紋模。」

「我知道的，茱麗葉向我提起過他，說他是個可愛的人，是這樣嗎？」霍比太太說。

我看向吉伯爾小姐，她剛好也在看我，我看到她的眼神裡有一股頑皮的意味，不過沒多久，她的臉就紅了起來。霍比太太將吉伯爾小姐對宋戴克的形容直接說出來，使她有點難堪。

我說：「唔，雖然我對他的評價很高，但是我倒是沒看出來他哪裡可愛。」

很快，她就恢復了正常，「你和我的評價是一樣的，只是你站在男性的角度來評價他，我認為女性在這方面的眼光更準更獨特。不過話又說回來，霍比太太你願意把指紋模交給傑維斯醫生，好讓他帶給宋戴克醫生看嗎？」

「親愛的，我當然願意，只要能幫助諾伯那個可憐的孩子。這裡面一定有什麼誤會，無論如何我都不相信他會做這種事。我跟探長也是這麼說的，我說諾伯絕對不會偷東西，我願意以人格做擔保，可是他們就是不相信我。我最有資格評價諾伯，我是看著他長大的。還有想想那些是還沒有被切割的鑽石，諾伯要它們有什麼用？」霍比太太一邊說，一邊拿出絲帕擦眼淚。

我趕緊轉移話題，防止她繼續哭下去：「我相信宋戴克一定能從指紋模裡發現什麼線索。」

「噢！看到宋戴克醫生對指紋模感興趣讓我很開心，我十分願意把指紋模借給他，他用心對待諾伯的案子使我看到了希望。傑維斯醫師，你能想像嗎，那些愚蠢的警察為了指控我可憐的孩子，竟然想把指紋模留下來？想想看，那是我的指紋模呀，我怎麼會同意留下它。所以他們只好把它還給我。我已經想好了，如果他們還想繼續陷害我的侄子，我就拒絕幫助他們。」

「是的，所以你要把指紋模給傑維斯醫師，讓他帶回去。」吉伯爾小姐說。

「當然，我馬上就拿給你。」霍比太太爽快地說，「你可以不用還

給我，我不想再看到它，傑維斯醫師。如果你們用完，就一把火把它燒掉吧！」

霍比太太的爽快讓我產生了顧慮，如果就這樣把東西拿走好像不太好，於是我跟她說：「我不清楚宋戴克察看指紋模的目的，但是我猜他應該會拿它當證據，而且他交代我最好在你的准許下拍照片，所以東西還是你自己保管比較好。」

「哦，這樣啊，我很容易就能幫他拍一張照片。我的侄子華克就可以幫忙，他是一個很聰明的人，只要我說一句，他就會答應。對不對，親愛的小姐？」

「伯母，您說得很對，但是我想宋戴克醫師希望自己拍。」吉伯爾小姐微笑著說。

「別人拍的照片對宋戴克而言可能沒有任何價值，我肯定他更希望自己拍。」我補充說。

霍比太太嘆了一口氣：「唉，如果我把華克拍的照片給你們看，你們就不會以為他只是個普通的攝影愛好者了，你們會對他的拍照技術感到驚訝。我敢保證，他是個很聰明的人。」

吉伯爾小姐把話題又拉回來：「為了節省時間，避免一些麻煩，需要我們把指紋模送到宋戴克醫師住的地方嗎？」

「你們真是大好人啊！」

「不要客氣了，我們什麼時候送過去？今天傍晚可以嗎？」

「好啊，這樣我的那位同事就可以馬上察看，然後決定下一步該做些什麼，只是要麻煩你們了。」我說。

「一點也不麻煩。伯母，你願意和我一起去嗎？」吉伯爾小姐說。

「親愛的，我當然願意。」霍比太太答道，而且好像要就此展開討論。吉伯爾小姐看了看手錶，突然站了起來，說自己有事要出去。於是我也起身表示該回去了。

「傑維斯醫師，我們可以在路上商量一下拜訪的時間，不知道你和我是否順路？」她問。

我立刻給出肯定的回答，隨後我們一起離開。霍比太太微笑地站在門口目送我們。

當我們走到街上，吉伯爾小姐說：「你認為八點鐘可以嗎？」

「可以，如果事情有變，我會發電報告訴你。還有一件事，晚上我們有一件正事要談，所以希望你能一個人過來。」

吉伯爾小姐笑了笑，發出銀鈴般的聲音。「好的，沒問題。霍比太太的談話總是不會聚焦在一點上，有時也很不著調，但還是希望你能包容她的這個缺點。如果你和我一樣受到她慷慨的幫助和友善的照顧，就不會在意了。」

「我很認同你的說法，我對此也沒有很在意。相反，我並不認為這是缺點。每個女士上了年紀後都會意識不清楚，講話囉嗦。」

為表示對我剛才評價的贊同，吉伯爾小姐再一次露出淡淡的微笑。

我們沉默著繼續往前走，突然吉伯爾小姐轉向我，聲音急切地對我說：「傑維斯醫生，請先原諒我的冒犯，我想向你請教一個問題，你認為宋戴克醫生有把握或有希望拯救諾伯嗎？我希望你能告訴我他有什麼辦法。」

吉伯爾小姐的這個問題非常嚴肅，我思考了一會兒回答她：「雖然我也很想在我的職責範圍內告訴你一些情況，但是我知道的也不多。」我無奈地說，「不過我可以告訴你的是，宋戴克接下了這個案子，他的態度很認真，這不是什麼機密。他做了這麼多事，說明他對這起案子很有信心。」

「我明白了，聽了你說的話我又重新打起精神。」她笑著說，「我還有一個問題，你不要認為我在故意打探，我只是對這起案子很著急。請問你們到蘇格蘭場發現新的線索了嗎？」

「因為我知道的不多，所以能告訴你的有限，對此我感到很抱歉。宋戴克在蘇格蘭場做了許多工作，我能看出他對工作的結果很滿意。我不知道他查到了什麼，但能肯定他有了新的發現，而且我們一回到家，他就說要察看這個指紋模。」

「傑維斯醫生，聽了你的話我感到很安心，非常感謝你對我說的這些，我不會再問你任何問題了。你確定要往這個方向嗎？」

「噢，沒關係，我本來就想在談完指紋模的事後能跟你單獨聊聊，如果你同意讓我陪你一起走，我會感到很榮幸。」我急忙回答。

吉伯爾小姐向我鞠了一躬，羞澀地說：「看來我要接受訊問了？」

「哎呀！你也問了我不少啊！」我回應她，「我不是故意要這麼做的。在這個案子裡，雖然我們互不相識可以幫助我們公正地審視所有人，但還是需要對每個人進行深入的瞭解。比如我們的當事人，初次見面時，他給我們留下一個很好的印象，那也只是表面印象，誰知道他是不是一個道貌岸然的傢伙。但你說他是一個品德純良的紳士，我們才開始對他有信心。」

吉伯爾小姐點點頭說：「你們會根據我或者其他人說的內容，判斷出他的性格特點，這一點我可以理解，但我們的說法會影響你們的判斷嗎？」

「會！所以我們有責任查明對方說這些話的目的，以及這些話的真實性。」

「是的，我想不管是誰都會這麼做。」說完，吉伯爾小姐開始沉思，看到她的表情，我決定繼續追問。

「你知道有誰說過諾伯先生的壞話嗎？」

吉伯爾小姐看著地面陷入沉思，好像在猶豫要不要回答我的提問。過了一會兒，她猶疑地開口：「我認為這只是一件與案子無關的小事，但是卻給我帶來了困擾。諾伯和我曾經十分要好，但是發生的這件小事卻使我和諾伯之間有了隔閡。這對他來說非常不公平，我也經常責備自己為什麼因為這件事就改變對諾伯的看法。即使你會認為我是愚蠢的，我也要把這件事告訴你。

「我和諾伯曾經是最好的朋友，就像你知道的那樣，只是好朋友而已。我們經常去博物館和藝術展，諾伯非常喜歡研究古代和中世紀的藝術，而我也對這些感興趣。每次去博物館和藝術展我們都會討論和交換彼此的意見，這使我們感到開心。

「在六個月前的某一天，華克表情嚴肅地把我叫到旁邊，問我和諾伯是什麼關係。雖然我認為這和他無關，但還是跟他說我和諾伯只是好朋友，其他的就沒有了。」

「如果是這樣，我建議你以後不要經常和他出去。」華克嚴肅地說。

「為什麼？」我自然地問。

「為什麼？因為諾伯是一個該死的小人。我聽人說他在俱樂部裡和其他人閒聊，他說自己是一個靈魂高尚的人，不會被物質條件誘惑。最近有一位年輕有錢的女士正在追求他，但被他無情地拒絕了。我實在看不下去，我是為你好才告訴你的。而且我感覺這件事應該不會就此停住。男人都喜歡炫耀，你也不要因此生氣，而且一定是聽到這些話的人加上自己的理解傳給別人，才演變成這個樣子。但我還是要提醒你，要謹慎一些。」

「聽完這番話，我感到十分震驚，想要找諾伯問清楚。但是華克說即使我去大鬧一場又有什麼用！他還警告我說要保密。我真不知道應該怎麼辦，雖然自尊心受到了打擊，但我認為諾伯不會這麼做。我試圖忘掉這件事，像以前一樣和諾伯交往。我也覺得應該給諾伯一個機會解釋這件事。雖然華克說的那些事不像為人正直的諾伯會做出來的事，但也不是沒有可能，因為華克最看不起吃軟飯的那種人。從那時起我就陷入兩難之中。你說我應該怎麼辦？」

我摸著下巴，神色困窘。說實話，我不忍心責怪眼前這位美麗又心軟的小姐，但毫無疑問，像華克這樣背後造謠的小人最讓我討厭。但是以我的立場，不適合做什麼評價。

我想了一會兒說：「我想如果這些傷人的話不是諾伯說的，那就是華克故意造謠詆毀諾伯。」

「你說得對，」吉伯爾小姐聽了我的話，表示贊同，「我也是這麼認為的，但你說會是哪一種呢？」

「哦，這可不好說。如果是下流痞子我們通常一眼就能看出來，這種人喜歡擺出一副得意的樣子，吹噓自己在愛情中多麼厲害。說實話，在我看來諾伯不是這樣的人。如果華克真的聽到一些流言，他不應該告訴你，而應該提醒諾伯。吉伯爾小姐，這只是我個人的看法，並不可靠。我想他們倆的關係可能不是那麼要好。對嗎？」

「不，不對！你不知道，他們只是興趣愛好和價值觀不同，但是很要好

的朋友。雖然諾伯總是表現出一種學生或者學者的姿態，但其實在工作中表現得很優秀。華克是一個聰明果斷、有長遠眼光的人，就像霍比太太的評價那樣，他考慮問題很實際。」

「你說的聰明是指他的拍照技術？」我把話引到這上面。

「他拍出來的作品都是具有專業水準的，絕不是普通的攝影愛好者能比的。比如說，他之前製作過在顯微鏡下的金屬礦斷層的照片，非常美麗，還用珂羅版法製作出版，而且他還會沖洗照片！」

「這麼說，他是一個聰明能幹的人。」

「確實如此。」吉伯爾小姐表示贊同，「他對名利也很感興趣。不過我認為年輕人太貪圖財富不是什麼好事，對不對？」

我點點頭表示認同。

吉伯爾小姐說了一句話，讓人感覺有一種不符合她年齡的成熟：「過分地追逐名利容易使年輕人走上彎路。噢！傑維斯醫生，我是認真的，請不要嘲笑我引用名言。我有一種不好的感覺，華克總有一天會走上彎路。他有一個在證券公司工作的朋友，叫哈頓。我懷疑華克有和那位哈頓先生一起玩。而且哈頓『操作』得很大，『操作』是他們的行話，我的理解就是賭博。」

「一個志向遠大的人炒股票，並不會讓人感到驚訝。」我的說法是十分公平的，這來自我對貧窮的感受和理解。

「你說得太對了！這件事確實不會讓人感到驚訝。」她表示贊同，「希望你不要因為我的話，就認為華克是一個賭徒，賭徒總是認為自己會贏。感謝你送我，前面就是我要去的地方。也希望你現在對霍比家族有了一定的認識，今晚八點我們會準時到的。」

她和我握手告別，臉上露出真誠的微笑。我走到路口回頭看時，發現吉伯爾小姐友善地對我點頭致意，然後轉身走進去。

五、兩位女士來訪

吃晚飯的時候，我向宋戴克簡單說了說下午的情況。宋戴克笑著說：「看來你和這位小姐聊得很高興。」

「是的，」我坦然道。然後我把兩個記事本放在桌子上，本子上記載著我一下午的成果：「這是我獲取的資訊。」

「我想你應該到家就開始記錄了，這樣你大腦的記憶還是清晰的，對不對？」宋戴克問。

「吉伯爾小姐離開五分鐘後，我就在艾登森公園裡按照腦海中的記憶記錄我們的談話。」

「好啊，現在讓我們來看看你的成果。」宋戴克開心地說。

宋戴克快速地瀏覽兩個本子，然後又重複看了幾次，站起身，一邊思考一邊來回走動。最後他把本子放在桌子上，露出滿意的笑容：「總結一下我們得到的資訊，諾伯喜歡研究古代和中世紀藝術，他在工作上的表現勤奮努力。也許他是一個被人惡意中傷的人，也許他是一個喜歡吹噓的混蛋。

「華克似乎是一個聰明狡猾、愛造謠生事的人。在事業上野心勃勃，志向高遠，還喜歡炒股票，精通珂羅版法，可以稱得上是一個專業的攝影師。傑維斯，你做得棒極了！你看到這些事情背後隱藏的東西了嗎？」

「我是有一些想法，但是事情背後隱藏的東西我只能看到一部分。」我回答。

「把你的想法留在心裡，不要說出來，這樣我才不會告訴你我發現什麼。」

「我不會說的。如果你把自己的想法告訴我會使我感到震驚，而我不會因此對你產生好感。我知道，你的想法和理論不應該用來迎合朋友，而屬於你的當事人。」我說。

宋戴克拍拍我的背，開心而真誠地說：「我感覺很對不起你，因為我一

理查・奧斯丁・傅里曼

直對你有所隱瞞，今天聽到你這麼說我很高興。你是一個正直善良有同情心的人。我們開一瓶酒吧，祝福真誠聰明的你身體健康。哈！感謝上帝！同時感謝波頓，他就像一位無私奉獻的教士。我像是萬能的沙瑪什[2]，猜得出今天他為我們帶來的是烤牛排。」宋戴克聞了聞，繼續說，「不過，也許這只是一個巧合，因為我是一個饑餓的法律醫生。波頓，為什麼你做的牛排總是比別人的更美味？你可不可以解釋一下？」

波頓露出笑容，他乾燥的臉也滿是皺紋，看起來像一張交通地圖。

他謙虛地說：「大概是因為烹調方法更特殊吧，煮牛排之前，需要在不破壞筋肉纖維的情況下，把它們放在自製的醬料中醃一下，然後把牛排放在三腳架上，用加熱到600度的小烤燈放在下面烤。」

宋戴克突然大笑起來，大聲說：「就是那個用來做基礎工具使用的小烤燈啊，沒想到用在這種『基礎』上啦。不說這個了，波頓，開瓶酒吧！還有今天晚上有兩位女士會帶一份資料過來，請準備幾張10×8的底片。」

「先生，你會帶她們上樓嗎？」波頓緊張地問。

「是的，我肯定會帶她們上去。」

「那麼，我要先整理一下實驗室。」

很明顯，波頓很瞭解男女性別對工作環境的不同要求。

吃飽喝足後，宋戴克問我：「你剛才說吉伯爾小姐對我們的看法很感興趣？」

「是的。」我回答。接下來，我盡最大努力把我和吉伯爾小姐的對話重複給宋戴克聽。

「不得不說，你的回答十分小心圓滑，也確實應該這麼和她說。」宋戴克感嘆道，「現在我們已經瞭解了蘇格蘭場那邊的情況，這樣可以見機行事。但是不能告訴任何人我們的計畫，如果蘇格蘭場的人知道了，就等於全

---

2. 亞述神話中的太陽神，同時也是司法天神，白天乘著四輪馬車在空中穿行，晚上回到東方山巒中的家。——譯注

世界都知道了，我們絕對不能把底牌亮出去。」

「今天早上，我發現蘇格蘭場的人把你看成對手，而你好像也把他們看成敵人，這真奇怪。他們不應該給某個人定罪，而是把真凶找出來啊！」

「理論和實際總是有很大的差距。」宋戴克回答，「當某個人被警察抓住，警察就會努力給這個人定罪。這個人是不是無辜的，那是他自己的事，只能自己證明，與警方無關。警方的績效考核標準是定罪的數量，司法機關也希望嫌疑人自己認罪。這是一個不健全的系統。警方的辦案手法與法律程序相呼應，所以警方的工作重點是給嫌疑人定罪。另外，律師的工作重心也不是追求真相，或者進行專業的研討，他們不在乎真相是什麼，只想製造出一個特別的案例。這使得律師和技術證人無法進行有效溝通，瞭解彼此，進而產生分歧。好了，不說這些了。現在是七點半，我想為了使訪客感受一個整潔溫馨的環境，波頓會把屋子收拾乾淨。」

「我發現你不經常用辦公室。」我說。

「除了從那裡拿一些存放很久的文件和文具，幾乎不怎麼用。工作中接觸到的大多是熟悉的律師或者顧問，不需要太正式，而且在辦公室聊天很無趣。我們的客人快到了，你去開一下外門。」

宋戴克話音剛落，外面就響起一陣鐘聲，響了八下。我把門打開後，一陣腳步聲響起，來的正是我們請來的兩位訪客。我帶她們進屋。

霍比太太在我介紹完宋戴克後說：「茱麗葉跟我說過很多關於你的事，很高興認識你。」

茱麗葉注意到我的眼神充滿警告意味以後，不滿意地對著霍比太太說：「親愛的伯母，我只是跟你說我那天突然拜訪，兩位先生熱情招待。你這樣說，很容易讓宋戴克醫師誤會我說了其他的事。」

霍比太太爭辯：「親愛的，我記得你不止說了那些話。不過沒關係，我想那些話也不重要。」

「不管怎麼說，非常感激你們不怕麻煩來幫助我們，同時也感謝吉伯爾小姐的好意。」宋戴克微笑著看了一眼吉伯爾小姐。吉伯爾小姐面帶笑容，露出害羞的表情。

「我們非常願意過來幫助你們，這一點都不麻煩。」霍比太太開始不停地說起話來，就像一顆石子丟進平靜的湖面，激起層層漣漪一樣。宋戴克在霍比太太說話時，眼睛一直盯著她的手提包。

「指紋模是不是在你的手提包裡？」感受到宋戴克急切的目光，吉伯爾小姐問。

霍比太太回答：「對啊，傻孩子，我放進去的時候，你就在旁邊看著，難道我還能把它拿到其他地方嗎？雖然皮夾現在好像很受歡迎，但我敢肯定我的手提包比皮夾安全。這個手提包只是看起來沒有保障，那種皮夾就很容易被劫匪和小偷搶走。茱麗葉，你還記得莫瑞太太嗎？哦，不，不是莫瑞太太，那是另外的事情，是什麼太太來著，哦，茱麗葉你能不能幫我想一想，她到底姓什麼？天吶，我怎麼這麼笨啊！茱麗葉你對她一定有印象，她經常去哈林·詹森的家裡坐客，應該是他們之中的一個。你應該知道……」

「還是給宋戴克醫師看看你的指紋模吧？」吉伯爾小姐適時打斷霍比太太。

「當然，親愛的，我們就是為此而來的。」霍比太太輕輕地打開那個小包，臉上因為吉伯爾小姐的插話露出失落的表情。她將小包裡面的訪客清單、蕾絲手帕、小錢包、胭脂盒、小卡片等小心地拿出來放到桌子上。

霍比太太突然停下來，看著吉伯爾小姐，臉上露出奇怪的表情，接著她驚喜地大叫：「我想起來了，她是那個誰的小姨子，高契太太……」

吉伯爾小姐的耐心告罄，她把手伸進手提包拿出一個用絲線捆著的小包裹。宋戴克在霍比太太準備接包裹時，搶先拿了過來。

「謝謝！」宋戴克說。然後他剪開絲線，取出上面印著「指紋模」三個字的紅皮本子。霍比太太站起身走到認真觀察指紋模的宋戴克身邊。

宋戴克將第一頁翻開，霍比太太說：「這個是科利太太的拇指印，她不是我們的親戚。科利太太說當時諾伯正好碰到了她的手，你看這裡留下一個小汙點。諾伯向我保證他沒有做這件事，我也不相信是諾伯做的，你知道……」

「哈，這正是我們要找的。」宋戴克突然興奮地說，「雖然指印的製作

很粗糙，但是很清晰。」他仔細察看著指紋模，根本沒有理會霍比太太毫無邏輯的說明。

宋戴克將放大鏡從壁爐架上拿下來。我看到他急切的神情，推測他一定想從這個指紋印中找出什麼。過了一會兒，我看到他的臉因為興奮而顯出紅暈，眼神中透露出喜悅，但是他依然保持著冷靜，然後他將放大鏡放回壁爐架上，他一定在這個指紋模中找到了他想要的東西。在他平靜的外表下，壓抑著勝利的喜悅。在這期間，霍比太太一刻不停地發表著自己的觀點。

「霍比太太，你能讓我留下這個指紋模嗎？它是一個很重要的證據，」宋戴克打斷她的話，「還要在這頁紙上留下你和吉伯爾小姐的簽名，為避免有人懷疑這個指紋模在離開你之後被動了手腳，還是小心一點的好。」

「你真的不應該這樣想啊！」霍比太太又開始闡述她冗長乏味的觀點。但這並不影響她從宋戴克手裡接過筆在指紋模上簽了自己的名字。然後她又把筆交給吉伯爾小姐，她也在上面寫了自己的名字。

「接下來，我們要做一張放大圖，雖然目前並不著急，但是早晚都要做。而且，我的助理已經準備好了所有的工具，如果二位沒什麼意見，我們現在就可以開始。」

兩位女士欣然接受了這個提議，還對我們接下來要做的事感到好奇。然後我們上了二樓，那裡是波頓的地盤。

我以前從來沒有看過這個神秘的地方，所以和這兩位女士一樣對這裡充滿好奇。我們進入第一個房間，裡面放著很多器械工具，一具車床，一個金屬工作檯，一個很小的木製工作檯，還有一些我不知道它們的作用是什麼，這裡明顯是一個工作室。不過這裡很乾淨，倒不像是一個工作室。宋戴克也注意到了這一點，他的嘴角微微向上翹了一下，尤其是在他的目光掃過地板時。

從這裡穿過去就是被分成兩部分的實驗室。實驗室一邊的試驗台上整齊地擺著蒸餾器和燒瓶，牆上掛著放試劑的架子，很明顯，這邊是用來做化學實驗的。另一邊有一套攝影設備，體積龐大設計複雜。相機前端的鏡頭被固定著，有一個像書架子的東西，架在鏡頭兩邊接出的兩把平行尺規中間。

宋戴克向我們介紹這些器材時，波頓正在把拇指印放在架子上進行固定。

　　「你們看，我經常要檢查一些支票簽名和其他有爭議的文件，任何重要的細節都逃不過我這雙明亮的眼睛和這個放大鏡。但是我沒辦法把我的眼睛借給法官或者陪審團，所以為了讓他們看出不同，我就把照片放大拿給他們，讓他們方便和原圖進行比對，這樣就可以省去很多麻煩。把微小的東西放大後，顯露出的東西往往出乎我們的意料。舉個例子，大家一定都見過郵票，一便士郵票上的花朵兩側的葉子是不同的，上方角落有一些小白點，這些你們都注意到了嗎？」

　　吉伯爾小姐搖搖頭，表示自己沒有注意過。

　　宋戴克說：「我想除了收集郵票的人，沒幾個人會注意這些。現在我給你們看一張放大圖，你們只要看一眼就會發現那些被忽略的細節，想不注意都不行。」

　　說完，他從抽屜裡拿出一張八英寸長的郵票放大圖。女士們看到那張放大圖時顯得非常吃驚，波頓則繼續工作，像什麼也沒發生一樣。此時，指紋模已經被波頓固定在架子上，白熾燈照射出的強光透過反射器將光線聚焦在指紋模上。照相機順著指尺規的刻度移動到合適的位置。

　　吉伯爾小姐好奇地看著指尺規上的刻度，用手指了指：「這上面的數字代表什麼？」

　　「是需要將原圖放大或縮小的倍數，」宋戴克解釋說，「當指標指向零刻度，代表照出來的相片大小與原圖一樣；當指標指在乘四的刻度，代表照出來的相片是原圖的四倍。現在指標落在乘八的位置上，就說明我們一會兒照出的相片會比原圖大八倍。」

　　波頓已經調好相機的焦距，我們看到放大的照片被投放到銀幕上。然後波頓留在實驗室繼續沖洗照片，我們則退到另一間小屋，這間小屋是用來做微生物實驗的。過了一會兒，波頓拿著一張有很醜紋路的拇指印的透明底片，小心地走了進來。

　　宋戴克馬上接過來，一邊仔細察看，一邊點點頭表示滿意。他跟霍比太

太致謝，感謝她們過來幫忙，並表示他的目的已經達到，她們的任務也完成了，然後我們送她們去乘坐馬車。

我們緩步走在米契法院附近的小路上，霍比太太和宋戴克走在前面。這時，吉伯爾小姐笑著對我說：「我很高興能來這邊，也很開心能看到那些奇特的設備。不得不說宋戴克醫生很有想法，那些設備也讓我瞭解到案子的進展情況，重新點燃了我的希望之火。」

「我和你有一樣的感受。既然他對這起案子有如此大的信心，就一定掌握了什麼重要的線索，否則就不會在這件事上白費力氣。只不過我還沒有瞭解那些線索到底是什麼。」

「謝謝你能這麼說。如果可以，你會願意再告訴我一些好消息的，對嗎？」吉伯爾小姐溫柔地看著我。她的眼神滿是期待，讓人憐惜。我好像馬上要背叛宋戴克一樣，內心充滿矛盾。

還好我知道的事情不多，而且在上次見面時就全部告訴她。等我們走到旗艦街時，霍比太太已經坐在馬車裡了。吉伯爾小姐向我伸出手，此時我的內心響起一個聲音，一定要再去見她。於是我承諾，如果方便我會去拜訪她。

「你和那位漂亮的女士好像很親近。傑維斯，你像一隻諂媚主人的小狗。」宋戴克在我們往回走的時候尖刻地說。

「她是一個很好相處的人，而且她很坦誠。」

「沒錯，她是一個聰明美麗的乖女孩，但是不用我提醒你要擦亮眼睛吧！」

「不需要你的提醒，而且我不會在諾伯・霍比出事的時候趁機奪走她的。」我有些生氣。

「提醒你擦亮眼睛是眼科醫生的事情，我想你也不會趁虛而入。不過，你確定吉伯爾小姐傾心於諾伯・霍比嗎？」

「不能確定。」

「這是一件值得深入研究的事。」宋戴克點點頭，然後就沉默不語了。

六、初見華克

　　雖然宋戴克說得有道理，我與吉伯爾小姐的關係會使她處境危險，但是我對他的暗示感到非常不開心，這完全是在打擊我的自尊心。不過我突然感到有些不安，難道我的朋友已經察覺到了我未知的感情？

　　這是一件很荒唐的事，我怎麼可能在如此短的時間裡愛上吉伯爾小姐呢？我只見過她三次，而且都是因為公事。但當我冷靜客觀地審視自己時，發現自己被她深深吸引著，這種吸引不是因為她在這個離奇案件中扮演的角色。吉伯爾小姐雖然只有二十歲，但氣質優雅、性格獨立，實在令人著迷。毫無疑問，她就是我喜歡的類型。她不僅有漂亮的外表，而且擁有獨特的人格魅力，熱情開朗又柔情似水。

　　我不得不承認，如果我們之間沒有諾伯・霍比，她確實是我想要追求的人。可是諾伯・霍比這個人是真實存在的，看到他悲慘的遭遇，我想每個有良心的男人都不會忍心做出傷害他的事。雖然吉伯爾小姐曾經否認與諾伯之間的關係，但她畢竟還年輕，不一定能夠看清楚自己內心的真實想法。而我和宋戴克屬於經歷豐富的男人，因此我們能夠看得更清楚些。當我將所有的事情冷靜分析後，得出一個結論：我這個人太自私，不管怎麼樣，我和吉伯爾小姐的關係都不可能更進一步。諾伯・霍比的利益則應該是我們之間交往的唯一信念，既然答應幫助諾伯・霍比洗脫身上的罪名，就應該負起責任。

　　「希望你的沉思與諾伯先生有關。」宋戴克一邊拿起茶杯一邊說，「如果真是這樣，我希望你已經把問題解決，神秘的事情已經變得不再神秘。」

　　「你的意思是？」我望向他，對上他明亮的眼睛。看到他揶揄的表情，我渾身難受，臉也不由自主地紅了。我就像一棵被顯微鏡放大的海藻，毫無保留的曝光在別人的視線之中。

　　「親愛的朋友，在過去的十五分鐘，你一直機械式地把食物放進嘴裡，對面前的美食而言，你就像一台冰冷的臘腸機，我都不忍心看你那副吃相。

而且你的眼睛死死地盯著咖啡壺，臉上的表情倒映在咖啡壺的壺面上，我敢說，它此時對你也很不滿意。」

我突然清醒過來，忍不住看向銀器上奇怪的映射，覺得宋戴克的想像力超乎常人。

「今天早上我的表現太糟糕了，實在對不起。」我向他道歉。

「不會啊，」宋戴克咧開嘴笑著說，「相反，你讓我瞭解到沉默的娛樂性，既有趣又能拓展思維。在你滿足了我所有的好奇心後我才出聲。」

「要知道你的快樂是建立在我的痛苦之上，說得倒輕鬆。」我帶著嘲諷的意味。

「我正好可以和你一起收穫你的思考成果。」他反駁道，「這點痛苦算不了什麼。啊，安斯坦來了。」

門外響起一陣特別的敲門聲，明顯是用拐杖代替手敲擊門發出的聲音。宋戴克打開大門，客廳裡傳來說話的聲音。這聲音悅耳動聽，音調平穩，起伏有度，看來訪客是一位演說家。

「你好，知識淵博的兄弟，我有沒有打擾你的研究？」他高聲說，眼光挑剔的掃了一眼屋裡的陳設，接著微笑著繼續說：「你從未忘記生物化學的作用，一直以此來考量肉與煎蛋的特徵，還真是有強烈的求知欲。這也是一位志同道合的兄弟嗎？」

他的眼鏡夾在鼻子上，我被他打量得不知該如何是好。

「他就是我向你提起過的朋友，傑維斯，和我們一起辦這個案子。」宋戴克解釋道。

「很高興認識你，久仰大名。」安斯坦友善地伸出右手，「我曾經在格林威治醫院看過你那個受萬人悼念的叔叔的照片，你和他真的很像。」

「他就是喜歡開玩笑，如果我們有足夠的耐心，也可以看到他神智正常的時候。」宋戴克說。

這位脾氣古怪的到訪者不屑地說：「哼，耐心，當我被拉到法庭或類似的地方為那些小偷或劫匪辯護時，才叫有耐心！」

「你的意思是你已經見過盧克了？」宋戴克說。

「當然見過了，他說我們不太可能打贏這場官司。盧克對這些一無所知，智慧的人都是用腦袋思考，而不是用腳。」安斯坦還強調了一句，「盧克認為自己什麼都知道。」

「只有笨蛋才會認為自己什麼都知道，他們只是憑藉愚昧無知的直覺下定論。」宋戴克諷刺道，「哦，對了，你不會反對我們把辯護日期延後吧？」

「當然不會，但如果你沒有明確的證據證明他不在場，他還是免不了要坐牢。」

「我們考慮到了這一點，但我們要進攻的方向不是這個。」

「那就只好先試試申請延期了。這個案子還沒完結，我們還要繼續努力。十點半和盧克有個見面會，傑維斯要去嗎？」

「當然要去，最好你也過去。我們不需要特別準備什麼，這次會議主要是做保釋期的調查，也許我們還能從起訴書上找到新線索。」宋戴克向我們解釋了一番。

我說：「我很願意和你們一起去。」

於是，我們一起去盧克的辦公室，他的辦公室在林肯小棧的北邊。

「哈囉，真高興你們能過來，剛才我還有點擔心。」我們剛走到門口，盧克就熱情地招呼我們，「讓我想想，你們還沒有見過華克·霍比吧？你們知道他嗎？」然後他為雙方做了介紹，我們彼此興趣盎然地觀察著對方。

「我從伯母那裡聽說了你們的事，」華克率先開口，他像在專門跟我說話，「顯然你們的地位是無可替代的，她很信任你們。我也希望你們能創造奇蹟。我堂弟的這件事真是讓人意想不到，唉！可憐的諾伯，他的精神看起來很不好，是不是？」

我看向諾伯，此時他正在和宋戴克說話。感受到我的目光，他向我伸出手。他的手像以前一樣溫暖，但卻很虛弱。這次見面我感覺他比上一次老了，臉色蒼白，身形瘦削。但他仍然和上次一樣沉著冷靜。

這時服務生向我們走過來：「馬車已經到了，先生們。」

「馬車？我想要的是大型的公共馬車。」盧克先生疑惑地望著我。

「我和傑維斯醫師走過去好了，不要再麻煩了，晚些到也沒關係，但有可能我們會同時到。」華克‧霍比提議。

「好吧，就按照你說的做，若要是步行過去，你們現在就走吧！」盧克先生說。

門口有一輛準備好的馬車，我們一出門就看到了。其他人鑽進馬車的時候，宋戴克突然靠近我低聲囑咐：「小心，不要說漏嘴。」

一邊說一邊用餘光觀察著周圍，然後上了馬車，關上車門。

「我不得不承認這件案子很怪異，我實在是搞不懂。」走了一會兒，華克‧霍比突然開口。

「為什麼這麼說？」我好奇地問。

「為什麼這麼說？你仔細想想這件事的前因後果，就會發現它很矛盾。以我的瞭解，諾伯不是窮人，也不貪財，為人正直，根本沒有理由做這件事。但是經過專家分析，現場留下的那枚拇指印，已經證明了偷盜者就是諾伯。你不認為這很奇怪嗎？」

「這件事確實像你說的那樣讓人感到困惑。」我說。

「除此之外，還有別的線索嗎？」他語氣急切地問。

「如果諾伯真的像你說的那樣，這件事就太說不過去了。」

「確實是這樣。」他語氣平淡地回應我，看來他對我的回答感到失望。

「我還是想瞭解一下，你們是否已經有了打破眼前僵局的辦法？可能是我多嘴，但是我們都迫切地想知道事情究竟怎麼樣了，畢竟諾伯是我們的朋友。」

「我能理解你的心情，這是每個人都會有的表現。可是我不得不說我知道的並不比你多，幾乎沒有人能從宋戴克那裡打聽出什麼消息。」

「你和茱麗葉的說法一樣。可是我覺得，你們總應該在實驗室的那個顯微鏡和照片上發現一點線索吧？」

「昨晚我跟著霍比太太和吉伯爾小姐一起進入實驗室，在此之前我從來沒進去過。實驗室裡有一個助理負責裡面的所有工作。我敢說，這個助理就像排字工人對自己排版內容的瞭解一樣，對案情的瞭解少之又少。宋戴克是

個獨立的人，誰也別想從他那裡得到什麼消息，除非他自己願意透露。」

他沉默地琢磨著我的這些話，我一邊為自己圓滑的說辭感到慶幸，一邊又怕他發現自己過於明顯的演技，陷入了深深的自責。

「唉！」他嘆了一口氣說：「目前伯父的遭遇只能用『倒楣』來形容。他本來就有一件很麻煩的事情，這件事又給他帶來了不小的打擊。」

「除了這件事，霍比先生還有其他的麻煩嗎？」我好奇地問。

「我又要多嘴了。你不知道嗎？他的財務出了點問題，這已經不是什麼秘密了。」

「真的嗎？」我簡直不敢相信。

「真的啊！情況糟透了，不過我相信他能夠戰勝眼前的困難。投資總是會有風險的，這一點你應該知道。他投資了一大筆錢在礦產上，雖然他對這一行已經很熟悉了，但還是免不了會出現問題。他現在的資金已經被套牢，將會損失很多錢，無論如何是收不回老本了。而且事情越來越糟糕。這件事情已經夠折磨他了，現在又發生了鑽石失竊案，我們的心裡七上八下的。雖然他不用接受道德的譴責，但是他能逃避法律的責任嗎？我們諮詢過律師，律師告訴我們不用擔心。哦，對了，明天他們將會舉行債權人會議。」

「你認為這些債權人會怎麼做？」

「他們有可能會放過他，但是如果那件鑽石失竊案最後判定需要他承擔法律責任，就會像那些投機商說的一樣，他以後就沒有好日子過嘍。」

「那些鑽石一定很值錢吧？」

「是啊，大約有兩三萬英鎊。」

聽到他的話我驚訝地叫了一聲，不知道宋戴克是不是清楚這件事的嚴重性，但是的確已經超出我的預估。不知不覺我們就已經到了違警法庭。

華克說：「我想他們已經進去了，兩條腿肯定跑不過四條腿。」

一位警員的話證實了我們的想法。他帶領我們來到法庭的入口，穿過一條走廊來到律師席，一路上遇到不少很悠閒的人。我們剛坐下，法官就宣布開庭。

庭審開始了，法庭上的氛圍嚴肅寂靜，冰冷的司法機器已經開啟，一張

無形的法網已經收緊，即使被告是清白的，恐怕也會被這種氛圍逼得自首。

　　保釋期的諾伯站在被告席上，控方的法律顧問在他面前念著控告諾伯的訴訟書，主法官握著筆，臉上看不出是什麼表情。控方法律顧問對案情摘要的宣讀像房地產經紀人介紹房子一樣枯燥乏味。最後到了無罪辯論這個環節，第一位出庭的證人是約翰・霍比，我好奇地看向證人席，這是我第一次見到霍比先生，他身材高大，穿著得體，是一個正直的年長男人。他說話的聲音急切，情緒激動，身體偶爾會因為緊張發抖，與坐在被告席表情平靜的諾伯形成了強烈的對比。雖然霍比先生比較緊張，但他的證詞條理清晰，詳細講述了案發的經過，讓人們瞭解了整個事情發生的過程。他的描述和盧克先生說的差不多，只是著重強調了諾伯為人正直，品德純良。

　　第二個證人是蘇格蘭場指紋科的希德爾先生。他的證詞提到了霍比先生發現的那張紙上的血指印，和他從嫌疑人左手拇指提取的指紋完全吻合，這吸引了我的注意。

　　「所以你認定，在霍比先生的保險櫃裡發現的那張紙上的指紋，就是嫌疑人左手拇指的指紋？」法官語氣冰冷地問話，沒有摻雜任何個人感情。

　　「正是如此。」

　　「那麼是否有可能判斷錯誤。」

　　「法官大人，我肯定不會有錯。」

　　法官看向安斯坦這邊，眼裡帶著詢問。安斯坦立刻站起身：「法官大人，我們請求延後辯護日期。」

　　過了一會兒，法官宣布這個案子會在中央刑事法庭進行審判，嫌疑人關押，不許保釋。說完，法官保持慣有的、不講情面的態度，繼續處理下一個案子，諾伯從法庭上被帶走。

　　法庭特別准許諾伯不用擠在髒亂的囚車裡，而是坐馬車去監獄，這樣他的朋友還可以和他送別。

　　「諾伯，這段時間會很痛苦，但是一定要樂觀地堅持下去。我知道你是冤枉的，總有一天，我會向全世界證明你是無辜的。不過千萬不要跟其他人說，這些話我只告訴你。」等到只有我們三個人時，一直保持嚴肅的宋戴克

突然關切地囑咐諾伯。

諾伯看著願意為他承擔風險解決痛苦的宋戴克，情緒激動，一句話也說不出來。他伸出手牢牢握住宋戴克的手。理智的宋戴克很快意識到不能再繼續下去，他鬆開諾伯的手，轉身離開。

在我們走到大街上的時候，宋戴克鬱悶地說：「我原本打算不讓諾伯受牢獄之災，好讓這個可憐的人少受一些不必要的羞辱。」

「被起訴並不意味著受到羞辱。每個人都有可能遇到這樣不公平的事，而且他到現在仍然是無罪的。」一開口我就知道這些話無法產生任何安慰的作用。

「傑維斯，不要再逃避現實了，我們都清楚這些話只是在安慰自己罷了。」他說，「法律上規定未定罪的人都應該是無罪的，可是法官們是如何對待一個無罪的人呢？你聽到了他們叫我們可憐的朋友什麼，如果在法庭外或許他們會叫他諾伯先生。賀維監獄並不是什麼好地方，這一點你應該清楚。他要穿著一件只有號碼牌的外衣，獄卒的態度也極其惡劣。每天他都被關在一個門上只有一個方洞的房間裡，誰都可以透過門上的洞看到他。所有吃的東西配上一個湯勺裝在錫盆裡送進屋子。有時候，他會在操場上跑步，但必須和那些罪孽深重的囚犯們一起。即使有一天證實他是無辜的，獲得了無罪釋放，可是沒有人會補償他在關押期間的損失，也沒有人能體會他在監獄裡遭受的痛苦以及羞辱。」

「但我認為這些都是他人生中要經歷的事，沒有辦法逃避。」我說。

「能不能避免都不重要，我想表達的是法律上提到的『暫且認定沒有犯罪』根本就沒有任何意義。」他嚴肅地說，「因為被告在被抓的時候就被當成有罪來對待。行了，這件事就討論到這裡吧！我要去一趟醫院，再繼續說下去就遲到了。」

他對著一輛馬車揮揮手，上馬車之前他突然問我：「你一會兒要做什麼？」

「先找一個地方吃飯，然後去找吉伯爾小姐，把諾伯被關押的這件事告訴她。」

「好，不過這對她來說可不是什麼好事，一定要把握說話的分寸。剛才在法庭上，我差點一時衝動把某些事情說出來，還好我冷靜了下來，不然後果還真是難以預料。我們會在他的案子進行最終判決的時候要對方好看。」

看著宋戴克的馬車消失在喧鬧的街道上，我想要去違警法庭詢問有關探監的事，於是我順著原路折回。到了法庭門口，我看到那位來自蘇格蘭場的證人，就向他諮詢了探監相關的事情。這件事辦完後我感到很餓，想起蘇活區有一家環境優雅的法國餐廳，便去了那裡。

七、情緒失控的茱麗葉

我來到艾登森公園找吉伯爾小姐，她剛好在家。當我聽說霍比太太出門時，暗自鬆了一口氣。我承認霍比太太品德高尚，可是她的嘴一張開就停不下來，簡直能把人逼瘋，恨不得立刻殺了她。

吉伯爾小姐感激地說：「很感謝你過來找我，你和宋戴克一樣沒有專家的架子，而且都很會照顧別人的感受。華克剛剛發電報給我的伯母，說要去盧克先生那裡。她收到電報後馬上就趕了過去。」

「我很同情霍比太太的遭遇，不過盧克先生也是個乏味無知的人。」我差點說出「我對盧克先生也表示同情」這樣的話，還好我及時打住。

「是的，我同意你的觀點。你知道嗎，盧克居然想讓諾伯承認做了這件事，真是太不要臉了！」

「他跟我們說了這件事，結果宋戴克嚴厲地批評了他。」

「真解氣！」她提高聲音，「快跟我說說究竟發生了什麼事，華克只告訴我高等法院會再進行審判，其他的就什麼都不願意說了。我知道交給高等法院的意思是等待審判，諾伯在哪兒？難道沒有辯護成功嗎？」

「宋戴克認為案子肯定會移交給高等法院處理，就申請延後辯護的日期。而且一旦辯護的線索被控方知道，他們肯定會採取措施，所以我們沒有必要過早透露太多的資訊。你應該能夠理解。」

「雖然我能理解，但還是很難過。我以為宋戴克醫師可以提出讓法院不受理此案的確鑿證據。快告訴我諾伯還好嗎？」

這正是我最怕被問到的問題，我不敢看她的眼睛，目光盯著地板。經過一陣糾結，我輕咳一聲：「法院不允許保釋。」

「你說什麼？」

「諾伯被關押了。」

「你是說，諾伯在監獄裡？」她的呼吸加快，瞪大雙眼。

「不是你理解的那樣，他還有機會進行最後的無罪辯護，現在只是暫時被關起來。」

「但還是被關在監獄。」

「是的，被關在賀維監獄。」我不得不承認。

她頓時目光呆滯，臉色蒼白。過了一會兒，她緩過神靠著鐵架子，把頭放在手臂裡，小聲地哭了出來。

我不是個感性的人，但也不是太無情，看到這位獨立聰明的女士哭得如此狼狽，我不會放任不管，何況她的樣子實在讓我心疼。於是我輕輕地走到她的身邊，握住她那雙冰涼的手，聲音嘶啞，語氣笨拙地安慰著她。

她的手從我的手中抽離，強撐著轉身擦了擦眼淚，然後對我說：「實在抱歉，讓你為我擔心，我真的很開心我們能有你這樣的朋友。」

「當然，親愛的吉伯爾小姐，你們的朋友不止有我，還有宋戴克。」

「是的，但我也不知道為什麼會這樣，從一開始我就十分信任宋戴克醫生，可是結果卻讓我十分擔憂。這個消息實在太出乎意料了，我對接下來的庭審感到十分憂慮。一直以來，這件事對於我來說就像經歷了一場噩夢，好像永遠無法逃離這不真實的、令人恐慌的場景。然後現在噩夢居然變成現實，諾伯被送進了監獄，這太可怕了。可憐的諾伯，接下來他會發生什麼事？他到底會經歷什麼？請你快告訴我。」

我聽到了宋戴克和諾伯的對話，也清楚他肯定是有了把握才這麼說的。可是我該怎麼辦？我應該閉口不提這件事，隨便說些話安慰吉伯爾小姐。可是她是我們應該信任的人，我不應該對她隱瞞什麼。

　　「你不要害怕將來要發生的事，這沒什麼好擔心的。」我出聲安慰，「宋戴克肯定能證明諾伯是清白的，他已經掌握了重要的證據，不過千萬不要和任何人提起這些。」當我說出最後一句話，我的內心突然感到不安。

　　「我會的，謝謝你。」她輕柔地說。

　　「目前的狀況確實讓人很難受，但也不要過分緊張。這和病人做手術很像，手術雖然令人驚慌，但這是為了驅除生病帶來的痛苦。這些都是諾伯必須要承擔的。」

　　「我會調整自己的狀態。我能理解你說的話，可是一想到諾伯這樣的紳士每天都要和那群罪惡的搶劫犯、盜匪和殺人犯一起，還要待在像關動物的監獄裡，我心裡就止不住地顫抖。這對於諾伯來說，簡直是天大的恥辱。」

　　「被起訴並不是恥辱的事。這些不開心的事都會過去，只要證實了諾伯是被冤枉的，他就可以恢復自由。」說完我想到宋戴克曾經說過的話，雖然有點心虛，但還是堅持把話說完了。

　　她擦乾眼淚，把手帕扔到一旁，語氣堅定地對我說：「是你讓我擁有了戰勝這場噩夢的勇氣。雖然我現在的心情難以用語言描述，但我保證，無論什麼事都不能動搖我的決心，我會振作起來的！」

　　令人愉悅的笑容又重新回到她的臉上，這笑容深深吸引著我。我突然很想給她一個擁抱，但也只是想想。我對她說：「你能重新振作起來讓我很開心。宋戴克醫生才是真正能解救諾伯的人，我只是幫忙傳遞消息而已。」

　　「是你讓我重新看到了希望，而宋戴克醫生只是對諾伯有重大意義，因此你們是不一樣的。而且是你讓我明白了你和宋戴克醫生在我的心裡有著不同的位置，或許因為女人天生只憑直覺來做判斷。好像是伯母回來了，為了防止她纏著你，你還是趕緊走吧！麻煩告訴我什麼時候才能和諾伯見面，我不想他有被朋友拋棄的感覺。」

　　「如果你有時間，明天就可以。我也會過去。」我急切地說，還特意補

充了一句，「宋戴克醫生可能也會去。」

「我可以和你們一起去嗎？這樣是不是很不方便？但我確實害怕一個人去。」

「怎麼會不方便？你當然可以和我們一起。你來法學院吧，和我們坐馬車過去，怎麼樣？一個人去那種地方的確不怎麼好受。」

「我明天去法學院找你們。幾點集合？」

「下午兩點左右，你可以趕過來嗎？」

「沒問題，我會準時到。你必須馬上離開，否則就別想走了。」她把我輕輕地推向門外，然後說：「我會記得你對我的幫助，明天見！」說完她轉身走進屋裡。

我到她家的時候，外面還是一片明亮，現在已經太陽西下，天上飄過幾朵灰色的雲彩。傍晚的霧逐漸升起來，我一個人站在街頭，吉伯爾小姐的家被暮色覆蓋，只能看到一個大概的形狀。我像一個二十幾歲的小夥子，熱情奔放、腳步輕快地在大街上走著。和大多數人一樣，我總是會被許多瑣事煩擾，不過此刻我最先考慮的是個人感情方面的事。

我們到底會發展到什麼程度呢？我在她心裡有什麼樣的地位？或許在她的眼裡我們只是普通朋友，她的心全部放在諾伯身上，我們之間唯一的聯繫也只是因為諾伯。可是我呢？想到對她的感覺，我的內心就緊張不安，沒辦法再為自己找藉口了。

她完全符合我理想中的女性形象。在遇到她之前，我從沒見過像她這樣的女子。我承認我已經被她優雅大方的氣質，獨立堅韌的品格徹徹底底地征服。可是一想到當她不需要我的時候我只能一個人孤獨地離開，還要嘗試忘記她，我的內心就十分痛苦。

我對她的感情是不是對的？現在，我與她的所有接觸都是為了工作，是沒辦法迴避的。所以我認為自己的做法沒有任何問題，而且沒有任何人因此受到傷害。我把所有的感情都放在了心裡，一個人默默承擔所有的痛苦。哪怕是宋戴克也不能說我的做法不妥，因為我有權這樣對自己。

我突然想到華克跟我講過的關於霍比先生的事，我收回傷感的思緒，雖

然認定宋戴克的推理不會受到這條新線索的影響，但不得不承認這確實是一個驚人的發現！我還沒來得及思考這件事到底隱藏了什麼樣的秘密。走在這條被濃霧籠罩的大街上，我開始不由自主地回想已有的資料和新線索之間存在什麼樣的關係。

儘管已經費盡心思地思考這件事，但我沒有想到這其中會有什麼必然的聯繫。我滿腦子都是那枚血紅的拇指印，所有的事情因為它而顯得微不足道。每個人都認為結果已經很明顯，這件案子可以結束了。只有我和宋戴克還在堅持。就在我把所有的事情再回想一遍的時候，我的大腦中突然想到一個新的思路，是不是霍比先生自己偷走了鑽石？他的資金出現了問題，在外人眼裡這只是一場意外，可是他自己應該早就預料到了。對，事情肯定是這樣的。那張帶有拇指印的紙也是他從備忘錄上撕下來的，這只是他一個人的說法，誰能證明呢？

但又該怎麼解釋那枚拇指印呢？或許指印是諾伯自己留下來的，只是他自己也忘記了這件事。儘管可能性不大，但也不能排除。那張紙上有霍比先生的指紋，他發現諾伯的拇指印也留在上面，於是就保留了這張紙。他知道在指控罪犯的過程中，指紋鑑定將會產生很大的作用，所以他在偷鑽石的時候，就把那張印有諾伯拇指印的紙用鉛筆寫上日期放在保險櫃裡。雖然這種情況發生的機率很小，但也不是完全沒有可能。而且有些案子比這更加離奇。或許有人覺得不會有這種卑劣的小人，可是一個走投無路的人什麼事幹不出來呢？

我為自己這一番精彩的推論感到十分興奮，只想馬上飛回去和宋戴克分享，看他會說些什麼。在穿過市中心的時候，大霧變得更加濃厚，我的眼前一片模糊，路邊的標誌都已經看不清楚了，我不得不停下來辨認方向。然後我十分小心地在街道上摸索前進。當我走出市中心的時候，已經是晚上六點鐘了。我穿過正殿大道走向王廳街。剛到家門口，我就看見波頓站在那裡著急地看向四周。

他看著我說：「先生，也許霧太大了，醫生到現在還沒有回來。」

在這裡我要解釋一下，在波頓的眼裡，「醫生」是宋戴克的專有稱呼。

波頓只有在叫宋戴克時才會用「醫生」，他認為那些有「醫生」身分的人，只能稱呼為「先生。」

「是啊，今天的霧太大了。」我說。

我走上台階，一想到馬上就要回到這個溫馨舒適的屋子，就無比開心。在霧氣中待得太久，我都快喘不過氣來了。波頓又站在那裡四處看了看，最後十分不樂意地走了上來。

雖然我也有鑰匙，但波頓還是走在前面為我開門，並且問道：「先生，需要來點茶嗎？」

我表示同意。他把茶點準備好以後，依然是一副精神不能集中的樣子，這令我感到驚訝。

他把茶壺放到托盤上，對我說：「醫生說會在五點之前回來。」

「我們應該把他的茶沖淡，以此來提醒他要守時。」我回答。

「醫生從來不會遲到，他是個特別守時的人。」波頓極力為宋戴克辯解。

「在倫敦這種地方想要做到這一點，幾乎不可能。」我開始沒有耐心。

我回來是想把所有事情梳理一遍，可是波頓像一個嘮叨的女管家，讓我沒辦法安靜地思考。

這個小個子的男人沉默著退到一旁，他終於想通了，不再打擾我。現在只剩下我一個人在那裡胡亂猜想。他看見我看向窗戶外面，就回到門口繼續等待。過了一會兒，外面的天就全黑了，霧氣更重了，波頓上來把茶具收起來。他一會兒跑到大門口張望，一會兒走進屋裡坐著，一會兒上來一會兒又下去。他的心情煩悶，情緒緊張，把我也搞得神經緊繃。

八、意外

掛在壁爐架上的鐘顯示時間已經是6：45。聖堂傳來一陣沉悶的聲響，我著急想把新發現告訴宋戴克，但就是不見他回來。他一直都是一個守時的人，今天的情況確實很奇怪。剛才波頓在我身邊不停地嘆氣，搞得我十分緊張。我把頭伸出窗外，看著地上的草，努力地想把目光穿透濃霧。最後我把門打開，期待著能聽到宋戴克的聲音。

實驗室的樓梯口突然出現一個人，把我嚇了一跳。等我看清楚這個人是波頓時，才長長地鬆了一口氣。我正想要回到房間，忽然培波大樓那邊傳來馬車的聲音，而且越來越近。馬車在門口停下，波頓著急地從樓梯上跳下去。

過了一會兒，我聽見大廳傳來他的聲音：「先生，您受傷了，嚴不嚴重？」

我跑下樓，看到波頓扶著宋戴克，小心翼翼地往樓上走。宋戴克的帽沿下壓著一條黑手帕，顯然他的頭受傷了。他渾身沾滿泥土，左手纏著繃帶吊在胸前，右手搭在波頓的肩膀上。

「沒事，」宋戴克的語氣輕鬆，好像受傷的不是自己，「就是身上的泥土有點像剛從地裡爬出來的農民，讓人看著不舒服。傑維斯，你說是不是？」他看見我滿臉慌張，安慰我，「此時我最大的願望就是有一頓晚飯和一把刷子。」

宋戴克說得輕鬆，可是走進屋裡，我們才看到他因為受到驚嚇，臉色蒼白沒有一點血色。他渾身沒有任何力氣，疲憊不堪地癱倒在躺椅上。

「怎麼會變成這樣？」我關切地問。

看到宋戴克已經回來了，波頓馬上跑到廚房為我們準備晚餐。

宋戴克費勁地抬起眼皮，確認忠實的波頓已經離開，然後他對我說：「傑維斯，實在太離奇了。外面的天氣很糟糕，路上到處都是泥，一步三

滑，很難行走。我小心地從比魯區往回走，走到倫敦橋，橋下突然竄出一輛全力奔跑的大馬車，衝了過來。在這樣的大霧天氣裡，根本看不清十公尺以外的地方。我想等馬車過去再走，所以趕緊躲到街邊的石頭上。可是就在這時，有人使勁撞了我一下，腳也被人絆了一下，結果我整個人就摔了出去，頭上的新帽子也被甩出去。馬車漸漸靠近，我已經來不及起身，我的新帽子肯定也沒救了。然後我感覺頭部一陣劇痛，整個人都被馬車拖著走。等馬車停穩，我捲起袖子時，發現手臂蹭掉一層皮，頭上也留下這個可怕的傷疤。傑維斯，你差一點就見不到我了。我真幸運，要是摔得更遠一些，可能就被壓成海星去見上帝了。」

「那個推你的人呢？」

「不知道跑去哪兒了，他看起來像個點燈的。後來是一個喝醉酒的女人把我送到了醫院，多麼觸動人心啊！」

「一直到你從傷痛中醒過來，她都在嗎？」

「是的。我進了手術室。我只是被嚇到了，可是老蘭德讓我在那裡躺一小時，看我是否有腦震盪後遺症。但這件事真是讓人百思不得其解。」

「你是說那個撞你的人嗎？」

「是啊，重要的是，我不明白他又為什麼絆了我一腳。」

「你認為他不是有意的，對嗎？」

「不，不知道。」他對此有些猶豫。

就在我打算繼續追問的時候，宋戴克看見波頓進來，故意扯開了話題。

晚飯過後，我跟他說了說從華克那裡聽到的事。在這期間我一直觀察著宋戴克的反應。但他只是很認真的聽我說話，沒有任何反應，這讓我很失望。

我剛說完，他就開口：「你是說霍比先生冒險投資了礦產？都這麼大歲數了，做事還這麼草率。他出現這種情況有多長時間了？」

「不清楚，不過應該是過了一段時間後才出現這種狀況的，資金短缺這種事不像是會突然出現的。」

「我贊同你的說法。股市上也許會出現突發的情況，使富人一瞬間就破

產。看來霍比先生不是在做投機的事，應該是買下了這些礦準備開採。這樣一來，損失就比股票下跌更加慘重。如果可以查出這件事的前因後果，應該也是一件很有意思的事。」

「這一定跟鑽石失竊的案子有關係，是不是？」

「肯定有關係，不過這兩者之間的關係不簡單。你應該有了一些自己的想法。」

「確實，我想如果在案發之前，虧錢的狀態就已經持續很長時間了，他們說不定會採取一些偏激的手段去解決。」

「你說的有道理，可是這與本案有什麼關係嗎？」

「如果事情真的是這樣，就意味著霍比先生有可能是偷鑽石的人。因為在案發前，他的財務就出現了很大的問題。」

「我倒是很想知道你的想法。」宋戴克饒有興致地看著我。

看到他的樣子，我反倒有點心虛：「這只是我個人的看法，但好像不太可能發生。」

「沒關係，一個積極思考的人，腦袋裡冒出任何想法都不奇怪。」他鼓勵我繼續說下去。

聽他這樣說，我就把剛才在路上想到的東西全部告訴了他。我很開心，宋戴克能夠認真傾聽，並且不時地點頭表示肯定。

我說完後，宋戴克開始思考，他看著壁爐裡的火。很明顯，他在整理和篩選我提出的新觀點，看如何與他的線索進行連接。

他想了很久，眼睛一直盯著爐子裡的火，然後慢慢開口：「傑維斯，你確實很聰明，假設所有的理論都可以在實踐中進行驗證，再根據已經擁有的線索把各種事情串聯到一起，形成一個新的觀點。你擁有這麼豐富的想像力，我很開心。事實上，困難越大，戰勝困難後內心得到的滿足感越強。像拇指印這類簡單的事情誰都能發現。你的表現很好，恭喜你，你已經擺脫了那個已經固化的拇指印。自從郝賀德發表了那篇著名的關於指紋的論文後，許多法律工作者便因此失去了理智。我記得他在論文中提出一個錯誤的引導——所有案件提供指紋以後，不需要進一步查證。這個錯誤的理論卻一直

被警方努力實踐著。因為他們可以省去很多複雜的工作步驟，認為找到了一條捷徑。可是根本就不存在只要有證據就不用進一步查證的事。就像在邏輯學中，不能只憑藉一點，就推斷出大前提、小前提和結論。

「這太誇張了吧？」我笑著說。

「確實有點，不過他們現在的大前提、小前提和結論就是這麼推算出來的。」他回答。

「你是說偷鑽石的人留下的那枚血指印？」

「這個血指印還與某個人的相同。」

「所以這個人就是偷鑽石的人。」

「噢，多完美的三段論法。」我說。

「完美？」宋戴克帶著疑問的語氣說，「這個結論忽略了一個重要的前提——真的是指紋的主人偷了鑽石嗎？這一點還沒有確認。」

「這麼說指紋已經沒有什麼使用價值了。」

「也不是這個意思，指紋對破案有很大的作用，我只是說不要隨便誇大指紋的價值。就說這件案子，如果沒有拇指印，就沒有任何線索，那麼每個人都有可能偷走鑽石。但是因為在現場發現這個拇指印，就懷疑是諾伯或者某個能夠得到他指紋的人偷走了鑽石。」

「這麼說，你認可我的說法了。」

「是的，我剛才在想你的推測是不是可行，你收集到的新線索使這個可能性大大增加。我之前提到過四個嫌疑人，你還記得嗎？華克・霍比、諾伯・霍比、約翰・霍比，還有某個沒有出現的人。現在前面三個人仍然有作案的嫌疑，所以先不去管那個還沒有出現過的人。忽略掉拇指印這個線索後，約翰・霍比偷走鑽石的可能性變得最大。諾伯和華克沒有條件偷走鑽石，約翰・霍比有保險櫃的鑰匙，他可以直接拿走鑽石，可是現在諾伯怎麼也擺脫不了那個拇指印。但是按照你的推理，約翰・霍比最有嫌疑，也許就是他打開了保險櫃拿走了鑽石。不過還有一種可能，從他最後一次鎖上保險櫃到第二天打開保險櫃的這段時間，有人打開過保險櫃，留下這張帶有拇指印的紙，而這個人就是偷鑽石的人。

「法律就是透過那張紙上的拇指印對諾伯進行控告的。如果他沒有偷鑽石的途徑，就不可能在那個時間留下自己的指印，而現在並沒有證據說明他是如何盜取鑽石的。

「也許諾伯的指紋早就在約翰・霍比的手裡，等到偷鑽石的時候放進去。如果真是這樣，那麼鑽石就是他偷的。

「而控告華克・霍比的可能性就太小了，他雖然有機會得到諾伯的指紋，但是他沒有得到霍比先生的備忘錄或者鑰匙的途徑。」

我總結說：「我們就是圍繞著諾伯是否有條件打開保險櫃，霍比先生是否有可能在備忘錄上留下諾伯的血指印來進行辯護？」

「對，這些重點要深入研究，現在還沒辦法弄清楚其他的疑點。警方已經搜查過諾伯的房間，沒有發現萬能鑰匙或者複製的鑰匙。但他也有可能在人們發現拇指印的時候就把鑰匙毀掉了，所以這並不能說明什麼。我曾經問過諾伯是否有留下過這樣的血指印，他說不記得了。所以這兩件事都沒有得到證實。」

「鑽石失竊後，霍比先生要承擔什麼責任呢？」

「他既沒有重大疏忽，也沒有義務保管好鑽石，所以不用承擔任何法律責任。關於這一點，我們不用擔心。」

我們探討了很長時間，直到宋戴克因為勞累而回房休息。房間裡只剩下我一個人思考這個案子，越想越覺得案情離奇複雜。如果宋戴克說的就是他的全部，那麼要為諾伯脫罪幾乎不太可能。法院也不會採取他關於指紋的說法，但他又對諾伯做了承諾。我知道這位朋友不會說沒有把握的話，他不是一個缺乏理智的人。因此我確信他一定對我隱瞞了一些關鍵的線索。想到是這樣我便熄滅了菸斗，安心地上床睡覺。

九、甜蜜同行

　　第二天早上，我走出房門，看到波頓端著一個托盤上了樓，就和他一起來到宋戴克的房間。

　　宋戴克說：「這個時間我本應該在樓下，可是現在這個樣子實在不方便，所以我今天就不出去了。一個人要接受改變，但還是得小心點。看起來我已經沒什麼大礙，可畢竟昨天被撞到的是頭啊！在確定我的傷勢沒有後遺症之前，我還是應該多休息，還要少吃東西。傑維斯，我的朋友，能不能幫我送些信？哦，在那之前能不能先幫我看看頭上的傷口？」

　　我表示很樂意，還誇讚了他的聰明才智，和驚人的自控能力。此時，我把他和普通人做了一番比對：普通人因為沒什麼作為，加上受到疾病的折磨，多數會不停地找麻煩，或者抱怨，或者不好好養病；而我的這位朋友平時就精神飽滿，在工作上也有很大的成就，面對受傷帶來的行動不便沒有任何的不滿。我幫他察看了傷口，確認沒有問題後，就一個人下樓吃早飯。然後，我用了一上午的時間，幫他寫信和送信給約好見面的人。

　　午飯的時候，我們吃得非常簡單，顯然，波頓把宋戴克少吃東西的要求也用到了我的身上。飯後不久，我聽到外面響起一陣馬車聲。

　　「終於把她盼來了。」宋戴克朝我眨眨眼，「千萬不要放棄希望，幫我把這句話轉告諾伯。你也不要忘記我對你說過的話。如果和我共事曾經讓你覺得付出過多，我感到十分抱歉，現在算是我對你的回報吧！去吧，不要讓吉伯爾小姐等太久。」

　　我下樓走出大門，剛好看見馬車停下，車夫為我打開車門。

　　我一邊上馬車，一邊說：「去賀維監獄的大門口。」

　　車夫對著我微微一笑，咧開他的大嘴說：「先生，那邊只有一個門。」

　　我上車以後看到吉伯爾小姐已經在裡面了，我很慶幸吉伯爾小姐沒有看到車夫的表情：「還不到一點半呢，吉伯爾小姐。」

「是啊，我希望能陪諾伯多待一會兒，所以最好能在兩點之前趕到那兒。」

等我坐穩才發現，她今天打扮得更加美麗。這使我感到驚嘆，內心不免又有些悵然。我突然對這次的造訪心生不快，因為我只是一個臨時的醫學顧問。

我從自己的情緒中出來，說：「我們不需要再跟你討論要不要去探視的問題了吧？」

「是的，但我還是很感謝你對我的關心。」她堅決地說。

「這麼說來你已經決定要去探視了？為了防止你被嚇到，我還是應該跟你說些什麼。」

「真有那麼可怕嗎？好吧，我答應會聽取你的建議。」

我嚴肅地說：「我們今天要探訪的對象，是一個品德高尚且無辜的人。但我要提醒你，一定要明白監獄存在的意義。關在賀維監獄裡的人大多是違反法律和道德的罪人，男人手段殘忍，女人墮落無知。而他們有些人經常出入監獄，並直接叫獄警的名字，就像進出旅館那樣，當然這是法律的漏洞。這些罪犯在獄中還會指使獄警做一些事情。比如有人會要求點上燈趕走恐懼，喝酒上癮的人會向獄警要鎮靜劑壓制酒癮。裡面多是這樣的人，他們被社會遺棄，真正的無辜者很少，來探視他們的人也好不到哪裡去。單純善良的人不應該來監獄。」

「獄警會帶我們去諾伯的牢房嗎？」吉伯爾小姐好奇地問。

「我們肯定不會被帶到牢房裡。上帝保佑！」我努力勸說她不要有這樣的想法，「我可以跟你講講我在內陸郡擔任獄醫時經歷的事。一天早上，我像往常一樣去巡房檢查病情。我走過一段通道，忽然聽見裡面有一陣沉悶怪異的喊叫聲。我問身邊的獄警這是什麼聲音，他問我要不要去看看罪犯的表現，現在正好是探視的時間。得到我的肯定回答後，他拿出鑰匙打開一個小門，推開門的瞬間本來模糊不清的聲音立刻變得十分響亮，獄警走在前面，帶著我穿過一條狹窄的走廊。走廊的盡頭有一名獄警把守，走廊兩邊圍著兩個裝犯人和探視的人用的籠子。每個人都用盡渾身力氣地想讓對方聽到自己

說的話。他們張開大嘴，露出可怕的表情，發出嘶啞的叫喊聲，雙手在護欄間煩躁地摩擦，這幅景象讓人不寒而慄。然而他們所做的一切都是白費力氣。看到這些讓我產生了一種幻覺：每個人的臉上都帶著可怕的笑容窺視著籠子外面的人，所有人都沉默著，嘈雜的聲音彷彿來自另一個世界。我不由自主地想到了動物園裡的猴子，如果我的手裡拿著花生米或者紙片，就可以像戲弄猴子那樣去戲弄他們。」

吉伯爾小姐驚訝地說：「這簡直太可怕了！我們可以自由出入那些籠子嗎？」

「不可以，你的人身自由在監獄裡是被限制的。籠子裡用擋板分出許多寫著編碼的小單間，犯罪的人與探視的人不允許在一個籠子裡待著，雙方被鎖在面對面的小屋裡，允許談話，但是不允許傳遞違禁的物品。而且中間還隔著一個狹窄的走廊。我希望你能明白，關於禁止傳遞違禁品這一點你一定要小心記著。」

「監獄裡定下的規矩確實要遵守，可是這對於無辜的人太苛刻了吧？對待他們應該採用不同的方法。」

「還是讓我向諾伯轉告你的話，你別到監獄裡去了，我想這樣諾伯也會感激我的。」

「不行，如果這裡的環境真像你說的那麼糟糕，我就更應該去。我不想他有被朋友拋棄的感覺，更不會因為一點麻煩就不去看他。哎？前面那棟樓是做什麼的？」

馬車已經走過卡羅尼亞，我們來到了寧靜的郊外。

我說：「那個就是賀維監獄，要是從背後或者進去看實在不盡人意，不過從這個角度看還是挺美的。」

馬車載著我們穿過廣場，車內保持著沉默，一直到了監獄的大門口。我讓車夫在外面等著，然後便走上前按門鈴。大門開了，我們進去後又立即被關上。大門裡還有一個門將我們與內庭隔開，那裡才是監獄真正的入口。我們被帶到一個搭著大頂棚的等候區，等著辦理探視手續。這裡已經有許多罪犯的家屬在等候探視，我們馬上被這群人淹沒，成為他們之中的一員。吉伯

爾小姐滿懷戒備地觀察著旁邊的人。這些人大部分都表現得十分興奮，有的人則表情悲慘、沉默寡言，還有小部分人的表現很隨便。

那扇通往監獄的大門終於打開了。一位獄警帶領我們來到監獄的側面。在我們往裡走的過程中，不知有多少鐵門打開又關上。我一直觀察著吉伯爾小姐臉上那變幻莫測的表情。

快到的時候我對吉伯爾小姐說：「我沒有太多的話要對他說，應該不會耽誤太多的時間，一會兒還是我先進去。」

她抬起頭，疑惑地說：「為什麼呢？」

「我怕你看到他的處境會不開心，如果是這樣，我們可以立刻回到馬車上。」

「傑維斯，你總是很照顧我的感受，謝謝你！」

一會兒，我就被關進一個籠子裡，空氣中有一股難聞的味道。籠子裡放著一些木質擺設，被不乾淨的手或者衣物摩擦得發光發亮。整個空間狹窄骯髒。我生怕碰到這裡的東西，攥緊雙手插進口袋，小心地挪動腳步。對面的小隔間和我待的地方布局相同，只是外面用鐵絲網圍著。透過厚重的鐵絲網，我發現和我一樣攥緊雙手插進口袋的諾伯。他穿著平時穿的衣服，衣服乾淨整潔，但臉上的鬍子沒有刮，衣角最下面的扣洞上掛著一個寫了「B31」的號碼牌，這個小細節讓我感到他在獄中的生活會很艱難。看到這些，我認為帶吉伯爾小姐來看望他是個錯誤的決定。

「傑維斯醫生，我很開心能見到你。真沒想到你會過來，我知道的是要和我的律師可以在一個專門的房間裡見面。」他真誠地說。令我感到意外的是，雖然這裡的環境十分嘈雜，但他的聲音卻很清楚。

「對，如果你有要求的話。對了，跟我一起來的還有吉伯爾小姐。」我跟他說。

「她怎麼過來了！這裡不適合她。」

「我也跟她說了，而且我說你也不希望她過來，可是她非要過來。」

「女人總是喜歡做無謂的犧牲，還喜歡小題大做。不過茱麗葉是一個善良的女孩，她是出於好心才這麼做的，我不能讓她失望。」

我感受到他冷淡的態度，這令我有點生氣：「確實是，不過吉伯爾小姐是最真誠善良的女孩，她的做法值得敬佩。」

聽完我的評價，諾伯勉強露出一絲笑容。我敢肯定那個笑容中帶著一些疑惑。我真想拿著特製的鉗子剪開鐵絲網，衝上去揪住他的鼻子，來發洩我心中的怒氣。

「確實，所以我們成了好朋友。」

這個人真欠揍！他的腦袋裡到底在想些什麼？他竟然用如此不屑一顧的語氣，談論這個世界上最美的女孩。看到他的樣子，真想罵他幾句，可是一想到他現在的處境，我又強迫自己忍著怒氣說：「希望你在這裡過得不會太艱難。」

「哦，不不，雖然這裡的居住條件很糟糕，但是並沒有你想的那麼難過。我從來沒有忘記宋戴克醫生說的話，一想到我很快就可以出去，時間就會過得非常快。我相信宋戴克醫生的話一定會實現。」

「一定會實現的，宋戴克不會隨便做出承諾。我雖然稱不上是他最信任的人，恐怕也沒有誰能做到這一點，但我還是很肯定，他很有信心。到現在為止，他已經收集了很多關鍵的證據。」

諾伯真誠地說：「要真是這樣，我就不用擔心什麼了。他對我的信任讓我很感動，現下的情況是，除了茱麗葉和伯母，所有人都認為是我偷走了鑽石。但他卻相信我，願意為我辯護，這對我是十分難得的。」

他又和我說了一些獄中的情況，15分鐘後，我走出去讓吉伯爾小姐與他見面。他們見面的時間並沒有我想像中那麼長，不過這裡的環境確實不適合互訴衷腸。在走廊裡來回巡邏的獄警給人一種壓迫感，的確不是適合說隱私的安全之地。

吉伯爾小姐從裡面出來後就變得垂頭喪氣，精神渙散。看到她的樣子，我感到很鬱悶。難道諾伯在她的面前也表現得很冷漠嗎？也許諾伯就是一個從容鎮定的情人。他之所以表現冷淡，是因為他知道吉伯爾小姐的到來會使他在情緒高漲之後落入低谷。從另一個角度分析，難道是這個男人拒絕了吉伯爾小姐？難道從一開始就是她對諾伯單方面的感情？想到這裡，我忍不住

罵了一句：「真是個不知羞恥的男人！」可轉念一想，事情也許不是我想的這樣。我無法再自欺欺人，因為深陷對吉伯爾小姐的感情而心存僥倖，想著萬一諾伯沒有接受她，我願意懷著感恩的態度迎接她，這些想法佔據了我的大腦。我一邊想，一邊和吉伯爾小姐向大門口走去。關鐵門的聲音把我拉回現實，我和她慢慢消失在大門的陰影裡。當我們走出這座可怕的監獄，兩個人頓時感覺十分輕鬆，用心感受著外面自由的氛圍。

我把吉伯爾小姐的地址給了車夫，然後把她送上馬車。她認真地看著我說：「你能和我一起走嗎？」

她的問話使我十分驚喜：「如果你不嫌麻煩，我十分樂意，在國王路放下我就行。」

說完我腳步輕快地上了車，坐在她的身邊。這時一輛黑色的運囚車轉入內庭，讓人感覺陰沉淒涼。

吉伯爾小姐失望地說：「諾伯好像並不希望見到我。可是我以後還會再來探望他，這樣的做法對彼此都有好處。」

我認為我有必要勸她以後不要再來，可是想到這樣我就沒有機會陪著她了，便立刻打消了勸阻她的想法，而且竟然還有些期待她再次探望諾伯。

她笑著對我說：「你讓我有了充分的心理準備，真是謝謝你！看著那些像動物一樣被關在籠子裡的人，真讓人恐懼。如果進去之前你沒有跟我描述裡面的場景，真擔心我會昏倒。」

她還說都是因為我的陪伴使她心情沒有那麼糟糕。馬車慢慢駛離那座監獄，她的心情也恢復了平靜。最後，我跟她講了宋戴克發生意外的事。

「真是太恐怖了！不過還好沒有生命危險，」她語氣關切，「他傷得嚴重嗎？他不會介意我過去看望他吧？」

我隨口跟她說宋戴克不會介意的。但其實我開心地快要飛起來了，哪裡還顧得上宋戴克會怎麼想。國王路到了，我下車走回家。一路上我都十分愉悅，因為心中有了新的期待，這種期待又摻雜著開心、難過等複雜的情緒。

十、意外的收穫

雖然宋戴克發生了這樣的意外，但幸運的是傷口癒合得很好，沒留下什麼後遺症。沒幾天他就恢復到忙於工作的狀態。

吉伯爾小姐的到訪使宋戴克十分開心，我們三個人相談甚歡。吉伯爾小姐？我為什麼會用這麼正式的稱呼來叫她呢？「茱麗葉」才是能喚醒我對她美好感情的名字。每當我抑制不住內心的喜歡想起她時，我都會這樣稱呼她，或者是在名字前加上很多誇讚她的形容詞，反正不會這樣稱呼她為「吉伯爾小姐」。為了表示真誠，以後我想她的時候，都會用「茱麗葉」來稱呼她。

宋戴克總是在說話的時候提到諾伯。很明顯，他想試探諾伯在茱麗葉心中究竟是什麼地位。不過，並沒有得出什麼新的結論。令我失望的是，之後茱麗葉再也沒有來過這兒。就像我之前說的，宋戴克的傷很快就好了，他又開始過上忙碌的生活。顯示他恢復活力的第一件事，就是他把自己在實驗室關了一整天。

某天早上十一點，我回到家，看到波頓正無精打采地收拾客廳。

「嗨，波頓！你今天怎麼捨得離開實驗室？真奇怪。」

「不，不是的，先生，我是被迫離開的。」他滿臉愁容地回答。

我好奇地問：「發生了什麼事？」

「醫生在實驗室裡，他囑咐我千萬不要去打擾他，還把門反鎖了。唉，我猜他又要在裡面待一天。」

「他在裡面幹嘛？」

「我也想知道，」波頓回答，「可能跟他辦的案子有關。不過我真的很好奇他在做什麼，每次他出現這樣的狀態，都會發生出人意料的事。」

「實驗室的門上不是有一個鑰匙孔嗎？我們可以從那裡看看他到底在做什麼。」我對他眨了眨眼睛。

「哦，先生，我真不敢相信你會說出這樣的話。」很快，他發現我不是開玩笑，於是笑著對我說：「是的，上面確實有個鑰匙孔，我敢說，醫師在裡面肯定比你看得更清楚。」

「醫生和你一樣讓人猜不透。」

「那是當然，醫生做什麼事都這麼高深，讓人猜不透。你看這是什麼？」

說完他從小皮夾裡拿出一張紙遞給我。紙上面畫著棋子一樣的東西，周圍還標著尺碼。

「看著像個棋子。」

「你的想法和我剛開始是一樣的。醫生讓我做二十四個一樣的東西，還告訴我這不是棋子。真讓人搞不懂。」

我開玩笑地說：「他也許在研究一個新的遊戲。」

「他總是在法庭上試驗他的新遊戲，而且都會贏，不過這次就說不準了。這到底是什麼東西？上等的黃楊木就是用來做這個的嗎？不過可以肯定的是他現在做的實驗裡會用到。」他遺憾地搖搖頭，把紙片小心地放回皮夾裡。

他突然十分嚴肅地對我說：「先生，我有時會像現在這樣，被醫生神秘的實驗搞得抓狂。」

他為什麼要讓波頓做這些小東西？在他的實驗裡又會有什麼作用？雖然我沒有那麼好奇，但還是忍不住猜想他到底在做什麼。除了諾伯這件事，我不清楚他還接手過哪些案子。我實在想不出這些像棋子一樣的小東西和諾伯的案子有什麼關係。不過我確實沒什麼心思猜想宋戴克到底在搞什麼鬼，因為我要陪茉麗葉再去一趟監獄看望諾伯。

午飯的時候，宋戴克說了很多話。但關於實驗的事，他只說必須由他親自動手，就再也不提了。吃完飯，他立刻回到實驗室。我站在大街上，一顆心砰砰跳，每次聽到馬車的聲音就緊張得到處張望。我心想即將坐著馬車開啟一段愉快的旅程，但這段旅程的終點是賀維監獄。

等了一會兒，我就從街上回到家，我看見客廳已經被波頓收拾得很乾

淨。現在他正忙碌地準備著茶點，宋戴克則在實驗室做著與我們截然不同的事。我為自己泡了一杯茶，默默品嘗著茶香，等待著即將到來的幸福時光。

我十分欣賞茱麗葉的真誠善良，她絲毫沒有隱藏對我的喜歡，何必隱藏呢？她只是把我當成哥哥，她對我只有兄妹之情，這是一種最純潔的感情。茱麗葉的性格單純地像個孩子，她不會對別人心懷不軌，也不會懷疑別人會有這樣的想法。我對她的感情令我越陷越深，但這自始至終都是我一個人的事，我絕對不會讓她有所察覺。回想起過去無依無靠的日子，我的內心十分痛苦，總有一天我會離開這裡，重新過上那樣的生活。我明白這樣下去只會讓我越來越痛苦，但不願意就此放棄。這次去賀維監獄，使我對茱麗葉的感情多了一些實際的思考。我終於盼來了茱麗葉，於是我們一起前往賀維監獄。

「諾伯的事情已經給了伯父很大的打擊，想不到其他的事情也搞得滿城皆知。傑維斯醫生，你聽說了嗎？」提起霍比先生的事，茱麗葉情緒十分激動。

我告訴她，華克已經將這件事告訴我了。

「我真搞不懂，事情發生得這麼突然，華克竟能搶先一步把自己的股權拋得一乾二淨。華克與這件事到底存在什麼樣的關係？而且他從哪裡籌到的錢彌補上巨大的差額？」

「礦業從什麼時候開始走下坡的，你知道嗎？」

「我知道，就在鑽石被偷的前幾天，華克把它稱為大幅度下降，我是從伯父那裡知道的。在那一天，我的身上也發生了一件奇怪的事。」

「什麼事？」我好奇地問。

「我的手指不知道怎麼破了，還差點昏倒。」她有點不好意思地說，「剛開始我沒有察覺，直到手上已經沾滿血才發現。當時，我正在伯父的書房打掃衛生，走到壁爐旁邊的時候看到手上的血，然後暈倒在地毯上。諾伯先發現我的時候嚇了一跳，馬上拿出他的手帕為我包紮。從當時的情形看，他很有可能被當成凶手抓起來，可是他絲毫不在意。他從聖經上扯下一根紅繩子，綁在我的手上。我知道你們這些醫藥專家一定瞧不起這種急救的做

法。

「他看到我沒事就出去了。我整理著桌子上的東西，發現桌上的紙、信封沾滿了血和弄髒的手指印。如果你看到那副景象，肯定會認為發生了慘案。我想也許保險櫃裡的指紋就是在那個時候掉進去的。諾伯的指紋被當成罪證出現在法庭上的時候，我就和伯父說了這件事。可是他說那張紙是放鑽石的時候才從備忘錄上撕下來的，根本就不可能在那個時候掉進去。」

前往賀維監獄的路上，我們一直在討論這件事，這使我不再胡思亂想。從賀維監獄回到家，我立刻把收集的資訊全部記錄下來。

宋戴克來到我的房間，看見我正在認真做記錄便說：「我去燒水泡茶，你就專心記錄，等你結束後我們再來討論。」

我記錄完了，水也燒開了。我把重點篩選出來講給他聽，我很想知道他的看法。

他認真傾聽，等結束後才開口：「這件事很有意思也很重要。你真是一個好助手，親愛的傑維斯，總是能發現那些被故意隱瞞的事實。現在你一定很開心，你的猜想得到了驗證。」

我得意地說：「當然。」

「這也是一條合理的思路。那些看起來不可能實現的事，在你換了一種新的思維方式後，會出現新的機會。你的猜想已經得到新線索的支持，如果要增加猜想成立的可能性，還需要找到在吉伯爾小姐出事那天，霍比先生的桌子上放著那本備忘錄的證據。對我們來說最重要的就是不要放過任何細小的線索。可是為什麼諾伯沒有提起過這件事？我還特意問過他是否在紙上留下過指紋，不過也許是在諾伯離開後吉伯爾小姐才發現的，但他應該說起這件事的。」

「我應該去調查一下，吉伯爾小姐出事的時候，霍比先生的備忘錄是不是放在了桌子上。」

「這倒是個好辦法，但我覺得效果不大。」

宋戴克是個真誠善良的人，他從來不會當面一套背後一套，這是他天生的品格。我聽到他這樣說有些失落，雖然他跟我討論了這些想法，但我感覺

他不認為我的想法可以實現。或許事情並不是我想的這樣，他對我提出的線索有這樣的想法，有可能是因為他提前就已經知道了，或者他有了其他更確鑿的證據。我聚精會神地想著這件事，這一切都被宋戴克看在眼裡。這時，波頓雙手捧著裝有二十四個黃楊木棋子的製圖桶，笑呵呵地走了進來。

宋戴克看到波頓的樣子，也露出笑容：「傑維斯，波頓一直很好奇我發明的新遊戲。波頓，你現在知道怎麼玩了嗎？」

「還沒有，不過我猜遊戲的另一方是一個戴著假髮、穿著長袍的人。」

「不全對，但和真相很接近了。傑維斯醫生，你有什麼想法？」

「我今天早上才從波頓那裡知道這個東西，他一副天機不可洩露的樣子，什麼也不肯說。我猜不出來這到底是幹嘛用的。」

「你是說『猜』嗎？你認為『猜』是什麼意思？我可不希望一個受過科學教育的人經常用到這個字。」宋戴克端著茶杯在房間裡來回走。

顯然他是故意的，但我還是嚴肅地說：「『猜』就是憑空想像。」

「這怎麼可能，除了傻子誰會憑空想像。」

「修正一下，『猜』就是根據某些線索進行推斷。」我趕緊改口。

「這樣的說法還可以接受。不過更準確的說法是，『猜』能幫助我們在已有的線索不能得到準確結論的情況下，推斷出事情的結果。」說完他指了指窗外，「舉個例子。在培波大樓牆邊有一個人走過，我推測這個人是剪票員或者鐵路站長。他的外表並不能滿足我的推測，所以我得出的結論也不是確定的。」

「那個人真的是站長，我記得很清楚，他是薩布韋車站的，您猜對了。」波頓對宋戴克的崇拜又加深了。

「碰巧而已，也有可能猜錯。」宋戴克笑著說。

「您只看了一眼，就知道了。」波頓繼續說。

「傑維斯，你知道我是怎麼猜到的嗎？」宋戴克並沒有理會波頓的稱讚。

我說：「我看過車站站長走路的樣子，外八字，平底足，那個人也是這樣的。所以，我認為你是透過他走路的樣子推測出來的。」

「是的，平底足的人韌帶攣縮，足骨形態異常，肌肉萎縮，這些變化使人很不舒服，所以就變成外八字，以緩解走路帶來的痛苦。他的左腳向外撇的幅度很大，腳板又很平，再加上他這麼高，很容易看出來。

「而這種變化是由於長期站立引起的，工作中需要長期站立的人大多都是平底足。這類人包括警察、服務生、看門的、做小生意的、店員、車站工作的人和銷售員，運動員或舞者剛好與之相反。服務生有自己的特點，他們需要托著盤子走路，所以走得很穩。這個人的兩隻手臂來回甩的幅度很大，步伐也拖拖拉拉的。他也沒有警察那樣強健的體格，身上穿的衣服較為體面，應該也不是看門的或者做小生意的。做銷售的和店員活動的空間很小，走路時步伐快，幅度小。鐵路的月台很長，鐵路站長需要經常快步往返。綜合所有的資訊，只有鐵路站長與這個人的特徵最符合。但如果我們不進一步求證就斷定他是鐵路站長，就會犯下邏輯上的錯誤。而這種現象無論是在生活中還是在辦案過程中都很常見。除了他需要經常站立是觀察得出的，剩下的全是猜測。」

「醫生，這個推理太棒了！如果是我，怎麼也不會推測出他是做什麼的。」波頓帶著尊敬的目光看著宋戴克，說完轉身離開。

宋戴克微笑著說：「大膽的猜測總是能比思想保守地推理更能觸動人心。保守的推理不會帶來意想不到的結果。」

「事實證明，你的大膽推測是正確的。在波頓心中，再也沒有比宋戴克醫生更厲害的人了，你就是獨一無二的，沒人能超越你在他心中的地位。現在讓我們來說這些小東西，就暫且稱它們為小棋子吧，我想不出它們是做什麼的。難道我應該想出來嗎？」

宋戴克小心地拿出一顆小棋子，認真觀察著它的位置，然後說：「如果你已經有了全部的證據，就知道了事情的前因後果。我想你得到的線索已經能夠推測出一些事，而且你也有能力做到。在這段時間裡你已經展現出豐富的想像力，你有做偵探的潛力，只是缺少實戰鍛鍊。用不了多久，你就會反問自己『我怎麼沒想到這一點呢』。好了，為了緩解一下緊繃的神經，我們出去散散步吧！」

十一、飛來的「子彈」

過了幾天，宋戴克問我：「我有一件事需要你的幫助，可以嗎？」

「當然，什麼事？」我問。

宋戴克說：「比納區發生了一個案子，好像是自殺，格林菲事務所的律師找我幫忙。他們需要我在驗屍和偵訊的時候在場。那邊都準備好了，驗完屍就進行偵訊，我們只需要去一次。」

「他們不會隱瞞了什麼情況吧？」我疑惑地問。

「應該沒有，只是一個普通的案子。不過目前還無法確定是不是自殺。因為有一筆數額巨大的保險金，所以才會這樣興師動眾。董事們想快點結束這件事，如果證實是自殺，格林菲事務所就會得到一萬英鎊。不過董事們才不會在乎這點錢。」

「什麼時候走？」我問。

「明天。明天你有什麼重要的安排嗎？」

「不，不，沒有。」怕他看出我的心思，我趕緊否認。

「明天你肯定有事，對不對？」宋戴克故意追問。

「沒有，我已經說過了。重新安排日程又費不了多少事。」

「是不是為了可愛的她？」

「既然你這麼想知道我就告訴你，一個小時前我接受一個邀請——吉伯爾小姐告訴我，霍比太太明天請我過去吃晚餐。」我不得不承認。現在，我的臉紅得像蘋果一樣。

「天吶！你居然告訴我沒什麼重要的事。現在已經過了崇尚奉獻精神的時代了，所以你一定要去赴約。」

「但等我們回來的時候，已經趕不上吃晚飯了。」

「哦，你說得也是，或許我們要等到凌晨1點才能回到國王路，那班火車的時間太晚了。」

「我要給吉伯爾小姐寫封信，跟她道歉。」

「要是我，就不會拒絕她們的邀請。這樣做她們會很失望。」

我堅持說：「不，我現在就去寫信，你不要再勸我了。一直以來，我都在混日子。這段時間什麼都是你花錢，我已經很過意不去了，現在終於有機會幫你做些事情。」

宋戴克聽完我說的話，笑著說：「那就隨便你吧，不過等到諾伯被證明是清白的那天，你就會發現自己的價值，千萬不要小瞧自己。」

「聽到你的話我很開心。」我說。原來他並不是可憐我才請我協助他。

他真誠地說：「我說的都是事實。我還得謝謝你為了幫我處理這個案子放棄約會。我得先跟你說幾件事：那邊的律師在這封信上講了事情的經過，不過這個案子還沒有確定是不是自殺案；書架上放著法醫學方面的著作，還有弗瑞、特勒、蓋比爾、和格尹的書，我還會介紹給你幾本實用的書，需要你條分縷析地摘錄出與這件案子相關的要點；另外，我們還要做其他的準備，即便這些準備派不上用場，也會讓你從中吸取很多經驗。」

我提出不同意見：「蓋比爾和特勒都已經很老了，對嗎？」

他反駁道：「自殺的歷史也是由來已久，你還需要從這些老專家身上學習很多經驗。很多人才早在阿加曼農③之前就已經出現了，我想你一定不會失望的，尤其是認真看了蓋比爾和特勒的書之後。」

一整天我都在研究自殺方面的書籍，好為明天去比納區做準備。我十分好奇那究竟是一個什麼樣的案子，不過令我更加著迷的是這些書裡的內容。期間我抽空寫了一封道歉信給吉伯爾小姐，還特意附上我的行程表，表示我確實有事不能參加晚宴。我這樣做的目的主要是增加彼此的親密程度，而不是擔心她會生氣。

第二天，我們到了案發地點，確認這只是一場普通的自殺案件。我們都有些失望。我失望是因為學了那麼多東西沒有得到實踐的機會，宋戴克則是

理查・奧斯丁・傅里曼

---

3. 希臘邁錫尼的國王，他還是希臘各位國王的王。——譯注

因為收的錢太多辦的事太少。

當我們坐上火車的時候，宋戴克對我說：「這件案子當地的律師就能處理得很好。不過能不費力氣就賺上一大筆錢也是很開心的事，我可是經常做很多工作，沒有人給錢。而你呢，學習了很多關於自殺的知識。我們此行剛好應了培根的那句名言『知識就是力量』。」

我默默地點上一支菸，沒有說話，宋戴克也點了一支。因為疲勞，我們都不再說話。等到火車到了終點，我們打著哈欠走上月台。

「唉，凌晨一點十五分，真是個讓人提不起精神的時間。看來其他人也比我好不到哪裡去。我們是步行還是坐車？」

「在火車上坐了那麼長時間，腿都不能動了。還是步行吧，剛好可以活動一下。」

「和我想的一樣。不如我們像打獵的時候那樣跑回去吧！你看，旁邊有一輛自行車，車輪和鏈子那麼大。還真有精力旺盛的人。」

我也向那邊望去，看到他說的那輛自行車，好像是賽車，鏈子和車輪都很大，時速應該可以達到九十英里。

我看了看周圍，沒有看到車子的主人：「也許是個業餘賽車手，趁著晚上的時間出來練習。」

雖然是凌晨一點，但國王路上的人還是不少，這一帶的人很喜歡夜生活。有些像貓一樣的動物發出尖銳的叫聲，可以看到牠們在路燈下小心地走動。我們穿過馬路來到格斯特小棧路，躲開這些令人討厭的小東西向西走去。周圍很安靜，直到拐過曼徹斯特路的路口，我們聽到一陣歡呼聲，看來前面有人。走到薩默斯街，我們看到一群流氓，他們情緒激動，路過皇家醫院時還對著裡面大呼小叫。看到這群人向我們走過來，宋戴克拉著我的手放慢了腳步。

他輕聲說：「我們最好去希斯克街區，再走到尼克比廣場。這種時候最好躲開他們。」

走到尼克比廣場，我們又恢復了原來的狀態。廣場上只有我們兩個人，宋戴克說：「那些殺人凶手、認為自己是公正的判決者和使用暴力手段搶東

西的人，都可以稱為流氓。這些人有一個共同的特點，都認為自己在為人民
剷除禍害，代表上天主持公道。那位在狄福街上勇闖流氓群的騎著自行車的
人，我猜就是火車站上那輛自行車的主人，他真是值得我敬佩。」

我們走到陶堤街口，這時宋戴克說的那輛自行車從路口一閃而過，當我
們拐到街角的時候，自行車早就消失得無影無蹤了。

「我們最好走司歐密路。」於是，我們拐入這條街道，腳步聲迴盪在窄
小的巷子裡，讓人感到害怕，這感覺就好像有人跟在身後。我們一直向前走
到約翰街。

「席勒貝爾區淒涼的舊街，總是讓我想到那些沒落的舊貴族。唉？你看
那是什麼？」

正說著，一陣強烈的撞擊聲響起，就在我們前面不遠的地方，一扇落地
窗碎了。我和宋戴克看著發出聲響的地方，站在原地一動也不敢動。當事情
發生的時候我們已經沿著約翰街走了四十多公尺，聽到聲音幾秒鐘後，我跟
著宋戴克跑回約翰路的路口，但沒有發現任何人，也沒有再聽見什麼聲音。

「我們過去吧，聲音確實是從這裡傳過來的。」宋戴克肯定地說。

他走到幾公尺外的一個馬棚子前，跳了進去。我跑到馬棚子前面一條小
窄路的轉角處，看見一個騎著自行車的男人朝著小詹姆斯街跑了。

我大聲喊：「小偷，別跑。」然後我便賣力追趕他，他好像沒怎麼用力
踩，可是車子的速度依然很快。在追趕的時候，我突然想起在車站看到的那
輛自行車，與現在追趕的這輛車很相似。我的兩隻腳最終還是敗給了他的兩
個輪子。我全身濕透，喘著大氣往回走。等我回來時，宋戴克站在馬棚子前
面看著我：「是自行車？」

「是的，是自行車，時速大約九十英里。」

「這就對了，他是從火車站那裡跟過來的。你看到他手上拿的東西
嗎？」

「是一把手杖。」

「什麼樣的手杖？」

「看不太清楚，不過他路過一盞街燈時，我看到手柄好像帶角，或許是

棕櫚幹做的那種麻六甲手杖，看起來很結實。」

「自行車上的燈是什麼樣的。」

「沒看見，不過車上的燈好像不怎麼亮。」

「要使燈光變暗，只要在車燈的玻璃上抹油或凡士林就可以，而且現在大街上又全是灰塵。我想屋子的主人肯定很想知道發生了什麼事，你看他過來了。」

我們返回約翰街，看到一個男人站在台階上向馬路四周張望著。看到我們過來，他指著玻璃的碎片問：「先生們，你們知道這裡發生了什麼事嗎？」

「知道，我們剛好路過這裡。事情發生時，我還以為是衝著我來的。」

「你們知道是誰做的嗎？」這個男人又問。

「他當時騎著自行車，我們追不上他，不清楚他是誰。」

「哦，自行車？他是用什麼作案的？真奇怪。」男人看著我們，疑惑地說。

宋戴克指了指房子說：「這是空房子嗎？我正打算調查這件事。」

「是啊，我是這裡的管理員，這間房子正在對外出租，可是這有什麼關係嗎？」

「確實沒什麼關係，那個石子或者子彈是朝著我們打過來的，我想確認一下那到底是什麼東西，你能不能讓我們進去看看？」

管理員臉上一副不願意的表情。他打量了我和宋戴克好一陣，才不情願地打開門。一盞煤油燈從大廳牆上的小閣子裡照出昏暗的光，管理員提著燈，關上大門。他拿出鑰匙打開房間的門：「就是這個屋子，這實際上是一個會客廳，但他們總說這裡是圖書館。」

他高舉著煤油燈走進去，死死盯著被打破的窗戶。

宋戴克掃了一眼被『子彈』打過的地板，指著一面正對窗口的牆。說：「看那邊的牆。」

我剛要說根據『子彈』射入的角度，根本不可能射到這裡，但還是及時忍住，保持著沉默。管理員舉著煤油燈，探著身子看著那面牆。這個時候，

宋戴克撿起地上的某個東西，快速地裝進口袋裡。

管理員用手摸著牆壁說：「這上面什麼都沒有。」

「那個東西是從亨利街打過來的，應該會打到這面牆。」宋戴克故作沉著地說。

管理員走過來，將煤油燈舉到宋戴克指著的牆面上。他忽然大叫道：「就是這裡，像被子彈打過。」牆上的壁紙凹下去，露出裡面的石灰。管理員指著這個小洞繼續說：「你不是說你沒有聽到槍聲嗎？」

「我確實沒有聽到槍聲，應該是彈弓之類的東西射過來的。」宋戴克回答。

管理員彎腰把燈放在地上尋找那枚子彈，宋戴克也熱情地幫管理員找子彈。一想到子彈已經被他裝到口袋裡，我就想笑。

我們找得正起勁，前門突然傳來一陣敲門聲。管理員生氣地說：「一定是巴比那個浮誇的傢伙。」

然後他拿起煤油燈一個人走了出去，我們依然留在黑暗的房間裡假裝尋找著那顆子彈。看到管理員走了，宋戴克突然對我說：「你應該看到我把子彈裝進口袋裡了。」

「是的。」我回答。

他大聲說：「你的觀察細緻，反應靈敏。我真為你感到驕傲。」

管理員回屋時，身邊多了一個警官，這個人身材高大，體型健碩。

這位警官向我們示意，然後掃視了整個屋子。當他看到滿地的碎玻璃時，說：「這些懶散的流氓，成天無所事事，到處搗亂。聽說事情發生的時候，你剛好路過，先生，是這樣嗎？」

宋戴克平靜地回答：「是的。」

然後警官一邊聽著宋戴克簡短的表述，一邊做筆錄。

「要是那幫壞傢伙總是四處惹事，城裡就會亂套了。」

「應該把這群傢伙都抓起來。」管理員表情凶惡地說。

警官帶著嫌棄的表情說：「那些心軟的法官們卻說他們只是孩子，而且還拿出慈善箱裡的五先令給他們買聖經，真是不值得。」

他把記錄的本子裝進口袋裡，然後轉身離開。我們也跟著一起出去。

「如果你打掃房間的時候發現那枚子彈或者石子，一定要把它交給我。先生們，晚安。」說完他就走向亨利街。我們向南往家走。

「你為什麼故意隱瞞這顆子彈？」我問。

「主要是因為我知道警察會來調查這件事，而且我也不想因此產生爭論。」

「難道這樣不好嗎？」

「這樣我就只能把東西交給警察。」

「你對這東西就這麼好奇嗎？」

「對，尤其是現在這種情況。我想親自驗證一下我的猜測，再交給警察。」宋戴克笑著說。

「那我能夠知道你的猜測嗎？」

「當然可以，如果回到家的時候你還是清醒的。」

回到家以後，宋戴克去實驗室拿工具，他告訴我先點一盞燈，然後再把桌子騰出一個乾淨的地方。我把這些準備好以後，就坐在那裡等宋戴克。過了一會兒，他手裡拿著一個寬口瓶、一把小鉗子和一個金屬鋸走了下來。

我看了看他手裡的瓶子說：「瓶子裡是什麼？」

「這就是我在地上撿的那個小東西，我需要把它放在蒸餾水裡泡一泡。很快你就知道這是什麼了。」

我好奇地盯著它，想知道這個小東西到底是什麼。宋戴克打量著我：「朋友，看出什麼名堂了嗎？」

「長度在兩英寸左右，一塊細小的銅質柱體。頭是尖的，有一個小孔，裡面放的應該是鋼珠之類的東西，底端是平的，中間凸起，整體上像是一個子彈，另外靠近尾部的側面有個小孔，中間應該是空的。」

宋戴克滿意地說：「對，你應該看到了，我把它撈出來的時候，水從頭部的小孔流了出來。」

「對。」

「你現在拿起來晃一晃。」

我拿起來晃了晃：「裡面有東西在上下動，體積比外殼小一點。」

　　「你說得對，你知道這是什麼嗎？」

　　「小炮彈或者小炸彈。」

　　宋戴克搖搖頭：「雖然很像小炮彈或者小炸彈，但其實不是。」

　　這個小東西勾起我的好奇心：「這到底是什麼？」

　　「它可比小炸彈厲害多了。這東西做工精良，設計嚴謹，對方真的是一個相當厲害的人！」

　　看到他這副模樣，我忍不住笑了。他也笑了笑，說：「我只是為他的專業感到讚嘆，而不是贊成他做違法的事情。但我還是要感謝他們為我提供了工作的機會，普通的罪犯只需要警察出面就能處理，只有他們這樣手段高明的罪犯才需要我出面解決。」

　　他用鉗子把小圓柱體豎起來夾緊，在兩邊放上衛生紙，然後小心翼翼地從中間將小圓柱體鋸開，避免破壞裡面的東西。過了一會兒，外面的殼才被鋸開，露出裡面的東西。

　　宋戴克把它拿給我：「依你看，這應該是什麼？」

　　我拿著它反覆看，也沒看出這究竟是什麼東西。這個東西和外殼的形狀是一樣的，可以上下移動，它是用鉛做的，長度大約半英寸。銅殼裡插著一根細鋼絲，剛才說的那個像鋼珠的東西是這個鋼絲的尖頭。

　　宋戴克鼓勵我：「說說看還發現什麼？」

　　「真的太像小炸彈了，不過剛才你已經說過它不是了。我本以為，這個鉛柱體裡面肯定是雷管，鋼絲尾端會隨著它的撞擊引爆炸彈。」

　　「是的，沒想到你還這麼瞭解炮彈擊發的原理。細鋼絲的尾端插入銅殼，長度大概一英寸，現在我們看到的不是它原來的樣子，而是撞到牆以後把它壓進去的，現在我們就是要把它還原。」

　　宋戴克說完，用一個平銼刀把鋼絲從尖端的小孔中推出一英寸，然後把它交給我。看到那根鋼絲尖細的頭部，我輕呼一聲，原來這不是一根鋼絲，而是一個小細管。

　　我吃驚地說：「天吶！這是一個皮下注射的針頭，他真是一個十惡不赦

的混蛋。」

「而且這是個動物注射用的大針頭。現在你看清楚了吧,如此精巧的技藝可不是誰都能做出來的。如果時機把握恰當,說不定真的能成功。」

「聽你的語氣,好像為他感到惋惜。」我有點不理解他說的話。

「不是的,我確實喜歡一個人做事,但這並不代表我可以為自己驗屍。只是這精巧的技藝使我感到驚嘆。這個東西是從強力空氣槍中射出來的,槍舌上加了膛線,槍的外形很像手杖,還加了一個壓力水泵。」

我好奇地問:「你是怎麼知道這麼多的?」

「很簡單,為了使這項設計有意義,針頭的一端應該是朝前的。那個銅殼的底端有膛線存在的痕跡。你應該看到這個東西的上面有一個方形凸起,那應該是膛線的凸槽。子彈旋轉的動力是由氣槍的空氣壓力推動膛線圈帶來的。當子彈射出時,軟金屬板會脫落,然後子彈就可以自由飛出來了。」

「哦,我一直沒弄明白突出的那部分有什麼作用,現在我知道了。這還真不是一般人能設計出來的。」

宋戴克贊同地說:「是的,這是一個與眾不同的巧妙構思,而且他還在銅柱體內注入了劇毒。當然,這不是什麼難事,尾端的小孔可以向外吸氣,把針頭放在劇毒中,向後拉動裡面的活塞毒液就被吸進去了。他還在活塞上抹了凡士林,防止毒液外漏,這個人真的很厲害,我很幸運能逃過這一劫。我想你應該知道對方為什麼精心設計這個東西了吧?如果不是有你在,對方就有很多機會對我下手。真不敢想像會發生什麼樣的事。」

「我大概知道這傢伙這麼做的目的,但我還是想聽你講。」

「很明顯,他知道我回來的時間,就到車站等我。等我下了火車,他就開始跟蹤我,準備找一個人少的地方動手。他可以等在某個拐角或者直接向我走過來,近距離射殺我。只要射中任何一個部位我都會死。他選擇了背部,因為那裡面積最大。子彈射穿我的衣服會掉在地上,而注射針頭會隨著慣性進入到我的皮下組織。

「行動成功了,他便騎上自行車離開。當我感覺背部有刺痛感時,我會立刻去追他。毒藥會在劇烈運動後加快發作,於是我追了一會兒便毒發身

亡。沒過多久我的屍體會被發現，驗屍的時候針孔很小不容易被發現，身上又沒有任何被毆打的痕跡，於是我被判定為心臟病突然發作而死。但即使有人發現針孔也無處可查，因為我感覺被針刺痛後根本沒有想到要撿起那顆子彈。也許子彈被其他人撿走了，他們不會把這個子彈空殼和我的死亡聯繫在一起，也不知道它有什麼作用。現在你應該知道這個計畫是考慮得有多周全了吧！」

「是的，他真可惡，你知道他是誰嗎？」

「我想，我已經有了懷疑的對象，現在聰明的人可不多。在我的印象裡，這麼想要我死的聰明人幾乎沒有。」

我著急地說：「你有什麼打算？」

「現在我唯一能做的是減少外出，尤其是晚上。」

「你需要採取一些措施保護自己啊，我敢肯定，大霧那天的意外事件一定是有人設計好的。」

「雖然我當時沒有明說，但我十分贊同你的說法。可是我現在沒有足夠的證據，如果貿然行動，會讓他有所防備，所以先不要聲張。我猜，他不會輕易放棄的，只要他繼續採取行動，我們就一定會找到線索。到時候我們就可以發現他的那些作案工具，作為指證他的證據。為了明天能正常工作，我想我們需要解散了。」

十二、關係疏遠

距離拇指指紋案的開庭審理還有一個星期，謎底即將揭曉，到那時就會知道諾伯到底是無罪釋放，還是有罪判罰了。

在過去幾天裡，宋戴克將自己關在實驗室裡幾乎不出門，那間用來做微

生物實驗的房間也被鎖上了，這使波頓十分生氣。有一天，他氣憤地跟我說他看到安斯坦先生得意地從殿堂走了出來。

最近我和安斯坦見過幾次面，我也越來越喜歡他。我知道他傲慢的外表下掩藏著一顆真誠友好的內心，而且他的品德很好，學識廣而且深。看得出他很佩服宋戴克，他們是很要好的朋友。

有一天早上，宋戴克有事出去了。我在臥室寫信，抬頭望向窗外時，我看到安斯坦從王廳街走過滿是碎石子的道路向我們這邊走來。雖然我打從心裡喜歡安斯坦，但這時我還在等茱麗葉到訪，我只想與她單獨相處。如果安斯坦這個時候過來，我肯定要和他寒暄一番，雖然茱麗葉半小時後才會到，但誰知道這個安斯坦會待多久。我感到很掃興，但如果刻意迴避豈不是很不給他面子？我覺得自己不應該有這樣的心態，可是我又不願意欺騙自己和其他人。

就在我糾結的時候，前門傳來一陣急促的敲門聲。我知道打擾我寧靜的人來了。我打開門，安斯坦走了進來，看他這精力旺盛的樣子，估計沒有個把小時是不會走了。他和我握握手，然後坐到桌沿上不疾不徐地捲起菸來。他真能裝啊！看到他這個樣子，我又氣又急。

「我想，那位多才的兄弟不是在樓上變魔術，就是出去了。」

我隨意地回答：「他有一個會議，一大早就出去了。」說完繼續問，「你來這裡是和他約好的嗎？」

「不是，不然他肯定會在家等我。你也知道諾伯的案子下週就開庭了，我只是順道過來，請教他一個跟這個案子有關的問題。」

「我聽宋戴克提起過，你覺得諾伯會被定罪還是無罪釋放？」

他精明地看了一下手上的菸捲：「諾伯現在的情況完全是被動的，不過你就看著吧，我們一定會盡全力保住他，讓蘇格蘭場的人感到震驚。」說著他還用手拍拍胸膛，露出微笑。

「看來，你們志在必得了。」

「那當然，關於是否會敗訴，宋戴克認真考慮過，除非我們正好遇上一個看不懂簡單技術性證據的法官，和一群罹患被偷妄想症的陪審團成員，否

則我們穩贏。哦，我剛才是不是將宋戴克的秘密都說出來了？」

我笑著說：「這麼詳細的情況，他從來沒透露過。」

他假裝懊惱地說：「是嗎？你現在就要發誓替我守住這個秘密。其實，我很佩服他做事低調、說話嚴謹、保守秘密的作風。唉？我怎麼感覺你好像不太歡迎我。雖然我暫時不知道要去哪裡，但如果你給我一支雪茄，我就離開這裡。」

「你要不要試一試宋戴克抽的那種？」我故意說。

「你要給我抽奇奇那普利？我才不要，那種雪茄太垃圾了，我還不如聞我的頭髮味道，你還是饒了我吧！」

我把自己的菸盒遞給他，他從中拿出一支，湊到鼻子跟前小心地聞了聞，跟我道別後，哼著曲子開心地走了。不到五分鐘，門外響起了一陣敲門聲，聽到這聲音我的心都快跳出來了。我知道一定是茱麗葉到了，我趕快跑過去開門。

茱麗葉站在門口禮貌地說：「我想跟你說幾句話，可以先進來嗎？」

她伸出一隻手，顫抖著遞給我，看得出來她非常激動，我擔心地看著她，沒有說話。

她沒有理會我準備的椅子，站在那裡繼續說：「傑維斯醫生，我現在很擔心，盧克先生對這件案子的看法讓我很失望。」

「他是個傻瓜。」我忍不住說，又覺得這樣說很不禮貌：「吉伯爾小姐，為什麼你會和他見面呢？」

「昨天晚上，盧克先生來找我和華克吃晚飯。他說起這件事的時候，非常絕望。」

「吃完飯，華克將他帶到一旁打聽這個案子的情況，他的態度很悲觀。他對華克說：『在我看來，諾伯先生一定會被定罪的，請做好最壞的打算。』華克說：『可是我們還有申辯的機會啊！』盧克先生聳聳肩說：『老實說，我現在是沒什麼辦法了，雖然現在已經找到一些諾伯先生不在場的證明，但還沒有找出證據回應控方的指證。而且宋戴克醫生那邊也沒有任何消息，我實在是沒有什麼信心了。』傑維斯醫生，請告訴我事情到底怎麼樣

了？盧克先生說的是真的嗎？我一直滿懷希望地等待最後的結果，但是自從聽了他的話我就很焦慮。諾伯真的會被定罪嗎？」

她雙手抓著我的手臂，抬頭望著我，情緒激動地快要哭出來了。她這幅可憐的模樣，我完全沒辦法招架。我隱藏了自己的情緒，緊緊握住她的手，態度肯定地說：「盧克先生說的不是真的，如果是這樣，我豈不是欺騙了我們的友誼。你知道這份感情對我來說有多麼重要，我怎麼會做出這樣的事。」

聽我說完，她的心情好了很多，身體向前傾了傾，面帶笑容地說：「我真是太愚蠢了，竟然會聽信盧克的話，而且還是在你跟我說了那麼多之後。你不會生我的氣吧？我知道這也反映出我對你不夠信任。可是我不像你那麼聰明堅強，我只是一個女人，你應該不會跟我計較吧？我竟然變得這麼感性，真是太可怕了。請告訴我，你沒有生我的氣，不然我會難受死的。」

噢！我的達麗拉④。她最後說的那句話直擊我的內心，從此對她，我再也不會有秘密。但是，我突然想到宋戴克精明的樣子，於是馬上清醒過來，平靜地說：「我怎麼可能會生你的氣？我才不會像宋戴克那樣，做不可能的事。生你的氣，只會讓我受到的傷害比你嚴重得多。而且我沒有覺得你做錯了什麼。倒是我，沒有考慮到一個女孩子在聽到那樣的消息時會傷心難過。我要幫你重新找到希望，讓你不再恐懼。我之前跟你說過，宋戴克答應諾伯會幫助他洗脫罪名。」

茱麗葉悲傷地看著我：「請原諒，我是這麼沒有信心。」

我繼續說：「在半個小時之前，安斯坦先生來過這裡。他的話可是很有分量的，我可以告訴你他說了什麼。」

「安斯坦先生？你是說諾伯的法律顧問？」

「對。」

「你快說說他講了些什麼？」

---

4. 猶太民族傳說中的英雄參孫的情人，後來與其他人合謀使參孫失去神力。——譯注

「簡單說，他有讓控方意想不到的證據，而且他對這個案子非常有信心，最後他還讚美了宋戴克。」

「他真的是這麼說的嗎？」她的聲音顫抖著，好像喘不過氣來，臉上掛著激動的淚水。就像她自己說的，她是一個感性的人。她擦了擦眼角的淚水繼續說：「這下可以放心了，你真是一個體貼的人。」她對我微微一笑，可突然又哭了起來。

這下我徹底慌了，只好抱著她在她耳邊輕聲安慰著。我只知道我不停地叫她「親愛的茱麗葉」，至於有沒有說什麼其他不恰當的話已經不記得了。她的情緒慢慢平靜下來，輕輕擦乾淚水，臉上浮起紅暈。

她對著我笑了笑，害羞地說：「我怎麼跟個小孩似的，在你懷裡又哭又鬧，真是丟人。實在不好意思，希望這樣的事沒有在你的其他客戶身上發生過。」

說完，我們相視一笑。茱麗葉看了看手錶：「天吶，已經這麼晚了，我們剛剛浪費了太多時間，你說我們現在去看諾伯還來得及嗎？」

「應該沒關係，我們得趕緊出發了，諾伯還在等著我們。」我回答她，這時我才想起這次見面的目的。

我趕緊拿起帽子和她一起出門。我們腳步輕快地走著，一路上都沒有說話。我不時地偷偷看一眼茱麗葉，她的臉紅紅的。偶爾我們的目光相對，她的眼睛總是閃著亮光，臉上帶著羞澀的笑容。她的表情觸動了我，我的心狂跳不止，好幾次我差點忍不住，想對她說出我的愛意，告訴她我是多麼愛她，她就是我的夢中情人，我甘願做她愛情的俘虜。可是我的內心又有一個微弱的聲音，一直提醒我身上肩負著對諾伯的責任，如果我這樣做，就是不忠不義之人。到了旗艦街我叫了一輛馬車，這個美麗迷人的女孩就坐在我的身邊。

突然，我內心那個弱小的聲音變得強大：「克里夫・傑維斯，你在做什麼？你居然想從諾伯身邊搶走這個美麗的女孩，太可惡了！那個可憐的年輕人多麼信任你，將全部的希望寄託在你身上，可是你又在做什麼？你想做乘人之危的小人，還是正義的君子？依我看，你就是一個偽善的小人，一頭披

理查・奧斯丁・傅里曼

著羊皮的狼！」

正在我進行思想大戰的時候，茱麗葉轉身，笑著對我說：「我的法律導師，看你想得這麼入神，是有什麼心事嗎？」

我回過神，沉醉地看著她明亮的眼眸和粉嫩的臉頰。啊！多麼漂亮迷人的女孩！但我心裡卻響起了另一個聲音：「趕快醒一醒，為了不讓自己迷失，趁早做個了斷。」我下定決心要與茱麗葉做個了斷，可是我的內心非常痛苦，胸口隱隱作痛。我想現在這種複雜的情緒，只有那些和我有同樣苦惱的人才可以理解。

我看著茱麗葉：「吉伯爾小姐，你的法律導師覺得自己觸碰了底線，正在進行自我反省。」

當她聽到我叫她「吉伯爾小姐」時，不解地問：「發生什麼事了？」

「因為我剛才告訴了你一些不能透露出去的機密。」

「但我認為那都是一些很平常的資訊，算不上機密啊！」

「那只是你看到的。宋戴克一直保持低調，為人處世小心謹慎，他說過最好不要讓控方律師懷疑他有秘密武器，所以很多情況連盧克先生都不知情。其實，宋戴克不會像安斯坦那樣，透露那麼多資訊。」

「我明白了，你覺得你跟我說的這些話讓你的信譽受損，你現在後悔了，是嗎？」

她表情平靜，但語氣中透著一些委屈和自責。我感到慚愧，趕緊解釋：「不，不是的，親愛的吉伯爾小姐，你不要誤會，我真的沒有後悔。剛才發生那樣的事，我不知道該怎麼安撫你。我跟你說這些只是想告訴你，我有責任保守秘密，也希望你能幫我一起保守。」

「我理解你，也請你相信，我一定會好好保守這個秘密，不會和任何人說的。」

我很感激她能說出這樣的話。我把安斯坦來拜訪的事告訴茱麗葉，以此轉移她的注意力。我還跟她說了雪茄的事。

她好奇地問：「哦？宋戴克醫生的雪茄真的那麼糟糕嗎？」

我笑著說：「不是的，只是每個人的口味不一樣。宋戴克只有在休閒娛

樂的時候才會抽奇奇那普利，而且他會控制抽雪茄的量。

「宋戴克平時都抽菸斗，只有在慶祝什麼事情或感到疲倦的時候才會抽雪茄，而且他抽的都是最上等的。」

話音剛落，茱麗葉急切地說：「看來再偉大的人都有自己的嗜好。有一次霍比先生收到一盒上等的奇奇那普利，他抽了一根，但不喜歡那味道，於是就都給了華克。華克對雪茄向來不挑剔，他覺得什麼牌子的都不錯。要是早知道宋戴克醫生喜歡抽這種菸就好了。」

接下來我們從一個話題說到另一個話題，聊了很多，但是完全沒有了開始的親密，氣氛也越來越尷尬。我害怕再流露出我對她的感情，像面對著敵人一樣小心謹慎。我還挪到了另一端，避免出現不適當的親密舉動。我痛苦地坐在那裡，壓抑著自己的情感，身體僵硬地坐著。

茱麗葉感受到我的變化，也開始發生轉變。她剛開始只是疑惑，慢慢有點冷漠，最後就有點心不在焉了。也許是我的疏遠讓她也開始反省自己，這樣的做法是不是對諾伯不忠。但不管她怎麼想，我們坐得越來越遠，彼此的關係也在這尷尬的氛圍中越來越遠。過了半個小時，我們像陌生人一樣從馬車上走下來，甚至比初見時還要冷淡。對於我們原本美好的友誼，這個結局也許是悲傷的。可身處如今這種錯綜複雜的處境當中，我們還能期待什麼樣的結局呢？我好想撲到旁邊為我們開門的胖獄卒的懷裡大哭，這讓我想起茱麗葉在我懷裡哭泣的場景，我的內心快要崩潰了。探監結束後，茱麗葉說要改乘公共馬車到牛津街買點東西。得知我們不用像平常那樣共同乘車到國王路，我鬆了一口氣。站在人行道上，看著她的馬車慢慢消失在塵土之中，我感到無比失落。然後我嘆了一口氣，無精打采地走回家。雖然路和去時的一樣，但我的心情卻完全不同。

十三、神秘包裹

接下來的幾天我過得非常痛苦。離開醫院後，我一直生活得十分艱辛。才能得不到賞識，一次次被失望打擊，被生活的失意和困頓折磨著，我看不到未來在哪兒，就像被困在沙漠中一樣，毫無希望。但以前經歷的任何苦難都比不上現在心中的悔恨，因為我最渴望最珍惜的感情正一步步走向死亡。我沒有太多朋友，但我其實是個很感性的人，每次情感上的波動都會讓我像死過一回似的。對我來說，發自內心的感情就像深埋地下的宮殿一樣富麗堂皇，帶有其他目的的感情就像是建立在偏遠山上的寺廟一樣破敗不堪。

我後來寫了一封信給茱麗葉，她很快就回信給我了。回信真誠友善，好像沒有因為之前發生的事情感到不愉快。但我能感覺到這封回信與之前的有一些差別，也更加確定我們之間沒有任何希望了。

我極力掩飾著內心的失落與痛苦，在別人面前假裝高興，埋頭工作。但我肯定宋戴克早就注意到我的變化，但他還是保持著沉默，除了對我表示關心和同情之外，什麼也沒說。

幾天後，發生了一件讓人不高興的事。儘管不是什麼好事，但卻轉移了我的注意力，緩解了我緊張的情緒。

一天吃完晚飯，我們舒服地坐在椅子上，想要好好享受一段歡樂的時光。我們抽著菸斗，談論著感興趣的話題。不久，郵差先生送來一大袋子雜誌、信件，只有一封信是給我的，剩下的都是給宋戴克的。我坐在那裡一邊看信一邊觀察宋戴克，發現他每次拆信前，都要將信封的正反面認真檢查一遍。這個動作引起了我的注意。

我問他：「宋戴克，我發現你總喜歡在拆信封前先檢查一遍。裡面的信才是主要的，為什麼這麼仔細地察看信封呢？雖然我也見別人這樣做過，但還是忍不住想問一問。」

「你說的是在只想知道寄信者是誰的情況下，才會那麼做，但我的目的

不是這樣。這麼多年來，不只是信件，我經手的所有東西，我都會這樣做。我刻意養成這個習慣，希望不要遺漏任何有價值的線索。洞察力很強的人不是因為他們擁有特殊的技能，而是會隨時觀察身邊的人和事。對於我來說，鍛鍊洞察力的方法，就是需要時時留心觀察。經過多年的實踐，我發現察看信件時運用這種習慣是非常有用的。我經常會從信封上發現一些內容裡沒有的資訊，再把這些資訊跟內容結合，往往很有收穫。比如，這個信封，經過剛才的檢查，我發現它曾經被人用蒸氣打開過。你看信封上面被弄髒了，還有點發皺，仔細聞一聞還有一股菸草的味道。可以肯定它應該在口袋裡放了一段時間，而且很有可能和菸斗放在一起。至於為什麼會被打開，我猜測寫信的人可能有個不可靠的夥計。剛才我在讀信時，發現上面的日期由13號改成了15號，這封信早在兩天前就應該寄到這裡了。」

「但也有可能是寫信的人把信裝進口袋裡的啊！」

「可能性很小，他完全可以把信撕了重寫，用蒸氣打開信封再封上多麻煩。但幫他送信的夥計就沒辦法這麼做，這是一封寫給朋友的信件，他無法模仿寫信人的筆跡重新寫收件人的地址和姓名。而且據我瞭解，寫信給我的這位朋友從不抽菸，這一點也很容易證明我之前的判斷。這裡有一個更精細的東西，你認真看看，告訴我發現什麼。」

說完，他遞給我一個小包裹，包裹上有一個用打字機打上地址的標籤，標籤用小細繩綁著，背面寫著「菸草製造商詹姆斯‧巴雷特父子的公司，倫敦和哈瓦那」，是印刷字體。

我接過包裹認真察看，可是並沒有發現特別之處：「對我來說可能有些困難，除了發現這個地址打得很不規則以外，沒有看出有什麼不對勁的地方。」

宋戴克把包裹拿了回去：「這個發現很有意思。現在，我們就好好檢查一下這個包裹，你可以將看到的東西記錄下來。先看看這個標籤，一般情況下，廠商會選用一種大一些的標籤綁在包裹繩子上，而這個標籤是一個在任何文具店裡都能買到的普通行李標籤，它還有自己附帶的繩子。不過都是些無關緊要的小事，關鍵在於標籤上的地址，就像你說的，效果確實很糟糕。

對了，你瞭解過打字機嗎？」

「瞭解得很少。」

「難怪你沒有認出機型。標籤上的字是一種打字性能良好的打字機——布林克德菲打出來的，一般廠商處理事務時不會用這種打字機。我們先不說這個，重點是布林克德菲公司製造的多種型號打字機中，有一種最輕便的，專門供給記者和作家寫文章。我推測，這個標籤上的字就是用這種打字機打上去的，這一點引起了我的注意。」

「你怎麼能肯定這就是你說的那種打字機呢？」

「標籤上有一個星號，我從這個星號判斷出來的。打字的人應該是一個生手，他按了星號鍵，但實際上應該是想按大寫鍵。我之前在打字機商店裡面觀察過打字機，發現只有這種寫文章專用的打字機上才有這種星號鍵。可是廠商為什麼要用這種不適合商業用途的打字機呢？這一點實在令人生疑。」

聽他解釋完，我認為非常有道理：「是啊，仔細想想確實很奇怪。」

「接著我們來觀察一下文字，你看他打錯了五個字母，兩次將星號鍵打成大寫鍵，還有兩個地方忘記打空格，這些跡象都表明這個人是一個新手。」

「真是搞不懂，為什麼不把這個標籤丟掉，重新打一份，幹嘛要弄得這麼亂七八糟的。」

宋戴克回答：「這真是一個好問題！我們把標籤翻過來尋找答案。你看這裡，公司的名稱不是直接打上去的，而是先印在別的紙上，再用膠水黏在標籤上的。這種做法很費時間，也很笨拙。仔細觀察你會發現這張紙的大小雖然與標籤的大小吻合，但可以看出它的邊緣不是很直，應該不是用刀片弄的，而是用剪刀剪的。這真讓人驚訝。」

說完，他給我一個閱讀鏡，把包裹也給我。透過鏡片，我看到了他說的那些特點。

宋戴克說：「我想，應該沒有哪個生意人會用剪刀裁剪紙片，如果紙片是被機器剪的，邊緣應該會非常直。所以，我認為有人先將紙片剪好再黏到

標籤上。不過，這樣做浪費時間又浪費金錢。他完全可以直接把公司的名稱印在這個標籤上，這樣多省事。」

「你說得對，不過我還是沒想明白這傢伙為什麼不重新打一遍。」

宋戴克指著商標對我說：「看看這張紙片，應該是被水泡過，因為它有點褪色，而且很均勻。情況很可能是，這個商標原本貼在其他包裹上，而且只有這一張。這個人將包裹泡在水裡，然後把紙片取出來曬乾、裁剪後黏到這個標籤上。不過這個人是先把紙片黏上去再列印地址，所以即便打字時有錯誤，也沒有再次把紙片泡水取下來。這樣做太冒險，一不小心就會毀掉這張紙片。」

「你是說，這個包裹被人動了手腳？」

「不要著急下結論，我只是想藉這個例子向你說明，光是檢查郵件的外包裝就可以獲得很多線索。現在我們就打開包裹看看裡面裝的是什麼。」

宋戴克用一把拆信刀拆開外包裝，裡面是一個被廣告單包裹的紙盒。紙盒裡有一根包在棉布裡的雪茄。

我眼前一亮：「宋戴克，這可是你最愛的奇奇那普利！」

「是啊，這又是一件怪事。看到這個，更容易讓人掉以輕心。」

「也許是我太笨了，我並沒有發現什麼可疑的地方。某個菸草商給你寄過來一根雪茄樣品，這很奇怪嗎？」

宋戴克回答：「你還記得剛才我給你看的標籤嗎？算了，我們還是先看看這些廣告單吧！看，上面寫的是『巴雷特父子一直以自己種植的菸草製作雪茄』。現在明白了吧，一種印度的雪茄，由一個在古巴種植菸草的廠商寄過來，這難道不奇怪嗎？」

「你有什麼收穫？」

「主要的收穫是，這支雪茄是難得一見的精品。我們必須小心檢查，現在就算給我一萬英鎊，我也不會抽一口。」

他掏出高倍放大鏡，仔細檢查了雪茄的外表後開始察看兩端，然後將放大鏡和雪茄同時給了我：「仔細檢查細的這一頭，看完將你的發現告訴我。」

我拿著放大鏡，認真察看著較細一端的整齊截面：「中心好像被人用鐵絲穿過，我看到捲葉微微張開著。」

宋戴克贊同地說：「我也這麼認為，既然我們的看法一致，就繼續下一步的研究。」

他用一把刀子將雪茄從中線切開，接著宋戴克大聲說：「快看，就是這個。」

我看著雪茄較細的那端，在大約半英寸的地方，以液態均勻地注入了一圈白灰似的東西。

看了很長時間後，宋戴克說：「估計又是那位頭腦聰明的朋友做的。」說完，拿起一半雪茄仔細看了看，「這個傢伙不僅思維縝密，而且還極富創造性。如果有一天他被抓住了，我會感到遺憾，真希望他的聰明才智能用到正義的地方。」

我激動地說：「這個冷血的傢伙必須受到法律的懲罰。社會上存在這樣的人是一種危害，你知道他是誰嗎？我們必須馬上除掉他。」

「我應該能猜到他是誰，這回他的破綻很明顯。」

「啊？他有什麼破綻？」

「哦，這是非常有意思的一點。」

宋戴克將菸斗裝滿菸草，輕鬆愉快地躺在椅子上。這種感覺好像接下來要討論的是一件很容易的事情。

「我們一起思考一下，這個人到底露出了什麼破綻。不過，在這之前要弄清楚，他為什麼三番兩次想要殺死我。如果是為了錢，我並不是個有錢人，而且只有我知道我的遺囑是什麼。如果是個人恩怨，我並沒有與人結下私仇。唯一的可能就是與我的工作有關，也就是說與我要處理的關於法律方面的事情有關。現在我有一個驗屍的工作，驗屍結果可能成為指控某人殺人最有力的證據，不過完全可以轉交給史派司教授和其他的毒藥專家，所以我產生的作用不是絕對性的。還有另外兩件案子也可以交給別人處理，而且他們也能做得很好。所以應該和這幾件案子都沒有關係。我們可以假設有一個人做了違法的事，只有我手上有一份能夠指控他的證據，他不想自己暴露，

所以想盡快殺死我。他不知道，我已經將我所掌握的證據交給另一個人了。最後總結一下這個人寄來問題雪茄的原因，他認為只有我的手上有他犯罪的證據。

「不過最有意思的是，他怎麼知道我手裡有他的犯罪證據。我是掌握了他的犯罪證據，但是我自己應該沒有走漏這樣的消息，否則就會有別人也懷疑他。可是既然我沒對別人說，他又怎麼知道我在懷疑他。他可能透過某種管道獲得了消息，不過正因為他擔心我懷疑他了，反而證明我的懷疑是對的。

「還有，為什麼他沒有送巴雷特公司生產的類似哈瓦那這種常見的雪茄，而是奇奇那普利呢？我推測他對我的嗜好也非常瞭解，他怕我收到普通的雪茄會轉送給其他人。

「再有，跟這個人的社會地位有關，我們暫且稱他為X先生。巴雷特公司是一家大公司，通常他們只會把樣本和廣告單寄給有身分有地位的人，普通人不會收到這些東西。X得到樣品的途徑就有兩個：第一個是被巴雷特公司的員工或當地寄送包裹的服務人員私自拿走的；第二個就是巴雷特公司給X寄送了包裹，X把裡面的樣本掉包了，而且X有獲取鹽毒的辦法，這樣第二種途徑的可能性更大。」

「也就是說，X有可能是研究化學或者醫藥學的人？」

「這個不一定，任何一個有點醫藥常識的有錢人，都可以弄到這樣的毒藥。更何況，現在的毒藥法律不健全，也缺乏執行力。根據我的推斷，X先生應該屬於中產階級。

「另外還有一點，跟X先生的性格特點有關。第一，他知道寄送這種雪茄對收件人有強大的吸引力，收件人會馬上吸食。第二，他知道在吸食這種雪茄的時候，人們一般不會將尾端剪掉，這樣裡面的毒藥就不容易被發現。所以X先生應該是一個做事嚴謹、擅長謀略的人。而且X先生還掌握著豐富的化學知識，他使用的這種毒藥不只會在唾液裡溶解發揮毒性，而且在點燃菸草的時候就會隨著熱氣上升聚集到另一端，這個時候只要吸一口，毒性就會發作。X對毒藥的瞭解和精心設計，讓我覺得他就是那天騎自行車的年輕

人。上次他在子彈裡放的是一種白色的液體。經過化學檢驗，那是鹼毒中毒性最強的毒藥。這一次，他用的是一種白色非晶體的毒藥。

「那個子彈可以說是一個皮下注射器，這次發現的毒藥是用皮下注射器注射進雪茄裡，看來這個人的手藝很不一般啊，我真的很佩服他的博學和智慧。

「以上就是我們透過觀察得出來的結論。我還要再補充一點：這個X先生最近購置了一台二手布林克德菲打字機，是二手書寫型的，或者至少裝了一個書寫用的活字輪。」

聽到他最後一個結論，我感覺很驚訝：「為什麼會得出這樣的結論？」

「這只是一個猜測，不過應該很接近真相。標籤上有幾個地方打錯了，由此可以推斷出他擁有打字機的時間不長，那是不經常打字造成的。還有根據誤打上的星號判斷，這台打字機是布林克德菲打字機中的書寫專用型。另外標籤上有些字母很模糊，比如經常用到的『e』，根據這一點可以判斷這是一台使用了很長時間的打字機，如果這是X剛買的，一定是二手的。」

我提出不同意見：「這台打字機也可能不是他的。」

「當然有這種可能。但保險起見，他自己買一台的可能性更大。不過現在這個打字機就可以作為指認X的證據了。」宋戴克說。

他把放大鏡和標籤遞給我：「你仔細看看Thornyke、Temple、Bench和Inner這幾個字，『e』一共出現了五次。可能是因為打字機敲擊到堅硬的小物體，所以每個『e』的頂端都有一個很小的裂痕。」

我仔細察看著：「我看到那個裂痕了，這個線索最能辨認打字機。」

「是啊，效果幾乎是決定性的！如果還能在他的住處找到其他的證據，就更完美了。現在，讓我們整理一下X留下來的所有線索：

第一，X認為只有我的手上有他犯罪的證據。

第二，他有一定的社會地位和財富。

第三，他的知識面很廣，擁有天才般的大腦，掌握了機械製造方面的技能。

第四，他最近可能購買了一台二手打字機，是布林克德菲的書寫型。

第五，可以用『e』這個字母辨認出他使用的那台打字機。

第六，他已經瞭解到我的習慣和嗜好。

「透過這六點，再加上X擅長射擊和騎自行車，你或許可以推測出X是誰。」

「我恐怕還不能推測出來，不過你應該已經知道他是誰了。我還是要提醒你一下，如果你知道他是誰了，一定要把他送上法庭。這不僅僅是為了你自己和諾伯，更因為這是你的責任。所以，你一定要在他的目的達到之前做到。」

「我明白，不過現在暫時還不要這樣做，我會在必要的時候採取行動。」

「這麼有把握，你真的知道他是誰了？」

「我可以解開這道謎題。我確實掌握了一些你不知道的線索，比如關於X的秘密。不過，在能證實就是他做的這些事之前，我不會採取任何行動。」

我把剛做好的筆記放到旁邊：「我實在是佩服你的洞察力和透過對細節的觀察進行推理的能力。不過，你到底是怎麼做到在那麼短的時間就發現那根雪茄有問題的，對此我很困惑。在我看來沒有任何可疑的地方，但是你好像很有把握，立刻就對它產生懷疑並開始尋找。」

他眼睛泛光地看著壁爐裡的火，笑了笑：「我之前應該說過，剛搬進這間屋子的時候我沒什麼事可做，於是我專心研究醫學和法律綜合應用的行業，創造出屬於我自己的科學體系。之後的一段時期沒有什麼成就，所以空出來很多時間。我利用那段時間思考將來可能發生的各種情況，並且建立一套假設理論。現在看來，這段時間也不是沒有任何成就。我特別關注有關毒藥的資訊，因為很多案件都與毒藥有關。我將學習的技能和知識應用到一些王公大臣身上，假設他們是受害者，創造了許多謀殺事件。我仔細探查這些假想的受害者的飲食起居和生活習慣，包括他們是從哪裡弄來出行工具和服裝，還有他們身邊每個人的情況，這些我都做過深入調查，以此來確保既能夠殺死他們，又能夠讓假設的凶手成功脫身。」

我諷刺地說：「如果那些王公大臣們知道有人如此精心地設計他們，恐怕連覺都睡不好。」

「確實有些嚇人。比如說，首相大人如果知道有一個人為了殺死他而嚴密地觀察他，而且連死亡步驟都設計出來了，肯定會被嚇死。當然，我這樣做是為了在實踐中檢驗理論知識的可行性，只有把理論知識運用到個體的案例中，才能發現問題、解決問題。我將所有假設的案件詳細記錄下來，為防止出差錯，還將記錄的本子鎖在保險櫃裡。每完成一個案子我都會從受害人的角度再重新設計一次。為了更好的分析案情，我在每個案件的後面都加上說明，到現在已經記滿六個本子了。我敢說，這些記錄的教育意義和參考價值都非常大。」

「我很欣賞你的做法，但這些記錄如果被壞人得到，很可能為他們提供犯罪的方法。」我真誠地回答。但一想到這種奇怪的做法，我就忍不住笑了出來。

「你放心吧，我也考慮到這一點，所以當初我故意用了速記法記錄，除了我根本沒人能參透它們。」

「你假設的案例有沒有在現實生活中發生過？」

「有一些在現實生活中發生了，不過他們在實際操作的時候不夠靈活，計畫也不完美。今天的問題雪茄事件就在我的假設案例中，不過這麼完美的方法我還真沒想到過。還有一個可以看成是我另一個案例的修正，就是那天晚上發生的子彈謀殺事件。不過跟我的策劃比起來還是差了一點。事實上，我見過的所有複雜有創意的案子，都可以在我的記錄中找到。」

聽完宋戴克的講述，我開始思考他的個性和在社會中所扮演的角色，但又立刻被發生在他身上的許多意外事件拉回現實。我嚴肅地說：「宋戴克，既然你已經看透這個壞人的動機和偽裝，接下來打算怎麼做？是任由他繼續胡作非為，還是把他送上法庭接受法律的懲罰。」

宋戴克說：「我會先把雪茄放在一個安全的地方，等把情況完全調查清楚再說。你明天可以和我一起去醫院，我會找齊德洛醫生幫我分析這個毒藥的性質，然後根據具體結果安排接下來的事。」

他將問題雪茄包起來放到抽屜裡。雖然我不滿意他的答覆，但也知道一味地追問不是辦法。於是，我沒有再繼續這個話題，這件事就這樣被我們放到一邊。

十四、中央法庭

大家期待的開庭日終於來臨了，這意味著我對這件事的記敘也即將結束。這段時間發生的所有事情對我來說都有著特殊意義。這份充滿挑戰又極具戲劇性的新工作，不僅使我擺脫單調無趣的苦差事，還使我有機會學習新的科學知識，重要的是重拾與宋戴克的友誼。然而，最能讓我感受到快樂的是對茱麗葉的感情，雖然這些快樂很短暫，還伴隨著傷心失落，但我永遠不會忘記這段時光。

直到開庭的那天，我還沒有從失落與懊悔中走出來。我突然覺得我與茱麗葉的感情已經到此為止。我遊走在陌生人之間，像一個即將脫離社會的人，心情糟透了。

我完全沉浸在悲痛的情緒當中，直到看見波頓，心情才稍好一些。這個矮個子的男人正向我走過來，整個人看起來精力旺盛、神采飛揚。這件案子疑點重重，讓波頓滿懷好奇心，現在終於要解開謎團了，可以想像得到他有多開心。即使是一向保持冷靜的宋戴克，臉上也露出抑制不住的興奮。

吃早飯的時候，宋戴克對我說：「我擅自為你做了一些安排，希望你不要介意。霍比太太也要出庭作證，吉伯爾小姐會和她一起過去。所以我給霍比太太寫了一封信，告訴她你會護送她和吉伯爾小姐去法庭，你們就在盧克先生的辦公室碰面。如果華克‧霍比和她們在一起，請盡量讓他和盧克一起走。」

「你不去盧克那裡嗎？」

「不去，我和安斯坦一起去法庭，蘇格蘭場的米勒督察有可能和我們一起，我正在等他。」

「如果米勒督察和你們一起走，我就放心了。只要想到你走在人群中沒有人保護，我心裡就會很不安。」

「放心，我也不是沒有任何防備，如果X再下毒手，我就讓他見識一下我的厲害。如果還沒有為諾伯澄清以前我就被殺死了，我都不會原諒自己。哦，波頓，你在這裡啊！今天早上你在屋裡來回閒晃，一會兒進一會兒出，像一個上了發條的玩具貓。」

波頓笑著說：「是啊，醫生，我確實有些興奮過頭了。我想問問你，今天去法庭我們要帶什麼東西？」

「我房間的桌子上有一個盒子和一個檔案夾，把它們帶上；還有顯微鏡和測微器，不管能不能用得上，準備齊全一點也不是壞事，其他的就不需要了。」

波頓嘀咕著：「那個盒子和檔案夾有什麼用？為什麼要帶上它們？」不過他也沒有在意宋戴克是不是回答了他，繼續說：「好的，我一定會帶上它們。」

說完，波頓開門走出去。這時恰好有一個訪客走上階梯，於是波頓又走了回來：「醫生，是蘇格蘭場的米勒先生。」

「快請他進來。」

宋戴克起身迎接，這個人身上有幾分軍人氣質，身材高大，氣勢出眾。他先對著宋戴克敬禮，然後疑惑地看了我一眼。

他語氣輕快地對宋戴克說：「醫生，早啊！我帶了一個普通警察和幾個便衣過來。雖然不是很懂你的用意，但我還是照做了。我知道你還要我們監視一棟房子。」

「是，還有一個請求不知道你會不會同意，我希望你能再監視一個人。如果你同意，我現在就可以告訴你詳細的資訊。」

「這個沒有問題。是要我一個人行動，不告訴其他人嗎？還有，為了使

我沒有顧慮地按照程序辦事，最好現在就告訴我實情。你提出的要求再怎麼苛刻，我都沒辦法拒絕，因為出牌的人是你。」

我想我還是趕緊出發，因為感覺他們說的事很機密。更何況，霍比太太和茱麗葉就要去盧克先生的辦公室，於是我離開了公寓。

我們到了盧克先生的辦公室，他絲毫不掩飾自己的傲慢無禮，和對我深深的敵意。我想大概是因為他不滿意自己在這個案子中扮演了一個無足輕重的角色。

我趕緊跟他說明來意。他聽完後冷淡地說：「通知上說，霍比太太、吉伯爾小姐和你會在這裡碰面。不過，這件事不是我安排的，實際上我沒有安排過有關這個案子的任何一件事。真是太可惡了！我一直沒有受到應有的信任和禮待。身為辯方律師，我甚至對辯護的內容毫不知情，這是不是很荒唐？雖然我不介意再參與進像諾伯這樣註定失敗的案子中，不過我發誓，絕對不會和那位跨界的醫生再有任何聯繫。老話說得好：『貪多嚼不爛』，他一個學醫的做好自己的事就行了，幹嘛非要管律師的事。」

我提議道：「還是等到這個案子結束以後再做結論吧！」

「走著瞧！我聽到霍比太太的聲音了，應該是她們到了。我沒有時間繼續說了。你們趕緊快走吧，祝你們過得愉快。」

我馬上起身來到外面的辦公室。我看見霍比太太一臉驚慌的樣子，抹著眼淚站在那裡。茱麗葉除了臉色發白，神情憂鬱，表現得還算平靜。

我上前跟她們打招呼：「我們出發吧，是走路去還是乘馬車？」

「在去法院之前，霍比太太想和你說幾句話。你也知道她需要作為證人出庭，她擔心自己說錯話害了諾伯，因此我建議我們走路去。」

「是誰送法院傳票過去給你的？」

霍比太太回答：「是盧克先生。第二天，我還親自找他問過法院為什麼傳我過去作證。可是他什麼也沒說，態度也不好，大概也不知道為什麼。」

我說：「我猜法院傳你作證跟指紋模有關。」

霍比太太回答：「我去問華克，華克也是這麼說的，而且他很不看好諾伯的案子。這件事太嚇人了，但願華克的判斷是錯誤的。」

說完霍比太太突然停下來擦眼淚。從我們身邊經過的童僕不時地回頭看她，大概是對她的表現感到吃驚。

霍比太太說：「華克是個思維縝密、善良的人，他幫了我們很大的忙。他問了我一些關於那個可惡的指紋模的問題，並且記錄下我跟他說的所有情況。然後他又把律師會問到的問題記下來，還在旁邊寫了答案，這樣我就可以多讀幾遍加深記憶。他做事太細心了！我還請他幫我列印出來，這樣我在看的時候就不用戴眼鏡了。我一直把那張紙放在錢包裡。那張紙上的字用他的機器印得很好。」

「原來華克先生還會印刷，他有印刷機嗎？」

霍比太太回答：「是一個上面有很多按鍵的小東西，那些小按鍵可以按來按去，這應該不是印刷機。好像叫迪更斯布洛飛，多麼可笑的名字！聽華克說，是他從一個從事寫作的朋友那裡買的二手機，大約有一週的時間了。他學得很快，但偶爾還是會有一些小錯誤。」

說完霍比太太停下來，開始翻遍各個口袋尋找她的錢包，完全沒有注意到我的變化。我思考著她說的所有話，腦子裡突然想到宋戴克做的有關X的推測：「這個X先生最近購置了一台二手布林克德菲打字機，書寫型，或者裝了一個書寫用的活字輪。」我被這驚人的巧合嚇了一跳，不過轉念一想又覺得市場上也許有很多二手的布林克德菲打字機，這種巧合也是說得通的，並且華克只是對宋戴克在諾伯案件中保密的情況感到好奇，他們之間並沒有什麼過節。

霍比太太大呼一聲：「找到啦，哈哈！」

這聲喊叫將我拉回現實。她拿著一個過時的摩洛哥錢包對我說：「倫敦的街頭太擁擠了，一不小心就會被偷走。安全起見，我把它放在這裡了。」

我看到那個迅速被打開的錢包裡塞滿了各種紙張、布樣、絲線、鈕扣，還混合著各種銅幣、金幣、銀幣。

然後，她拿出一張折起來的紙給我：「傑維斯醫生，你先看一下，看完說說你的想法。」

我小心地打開這張紙，念道：「腦麻痺患者保護協會委員會……」

「哦，不是這個，搞錯了。我怎麼這麼粗心，實在對不起。親愛的茱麗葉，你還記得嗎，這個是那個可憐人的請求……可是我……這真的很魯莽！可是你也知道，傑維斯醫生，我們必須要為自己多考慮一下，雖然我們得到上帝的眷顧沒有患上麻痺症，但我還是告訴他要開始做慈善，不是嗎？然後……」

「親愛的伯母，這張看起來整潔一點，是這張嗎？」茱麗葉趁機說，同時，蒼白的臉上浮現出一對迷人的小酒窩。

說完茱麗葉從錢包裡拿出一張紙，打開看了看，然後說：「伯母，就是這個，這就是你的證詞。」

茱麗葉把紙交給我。我接過這張紙，想著宋戴克說的話，眼睛開始在紙上查找。看到標題，我心跳加快，腦袋也開始嗡嗡作響。雖然我剛才已經極力說服自己這是個巧合，但標題上寫著「Evidence respecting the Thumbograph（有關指紋模的證詞）」，單字裡的每個『e』的頂部都出現了裂痕。我嚇得不知道怎麼辦才好。

這也是巧合嗎？一個巧合還說得過去，可是現在又有一個這麼明顯的巧合，這說明了什麼？我覺得答案已經很明顯了。

「我的法律顧問又在想些什麼？」茱麗葉語氣輕鬆地說。

原本我拿著這張紙出神地看著遠處的路燈，她突然的發問拉回了我的思緒。為避免我的醜態被茱麗葉看到，我快速看了一眼紙上的字，瞬間就找到了可以談論的話題。

我說：「霍比太太，關於第一個問題，就是你怎麼得到指紋模的這個問題，我記得是華克帶給你的。可是你卻說『可能是我從某個火車站上的書報亭買的，我也記不清楚了』，這是怎麼回事？」

「我也記得是華克給我的，可是他說我記錯了。我覺得華克的記性比我好，所以就按照他說的回答了。」

這時，茱麗葉說：「難道你忘了嗎，親愛的伯母，有一天晚上我們約了科利一家吃飯，大家想玩些好玩的遊戲，華克就拿出他帶來的指紋模。」

霍比太太說：「噢！是啊！我想起來了，我要把這個答案重新改一下。」

茱麗葉，還好你提醒了我。」

「霍比太太，這張紙條只會擾亂你的記憶，如果我是你，就會拋開這張紙條。等會兒上了法庭，你要按照自己的想法回答問題，如果遇到不知道或記不清的問題，就直接和法官說不知道。」我提議。

茱麗葉也贊同地說：「這張紙條暫時就交給傑維斯醫生保管，你就按照自己的想法去回答問題，這是最正確的做法。」

霍比太太回答：「好的，我就聽你們的。傑維斯醫生，這張紙條是丟掉還是保管起來你看著辦吧，反正我把它交給你了。」

我立刻把紙條放進皮夾裡。我們繼續向法院走，茱麗葉一直默默地走路，不知道在想什麼。霍比太太一路上都在說話，偶爾情緒激動地高聲說幾句。我使勁把自己的注意力放在霍比太太說的話題上，可是一想到那張紙條就是解開問題雪茄之謎的答案，我的思緒就無法離開那張紙條。

難道那個可惡的X就是華克‧霍比嗎？可是並沒證據指向華克。如果認真思考一下，華克的某些特徵確實和X相近。根據我的瞭解，華克有一定的地位和財富，懂得很多知識，雖然無法判斷他的天賦，但他確實掌握機械技能。而且華克最近從一位從事寫作的朋友那裡買了一台二手布林克德菲打字機，帶有書寫活字輪。更巧的是，這台機器的『e』也有那個問題。

到現在我只有兩點沒有想明白：第一，宋戴克手上握著什麼證據可以指證他；第二，他從哪裡得到宋戴克的行動消息。關於第二點我認真回想了一下，我經常會跟茱麗葉說一些關於宋戴克的事情，也許是茱麗葉無意間透露給了華克。比如，宋戴克喜歡奇奇那普利就是我告訴茱麗葉的，她當時還說霍比先生曾經給過華克一盒奇奇拿普利。也許茱麗葉將這件事告訴了華克。還有一次我因為要和宋戴克去比納區調查一個自殺案，不能參加她們一起吃晚餐的邀請。為此我還特地寫了一封信表達我的歉意，在信中我提到過我們到達國王路的時間。我認為這不是什麼需要保密的事，如果華克那晚和她們在一起，他肯定會知道。我想這些足以看清華克的為人了，沒想到諾伯的堂兄竟然是這樣的惡人，只是我不明白華克為什麼要冒險偷走鑽石呢？

這時我的腦子裡又閃過一個念頭，宋戴克說過那台打字機誰都可以使

用。既然霍比太太可以接近打字機，那霍比先生為什麼不可以呢？其實，我一直在懷疑他，宋戴克也同意我的看法，只是我不知道他是否掌握機械方面的知識。

霍比太太突然拉住我的手，深深地嘆了一口氣，我停止了對這件事的思考。紐蓋特監獄那道醜陋的牆已然豎立在面前，我們已經到了中央法庭。看到這座被殘酷冷漠籠罩的高大建築，很快又將見到等著接受審判的諾伯，我徹底回過神來。我知道，眾人期盼的時刻就要到了。

我們經過一條古老的小路，兩邊是陰沉的監獄，走過釘有恐怖門柵的牢房，穿過通往絞刑場的入口，我們來到開庭處，一路上誰也沒有說話。直到找到宋戴克，我才鬆了一口氣。看得出來霍比太太的內心早已崩潰，但她還是極力控制著情緒。雖然茱麗葉表現得很冷靜，但看到她發白的臉色和慌亂的眼神，我還是能感覺到她的恐懼與不安。不過，幸運的是，這次她們不用和那些進出口的警衛打交道了，這可以免去不少麻煩。

宋戴克走上前握著霍比太太的手，輕聲說：「諾伯先生受了很多苦，我們一定要給他勇氣和信心，看到他時要保持笑容。相信我，再過幾個小時，所有的事情都會大白於天下，他就可以恢復名聲和自由。這位是安斯坦先生，他一定會讓真相水落石出，還諾伯清白。」

安斯坦向女士們鞠躬示意。與宋戴克不同，他穿了長袍，戴了假髮。我們穿過大門，來到一個昏暗的大廳，大廳所有的入口都有人看守，有探長也有穿著制服的警察。還有一些人坐在長椅或陰暗的角落裡，他們衣冠不整，露出可怕的表情，身上散發出一股酸腐的味道。這股味道與消毒水的味道混合在一起，讓整個大廳的氣氛更加沉悶。這使我想起骯髒的囚車與探視的囚籠。過了一會兒，我們終於走出大廳遠離那群聽眾。我們快步走上階梯，這裡有一個平台，可以通往多個地方，接著進入一個裝著鐵籠子、有些陰暗的通道，來到一個大門前，門上寫著「舊法庭。律師與書記官」。

安斯坦非常紳士地為我們打開門。看到法庭，我的內心無比失望，這裡比我想得小很多，裡面的設施也是相當簡陋，木質的桌椅好像被很多髒手摸過，覆蓋了一層黃色的汙漬，灰白的牆面和裸露的地板看起來十分髒亂。整

個法庭裡，只有裝飾著紅色毛織邊線的、放在法官座椅上的罩子和坐墊帶有一點神聖莊嚴的氣息。旁聽席的後面掛著一個鑲著金邊的大圓掛鐘，大圓鐘經常響起滴答的聲音，好像在強調它的重要性。

安斯坦和宋戴克進入到內庭，我們三個則被安排坐到了正數第三排專門為法律顧問預留的座位上。我觀察著這裡的每個角落，發現在中央桌前的長凳上坐著兩個認識的朋友，長凳右邊坐著一個專心讀簡報的人，好像是控方的律師。陪審團的座位和證人席在我們的正前方。法官的座位在右上方，它的下方是一個被銅欄杆圍起來的類似辦公桌的地方，裡面坐著一個戴灰色假髮的書記官，他正在修理一隻插著羽毛的鋼筆。在我們的左上方，是圍了一圈高大光滑框架的被告席。而旁聽席在被告席的後上方。

坐在我和霍比太太中間的茱麗葉突然說：「這地方太嚇人了！你們看，這裡的東西都很髒啊！」

我神色平靜地回答：「是這樣的，罪犯不僅是在品行上有汙點，行為上也不整潔，所以有他們存在的地方都會留下清晰的痕跡。開庭前，被告席和長凳上會放些藥草。還有，為防止法官被傳染監獄疾病，會在他身邊放一個花球。」

聽到我這樣說，茱麗葉的表情更加難過：「噢！可憐的諾伯，竟然要和我們在樓下看到的那些人待在一起，還要來這裡受折磨！簡直不敢想像！」

她望向旁聽席，那邊坐著幾個神情興奮的記者。看樣子他們都很想知道這個影響很大的案子會有怎樣的結局。

一陣腳步聲打斷了我和茱麗葉的交談，木欄杆的上方開始陸續有人進來。我們前排的座椅上依例坐著幾個閱歷較淺的律師，盧克先生和他的助手坐在律師席上，助理們站在陪審團的下方，被告席的桌子前站著一個警官，幾個巡佐、探長和各級警官站在法庭的入口，還有人從門上的小孔窺探法庭裡的情況。

十五、開庭審理

　　講台後方的大門被打開，原本喧鬧的法庭瞬間安靜下來，律師、助理和旁聽席上的人都站起來。法官、市長、行政司法官和各級市政執法人員陸續走進來，他們的表情莊嚴肅穆，好像是從畫裡走出來的，讓人看了心生敬畏。律師正在翻閱簡報，提訊書記官的座位在講台的下方。法官坐下後，所有人跟著坐下來，然後所有人都看向被告席。

　　幾分鐘後，獄警帶著臉色蒼白但依然保持鎮定的諾伯‧霍比走到被告席上。諾伯睜大眼睛觀察著周圍的環境，當他看到坐在律師後面的朋友和家人時，臉上露出一絲笑容。但他很快就將目光移走，之後直到審判結束都沒有再向我們這邊看過一眼。

　　提訊書記官拿著桌上的起訴書站了起來，對著諾伯念道：「諾伯‧霍比，有人指控你在3月9日或10日故意盜取了存放在約翰‧霍比那裡的一包鑽石，對此你承認嗎？」

　　諾伯果斷答道：「不。」

　　書記官在被告回答完後繼續說：「以下將會念考核你的陪審團成員的名字，他們會在聖經前宣誓。為充分尊重你的意見，如果有你不同意的人必須在宣誓前說出來。」

　　書記官說完以後，諾伯向他鞠躬致謝。緊接著，被念到名字的陪審團成員開始宣誓，律師們打開了文件袋，而法官正在與一個穿著華麗的外袍、脖子上戴著做工精美的項鍊的官員交談著。

　　現在正在發生的事情，對於第一次到現場參加開庭的人而言是多麼奇妙！就好像處在宗教儀式和戲劇之間，既嚴肅又引人發笑。書記官的聲音在人們小聲的交談聲中響起，他念著陪審團成員的名字，被點到的人站起身，從穿著黑色袍子、滿身和尚氣質的法庭助理手上接過聖經。助理的聲音充滿韻律，好像在朗誦詩句一樣，在整個現場響起：

「塞倫・史布森！」

被叫到的這個人滿臉冷漠地盯著法庭助理，然後站起身接過聖經。法庭助理神情嚴肅地朗讀：「你要在最高王者和被告之間做出理性的抉擇，你要分清好壞，要秉持為被告負責的態度，根據提供的證據做出正確的決定。上帝會幫助你的。」

「詹姆森・比伯！」

法庭助理在這個人站起身的時候把聖經遞給他，接著單調的、嚴肅的聲音再一次響起：「你要在最高王者和被告之間做出理性的抉擇，你要分清好壞……」

「太煩人了，再這麼繼續念下去，我就要忍不住尖叫了！真搞不懂，為什麼不一次性把事情做完，難道他們就不能一起宣誓嗎？」茱麗葉在我的耳邊小聲說。

我倒是很淡定：「規矩就是這樣定的，這也是沒有辦法的事，只剩兩個人了，再忍一忍吧！」

「現在的氛圍真的讓我感到恐懼，你會不會嫌棄我，會不會覺得我沒有耐心？」

「我怎麼會嫌棄你？我們要相信宋戴克手裡的證據，所以千萬要鎮定！」我安慰著她，「但你也要在宋戴克沒有發言之前做好心理準備，因為現在所有的證據都不利於諾伯。」

「好的，我會盡量保持平靜，但心裡還是很亂。」

書記官在陪審團成員宣誓完以後，又一次念他們的名字，他們也依次做出回應。緊接著，法庭助理神色莊重地對著現場的聽眾說：「如果有人可以向最高王者的法官、律師或警察指認被告犯了謀殺罪等違反道德與法律的事情，那就請站出來接受訊問，因為被告正在等待著法律的制裁。」

現場的氛圍因為法庭助理的話變得更加安靜，沒多久提訊書記官對陪審團說：「各位陪審團，站在被告席上的諾伯・霍比被指認在3月9日或10日蓄意偷了保存在約翰・霍比那裡的一包鑽石，但他否認這項罪行。根據所有的證據來判斷他到底有沒有犯罪是你們的職責所在。」

提訊書記官說完便坐下了。這時戴了一副鑲著金邊眼鏡的老法官看了看諾伯，然後看向坐在右邊的律師，並向律師點頭示意。

律師起身鞠躬表示感謝，這是我第一次看清海迪・普勒，也就是控方的律師的樣子。他個子高高的，氣質儒雅，但長得不好看，樣貌無法引起人的注意。身上的長袍歪歪扭扭地斜在一邊，假髮垂在肩膀上，眼鏡像是隨時會掉下來。

「各位尊敬的陪審團成員，我要陳述的是一件在法庭上很常見的案子。」他吐字非常清晰，但是聲音並不怎麼悅耳，「我們在這個案子中可以看到，被告是如何因為自私的欲望背叛了一個如此信任他的人，讓自己高尚的品德遭到玷汙，讓善良的人遭受了沉重的打擊。現在我要講述一下案子發生的經過：霍比先生是本案的控方，當然他非常討厭現在扮演的這個角色。霍比先生是一位商人，做貴重金屬煉製和交易。他的兩個哥哥分別有兩個孩子，一位是華克・霍比，另外一位就是在被告席上的諾伯・霍比，霍比先生的兩個哥哥去世後由他照顧這兩個孩子。這兩個孩子都在霍比先生的公司擔任重要職務，可以說是霍比先生非常信任的人。另外，霍比先生退休後會由這兩個孩子繼承現在的工廠。」

「霍比先生的客戶在3月9日的傍晚交給他一包價值3萬英鎊的鑽石，請他幫忙轉交給其他人。關於轉交鑽石的細節，我就不再做詳細說明。霍比先生把鑽石放在保險櫃裡並附上了一張紙條。紙條是從備忘錄上撕下來的，上面用鉛筆寫著字。放好後霍比先生鎖上保險櫃拿著鑰匙就回家了。

「第二天早上，霍比先生打開保險櫃發現鑽石不見了，保險櫃裡只剩下那張紙條，他拿起紙條看見上面有一個清晰的拇指印，還沾著血跡，然後他馬上把保險櫃鎖好報警。桑吉森探員在接到報案後去現場做了初步調查，這些細節在證詞裡都會出現，我就不再過多描述，我主要是想告訴各位，經過專家比對檢查發現，那張紙條上的血指印，正是被告諾伯・霍比的。」

說完，他推了推快要掉下來的眼鏡，拽了拽身上的長袍，大概是想知道大家對於他的發言有何反應，他觀察了一下陪審團成員。這個時候，華克・霍比悄悄地走進來，在我們坐著的長凳的一頭坐下，緊接著米勒督察也走進

法庭坐在對面的長凳上。

然後，就聽見海迪・普勒先生說：「接下來，請我的第一位證人約翰・霍比。」

霍比先生神情不安地走到證人席上，法庭助理將聖經遞給他以後念道：「你要在最高王者和被告之間做出理性的抉擇，你要分清好壞，要秉持為被告負責的態度，根據提供的證據做出正確的決定，上帝會幫助你的。」

霍比先生親吻了聖經，憐惜地看了一眼諾伯，接著看向律師。

「你就是約翰・霍比？」海迪先生問。

「是。」

「聖瑪利安斯那邊的工廠是你的嗎？」

「是，雖然我也做貴金屬的交易，但我的工廠主要是測試和精煉黃金白銀。」

「你對3月9日發生的事情還有印象嗎?」

「有，我讓我的侄子諾伯以親信代理人的身分，將鑽石從艾米娜古堡號帶回來。我本來想把鑽石放在銀行，但拿到鑽石的時候銀行已經關門，沒有辦法之下，只好把鑽石放在我的保險櫃裡。在這裡我要說一下，如果運送有延誤，不需要諾伯承擔責任。」

海迪先生說：「來這裡不是讓你為被告做辯護的。請回答我的問題，放鑽石的時候屋裡還有其他人嗎？」

「屋裡只有我一個人。」

「我不是問你當時在不在屋裡。」海迪先生說完，從旁聽席傳來輕微的笑聲，法官也小聲地笑著，「你當時都做了什麼？」

「我在備忘錄上用鉛筆寫了一句話：諾伯於3月9日下午七點零三分送來，還有我名字的縮寫。然後，我把這張紙撕下來放在裝鑽石的包裹上，鎖好保險櫃就走了。」

「馬上就走了嗎？」

「是，因為諾伯還在辦公室等著我，所以我鎖好保險櫃馬上就走了。」

「你不用說被告在哪裡，只要回答問題就行。」

「你再次打開保險櫃是什麼時間？」

「第二天上午十點鐘。」

「保險櫃是開著的還是鎖著的？」

「鎖著的。」

「除了發現鑽石不見了，還有沒有其他發現？」

「沒有。」

「從你第一次鎖上保險櫃到再次打開，鑰匙一直都在你這裡嗎？」

「是，我一直都帶在身上。」

「有沒有複製的鑰匙？」

「沒有，就一支。」

「保險櫃的鑰匙你有給過別人嗎？」

「我外出時，會把鑰匙交給當時負責的侄子保管。」

「鑰匙還有給過別人嗎？」

「沒有。」

「保險櫃裡的紙條是怎麼回事？」

「紙條是從我的備忘錄上撕下來的，我發現時紙條掉在了保險櫃的底層，於是就把它撿起來，這時看到一個拇指印，上面還有血跡。當時紙條是正面朝下放著的。」

「接下來你做了什麼？」

「我鎖好保險櫃報了警。」

「你認識被告多長時間了？」

「他是我大哥的孩子，我是看著他長大的。」

「他是習慣用左手還是用右手，你能不能給我一個肯定回答？」

「他兩隻手都很靈活，但最習慣用的是左手。」

「這是個很特別的特徵。你確定鑽石真的不見了嗎？霍比先生。」

「是的，確定。我仔細檢查了保險櫃的所有地方，警方也認真檢查過，鑽石確實不見了。」

「你反對警察錄取你兩個侄子的指紋，是嗎？」

「是。」

「為什麼？」

「我不想、也沒有權利讓我的兩個侄子受到這樣的侮辱。」

「你是否懷疑他們之中的一個人？」

「不，我不會懷疑任何人。」

「請看看這張紙條，告訴我們你認識這張紙嗎？」海迪先生邊說邊把紙條遞給霍比先生。

霍比先生拿著紙條看了一會兒說：「這就是我放在保險櫃裡的紙條。」

「你怎麼確定的？」

「紙條上有我名字的縮寫，上面的字都是我寫的。」

「這就是你從備忘錄上撕下來放在鑽石包裹上的那張紙條，你能確定嗎？」

「確定。」

「你把這張紙放進去的時候有沒有血跡或手印？」

「沒有。」

「有沒有這類的痕跡呢？」

「不，不會有，我寫完就立刻把它撕下來放進保險櫃裡了。」

「好，我的問題問完了。」

安斯坦在海迪‧普勒坐回去後站起來問：「霍比先生，既然你說諾伯從小就跟著你，那麼請你評價一下，他在你眼裡是個什麼樣的人。」

「我認為，他是一個真誠善良、品德高尚又很懂得照顧他人感受的年輕人，他從來沒有做過違反法律、違背道德的事，在我眼裡他是個值得信任的人。」

「發生這樣的事情後，你還這樣認為嗎？」

「是，我從未改變過我的看法。」

「他是否會肆意揮霍錢財，追求奢侈的生活？」

「不會，他是一個勤儉節約的人，而且他的生活很簡單。」

「他有沒有做過投機倒把的事，或者是不是有賭博的行為？」

「從來沒有。」

「依你看,他是不是很缺錢呢?」

「不會,他從來不會浪費一分錢,除了薪水,他還有其他收入。我很瞭解他財務方面的事情,因為我的經紀人偶爾會幫他存錢。」

「除了血指印以外,還有什麼讓你認為是他偷走鑽石?」

「沒有了。」

安斯坦問完話,霍比先生擦著頭上的汗離開了證人席。接著證人桑吉森探員精神抖擻地走了進來,他站在證人席上用銳利的目光看著控方律師。

按照慣例宣誓完後,海迪先生開始提問:「桑吉森探員,3月10日上午發生了什麼事,你還記得嗎?」

「記得,我在那天早上接到霍比先生報案,說聖瑪利安斯那邊的工廠丟了貴重的東西。我非常著急,十點半趕到了工廠,到工廠以後,霍比先生說有人把他放在保險櫃裡的鑽石偷走了。於是,我們去現場檢查了一番,發現保險櫃沒有任何損壞的痕跡,一切都很完整。然後,我在保險櫃的下面發現兩個血滴和一張寫著字的紙,紙上不只有血漬,還有一個十分清晰的血指印。」

律師把一張紙遞給他:「是這張紙嗎?」

他快速看了一眼說:「沒錯,就是它。」

「然後你做了什麼?」

「我向蘇格蘭犯罪偵查部主任彙報完這件事,之後就回局裡了,然後就再也沒有接觸過這個案子。」

法官在海迪先生坐下後,看了安斯坦一眼。

安斯坦站起來問:「你看見的兩滴血是乾的還是濕的?」

「我想留著它給專家檢測,所以沒有用手去摸,不過看起來像是濕的。」

接著本案的第三個證人,也就是犯罪偵查部的畢斯警官邁著矯健的步伐走到證人席,宣誓之後便開始說證詞。他說得極為順暢,看得出他來之前做好了充分的準備,甚至把證詞背了下來,因為他帶了一個筆記本卻從來沒有

翻開過。

「我於3月12日中午十二點十八分被派到聖瑪利安斯調查一起入室盜竊的案子，在前往工廠的路上，我一直在看桑吉森探員交上來的案件報告。我到工廠的時候是十二點半。我仔細檢查了保險櫃，發現表面沒有任何被破壞的痕跡，每一把鎖都完好無損。我看見保險櫃的底層有兩大滴顏色很深的液體，並且確定那是血跡。我還在保險櫃下面找到一根燒過的火柴，是檢查地板時在附近找到的，但火柴頭已經不見了。另外，我還找到一張用鉛筆寫著『諾伯於3月9日下午七點零三分送來。J.H.』的紙條，這張紙條是從備忘錄上撕下來的，上面還有兩滴血和一個血指印。除了這些，我沒再發現其他可疑之處。我問過看門人，但是沒有得到有用的資訊。回到總部後，我遞交了有關案件的報告，並且把那張紙條交給督察。」

律師遞過去一張紙條並問道：「是這張紙條嗎？」

「是，就是這張。」

「接下來發生了什麼？」

「指紋部的希德爾先生在第二天下午告訴我，希望可以錄取所有嫌疑人的指紋。他已經把紙條上的血指印和局裡保存的所有罪犯的指紋都進行過比對，但沒有找到與之相符的指紋。然後他還提供了一張放大的指紋圖讓我參考。於是我又一次來到聖瑪利安斯找霍比先生，商量錄取所有工作人員的指紋。但他拒絕了我的請求，認為靠指紋判案是不可靠的，他還說這件事不會是他工廠裡的人所為。當我問到是否可以先錄取他兩個侄子的指紋時，他再一次拒絕了。」

「你是否懷疑過他的兩個侄子？」

「當然，我認為他們兩個都有做這件事的嫌疑。保險櫃沒有被破壞的痕跡，所以肯定是用鑰匙打開的，而那兩個人都有可能在保管鑰匙的時候去複製一把。」

「嗯，原來如此。」

「我找過霍比先生好幾次，也跟他說過只有同意錄取指紋才能保住他兩個侄子的聲譽，但他就是不聽。不過我瞭解到他的兩個侄子倒是挺願意配

合。我想霍比太太也許能幫忙拿到指紋，就去找她說這件事。她告訴我她有一本指紋模，收集了全家的指紋，只要把指紋模給我就可以了。」

「指紋模是什麼？」法官好奇地問。

安斯坦站了起來，手上拿著一本紅皮的筆記本：「法官大人，就是這樣的一個筆記本，裡面收集著親友的指紋。」

說完，他把本子交給法官，法官認真看完以後，看著證人點了點頭。

畢斯警官接著說：「霍比太太當時也是這麼說的，說完以後，她把這本紅皮的本子從抽屜裡拿出來給我。我看了看，裡面收集了她的家人和幾個朋友的指紋。」

「你說的是這個本子嗎？」法官將筆記本傳給證人。

警官認真地翻看著，直到看到那個熟悉的指紋才停下來說：「就是這個，霍比太太給我的指紋模有諾伯和華克的指紋，我拿出希德爾先生給我的指紋圖進行比對，發現指紋模上諾伯的指紋與圖片上的指紋是一樣的。」

「後來你做了什麼？」

「我說希望能將指紋模帶回警局讓指紋部主任檢驗一下，霍比太太同意了。我當時沒有告訴霍比太太我的發現，可是霍比先生在我準備離開的時候回來了，他看見我要將指紋模拿走，就問我為什麼要這麼做，我只好跟他實話實說。他聽完後很激動，希望我能把指紋模還給他。他還說打算由自己承擔損失，不再繼續追究下去。我告訴他這是違法的事，不能這麼做。霍比太太知道這件事以後，一直認為是自己的指紋模導致諾伯捲入這個案子，所以非常難過。最後我跟她說，如果能透過其他方式錄取諾伯的指紋，我會把指紋模還給她。」

「我回到警局將指紋模交給希德爾先生檢驗，結果發現保險櫃裡留下的指紋與諾伯的指紋一模一樣。我立刻申請逮捕諾伯並在第二天早上執行。我跟諾伯說，只要能錄取他的指紋，就會將指紋模歸還霍比太太，並且不會讓它作為證物出現在法庭上。」

法官問：「剛才的指紋模是怎麼回事？」

海迪·普勒說：「法官，這是辯方帶來的。」

法官點點頭：「我明白了，事情都有兩面性，說不定這還能變成洗脫嫌疑的證據，請證人繼續說接下來發生的事。」

「我逮捕他的時候宣讀了聲明，但犯人說：『我對這件事毫不知情，我是被冤枉的。』」

控方律師問完後，安斯坦站起身，語氣輕鬆地說：「你用什麼方法確認保險櫃下面發現的兩滴深色液體是血液？」

「我取了一點那個液體放在白紙上，透過觀察它的外表和顏色確認的。」

「你們用顯微鏡或其他儀器檢驗過嗎？」

「根據我的瞭解，沒有。」

「它是液態還是固態，你能確定嗎？」

「確定是液態。」

「它放在紙上後是什麼樣的？」

「很黏稠，顏色和血一樣。」

安斯坦坐下後，書記官叫了下一個人的名字：法蘭西斯‧塞蒙。來到證人席的是一個年紀稍長的男人。

海迪先生問：「你在聖瑪利安斯工廠是負責看門嗎？」

「是。」

「3月9日的晚上有沒有發生特別的事？」

「沒有。」

「那天你是否巡查過工廠？」

「是的，那天晚上我巡查了好幾次，沒巡查時就待在辦公室後面的小房間裡。」

「10日那天第一個來到工廠的人是誰？」

「是諾伯先生，他提前了大概20分鐘。」

「他到工廠後做了什麼？」

「我幫他開了辦公室的門，他進去待了很長時間才去實驗室，霍比先生在幾分鐘之後也進來了。」

「誰是第二個到工廠的人？」

「第二個是霍比先生啊，然後是華克先生。」

海迪先生問完後坐回了座位。安斯坦起身問：「9日那天晚上，誰是最後一個離開的人？」

「這個我無法確定。」

「為什麼？」

「因為我要把包裹和一張紙條送到修雷契的一家公司。我走的時候，華克先生在辦公室裡，湯姆斯·霍克在旁邊的辦公室。等我回來後辦公室裡的人就都走了。」

「大門是不是鎖上的？」

「是。」

「霍克有大門的鑰匙嗎？」

「沒有，鑰匙只有霍比先生、他的兩個侄子和我四個人有。」

「你離開了多長時間？」

「大約45分鐘。」

「誰給你的紙條和包裹？」

「華克·霍比。」

「你什麼時候離開的？」

「他怕那個地方會關門，把東西交給我就催著我出發。」

「你到了之後那邊關門了嗎？」

「我到了以後發現所有人都走了，門也關了。」

安斯坦也問完以後，證人鬆了一口氣離開證人席，接著書記官又念道：「賀瑞·詹姆斯·希德爾。」

希德爾先生從控方律師的座位旁站起來，走向證人席。海迪先生推了推眼鏡，翻看了一下簡報，然後神情肅穆地看了一眼陪審團成員，說：「希德爾先生，你是在蘇格蘭場指紋部工作嗎？」

「是，我在那裡擔任部門助理主任。」

「你主要負責什麼？」

「對罪犯和疑犯的指紋進行檢驗、核對，為了方便管理，還要根據指紋的特徵進行分類管理。」

「你接觸和檢驗的指紋應該很多吧？」

「對，大概有幾千個！幾乎對所有的指紋都做過深入的研究，這樣做主要是為找到證據。」

「希德爾先生，你見過這個嗎？」助理在律師說話的時候把那張帶有血指印的紙條交給他。

「見過！3月10日那天，有人把它交給我進行檢驗。」

「請你講一下有關這個指印的事。」

「這是被告諾伯·霍比的左手拇指印。」

「你能確定嗎？」

「確定。」

「你怎麼能確認這張紙上的指印確實是被告的？」

「我發誓！這就是被告的指印。」

「有沒有可能是別人偽造的？」

「不，絕對不會。」

這個時候，茱麗葉用顫抖的手抓住我，她的臉蒼白得沒有一絲血色，我握著她的手，溫柔地在她耳邊說：「勇敢一點！這些都是我們意料之中的事，慶幸的是到現在沒有發生任何意外，千萬不要害怕！」

她的臉上擠出一絲笑容：「謝謝你，這真的很可怕，但我會讓自己勇敢一些。」

海迪先生接著問：「你能確定這個血指印就是諾伯的嗎？」

「是的。我確定。」希德爾先生語氣堅定地說。

「你為什麼這樣肯定，能不能跟我們簡單說說？」

「這個拇指印是我親自從被告那裡錄取的。我告訴他，錄取指印是用來作為證據指控他，但他還是願意提供指紋，然後我將他的指紋與紙上的指紋做了點對點檢查，這種方法是大家都認可的。整個過程我都小心謹慎，結果證明那個血指印確實是被告的。

「經過精確計算，已經證實不同人的同一根手指的指紋相同的機率是六十四億分之一。地球上的人口數為十六億，所以兩個人指紋相同的機率是六十四億分之一。我曾親自驗證過這個結論。

「有一位專家說過，如果確認兩個指紋印是完全相同的，那不需要其他證據就能確定，它們出自同一個人。我很認同他的話。這可以在正常人之中進行推算，而且我們看到的這個指紋很特別，指紋主人的手應該是被割傷過，因為拇指印上有個清晰的直線傷痕。這個特徵就可以證明紙條上的指紋是被告的。我在檢驗的時候既要考慮這個六十四億分之一的機率，還要考慮這道疤痕的位置、深淺、角度和被割開的拇指不連貫的地方。當我把這兩種情況綜合在一起，發現相似的機率為四千兆分之一，這樣的巧合根本不可能發生。」

海迪・普勒摘下眼鏡盯著陪審團的成員，好像在說「你們覺得怎麼樣，朋友們？」然後他坐下看著安斯坦和宋戴克，臉上帶著勝利的微笑。

法官見辯方律師沒有說話，問道：「有問題要問控方證人嗎？」

「法官，沒有問題。」安斯坦回答。

安斯坦說完以後，海迪・普勒再次看向辯方律師，臉上帶著滿意的微笑。證人希德爾的臉上也露出同樣的微笑。我看向宋戴克，他平靜的臉上也帶著一絲笑容。

「赫比特・約翰・勒斯！」

這是個神情嚴肅、有點緊張的中年男子，他挺著肥胖的肚子走向證人席。他站好後，海迪先生站起來問：「勒斯先生在指紋部是擔任助理主任一職嗎？」

「是。」

「你聽到希德爾先生剛才說的話了嗎？」

「聽見了。」

「同意他的說法嗎？」

「當然同意，紙條上的指紋確實是諾伯先生的，我發誓！」

「你確定？」

「非常確定。」

海迪先生再次看向陪審團，然後回到了原來的座位上。安斯坦在筆記本上寫著字，依然保持沉默。

法官接著問：「控方還有其他證人嗎？」

「沒有了，法官，這些就是我們全部的證人。」

這時，安斯坦站了起來：「我有證人，法官。」

法官對著他點點頭，然後拿著筆做記錄。安斯坦念起一段簡潔的開場白：「法官大人，各位陪審團成員，我不想在沒有必要的爭辯上浪費時間，請允許我方證人立刻上法庭作證。」

安斯坦說完，法庭瞬間安靜下來，接著傳來翻動紙張和寫字的聲音。

茱麗葉臉色蒼白，再次低聲說：「真的太嚇人了，我們要怎樣才能駁倒之前那些證人說的話呢？他們說得那麼堅定有力。傑維斯醫生，可憐的諾伯輸定了，我已經不抱什麼希望了。」

「難道你相信是他偷鑽石的嗎？」

她語氣堅定地說：「不！我一直相信他是清白的。」

「只要他沒有做過這件事，就一定能證明他的清白，沒什麼好擔心的。」

「也許吧！不過我們很快就能知道結果了。」

這時，法庭助理請出辯方第一個證人出庭作證：「艾迪蒙·勒福·羅伊。」

被叫到名字的男人走到證人席上，他的頭髮是灰白色的，眼神非常犀利，臉上的落腮鬍修剪得很整潔，沒有一點多餘的鬍渣。

安斯坦問：「你的學位是醫學博士，現在是一名醫藥法學老師，任職於南倫敦醫院，對嗎？」

「對。」

「你曾經做過血液特性的研究嗎？」

「當然做過，在醫學界和法律界這都是非常重要的。」

「請你告訴我們，手指被割傷以後，滴下來的血落在鐵質保險櫃的底層

會發生什麼變化？」

「在沒有任何吸收特質的物體上滴落的活體血，幾分鐘內就會凝結成膠狀。膠狀血與液態血的顏色和大小在剛開始的幾分鐘是一樣的。」

「然後會發生什麼變化嗎？」

「膠狀血會在幾分鐘後凝縮，成為固態和液態的合體，上面那層固態會變成深紅色，而且非常堅硬，液態部分則會變成淺黃色。」

「血滴在兩個小時之後會變成什麼樣？」

「中間會變成堅硬的紅色凝結塊，四周變成幾乎快看不到的顏色。」

「這樣的血滴在白紙上會變成什麼樣？」

「白紙會被無色的液體打濕，紅色的凝結塊將附著在白紙上。」

「那會不會有紅色的液體出現在白紙上？」

「不會，只有凝結塊是紅色的，液態部分是無色的水。」

「你確定不會出現別的情況嗎？」

「確定，只會出現我說的這樣的情況，除非有人故意不讓血液凝固。」

「不讓血液凝結成固體的方法有哪些？」

「有兩種方法。一種是拿一根細棒攪拌血液，血液凝固的纖維會黏到細棒上。這樣做，血液的外表不會有變化，只是內部結構遭到破壞不能凝結。還有一種方法，是在血液中放上某種鹼鹽，鹼鹽可以破壞血液的內部結構，使其不能凝結。」

「你仔細聽了剛才桑吉森探員和畢斯警官的證詞了嗎？」

「有，我很認真地聽完他們所有的證詞。」

「桑吉森探員說他到達現場在保險櫃底層看見血滴的時間是10：31，畢斯警官說他是在兩個小時之後到達案發現場，當他看到保險櫃底部的血液時，還將其中一滴血取出少許放在白紙上，白紙上的血跡呈現紅色的液體。按照你剛才的說法這是怎麼回事呢？」

「如果是真的血液，肯定是用剛才我說的兩種方法處理過，才會沒有凝結。」

「你是說保險櫃底層的血不正常？」

「對，我敢肯定血液被人處理過。」

「好，我還有一件事情想請教你，羅伊博士。你有沒有注意到那個血指印的指紋？」

「有，我還做了一些實驗來專門研究這個問題。」

「可以告訴我們實驗的結論嗎？」

「我做那些實驗的目的是想證明：手指在沾著血的情況下是否會留下如此清晰的印記和明顯的特徵。實驗很多次後，我發現沾著血的手指不能留下如此清晰的指印，更無法獲得指紋圖樣。當手指上的紋路布滿血液時只能留下模糊的印記，除非血液已經完全變乾。」

「當手指上的血液已經變乾的時候，能夠分辨出來嗎？」

「能，而且很容易辨認。血液半乾的狀態下，附著在紙上的方式跟其他液體不一樣，還會呈現出例如汗腺開口這樣細微的結構。在液態情況下，不會明顯的表現出那些開口。」

「你仔細看一下這張在保險櫃裡發現的紙條，看完後告訴我有什麼發現。」

他認真看了一會兒說：「這上面有一個拇指印和兩個血印。其中一個血印是輕輕沾上去的，另一個血印是汗漬。而且拇指印和兩個血印都是液態血造成的。」

「你確定都是液態血造成的嗎？」

「當然，非常確定。」

「你有沒有發現，這個拇指印又有什麼特別的地方？」

「有，它特別清晰，清晰得有點不正常。我用沾滿鮮血的手指做過很多次試驗，但是每次都無法印出清晰的指紋，像這張紙上如此明顯的拇指印更是沒有出現過。」

羅伊博士拿出一疊紙，把保險櫃裡發現的指紋與他帶來的血指印一個一個做著比對，然後他把所有的紙張遞給法官大人檢查。海迪·普勒在安斯坦坐下後站了起來，滿臉不解地開始訊問：「你為什麼說在保險櫃底層發現的血跡是經過處理的？」

「根據我的推測，那些血不是從傷口上流出來的。」

「你知道血是怎麼放進保險櫃的嗎？」

「完全不知道。」

「你知道為什麼指印會如此清晰嗎？」

「我不知道該怎麼解釋，關於這一點我也很困惑。」

律師滿臉失望地坐下來。我看到宋戴克的臉上再次出現一絲微笑。

法庭助理再一次叫道：「艾拉貝拉·霍比。」

我的左側傳來一陣輕微的抽泣聲，霍比太太站起來，絲質的衣裙因為摩擦發出沙沙的響聲，她拿著手帕擦眼淚，另外一隻手緊緊抓著打開的皮包，搖晃著走向證人席。到了證人席上，她害怕地看了法官一眼，然後低下頭盯著自己的皮包。

法庭助理按照慣例開始念：「現在你將為法官和陪審團成員提供證詞，在最高王者和被告之間做出公正的判決。」

霍比太太神情嚴肅地說：「當然，我……」

「除了實話實說外沒有其他辦法。上帝會給予你幫助。」

霍比太太小心翼翼地伸手去拿法庭助理遞過來的聖經，結果因為緊張把聖經掉在了地上，她馬上彎腰去撿，頭上軟帽因為用力過猛夾在了證人席的欄杆上。她站起來時，臉色通紅，耳朵上掛著的軟帽像枕套一樣。

法庭助理看到她這個樣子，忍著笑說：「請親吻聖經。」

霍比太太想要伸手戴好帽子，但她的手裡拿著聖經、皮包、手帕。好不容易她騰出手戴好了帽子並擦去聖經上的灰塵，溫柔地親了一下。她把聖經放在欄杆上，結果它又掉到了地上。

「真是抱歉！」霍比太太趴在欄杆上對正在撿聖經的助理說，接著從她的皮包裡又掉出一大堆銅板和鈕扣，還有一團皺巴巴的鈔票，全部砸在助理的身上。「真是抱歉，你一定覺得我是個非常糟糕的人。」

霍比太太擦了擦臉，用手扶了一下帽子，然後她接過安斯坦遞來的一本紅色封皮的筆記本。

接著，安斯坦對她說：「你看看這個本子。」

她滿臉厭惡地說：「我不想看到它，它的出現不利於……」

「這個本子你認識嗎？」

「啊？你怎麼會這麼問？你是知道的……」

這時法官插話打斷了她：「請回答這個問題，你到底認不認識這個本子？」

「當然認識，我不可能……」

「你的意思是你認識？」法官加重語氣。

「我不是已經回答了嗎！」霍比太太開始表現得不耐煩。

安斯坦看了法官一眼，接著問：「這個本子是不是『指紋模』？」

「上面不是寫著『指紋模』了嗎？我想封皮上印的就是它的名字。」

「你是怎麼得到這個指紋模的？」

看來這個問題把霍比太太難住了，她看了安斯坦一眼，緊張地從皮包裡拿出一張紙條看了看，然後她把紙條揉成團攥在手裡。

「請你回答這個問題。」法官再一次插話。

「哦哦，好。是委員會，不，不是。那張紙……不對，我想說是華克，嗯……」霍比太太說得前言不搭後語。

安斯坦耐心地問：「你想說什麼？」

「你剛才說的委員會是哪個組織？」法官忍不住問。

霍比太太看著那張紙，絕望地念道：「腦麻痺患者保護協會。」

說完，一陣笑聲從旁聽席傳了出來。

「指紋模與協會有關係嗎？」法官問。

「法官大人，一點關係都沒有。」

「你提它做什麼？」

「我也不清楚。」霍比太太拿著紙擦眼淚，發現不對又換成了手帕。

法官摘下眼鏡，疑惑地看著霍比太太，然後看著律師無奈地說：「安斯坦先生，你繼續吧！」

安斯坦嚴肅地說：「霍比太太，請告訴我們，你的指紋模是從哪裡弄來的？」

「我和我侄女都認為是華克給我的，可是華克卻說沒有這回事。華克年輕記性好，他應該比我清楚的。我年輕的時候，可以記住所有的事。」

安斯坦再次強調：「我們很想聽你說，這本指紋模是怎麼來的。」

「你如果也想擁有一本……」

「霍比太太，我不想擁有，我只想知道這本指紋模是你買的，還是別人買來送給你的？」

「我認為是華克給我的，可是他說這是我自己買的，是我記錯了……」

「不要去想華克的話，你的真實想法是什麼？」

「雖然我的記性不好，但我還是覺得是華克給我的。」

「所以，你認為是華克給你這本指紋模？」

「是，我非常肯定，我的侄女也是這樣說的。」

「華克‧霍比是你的侄子嗎？」

「對啊，我還以為你早就知道！」

「你還記得他把指紋模給你的時候發生了什麼事嗎？」

「當然，我可是記得很清楚的！那天晚上，我們邀請科利一家人來吃晚飯，這個科利不是圖瑟‧科利，他家的人很好，其他科利家的人也很好，如果你認識他們，你也會贊同我的看法。嗯……晚飯以後，我們有些無聊，不知道要做些什麼，我的侄女茱麗葉，你也認識的，茱麗葉會彈鋼琴，但她的手割傷了，如果只用一隻手彈鋼琴會很累，聽起來也很單調。最重要的是科利家的其他人不喜歡音樂也不會樂器，只有亞帕會吹伸縮喇叭，但他沒有帶喇叭。然後華克帶著指紋模來了，他讓包括他自己在內的所有人都在上面留下指紋，大家覺得這件事很有意思。科利家的二女兒馬娣‧科利說諾伯碰了她的手肘。哼！我知道那就是一個藉口……」

安斯坦插話：「你確定那天是你的侄子華克給你指紋模？」

「是的，我非常確定。你知道他是我先生的侄子……」

「是的，你確定那天是他帶著指紋模來的？」

「十分確定。」

「在那之前，你有沒有見過這個指紋模嗎？」

「從來沒有，在那之前他還沒有買！」

「你有沒有把指紋模借給別人？」

「沒有，沒人會向我借這個，你知道……」

「有沒有給其他人看過？」

「也許我不應該說，但這件事很奇怪，我也很疑惑。雖然我沒有懷疑過誰，但我不知道應該怎麼解釋這件事？我將指紋模和手帕袋子一起放在抽屜裡，直到現在手帕袋還在抽屜裡！而且今天我實在是太激動，又很忙，所以就忘了把它拿過來。等我坐上馬車的時候才想起來，但這個時候已經沒有多少時間了，盧克先生……」

「嗯，我知道你把它和手帕袋放在一起了。」

「是，我剛剛才說過的。霍比先生在布里特的時候寫信給我，要我帶著茱麗葉去找他，你認識茱麗葉的。然後，我就帶著茱麗葉一起過去，出發之前我讓茱麗葉把我的手帕拿過來，我還告訴她順便把指紋模拿過來，這樣下雨的時候我們就可以待在屋裡玩。她回來後告訴我指紋模不在抽屜裡，我十分驚訝，然後跟著她進去找，結果沒有找到。當時我也沒有多想，就帶著茱麗葉去布里特找我先生。我們從布里特回來以後，我讓茱麗葉把手帕袋放回抽屜裡，結果她激動地跟我說：『真的很奇怪啊！伯母，指紋模居然在抽屜裡放著呢，我想一定有人動過抽屜。』我趕緊跟著她去看，結果發現指紋模就在抽屜裡，我敢肯定是有人趁我們不在的時候放回去的。」

「你的抽屜誰都可以打開？」

「我的抽屜沒有上鎖，所有人都可以打開。我們猜測應該是哪個僕人做的。」

「還有誰會在你們不在的時候進到那個房間裡？」

「除了我的兩個侄子，其他人都不會，但是我問過諾伯和華克，他們都說沒有拿過指紋模。」

「霍比太太，謝謝！」

安斯坦回到座位上，霍比太太快速整理了一下帽子準備離開證人席。

這時海迪先生站起來看著她說：「你剛才為什麼提到腦麻痺患者保護協

會？」

「沒有為什麼，我當時想拿另外一樣東西。」

「但你確實看了那張紙。」

「我就是看了一下，那是協會的信跟我沒有任何關係，我不屬於那個協會，也不屬於任何協會。」

「你是不是以為那是另外一張紙？」

「對啊，我以為是幫助我記憶的那張紙！」

「什麼幫助記憶的紙？」

「在那張紙上有一些我可能被問到的問題。」

「那些問題有答案嗎？」

「對啊！不然怎麼幫助我記憶。」

「剛才問到的問題，紙上有嗎？」

「嗯……有幾個。」

「你按照紙上的答案回答了嗎？」

「應該沒有，實際上應該說肯定沒有，你知道……」

「你說應該沒有，哈哈！」海迪先生對著陪審團成員笑了笑，「請你告訴我，紙上的問題和答案是誰寫的？」

「是我的侄子華克，他覺得你們……」

「不要太過在意華克的想法，他寫這些東西的時候，有人給他建議或指導了嗎？」

「這全都是他自己的想法，不得不說華克想得真周到。不過傑維斯醫生說，我應該按照自己的想法回答問題，所以他把那張紙拿走了。」

霍比太太的回答把海迪先生嚇了一跳，他神情沮喪地坐到座位上。

法官問：「你說的那張寫著問題和答案的紙在哪裡？」

我早就把那張紙給了宋戴克，因為事先預料到會有人問到那張紙的情況。當時宋戴克看完那張紙條以後意味深長地看了我一眼。我明白他已經注意到這張紙上的特殊字體了。宋戴克回遞給我一張紙條，上面寫著「X就是華克・霍比」，事實上這件事到底誰是做的，已經很清楚了。

當安斯坦把那張紙條交給法官的時候，我看向華克・霍比，他的臉漲得通紅，極力地想要保持鎮定，但還是無法掩藏憤怒的情緒，他面目猙獰地看著霍比太太。

法官讓人把那張紙傳給證人：「看看是這張紙嗎？」

霍比太太回答：「法官大人，就是這張紙。」

隨後有人將這張紙條給法官，法官把自己的記錄與那張紙上的文字比對之後，語氣堅定地說：「這張紙顯然已經影響到證人的情緒，下令沒收這張紙是個正確的決定。安斯坦先生，請繼續。」

霍比太太鬆了一口氣，終於可以從證人席回到自己的座位上，她的臉上露出輕鬆又興奮的表情。

法庭助理在這個時候喊道：「約翰・艾弗林・宋戴克！」

茱麗葉小聲歡呼：「感謝親愛的主啊！你覺得宋戴克醫生可以救諾伯嗎？」

我眼睛看著波頓，回答她：「那裡有個人堅定地相信他，放心吧！吉伯爾小姐，波頓比你更相信宋戴克。」此時的波頓手裡緊緊抓著裝測微器和顯微鏡的箱子。他看著宋戴克眼神裡充滿敬仰。

「是啊！真是個可愛又可靠的人！但不管怎麼樣，已經到了最讓人緊張的時刻。」

「不管結局怎樣，等到宋戴克說完才能下結論。」

「上帝保佑我們成功地贏得這場辯護吧！」茱麗葉小聲祈禱著。

「阿們！」雖然我不是教徒，但也輕聲說了一句。

十六、最終審判

　　我看著走向證人席的宋戴克，心裡有種異樣的感覺，好像從來沒有認真瞭解過這個朋友。只有在這樣的場合，他的聰明才智和平靜的外表所散發出來的魅力才能被看到。雖然宋戴克穿得很樸素，但現在的他在我眼裡是最英俊的男人。他的魅力不是來自頭上那頂讓人敬畏的假髮，也不是隨著腳步舞動的長袍，而是他自身散發出來的獨特氣質。所有人都注意到了他，相比之下，就連穿著紅袍的法官也有些黯然失色。那些陪審團成員盯著宋戴克，讓人感覺他們倒像是宋戴克的陪襯。但真正吸引我的不是他高大的身軀和傲人的氣質，也不是他冷靜沉著的表現，而是他完美的臉部線條。他的臉俊美得就像戴在大理石雕像上的面具，那種美與喧囂的現實世界形成強烈的對比，是一種超然脫俗的美。

　　安斯坦問：「宋戴克醫生，你是在聖瑪格利特下屬的醫學院工作嗎？」

　　「是的，我的工作主要是教授醫藥法學和毒藥學的知識。」

　　「關於醫藥法律這方面的訊問，你經歷過嗎？」

　　「非常多，因為我就是負責這方面工作的。」

　　「你聽到有關保險櫃裡那兩滴血的證詞了嗎？」

　　「聽到了。」

　　「你有什麼不同意見嗎？」

　　「我認為那兩滴血是人為加工之後形成的，或者將血液中的纖維質去掉了。」

　　「對於那滴血的狀態，你可有需要解釋的嗎？」

　　「有。」

　　「你要說的與那張紙上的指紋印有關係嗎？」

　　「有。」

　　「你對指紋瞭解多少？做過研究嗎？」

「瞭解得很多，而且也做過研究。」

「你見過這張紙嗎？以你的能力可以檢驗這張紙嗎？」安斯坦說話的時候，助理把印有指紋印的紙張遞給宋戴克。

「見過，在蘇格蘭場見到的。」

「有沒有認真檢查過這張紙？」

「當然，而且是非常認真地檢查過，我還在警方的協助下，替它拍了幾張照片。」

「這張紙上是人的拇指印嗎？」

「是。」

「剛才那兩位專家說，那個指印是被告諾伯‧霍比左手的拇指印，你聽見了嗎？」

「聽見了。」

「你認同他們的說法嗎？」

「不認同。」

「你認為紙上的拇指印是被告的嗎？」

「不，我認為這個拇指印不是被告的。」

「你認為是其他人的？」

「不是，我的意思是那根本不是人的手指印上去的。」

聽完宋戴克的話，法官立刻停下手中的筆，他抬起頭嘴巴微微張開，眼睛瞪著宋戴克。而那兩位專家互相對視了一下，臉上露出不屑的表情。

安斯坦繼續問：「你認為那個指紋印是怎麼印上去的？」

「我認為那是用印章印上去的，比如塑膠或凝膠的印章。」

波頓突然站起來，由於用力過猛，桌子上的東西咚地一聲掉了下去，法庭上響起一陣回聲，所有人都看向他。

法官厲聲說道：「如果再發出這樣的噪音，我就把你逐出法庭。」

波頓將身體縮成一團，在我的印象中沒有人能像他那樣佔那麼小的空間。

安斯坦繼續說：「我知道你的意思了，你認為那個指紋是偽造的。」

「是，那個指紋印肯定是假的。」

「但是指紋印可以偽造嗎？」

「可以，而且很容易。」

「請你舉一個例子，比如偽造簽名，這也很簡單嗎？」

「當然，不僅簡單還很安全。簽名是用筆寫出來的，所以偽造的時候也要用到筆。這需要很高的技巧，但偽造出來的不可能和真跡一樣。假如手指頭是印章，指紋印是印出來的影像，只要仿造出一個與手指頭相同的印章就可以製造出同樣的影像，這個影像與手指頭印出的毫無差別。」

「沒有任何辦法區分嗎？」

「沒有，因為二者沒有任何不同。」

「你怎麼能判斷出紙上的指紋印是假的？你如此肯定紙上的血指印是假的，現在又說沒有辦法區分。」

「前提是偽造指紋印的人一定要非常仔細，否則哪怕只是一點點破綻都會被發現。就像我們現在審理的這個案子，那張紙上的指紋印與真的指紋印有一些微小的差別，並不是很完美的複製品。而且那張紙上還有其他的證據，雖然很微小但還是被我捕捉到了，所以我才能肯定那張紙上的指紋印是假的。」

「宋戴克醫生，現在我們好好研究一下這個證據吧！請你簡單說明怎樣偽造指紋印，以及怎樣偽造指紋印章。」

「方法有兩種。第一種比較簡單粗糙，只需要製造一個指尖範本，將手指壓進熱封蠟或黏土模型等可塑的東西中，倒上溫熱的凝膠溶液，等到溶液冷卻以後，指紋範本就形成了。這樣的方法很容易被當事人察覺，大多數偽造者不會常用。第二種方法需要豐富的知識和高明的技巧，難度也隨之加大，我相信本案的指紋印就是用這種方法偽造的。」

「首先必須拿到當事人的指紋印，拍出明暗與原圖相反的底片，然後準備一個用重鉻酸鉀處理過的凝膠板製作的排字牌，將拍好的底片壓在上面放在亮光中。」

「經過鉻酸化的凝膠轉化為鉻酸凝膠，這是一種非常特殊的材質。大

家都知道凝膠放在熱水中很容易溶解，不被亮光照射的鉻酸化凝膠也具有這種可溶解性。如果被光照射產生了化學變化，它在熱水中溶解的性能就會消失。放在鉻酸化凝膠上面的底片不透光的地方不會被光線照射，而透明地方的鉻酸化凝膠就會被亮光照射產生化學變化。因此沒有受到不透明底片保護的地方，也就是指紋凸起的部分被光線照射產生化學變化，進而不能溶解在熱水中，凝膠其他的地方卻依然可以溶解。然後偽造者用熱水輕微沖洗金屬板上的凝膠，將可溶解的部分清洗掉，留下不可溶解的部分，留下的部分就像被雕刻在金屬板上一樣。這樣指紋的複製品就完成了，和真的指紋紋路相同。如果將墨筒輕輕壓在金屬板上滾動，再放在紙上就可以複製一個和手指頭印一樣的指紋印，就連汗腺上的白點都能顯示出來。這樣的指紋印與真的沒有任何差別，也就無法判斷真假。」

「但是你的這個方法難度很大也很複雜啊！」

「這和鉛字印刷很像，很多興趣愛好者都用這樣的方法做過，一點也不複雜，而且做相片的人就可以做到。筆墨圖畫師已經開始使用我剛才說的這套方法了，很多從事筆墨圖畫行業的人都可以做出這樣的東西。」

「你可以提供偽造的指紋印沒有辦法辨別真假的證據嗎？」

「當然可以，我本就打算當場製造被告的指紋印。」

「你的意思是，即使專家也無法辨別這個偽造的指紋印？」

「對，而且我敢肯定無法辨別。」

安斯坦轉過身對著法官說：「法官大人，證人的提議您同意嗎？」

法官點點頭：「同意，這個證據非常重要。」然後他看著宋戴克說：「你準備怎麼做呢？」

宋戴克回答：「法官大人，我帶了一些畫著二十個方格的紙進行示範。我會把被告的指紋印在十個方格上，把偽造的指紋印在剩下的十個方格上。然後把印著指紋印的紙拿給專家進行檢驗，讓他們辨別哪個是真的哪個是假的。」

法官說：「這樣的示範很公平，也很有效果。海迪先生，你有什麼問題嗎？」

海迪先生立刻轉身問兩位專家有沒有意見，然後語氣冷淡地說：「法官大人，沒有問題。」

法官接著說：「那麼，請兩位專家在證人製造指紋印的過程中離開。」

希德爾先生和同事對法官的指令不敢不聽，心有不甘地起身。兩位專家離開後，宋戴克將三張紙從資料夾裡拿出來交給法官。

「法官大人，請您在兩張紙上選出相同位置的十個方格，一張留給您，一張交給陪審團成員，這樣做是為了保證我在第三張紙上印的指紋位置與前兩張紙標記的位置相同。」宋戴克解釋道。

法官臉上帶著滿意的笑容：「非常好，就按照你說的做。既然這些材料是替我和陪審團成員準備的，就請你到我的桌子前當著我們和雙方律師的面進行操作吧！」

安斯坦路過我的位置時輕聲說：「宋戴克需要你和波頓的幫助，而且你們也會從中找到樂趣，一起過去吧！放心，法官那邊我來解釋。」

他走到法官的桌子前對著法官小聲說了一會兒，然後法官看了看我和波頓，對著安斯坦點點頭。然後波頓帶著他的盒子和我一起開心地走了過去。

波頓拿來的小盒子正好可以放在法官桌子上的小抽屜裡，桌子上剩下的地方可以放那些紙。打開盒子，我們看見裡面放著一個小滾筒、一塊墨泥，還有讓波頓產生疑問的二十四個小棋子。而此時的波頓，臉上的表情很得意，看來他已經解開疑惑了。

法官好奇地看著那些小東西問：「這就是可以偽造指紋印的印章嗎？」

宋戴克回答：「是的，法官大人，上面的指紋模也取自被告的指紋，只是形狀不同。」

法官更加好奇：「可是為什麼要做這麼多呢？」

宋戴克將墨泥擠在板子上，一邊用滾筒壓成薄薄的一層，一邊回答：「這是我故意準備的，防止人們發現整齊的印章規律找到辨別真假的線索。」接著他又嚴肅地做了補充：「重要的是，不能讓那兩個專家知道我用了很多印章。」

法官說：「我明白了。海迪先生，我想你也應該能明白。」

海迪先生不高興地點點頭，看來他對此十分不滿意。

宋戴克遞給法官蘸好墨的印章，法官好奇地看了一會兒，蓋在廢紙上，紙上立刻出現了一個清晰的指紋印。

法官驚訝地叫了起來：「啊！真的是太神奇了！」他將印章和那張印著指紋印的紙遞給陪審團成員，然後對宋戴克說：「宋戴克醫生，還好你站在法律這邊，否則我真懷疑有沒有警察能與你抗衡。你們準備好了嗎？讓我們現在就開始，請你將印章蓋在第三個格子上吧！」

宋戴克拿著印章在墨上壓了一下，接著把印章蓋在法官指著的格子上，上面立刻出現一個清晰的指紋印。

接下來，宋戴克在剩下的九個格子上蓋了不同的印章。法官也在另外那張紙的相應位置做了記號，還把印著假指紋印的紙拿給陪審團成員看。為了在核對的時候準確判斷，還讓陪審團成員在另一張紙上做了記號。然後諾伯被帶上來，法官友善又好奇地看著他。諾伯的身上雖然很髒，但這絲毫不影響他儒雅氣質和英俊外表。看著如此高雅的諾伯，我相信他會全力配合宋戴克。

宋戴克在錄取諾伯指紋的過程中非常小心，每次採完指紋都會重新滾動墨泥，諾伯的拇指用汽油清洗，等完全變乾以後再進行下一步。諾伯在完成採集後被帶回被告席。紙上的二十個方格也被指紋印填滿。在我看來，這張紙上的二十個指紋印幾乎一模一樣。

法官認真觀察著這張紙，一會兒皺皺眉，一會兒又面帶微笑。等我們坐回座位上，他才讓助理請回兩位專家。

在如此短的時間內，兩位專家臉上的表情從自信到焦慮，像變了個人一樣。站在桌子前的希德爾先生讓我想起他在蘇格蘭場說的那些話，看得出來眼前的場景讓他有點迷惑。顯然，他分析錯了形勢。

法官說：「希德爾先生，在這張紙上有二十個拇指印，其中有十個真的十個假的，請你認真觀察，寫出哪個是真的哪個是假的，然後將這張印有指紋印的紙交給勒斯先生。」

希德爾先生說：「法官大人，我想拿出隨身帶著的照片進行比對分

辨。」

「好，我沒有意見。安斯坦先生，你覺得呢？」法官看向安斯坦。

安斯坦回答：「法官大人，我也沒有意見。」

希德爾先生把一張放大的拇指印的圖片從口袋裡拿出來，同時還拿出一個放大鏡，然後開始認真做比對。他一邊認真做比對，一邊寫答案，整個過程中臉上的表情從最初的自信滿滿轉為不安，眉頭都快皺成一個疙瘩，神情也很猶疑。

終於，他手上拿著寫了答案的紙抬起頭，說：「法官大人，我已經檢查完了。」

「好，將那張紙給勒斯先生看看，勒斯先生看完後也請寫下答案。」

這時，茱麗葉對我小聲說：「天吶！我真的太擔心了！希望他們能出現錯誤，你覺得他們真的能分辨出來嗎？」

我回答：「我也不知道，再等一會兒吧！等他寫完就公布答案了。不過那些指紋在我看來都是一樣的。」

勒斯先生檢查時非常小心，專注謹慎地研究著。這真是讓人非常惱火，簡直無法忍受。終於他也寫下答案，把紙條還給了助理。

法官說：「希德爾先生，讓我們先聽聽你的結論吧！」

希德爾先生走到證人席上，將寫著答案的紙條打開。

海迪先生問他：「你檢查過那些紙了嗎？」

「檢查過了。」

「發現了什麼？」

「在我眼裡，這二十個指紋印有真的有假的，還有一些我無法給出準確答案。」

「你的結論是什麼？」

希德爾看著紙上的答案說：「我先說哪些指紋印是假的：第一個、第九個、第十二個、第十三個；第二個、第五個、第七個雖然仿造得很完美，幾乎能以假亂真，但我能確定它們是假的。第三個、第四個、第六個、第八個、第十一個、第十二個、第十七個、第二十個我能確定是真的。後面這幾

570
理查・奧斯丁・傅里曼

個是我無法確定的。剩下的第十四個、第十五個、第十六個看起來很像真的，第十八個和第十九個像是假的。」

法官聽完希德爾先生的講述，臉上露出驚訝的表情。陪審團成員則在證人和手中的資料之間來回看，臉上也露出吃驚的表情。

就連海迪‧普勒先生——大不列顛法律界的知名人士也驚呆了。希德爾先生還在繼續發表見解，而海迪先生慢慢噘起嘴，臉上彷彿籠罩著一層霧氣。突然海迪先生瞪了希德爾先生一眼，頹然地坐了回去。

安斯坦問道：「你很肯定地說第二個和第一個是假的，你確定自己的判斷嗎？」

「我對自己的判斷有信心。」

「你敢發誓嗎？」

聽完安斯坦的話，希德爾先生看向法官和陪審團成員，本來有些猶疑的他重新找回了自信，因為他錯誤地把法官和陪審團成員驚訝的表情，理解為是對他判斷力的折服。

他肯定地說：「我發誓，這兩個是假的。」

安斯坦一言不發地回到座位上。希德爾先生把寫著答案的紙條交給法官後離開了證人席。

勒斯先生充滿信心地走到證人席上，聽完希德爾先生的講述後，他滿臉得意。他對指紋印的判斷與希德爾先生完全一致，這讓他的得意又增加了幾分，宣布答案時都是獨斷專行的，彷彿他的話就是權威。

「我覺得我的判斷完全正確，」他回答安斯坦的問題，「我敢發誓，那些指紋的確是假的，這對於一個熟悉指紋的專家來說，根本就不是什麼難事。我已經做好了充分的準備，面對接下來要發生的一切。」

等到勒斯先生離開證人席後，宋戴克再次站到證人席上。

這時，法官對宋戴克說：「我要問一個問題，這兩位專家分別做出了判斷，而且兩個人的答案完全一致，可是為什麼他們的答案都是錯的？」

法官說完後，我差點忍不住笑出聲，而那兩位指紋專家剛才臉上的自信瞬間消失，取而代之的是滿臉的尷尬。

法官繼續說：「讓我們做個假設，即使他們的判斷全憑猜測，那也應該是有對有錯。但他們給出的答案全部都是錯的，就連最後他們不確定的地方，給出的答案也是偏向了錯誤的一面。真是讓人難以理解，請你解釋一下吧，宋戴克醫生。」

宋戴克原本面無表情的臉上露出一絲笑容：「好的，法官大人。其實，偽造者製造假指紋印就是為了欺騙檢驗指紋印的人。」

「噢！」法官面帶微笑，而陪審團成員則咧著嘴笑開了。

宋戴克繼續解釋：「在我看來，兩位專家在無法準確判斷指紋印真假的時候必須借助其他線索，而我則特意向他們提供了他們需要的線索。同一個手指按十次，即便不是刻意安排，也可能會出現十個不同的指紋印。人的指尖是圓形凸起的，手指按下去的時候，留在紙上的只是指尖的一部分。每次指尖按下去的時候發力點和位置都不一樣，所以每個指紋印都會有細微的差別。我做的指紋印章是平面的，只需要機械地重複壓下去，就能印出十個假指紋印，而且每次留下的指紋印都一樣。但真的指紋是有差別的，所以我們可以輕易地將它們辨認出來。

「猜測到對方會根據這樣的方法判斷真假，我就製作了指尖印痕不同的印章，並且在製作的過程中，還挑選出那些差別較大的指印做印章。而我在採諾伯的指紋時，盡量讓每次按壓出來的指紋印相同。這樣一來假指紋印之間的差距很大，而真指紋印之間的差距變小。在剛才兩位專家給出的答案中，他們認為是假指紋印的那幾個，正好是我在按指紋的時候按到了相同的位置，這樣看起來就像是偽造的效果。他們不太確定的那幾個，是因為我出現失誤沒有按到相同的位置。」

法官對於宋戴克的解釋十分滿意：「宋戴克先生，感謝你如此精闢的解釋。安斯坦先生，請繼續。」

安斯坦說：「現在你已經給出相應的證據證明可以偽造指紋印，而你之前也說過，霍比先生保險櫃裡發現的指紋印是假的。那麼現在是不是可以說那個指紋印有可能是偽造出來的，或肯定地說它就是偽造出來的？」

「我在蘇格蘭場看到它的時候，就找出三條線索證明它是假的。第一，

那張紙上的指紋印如此清晰，肯定是液態血造成的，而且是經過人為加工的液態血。因為從人身上滴落的天然血液根本無法印出如此清晰的印痕。就算疑犯非常小心仔細也不可能，更何況當時時間很緊迫。

「第二，我用測微器測量了這個指紋印，發現它比諾伯指紋印更大。然後我用測微器給這張指紋印拍了照片，與我提前用同樣方法拍出來的諾伯的指紋印的照片進行比對，我發現這個指紋印是將真的指紋印放大了四十分之一印上去的。然後我將兩張照片都放大，透過測微器的觀察發現上面有很多不同的地方。如果法官大人覺得有必要當庭進行比對，可以把我隨身攜帶的測微器和手提顯微鏡拿上來。」

法官大人臉上露出真誠的微笑：「謝謝你，我們接受你說的話。除非控方提出要求，否則不用當庭比對。」

宋戴克將照片交給法官，法官認真觀察了一會兒，交給陪審團成員。

宋戴克繼續說：「第三條，也是最重要的一條，我們不但可以透過這一點證實指紋印是假的，還可以找到它的來源和偽造者的身分。」

宋戴克說完，法庭瞬間安靜下來，安靜得只能聽見牆上滴答的鐘聲。我悄悄看向華克，他僵硬地坐在那裡，額頭上全是汗。

「檢查這個指紋印的時候，我發現上面有一個空缺，顯示出一個白色的痕跡。這個白色的痕跡是S形，應該是由於紙張粗糙造成的。那張印有指紋印的紙上應該有一條鬆了的纖維，拇指按壓到紙上的時候就會沾上纖維，拇指離開的時候纖維也被拉起來，這樣紙上就會出現一個空缺。但當我在顯微鏡下觀察這張紙的時候，卻沒發現有纖維被抽出來，所以我推測這條鬆了的纖維確實存在，只不過是在原來印著拇指印的紙上，而不是保險櫃裡的那張紙。到目前為止，我瞭解到只有一個地方印有諾伯‧霍比清楚的指紋印，就是霍比太太指紋模裡的那個。我曾經向霍比太太借用過那個指紋模，她帶著指紋模來到我的住所交給我做檢查。當我檢查指紋模上諾伯‧霍比留下的指紋印時，發現在相同的位置上出現了一個N形的空缺。把它放在高倍放大鏡下觀察，可以看到有一條纖維被沾著墨水的拇指黏走了。把這兩個指紋印進行系統地比對後就會發現，二者的大小也不相同。指紋模裡的那個指紋印

最長處是千分之二十六英寸，最寬的地方是千分之十四點五英寸。保險櫃裡發現的那個，最長的地方是千分之二十六點六五英寸，最寬的地方是千分之十四點八六英寸。後來，我將這兩張照片放大拍照後進行比對，結果發現兩個地方出現的空缺不僅形狀相同，就連位置都是一樣的，與整個指紋相契合的角度也是沒有絲毫差別。」

「所以，你判斷血指印是假的？」

「對，而且可以肯定假指紋印來自指紋模。」

「兩者之間相似的地方會不會是巧合呢？」

「不可能，根據希德爾先生說的機率，這種可能性幾乎為零。可以看出，這兩個指紋印被印出來的時間相差了數週，而且地點也不同。兩個指紋印上都有空缺，但空缺都是由紙張造成的，不是拇指的特徵造成的。如果是巧合，兩張紙上鬆了的纖維的大小、形狀必須相同，而且拇指印下去的點也必須相同，這樣的機率簡直比印出兩個相同的指紋印還要小。更何況，保險櫃裡出現的那張紙並沒有鬆掉的纖維，這就無法解釋為什麼會有那個空缺了。」

「經過人工處理的血液為什麼會出現在保險櫃裡？」

「因為天然的血很容易凝固，不能印出這麼清楚的指紋印。這個人的身上也許帶著一小瓶經過人工處理的血，還有那種口袋型的平板和滾筒——郝賀德先生發明的那種。他先在平板上滴上一點血，用滾筒滾平，拿出事先準備好的指紋印章蓋在血上，然後將印有血的印章在紙上留下一個清晰的指紋印。整個過程中他都要十分小心，必須在第一次就成功印出一個清晰的指紋印，否則就會使整個紙看起來很不自然，引起人們的懷疑。」

「你帶了兩個指紋放大後的照片了嗎？」

「我隨身帶了兩張照片，上面可以清楚地看到那個空缺。」

然後他把照片連同指紋模、保險櫃底部的紙條和一個放大鏡交給了法官。

法官認真地用放大鏡觀察照片，並和原文件做了比對，當他看到與宋戴克說的一致的地方還點頭表示肯定。看完後，他將東西交給陪審團成員，接

著在筆記本上做記錄。

整個過程中，我不時地觀察在長凳末端坐著的華克·霍比，他的額頭不斷有汗水滲出來，臉上的表情時而恐懼時而絕望，有時甚至還有一絲猙獰。他的眼睛充滿殺氣地盯著宋戴克，讓我想起那天晚上在約翰街發生的事和那支雪茄。

突然，他雙手顫抖著扶著長凳站了起來，用手擦著額頭的汗水走出大門離開了。就在法庭的大門關上的時候，我看見米勒督察跟了出去。很明顯，關注他的不止我一個人。

法官對海迪先生說：「你還有問題要問證人嗎？」

「法官大人，我沒有問題要問了。」

「安斯坦先生，需要傳喚其他人嗎？」

「法官大人，需要傳喚一個證人，就是本案的被告。我現在要傳喚他來到證人席，讓他宣誓將所有的事實毫無保留地說出來。」

諾伯很快就被帶到了證人席。宣誓結束後，他開始發表自己的無罪聲明。然後，海迪先生進行簡短的訊問，但沒有問出什麼，諾伯只是說了一下那天下午他的行程。那天傍晚，他在俱樂部裡待著，大概在七點半的時候回到家裡，將房門鎖上後就再也沒有出去。問完之後，海迪先生坐回去，諾伯被帶到被告席上。整個法庭的人都在等著聽雙方律師發表結辯陳詞。

安斯坦擲地有聲地說：「法官大人，各位陪審團成員，我想沒必要說大段陳述來佔用大家的時間，因為呈現在你們面前的證據是如此明確且具有決定性。我相信你們已經有了判斷，我或者對方律師再說多少話都無法動搖你們的想法。

「整個案件的關鍵在於，警方對於指紋印的執著導致諾伯成為被告。然而到目前為止，除了指紋印，警方沒有提供其他能夠指控被告的證據。我想你們已經聽到有人評價被告是一個品德良好的紳士，只要跟他接觸過的人都很信任他。而給出這種評價的人並不是陌生人，而是看著他長大的人。他生活簡單，身世清白，從來沒有做過不好的事。就是這個思想純潔、品格高尚的年輕人，卻被人指控是一個偷盜了朋友的鑽石的賊。這個人不但是他的

朋友，還是他父親的兄弟，他的監護人，還曾經如此周到地安排著被告的未來。現在請大家認真思考一下，這位擁有美好品德的年輕人有什麼理由偷鑽石？請原諒我的直白，我認為這起控訴主要是因為有一位科學家曾向警方提出過一個聲明：如果出現兩個完全或幾乎完全相同的指紋，不需要其他的證據就可以認定這個指紋出自同一個人。警方不僅對此大肆推廣，還加以引申。

「各位陪審團成員，這樣的聲明不該在沒有提出任何可行性證據之前公開發表，因為它會在很大程度上誤導警方的偵查工作。事實上在沒有其他證據佐證的情況下，指紋這樣的證據沒有任何價值，所以這份聲明是不嚴謹的。所有的證據都可以偽造，比如偽造指紋是既簡單又安全的，就像今天我們在法庭上看到的這樣。如果要偽造其他高難度的物品，需要偽造者具備天賦、技能、資源等特殊條件。比如，偽造銀行券，不僅要準備雕版、設計、簽名，還要注意每張紙上的浮水印，這些都能被模仿得很真。再比如，偽造支票，需要將原來的孔填起來或裁下來換上難分真假的紙片。跟這些相比，偽造指紋印就簡單多了，任何一個做照片的人都可以製作出讓專家都難辨真假的指紋印。就算只是興趣愛好者，只要有不錯的技能，再練習一個月都可以辦得到。請大家好好想一想，只憑這個證據真的能指控這位擁有美好品德的年輕人嗎？

「話又說回來，兩個指紋印如此相似，似乎可以證明那個指紋印不是別人留下的。但如果指紋印不是被告留下來的，又是誰呢？我認為這是有人故意偽造的，其目的就在於讓被告成為被懷疑的對象，讓真正的罪犯逍遙法外。我這樣的說法得到證實了嗎？當然，現在在我的手上就握有這樣的證據。

「第一個證據，是剛才提到的事情——血指印的大小和被告的指紋印大小存在差異，這就說明指紋印既不是被告的也不是其他人的，而是假的。

「第二個證據，是製造假指紋印需要某種特定的器具和材料，製作假指紋印的血液已經在保險櫃底部發現了。

「第三個證據，是被告的十個指頭中只有兩個拇指留下指紋印，而我們在保險櫃裡發現的指紋印不是其他的手指印，正是被告留在指紋模裡的拇指

印。

「第四個證據，血指印正好和指紋模裡的那個拇指印有相同的特徵。據此可以斷定，如果這個血指印是假的，它的範本就是指紋模裡的那個指印。由於指紋模的紙張粗糙，印在上面的拇指印有個S形的缺痕，我們在保險櫃裡發現的紙條沒有同樣的缺陷，這就無法解釋上面血指印的缺痕了。因此可以肯定，本案中的血指印就是從指紋模上複製下來的。

「於是，一個新的問題又出現了：如果本案的血指印真的是從指紋模上複製的，罪犯是怎麼得到指紋模的？相信大家都聽到了霍比太太講的那個指紋模消失又回來的故事，所以肯定有人私自拿走指紋模，過了一段時間又放回去了。現在有關偽造指紋印的每個推論都有證據證明，並且與已經瞭解的事實完全相符。由此我們的結論是：沒有任何證據可以證明那個血指印就是真的指印，它是真指印的看法只是一個經不起論證的假設而已。

「我們已經向陪審團成員提出最完整、最有說服力的證據，所以我肯定地告訴大家，被告是冤枉的。」

安斯坦說完，就回到了座位上，旁聽席那邊隱約傳來一陣掌聲。法官打手勢制止了大家，整個法庭又恢復安靜，只有掛在牆壁上的鐘滴答地響著。

坐在我身邊的茉麗葉顯然很興奮，低聲歡呼道：「傑維斯醫生，他得救了！感謝上帝！他一定會被釋放的，他們現在一定明白了，他是被冤枉的。」

我小聲對她說：「噓，不要著急，事情很快就會有結果了。」

海迪‧普勒站起身，果斷地望著陪審團成員，然後以真誠而具有說服力的姿態開始發表他的言論：「法官大人，各位陪審團成員，就像我先前說過的那樣，這個案子展現人性醜陋的一面，相信你們已經對此有判斷，我在這裡也就無須再提。解開重重的陰謀，把事實的真相挖掘出來就是我的責任，這一點非常明確。

「首先這個案子很簡單，有人複製了一把保險櫃的鑰匙，用複製的鑰匙打開保險櫃拿走了鑽石。因為霍比先生曾經把鑰匙交給過別人，所以罪犯有複製鑰匙的機會。保險櫃的主人發現鑽石不見了，並在保險櫃看到一個指紋

印。經過檢驗，這個指紋印的主人正好保管過保險櫃的鑰匙。保險櫃的主人在最後一次關上保險櫃的時候並沒有發現指紋印。根據指紋印的特徵可以推斷出那個人習慣用左手，因為指紋印來自左手拇指。這些資訊都很清楚，相信只要是頭腦清醒的人都會得出這樣的結論：保險櫃裡發現的那個血指印的主人就是偷走鑽石的人，應該不會有人對此產生懷疑。而在保險櫃裡發現的指紋印就是被告的，所以可以斷定被告就是偷走鑽石的人。

「當然，辯方也提出一些華麗的證據來反駁這如此明顯的事實，還向我們展示了一些戲法，發表了一些所謂的科學理論。但不管怎麼樣，我都認為法庭這種嚴肅正義的場合，不應該出現這些類似雜耍的做法。也有可能是這位律師考慮到在這種嚴肅的場合大家的神經都很緊繃，所以想表演個娛樂節目給大夥解悶。甚至還說這樣的表演是想讓我們增長見識，看看他們是如何歪曲如此簡單的事實，這或許是具有啟發性的表演。所以除非有人認為這起偷盜案是個惡作劇，罪犯有高超的技能和豐富的知識，並且是一個不知羞恥、詭計多端的人。否則真相就只有一個：是被告打開保險櫃偷走鑽石的。現在我想請求各位為了自己和人民的安全幸福慎重考慮，就像你們在誓言中說的那樣，根據事實做出公正的判決。我相信你們唯一可以做出的判決，就是被告犯了被指控的罪行。」

海迪先生激昂的演說引起一陣騷動。陪審團成員則看著法官大人，好像在說：「法官大人，我們該如何做出判決？」

法官淡定地坐在座位上，他不停翻閱著筆記認真比對各種證據，還經常做記號寫註腳。

終於，他抬起頭，語氣堅定地對陪審團成員說：「各位成員，我想不需要再花太多時間去分析證據，剛才你們已經聽到那些慷慨激昂的演說。辯方律師也已經對證據進行公正清楚的示範比對，整個過程詳細而具體，我就不再多說什麼了，我只想說一些能夠幫助各位判決的看法。

「相信各位都能看到，控方律師的證據只有一個立足點，就是指紋專家的指紋鑑定理論，他們引用的科學理論實在有些勉強，甚至還會誤導人們。而羅伊醫生和宋戴克醫生則站在事實的基礎上進行分析。

「正如辯方律師所說，在對所有的證據進行深入分析後，整個案子歸結到一個問題上：霍比先生在保險櫃裡發現的拇指印到底是不是被告留下的？如果是被告留下來的，至少可以證明被告曾經打開過保險櫃，而這樣的做法顯然已經違反了法律；如果不是被告留下來的，就表示被告是被冤枉的，本案與被告沒有關係。在回答這個問題之前，我必須提醒你們，你們是本案唯一的裁判，你們有責任做出公正的判決，而我的論述只是給你們提供參考，到底是接受還是拒絕還要由你們自己決定。

　　「關於保險櫃裡的指紋到底是不是被告留下的這個問題，我們現在要透過對證據的分析來進行探討。那麼我們有證據證明它是被告留下來的嗎？好像沒有，我們的證據只能表明那個指紋印上的紋路與被告拇指印上的紋路相同，疤痕相同。我們不用計算這種巧合的機率是多少，只需要證明這個血指印是真的血指印而不是偽造的，就可以認定這個指印是不是被告留下來的。

　　「這樣就可以把問題進一步縮小：保險櫃裡留下的指紋印到底是不是真的？首先我們要明確，到目前為止還沒有任何證據能證明這是一個真的指紋印。僅從兩者紋路相同這一點根本無法證實它是真的，因為指紋的紋路完全可以偽造出來。控方根本沒有任何實質的證據證明指紋印的真實性，關於指紋印是真的這一點，完全來自控方的假設。

　　「反過來說，如果指紋印是假的，又有什麼證據可以證明呢？證明指紋印是假的的證據不光有而且非常充分：首先，同一個手指不可能印出大小相同的兩個指紋印；其次，如果一個人要盜取保險櫃裡的鑽石不會隨身攜帶滾筒和墨泥，也不會留下如此清晰的指紋印。還有，從指紋印上的那個空缺來看，指紋模裡的指紋印也有相同的空缺，如果不是偽造的又怎麼會這麼巧呢？最後，就是關於指紋模消失後又回來的這一點。以上我提到的這些證據都是相當重要而且令人吃驚的。另外，宋戴克醫生已經向我們證明，偽造指紋印是一件非常簡單的事，這也是值得注意的一點。

　　「這些都是本案的重要證據，請各位認真考慮。如果你們慎重考慮以後，仍然認為保險櫃裡發現的血指印是被告的，就宣布被告有罪；如果你們認為這個指紋印是假的，就宣布被告無罪。現在已經過了午飯時間，如果你

們需要吃飯，我們可以暫時休庭。」

法官說完以後，陪審團成員小聲討論了一會兒，隨後陪審團團長起身說：「法官大人，我們已經有一致意見。」

這時，諾伯被帶到審判席的欄杆前。書記官站起身向陪審團成員致意以後說：「各位陪審團成員，你們已經對判決達成一致意見嗎？」

陪審團團長回答：「是的。」

「你們的意見是什麼？認為被告有罪還是無罪？」

陪審團團長看了諾伯一眼，回答：「無罪！」

話音剛落，旁聽席上響起一陣熱烈的掌聲，這次法官沒有阻止。霍比太太不自然地笑著，顯得很誇張，她滿臉淚水，用手帕捂著嘴看著諾伯。茱麗葉則把頭靠在桌子上激動地哭了起來。

法官舉起法錘示意大家保持安靜。聲音平息後，法官對保持冷靜的諾伯說：「諾伯・霍比，結合你的辯護律師提出的許多證據，再經過陪審團成員慎重地考慮，最終判定你是清白的。對於這個結果，我也表示贊同。分析所有的證據後，我相信這是唯一的、正確的判決。本庭宣布，你無罪釋放。離開法庭的時候，你仍然是一個品德高尚、身世清白的人。本庭對你最近遭遇的痛苦表示同情。我相信，每個在場的觀眾都能感受到，你對這次審判結果的態度和本庭感受到的快意。另外，能夠與如此優秀的辯方律師和法律顧問共同審理此案是本庭的榮幸，否則本案或許會是另一種結果。

「我非常佩服辯方律師。我想不僅是你，在場所有的人都對這位宋戴克醫生充滿敬意。他憑藉自己豐富的知識和卓越的才能伸張了正義。本庭宣判暫時休庭，下午兩點三十分重新開庭。」

法官站起身，眾人也跟著起身，接著旁聽席傳來雜亂的腳步聲。監席的警察微笑著打開被告席的門欄，諾伯走下台階融入到人群中。

十七、確定心意

　　和眾人寒暄了一陣之後，宋戴克說：「我們應該等人都走了再出去。」

　　等人慢慢走完，諾伯被我們圍在中間，宋戴克說：「希望我們出去的時候不要像展示品那樣被圍觀。」

　　諾伯著急地說：「不行，什麼事情都可以發生，就是不能被圍觀。」

　　他一隻手挽著伯父，一隻手拉著霍比太太。看得出來，霍比先生是高興的，雖然他在不停地擦眼淚。

　　宋戴克高興地說：「我想請大家去我家吃午餐，我們慶祝一下。」

　　諾伯也高興地說：「要是我能洗個澡舒服一下，這份邀請就更完美了。」

　　宋戴克看著安斯坦說：「安斯坦，你過來嗎？」

　　這時的安斯坦脫下長袍，摘掉假髮，恢復了他幽默的本性，笑著說：「你準備給我們吃什麼？」

　　宋戴克回答：「哈哈！就要看你想吃什麼了。你過來看看不就知道了。」

　　「光看有什麼意思，我要大飽口福才行。不過我現在要回住的地方，還有點事要處理。」

　　安斯坦說完就離開了。宋戴克看著我們說：「波頓叫了一輛四輪馬車，可是坐不下我們這麼多人。我們怎麼安排？」

　　諾伯說：「能坐下我們四個就行。茱麗葉就麻煩傑維斯醫生帶過去吧！這樣可以嗎，傑維斯醫生？」

　　我沒想到他會這樣安排，雖然感到驚訝，但很樂意接受：「這是我的榮幸，只要吉伯爾小姐同意，我非常樂意。」

　　可是茱麗葉臉上的表情有些不自在，她應該是對我的表現感到不開心。她語氣冷淡地說：「只能這樣了，馬車頂又不能坐人。」

這時人群已經散去，我們下了台階走向門口。等在外面的馬車已經被團團圍住，諾伯走出門口，人們響起一陣歡呼聲。等他們坐上馬車離開後，我們才從老貝利街走向列戈山丘。

我看著茱麗葉，小心地問：「我們叫一輛兩輪小馬車吧？」

茱麗葉回答：「不用了，還是慢慢散散步吧！在那個讓人喘不過氣來的法庭待了那麼久，真應該好好呼吸一下外面的空氣。剛才真像在做夢啊！現在終於可以放鬆下來，真高興。」

我隨聲附和：「是啊，這感覺就像從陰暗的噩夢中醒來，看見了溫暖的陽光一樣。」

茱麗葉贊同地說：「對，就是這種感覺。不過我還是有些恐懼。」

我們肩並肩走在新橋街上，然後走向因巴曼，一路上都沒有說話。我不禁想起上次見面時親密的氛圍，現在兩個人之間拘束的感覺讓我心裡很難受。

最終，她開口打破了尷尬的局面：「對於這樣的結果，你似乎並沒有我想像的那麼高興，不過你應該會感到自豪吧？」她看了我一眼，眼神中充滿了探究。

「我很高興，但沒有感到自豪，也沒什麼可自豪的。我不過就是打打下手，或許就這麼一點小事我都沒有做好。」

她看著我，語氣中充滿不解：「不要這麼說你自己，這樣很不公平。不過你今天不像平時那樣活躍，反而很沉悶。為什麼？」

我有些傷感地說：「或許我是一個自私的人，我原本應該像大家那樣感到開心，可是一直為自己的問題而煩惱。案子結束了，這意味著我和宋戴克的僱傭關係也就結束了，我又要過上那種徘徊在陌生人之間的生活。對我而言，未來很迷茫，也許這件案子讓你感到無比痛苦，可是卻讓我看到了希望。與自己敬佩的人一起工作，生活充滿了樂趣，就像在荒漠裡看到一片綠洲。還有我結交了一位朋友，不希望她在我的生活裡消失，我想一直陪著她走下去，但這也許只是我的妄想罷了。」

茱麗葉看著我說：「如果你說的這個朋友是我，你就大錯特錯了。我永

理查・奧斯丁・傅里曼

遠不會忘記你為我們所做的一切。你對案件的熱情、對諾伯的忠誠、對我的好，我都會記在心裡。幫助諾伯洗刷冤屈的證據很多都有你的功勞，你不應該責備自己沒有把事情做好。你整理的那部分證據是如此有條理和說服力，讓整個證據鏈更加充分。我跟諾伯非常感謝你，覺得欠了你很多，除此之外，還有一個人非常感謝你。」

我對這個話題並不感興趣，無論是誰對我的感謝都不會使我感到開心，但我還是習慣性地問了一句：「這個人是誰？」

「好吧，反正現在也不用再保守這個秘密了。」茱麗葉笑著說，「這個人就是諾伯的未婚妻……傑維斯醫生，你沒事吧，發生什麼事了？」她大叫了一聲。

我們正準備從因巴曼進入正殿大道，茱麗葉的話將我驚到了，我抓著她的手臂，像個木頭一樣呆呆地望著她。

我有點興奮地問她：「我一直以為諾伯的未婚妻是你，這究竟是怎麼一回事？」

她聽完我的話，有點急切地說：「不是這樣的。我不是很明確地告訴過你我不喜歡諾伯嗎？」

我感到一陣煩躁：「你確實說過，可是我以為……我一直以為事情會進展得不順利，而且……」

她生氣地說：「在你眼中我就是這樣的人嗎？你以為我會在愛人遭受打擊的時候丟下他不管嗎？」

我急忙辯解：「不，不。我瞭解你，你不是那樣的人。我真是太蠢了，我就是一個白痴……我怎麼像個傻子一樣！」

「對，你就是一個大傻子！」

雖然她這麼說，可是語氣很溫柔，讓人聽起來感覺很甜蜜。

她笑著說：「讓我告訴你這個秘密吧！他們兩個在諾伯被抓的前一個晚上訂婚了。諾伯知道自己被指控偷東西的時候決定保守這個秘密，在證明自己的清白之前不讓消息傳出去。我是唯一知情的人，我發誓會保守這個秘密，所以沒有告訴你。但我沒有想到你會這麼在意這件事，你為什麼會如此

在意呢？」

我小聲說：「要是我早知道就好了，現在只能怪自己太笨了。」

她好奇地問：「即使你知道了，事情又會有什麼不一樣呢？」

她說話的時候沒有看著我，可是我能感覺到她有了一些變化。

「如果我能早些知道就不會每天責怪自己，覺得自己可憐了。」

她仍然沒有看我，說：「可是，你為什麼要責怪自己呢？」

「請考慮一下我的處境吧！一個無助的年輕人如此信任我，把這件事託付給我去處理，而他的信任喚起了我內心的責任感，我願意全力以赴來回報他的信任。同時，他還叮囑我保護和安慰一個女孩，我一直以為這個女孩就是他的未婚妻。可是當我第一次見到這個女孩的時候就愛上了她，難道我不應該責怪自己嗎？」

她沒有說話，臉色蒼白，呼吸加快。

看到她的表現，我繼續說：「你當然可以讓我把那當成自己的事，只要我將心思藏起來就不會傷害任何人。但不幸的是這樣對我來說，實在太難了。一個男人每天都想念著一個女孩，見到這個女孩的時候，他的心會一直噗通地跳；這個女孩離開的時候，他的內心又充滿了失落。他的腦海裡隨時回憶著這個女孩的音容笑貌……可是他沒有資格表達自己的愛慕之情，如果這樣做了，他的責任心也就走到盡頭。」

茱麗葉非常溫柔地說：「我知道了。我們是往這個方向走嗎？」

她像一隻小鹿，靈活地跳上通往春泉法庭的台階，我開心地跟在後面。我們誰也不知道這個方向對不對，也沒有在意。這個地方一派祥和，法庭的前院鋪滿了碎石子，高大的懸木在院子裡投下一大片陰影。我們漫步到泉水邊，我忍不住偷偷看了她一眼，她低著頭看著腳下的路，臉頰微紅，美得像一朵嬌豔的紅玫瑰。她抬起頭看著我的時候，我看到她眼中閃爍著光芒。

我輕聲問她：「難道你沒有感受到我對你的感覺嗎？」

她害羞地小聲回答：「當然有，我猜測過，但我以為猜錯了。」

她說完這句話，我們沉默著走向泉水的另一邊，站在那裡看著麻雀在水邊洗澡，聽著水滴答的聲音。不遠處有一群麻雀開心地搶奪著一小塊麵包，

旁邊還有一隻鴿子，不過這隻鴿子並沒有在意麻雀們搶奪著麵包，而是在牠的女伴面前展開胸前的羽毛，昂首闊步地向前走。

我溫柔地說：「茱麗葉。」

她抬起頭，臉上露出羞澀的微笑，眼裡依舊閃著光芒：「嗯？什麼事？」

我問她：「剛才那位老先生為什麼看著我們笑啊？」

她假裝不知道我在說什麼：「我不知道啊！」

我鼓足勇氣對她說：「我想他肯定是看見我們就想起他自己了，我認為那是讚許的、祝福的笑。」

「應該是吧，真是個可愛的老人！」說完，她低下頭。

她再次抬起頭看了看逐漸遠去的背影，然後突然轉向我。這時，她的臉紅得好像能滴出血來，臉上的酒窩更是令人沉醉。

當我們對視的時候，我對她說：「親愛的！我這麼笨，你能原諒我嗎？」

她搖搖頭說：「我不知道，你實在是太笨了。」

「可是茱麗葉，我是愛你的呀！我不光現在全心全意地愛著你，而且會永遠愛著你。」

「你都這樣說了，我還有什麼理由不原諒你。」

這時，聖堂的鐘聲響起，好像在提醒我們時間快到了。可是我們實在不願意離開這個浪漫的地方。當我們離開的時候，泉水閃著光，彷彿是對我們的祝福。我們向正殿大道走去，然後進入幫浦法庭。

走進這個荒涼的法庭時，我突然在她耳邊說：「親愛的茱麗葉，你還沒有說。」

她疑惑地回答：「親愛的，我沒有說嗎？你是瞭解我的，應該明白我的心思，對嗎？」

我著急地說：「親愛的，我明白你的心思，那是我每天朝思暮想的。」

她伸出手在我的手裡壓了壓，然後拿開，我們便一起走向那個遠離喧囂的迴廊。

海鴿 文化出版圖書有限公司
Seadove Publishing Company Ltd.

探偵事務所 03

傅里曼的
法醫宋戴克

作者	理查・奧斯丁・傅里曼
譯者	葉盈如
美術構成	騾賴耙工作室
封面設計	斐類設計工作室
發行人	羅清維
企畫執行	張緯倫、林義傑
責任行政	陳淑貞

出版	海鴿文化出版圖書有限公司
出版登記	行政院新聞局局版北市業字第780號
發行部	台北市信義區林口街54-4號1樓
電話	02-27273008
傳真	02-27270603
e - mail	seadove.book@msa.hinet.net

總經銷	創智文化有限公司
住址	新北市土城區忠承路89號6樓
電話	02-22683489
傳真	02-22696560
網址	www.booknews.com.tw

香港總經銷	和平圖書有限公司
住址	香港柴灣嘉業街12號百樂門大廈17樓
電話	（852）2804-6687
傳真	（852）2804-6409

出版日期	2019年08月01日　一版一刷
特價	399元
郵政劃撥	18989626　戶名：海鴿文化出版圖書有限公司

國家圖書館出版品預行編目資料

傅里曼的法醫宋戴克 ／ 理查・奧斯丁・傅里曼作；
葉盈如譯. -- 一版. -- 臺北市 ： 海鴿文化，2019.08
面 ； 公分. -- （探偵事務所；3）
ISBN 978-986-392-283-4（平裝）

873.57　　　　　　　　　　　　108010237

Seadove

Seadove